U0498526

先秦文学与文献研究

赵敏俐　主编

商务印书馆
创于1897　The Commercial Press

图书在版编目(CIP)数据

先秦文学与文献研究 / 赵敏俐主编. — 北京：商务印书馆，2020
ISBN 978-7-100-17688-0

I. ①先… Ⅱ. ①赵… Ⅲ. ①中国文学－古典文学研究－先秦时代②古籍研究－中国－先秦时代 Ⅳ. ①I206.2②G256.22

中国版本图书馆CIP数据核字（2019）第151528号

教育部人文社会科学重点研究基地
首都师范大学中国诗歌研究中心研究成果

权利保留，侵权必究。

先秦文学与文献研究

赵敏俐　主编

商 务 印 书 馆 出 版
（北京王府井大街36号　邮政编码 100710）
商 务 印 书 馆 发 行
三 河 市 尚 艺 印 装 有 限 公 司 印 刷
ISBN 978－7－100－17688－0

2020 年 12 月第 1 版　　开本 710×1000　1/16
2020 年 12 月第 1 次印刷　　印张 35 1/4

定价：148.00 元

前　言

　　先秦文学是中国文学的源头，弄清它的生成及其表现形态，对于研究中国文学、认识其民族传统有着极其重要的意义。然而由于时代的久远和史料的缺乏，对于如何评价和认识先秦文学，存在着极大的歧见。近年来，随着出土文献的大量发现，学人们正在重新思考有关先秦文学研究的一系列问题。这其中，如何认识先秦文学的各类文献及其关系，采用何种研究方法，具有十分重要的意义。为此，首都师范大学中国诗歌研究中心发起召开"先秦文学与文献国际学术研讨会"，并拟就以下议题展开研讨：1.先秦文学的生成及其表现形态；2.先秦各类文学文献之关系；3.先秦文学的传播方式；4.先秦文学研究方法论。

　　会议于2015年10月23、24日在北京香山饭店顺利召开，来自美国、中国台湾和大陆等地各大学的四十多位从事先秦文学与文献研究的学者参加了此次大会，共收到了42篇论文，围绕大会议题展开讨论，涉及《诗经》、《楚辞》、诸子、出土文献等多个研究领域，既有对诸类文献的考据、疏证和注释，也有对文献的生成方式、写定年代、文体特征、思想文化内涵的分析考察，还就先秦文学与文献的研究思维与方法做了宏观的论述，在一些研究热点、难点和理论方法上也提出了不少新的观点和思考。综合反映了当今先秦文学与文献研究的现状，创获丰厚。会议讨论热烈而严肃，求真而务实，给与会学者留下了难忘的印象。

　　为集中展示本次会议成果，进一步推进先秦文学研究，现将会议论文编集出版，以飨读者。李辉博士为本次论文集的编辑做了统一整理，商务印书馆关杰编辑做了精心编校，在此一并致谢。

赵敏俐

2017年11月24日

目 录

先秦文学与文献考论

关于先秦文学研究的几点思考

汤漳平

以往先秦文学的研讨会，都是在不同研究方向中开展的，如中国古代神话研究、诗经研究、楚辞研究、散文研究等等。而本次会议是一次有关先秦文学整体性研究的学术会议，很有意义。比较而言，对先秦文学做整体性研究，不仅体现出其内涵的丰厚、内容的广博，更能使先秦文学研究的整体价值得到进一步的提升。借此机会，我很想谈谈与会议主题相关的一些个人思考。

一、关于先秦文学研究现状的分析

时至今日，如何看待先秦文学研究，学术界仍存在不同观点，社会上也有不同反映。无论是平面媒体或是网络传媒，都能看到相对观点的表述及阐释。

先秦文学是中国古代文学之源，也是中国古代文化的一个重要组成部分。然而就当前而言，怎样认识中国古代文献的学习和研究，全民至今没有形成共识，有人依然主张全部根除。一部《老子》，在某些人眼里都是些模糊不清的概念和主张；至于孔孟，自然也是过时无用的东西。因而他们认为当前传统文化已经是热过头了。

当然更有不同的看法。如笔者就认为今日所谓"文化热"，不过是虚热而已，并未真正热起来，这是因为，全社会并未真正感知到它的价值所在。

我赞同有的学者的说法，我们的民族是一个健忘的民族，选择性的健忘。

我惊讶于时至今日，竟然还有那么多怀念"文革"的势力在。更有甚者，将"四人帮"之首的江青称之为"国母"，写文章怀念，且大有声泪俱下之感。作为经历了"文革"的过来人，对于那一场民族文化的大劫难，想起来至今依然毛骨悚然，那是一个怎样的年代！在所谓"批判封资修"的号令下，几乎所有古今中外的优秀文学作品均在扫荡之列。我至今难以忘记，当时自己曾借批封建主义之名，从图书馆借到《老子》《孙子兵法》，阅读中因震撼其语言之精妙、思想内涵之丰富，而找来笔墨抄录下来。因为我担心毕业后再难以找到这些书籍，这是一个文化何等匮乏的时代。

当然"文革"结束后，许多极左的禁锢被解除，社会生活恢复了新常态，但这场劫难带来的影响，已经深深地铭刻在几代人的心灵上。我赞同近期一篇文章中谈到的思想混乱的根源时所作的表述："十年'文革'扫荡了中国几千年优秀传统文化和优良伦理道德，可以说导致了一种文化的荒原、道德的荒原，在来不及从容地对思想文化和伦理道德进行恢复重建的情况下，迫于当时严峻的国内外形势，在短暂的拨乱反正之后，中国很快转入了全面改革和对外开放。改革开放三十多年来，一方面是全民族创造活力的极大焕发……，另一方面则是市场经济的某些伴生物和负能量导致人们物质欲望、自我主义、消费主义、享乐主义、纵欲主义、拜金主义的涌动释放。理想、信仰、道德、情操、礼仪、责任，在一个时期都被一些人包括一些党员干部甚至领导干部抛到一边；此后更走向对价值与道德伦理体系终极目标的全面怀疑和不断颠覆。"同时在社会上引发了"市场秩序失序、社会规范失范、人们心理失衡"的"三失"现象。

以上指的是一个大的社会背景，而科学教育界是其中的一个方面。"文化大革命"除了造成文化沙漠外，同时还对文科人才培养造成很大的负面影响。这对于我们这些原本就排行"臭老九"、正受着工宣队管理并在作"斗、批、散"的文科大学生来说，无疑是不小的打击，没有什么毕业聚会，离开学校时一个个灰头土脸的。其实，"文革"之前，已有"学好数理化，走遍天下都不怕"，"学医是金饭碗，学理是铁饭碗，学文科是瓷饭碗"的说法，这是因为每次运动，总是首先波及文科人才。"文革"结束之后，因为恢复生产，又急需技术人才，所以重理轻文现象愈加严重。而在文科里，古代文学尤其备受歧视。20 世纪 90 年代，在国家社科基金项目中，文科项目总是极少，有一年居然为零。为此我甚为不满，2000 年，我在一篇发表的文章中明确提出批评：

> 还应当提出的是，这些年来，国家对古典文学研究支持的力度是很不够的。在数量众多的国家社会科学基金项目中，有关古典文学研究的项目经常是少而又少的，有的年度是零，这和我们这样一个具有五千年文明的古国（有人称之为为诗的国度）是极不相称的。有一种观点，似乎古典文学研究离现实太远，不应多投入，这种看法是很片面的。我们正面临着建设社会主义新文化的繁重而又艰巨的任务，不能设想，一个对本民族传统文化缺乏深刻理解的民族，能够建立起具有本民族特色的新文化。有的人可能忘记了世界文化史上的一个重要史实：当西方进行文艺复兴和文化启蒙时，他们所依靠是古希腊和古罗马的文化宝库。①

即使到 2007 年，在四川内江举办的"全国高校中国古代文学研究与教学第四届研讨会"时，许多老师依然对古代文学被边缘化的现状深感不安，希望我在会上给大家鼓鼓气。这不过是几年前的事情，可见在这方面积弊之深。

在古典文学的不同方向中，先秦文学因其距今年代最为久远，语言障碍较大，学习相对困难。而且经秦始皇的"焚书"后，能够保存至今日的资料格外有限，因此可供研究的对象也有限，在这一领域要确定合适的选题，取得科研成果也就相对困难，这也导致许多研究者不愿选择这一段的研究工作。古代文学研究生入学后，选择研究方向大多是唐宋、元明清。而"文革"之后，大学教育恢复了对高端人才的培养，但已发现有些研究领域的高校师资青黄不接。为解决这一问题，当时教育部还采取了特殊的手段来培训师资，如曾委托年过七旬的姜亮夫先生在杭州大学举办楚辞师资培训班，从全国高校选派中青年教师参加培训。这也是学术传承的可贵尝试。遗憾的是，后来在人才培养方面并没有注意到这种状况，各校的硕士、博士研究生培养，大都根据本校师资状况设置研究方向，从而造成先秦文学方向师资短缺，有不少高校（包括一些国内

---

① 汤漳平：《承继传统，开创未来》，《中州学刊》2000 年第 2 期。

重点大学）中文系没有先秦段的教师，因此也就缺少这一段的培养方向。我不清楚教育部是否了解这种情况。不久前我在网上看到一条消息，说是教育部拟在全国学校开设国学课，但是发现师资严重不足，至少缺百万国学课的师资。全国有那么多高校都有中文系，为什么还会欠缺这么多师资？这就涉及中文专业培养中不注意古代文学研究方向的引导问题。在高校中，政治课、外语课是硬指标，必须达到多少课时和各种考级，而作为专业主要学科的古代文学课程却不断受到挤压，加上学生原本在中小学阶段古文学习课时不多，并没有培养和引导学生学习古文的兴趣。因此学生进入高校后，古文基础就不是很好，学习文学史只求能够及格就行，这些学生毕业后从事教学工作也难引导学生对古代文学的兴趣，恶性循环，其结果是无需多说的。当然，报应也很快出现，多数人在探讨阻碍中国现代化的原因时，依然将矛头直指中国传统文化，将中华文化倡导和平、以德化人的传统理念视为消极的不求进取的表现，连长城这道曾经保护中华民族不受北方游牧民族侵扰的宏伟建筑也成为一种原罪。轰动一时的电视片《河殇》就振振有词地痛斥中华文化的原罪，而要求代之以西方文化。这不能不说是一种悲哀。但我们能责怪这些青年学子吗？那个时代的年轻人对传统文化所知就是鲁迅《狂人日记》中所说的"吃人"。"子不教，父之过"，我不清楚当时执政者是否认真做过反思。

二、应当提高全社会对先秦文学研究的认识

与过去长期被边缘化相比，应当肯定，当前从上到下，全社会对中华传统文化的认识有了比较大的变化。尤其是十八大以来，在社会主义核心价值观的宣传中，在提出中华文化的复兴和弘扬优秀民族文化传统方面，都重视和加大了对传统文化研究的支持力度。

首先，我们高兴地看到，在国家社会科学基金重大课题的立项方面，在研究机构、研究基地的建设中，都有古代文学研究方面的诸多项目，先秦文学当然也不例外，一些重要的文献都在认真、积极的整理中，如北大的《儒藏》工程，华东师大的《子藏》以及《楚辞》文献的整理，等等。先秦学术，文史哲

是合为一体的，这些重大项目的进行和最终完成，将为我们今后研究提供极大的方便。

其次，百年来，大批古代文献资料陆续被发现，尤其近半个世纪以来，一批批出土的简帛文献资料，其数量之多、内容之丰富，着实令人振奋。这是时代对我们这一代学人的眷顾，也是我们千载难逢的机遇。出土文献资料与丰富的出土文物相互印证，让我们解开先秦文化与文学中长期存在的一个又一个谜团，完全改变了过去认为先秦文学中可供研究的课题太少、内容太单薄的想法。尤其是对出土文献的研究，因为许多是新见到的材料，只要你肯钻进去，就会有许多新的发现。当然这需要有较好的学术功底，并伴随观念的变更和研究方法的创新。遗憾的是我们学术界一些人，至今依然在观望徘徊，"疑古"思潮在许多学者头脑中根深蒂固，而现代社会中的坑蒙拐骗的恶习也确实为这些学者的怀疑提供现实的参照。然而，现代科学的发展，如果说连起码的真伪都分辨不清的话，那我们的研究工作就将无从起步。

虽然先秦文化与文学的研究目前已经拥有较之前大有改善的环境和条件，然而我认为如何通过我们的宣传，使社会广泛认识到作为中国文化和中国文学之源的先秦文学所具有的特别重要价值，还是一项十分艰巨的工作。如前所说，长期教育工作的不到位，导致目前社会上许多人对此十分生疏。许多大学毕业的理工科人士，对"先秦文学"是什么都搞不清楚，自然也谈不上重视和不重视的问题。因此，如何通过我们的广泛传播，使社会上更多的人认知和了解，乃至支持这一领域研究的深入开展，仍有大量工作可做。至于下一代的教育，则恐怕需要从小学开始，让他们接触中国传统文化中的精华，由浅入深，积以时日，就会有成效。几年前，我曾在一篇文章中提出，要用几代人的工夫，经过学习，使多数中国人对传统文化有所了解（当然，真正像我们这样从事专业研究的人毕竟有限），做到在脑海中真正有中华文化的积淀，这样才能真正辨别哪些值得继承，哪些应当批判，具备最起码的分辨能力。今天的会议是在首都举行，许多在座的学者都有机会、有条件进行宣传，以引起相关领导部门的重视。毕竟在我们国家上层领导的重视才能有正确的决策和设计。我相信，如果能够坚持三四十年的努力，新的一代成长起来，我们社会的整体文化水平将会大大提高。

当然，作为研究者，我们自身也有不断学习、不断提高的任务。我虽然从事这方面研究数十年，但在许多方面欠缺仍很多，所以我一直说自己不过是"二传手"，许多年轻的学者成长起来了，而且不像我们过去在学习过程中受到许许多多运动的干扰，因此我一直告诫自己应当谨慎，不要强不知以为知。

三、先秦文学研究应当为中华文化之重构提供思想和理论选择

最近几年来，有一件事一直在我脑海中挥之不去，那就是作为学术理论的研究者，我们应当如何在当前剧烈的社会变革中发挥我们的独特作用，为时代、为社会的发展提供有价值的理论思考。因此，我比较关注中华文化重构的问题。

经过百年来社会翻天覆地的变化，我们的民族是真正地站起来了。然而，经济总量的世界第二并不等于在文化方面我们也已有了骄人的建树。新世纪以来，大家都在关注中华文化复兴的道路选择问题，报刊尤其是互联网上争论激烈，形成不同的理论和主张，"天下兴亡，匹夫有责"，这也是中国古代士大夫的最可贵的品德。我认为，面对当前的社会现状，我们是不能袖手旁观的。

由于众所周知的原因，在中国经济迅速崛起的同时，我们的文化并没能同时成为世界第二，因此大家都在讨论如何提升中华文化的软实力问题。

何谓国家的软实力，简单地说就是一个国家的文化实力及其影响力。数千年来，古代中国具有很强的软实力，它对内具有强烈的民族认同，以共同的中华文化为基础，有完整的制度文化、教育体制；对外则有很强的影响力和辐射力，东方文化圈的形成，便是以中华文化对周边国家的辐射而形成的。

然而近代以来，随着"天朝"的衰落，西方崛起，其在资本主义文明基础上形成的制度、理念、价值观，成为各国争相效仿的对象。而反观我国，旧有的观念被冲垮，新的理念未形成，经济上又长期处于贫困落后的状况，自然形不成文化的软实力。

改革开放以来，我国冲破了一系列束缚社会经济发展的条条框框，以惊人的速度崛起，这才逐渐引发世界的关注。然而在发展经济的同时，文化建设

方面并没有很好地跟进，出现了信仰危机、人心涣散、道德沦丧、腐败盛行等等不良的品行与恶行。这些表明社会文明的控制力出现了问题，如果不重视文化软实力的建设，所取得的经济成果也难以保持，社会也将再度遭遇困境与危机。这些现象表明，墨守旧有的一套是不行的。中华文化需要复兴，也一定能够复兴，这是多数人的共识与愿望。我们应当有这样的自信。但不要忘记，这种自信的基础，是相信我们的机制和体制仍然具备自我净化的能力。这几年国家在涉及国民经济、民生的许多重大问题上都在大刀阔斧地进行改革，让我们从中看到希望。那么，在文化教育的各个方面，也应当与之同步进行，这也是我一直赞同应当重构中华文化的原因。当然，重构的过程必须要有可行的理论进行指导，这也是国家提出要加大智库建设的原因，就是希望能够听到、看到更多、更好的意见和建议。作为学术理论的研究者，我很希望看到更多的人在扎实的学术研究基础上，能够提出有价值的理论、建议、主张，引领一代的学术思潮。华东师大的方勇先生这些年来带领他的团队，一方面对"子藏"工程相关的文献做了大量的整理工作，同时又提出以"新子学"推动和促进中华文化的伟大复兴的主张，几年来在国内许多报刊发表了相当数量的文章。方先生原也是搞先秦文学的，从楚辞研究、宋代文学研究到庄子研究，在文学与哲学之间勤奋地工作。我希望在座的学者有更多人更积极、更直接地参与中华文化重构的伟大工程，共同促进、推动中华文化伟大复兴的早日实现。

（作者单位：闽南师范大学文学院）

略论先秦儒家历史散文的创作

杨树增

中华民族是一个史学意识最早形成的民族，古文字学家于省吾曾有过一篇《说中》的文章，他说"中"为象形字，是指"中旗"，而"史"字便是一个手握中旗的象形字。手握中旗是什么意思？就是在中旗上绘制图腾，而中旗上的图腾往往就是后来表示这些动物类的象形字的初形。由此看来，"史"在原始社会就出现了，他们既是原始部落中图腾的绘制者，也等于是最初文字的创造者，他们是部落中的"知识分子"，可能就担负着口传甚至简要记述部落历史的任务。所以班彪说："唐虞三代，《诗》《书》所及，世有史官，以司典籍。"① 刘勰甚至认为记史始于黄帝，史体完备于周公旦（指《尚书》）与孔子（指《春秋》）："史肇轩黄，体备周孔。"②

依照国家建立必定改变习惯法为成文法这一规律来推断，中国的史官，应该在夏代就设立了，周灭殷商后，统治集团便及时总结夏、商灭国的历史教训，把吸取夏、商丧失国家政权的沉痛教训作为新政权建设的头等大事，周公旦在《召诰》中说："我不可不监于有夏，亦不可不监于有殷。"以历史为"鉴"，吸取前人的经验教训，防止重蹈历史上丧权亡国者的覆辙，成为后世统治阶级治国的根本理念，也成为中国古代史官著史的基本动机。

但是从西周末期开始，周王室衰微，政权下移于各侯国，历史记载的权力

---

① 范晔：《后汉书·班彪传》，世界书局 1935 年版，第 278 页。
② 《文心雕龙·史传》，《传世藏书》，华艺出版社 1997 年版，第 3493 页。

不再为王室所垄断，侯国也相继出现了专门的史官，并且在春秋末期第一次出现了私人撰史的现象，这个私人就是儒家创始人孔子（前551—前479）。孔子修《春秋》之前，各种史实的收录、编写还属于王官的一种特权，史料也必须藏于官府之中。孔子以大无畏的精神修《春秋》，打破了以往史官的文化垄断，在中国文化史上，第一次出现了有名有姓的史学家，孔子也成为中国成体系的历史散文的开山祖。

孔子清楚用历史的经验教训，可以探究当前及未来社会发展的动向及趋势，来寻找治理世道的规律与方法。《论语·为政》篇有这样的记载："子张问：'十世可知也？'子曰：'殷因于夏礼，所损益，可知也；周因于殷礼，所损益，可知也；其或继周者，虽百世可知也。'"[1]孔子认为未来的社会是可以预知的，因为未来的发展以过去及现在为前提，未来的所因所革，一定遵循历史规律，掌握了历史规律，自然不难推知未来，所以孔子还有句话叫作"告诸往而知来者"[2]。他认为《尚书》这部书记录的虽都是过去历史，却能启迪现在与揭示将来，他说："疏通知远，《书》教也。……疏通知远而不诬，则深于《书》者也。"[3]在孔子看来，以历史经验教训来说明社会复杂的问题，要比理论上阐述更为简明有力。他说："我欲载之空言，不如见之于行事之深切著明也。"[4]由他修订的《春秋》，就体现了这种意识。

一、中国历史散文的开山祖

孔子的《春秋》，不仅标志着儒家学派从此创立，也标志着中国成体系的历史散文由此而诞生。《春秋》虽然还属历史散文的草创阶段，但它对中国思想意识、中国古代史学、中国古代散文的发展有着非同小可的意义。司马迁在《史记·太史公自序》中指出："《春秋》以道义。拨乱世反之正，莫近

---

① 《论语》，《传世藏书》，华艺出版社1997年版，第330页。
② 《论语》，《传世藏书》，第328页。
③ 《礼记·经解》，《传世藏书》，华艺出版社1997年版，第256—257页。
④ 《史记·太史公自序》，《传世藏书》，华艺出版社1997年版，第2438页。

于《春秋》。《春秋》文成数万，其指数千，万物之散聚皆在《春秋》。"又称赞《春秋》道：

> 夫《春秋》，上明三王之道，下辨人事之纪，别嫌疑，明是非，定犹豫，善善恶恶，贤贤贱不肖，存亡国，继绝世，补敝起废，王道之大者也。……故有国者不可以不知《春秋》，前有谗而弗见，后有贼而不知；为人臣者不可以不知《春秋》，守经事而不知其宜，遭变事而不知其权。为人君父而不通于《春秋》之义者，必蒙首恶之名；为人臣子而不通于《春秋》之义者，必陷篡弑之诛，死罪之名。其实皆以为善，为之不知其义，被之空言而不敢辞。夫不通礼义之旨，至于君不君，臣不臣，父不父，子不子。夫君不君则犯，臣不臣则诛，父不父则无道，子不子则不孝。此四行者，天下之大过也。以天下之大过予之，则受而弗敢辞。故《春秋》者，礼义之大宗也。①

《春秋》既能强烈地体现新兴地主阶级的意志，又能直接为现实的政治服务，孔子自然要把它当作头等大事来抓，这也是历史赋予儒家的使命。孔子运用自己在周游列国时所采集到的史料，依据自己对春秋时期历史的认识，以鲁《春秋》为底本，"约其辞文，去其烦重"②，修成了一部伟大的史籍——《春秋》。

"春秋"作为一种史书体，其产生的年代是很早的，有人认为它最早产生于夏朝，如刘知幾在《史通·六家》中说："《春秋》家者，其先出于三代，案《汲冢琐语》记太丁时事，目为《夏殷春秋》。"③孔子也把周代及之前的史书统称之为《春秋》，曾说："疏通知远，《书》教也"，"属辞比事，《春秋》教也。"④说明与《尚书》同时产生的还有"属辞比事"的《春秋》一类史籍，只是年代久远的各种《春秋》大都已亡佚，连孔子也没有全能见到。自西周晚期到春秋时代，周王室逐渐衰微不振，周天子名存实亡，而各诸侯国都有了自己

---

① 《史记·太史公自序》，《传世藏书》，第 2438 页。
② 《史记·十二诸侯年表》，《传世藏书》，第 2043 页。
③ 刘知幾撰，浦起龙释：《史通通释》，上海古籍出版社 1978 年版，第 7 页。
④ 《礼记·经解》，《传世藏书》，第 256—257 页。

的纪年，设置了自己的史官。侯国史官所记的侯国史，墨子称之为"百国春秋"。据刘节先生《中国史学史稿》统计，已知各侯国的史书竟有 40 多种，孟子说："王者之迹熄而诗亡，诗亡然后《春秋》作。晋之《乘》，楚之《梼杌》，鲁之《春秋》，一也。其事则齐桓、晋文，其文则史。"① 《墨子·明鬼》中所引的还有《齐春秋》《燕春秋》等。刘知幾在《史通·古今正史》中说："又当春秋之世，诸侯国自有史。故孔子求众家史记，而得百二十国书。如楚之《书》，郑之《志》，鲁之《春秋》，魏之《纪年》，此其可得言者。"② 不论有多少称谓，但"春秋"几乎成了当时各国国史的通称。史书为何称作"春秋"？孔颖达解释说："史之所记，必表年以首事，年有四时，故错举以为所记之名也。"③ 刘知幾也说："言春以包夏，举秋以兼冬，年有四时，故错举以为所记之名也。"④ "春秋"既可指"年"，孔子以"年"为单位来编纂史书，自然仍采用"春秋"来命名自己的著述了。

各侯国国史——"百国春秋"，我们今天无法见到了，但我们确信孔子的《春秋》编写体例，肯定借鉴了"百国春秋"中的部分"春秋"，尤其是《鲁春秋》，当然也有孔子自己的独创。《春秋》形式虽然简单，但毕竟属于按时间顺序连续记载重大历史事件的严谨的编纂体例。孔子的《春秋》是中国现存的第一部编年史，虽属粗具时间、地点、人物、事件的记述，但已经具备了历史散文的基本因素，开了中国成系统的历史散文的先河。

《春秋》一书，记事上起鲁隐公元年（前 722），下止鲁哀公十四年（前 481），共 242 年。它的记事原则是："以事系日，以日系月，以月系时，以时系年，所以纪远近，别同异。"⑤ 如《春秋》隐公十年这样记载：

> 十年春，王正月，公会齐侯、郑伯于中丘。癸丑，盟于邓，为师期。
> 夏五月，羽父先会齐侯、郑伯伐宋。

---

① 《孟子·离娄章句下》，《传世藏书》，华艺出版社 1997 年版，第 444 页。
② 刘知幾撰，浦起龙释：《史通通释》，第 336 页。
③ 《春秋左传正义序》，《十三经注疏》，中华书局 1980 年版，第 1703 页。
④ 刘知幾撰，浦起龙释：《史通通释·六家》，第 8 页。
⑤ 《春秋左传正义序》，《十三经注疏》，第 1703 页。

六月戊申，公会齐侯、郑伯于老桃。壬戌，公败宋师于菅。……①

记载很简略：隐公十年的春天，周历二月，鲁隐公在中丘与齐侯、郑伯相会。这年夏天，公子翚带兵会同齐军、郑军一起攻打宋国。六月壬戌日，隐公在菅地打败宋军。……隐公与齐侯、郑伯相会于中丘，只知其事发生的年月，不知其日。公子翚带兵会同齐军、郑军一起攻打宋国，只知其事发生的季节，不知其月日。而隐公在菅地打败宋军一事，不仅知其年月，也知其日。隐公在菅地打败宋军，发生在"壬戌"日，即这月的第六日，这就是所谓"以事系日"。壬戌日属"王"的"六月"，年之后月之前冠以"王"字，表示周历，此谓"以日系月"。"六月"又属"夏"之时，"时"就是季，此谓"以月系时"。此夏时又在鲁隐公在位十年，此谓"以时系年"。按岁时月日为序来记事，优于甲骨卜辞、铜器铭文的时间排列顺序，既说明了此事件发生的时间，又说明了与彼事件的相互时间关系，这就是杜预所谓的"所以纪远近，别同异"的意思。再如僖公元年（前659），《春秋》做了如下记载：

元年春，王正月。齐师、宋师、曹伯次于聂北，救邢。

夏六月，邢迁于夷仪。齐师、宋师、曹师城邢。

秋七月戊辰，夫人姜氏薨于夷，齐人以归。楚人伐郑。

八月，公会齐侯、宋公、郑伯、曹伯、邾人于柽。

九月，公败邾师于偃。

冬十月壬午，公子友帅师败莒师于郦。获莒挐。

十有二月丁巳，夫人氏之丧至自齐。②

它使我们知道了在僖公元年所发生的如下史实：春，周历正月，齐、宋、曹三国军队驻扎于聂北，救援邢国。夏六月，邢国迁往夷仪（今山东聊城西南），齐、宋、曹三国军队又协助邢国修筑城墙。秋七月戊辰这天，鲁庄公夫

---

① 《春秋左传正义》，《十三经注疏》，第1735页。
② 《春秋左传正义》，《十三经注疏》，第1790页。

人姜氏在夷地被齐人处死，齐人将其尸体送回鲁国。此时正逢楚国攻打郑国。八月，鲁僖公与齐侯、宋公、郑伯、曹伯、邾国代表会盟于宋国的柽（今河南淮阳附近），谋救郑国。九月，鲁国在偃地打败了邾军。冬十月壬午日，鲁公子友率领军队在郦地打败莒军，俘获莒国君的弟弟挐。十二月丁巳日，夫人姜氏的灵柩从齐国运回鲁国。根据《左传》《史记》等文献，《春秋》在此年缺记的大事有：秦穆公率军攻打茅津（今山西平陆西南黄河北岸）的戎族，获胜。僖公继闵公之后即鲁公位。后一则，《左传》解释说："不称即位，公出故也。公出复入，不书，讳之也。讳国恶，礼也。"① 就是说，《春秋》没有记载僖公即位一事，是因为僖公出奔在外的缘故，出奔又回来，《春秋》不记载，是为了避讳，避讳国家的坏事，合于礼义，看起来后一则是孔子有意回避。此年的大事仅遗漏了一条。这些历史大事记载有了明确的时间概念，就自然明确了史实的发展过程，这样，就把历史记载引上了真正科学化的轨道。《春秋》就用这样的方式，以时为经，以事为纬，把鲁隐公以后的242年的大事一年又一年地全联结起来。章太炎在《国故论衡·原经》中说："《春秋》之所以独贵者，自仲尼以上，《尚书》则缺略无年次，'百国春秋'之志，复散乱不循凡例。又亦藏之政府，不下庶人，国亡则人与事偕绝。……令仲尼不次《春秋》，今虽欲观定哀之世，求五伯之迹，尚荒忽如草昧。"

孔子曾说："属辞比事，《春秋》教也。"② 极精炼地概括了《春秋》的体例特征与写作特点。"比事"，就是把事件按时间顺序严格加以编排，它与一篇篇彼此独立的铜器铭文不同，与没有严格时间体系的《尚书》也不同，是我们现在看到的我国第一部真正成为一个完整系统的"书"。刘知幾说："系日月而为次，列时岁以相续，中国外夷，同年共世，莫不备载其事，形于目前，理尽一言，语无重出，此其所以为长也。"③ 编年体的长处就在于严格按时间顺序来排列历史事件，使历史事件逐渐展示出来，十分便于查找，绝无重复、遗漏和混淆的现象。正因为有这样的优长处，其按时间顺序记事的形式才成为我国史籍的基本形式，同时也成为我国史传散文的基本形式，后世许多史著体裁，如纪

---

① 《春秋左传正义》，《十三经注疏》，第 1790 页。
② 《礼记·经解》，《传世藏书》，第 256—257 页。
③ 刘知幾撰，浦起龙释：《史通通释·二体》，第 27 页。

事本末体、纪传体等，都从不同角度吸收了编年记事的优点，所以说：历代国史，其流出于《春秋》。

从晋代发掘的《竹书纪年》可推知，"百国春秋"虽"复散乱不循凡例"，但也具编年形式，《春秋》与"百国春秋"的根本区分在于自己的"比事"有一定的"义法"，这就是《史记·孔子世家》中所说的："（孔子）乃因史记作《春秋》。上至隐公，下讫哀公十四年，十二公。据鲁，亲周，故殷，运之三代，约其文辞而指博。……《春秋》之义行，则天下乱臣贼子惧焉。"① "据鲁"，即以鲁国为本位来记事，又不限于鲁，兼记天下大势的演变，内详外略，具有列国史的意义。"亲周"，即尊周，维护周礼，代周天子褒善贬恶，对僭越违礼者进行舆论上的诛伐。春秋时诸侯国都有自己的纪年，早不奉周之正朔，但孔子《春秋》仍坚持书以"王某月"，记时统一于周正，表示扶周室明王道之义。"故殷，运之三代"，即以夏商灭国及周代衰微为借鉴，以所记之事阐明王道，所以 16572 个字的《春秋》，记载最多的是各国之间政治往来、相互攻伐，以及各国之间朝会立盟、往来聘访、婚丧祭祀、自然灾祥等。如果与王道相关，事虽小必记；与王道无关，事虽大而不书。可见，有些春秋时期的事件没有载入《春秋》，并不一定是孔子遗漏，很可能是孔子将旧籍中的记载进行了有意的删除。

"属辞"，就是遣词造句。《春秋》属辞的特点是"微而显，志而晦，婉而成章，尽而不污"②，就是说《春秋》言辞少而意义显豁，记的虽是史事却含着深刻的道理，表述婉转有章法，书尽其事，无所污曲。《春秋》语言凝炼、平浅、含蓄、准确，比起《尚书》古奥的语言有很大进步，摆脱了诰语的"佶屈聱牙"，促进了历史散文语言向着流畅清新的方向发展，这说明孔子还是一名语言革新的大家。

这里强调说一下孔子的"春秋笔法"，孔子修订《春秋》时，对旧史"笔则笔、削则削"③，提炼语言，精选词句，在简洁的语言中隐寓褒贬，有所谓"微言大义"，这就是"春秋笔法"。孔子就是借"春秋笔法"，"上明三王之

---

① 《史记》，《传世藏书》，第 2173 页。
② 《左传·成公十四年》，《传世藏书》，华艺出版社 1997 年版，第 1767 页。
③ 《史记·孔子世家》，《传世藏书》，第 2173 页。

道，下辨人事之纪，别嫌疑，明是非，定犹豫，善善恶恶，贤贤贱不肖，存亡国，继绝世，补敝起废"①。如《春秋》开篇的"隐公元年"，记有这么一则："夏，五月，郑伯克段于鄢"，从对郑庄公与其弟太叔段的称呼中，已强烈地体现了孔子的褒贬态度。左丘明在《左氏春秋》（《左传》）中解释说：

> 书曰："郑伯克段于鄢。"段不弟，故不言弟；如二君，故曰克；称郑伯，讥失教也：谓之郑志，不言出奔，难之也。②

这里所谓的"书"，就是指《春秋》一书。孔子在《春秋》中不称郑庄公为公，也不称段为其弟，是因为其弟一心谋篡兄之位，不像个弟弟，所以不称"弟"。兄弟二人相争，如同两个国君在交战，所以用了"克"字。称庄公不称公而称伯，仅用其爵号，含贬低之意，讥刺他对自己的弟弟有失教诲，不像个兄长，揭示了庄公欲擒故纵，养成其弟贪婪之性，然后加以清除的险恶用心。文中不说太叔段被迫"出奔"，是因为孔子下笔有难处。左丘明对孔子的用意理解得实在入微，解释得也相当精到。再如吴、楚侯国之君，僭号称王，《春秋》贬之为"子"。宋国虽弱小，仍称其君为"公"。记战争，按其性质、情形、结局不同来选择不同的又恰如其分的词汇，如向罪恶者进攻用"伐"，不击钟鼓的进攻用"侵"，乘人不备的进攻用"袭"；同样是杀人，杀无罪者用"杀"，杀有罪者用"诛"，下属杀上级用"弑"。选词炼句一丝不苟，致使"子夏之徒，不能赞一辞"③，韩愈在《进学解》中就把《春秋》的特征概括为两个字："谨严。"

《春秋》的用语，看上去似乎平平常常，细细体味每个字都渗入作者鲜明的政治主张和强烈的感情，表现作者对人物的爱憎褒贬，正如刘勰《文心雕龙·宗经》说："《春秋》则观辞立晓，而访义方隐。"④ 文笔浅显，用意深刻，

---

① 《史记·太史公自序》，《传世藏书》，第2438页。
② 《春秋左传正义》，《十三经注疏》，第1716页。
③ 《史记·孔子世家》，《传世藏书》，第2173页。
④ 《文心雕龙》，《传世藏书》，第3482页。

以至于"一字之褒，宠逾华衮之赠；片言之贬，辱过市朝之挞"①。以一字寓褒贬的笔法，也易导致脱离史实以个人主观来定是非，《春秋》里也确有为亲者尊者讳，有对亲者尊者回护之处，对后世史家有消极影响，但对历史散文来说，却恰好增加了强烈的感情色彩。

总的说来，《春秋》主体上还是以客观、求实为原则。孔子曾赞扬过太史董狐，赞其书法不隐。在他的《春秋》中，对于诸侯淫秽、纳贿、仇杀等丑行，也敢秉笔直书，甚至对不守君道的天子也敢讥讽，如隐公元年七月，鲁惠公安葬已久，周平王却向惠公妾仲子赠送助丧物，这在当时的人看来，是不合礼的轻佻之举，《春秋》便记下："秋七月，天王使宰咺来归惠公仲子之赗。"②向后世君王提出"君不君则犯"的警告。孔子"不语怪、力、乱、神"③，《春秋》尽管记了不少自然灾异，但并没有给以神秘解释，对旧史的荒谬还加以纠正，如鲁庄公七年夏四月辛卯夜，不见恒星，《鲁春秋》记载说："雨星不及地尺，而复。"④流星陨落不待及地又返回天上，多么离奇！孔子于是把它改为"星陨如雨"，体现了他试图用无神论观点来解释自然现象的意识。

《春秋》存在着过于简短隐晦的缺点，大部分类似后世的文章纲目或简要大事记，如宣公十五年，全年记载只用了 71 个字，其中有的事件只记下一个字，如"螽"，指发生了蝗灾，但在多大的范围内受害，损失情况如何，全不清楚。再如"饥"，指蝗灾造成了饥荒，但饥荒到了什么程度，对国家的政治有何影响，也不清楚。记载仅具纲目，无史实的详情及过程，往往使人弄不清史实的因果关系，因而也就不能准确地理解它记载的全部含义。在记事上只停留在简略的"大事记"式的程度上，就很难谈得上生动、形象地叙事写人。

将一个历史人物的全部活动或一件重大历史事件的整个发展过程，按时间分成若干部分，分散在各个篇幅中，和同时的其他人物活动及其他事件混在一起，使人不易简捷、清晰、完整地看到这一人物的全部活动与这一历史事件的整个发展过程。这是编年体难以克服的"特点"，莫说《春秋》，就连文学艺术

---

① 《春秋穀梁传注疏序》，《十三经注疏》，中华书局 1980 年版，第 2359 页。

② 《春秋左传正义》，《十三经注疏》，第 1717 页。

③ 《论语·述而》，《传世藏书》，第 336 页。

④ 《春秋公羊传注疏》，《十三经注疏》，中华书局 1980 年版，第 2228 页。

性很强的《左传》也难避免，要想克服这一弊端，只有创建新的体例，这就是以后出现的纪传体、纪事本末体。但是这些新体例的创建完全建立在编年体的基础之上，没有编年体的创立，其他新体例的创建是不可能的。

春秋末期是一个伟大的社会转型时期，在社会的巨变中，时代呼唤着一代精神生产的"巨人"出现，来对许多重大的社会变革做出解释。孔子就是应运而生的"巨人"，他借《春秋》所载的史实来宣扬儒家思想，以达到拨乱反正的政治目的。《春秋》一书关系着天下国家大是大非，势必引起社会不同人的强烈反应，所以孔子才感叹说："知我者其惟《春秋》乎！罪我者其惟《春秋》乎！"[1]《春秋》是孔子亲自所撰，它如实地反映了儒家创始人孔子的思想倾向与是非爱憎感情，正因如此，后世儒家学人才把它奉为经典。同时，在中国古代散文史上，《春秋》的编成也标志着儒家历史散文从此形成。

二、儒家成熟的历史散文的编撰

《春秋》开创了自己的编年体体例，但首创难工，继它之后不久出现的《左氏春秋》（后称《左传》），才是先秦儒家一部史实详备、富有文采的编年体史著，一部成熟的历史散文。

《左传》的作者为左丘明。孔安国注《论语》时说："左丘明，鲁太史也。"这位鲁国史官很可能在后半生遇到什么不幸，使双目失明，成为一名瞽史，所以司马迁在《史记·太史公自序》中提到"左丘失明"。根据存世的刘向《别录》佚文"左丘明授曾申"，以及陆德明《经典释文·序录》所记"左丘明作《传》以授曾申"判断，曾申是孔子弟子曾点的孙子、曾参的儿子，可知左丘明的出生年代约与孔子晚年弟子曾参大致相当。《左传》哀公十六年记有"夏四月己丑，孔丘卒"[2]，孔子死时享年73岁，在当时来说已是高寿，孔子死后，左丘明还在撰写《左传》，都可证明他应是孔子同时代的晚辈。孔子曾对其弟

---

① 《孟子·滕文公下》，《传世藏书》，第437页。
② 《春秋左传正义》，《十三经注疏》，第2177页。

子提到左丘明："巧言、令色、足恭，左丘明耻之，丘亦耻之。匿怨而友其人，左丘明耻之，丘亦耻之。"①从孔子对左丘明的赞扬中，可以看出孔子已将左丘明视为自己的志同道合者。

鲁国，是周公儿子伯禽的封国，号称礼乐之邦，保存周代文献比较多，左丘明身为鲁国史官，掌握了鲁国所保存的大量历史资料，从这方面说，他比孔子著史的条件要优越得多。左丘明"身为国史，躬览载籍，必广记而备言之"②，为了掌握更多的历史资料，他又同孔子一起去成周观看有关史料。汉宣帝时博士严彭祖在其《严氏春秋》中曾引古本《孔子家语·观周篇》云："孔子半修《春秋》，与左丘明乘如周，观书于周室，归而修《春秋》之经，丘明为之传。"事实上，左丘明的《左传》并不是为解释孔子的《春秋》而作的，但他们二人一道去观看周王室保存的史料，可见二人志向之一致。左丘明开始著《左传》，大致与孔子开始修《春秋》的时间相仿，但《左传》成书较晚，孔子修成《春秋》后，左丘明便又以孔子修成的《春秋》为新的参考资料，对《春秋》有所借鉴、吸收，并进一步加以扩充加工，写成一部比《春秋》远为详备的新的"春秋"史。《左传》180273 个字，比《春秋》多十倍以上，所记也起于鲁隐公元年（前 722），但止于鲁哀公二十七年（前 468），比《春秋》多了 13 年。并常通过人物对话，展示了夏、商、西周三代许多旧史遗闻，显然有自己的编写体例。

唐代以后，不少人认为《左传》的作者不是与孔子同时代的那个左丘明，理由是《左传》鲁哀公二十七年中附有鲁悼公四年（前 463）事一条，此条结尾又提到发生在公元前 453 年的晋韩氏、魏氏与赵氏合谋消灭知伯的事，比这些更晚的是《左传》中还有鲁悼公、赵襄子之谥，这些更是孔子逝世五六十年后的事，于是这些人认为《左传》的作者应是战国初的一位史学家兼文学家。以《左传》鲁哀公二十七年后面所附的几条就简单否定原作者，是很不慎重的。他们忽视了这样一个事实：春秋战国时期的著述，几经传授，后学不免有所增益，门人弟子不免有所续记，不能因此而否认其最初的编撰者。还有

① 《论语·公冶长》，《传世藏书》，第 333 页。
② 《春秋左传正义序》，《十三经注疏》，第 1703 页。

人，如清末刘逢禄、康有为力主《左传》为刘歆的伪作，其论断更是无根据的猜测。因为《左传》早在战国时期就流传于世了，书中的内容曾被《韩非子》《战国策》《吕氏春秋》等书征引或摘录。当时的人们还习惯上将《左传》也简称为《春秋》，因为容易与孔子的《春秋》相混淆，所以没有引起后人的足够注意。如《韩非子·奸劫弑臣》篇中写道：

> 故《春秋》记之曰："楚王子围将聘于郑，未出境闻王病而返，因入问病，以其冠缨绞王而杀之，遂自立也。"①

《吕氏春秋·求人》篇写道：

> 观于《春秋》，自鲁隐公以至哀公十有二世，其所以得之，所以失之，其术一也：得贤人，国无不安，名无不荣；失贤人，国无不危，名无不辱。先王之索贤人，无不以也，极卑极贱，极远极劳，虞用宫之奇，吴用伍子胥之言，此二国者，虽至于今存可也。②

楚公子围杀王自立事，摘录自《左传》昭公元年；宫子奇谏虞公勿借道于晋以伐虢的事，见于《左传》僖公二年和五年；伍子胥谏吴王拒绝越国求和与停止伐齐的事，见于《左传》哀公元年和十一年；孔子的《春秋》均无这方面的内容，可见《韩非子》《吕氏春秋》所说的《春秋》，就是指《左传》，而不是指孔子的《春秋》。如果说《左传》为西汉末刘歆伪造，莫说《韩非子》《吕氏春秋》的作者，就连司马迁又怎么会看到《左氏春秋》？司马迁在《史记·十二诸侯年表》中讲："鲁君子左丘明……成《左氏春秋》。"③

不过，司马迁认为左丘明写作《左氏春秋》的动因，是由于《春秋》过分简略，褒贬讥刺过分隐约，容易使人对其"大义"的理解产生种种偏差，甚至断章取义，所以左丘明要著《左氏春秋》以明《春秋》的真谛，把《左氏春

---

① 《韩非子》，《传世藏书》，华艺出版社 1997 年版，第 867 页。
② 《吕氏春秋》，《传世藏书》，华艺出版社 1997 年版，第 1282 页。
③ 《史记》，《传世藏书》，第 2043 页。

秋》的成书归于阐释孔子的《春秋》，不使其意失真，而忽略了左丘明要独立著述的事实。

左丘明著《左氏春秋》的目的，是要在《春秋》的基础上，来一个大的突破与创新，以弥补《春秋》的不足。这种突破与创新不是抛弃《春秋》的编年体，而是充实、丰富编年体的写作体例。具体表现在四个方面：一是内容上要比《春秋》丰富广泛。仅把《春秋》简单的记事作为写作参照的纲目，精心编排当时广泛收集到的大量文献资料，并且充实进各种传说及有关佚闻琐事，对于历史事件的叙述尽力做到详备。二是形式上突破了传统的或记言或记事的单一模式，吸收《尚书》记言体与《春秋》记事体的技巧，做到了在编年体中将记事与记言有机地融合为一体，达到了叙事详明有趣，记言委婉生动。刘知幾赞曰："逮左氏为书，不遵古法，言之与事，同在传中。然而言事相兼，烦省合理，故使读者寻绎不倦，览讽忘疲。"① 三是在叙事方法上，摒弃了《春秋》单一的顺叙方法，实现了顺叙、倒叙、补叙等多种叙事方法相结合，有时通过对事件的发生、发展和结局做集中的交待，使事件的叙述有了一个比较完整的过程。四是语言表述上更富创造性，善于用简练的文字叙述复杂纷繁的历史事件，刻画出各具神态的人物形象，描摹口吻毕肖的人物语言。总之，《左氏春秋》在内容上追求富赡，在表述上讲究文采，形成了与《尚书》《春秋》不同的特色，代表了先秦儒家历史散文的最高水平。

梁启超认为"左丘可谓商周以来史界之革命也，又秦汉以降史界不祧之大宗也"②。梁启超把左丘明视为史学界的一名革新家，确实很有识才的眼光。左丘明也是历史散文的一名革新家，详赡生动的记事记言的完美结合，使《左氏春秋》攀登上先秦历史散文的最高峰，有人甚至于把它奉为中国文章之祖、叙事之宗，如明代叶盛在《水东日记》卷二三《临川李性学古今文章精义》中说："六经而下，左丘明传《春秋》，而千万世文章实祖于此。"

《左氏春秋》记述春秋时期史事富赡翔实，给后人理解《春秋》简单隐晦的事条以极大的启示，成了阅读《春秋》的重要参考资料，于是最早明确地认

---

① 刘知幾撰，浦起龙释：《史通通释·载言》，第34页。
② 梁启超：《中国历史研究法》，上海古籍出版社2006年版，第17页。

为《左氏春秋》是传注《春秋》的是汉宣帝时的博士严彭祖；从班固起就干脆将《左氏春秋》改称为《左氏传》，其《汉书·艺文志》中称："《春秋古经》十二篇。""《左氏传》三十卷。"① 从此，《左氏春秋》就改名为《春秋左传》，简称《左传》。从晋朝杜预开始，把《春秋》和《左氏春秋》进行了合编，以《春秋》为经，以《左氏春秋》为传，每年的经文分编在对应年的传文前，完全改变了《左氏春秋》原来独立的体例。刘知幾在《史通·申左》中说："传之与经，其犹一体，废一不可，相须而成。"② 宋刘世安《元城语录》卷中认为"《左氏传》于《春秋》所有者或不解，《春秋》所无者，或自为传，……读《左氏》者，当经自为经，传自为传，不可合而为一也，然后通矣。"宋黄震在《黄氏日钞》卷三十一中也说："左氏虽依经作传，实则自为一书，甚至全年不及经文一字者有之。焉在其为释经哉？"

朱熹在《朱子语类》卷八三中指出："《左传》是史家，《公》《穀》是经学。"真正注解《春秋》经文的是《公羊传》和《穀梁传》，此二传与《左传》后来合称《春秋三传》。相传《公羊传》是子夏弟子、战国齐人公羊高传授解释《春秋》的书，汉景帝时其玄孙公羊寿用当时的文字著之于竹帛，东汉末何休解诂，唐时徐彦作疏。《穀梁传》是子夏另一弟子、战国鲁人穀梁赤传授弟子的书，后也著于竹帛，东晋范宁集解，唐杨士勋疏。《公羊》《穀梁》二传附经立传，用问答体形式逐次阐释经文的"微言大义"。《春秋穀梁传注疏序》中说："《左氏》艳而富，其失也巫；《穀梁》清而婉，其失也短；《公羊》辩而裁，其失也俗。若能富而不巫，清而不短，裁而不俗，则深于其道者也。"③ 此论虽未妥当，但说明一点：《穀梁》与《公羊》的艺术无法与《左氏春秋》相比。《穀梁》与《公羊》虽然选词严密，表述简洁，但由于侧重训诂释义，所以与《左传》相比，历来不为史学界与文学界所重视。

左丘明以儒家经典为旨归，常常引用《诗》《书》等典籍的语句为理论凭据。他也非常崇敬孔子，常把孔子忠君、守道等事迹写入《左氏春秋》，如定公十年，写孔子不畏强齐，怒斥齐国君臣无礼之举，捍卫了鲁国的尊严。在

---

① 班固：《汉书》，世界书局 1935 年版，第 286 页。
② 刘知幾撰，浦起龙释：《史通通释》，第 421 页。
③ 《春秋穀梁传注疏序》，《十三经注疏》，第 2361 页。

《左氏春秋》中，还把孔子的话与典籍中的语言相提并论，当作至理名言来引用，如宣公二年中写道：

> 乙丑，赵穿攻灵公于桃园。宣子未出山而复。大史书曰："赵盾弑其君。"以示于朝。宣子曰："不然。"对曰："子为正卿，亡不越竟，反不讨贼，非子而谁？"宣子曰："乌呼，'我之怀矣，自诒伊戚'，其我之谓矣！"孔子曰："董狐，古之良史也，书法不隐。赵宣子，古之良大夫也，为法受恶。惜也，越竟乃免。"①

"我之怀矣，自诒伊戚"为《诗经·邶风·雄雉》中"我之怀矣，自诒伊阻"的另一"版本"，在左丘明心目中，孔子的话之正确、公正，已与典籍语相同，由此可见，左丘明对孔子儒家思想的崇拜。所以他的《左氏春秋》与《春秋》一样，通过叙述春秋时期的史实，来表现自己的儒家思想，诸如仁义、礼德、民本、爱国等。

但细分析，二人对一些历史事件、社会人物的态度还是不尽相同的。左丘明对春秋霸主们的态度基本是赞赏的，对其以武力征伐天下的行为基本是赞同的。如《左氏春秋》从庄公二十八年（前666）至僖公三十二年（前628），用浓墨重彩来描写"春秋五霸"之一的晋文公近四十年的经历，记述他以公子的身份离国出逃，最终回国夺取君位，并成为一代雄主。其记载了一位胸无大志的平庸贵族公子经过长期磨难，终于成为眼光远大的老练政治家，向人们展示了一位勇于驾驭时代风云的霸主形象。在晋文公身上，体现了作者崇尚新霸主以武力统一天下的思想。而孔子与左丘明的态度恰恰相反，他向往与维护的是周天子的大一统，所以在《春秋》中，对王权衰落、霸权迭兴、诸侯兼并等现象大为不满，将大夫冒犯诸侯、诸侯不尊天子，视为"犯上作乱"；把大一统格局的被打破，动荡纷争局面的形成，视为"礼崩乐坏""天下无道"。其《春秋》著述的目的就是要维护周礼，使乱臣贼子惧，从而拨乱反正。实际上，左丘明与孔子，可谓"殊途同归"，孔子希望通过抑制诸侯争霸来恢复旧日的统

---

① 《春秋左传正义》，《十三经注疏》，第1867页。

一，左丘明则希望由新的霸主达到新的统一，他们的大一统思想是一致的，不过比较而言，左丘明的大一统思想更为现实一些。左丘明不仅对春秋时社会政治变革所流露的思想感情与孔子有区别，甚至对孔子所谴责的人与事，有时公开表示同情或赞扬。如鲁宣公二年，《春秋》写道："秋九月乙丑，晋赵盾弑其君夷皋。"① 而《左氏春秋》则书："晋灵公不君……乙丑，赵穿杀灵公于桃园。"② 孔子用"弑"字，左丘明用"杀"字，一字之差，表明他们二人对晋灵公的感情及对赵氏行为的态度是截然不同的，孔子的《春秋》意在谴责执政大臣不忠，而左丘明的《左氏春秋》则旨在暴露为君不仁。

在对待史料的态度上，左丘明与孔子也有很大不同，在《左氏春秋》中，并不排斥神话传说、奇闻逸事，在记述历史事件时，还穿插了许多占卜与解梦的片断，而且这些占卜与解梦的预言又在后来的实践中有所应验。特别是还记有大量的神鬼传闻，从史学角度看，则属于地地道道的"虚枉"。如僖公十年，晋太子申生的车夫狐突路遇申生：

> 秋，狐突适下国，遇大子。大子使登，仆，而告之曰："夷吾无礼，余得请于帝矣，将以晋畀秦，秦将祀余。"对曰："臣闻之：'神不歆非类，民不祀非族。'君祀无乃殄乎？且民何罪？失刑、乏祀，君其图之！"君曰："诺！吾将复请。七日，新城西偏将有巫者而见我焉。"许之，遂不见。③

申生本是晋献公的太子，献公宠妃骊姬挑拨献公与申生及其他公子的关系，逼使申生于僖公四年自缢身亡于新城，另外两名公子重耳和夷吾也都逃难出奔他国。僖公十年，申生身亡已逾六年，《左氏春秋》仍记狐突遇见申生，还与申生对话，这些素材显然属民间离奇的传闻，左氏把它采撷入编，与孔子的"不语怪力乱神"的原则格格不入。

梁启超认为《左氏春秋》"叙事有系统，有别裁，确成为一部'组织体的'著述。彼'账簿式'之《春秋》，'文选式'之《尚书》，虽极庄严典重，而读

---

① 《春秋左传正义》，《十三经注疏》，第 1866 页。
② 《春秋左传正义》，《十三经注疏》，第 1867 页。
③ 《春秋左传正义》，《十三经注疏》，第 1801—1802 页。

者寡味矣"①。《左氏春秋》以前的记事文字,叙述的都是事情的梗概,不以铺张翔实为能事。《左氏春秋》以前的记言文字,往往单纯地记载人物言论,与记事结合得不紧密。《左氏春秋》独能把《春秋》记事与《尚书》记言的特点融合为一,并在此基础上,吸收了历史传说、瞽史说唱那种生动的叙事技巧,和民间传说中摹物具情的人物对话与人物独白的表现手法,加上自己在艺术上的创新,清晰而细致地展示了春秋一代各个侯国盛衰兴亡的过程,生动而逼真地表现了这一历史时期形形色色的人物形象,寄予了作者的儒家理想与政治主张,并把叙事和记言的艺术水平提高到一个空前的高度。

三、先秦儒家历史散文的艺术水平

《左氏春秋》虽然仍是编年体,但已经不满足孔子《春秋》那种对历史事实做简单陈述的史笔笔法,即提纲式地简略地记载春秋时期各国政治、外交、军事事件,或某些首脑人物生死黜立的变故梗概,而是要以丰富而有趣的史事,各种人物生动而详细的历史活动,来充分显示春秋时期复杂的社会现实,来生动地展示激烈动荡的春秋历史。它摒弃了一字含褒贬的"春秋笔法",创造了在生动记叙史事的基础上显示各种人物形象、心态,表达作者观点的方法。在《左氏春秋》中,作者对春秋时期各国君位嬗变,执政者谋权夺势,政客宦海沉浮,贵族内部倾轧火并,侯国之间欺诈侵掠,辽阔战场千军万马厮杀格斗,阴暗一隅数人密谋划策,各种各样的矛盾,大大小小的动乱,五花八门的政变,都无不给以关注。而且它还记录了人们的生活习惯、风土民情、各种礼仪祭祀活动。《左氏春秋》是春秋时期的一部百科全书,反映了当时社会生活的方方面面,为后人描绘了一幅五彩缤纷的春秋历史画卷。

左丘明特别重视人在事件中的决定性作用,常在记叙事件发生的前因后果中,展现事件中人与人的关系以及每个人的命运变化。人是历史事件的参与者,也是历史演变的主宰,作者抓住推动历史演变的主体来进行描写,虽然不

①　梁启超:《中国历史研究法》,第17页。

是自觉地塑造典型人物形象，却不自觉地为中国文学园地增添了许多具有鲜明时代特征的人物形象。据孙绿怡先生统计，《左氏春秋》共写了一千四百多位人物，"这些人物包括了春秋时代社会各阶级、阶层的成员，有天子、诸侯、卿士、大夫，有将相、武臣、学者，有说客、祝史、良医、商贾、倡优，也有宰竖、役人、盗贼、侠勇等等。各种历史人物，形形色色，多彩多姿。其中，约有三分之一的人物有较详细的事迹记录或鲜明的形象描绘。整部《左传》，犹如一幅人物层现叠出的彩画长卷，展示了风云变幻的春秋时代的社会历史面貌"①。

在叙事方法上，《左氏春秋》有重大的创新，这种创新首先表现在作者重视对事件的完整把握，对事件的发生、发展和结束有时能给予集中记叙。这正是儒家历史散文成熟、发达的重要标志，其意义是极其深远的，它直接启示了今后纪传体与纪事本末体的产生。如隐公元年，《春秋》上书"夏五月，郑伯克段于鄢"②，只列一个纲目。《左氏春秋》却叙述了太叔段聚粮草、修兵器、备车马，准备向郑庄公夺权，而郑庄公早拭目以待，时机一到，一声令下，伐京、伐鄢，把太叔段赶出了郑国；并以此事件为中心，补叙了此事件的前因后果。文章是从几十年前的"初"述起的，写武公娶武姜，武姜生庄公、叔段，武姜偏爱叔段，一心想让叔段掌握郑国大权，然后逐次展现庄公、叔段二兄弟的矛盾，为隐公元年庄公翦除叔段交待了缘由与背景。叔段外逃后，作者又记述了庄公放逐武姜以及又与武姜和好"如初"的经过，描写了郑侯家庭矛盾产生、发展、激化、结束的全过程，情节完整，具有很强的故事性。

章学诚在《文史通义》中总结出《左氏春秋》的多种叙事方法，如顺叙、倒叙、类叙、次叙、断续叙、牵连叙等，而《春秋》只简单地使用了顺叙。在《左氏春秋》中，显而易见的就是"初"字的频繁使用，它成为倒叙追记事物以往过程最简捷的语言方式。如果按以往编年体的体例来要求，《左氏春秋》只能记录下某事件在本时段发生的片断，但它却以本时段为基点，然后向前向

---

① 孙绿怡主编：《春秋左传研究》，中央广播电视大学出版社 2009 年版，第 95 页。
② 《春秋左传正义》，《十三经注疏》，第 1714 页。

后再生发开来，使用倒叙、补叙等手段，记叙事件的发生、发展和结局，交待事件的前因后果，使事件的叙述有了一个完整的过程。这样，实际上就突破了编年体的界限，使事件的记叙有了纪事本末体的因素，使人物的刻画有了传记的意味。

左丘明善于把握纷繁复杂的社会矛盾，把材料组织编排得条理分明、井然有序；并用那支生花妙笔，把看似平淡的事件，也能描写出紧张曲折的情节来，用生动的故事代替了简单枯燥的事件概述，把似乎平淡无奇的人物也能写得栩栩如生，富有传奇色彩。如成公十年，《春秋》用五个字记有一事："丙午，晋侯卒。"至于晋侯的死因未作交待。晋侯是自己跌入粪坑淹死的，若让一般史家来写，还是比较简单，写不出什么曲折来。而左丘明却运用了生动的情节和精彩的细节来叙写，把晋侯的死描述得极为生动，饶有兴味：

> 晋侯梦大厉，被发及地，搏膺而踊，曰："杀余孙，不义！余得请于帝矣！"坏大门及寝门而入。公惧，入于室；又坏户。公觉，召桑田巫。巫言如梦。公曰："何如？"曰："不食新矣！"
>
> 公疾病，求医于秦。秦伯使医缓为之。未至，公梦疾为二竖子，曰："彼良医也，惧伤我，焉逃之？"其一曰："居肓之上，膏之下，若我何！"医至，曰："疾不可为也！在肓之上，膏之下，攻之不可，达之不及，药不至焉；不可为也！"公曰："良医也！"厚为之礼而归之。
>
> 六月，丙午，晋侯欲麦，使甸人献麦，馈人为之。召桑田巫，示而杀之。
>
> 将食，张，如厕，陷而卒。小臣有晨梦负公以登天，及日中，负晋侯出诸厕。遂以为殉。①

事件虽然平凡，但作者把情节安排得曲折起伏，并设有悬念，引人入胜。那位来讨血债的赵氏厉鬼，"被发及地，搏膺而踊"，口中呼喊着冤屈，捶着胸、跺着脚，替子孙们前来报仇，他"坏大门及寝门"，"又坏户"，怒不可遏，

---

① 《春秋左传正义》，《十三经注疏》，第 1906 页。

通过砸门破窗的细节描写，一位复仇者的形象跃然纸上。而那位平时操有生杀大权的晋侯，在公理面前又是那样的心虚胆怯，只知抱头鼠窜，说明晋侯的不治心病是咎由自取。然而在病危之际，还要杀死认为咒他早死的巫师。溺死之后，那个从粪坑背出晋侯的小臣也殉葬了，事件叙述得绘声绘色，揭示了晋侯及统治者的残忍暴虐的嘴脸。

《左氏春秋》中有些情节、细节和人物语言，在当时是无法记录的，许多是后人在追忆中加以想象出来的。这种追忆实际包含着艺术创作，他们替已知的历史事件揣度出许多原先未知的情节、细节和人物语言。他们认为在当时特定的条件下，事件的具体进展就该如此，事件中具体的人物就该说这样的话，否则，就不合情合理了。然而更多的还是作者在原始史料的基础上，察物体情，想象和虚构出来的，这也正是最能体现《左氏春秋》文学特点的地方。依靠这种想象和虚构，《左氏春秋》才成为先秦历史散文中最具艺术魅力的作品，想象与虚构是贯彻《左氏春秋》写作始终的一种重要艺术手段。如僖公二十四年中写道：

> 晋侯赏从亡者，介之推不言禄，禄亦弗及。推曰："献公之子九人，唯君在矣。惠、怀无亲，外内弃之。天未绝晋，必将有主。主晋祀者，非君而谁？天实置之，而二三子以为己力，不亦诬乎？窃人之财，犹谓之盗，况贪天之功以为己力乎？下义其罪，上赏其奸；上下相蒙，难与处矣。"其母曰："盍亦求之？以死，谁怼？"对曰："尤而效之，罪又甚焉。且出怨言，不食其食。"其母曰："亦使知之，若何？"对曰："言，身之文也。身将隐，焉用文？是求显也。"其母曰："能如是乎？与女偕隐。"遂隐而死。[①]

晋公子重耳虽经多年苦难磨炼，阅尽人情真伪，饱尝世态炎凉，然而一旦复国成主，忘乎所以，马上暴露出昏聩的特点。他大"赏从亡者"，然而贪天之功者赏，不言己功者禄不及，上下相欺蒙，无公道可言，介之推与母亲的

---

① 《春秋左传正义》，《十三经注疏》，第 1817 页。

一番对话，便是对这种现状的不满。介之推母子隐死前说的这些话，何人能知晓？纯属作者揣度、想象而虚构出来的。但作者的这种想象绝不是无根据的捏造，他依据事件的发展逻辑，去想象事件所应具有的生动的情节和细节，依据每个历史人物的性格特征，去想象和设计人物在特定的条件下，应该具有的那些符合其个性特征的语言。

除了想象与虚构的运用外，作者还对旧史料加以修饰润色，对传说逸闻广泛吸收，使《左氏春秋》行文更加铺排，叙事记言更加夸张。作者善于将琐谈趣闻甚至迷信传说融于史实之中，作者的这种喜好，与不言神怪的《春秋》恰形成鲜明的对比。因而遭到不少人的非难，如汉王充在《论衡·案书篇》中说《左氏春秋》"言多怪，颇与孔子不语怪力相违返也"[①]。从史学求真、无征存阙的原则来看，《左氏春秋》并不是严格的史实记录，以上微词也并非属于无理挑剔，然而从文学角度看，这正是《左氏春秋》艺术特色的重要表现。

《左氏春秋》还常采撷《诗经》中的诗句、民间的歌谣及谚语入史，使庄严的史实与优美的诗歌谣谚浑然融合，增加了叙事的文学色彩。如子产，春秋时期郑国杰出的改革家，他于郑简公二十三年执国政，为了彻底改变郑国混乱的状态，推行了一系列的改革措施，特别是按"丘"征赋，整顿地界与沟洫，既保证了国家财政税收，又有利于农业的发展。但郑国许多人起初对子产的改革非常不满，以歌泄愤。后来眼见这种政策安定了国内秩序，给农业带来大发展，于是又唱出了由衷的颂歌，《左氏春秋》中就采录了这前后不同的两首歌：

> 子产使都鄙有章，上下有服，田有封洫，庐井有伍。大人之忠俭者，从而与之；泰侈者因而毙之。……从政一年，舆人诵之曰："取我衣冠而褚之，取我田畴而伍之。孰杀子产，吾其与之。"及三年，又诵之曰："我有子弟，子产诲之；我有田畴，子产殖之。子产而死，谁其嗣之？"[②]

---

① 《论衡集解》，中华书局1957年版，第568页。
② 《春秋左传正义·襄公三十年》，《十三经注疏》，第2013—2014页。

这两首歌谣言近意远、词简意丰，生动地表现出郑国人由怨愤到感激的感情转变，反映出郑国政局的前后巨大变化，显示了子产这位改革家的形象，这比平常叙史的语言要精炼而有韵味。

冯李骅在《左绣·读左厄言》中说："春秋之局凡三变，隐、桓以下政在诸侯，僖、文以下政在大夫，定、哀以下政在陪臣。"权力不断下移是春秋时期社会发展的一个显著特点。随着权力下移，历史的主角不断地转换，左氏笔下的主人公也随着时代的发展而不断转换，人物刻画的详略，在于人物历史作用的大小，而不在于其官位的高低。凡是能生动地体现国家治乱兴亡的人物及事件，"则纤芥无遗"，反之，"则丘山是弃"。[①]《左氏春秋》有自己的详略标准与取舍裁剪的原则，它的富赡表现在要生动、形象地反映社会矛盾与社会变化，而不是资料的芜杂和堆砌。

春秋时期各诸侯国的战争贯穿于整个社会发展过程之中，成为社会生活的主要内容，从战争中往往看到国家之间政治、经济、外交的矛盾与斗争，看出人心背向、历史发展的趋势。《左氏春秋》一向以善于叙述战事被人所称道，它生动地记载了几百起大小战役，并且不仅仅描写战场上的交锋，而是把战争当作社会全部矛盾激化的形态来加以全面描述。特别是对春秋时期的五大战役：僖公二十八年的晋楚城濮之战、僖公三十三年的秦晋殽之战、宣公十二年的晋楚邲之战、成公二年的齐晋鞍之战、成公十六年的晋楚鄢陵之战，尤其写得周详。战事的酝酿、起因，战前军事与外交的谋略、兵马物质的调遣、阵势的布置，战时激烈的搏杀、战局的变化、双方的进退，战后胜负的结局、各方面的反应、人事的处理等，都迂徐有致地表现出来，笔力纵横，章法变幻有方。且看僖公二十八年城濮之战中的一段：

> 夏，四月戊辰，晋侯、宋公、齐国归父、崔夭、秦小子慭次于城濮。楚师背酅而舍。晋侯患之。听舆人之诵曰："原田每每，舍其旧而新是谋。"公疑焉。子犯曰："战也！战而捷，必得诸侯；若其不捷，表里山河，必无害也。"公曰："若楚惠何？"栾贞子曰："汉阳诸姬，楚实尽之。

---

① 刘知幾撰，浦起龙释：《史通通释·二体》，上海古籍出版社 1978 年版，第 28 页。

思小惠而忘大耻，不如战也。”晋侯梦与楚子搏，楚子伏己而盬其脑，是以惧。子犯曰：“吉。我得天，楚伏其罪，吾且柔之矣。”

子玉使斗勃请战，曰：“请与君之士戏，君凭轼而观之，得臣与寓目焉。”晋侯使栾枝对曰：“寡君闻命矣。楚君之惠，未之敢忘，是以在此。为大夫退，其敢当君乎？既不获命矣，敢烦大夫谓二三子：戒尔车乘，敬尔君事，诘朝将见。”

晋车七百乘，韅、靷、鞅、靽。晋侯登有莘之墟以观师，曰：“少长有礼，其可用也。”遂伐其木，以益其兵。己巳，晋师陈于莘北。胥臣以下军之佐当陈、蔡。子玉以若敖之六卒将中军，曰：“今日必无晋矣！”子西将左，子上将右。

胥臣蒙马以虎皮，先犯陈、蔡，陈、蔡奔，楚右师溃；狐毛设二旆而退之，栾枝使舆曳柴而伪遁，楚师驰之，原轸、郤溱以中军公族横击之，狐毛、狐偃以上军夹攻子西，楚左师溃；楚师败绩。子玉收其卒而止，故不败。①

城濮（今山东鄄城西南）之战，是晋楚三大战役中的第一次大战役，当以晋军为主的反楚联军后撤九十里，进驻城濮后，紧追不舍的楚军在背靠酅山的地方扎营，占据了有利地形。在此决战，晋文公有点担心，听到军中传唱的歌谣后，心中更是疑惑，尽管有部下激励，心里仍犯嘀咕，为此夜里还做了一个噩梦。而楚军的主将子玉气盛轻敌，认为破晋易如反掌，他一面傲慢地派人向晋文公下战书，一面在楚军将士面前夸海口。不料会战一开始，楚的联军陈、蔡国的兵马就被打得弃阵而逃。对楚军，晋军采取了佯攻，然后就假装失败退却。楚军不知是计，追击过来，被晋军的伏兵拦腰截断，而后退的晋军马上回军夹击，把楚军杀得溃不成军，若不是子玉早点收兵，恐怕参战的楚军就要全部覆灭了。

城濮之战的胜负是晋楚争霸的关键，所以作者对这场战争的经过采用了许多情节和细节来着力刻画。至于战争发生的原因及战前的准备，作者在叙述战

① 《春秋左传正义》，《十三经注疏》，第1825页。

争经过前已做了交待。城濮之战后，作者还写了这场战争的影响。凯旋班师的晋军，到达衡雍后，周天子亲自前来慰劳，晋文公就在践土设置了周天子的行宫，后来周天子召晋、齐、鲁、宋等国君王到践土会盟，封晋文公为侯伯，晋文公的霸主地位从此确立，春秋争霸又呈现出新的格局。

本篇主要表现晋楚两大军事力量的对立和角逐，作者相应地采取了对比、反衬的手法，在对比与反衬中，见出晋楚双方的差异和各自的特点，来展示双方战事的发展变化。如晋国君臣团结一致，君主英明，将士足智多谋、能征善战；而楚国恰相反，君臣意见不合，君主缺少主见，将士盲目轻敌，导致指挥失误。晋国一方面积极争取秦、齐加盟，一方面又瓦解曹、卫与楚的联盟，尽量扩大反楚力量，削弱楚的势力；而楚成王要不主张避开晋军而退却，要不只给子玉很少兵力让他去送死，根本谈不上审时度势，寻找破晋的突破口。晋军的将领在战斗中采取正确的战术，避敌锋芒，诱敌深入，然后伏击制胜；而楚军将士盲目乐观，一味冒进。晋楚的差距如此明显，晋军的胜利是理所当然的了。

作者常选取决定战争进程的关键人物来刻画，以这些人物战场上的话语与动作，来反映酣战中千军万马的心态与风貌。如成公二年鞍之战中的一段激战情景：

　　　　癸酉，师陈于鞍。邴夏御齐侯，逢丑父为右。晋解张御郤克，郑丘缓为右。齐侯曰："余姑翦灭此而朝食。"不介马而驰之。郤克伤于矢，流血及屦，未绝鼓音，曰："余病矣。"张侯曰："自始合，而矢贯余手及肘，余折以御，左轮朱殷，岂敢言病？吾子忍之！"缓曰："自始合，苟有险，余必下推车，子岂识之？然子病矣！"张侯曰："师之耳目，在吾旗鼓，进退从之。此车一人殿之，可以集事，若之何其以病败君之大事也？擐甲执兵，固即死也。病未及死，吾子勉之！"左并辔，右援枹而鼓，马逸不能止，师从之。齐师败绩。①

――――――――

　　① 《春秋左传正义》，《十三经注疏》，第 1894 页。

齐军先向晋军发起猛攻，晋主帅郤克中箭后血流到鞋上，仍没停止击鼓指挥；他的御手解张手与肘皆中箭，血把左车轮都染红了，但他折断箭杆继续赶车；他的车右郑丘缓虽未中箭，但一遇险情便冒着危险下去推车。细节生动，情景逼真，将士们不畏牺牲，互相激励的语言简短而情深，表达出来的甘愿为国捐躯的豪迈气概令人感动。跟随在他们后面的所有殊死奋战的晋军将士，其英雄形象是可以想象到的。

《左氏春秋》中的"记言"，最为精彩的是行人的辞令。所谓"行人"，主要是指奔走于政界、应对于诸侯的人员，他们凭借十分讲究严密逻辑的言辞来折服对方，推行自己的一定主张。他们的外交辞令、政事议论、谏说之辞，委婉有力，在彬彬有礼的形式下，带有极强的"杀伤力"。如僖公三十三年，载有郑商人弦高与郑大夫皇武子的"外交辞令"：

> 三十三年春，秦师……及滑，郑商人弦高将市于周，遇之。以乘韦先，牛十二犒师，曰："寡君闻吾子将步师出于敝邑，敢犒从者，不腆敝邑，为从者之淹，居则具一日之积，行则备一夕之卫。"且使遽告于郑。
>
> 郑穆公使视客馆，则束载、厉兵、秣马矣。使皇武子辞焉，曰："吾子淹久于敝邑，唯是脯资饩牵竭矣。为吾子之将行也，郑之有原圃，犹秦之有具囿也。吾子取其麋鹿以闲敝邑，若何？"杞子奔齐，逢孙、扬孙奔宋。孟明曰："郑有备矣，不可冀也。攻之不克，围之不继，吾其还也。"灭滑而还。[1]

弦高明知秦军前来偷袭郑国，却假托奉郑君之命，远道来迎，并奉上犒劳秦军的礼品，以示郑国早知秦军的行动，暗示郑国也早有准备，从而使秦军的偷袭计划落空。皇武子更借供应不支，对做内应的杞子等人下了委婉的"逐客令"，从而使秦军的内应计划也落空。秦军只好灭了小小滑国而返回。弦高与皇武子的语言充满了智慧，善于揣摩对方心理而发论，巧于以语言进行"心战"。

---

① 杨伯峻编著：《春秋左传注》，中华书局 1981 年版，第 494—496 页。

刘知幾在《史通·申左》中赞叹说："寻《左氏》载诸大夫词令、行人应答，其文典而美，其语博而奥，述远古则委曲如存，征近代则循环可覆。必料其功用厚薄，指意深浅，谅非经营草创，出自一时，琢磨润色，独成一手。"①细细地体味《左氏春秋》中各行人辞令，有的词锋犀利，有的陈词委婉，有的不亢不卑，有的似柔实刚，有的慷慨激昂，有的义正词严，有的哀哀动情；或真情坦露，或言不由衷，或逢场作戏，或坑蒙拐骗，人物语言生动而具有个性化，传神地表现出人物各自的个性风采。

《左氏春秋》的叙述人语言，常以简约言辞来表述纷繁复杂的事变，以意蕴厚实来表达作者深刻、细腻的感情。如鲁宣公十六年春，晋景公命士会统领中军，兼任大傅，主持晋国礼刑之职，作者接着写到，"于是晋国之盗逃奔于秦"，仅此一句，包含了多少内容！它说明晋侯知人善任，士会早有赏罚严明的名声，晋之盗奔于秦而不奔于他国，也反映了此时秦国对晋国的敌对态度，肯收容晋国所要惩罚的人。再如庄公十二年，宋国内乱，闵公被杀，后乱平，作乱者猛获奔于卫，南宫万奔于陈，《左氏春秋》写道："宋人请猛获于卫。……卫人归之。亦请南宫万于陈，以赂。陈人使妇人饮之酒，而以犀革裹之。比及宋，手足皆见。"②"比及宋，手足皆见"句，言简意赅，使人想象到：当南宫万酒醒后，才知自己已被裹在了皮囊中，一种求生的欲望使他一路上拼命地挣扎，力气之大，竟把犀牛皮捅破，使手脚露出来。再如宣公十二年冬，楚军伐萧，"申公巫臣曰：'师人多寒。'王巡三军，拊而勉之，三军之士皆如挟纩"③。围攻萧国的楚军将士，因缺少棉衣受冷冻，楚王知情后，亲自巡视三军，进行安慰，几句体恤的温语使将士们感到暖似披上棉衣，比喻贴切入时，将楚王慰勉之情与三军将士的愉悦都蕴含其中。左丘明叙事晦而能显，虚实相间，能"因物赋形"，事愈错综，辞益纵横，声调的缓急随情而发，文笔的曲直莫不以逼肖为准。有时笔法又出人意表，写秽亵事笔反洁，写繁杂事笔反简，写紧张事笔反缓。变化多端，妙趣横生。

从《左氏春秋》开始，中国的史著中有了作者的评论，并成为一种格式。

①　刘知幾撰，浦起龙释：《史通通释》，上海古籍出版社1978年版，第419—420页。
②　《春秋左传正义》，《十三经注疏》，第1770页。
③　《春秋左传正义》，《十三经注疏》，第1883页。

左氏发论多以"君子曰""君子谓""君子是以知""君子以为"为开头语；也有不冠以"君子曰"等语直接发论的；还有借他人言论或征引《诗》《书》等典籍的言论来间接表示作者意见的，如郑庄公任高渠弥为卿，当时未即位的郑昭公表示反对，当昭公即位不久，即在鲁桓公十七年，高渠弥就杀了昭公。作者在记述完此事后，又写道："君子谓：'昭公知所恶矣。'公子达曰：'高伯其为戮乎？复恶已甚矣。'"①作者赞叹昭公早知高渠弥恶，惋惜庄公养虎遗患。借用公子达的话，谴责高渠弥报复私怨过分，注定没有好下场，从不同角度总结这沉痛的历史教训。再如鲁僖公十二年，周襄王以对待上卿的礼节来款待管仲，管仲谦恭地予以辞谢。作者对管仲的这种谦让精神赞赏道："君子曰：'管氏之世祀也宜哉！让不忘其上。《诗》曰：恺悌君子，神所劳矣。'"②作者觉得自己的语言还不足以表达对管仲的赞美之情，又引《诗经》中的语句来助表达，进一步说明管仲受到历代人们怀念的原因。这些发论，或直接或间接，都加重了《左氏春秋》的感情色彩，为后代史著褒贬人物、抒发作者感情创立了新形式。

《左氏春秋》采取的是编年体形式，尽管在叙事时对编年有所突破，但总的看，它所刻画的人物的行实与言论大部分分散在各年记载之中，分散的记述往往只勾勒人物的某一时期内的形象与某一方面的性格特征，只有把分散的描述归拢、汇总后才能构成完整的形象。然而《左氏春秋》通过"艳而富"的记言与记事，刻画了众多个性鲜明的历史人物形象，把先秦历史散文的叙事记言和写人的艺术技巧提高到前所未有的高度。虽然它塑造人物形象的意识还处于不自觉的阶段，但它所塑造的人物都处于尖锐的社会关系冲突之中，通过展示人物所从事的斗争与人物在斗争中的言行，人物性格特征得到充分表现。事件富有故事性，情节生动，细节逼真，语言精炼而富有个性化特点，为中国文学园地增添了许许多多感人的艺术形象，为后世提供了许许多多刻画人物形象的艺术经验。它不仅标志着先秦儒家历史散文的最高水平，同时也标志着中国古代散文进入了一个新的时代。

（作者单位：曲阜师范大学文学院）

---

① 《春秋左传正义》，《十三经注疏》，第 1759 页。
② 《春秋左传正义》，《十三经注疏》，第 1802 页。

殷商文学史的书写及其意义

——从口传时代到文字书写时代的历史飞跃

赵敏俐

引 言

殷商王朝是中国历史上一个重要的朝代，时间约从公元前17世纪到公元前11世纪。现存的殷商文学文献，包括甲骨卜辞、铜器铭文，还有《尚书·盘庚》和《诗经·商颂》等。此外，在先秦两汉历史文献中留存下来有关殷商时代的历史故事、神话传说、歌舞艺术等等，也值得我们重视。因而，在20世纪前期的中国文学史编写中，对殷商文学都有简略的介绍。[①] 中华书局1941年初版的刘大杰的《中国文学发展史》，从"卜辞中的古代社会与原始文学状况"和"周易与巫术文学"两个方面对这个时代的文学有了一个初步的定性。他的这一观点被詹安泰等人编写的《中国文学史》（先秦、两汉部分）所接受并有所发展。[②] 论述最详细的当属吉林人民出版社1957年初版的业师杨公骥先生的《中国文学》（第一分册），为殷商文学单设一编，将其确定为"殷商奴隶制社会文学"，下设五章，分论"殷商奴隶制国家的建立及其社会特征""殷商的神话""殷商的音乐舞蹈和诗歌""殷商的散文""殷商文学艺

---

① 如1915年商务印书馆出版的张之纯的《中国文学史》，1918年中华书局出版的谢无量的《中国大文学史》，1935年北平文化学社出版的张希之的《中国文学流变史论》等书。

② 詹安泰、容庚、吴重翰编：《中国文学史》（先秦、两汉部分），高等教育出版社1957年版，第25—36页。

术的独特性及其历史作用"。用了约 5 万字的篇幅，对殷商文学做了全面的分析介绍。^① 然而，相对于周代社会以后的中国文学来讲，殷商文学现存的材料毕竟太少。其中最为重要的传世文献如《商颂》，受近代以来疑古思潮的影响而一度被人们认为是春秋时期的宋诗，甲骨文与金文等出土文献在很多人看来又不属于文学的范畴。因而自 20 世纪 60 年代以后的中国文学史叙述中，几乎不再有人将殷商文学当作一个独立的时段来论述，或将其大而化之在"原始文学"当中，其在中国文学史中的地位与意义似乎已被人淡忘。但是，随着近年来考古研究的不断发现，史学界已经在认真思考重建中国上古史的问题。^② 在文学研究领域，关于殷商文学的讨论理应受到新的重视。因为，如何认识这一时段的文学，不仅意味着在中国文学史上增加了一个古老的历史时段，而且还意味着我们如何重新认识中国文学的起源问题，对早期的中国文学如何评价的问题，甚至关系到对中国文学史整体看法的改变。所以，我想就此问题提出一些个人看法，以期引起学术界的关注与讨论。

一、可以纳入殷商文学范畴的基本文献及其考辨

考虑到中国文学早期发展的实际情况，我们在这里所说的文学是一种泛文学，而不是今天所说的纯文学，是中国精神文化早期的文字书写形态。就现有材料来看，可以纳入殷商文学范畴的文献，依据其来源，大致包括这几个方面：甲骨卜辞、铜器铭文、《尚书》中有关商代的文献、《诗经》中的《商颂》、《周易》中的一些卦爻辞、记载于先秦两汉古籍中的商代遗文遗诗、有关商人的神话传说等等。其中，前两项的真实性，没有人会怀疑。对以下几项文献，尚存在着不同的争论与看法，依据学界已有的研究考辨成果，本文再做简略的论述。

第一是《尚书》中有关商代文献的真伪。据《史记》所载，汉文帝时，在

---

① 杨公骥：《中国文学》（第一分册），吉林人民出版社 1957 年版，第 85—146 页。
② 对此问题，李学勤有过系统的论述，早在 1997 年，他就出版《走出疑古时代》（辽宁大学出版社）一书。2013 年 9 月 11 日，他曾在《光明日报》发表《出土文献与古史重建》一文，可以参考。

济南伏生所传的《尚书》二十八篇中有《商书》五篇，即《汤誓》《盘庚》《高宗肜日》《西伯戡黎》《微子》。汉景帝时鲁恭王刘余"坏孔子宅以广其宫"①，在坏壁中发现古文书《尚书》四十六篇，其中有《商书》十一篇，包括伏生所传的五篇。《尚书》的传授过程极其复杂。现在我们所能见到的今本《十三经注疏》，从名目上看这十一篇全都存在，但是除了济南伏生所传的五篇之外，其余诸篇经过汉代以来学者辨析，认为都存在着一些问题。就是这五篇也分为两种情况，一种情况是《汤誓》《高宗肜日》《西伯戡黎》《微子》四篇，可能是周代史官追记，或者春秋战国时代人所作；另一种情况是《盘庚》（上、中、下）篇，其间有些文句也可能经过小辛或者周初史官的编修，但基本上可以认定为商代传承下来的真实文献。

第二是《诗经》中的《商颂》。现存五篇。最早记述其来历的，是《国语·鲁语》中鲁国大夫闵马父的一段话：

> 昔正考父校商之名颂十二篇于周太师，以《那》为首，其辑之乱曰："自古在昔，先民有作，温恭朝夕，执事有恪。"先圣王之传恭，犹不敢专，称曰"自古"，古曰"在昔"，昔曰"先民"。②

据此，知"以《那》为首"的这几篇作品是"商之名颂"，是商代流传下来的（"先圣王之传恭"），后来经由正考父之"校"，将其献于周太师，原有十二篇，后来保存在《诗经》中的只剩下五篇，此说为《毛诗》学派所继承。

但是，《国语·鲁语》中正考父"校商之名颂"的说法，在汉人司马迁的《史记·宋微子世家》中却变成了为赞美宋襄公而"作《商颂》"，薛汉在《韩诗薛君章句》中又变成了"正考父，孔子之先也，作《商颂》十二篇"③的说法。由此关于《商颂》作年的问题产生了异说。

比较在《商颂》作年问题的两说中，"商诗说"最早见于《国语》，于史有征。除上引闵马父的话之外，这五篇作品，在春秋时代的宋国也曾有过流传，

---

① 荀悦：《两汉纪》（上册），中华书局 2002 年版，第 435 页。
② 徐元诰：《国语集解》，中华书局 2002 年版，第 205 页。
③ 见《后汉书·曹褒传》李贤注引，中华书局 1965 年版，第 1204 页。

《国语·晋语》记晋公子重耳流亡到宋国,与司马公孙固相善,公孙固劝宋襄公礼遇晋公子,就曾引用过《商颂》"汤降不迟,圣敬日跻"①两句,诗句出自《长发》。此外,《左传·隐公三年》在君子曰中曾引用过《商颂》"殷受命咸宜,百禄是荷"②之句,诗句见于《玄鸟》。《左传·襄公二十六年》记楚人声子出使晋国时曾说:"《商颂》有之曰:'不僭不滥,不敢怠皇,命于下国,封建厥福。'此汤所以获天福也。"③诗句见于《殷武》。又《左传·昭公二十年》齐晏子称诗曰:"亦有和羹,既戒既平,鬷假无言,时靡有争。"④诗句见于《烈祖》。由于有《国语》《左传》等上述文献的相互佐证,显然有非常充分的历史根据。而"宋诗说"最早见于《史记》,于先秦文献无据。而关于正考父"作《商颂》"说的荒谬,唐代张守节《史记正义》中就有过辨析:"《毛诗·商颂序》云,正考父于周太师'得《商颂》十二篇,以《那》为首'。《国语》亦同此说。今五篇存,皆是商家祭祀乐章,非考父追作也。又考父佐戴、武、宣,则在襄公前且百许岁,安得述而美之?斯说谬耳。"⑤所以,自汉代以后,"商诗说"一直被大多数学者所采信。但是,自清中叶以降,随着今文经学派的重新兴起,"宋诗说"却突然大兴起来。魏源、皮锡瑞、王国维等人先后在《诗古微》《经学通论》《说商颂》等著作中对"商诗说"提出质疑,标举"宋诗说"。以魏源等人在清末学术领域的影响,再加上20世纪疑古思潮的推动,《商颂》乃宋诗说遂被学术界广泛接受。但是,由于魏源等人的说法出于疑古的推测,并没有提出新的历史实证。所以从20世纪50年代起,杨公骥、张松如发表文章,对魏源等人的说法进行了逐条的辨析,指出其谬误之所在。新时期以来,学者们对此问题更有详细的讨论,"商诗说"重新得到了学术界多数人的认可。⑥

---

① 徐元诰:《国语集解》,第329—330页。
② 杜预:《春秋左传集解》,上海人民出版社1977年版,第21页。
③ 杜预:《春秋左传集解》,第1062页。
④ 杜预:《春秋左传集解》,第1463页。
⑤ 司马迁:《史记·宋微子世家》,中华书局1959年版,第1633页。
⑥ 此处可参考杨公骥:《商颂考》,《中国文学》(第一分册),第464—489页。又可参考杨公骥、张松如:《论商颂》,《文学遗产增刊》第二辑,作家出版社1956年版。此后,陈子展、夏传才、赵明、张启成、刘毓庆、梅显懋、陈炜湛、徐宝贵、常教、黄挺、江林昌等人从多种角度对此展开讨论,力证《商颂》为殷商旧作。特别是江林昌等人从甲骨文入手所做的考证,提供了更为坚实的证据,此处可参考江林昌:《甲骨文与〈商颂〉》,《福州大学学报》(哲学社会科学版)2010年第1期。

更值得注意的是，近年来的出土文献的相关材料，也正在为《商颂》为商诗说提供新的补充材料，如江林昌指出，1976 年在周南扶风遗址发现的"微氏家族铜器铭文有力地证明了商代确有'颂'的存在，并有专人负责承传'商颂'的文化传统"[①]，甲骨文中有关于"商奏"的记载，姚孝遂等人认为所谓"奏商"有可能指祭祀时奏某种管乐而言[②]。《礼记·乐记》言师乙答子贡问乐云："肆直而慈爱，商之遗声也。商人识之，故谓之《商》。"[③] 可见，商为乐歌之名，并为商人所作，历史上也有明确的记载。此外，有关殷商时代歌舞艺术的诸多历史记载，也可以为我们证明殷商时代存在着"颂歌"提供有力的证据。因此，本文在综合考虑了有关《商颂》研究的诸多说法之后，认为还须尊重《国语》《左传》的历史记载，这也是当下大多数学者之所以回归《商颂》为商诗说的原因。[④]

第三是《易经》中的一些卦爻辞，它们是否属于商代文献的范畴，需要辨析。关于《易经》产生的时代，最早的记载就在《系辞传》里。其说曰："《易》之兴也，其当殷之末世，周之盛德邪？当文王与纣之事邪？是故其辞危。"清代学者崔述、皮锡瑞等人对此说法开始提出质疑，民国时期辨伪之风盛行，除了传统的"殷末周初说"之外，又有了"周初说""周末说""春秋说""战国说"等多种说法。其中顾颉刚在 20 世纪 20 年代发表论文，通过对《周易》卦爻辞中"王亥丧羊于易""高宗伐鬼方""帝乙归妹"等几个故事的详细分析，断其为周初之作的说法，为学界所认可。李学勤根据最近几十年来的考古材料，补充了顾颉刚的观点，认为经文的形成很可能在周初，不会晚于

---

①　江林昌：《〈商颂〉作于商代的考古印证与〈虞颂〉〈夏颂〉存于〈天问〉的比较分析》，《考古发现与文史新证》，中华书局 2011 年版，第 409—415 页。

②　姚孝遂、肖丁：《小屯南地甲骨考释》，中华书局 1985 年版，第 15 页。

③　《礼记正义》，《十三经注疏》，中华书局 1980 年版，第 1545 页。

④　当然，关于《商颂》是否为商诗说，学界目前尚存在着争论和疑问。有人认为，《商颂》可能是春秋早期宋武公时代所作（张树国：《乐舞与仪式：中国上古祭歌形态研究》，天津古籍出版社 2003 年版），但并没有直接的实证。有人认为五篇的内容写法也有不同，它们的产生也可能不一样，其中四篇应为殷商旧作，《殷武》一篇就可能产生于东周初年的宋武公时代（姚小鸥：《〈商颂〉五篇的分类与作年》，《文献》2002 年第 2 期）。有人认为，《商颂》歌颂殷商先王功业，确实带有殷商时代色彩，但某些词语和表达风格，又有春秋时代的痕迹。说它们是商诗，不见得春秋时人没有加工或改写，说它们为宋诗，不见得没有依据前代遗留的蓝本或大部材料（夏传才：《商颂研究·序》，南开大学出版社 1995 年版，第 4—5 页）。这实际上并没有从根本上否定商诗说。

西周中叶。此外，廖名春、杨庆中等人从语言学、宗教思想等方面也做了补充，认为《易经》的成熟当在西周初年。① 由此而言，《易经》从整体上不能算作殷周时代的文献。但是，这部成书于周初的著作，里面的许多卦爻辞，特别是一些"古歌谣"，却有可能产生更早。对此，早在 20 世纪 30 年代，李镜池已经有过讨论，此后高亨等多人都有过相关的研究②，其中当有一部分应该属于殷商时代的古歌。

　　第四是记载于先秦两汉古籍中的商代遗诗遗文。如《吕氏春秋·季夏纪·音初篇》："有娀氏有二佚女，为之九成之台，饮食必以鼓。帝令燕往视之，鸣若谥隘。二女爱而争搏之，覆以玉筐，少选，发而视之，燕遗二卵，北飞，遂不反，二女作歌一终，曰：'燕燕往飞。'实始作为北音。"③《史记·宋微子世家》："其后箕子朝周，过故殷虚，感宫室毁坏，生禾黍，箕子伤之，欲哭则不可，欲泣为其近妇人，乃作《麦秀之诗》以歌咏之。其诗曰：'麦秀渐渐兮，禾黍油油。彼狡僮兮，不与我好兮！'所谓狡童者，纣也。殷民闻之，皆为流涕。"④《史记·伯夷列传》："武王已平殷乱，天下宗周，而伯夷、叔齐耻之，义不食周粟，隐于首阳山，采薇而食之。及饿且死，作歌。其辞曰：'登彼西山兮，采其薇矣。以暴易暴兮，不知其非矣。神农、虞、夏忽焉没兮，我安适归矣？于嗟徂兮，命之衰矣！'遂饿死于首阳山。"⑤ 上述诗歌，虽然分别记载于《吕氏春秋》与《史记》，但是由于缺少更多的先秦文献材料作为辅证，我们难以断定其真，但是也很难断言这些文献的记载没有出处。如何看待这些历史文献，是当下的古代文学研究中需要认真考虑的大问题。

　　记载于先秦两汉古籍中的殷商遗文也是如此，而且数量更多一些。据严

　　① 按此处可以参考杨庆中：《周易经传研究》，商务印书馆 2005 年版，第 86—107 页。
　　② 李镜池：《周易筮辞考》，《古史辨》第三册，上海古籍出版社 1982 年版，第 187—251 页。高亨：《周易卦爻辞的文学价值》，《文汇报》1961 年 8 月 22 日。王栋岑：《谈〈周易·卦爻辞〉中的诗歌》，《北京师范大学学报》（社会科学版）1962 年第 2 期。黎子耀：《〈易经〉与〈诗经〉的关系》，《文史哲》1987 年第 2 期。赵俪生：《试说〈诗·小雅〉与〈易·卦爻辞〉的关系》，《东岳论丛》1991 年第 1 期。张善文：《〈周易〉卦爻辞诗歌辨析》，《周易与文学》，福建教育出版社 1997 年版。傅道彬：《〈诗〉外诗论笺》，黑龙江教育出版社 1993 年版。黄玉顺：《易经古歌考释》，巴蜀书社 1995 年版。
　　③ 许维遹：《吕氏春秋集释》，中华书局 2009 年版，第 141—142 页。
　　④ 司马迁：《史记》，第 1620—1621 页。
　　⑤ 司马迁：《史记》，第 2123 页。

可均《全上古三代秦汉三国六朝文》，就辑有汤、武丁、伊尹、仲虺等人的遗言遗文多条。其中关于成汤的遗文，就有征、诰、誓、语、辞、铭、祝、祷等多篇文字。这些文字，分见于《墨子》《国语》《荀子》《吕氏春秋》《礼记》《史记》《尚书大传》及贾谊《新书》、刘向《新序》《说苑》等文献之中。现举一例以说明之。如《墨子·兼爱下》引汤曰："惟予小子履，敢用玄牡，告于上天后曰：'今天大旱，即当朕身履，未知得罪于上下。有善不敢蔽，有罪不敢赦，简在帝心。万方有罪，即当朕身。朕身有罪，无及万方。'"①《吕氏春秋·季秋纪·顺民篇》："昔者汤克夏而正天下。天大旱，五年不收，汤乃以身祷于桑林，曰：'余一人有罪，无及万夫。万夫有罪，在余一人。无以一人之不敏，使上帝鬼神伤民之命。'"②《荀子·大略篇》："汤旱而祷曰：'政不节与？使民疾与？何以不雨至斯极也！宫室荣与？妇谒盛与？何以不雨至斯极也！苞苴行与？谗夫兴与？何以不雨至斯极也！'"③汤祷之事，历史上多有记载，三部著作所记录的语言虽有不同，但《墨子》与《吕氏春秋》两书中有几句意思基本相同。与之相类的话，又见于《国语·周语上》："汤誓曰：'余一人有罪，无以万夫；万夫有罪，在余一人。'"④由此我们推论上述话语当为成汤所说，只是在后人的记录过程中有不同的变异，至于先秦两汉古籍中记载的其他有关成汤、伊尹等人的遗文，虽然没有这一条有这样多的记载互相印证，难以做出准确的判别，但不可否认的是，在先秦两汉古籍中，应该保存着一些殷商时代的遗诗与遗文。

第五是记载于先秦两汉古籍中有关商人的神话传说。其中最著名的是"玄鸟生商"及"王亥死于有易"两种。玄鸟生商的神话现存最早的记载见于《商颂》，在《离骚》《天问》《吕氏春秋》等先秦典籍中也有记载。《诗·商颂·玄鸟》曰："天命玄鸟，降而生商。"⑤《离骚》曰："望瑶台之偃蹇兮，见有娀之佚女。""凤凰既受诒兮，恐高辛之先我。"⑥《天问》："简狄在台喾何宜，玄鸟致

---

① 吴毓江：《墨子校注》，中华书局1993年版，第179页。
② 许维遹：《吕氏春秋集释》，第200—201页。
③ 王先谦：《荀子集解》，中华书局1988年版，第504页。
④ 徐元诰：《国语集解》，第32页。
⑤ 《毛诗正义》，《十三经注疏》，中华书局1980年版，第622页。
⑥ 洪兴祖：《楚辞补注》，中华书局1983年版，第32、34页。

诒女何喜。"①《思美人》："高辛之灵晟兮，遭玄鸟而致诒。"②此外，《史记·殷本纪》中的材料也值得重视："殷契母曰简狄，有娀氏之女，为帝喾次妃，三人行浴，见玄鸟堕其卵，简狄取吞之，因孕生契。"③关于王亥的神话传说，则见于《山海经·海外东经》《大荒东经》《淮南子·地形训》《竹书纪年》《楚辞·天问》《周易·大壮》《周易·旅》等文献。如《山海经·大荒东经》："有人曰王亥，两手操鸟，方食其头。王亥托于有易、河伯仆牛。有易杀王亥，取仆牛。河伯念有易，有易潜出，为国于兽，方食之，名曰摇民。"郭璞注引《竹书纪年》："殷王子亥，宾于有易而淫焉。有易之君绵臣杀而放之。是故殷主甲微假师于河伯以伐有易，克之，遂杀其君绵臣也。"④《楚辞·天问》："该秉季德，厥父是臧。胡终弊于有扈，牧夫牛羊？"⑤《周易·大壮》："丧羊于易。"《周易·旅》："鸟焚其巢，旅人先笑而后号咷。丧牛于易。"⑥根据这些记载，可知殷商时代的神话传说的内容原本非常丰富，它涉及商民族的产生并记述了一些历史事实。现存的记载虽然不多，但是作为口传文学的一部分，为殷商文学增加了许多内容。

由甲骨卜辞、铜器铭文、《诗经·商颂》《尚书·盘庚》《周易》中的古歌谣这些传承于商代的文献，以及在先秦两汉文献中留存下来的商代的遗文遗诗、神话传说，我们大致可以将现存的殷商文学文献分成几大类别：第一类是直接传承于今的第一手的殷商文学文献，即甲骨卜辞和铜器铭文；第二类是经过后世传抄，但是早在春秋以前就已经被时人所认可的殷商文献，即《商书·盘庚》和《诗经·商颂》；第三类是在周汉时代的历史文献中记载的有关殷商时代的遗诗遗文、神话传说等。这些文献的情况比较复杂，有的属于殷商时代残存下来的历史书写，在后世传抄过程中可能有不同的讹变；有的属于殷商时代的故事传说，它们在周秦汉时代被记录下来，属于早期的口传文学。上述三类文献，足以让我们重新描述殷商文学的面貌，重新认识殷商文学在中国

---

① 洪兴祖：《楚辞补注》，第105页。
② 洪兴祖：《楚辞补注》，第147页。
③ 司马迁：《史记》，第91页。
④ 袁珂：《山海经校注》（增补修订本），巴蜀书社1992年版，第404—406页。
⑤ 洪兴祖：《楚辞补注》，第106页。
⑥ 黄寿祺：《周易译注》（修订本），上海古籍出版社2001年版，第466页。

文学史上的地位、价值和意义。

二、殷商文学在中国文学史上的开创意义

一部中国文学史究竟应该从何时说起？这看起来是个简单的问题，但是要说清楚并不容易。从理论上讲，我们可以把艺术的起源追溯到与人类的起源一样久远。从后世的文献记载出发，我们也可以做出适当的想象性描述。如《吕氏春秋》记载的"葛天氏之乐"、《礼记·郊特牲》所载伊耆氏《蜡辞》、《吴越春秋》中提到的《弹歌》，还有先秦两汉文献中留下的关于炎黄大战、大禹治水等等的神话传说。我们自然不能轻率地将这些历史的记载否定，然而所有这一切都属于后世的记忆，暂时又难以得到实物的证实。到今天为止，在考古中还没有发现夏代以前中国有成熟的文字。受现有知识所限，我们今天还难以准确地描述出夏代以前的文学历史。

然而幸运的是，我们发现了大量的殷商时代的甲骨卜辞，发现了铜器铭文，在传世文献中保存下来了《盘庚》和《商颂》，还有在先秦两汉传世文献中有关殷商时代的遗文遗诗与神话传说。它们之间互相发明互相印证，共同构建了殷商文学的历史。从此，中国文学脱离了传说的时代，步入了一个有文字记载的新的时代。这显然是具有开创性意义的大事。对于这件大事的发生，我认为至少有两点值得大书特书。

（一）殷商文学的产生，开启了中国文学文字书写的新时代

在近代以来的文物考古中，最重大的莫过于甲骨文的发现了。其意义不仅仅在于发现了一种古老的文字，而且还在于通过这些文字，使殷商时代的历史，从此前的传说时代变成了有文字记载的时代。凭借甲骨文所记载的大量的历史材料，近百年来，人们对于殷商时代的历史有了突飞猛进的认识。[①] 甲骨

---

① 关于甲骨文发现后所取得的研究成果，可参考王宇信、杨升南主编：《甲骨学一百年》，社会科学文献出版社 1999 年版。

文带给殷商文学的意义，今天也需要我们做出认真的总结了。从文学的角度来讲，我们首先要考虑它的文字载体意义。这有两点，第一是这些文字数量庞大，结构完整，说明它已经是相当成熟的文字。第二是这些甲骨卜辞的文字书写已经具有了相当的叙事条理，甚至有了基本的文例程式，一篇典型的甲骨卜辞会同时包括叙辞、命辞、占辞、验辞等四大部分，有着完整的叙事结构，词汇丰富，语言简洁，体现了叙事文的初步技巧，因而我们可以将其纳入早期文学的范畴，它本身就构成了殷商文学的重要组成部分。

可以与甲骨文相提并论的是铜器铭文。中国古代青铜器的制造，到殷商时代达到了一个高峰，出土器物中有些相当精美，其中有些器物上也刻有文字。如《小臣缶方鼎》，内壁就有四行二十二字的铭文。① 《小子逢卣》(《集成》5417) 内壁刻有四十五字铭文、《小臣俞犀尊》(《集成》5990) 刻以二十七字铭文。② 六祀邲其卣，盖器对铭，盖铭二十九字，器铭二十八字。③ 将殷商铜器铭文上的文字与甲骨文字进行比较，会发现二者在字形结构的组合上有许多共同之处。但是作为铸造在青铜器上的铭文，因为其书写工具不同，方式不同，记述功能不同，二者之间又有不同的文字特征。尤其值得注意的是，在殷商铜器铭文中，几十字以上的铭文很少见到，大多数只有几字，而且好多字是合体字，具有鲜明的图案特征。因而，铜器铭文代表了殷商文字书写的另一种情况。

我们接下来要问的是，商代社会是否还曾经存在过其他的文字书写形式？是否还有其他文体的文学？当然有，而且不只一种。何以知此？这是由甲骨文与铜器铭文的特殊用途考知的。我们知道，占卜在殷商王朝的生活中虽然占有非常重要的地位，但它毕竟只是社会生活的一部分，在青铜器上铸字的活动更是如此。那么我们自然就会想到，当时的人们在日常生活中所发生的无数重要的事情，又记载在哪里呢？《尚书·多士》曰："惟尔知，惟殷先人有册

---

① 国家文物局主编：《中国文物精华大辞典·青铜卷》，上海辞书出版社、商务印书馆（香港）1995年版，第14页0045图；又见中国社会科学院考古研究所编：《殷周金文集成释文》第二卷，香港中文大学中国文化研究所2001年版，第303页2653图。

② 中国社会科学院考古研究所编：《殷周金文集成释文》第四卷，香港中文大学中国文化研究所2001年版，第161页5417.1图，第263页5990.8图。

③ 中国社会科学院考古研究所编：《殷周金文集成释文》第四卷，第158页5414.1、5414.2图。

有典。"①《多士》为周初时文献，是周公训诫殷商旧臣的记录。可见，"册"与
"典"乃是殷商时代更为重要的文字文献。甲骨文中已经有"册"字发现。② 另
外，甲骨文中还发现了从"册"的字，如"嗣"字，《说文》将此字解释为：
"诸侯嗣国也，从册口，司声。"鲁实先认为，此字的构造是"以册立嗣子必宣
读册词"而来。《甲骨文字典》又将"嗣"字解释为"祭名，备册辞以致祭"③。
以此，知商代许多重要活动都要记录在"册"。商代重要的文献资料又称之
为"书"。《左传·隐公六年》引《商书》曰："恶之易也，如火之燎于原，不
可乡迩，其犹可扑灭？"《左传·庄公十四年》引君子曰："《商书》所谓'恶
之易也，如火之燎于原，不可乡迩，其犹可扑灭'者，其如蔡哀侯乎。"④ 此话
见《盘庚》篇。《左传·文公五年》："《商书》曰：'沈渐刚克，高明柔克。'"
《左传·成公六年》："《商书》曰：'三人占，从二人。'"《左传·襄公三年》：
"《商书》曰：'无偏无党，王道荡荡。'"⑤ 此见《洪范》篇。⑥ 以此，知殷商时
代记载日常政治文化生活更为重要的文献应该是这些典、册和书。将殷商时代
的情况与西周社会特别是西周早期书写文献进行对比，我们也会得出同样的
结论。因为在西周早期所存的文献当中，也有三种主要形态，第一种是甲骨卜
辞，第二种是铜器铭文，第三种是简册帛书。在这三种书写形态中，以现今
《尚书》中《周书》部分的文献与西周的甲骨卜辞和铜器铭文作为对比，最为
成熟的自然还是如《周书》这样的简册帛书。它以其书写与制造的方便，能够
容纳更多的文字内容，因而才会有《泰誓》《洪范》《康诰》《梓材》等数百甚
至上千字的巨制。学者们如今比较一致的意见是，西周初年的物质文明发达水
平尚不及殷末，当时的甲骨卜辞的完整性与青铜器的华美都不及殷商。以此可
知，殷商时代的典册书写水平绝不会在周初之下。现存的《盘庚》一篇完全可
以作为最有力的证明。

---

① 孔颖达：《尚书正义》，上海古籍出版社 2007 年版，第 624 页。
② 徐中舒主编：《甲骨文字典》，四川辞书出版社 1989 年版，第 200—201 页。
③ 徐中舒主编：《甲骨文字典》，第 202 页。
④ 上引两段《左传》分别见杜预：《春秋左传集解》，第 38、163 页。
⑤ 以上所引三段《左传》文字分别见杜预：《春秋左传集解》，第 442、684、807 页。
⑥ 以上三段文字同见于《尚书·洪范》，此文所记本为武王伐商胜利后与箕子的对话，从文献产生
时代来看是在周初，但箕子本为商纣王叔父，殷商重臣，可能是由于这个原因，春秋时人将这篇文献称
之为"商书"。

在人类文明的发展史上，文字的发明具有极其重要的意义。因为有了文字，人类才有可能把更多的东西记载下来，使他们获得了将自己的精神财富用物质的形态保存下来的能力。中国文字的发明也许很早，但是文字的成熟却在殷商时代。甲骨卜辞、铜器铭文、记载中的典册文献，三者共同呈现了殷商文学的文字书写形态。从此以后，中国文学有了自己的成熟的文字载体。文学史可以有多种断代方法，但无论如何，从口传时代进入到文字时代，无疑是人类历史上的一次飞跃。殷商文学在中国文学史上的这一开创意义，怎么认识都不为过。

（二）殷商文学的产生，标志着中国的诗歌舞艺术迎来了第一个繁荣期

在中国文学史上，诗与文是两种不同的体裁。越在早期社会，这两者之间的差别就越大。从艺术起源的角度讲，诗的发生，要比散文早得多。因为诗所依赖的是声音与语言，而散文所依赖的则是文字。所以在文字没有发明之前，诗早已存在，而散文则一定要在文字产生之后。从这一角度来讲，我们对于殷商诗歌的认识，需要超越一般的文字层面，从其艺术本质出发来考虑其在不同时段所表现出来的不同的物质表现形态，考虑音乐、歌舞等对它的直接影响。因而，当代某些学者试图用同时代的甲骨文、铜器铭文的语言作标准来判定《商颂》晚出，这本身就说明他们对文学艺术本质缺少足够的认识。但是，要确定上古诗歌所产生的时代，又需要相关的历史记载，需要对这些历史记载所透露的各种文化信息进行综合的分析，近年来大量的出土文物与传世文献相互发明，恰恰为我们认识殷商歌舞的繁荣提供了足够的材料。让我们先看《商颂》中《那》这首宝贵的诗歌：

猗与那与！置我鞉鼓。奏鼓简简，衎我烈祖。

汤孙奏假，绥我思成。鞉鼓渊渊，嘒嘒管声。

既和且平，依我磬声。於赫汤孙！穆穆厥声。

庸鼓有斁，万舞有奕。我有嘉客，亦不夷怿。

自古在昔，先民有作。温恭朝夕，执事有恪。

顾予烝尝，汤孙之将。①

据《毛诗序》所言，这是祭祀商人的开国祖先成汤的祭歌。从艺术史的角度来讲，这首诗的意义不仅仅在于对成汤的歌颂，更在于它真实地记录了当时的祭祀场景，展示了殷商时代歌舞艺术所达到的高度。从诗中我们看到，殷商时祭祀成汤，敲鞉鼓、扣镛钟、击磬、吹管，还要表演万舞，真是鞉鼓填填、管声嘒嘒、磬声清越、镛钟将将、歌声庄严、舞蹈雄壮，场面隆重热烈极了。

殷商时代的歌舞艺术，真的达到了这样的水平吗？近几十年来的考古发掘和出土文献可以与之互相证明。据考古资料，1950 年河南武官村殷代大墓发掘中，曾发现 24 具女性的殉葬骨架，在这些女性的随葬物品中，就有乐器和 3 个小铜戈，这 24 位女性，可能就是当时的乐舞奴隶，而小铜戈则是她们舞蹈时所用的道具。② 又，1953 年发掘的大司空村殷代墓葬中，有三架尸骨，尸骨旁有乐器钟三件，看来这三个人也是乐器的演奏者。③ 甲骨文中有"贞：呼取舞臣廿""今日众舞"④ 的记载。可见，那时一些重要舞蹈活动的规模很大，舞者众多。另外，从文献记载和考古发现中我们还知道，殷商时期，已经有了鼓、鼗、铃、磬、编磬、钟、编钟、缶、埙、龠、言、龢等十几种乐器。⑤ 这些乐器，有的制作得还相当精美。如河北崇阳出土的商代铜鼓，安阳妇好墓出土的一套五枚编铙，山西离石出土的商钲，湖南宁乡出土的云纹大铙，江西新干出土的鸟饰镈钟⑥，殷代马鞍钮铜鼓，殷代双鸟钮铜鼓，殷墟武官村大墓虎纹特磬，殷墟龙纹特磬，等等。⑦ 李纯一曾对出土的六件殷庸做过细致的测音分析，他指出："以上六例内壁都很光平，看不到锉磨痕迹。可见对确定音高音准起决定作用的庸体各部尺寸和比例，在制范时就已斟酌妥当，因而在铸成后用不着锉磨校音。其设计水平之高，实足惊人。"⑧

---

① 《毛诗正义》，《十三经注疏》，第 620 页。
② 郭宝钧：《1950 年季殷墟发掘报告》，《考古学报》1951 年总第 5 期。
③ 参见杨荫浏：《中国古代音乐史稿》（上册），人民音乐出版社 1981 年版，第 22 页。
④ 分见《殷墟文字乙编》2373，《殷墟文字甲编》2858。
⑤ 参见杨荫浏：《中国古代音乐史稿》（上册），第 22—26 页。
⑥ 吴钊：《追寻逝去的音乐踪迹》，东方出版社 1999 年版，第 32—50 页。
⑦ 李纯一：《先秦音乐史》，人民音乐出版社 2005 年版，图片第 8、9。
⑧ 李纯一：《先秦音乐史》，第 56 页。

《那》诗中提到了"猗与那与"的优美舞姿，也在出土文献与传世文献中得到了相互印证。甲骨文中发现了多例"舞"字，"象人两手执物而舞之形，为舞字初文"。①《殷墟文字甲编》第3069号一块龟版上同时记载了四条隶舞求雨的卜辞："庚寅卜，辛卯隶舞，雨？""□辰隶舞，雨？""庚寅卜，癸巳隶舞，雨？""庚寅卜，甲午隶舞，雨？"这说明那个时候舞蹈活动之多。据文献记载，殷商时代的舞蹈除了上面所说的隶舞之外，主要有濩、羽舞、万舞、鼓乐、般乐、桑林舞等多种。《吕氏春秋·仲夏纪·古乐篇》："殷汤即位……命伊尹作为《大濩》，歌《晨露》，修《九招》《六列》，以见其善。"②《殷墟书契前编》一·三："乙丑卜，贞：王宾大乙，濩，亡尤。"万舞在上引《那》中已经写到。桑林既是殷商祭祀诸神的地方，也是一种祭祀舞的名称。《左传·襄公十年》："宋公享晋侯于楚丘，请以《桑林》。"杜预注："《桑林》，殷天子之乐名。"③《吕氏春秋·季秋纪·顺民篇》："昔者汤克夏而正天下，天大旱，五年不收，汤乃以身祷于桑林。"④《庄子·养生主》："庖丁为文惠君解牛，手之所触，肩之所倚，足之所履，膝之所踦，砉然响然，奏刀騞然，莫不中音。合于《桑林》之舞，乃中经首之会。"司马彪注："《桑林》，殷汤乐名也。"⑤这些音乐舞蹈，或为祭祀天地山川鬼神，或为庆祝胜利或丰收，或手持羽毛，或手舞干戈，或伴有鼓乐，或叙述故事，内容已经相当丰富，形式也很完美。⑥

音乐歌舞从初民时代起就伴随着人类的成长而成长，在中国的产生也应该同样久远。据《吕氏春秋》《尚书》和《周礼》《管子》等文献，夏代歌舞已经发展到了一定的规模了。但是，也许是由于时代过于久远，在迄今为止的考古中所发现的夏代及以前的乐器相对粗糙简陋，还难以从实物上对传世文献的记载做出相应的证明。⑦而在殷商实物考古中，却突然发现了如此多的高水平的精美的乐器，发现了作为殉葬的乐舞奴隶，发现了有关商代歌舞艺术表现人数

---

① 徐中舒主编：《甲骨文字典》，第630页。

② 许维遹：《吕氏春秋集释》，第126页。

③ 杜预：《春秋左传集解》，第866、869页。

④ 许维遹：《吕氏春秋集释》，第200页。

⑤ 郭庆藩：《庄子集释》，中华书局1961年版，第117—118页。

⑥ 参见杨公骥：《中国文学》（第一分册），第102—104页。

⑦ 李纯一：《先秦音乐史》，第1—38页。

之多和场面之大的相关记述。它证明了有关传世文献记载的基本可靠，向我们展示了殷商时代歌舞艺术的繁荣情况。

文字书写的成熟与歌舞艺术的繁荣，这两者看起来似乎没有多少直接的联系，但是它们却与精美的殷商青铜器合在一起，共同显示了那个时代中华文明所达到的高度。如果说，此前的中国文学史著作，大多数人都将周代文学作为文明时代的真正开始，那么从现在起，我们已经有充分的理由将这个时代的起点提前到殷商时代了。换句话说，是近年来的考古发掘与传世文献的互相发明，使我们有条件了解和认识了殷商文学，也由此重建了中国文学发展的古史发展阶段：商代以前是中国文学的传说时代，商代以后是中国文学的文字书写时代。这就是商代文学在中国文学史上的开创意义。

三、殷商文学特点及其与周代文学之关系

将殷商文学作为中国有文字书写时代的文学起点，意味着我们重新思考它与周文学的关系。周代是中国文学史上第一个辉煌的时代，从学在官府到百家争鸣，从《诗经》的编辑到楚辞的崛起，为后世文学树立了光辉的典范。那么，周文学又是从何而来？周武王灭商之后，把殷商重臣、纣王的叔父箕子请来，向他请教治国大法，此即《尚书·洪范》之由来。《诗经·大雅·文王》："宜鉴于殷，骏命不易。""宣召义问，有虞殷自天。"① 可见，周文化之所以取得辉煌成就，与他们多方面地接受殷商文化有着直接的关系，是对殷商旧文化进行继承和改造的结果。如果说，此前我们对这一点还认识不清的话，那么经过近几十年的学术推进，我们对于它和周代文学的关系，也可以从下面两点进行较为清晰的比较了。

（一）殷商散文的实用传统、书写模式及其对周代散文的影响

我们把殷商文学从大的方面分为散文文学与诗歌文学。散文文学包括甲骨

---

① 《毛诗正义》，《十三经注疏》，第505页。

卜辞、铜器铭文和以《尚书·盘庚》为代表的传世殷商散文。它们在实用传统与写作模式两个方面都开启了周代散文之先河。

古代散文是以文字的写作为基础发展起来的文学艺术形式。它的初始并非是为了文学的创作，而是为了记言记事等实用功能。殷商散文首先体现了这一点。因为要将占卜的事情记录在小小的甲骨上，受书写工具的限制，也只能在有限的空间里将最重要的内容记录下来，由此才形成了甲骨卜辞特殊的写作格式和文辞例法。对此，当代学者已经有了比较充分的研究。[①] 正是在甲骨卜辞这种特殊的实用文体的写作过程中，商人锻炼了自己的文字表达能力、叙事描写能力，也培养了自己的思维能力和逻辑能力。周代以后记事体史书《春秋》的产生，虽然在实用功能上与其不同，但是从写作叙述的条理性和严谨性、语言表达的准确性和生动性等方面来看，却与甲骨文的写作有着相当强的一致性。在此我们可以试作比较：

> 丁酉卜，贞：王宾文武丁，伐十人，卯六牢，鬯六卣，亡尤？（《殷墟书契前编》一·一八·四）
>
> 辛未，贞，受禾。（《殷墟书契后编》下·七）
>
> 三年，春，王二月，己巳，日有食之。
>
> 冬，十有二月，齐侯、郑伯盟于石门。（《春秋·隐公三年》）[②]

同为早期的记事文，一为占卜记事，一为史官记事，功能各有不同。又有共同特点，虽然语言极其简短，但是时间、地点、人物、事件等叙事要素却基本具备。[③] 中国古代叙事体散文的源头，可以直接追溯到这里。

铜器铭文也是一种实用性的文体，但是由于它在殷商时代承担着与甲骨卜辞不一样的实用功能，所以其写作模式就呈现出另一种形态。殷商青铜器制作

---

① 如管燮初早在 20 世纪 50 年代就发表了《甲骨刻辞语法研究》，分析其语法成分与句子结构。陈梦家在《殷虚卜辞综述》中专辟"文法"进行专章讨论，对甲骨文中常用名词、动词与句法结构进行分析。此后如裘锡圭对卜辞中否定词的使用做过详细分析，沈培、张玉金、朱岐祥等人都有专门的著作问世。按，此处可参考王宇信、杨升南主编：《甲骨学一百年》，第 266—280 页。

② 杜预：《春秋左传集解》，第 16—17 页。

③ 2013 年 12 月，台湾里仁书局还出版朱岐祥主编的《甲骨文词谱》一书，亦可参考。

极其精美，尤其是中晚期，造形生动，纹饰细密，刻缕精细，范铸精美。以其如此高超的工艺，在青铜器上刻铸铭文应该是轻而易举的事情。但是从现存青铜器看，殷商早期的铜器极少有铭文，中期才有简单的铭文，晚期才有较长的铭文，最多不过四十余字，不可与周代铜器铭文相比。但是却有开先河之功。现以商代最长铭文《小子𤔲卣》为例，分析如下：

> 乙巳，子令小子𤔲先以人于堇。子光赏𤔲贝二朋。子曰：贝唯蔑汝鹕。𤔲用作母辛彝。在十月二，佳子曰：令望人方奋。[①]

这段铭文的大致意思是说，乙巳这天，子命令他的下属小子𤔲先带人去往堇地。子赏赐给𤔲贝币二朋。子说：这些贝是用来嘉奖你的功劳的。𤔲用这些贝制作了祭祀母辛的彝器。此事发生在十二月。子说：命令你去监视人方首领奋。这段铭文虽然简单，但是它已经有了初步的叙事规模，记述了这件事情发生的时间，事件发生的经过，制作彝器的过程，还有人物的对话。

商代铜器铭文虽然非常简短，但是却开启了周代铜器铭文创作之先河。就此，姚苏杰博士将商代青铜器铭文的文本结构，归纳为三种主要形式，"由简而繁分别为游离式、主干式、因果式。这三种形式铭文的特点和功能各不相同，它们由简单到复杂的演变，展现了商人铭文功能观的变化过程"[②]。同时，由商代铜器铭文的这三种结构，我们也可以明显地看出它对周代铜器铭文的巨大影响。

代表殷商散文最高水平的自然是《盘庚》，与甲骨卜辞和铜器铭文相比，《尚书·盘庚》一篇要长得多，文章结构也要复杂得多。因为此文记载的是商王盘庚为迁都而对臣民的训告，是具有重要意义的大事，此正所谓"大事书之于策"。它将盘庚当时所说的话如实地记录下来，有完整的结构，有充分的说理，有生动的比喻，有惟妙惟肖的口气，有呼之欲出的人物形象。将这篇作品与《尚书》中《周书》诸篇相比较，我们同样可以看出二者之间的传承关系。

---

① 中国社会科学院考古研究所编：《殷周金文集成释文》第四卷，第 161 页 5417 图。
② 姚苏杰：《商代青铜器铭文的文本结构及其功能》，《文学遗产》2012 年第 5 期网络版"论文首刊"栏。

没有殷商散文的经验积累，便没有周代散文的空前繁荣，也无法说清楚中国古代散文的起源初始。

（二）从《商颂》的创作看《诗经》的生成过程

《诗经》是我国现存第一部诗歌总集，代表了四言诗的最高成就，在中国诗歌史上有着崇高的地位。然而我们要问的是：为什么中国古代的诗歌到了周代会突然达到这样高的成就？它的产生有没有一个漫长的蓄积发展过程？有人说，艺术起源于劳动，这是劳动人民长期创作实践的结果。但遗憾的是，我们现在所看到的中国早期历史文献中所记载的上古诗歌，真正关系劳动的很少，而且其产生时代不明，记载其事的历史文献也相对较晚。更具有讽刺意味的是，如果从时代来看，根据可以考知的历史本事，当下的《诗经》研究者大都认为，在现存的《诗经》作品中，《商颂》《周颂》最早，《雅》诗次之，而包含着一些所谓"民歌"的《国风》的产生时代相对则最晚。这恰恰又是对"劳动说"的否定。《商颂》的存在及其相关的历史记载，再一次让我们重新思考这一问题，思考《诗经》所以在殷周两代兴起的真正原因。

《商颂》是殷商时代留下来的艺术珍品，是一组用于国家重要祭祀典礼之上的特殊形态的艺术。它以诗歌的形式得以呈现，但是它的意义早已超出了后世一般的诗歌。首先，它具有一定的口传史诗性质，《长发》《玄鸟》两篇，以诗的形式叙述了殷商民族发祥的历史，从传说中的大禹治水，到商之祖先神契的诞生，到相土的开疆，成汤伐桀，一直叙述到高宗武丁，歌颂着他们的赫赫武功。

> 濬哲维商，长发其祥。洪水芒芒。禹敷下土方。外大国是疆，幅陨既长。有娀方将，帝立子生商。（《长发》）[1]
> 天命玄鸟，降而生商，宅殷土芒芒。古帝命武汤，正域彼四方。方命厥后，奄有九有。商之先后，受命不殆，在武丁孙子。武丁孙子，武王靡

---

[1] 《毛诗正义》，《十三经注疏》，第 626 页。

不胜。龙旂十乘，大糦是承。(《玄鸟》)①

　　这种叙述虽然比较简略，但是其意义却是重大的。我们知道，在现已出土的卜辞中，已经发现了殷商历代先公先王的名字，他们世世代代享受着祭祀，有时规模盛大，一次祭祀甚至要用三百牛。②可见对于殷商民族来说，先王的地位有多么重要。但是受文体功能的限制，有关他们功业的记载却不见于甲骨卜辞，也不见于铜器铭文。传说中殷商先人的"典""册"是否曾经记载过这些历史我们也无从考察。幸存下来的只有《商颂》，因而这就使它显得弥足珍贵，是我们了解殷商民族历史最为可考的文献之一。我们也由此得知，殷商时代的祭祀颂歌，同时承载着记述历史的功能。而且这种历史以歌唱艺术的形式出现，配合以相应的舞蹈，展现在宗教祭祀活动中，更是一种生动的历史场景再现，突显了民族的自豪感，成为凝聚人心的重要力量，也是一种更为有效的历史记忆方式。

　　其次，《商颂》体现了殷商民族的宗教观念和他们的哲学思想与政治理念。当下的考古研究已经从多个方面证实，殷商时代已经建立了完善的国家制度，确立了国家意识形态。③其中最重要的一条就是王权的神化。李学勤等人指出："从所发现的10万多片甲骨文的内容看，有两个值得注意的特点：一是占卜所涉及的范围十分广泛。商王凡作任何事，都要经过占卜，以取得上天神的应允和指示。这样，凡是商王所要办的事，就都是神下达的旨意。""二是占卜时神在龟或骨上显示的指令，是吉是凶，是否可行，要由商王来作判断。"④商王作为宗教领袖的地位和作为神的化身的权威，在《商颂》中也得到了很好的印证。在《长发》中，祖先契就是天的儿子，"帝立子生商"。他的后代也一直尊奉着天的命令："帝命不违，至于汤齐。汤降不迟，圣敬日跻。昭假迟迟，上

---

　　① 《毛诗正义》，《十三经注疏》，第622—623页。
　　② 王国维：《殷卜辞中所见先公先王考》，《观堂集林》，中华书局1959年版，第444页。
　　③ 此处可参考李学勤主编：《中国古代文明与国家形成研究》，云南人民出版社1997年版，第382—479页；王晖：《商周文化比较研究》，人民出版社2000年版；王宇信、杨升南主编：《甲骨学一百年》，第436—521页。
　　④ 李学勤主编：《中国古代文明与国家形成研究》，第409页。

帝是祗，帝命式于九围。"① 在《玄鸟》一诗中同样是这样歌颂着商人的祖先与商王。正因为如此，他们也得到了天的佑护："殷受命咸宜，百禄是何。"②《烈祖》一诗也说："自天降康，丰年穰穰。来假来享，降福无疆。"③ 同时，商人也意识到自身努力的重要。如《殷武》所言："天命多辟，设都于禹之绩。岁事来辟，勿予祸适，稼穑匪解。天命降监，下民有严。不僭不滥，不敢怠遑。命于下国，封建厥福。"④ 由此可见，作为殷商时代的宗教祭祀诗，《商颂》在一定程度上是在宣传商人的宗教神学观念，是在进行着哲学与政治思想等意识形态方面的教育。

　　以上两点告诉我们，代表殷商社会最高水平的诗歌艺术，不是出自于下层百姓之手，而是出自于上层统治者。这说明，从艺术生产的角度来讲，真正的诗歌艺术的发展，需要依赖物质生产水平的提高，依赖于社会分工的出现、专职艺术家的产生和早期国家对于艺术的需要。据历史文献记载，我们知道，殷商时期已经有了专门的乐舞机构，那就是"瞽宗"，并有了专职的教授人员，那就是"乐师瞽矇"。⑤ 这些乐师中，如今有名字可考的有乐官商容、师涓、太师疵、少师强等。⑥ 商代不但歌舞艺术发达，乐官的地位也相当高。《礼记·明堂位》："瞽宗，殷学也。"郑玄注："瞽宗，乐师瞽矇之所宗也。"可知瞽宗在商代既是专门的音乐学校，又是乐官的祭堂。《国语·周语下》载伶州鸠曰："古之神瞽，考中声而量之以制，度律均钟，百官轨仪。"韦昭注："神瞽，古乐正，知天道者也。死以为乐祖，祭于瞽宗，谓之神瞽。"⑦ 将这些文献记载与甲骨卜辞和铜器铭文的相关文字互相发明，可知在殷商时代已经存在隶属于国家的乐官机构，专门负责国家重大活动中的歌舞艺术创作表演。

---

① 《毛诗正义》，《十三经注疏》，第 626 页。

② 《毛诗正义》，《十三经注疏》，第 623 页。

③ 《毛诗正义》，《十三经注疏》，第 621 页。

④ 《毛诗正义》，《十三经注疏》，第 627—628 页。

⑤ 《礼记·明堂位》："瞽宗，殷学也。"郑玄注："瞽宗，乐师瞽矇之所宗也。"参见阮元校刻：《十三经注疏》，第 1491 页。

⑥ 《史记·殷本纪》："帝纣……于是使师涓作新淫声，北里之舞，靡靡之乐。"又："商容贤者，百姓爱之，纣废之。"（司马迁：《史记》，第 105—109 页）司马贞《索隐》引郑玄曰："商家典乐之官，知礼容。"《史记·周本纪》："太师疵、少师强抱其乐器而奔周。"（司马迁：《史记》，第 121 页）

⑦ 徐元诰：《国语集解》，第 113 页。

最能说明这种情况的当然还是《商颂》。这五篇作品，都是殷商王朝的宗庙祭祀乐章，其中第一首是《那》，我们上文已经引录。其他四篇分别为《烈祖》《玄鸟》《殷武》《常发》。这五篇作品，按《毛诗序》的说法，《那》为祀成汤的乐歌，《玄鸟》《殷武》两篇为祀高宗的乐歌，《烈祖》为祀中宗的乐歌，《常发》为祭天的乐歌。将它们与《周颂》相比，无论从篇幅长度还是语言表现水平来看，都要高出一筹。从时代前后的角度来看，这似乎是难以理解的。所以魏源曾说："尝读三颂之诗，窃怪《周颂》皆只一章，章六七句，其词噩噩；《商颂》则《常发》七章，《殷武》六章，且皆数十句，其词灏灏。何文家之质，而质家之文也？"[1] 皮锡瑞也说："若是商时人作，商质而周文，不应《周颂》简，《商颂》反繁，且铺张有太过之处。"[2] 魏、皮二人根据自己的知识经验对《商颂》产生的时代提出质疑，情有可原，因为这是近代以来学者们疑古时常有的心态。但是近年来清华简《周公之琴舞》组诗的发现却再一次推翻了他们的怀疑。在这组竹简后背题为《周公之琴舞》的作品里，包含了两组诗在内，一组是"周公之诗"，一组是"成王之诗"，即"周公作多士儆毖，琴舞九絉"，"成王作儆毖，琴舞九絉"。[3] 特别是成王所作的"琴舞九絉"，是一套九章连体的大规模舞曲。它完整地保存下来，而且其中有一篇与现存《诗经·周颂·敬之》相同。由此也让我们了解了周初乐舞的原初形态，从而对《诗经·周颂》有一个全新的认识，原来它并非只是一首一首的短章，里面包含有多组乐舞组成的系列。由此我们再来看传世文献中，原来也早就记载了这一事实。最为著名的《大武》乐章就是这样的组曲。《左传·宣公十二年》："武王克商……又作《武》，其卒章曰'耆定尔功'。其三曰：'铺时绎思，我徂求定。'其六曰：'绥万邦，屡丰年。'"[4]《礼记·乐记》："且夫《武》，始而北出，再成而灭商，三成而南，四成而南国是疆；五成而分，周公左，召公右；六成复缀以崇。"[5] 可见，《大武》乐章就是六章连在一

---

① 魏源：《诗古微》，《诗经要籍集成》第 36 卷，学苑出版社 2002 年影印版，第 97 页。

② 皮锡瑞：《经学通论·诗经》，中华书局 1954 年版，第 45 页。

③ 《周公之琴舞》（释文），李学勤主编：《清华大学藏战国竹简（叁）》，中西书局 2012 年版，第133—134 页。

④ 杜预：《春秋左传集解》，第 590 页。

⑤ 《礼记正义》，《十三经注疏》，第 1542 页。

起的大型舞曲。以此而论，在殷商时代有《商颂》这样的作品，应该是无可置疑的。《周公之琴舞》的出土与传世文献相发明，同时还告诉我们一个事实，周代早期用于国家祭祀的颂诗并非普通人所作，而是出自于具有最高权力的周王和执政者之手。结合殷商甲骨卜辞占卜的通例我们可知，像《商颂》这样用于国家祭祀、记载商王事迹、宣传商人的宗教观念和文化精神的颂诗，也一定出自于商王之手，同时经过乐官们的集体艺术加工。可以想象，这是在国家层面上的宗教艺术行为。它所表现出来的诸种形态，如专职艺术家的产生、国家音乐机构的建立、复杂多样的艺术形式、各种专用的乐器，以及高超的专业艺术技巧，等等，都在向我们昭示：作为那一时代的歌舞艺术，与殷商时代特殊的国家意识形态建设是紧密相关的。

由《商颂》的存在，比较它与《周颂》的关系，我们对《诗经》的产生、编辑和流传也会有一些新的认识。为什么从现有的文献材料来看，我们可以基本断定创作年代的诗歌，在《诗经》中最早的作品是《商颂》和《周颂》，其次是《大雅》和《小雅》，而风诗产生的则相对较晚呢（当然这不是全部情况，风诗中也有很早的诗篇）？这说明，在作为早期国家的意识形态建设当中，诗歌舞最早与宗教更多地联系在一起，它本身就属于宗教的、历史的、教化的艺术，这使它与后世的诗歌有着极大的不同。从历史记载来看，商周都重神权，都自称是天的儿子，都将自己的统治权看成是上天所授。但是，国家诸事都要接受神谕，都要占卜问神，却以商朝最甚。孔子曰："殷人尊神，率民以事神，先鬼而后礼……周人尊礼尚施，事鬼敬神而远之，近人而忠焉。"（《礼记·表记》）[1] 所以，同样是祭祀颂诗，《商颂》宣传的是天命的威严和商王奉天行事的赫赫武功，而《周颂》在颂天的同时更多地歌颂了周人祖先敬德保民的道德功业，这正体现了从殷商到西周的宗教意识与国家政治观念的变化。从《商颂》到《周颂》，到《大雅》《小雅》，再到《国风》，《诗经》中这些作品编排完成的前后序列，正好反映了中国早期诗歌从殷商时代到春秋前期的发展过程。只有当宗教的功能逐渐淡化，诗歌才逐渐走向世俗，从祭坛走向人间，从集体的抒情走向个体的抒情。另一方面，《商颂》在祭祀表演中规模宏大、场面隆重、

---

[1]　《礼记正义》，《十三经注疏》，第 1642 页。

描写繁富、辞藻华丽的叙述风格，在《诗经》中的某些诗篇，如《周颂·有瞽》《大雅·大明》《韩奕》等诗中仍然有所反映。特别是《商颂》中所具有浓厚的巫术文化色彩，无论是从文化精神还是艺术表现方面，对于楚辞的创作，都产生了深刻的影响。① 从这一角度来讲，对《商颂》的研究，不仅关系到对商代歌舞艺术的认识，而且也是我们认识中国早期诗歌发展演变过程的重要一环。

　　总上所述，近年来殷商文化的考古发掘和相关研究，不仅使我们更加清楚地认识了殷商历史，也为我们重新建构殷商文学史奠定了坚实的基础。而殷商文学史的重建，也促使我们重新思考有关中国文学的历史叙述起点。中国文学如何从蛮荒的远古走向文明的时代？发生这一突变的历史性标志是什么？应该说，到目前为止，文学史家还没有做出很好的回答。我以为，要对这一过程做出准确的表述，必须找到相应的承载其历史变革的物质形态。在这方面，没有比文字的产生更具有代表性了。殷商时代是汉字的成熟期，是以宗教祭祀为主要目的的歌舞艺术发展的高峰期，也是中国古代青铜器制造水平最高的时期。这三者同时出现在一个时代，标志着中华文化由此而出现了一次重要的文明跨越。从文学史的角度来讲也是如此。以此为分界点，此前的中国文学，我们都可以称之为口传时代，因为无论是传说中的葛天氏之乐，还是伊耆氏的《蜡辞》，无论是黄帝战蚩尤的神话还是大禹治水的故事，在文字没有产生之前，它们都是通过口传的方式才能得以流传的。我们现在所见到的这些"历史"，都是很久以后的人们对于往古的追忆，都带有口传文学的特点。而以甲骨卜辞、铜器铭文、《尚书·盘庚》和《商颂》为代表的殷商文学，则是在中国历史上第一批由文字记录下来的文学作品，而且是第一批可以通过出土文献与传世文献互相证明的可靠的文学作品。由此而言，殷商文学史的书写，其意义不仅是在周代文学之前增加了一个文学史的朝代，更重要的是它划开了口传文学时代与书写文学时代的界域。和后世文学相比，殷商文学的内容虽然还远

---

　　①　按，关于楚文化与商文化的关系，学者们多有论述，如曲德来：《屈原及其作品新探》，辽宁古籍出版社 1995 年版，第 69—74 页；李炳海：《〈楚辞·九歌〉的东夷文化基因》，《中国社会科学》1991年第 4 期；过常宝：《楚辞与原始宗教》，东方出版社 1997 年版，第 222 页。

不够丰富，文体形式也相对简单，但是它却展示了作为书写形态的文学的基本特征，为周代以后的文学的发展奠定了坚实的基础，这就是殷商文学史的巨大价值。

（原载《中国社会科学》2015 年第 10 期）

（作者单位：首都师范大学中国诗歌研究中心）

先秦文学研究的思维与方法断想

赵敏俐

多年从事先秦文学的教学与研究，深感其难，也多有所得。作为中国文学源头的先秦文学，内容丰富，形态复杂。自汉代以来，对先秦文学的阐释代有因革，成果丰硕。虽有汉学、宋学之分，然总体上以信古为主，少有怀疑。近代以来，科学昌明，理性高涨，对先秦文献不再盲从相信，而是从实证出发，仔细辨析，对其传承过程的复杂性有了深刻的认识，信古的传统因而动摇。复因时代久远，文化隔膜，随意曲解成风，此亦先秦文学之不幸。然近百年来，有关先秦文学的出土文物亦极为可观，并与传世文献相互印证，极大地丰富了先秦文学；海外的先秦文学研究，亦足资重视。二者并有方法论方面的重要启示。如何吸收近代以来多样化的研究成果，重新建立先秦文学的阐释体系，实乃返本开新之必需。缘此，我将自己在先秦文学研究方法上的一些思考片断记录如下，与学界朋友共商讨之。

1. 先秦文学是广义上的"文学"，它不等同于后世所说的纯"文学"，而是一种泛文学和大文学。它也不同于后世某一朝代的断代文学，而是中国上古时期的文学。它具有文史哲的综合形态和蓄积久远的历史文化传承。但是它又不同于先秦历史、哲学等学科的研究。从本质上讲，我把先秦文学定义为对"中国上古文化语言组织传承形态的研究"，它的要义是，通过对语言组织形态的研究，探讨这种组织形态最终得以形成的奥秘，探讨其文体的形态及其书写规范的确立，以及中国上古文化是如何通过这种语言组织形态而得到传承的。

2. 研究先秦文学的基础是对于文献的认识和处理。但是文献的研究不是先秦文学研究的最终目的，也不能以文献的研究代替文学的研究。文学研究不是文献研究的传承与排比，而是通过文献探讨其语言组织形态的形成方式，并由此对其内容做出文体的和文化的阐释。不能以文献研究取代文学研究和文化研究。

3. 要敬重传统，以传世文献为基础。由于历史的久远，关于先秦文献的传承问题甚多。第一步，也是最重要的，是要以历史上已经得到基本认可的先秦文献为研究的基础。这些文献间有记载不详的残缺，但是传承有序，几乎每一种文献都有前人做过大量的研究，经受过历史的检验。从总体上相信古代的历史记载，是研究先秦文学的文化起点，这也是对于中华文化传承历史的基本信任与尊重。

4. 高度重视出土文献。特别是出土的先秦时代写就的文献和汉代抄写的文献，它们是我们现在所能见到的最早的先秦和汉代的文字书写。它本身的丰富内容就是一个研究的宝库，同时它也会与传世文献形成互补。"互补"的要义，能通过两种文献的相互发明来对上古文化的内容进行"证实"，如王国维的《殷卜辞中所见先公先王考》，而不是以两种文献之所异来对上古文化内容进行所谓的"证伪"。

5. 对于先秦文学的研究考证，千万不要轻下"否定性"的断语，一定要谨慎地使用"默证法"。对传世的先秦文献，我们必须仔细研读，一字一句，通过质疑、思考发现问题。对于其中弄不清楚的地方，可以存疑，但是绝不要轻易否定。所以如此，因为有如下理由：

（1）先秦时代的文字记载并不完善，当时人也不可能把我们所需要了解的东西全部记载下来，先秦时代大量的历史活动都已经湮没无闻，也可能永远再也不会为人所知，但是必须承认这些活动在历史上曾经客观存在（其实，即便是至现代，我们祖辈、父辈一生的活动绝大多数也没有得到应有记载，但是我们不可能否定他们在历史上的客观存在）。

（2）由于信息传播的范围狭窄与速度的缓慢，由于传播手段的落后和在传播过程中的信息缺失与变形，传世的先秦文献中对于一些知识的记载可能互相矛盾，但并不能因此而否定之。

（3）即便是当时曾经记载下来的先秦文献，由于历代的文化浩劫，现在幸存下来的先秦典籍也仅仅是当时文献中的一部分，它们可能是某些历史的片断，由此而显得弥足珍贵。

所以，千万不要以这些记载的不详细、有缺失为理由而轻易否定之，更不能以"现存古籍中没有出现过""某某词汇只有到后代某时才会有"等自以为是的理由而下结论。如关于赋体起源的研究就曾有过这样的教训。

6. 我们可以比较客观地描述、介绍或者研究传世的先秦文献在不同的时段是个什么样子，但是不能反过来，先通过历史记载的不完整否定了古人的记载，反过来却又利用这些文献，在其中寻找有利于自己的片断材料来建构新说。这是一种貌似客观、科学，实则完全是一种主观取舍的反科学的方法。如有的学者根据《史记·屈原贾生列传》的记载不完善，否定屈原其人的存在，也否定这些记载以及相关记载的真实性；反过来又根据《史记》等相关文献中的片言只字进行主观解释，证明《离骚》为淮南王刘安所撰。

7. 出土文献与传世文献是并重的关系，不存在绝对的孰优孰劣问题。两者可以互相发明，但是不能以前者轻易地否定后者。传世文献所以能够得到保存与流传，固然也有一定的偶然性因素，但是更主要的可能还是这些文献中的大部分比起出土文献来具有更大的文化价值，它本身也是一种历史淘汰的结果。如孔孟老庄荀韩等著作的传世。

8. 要充分考虑到先秦文献传承过程的复杂性，这些文献的物质载体形态的变异，后人的整理、编辑等导致传承过程中发生的变异，同时也要充分考虑先秦文献传承过程的原发性与有序性，但是不能以其变异性而否定其原发性，不能以现在所见乃后人整理的文献文本形态而否定其与历史上的原初形态的关系，更不能由此而否定了它作为先秦文献的基本属性。如《战国策》《管子》诸书。

9. 文献的研读要具备良好的语言文字学方面的基本知识，要深通文字、音韵、训诂，不能望文生义。同时必须要把文字、音韵、训诂的解读与古代的文化解读联系在一起。清人马瑞辰《毛诗传笺通释》是这方面的代表。

10. 要充分注意先秦文学中的互文性现象。它们可能有共同的文化源头，书写的或者口头的，互相之间未必存在着抄袭。当时人的创作也未必遵守我们现在所约定的"学术规范"，不能简单地以时代的早晚来判定后者抄袭了前者。

11. 先秦文学研究从本质上讲是一种文化研究和综合研究，而不能等同于秦汉以后的"文学"研究。必须打破当下文、史、哲三分的学科分类体系，扩展当下先秦文学研究的范围。要重新思考先秦文学的文化本质，通过对先秦文献的有效阐释，揭示先秦时代的"文学"现象，从而更好地认识先秦文化。如关于《左传》记事特征的研究。

12. 要有广阔的学术视野。在当前世界一体化的时代，尤其要具有国际学术视野。要尽可能地了解世界各国对于中国文学研究的学术成果，开展广泛的学术交流，相互促进。对于个体来讲应该如此，对于中国这一大的学术群体来讲，更应该有这样的群体意识。学术无国界，在世界一体化的形势下，先秦文学研究不再属于中国学者，是属于全世界的。特别是日本和欧美学者的研究成果，尤其值得我们关注。

13. 世界文化有共同性，因此，从世界文化的角度来看先秦文学，在当下的文化环境下，我们才会发现先秦文学与世界文学的共同性，并且从共同性的角度来解释先秦文学，这是当下我们最欠缺的，需要尽可能地弥补。与此同时，在与世界文学的比较中发现中国文学与其他国家文学的差异，也有助于先秦文学研究的深化。世界各国的文化有共同性，也有差异性。在把握共同性的基础上阐释其差异性，通过对差异性的深刻阐释才能更好地发现其共同性。如关于"史诗"问题的讨论。

14. 研究先秦文学切忌用现代人的观念做主观评判，要深刻反思"五四"以来在研究先秦文学方面的失误，不能用现代人的想象去解释先秦的文化现象。也不能轻易地以现代人的知识否定历史上的传统解释，比如将《诗经》当作一本与后世的《唐诗三百首》一样的普通诗歌选本，将"国风"看成民歌，斥汉儒对《诗经》的解说为荒诞。

15. 研究先秦文学不仅要全面把握有关先秦的文字材料，还要全面把握与之相关的各种实物材料，考古发掘，特别要关心出土文物，它们是先秦各时期中华文明总体发展水平和某些事实的历史见证，是我们研究文学的有力旁证。如出土青铜器与先秦文学的关系，绝不仅仅局限于上面所铭刻的文字，更重要的是，这些青铜器所承载的历史以及其所展现的文明程度。

16. 要在很好地把握中国文化传统的基础上，深入到文本的内部，通过对文本的细读发现问题。发现先秦文献记载的疏漏是很容易的事情，不合于"今日常情"的记载也比比皆是，要勇于质疑，但是要做出合理的解释，则必须由外在的现象进入到文化内部的全面研讨，切忌由外在的现象统计而轻易下否定性的结论。

17. 先秦文学有两个传承系统，一个是文献学上的传承系统，一个是文化学上的传承系统。二者的理想状态是有机的统一。但是不能以文献记载上的残缺而轻易否定其文化传承上的可信度，也不能以文献传承形态上的变化而轻易否定其作为原初文献的基本属性。如疑古派关于《左传》为汉人伪造的论断。

18. 文化上的体认是研究先秦文学的一个重要原则。它并不是一个简单的实证问题，而是对所有文献信息综合考量的结果，是对历史记载的文化上的基本认可。对此没有深刻的体悟，就没有真正进入先秦文学研究之中。如先秦子书与汉代子书的区别，如关于《礼记》一书的基本判断。

19. 要充分考虑口头传承在先秦文学传播中的作用。人类上古时代的好多事情都是通过口头的方式传承下来的，最后用文字记载下来的时间往往很晚，不能以其最终的文字记载时间而简单地否定其口传历史的真实性。口头传承有其独特的规律与方法，与文字传承之间是互相补充的关系。认真地探讨口头文学传承的规律，在研究先秦文学当中具有重要的意义，需要认真对待。如关于先秦神话的研究。

20. 要高度重视先秦文学的文体研究。先秦文学各种文体的生成，都与现实生活的实用有关，都承载着不同的文化功能。所以从本质上讲，文体不仅仅是一种外在的形式，更是一种内在的文化表现。现存出土文献中最早的是甲骨文与金文，传世最早的先秦文献是"六经"，它们何以会以不同的形态呈现，不仅仅是我们深入研究的对象，也是我们从事先秦文学研究的前提。如《诗》与《书》呈现两种截然不同的文体形态，这两种不同文体形态的形成有着深刻的历史文化背景。

21. 要充分考虑先秦时代各种文体之间的差异性，不同的文体有不同的表现形态，它们之间的互证必须是文化上的互证，而不是文字本身的互证。不能以某种文体文本作为另一种文体文本产生的标准，例如以金文的文体形式和语言使用来证明某首诗的创作时代；例如不能以金文中的某些句法结构与《诗经》的某些句法结构相同，便以金文的铸造年份作为《诗经》篇章断代的依据。必须要有充分的相关辅证。

22. 先秦时代的著作、作者和记述者、传播者之间存在着复杂的关系，对这种复杂关系要慎重区别，一一对待，不存在一个统一的模式。某种不同的撰写与传播模式背后，都包含着一个非常深刻的文化现象，现有文献记载正是这种现象的真实记录，不能以后代的著述、传播方式来否定之。如《论语》与《孟子》《庄子》的不同。

2015 年 10 月 1 日

（作者单位：首都师范大学中国诗歌研究中心）

从西方近代文学观念本位回归中国"文"学本位

赵　辉

20 世纪中国"文"学及其理论的研究，基本上是以西方近代文学观为本位。这虽不无积极意义，但却消解了"中国话语"，带来了中国"文"学研究的困境。随着中国走向世界和对中国传统文化的重新肯定以及"中国话语权"的追求，中国"文"学工作者也开始了对 20 世纪中国"文"学以西方近代文学观念为本位研究的反思，中国"文"学研究回归中国"文"学本位的意识逐步增强。回归中国"文"学本位，亦即回归中国"文"学的历史。这不仅对走出以西方近代文学观念为本位所带来的中国"文"学研究的困境具有重要意义，也对认识到底什么是"文"学具有重要的参考价值。

一、中国"文"学研究西方文学观念本位的形成

20 世纪初中国的启蒙运动和五四新文化运动，欲以西方文化来改造中国文化。中国"文"学作为中国文化的结晶和载体，首当其冲被当作前沿阵地。晚清一些留学日本和西方的文化（文学）学者，开始将西方近代文学思想引入中国，开启了 20 世纪中国"文"学研究以西方近代文学观为本位的历程。

王国维、黄人、鲁迅、刘师培等是最早将西方近代文学观念引入中国的人。王国维深受康德、叔本华和尼采美学思想影响，力倡西方近代文学观。1905 年，他作《论哲学家与美术家之天职》，便提出了纯粹美术上的文

学观念，对中国传统"文"学的实用价值取向提出了批评，认为中国古代诗歌"咏史、怀古、感事、赠人之题目弥满充塞于诗界，而抒情、叙事之作什佰不能得一。其有美术上之价值者，仅其写自然之美之一方面耳。甚至戏曲、小说之纯文学亦往往以惩劝为指，其有纯粹美术上之目的者，世非惟不知责，且加贬焉"，指责"哲学家、美术家自忘其神圣之位置与独立之价值"。① 以为中国古代的诗歌大多用于人际沟通，戏曲、小说充斥着教化目的，都不是以审美为目的，算不得真正的文学，只有那些"出入二者（科学与史学）间而兼有玩物适情之效者，谓之文学"②。文学在功能上，应该具有"纯粹美术上之目的"。同年，他又作《论近年之学术界》，批判晚清把文学视为政治、教育的手段，说："观近数年之文学，亦不重文学自己之价值，而唯视为政治教育之手段，与哲学无异。如此者，其亵渎哲学与文学之神圣之罪固不可逭，欲求其学说之有价值，安可得也？"③ 认为文学不应成为政治、教化的工具，而应该重视文学的美学价值。黄人曾留学日本，从日本太田善男的《文学概论》那里接受了西方文学思想。他1907年著《中国文学史》，在其"总论·文学之目的"中开宗明义说："人生有三大目的：曰真，曰善，曰美。"虽然这三者都互有关系，但"文学则属于美之一部分"。他认为文学"虽与人之知意上皆有关系，而大端在美"；文学的目的在于"满足吾人之美的欲望"，引起读者"种种感情""美的快感"；当注重"摹写感情"和"表现之技巧"，"以娱人为目的"而"发挥不朽之美为职分"。④ 鲁迅也在1907年写下了《摩罗诗力说》，宣扬西方纯文学观。他说："由纯文学上言之，则以一切美术之本质，皆在使观听之人，为之兴感怡悦。文章为美术之一，质当亦然，与个人暨邦国之存，无所系属，实利离尽，究理弗存。"⑤ 认为文学不应该涉及社会功用。同年，刘师培也作有《论美术与征实之学不同》，从"美"与"真"的角度，将文学与应用文做了明确的区分："贵真者近于征实，贵美者近于饰观。至于

---

①　王国维：《静安文集》，《王国维遗书》第 5 册，上海古籍出版社 1983 年版，第 102 页。

②　姜东赋：《王国维文选》，百花文艺出版社 2002 年版，第 98 页。

③　王国维：《王国维文集》，北京燕山出版社 1997 年版，第 330 页。

④　黄人：《黄人集》，上海文化出版社 2001 年版，第 354 页。

⑤　鲁迅：《鲁迅全集》第 1 卷，人民文学出版社 1998 年版，第 71 页。

徒尚饰观，不求征实，而美术之学遂与征实之学相违，何则？美术者以饰观为主也，既以饰观为主，不得迁就以成其美。”因为“盖美术以性灵为主，而实学则以考核为凭，若于美术之微，而必欲以征，则于美术之学，反去之远矣”。① 强调以审美作为美术的文学与学术的区分。

20 世纪初产生启蒙和新文学新文化运动，使西方近代文学思想得到广泛传播。1915 年，黄远庸为梁漱溟《晚周汉魏文钞》作序，将中国传统的文章和文学做了区分，以为“文学与文章，又实为二事”②。陈独秀在《答曾毅》中也说：“文学之义，特其描写美妙动人者耳。其本义原非为载道有物而设，更无所谓限制作用，及正当的条件也。状物达意之外，倘加以他种作用，附以别项条件，则文学之为物，其自身独立存在之价值，不已破坏无余乎？故不独代圣贤立言为八股文之陋习，即载道与否，有物与否，亦非文学根本作用存在与否之理由。”③ 1919 年，朱希祖作《文学论》，认为文学不应该是中国传统的“文”与“文章”。“今世之所谓文学，即 Bacon 所谓文学，太田善男所谓纯文学，吾国所谓诗赋、词曲小说、杂文而已。”④ 在当时人们的观念中，文学已经是西方近代所谓的文学。

西方近代文学观念的引进，诱生了中国“文”学研究领域“纯文学”和“杂文学”两个重要概念，使中国的古代“文”学研究者开始以“纯文学”观来观照中国“文”学。他们认为，凡为审美的为“纯文学”，而“纯文学”与那些实用的“文”学混为一体的为“杂文学”。这一观念，王国维已经在《论哲学家与美术家之天职》中有所论述。周作人 1908 年也在《河南》第 4、5 期上发表了《论文章之意义暨其使命因及中国近时论文之失》，附和王氏：

夫文章一语，虽总括文、诗，而其间实分两部。一为纯文章，或名之曰诗，而又分之为二：曰吟式诗，中含诗、赋、词、曲、传奇，韵文也；

① 刘师培：《论美术与征实之学不同》，《国粹学报》1907 年 9 月 27 日。
② 黄远庸：《远生遗著》卷四，载沈云龙主编：《袁世凯史料汇刊续编》，台湾文海出版社 1966 年影印版，第 183 页。
③ 任建树编：《陈独秀著作选》，上海人民出版社 1993 年版，第 292 页。
④ 朱希祖著，周文玖选编：《朱希祖文存》，上海古籍出版社 2006 年版，第 50 页。

曰读式诗，为说部之类，散文也。其他书、记论状诸属，自为一别，皆杂文章耳。[1]

　　周作人虽还在使用传统的"文章"这一概念，但从他将诗、赋、词、曲、传奇和小说视之为"纯文章"，其他文体的文章视为"杂文章"，也已是以西方近代文学观来审视中国"文"学。刘半农说自己绝非盲从西方之人，但他的《我之文学改良观》亦云："其必须列入文学范围者，惟诗歌戏曲、小说杂文、历史传记三种而已。""凡可视为文学上有永久存在之资格与价值者，只有诗歌戏曲、小说杂文二种也。"[2] 1917 年，陈独秀《答沈藻墀》提出"应用之文"与"文学之文"两个概念。认为"应用之文，大别为评论、纪事二类。文学之文，只有诗、词、小说、戏（无韵者）、曲（有韵者，传奇亦在此内）五种"[3]。和周作人一样，他将中国传统"文"学中的史、论、章、奏等剔除出文学范畴。可知，在 20 世纪初，学界都认为文学应该是：审美的而非实用的，艺术而非征实的，写情的而非究理的。

　　这种传统"文"学观念的转变，反映到中国"文"学的研究上，就是"中国文学史"研究及编著所反映出来的转型。

　　中国早期的中国文学史，受日本及西方的一些中国文学史影响而产生，虽也接受了西方近代的文学观，但都还没有摆脱传统"文"学观的束缚。窦警凡 1897 年脱稿、1906 年出版的《历朝文学史》，林传甲 1904 年所著《中国文学史》，1909 年黄人的《中国文学史》，谢无量 1912 年出版的《中国大文学史》，20 年代初曾毅的《中国文学史》等，基本上都还是将子、史、论等纳入了文学史中，进行论述。如窦警凡《历朝文学史》几章为："文字原始第一""志经第二""叙史第三""叙子第四""叙集第五"。[4] 虽然也将戏曲纳入了阐释之中，但小说却排除在外。林传甲仿日本笹川种郎《支那历朝文学史》作《中国文学

---

① 张枬、王忍之编：《辛亥革命前十年间时论选集》第 3 卷，生活·读书·新知三联书店 1977 年版，第 327 页。

② 刘半农：《我之文学改良观》，《新青年》第 3 卷第 3 号，1917 年。

③ 水如：《陈独秀书信集》，新华出版社 1987 年版，第 183 页。

④ 窦警凡：《历朝文学史》，中国国家图书馆古籍分馆馆藏。

史》，但他不满笹川临风将小说、戏曲也纳入文学史中，说其《支那历朝文学史》中注重小说、戏曲为"识见污下"。所以，他的《中国文学史》不仅将经史子集纳入论述，甚至对音韵、籀篆也进行了阐释。谢无量的《中国大文学史》也以一定的篇幅来论述经学、文字、诸子。朱希祖 1920 年所著《中国文学史要略》，也还是"杂文学"意义上的文学史。如他此书的序中说道："盖此编所讲，乃广义之文学。"①

到 20 年代和 30 年代之交，随着纯文学观念的强化，学界开始普遍要求以纯文学观念来审视中国"文"学，而对此前那些所谓杂文学的中国文学史进行了激烈批评。1928 年，胡云翼就曾对早期中国文学史的杂文学的书写提出批评，说："试把那些中国文学史书打开一看，诸子百家，尽是文学史的体裁，文字学，玄学，儒学，都录入了文学史范畴。这只能说是学术史，哪里是文学史呢？"②1931 年，胡怀琛在《中国文学史概要》序中说："中国最早的几部文学史，如林传甲的文学史，谢无量的文学史，都没有把界限划清楚。在他们著书的时候，思想是这样，这也难怪他们如此。现在凡是读文学史的人都知道这样是不对的。"③胡云翼在 1932 年再次强调："最初期的几个文学史家，他们不幸都缺乏明确的文学观念，都误认文学的范畴可以概括一切学术，故他们竟把经学、文字学、诸子哲学、史学、理学等，都罗致在文学史里面，如谢无量、曾毅、顾实、葛遵礼、王梦曾、张之纯、汪剑如、蒋鉴璋、欧阳溥存诸人所编著的都是学术史，而不是纯文学史。"④

随着对早期中国文学史批评的展开，学界对中国文学史怎样编著，开始有了比较明确的"纯文学"史方向。刘麟生 1929 年在《中国文学 ABC》导言中说："近来著中国文学史的困难，可以减少一半。因为自从西洋文学观念介绍过来，我们对于文学，渐有准确的观念，知道什么东西是文学？——不是一切好书，皆是文学。——什么是纯文学？并且对于文学批评，文学欣赏，也改正了

---

① 朱希祖：《中国文学史要略》，《朱希祖先生文集》（一），台湾九思出版有限公司 1979 年版，第 301 页。

② 胡云翼：《中国文学概论》上编"导言"，启智书局 1928 年版，第 22 页。

③ 胡怀琛：《中国文学史概要》，商务印书馆 1933 年版，第 1 页。

④ 胡云翼：《新著中国文学史》自序，北新书局 1933 年版，第 3 页。

不少观念。如此方可以用简明的方法，研究中国文学。"①刘麟生所谓"改正了不少的观念"，就是中国文学史不仅要用纯文学的观念来进行研究，更要以纯文学的视点来编著。1930 年，蒋鉴璋刊行《中国文学史纲》，说："吾国文学，时代悠久，成就各异，文学范围，漫漶特甚。若就纯粹文学，严格而论，则上古作品，惟有《诗经》《楚辞》；秦汉以下，惟有赋、颂、诗、歌，及骈文、词曲等类，方足为文学史料。"②1933 年，刘大白著《中国文学史》，亦认为"只有诗篇、小说、戏剧才可称为文学"③。1935 年，刘经庵著《中国纯文学史纲》，"所注重的是中国的纯文学，除诗歌、词、曲及小说外，其他概付阙如。——辞赋，除了汉朝及六朝的几篇，有文学价值者很少；至于散文——所谓古文——有传统的载道的思想，多失去文学的真面目，故均略而不论"④。他不仅不论散文，甚至将大部分辞赋也排除在中国文学史之外。

可知，从晚清引入的西方近代文学观，经过三十多年的传播，到 20 世纪30 年代，中国古代"文"学研究界，已开始将西方纯文学观当作研究的基本原则。这一原则的确立，促进了中国文学学科的独立，将小说、戏曲纳入文学研究，而且在某种程度带来中国"文"学研究的深入和系统化。但是，西方近代文学观念视域中的中国"文"学研究，也给中国"文"学研究带来了诸多方面的困境。如吴宏一说："就文学观念而言，散文和小说的分类观念至今尚未厘清；就理论系统而言，对传统的诗文理论，多泛泛模糊之谈，对外国理论则往往强加套用，给人浮薄无学的感觉；就研究方法而言，国学根柢越来越薄弱。"⑤而更为重要的是，中国"文"学的功能、内容、文体和特点都无法与西方近代文学观所谓的文学形成对接。

1. 就功能而言，中国"文"学不存在纯文学与应用文之间的区别。西方近代的文学观与中国"文"学的极大差异，主要聚焦在功能上。西方近代的文学观，以审美作为文学的本质，强调文学的非功利目的性。中国虽也有"文学"

---

① 刘麟生：《中国文学 ABC》，世界书局 1929 年版，第 1—2 页。

② 蒋鉴璋：《中国文学史纲》，亚细亚书局 1930 年版，第 4—5 页。

③ 刘大白：《中国文学史》，开明书店 1933 年版，第 2 页。

④ 刘经庵：《中国纯文学史纲》编者例言，北平著者书店 1935 年版，第 1 页。

⑤ 吴宏一：《中国文学研究的困境与出路》，《北京大学学报》1999 年第 6 期。

一词，但那是指文章博学之人。在中国，凡文字作品都谓之为"文"或"文章"，既包括诗歌、小说、戏曲，也包括众多的实用性文体，如章奏、论说、序跋、书信等等。在中国古代虽然有"文""笔"之辨，但那主要是就语言形式而言。在中国古代，"文""文章"自古就被当作政治教化的工具，用于日常生活。西方的纯文学观只将诗歌、小说、散文、戏剧视为文学体裁，将一切应用文体排除在文学之外。就如童行白所说："纯文学者即美术文学，杂文学者即实用文学……纯文学之内容为诗歌、小说、戏剧。"① 但是，在中国，并不是凡诗歌、小说、戏剧就是为审美的、为艺术的。不要说《诗经》中很多作品具有政治工具的性质，用于"经夫妇，成孝敬，厚人伦，美教化，移风俗"，就是唐宋诗词，也有大量的为着实用目的的作品。在那些政治讽刺诗外，还存在众多用于交际的诗词。那些赠、答、酬、送、吊、贺等诗词，虽然也在抒写情感，但都非为审美的、为艺术的。孟浩然的《临洞庭湖赠张丞相》不过是一份求职书，白居易的《赠刘十九》也不过是一份邀请函。就小说、戏剧而言，宋元民间艺人在勾栏中所演出的那些话本、杂剧，显然不是为着文学艺术，而是用以养家糊口。众多的文人小说、戏剧，不仅有些是为着经济上的目的，而且大多有明显的教化功能取向。就如王国维所说"诗歌之方面，则咏史、怀古、感事、赠人之题目弥满充塞于诗界，而抒情、叙事之作什佰不能得一。……甚至戏曲、小说之纯文学亦往往以惩劝为指"。

可见，中国"文"学极少有西方近代文学观中所谓为审美的纯文学。若是以西方近代的文学观为标准，那中国的诗歌、小说、戏剧也有着明确的功利目的，是实用的，也算不得文学，中国便没有文学可言。

2. 西方近代文学观的文学文体种类和特征与中国"文"学文体的种类和特征并不同一。就文体种类而言，赋是被认作很有"文学"特性的，但西方文学的文体中却没有赋这一文体。而赋在语言上韵、散合一，也被用来"宣上德"和政治讽刺。中国虽有散文、小说的概念，但其内涵却完全不同于西方文学所谓的散文、小说概念。中国的散文是相对于骈文而言，指以单行散句的语言形式所写成的各种文体，既包括那些写景抒情之作，也包括论说、章奏、书信之

---

① 童行白：《中国文学史纲》绪论，大东书局 1947 年版，第 1 页。

类的实用性文体作品。西方的小说是指那些叙事性的具有故事性的作品，而中国的"小说"却是相对于主流思想言论而言。《庄子》说："饰小说以干县令，其于大达亦远矣。"意思是说以那些不入流的小道之言去求得大的名闻，是不可能的。故中国古代所谓的小说，不仅包含那些没有故事性的笔记小说，甚至包括一些说理文。如《汉书·艺文志》所载小说收有：《伊尹说》《宋子》（注谓"孙卿道宋子，其言黄老意"）、《黄帝说》（注谓"迂诞依托"）、《封禅方说》等。清人编著的《明史·艺文志》小说家类收录小说一百二十七部，三千三百零七卷，收录的基本是那些笔记小说之类；像被我们视为具有西方小说意义的一些作品，如明代流行的"三言二拍"以及《三国演义》《水浒传》等则皆无收录。可知，到清代，国人也还没有将那些我们今天视为典型小说的白话小说归入小说之类。西方文学中的散文和小说并非中国"文"学中的散文和小说。

3. 中国的应用文体也运用了西方近代文学观中文学的表现方式。纯文学论者多将想象、虚构、具有艺术性和形象性作为文学的特征。而中国的"文"学既讲究形式、技巧和抒情之美，但也不排斥载道的政治教化以及日常生活之用。刘勰《文心雕龙·情采》说："立文之道，其理有三：一曰形文，五色是也；二曰声文，五音是也；三曰情文，五性是也。"[①] 将"形文""声文""情文"视为作文的关键，既强调文章应有形象性和音韵的和谐性，也肯定了情感在文章中的重要性。在中国的"文"学中，非诗歌、小说、戏曲的其他文体的作品，有许多具有西方近代文学观所谓的文学表现特征。《庄子》的文章基本不离虚构和想象，而且极富于文采和形象性。《国语》《史记》《吴越春秋》等为史学著作，却不少具有虚构、故事性，带有一定的感情色彩。六朝时期，骈文用来写章奏、书信，用来说理，却大都采用韵文的语言形式，很有文采，有些甚至带有强烈的感情色彩，如李密的《陈情表》等。这些都符合西方近代文学观所谓文学的特征。

可见，西方的近代文学观在各方面都难以阐释中国的"文"学现象。但是，西方近代文学观给中国"文"学带来研究的困境，不仅限于"文"学研究自身，而且也带来了"文"学研究者素质的降低。中国"文"学因其实用功能

---

① 刘勰著，范文澜注：《文心雕龙注》，人民文学出版社 1958 年版，第 537 页。

以及文、史、哲的融合，使其与政治、历史、社会风尚、思想潮流产生了极为密切的关系。而西方近代文学观因将审美看作是文学的本质，将文学看作是作家个人思想情感的产物，不仅将其与诸如哲学、史学等其他学科切割开来，而且也在一定的程度上将文学与政治、历史、社会思潮分离，使其成为单独独立的存在。于是，在20世纪二三十年代以后，众多的中国"文"学研究者和学习者，目光所及只限于所谓的文学领域。更有甚者，或研究诗歌、小说、戏剧某一文体，目光所及也不出这一文体作品。他们不仅对其他的文体作品很少涉猎，对于诸如经学、史学、子学更是漠不关心；由此带来了中国"文"学研究者的知识结构缺少研究相应的学识。

更为重要的是，以西方近代文学观为本位的中国"文"学的研究，使其基本成为西方近代文学观念的"注脚"，中国"文"学理论的研究也基本"失语"。20世纪的中国"文"学研究，有这样一条轨迹：前50年以西方近代文学观为标准；50、60、70年代以马列主义文学理论为指导；80、90年代以西方文学研究的新方法，诸如"新批评""结构主义""解释主义""解构主义"为指针，将中国"文"学阐释的话语权完全交给了西方。而中国"文"学理论研究也全盘西化，中国特色的"文"学理论研究也随之被消解。20世纪尽管也有不少中国文论著作产生，但却基本建立在西方文学观念的范畴之上，基本是对中国的文论做西方文学观的阐释。所以，中国的"文"学理论，始终在围绕着西方的文学理论而转着圈圈。而中国的文学理论著作，大多不过是将西方的文学理论通过二手、三手，甚至四手、五手贩进来的西方文学理论的中文书写。

于是，也就产生这样一个悖论：引进西方的文化是为了振兴中华民族，而我们却匍匐在西方文化及西方近代文学观的脚下，对中国文化"文"学的历史采取虚无主义的态度，中国的"文"学及理论研究基本上丧失了中国话语。

二、西方近代文学观的困境与中国"文"学研究困境 产生的必然

中国"文"学研究的困境，是在西方近代文学观念的影响下产生。其实，

这困境的产生从本质上说，是西方近代文学观直面文学历史的困境。

在西方，并非在古希腊就有"文学"的概念。据美国著名批评家 J. 希利斯·米勒说："我所说的'文学'，指的是我们在西方各种语言中使用的这个词：literature。""牛津英语词典说，这个定义'在英国和法国都是很晚近才出现的'。它的出现，可以方便地定位在 18 世纪中叶。"① 但这并不是说，西方直到 18 世纪才有文学方面的观念。西方对社会科学很早就有分类。所以自古希腊，人们就开始试图将文艺与其他的学科进行区分和定义。正如宇文所安所说："寻求定义始终是西方文学思想的一个最深层、最持久的工程。""西方文学思想传统也汇入到整个西方文化对'定义'的热望之中，它们希望把词语的意义固定下来，以便控制词语。"② 而这寻求定义，就是力图将"文学"通过一个定义，从性质、形式或表现手段等方面与哲学、史学等区分开来。

古希腊的柏拉图和亚里士多德曾对文艺、悲剧、诗有过多方面的论述。这些论述从多方面谈到了文艺的特质，如文艺是对理念的摹仿，从认识论的反映论，即文学与现实的关系认识文艺的特征。可以说，柏拉图和亚里士多德对艺术、诗的特征进行阐述时，也同时在对文艺、诗与哲学、历史进行区分。但在古希腊、古罗马，甚至到 17 世纪，西方都是以文艺的视角来看待文学的特征，而人们对于文艺与历史、哲学等实用文字的区分，多是从内容、思维形式、与现实的关系以及表现方法等方面入手。虽然古希腊的"快感说"也曾给文艺的纯粹审美论留下了一些空间，但人们区分艺术与非艺术，还是很少涉及文艺的目的性。

据方维规研究，"文学"（litteratura）一词源于古拉丁语和中古拉丁语中的"字母"（littera），多半指"书写技巧"。到 18 世纪，"文学"逐渐变成多层面的同音异义词。18 世纪中叶，随着修辞学与美学的分离，poetry 才开始被看作是诗的作品。于是，"文学"这一概念具有两个向度：其一，书写物之总称，囊括所有"文献"；其二，富有诗性亦即文学性的作品。这两个向度表现着"文学"的广义和狭义之分，也表现着人们对于"文学"定义所产生的歧义。

---

① 〔美〕希利斯·米勒著，秦立彦译：《文学死了吗》，广西师范大学出版社 2007 年版，第 7—8 页。

② 〔美〕宇文所安著，王柏华、陶庆梅译：《中国文论：英译与评论》，上海社会科学院出版社 2003 年版，第 3 页。

这种歧义导致了人们从不同的两个方向对其进行定义和探讨。一是语文学和文学史编纂的取向，由趣味、习惯和传统来决定狭义文学概念的范围。二是哲学领域的美学探讨，多半避免"literature"一词，而是采用相对明确的 poetry，即从"诗学""诗艺"这一途径对"文学"进行美学的阐释。①

西方"文学"哲学领域的美学探讨应该说是沿着柏拉图和亚里士多德《诗学》的"快感说"以及康德美学这一路径而进行。柏拉图认为文艺是"理念影子的影子"，是不真实的，故文艺也是无用的，这已经具有了文艺不带功利目的性思想的萌芽。亚里士多德也认为文艺除了净化人们的精神之外，主要是给人们带来快感。康德美学在很大程度上继承并发展了他们的这些思想。康德将艺术活动视为审美活动，认为美和利害无关，纯粹的美只是直接呈现的外在因素，即艺术的外在形式，因而，审美不带有功利目的性。艺术是审美活动，故与利害没有关联。他在《判断力批判》中说："假使它拿快感做它的直接的企图，它就唤做审美的艺术。这审美的艺术可以是快适的艺术，或者是美的艺术。"② 黑格尔的《美学》把美学视为艺术哲学，故其使用的也是采用相对明确的 poetry，即"诗学""诗艺"的概念来进行阐释。黑格尔认为，"美是绝对理念的感性显现"。应是说，艺术的内容就是理念，但艺术的形式就是诉诸感官的形象。

康德哲学的美学方面的诗艺研究，为近代西方文学观念的确立奠定了基础，对后来"审美的文学"论影响极大。晚康德六十多年的叔本华，基本上继承着康德的美学思想，认为审美活动是"完全不计利害的观察"，"与利害无关的观照"③，审美不包含欲望和概念，不是伦理，也不是认识，只是主体与表象的契合。进入 19、20 世纪，克罗齐、科林伍德等在康德的影响下，把主体情感、想象、直觉看成产生美、美感的根源，建立了在 20 世纪有着极大影响力的表现主义美学。胡塞尔、杜夫海纳则从康德的先验方法论中得到了启示，开创了研究美与美感的现象学。海德格尔则将现象学方法和康德的先验方法再度综合，建立了存在主义美学。其中克罗齐被视为新康德主义的学者。他在康德

---

① 参见方维规：《西方"文学"概念考略及订误》，《读书》2014 年第 5 期。
② 伍蠡甫主编：《西方文论选》上卷，上海译文出版社 1979 年版，第 408 页。
③ 〔德〕叔本华：《作为意志和表象的世界》，商务印书馆 1982 年版，第 262 页。

和叔本华思想的影响下，认为艺术等于直觉、等于表现、等于美语言；艺术直觉不是物理的事实，不是功利的活动，不是道德的活动，不是概念的活动。他在发挥康德美学思想方面有着尤其重要的贡献。

在康德、叔本华、克罗齐、科林伍德等人那里，虽然从哲学的美学角度讨论审美时仍然是使用着"艺术"而不是"文学"一词。但科林伍德在《艺术原理》中说，他们讨论的"'艺术'一词，就带有现代欧洲人审美意识的全部微妙而精细的意义"，故欧洲的18世纪，优美艺术和实用艺术有了区分，"'优美的'艺术并不是指精细的或高度技能的艺术，而是指'美的'艺术"。① 他认为，情感因为"其自身的缘故，作为一种可享乐的感受而唤起时，唤起情感的技艺称为娱乐；如果因为情感的实用价值而予以唤起，这种技艺称为巫术；如果仅仅是为了训练技能而激发智力活动，这样被设计出来的技艺产品称为哑谜；为了认识这一或那一个事物而制作出来的技艺产品称为教诲；如果一种技艺的目的在于激发某种有用的实际活动，它就是广告或宣传；如果激发的活动是正当的，这种技艺称为告诫"。在他看来，上述这些都"很好地穷尽了现代世界盗用艺术之名的所有活动的功能，这些活动中的任何一个与真正艺术毫不相干"。故他将这些带有实用价值的艺术称为"伪艺术"。真正的艺术是应当"有追求为艺术而艺术的写作"，这样一种创作是"按照自己的方式进行，按照自己的本性发展，对一切外在事物不予理睬"；这样的艺术才是"独立自足"的，不会"被使役去为一个并非自身的目的效劳"。②

在《艺术原理》中，科林伍德已经开始使用"文学"这一概念。但他将"文学"看作是绘画等形式艺术之中的一个分类。他说："艺术决不仅仅是强加在它身上的那些目的的手段，因为名实相符的手段，是根据它所指向的目的而设计的，可是，这里首先必须有文学、绘画等等，然后才能转而为所说的那些目的效劳。"③ 应该说这段话翻译的意思很不明确。但根据前后文可以看出，科林伍德是说文学也是艺术的一个分支，艺术既是"独立自足"的，那么文学也应该是"独立自足"的，不应该具有"为文学"之外的目的。

---

① 〔英〕科林伍德：《艺术原理》，中国社会科学出版社1985年版，第6—7页。
② 〔英〕科林伍德：《艺术原理》，第31—34页。
③ 〔英〕科林伍德：《艺术原理》，第34页。

可见，西方 18 世纪文学观念的确立，是在康德等一些哲学家哲学的美学研究视域中对艺术进行阐释，将艺术的特征转化为文学的特征的过程中完成的。没有 18 世纪以来的哲学的美学研究，便不会有西方近代的文学观念。他们将诗歌、小说、戏剧视为艺术，既然艺术是一种纯粹的审美活动，直觉又表现为情感、想象和形象，故在完成文学与艺术对接的同时，也合乎逻辑地将艺术的不带功利目的、情感、想象和形象转移于文学的定义中。

但是，他们在给艺术和文学进行定义时，有一个避不开的问题，即根据西方的文学历史看，传统文艺观所谓的情感、想象、虚构等特征，似乎都不足以对"文学"进行定义，都不足以区别文学与非文学。因为在西方文学的历史中，文学并不一定都是抒写情感的，西方有着众多的哲理诗。同时，想象与虚构也不只是文学的特征，如史诗既有想象和虚构，但也都以史实为基础，并非都是想象和虚构的产物。因文学必须以语言为载体，故文学与非文学的区别关键在于以应用文字作品和日常语言为参照。审美功能用来区别文学与应用文字的差异，语言形式用以区分日常语言与文学的不同。于是，区别文学艺术与非文学艺术，便聚焦到了文学艺术的审美功能和文学艺术的形式。所以，18 世纪以来的西方文学艺术理论的研究也主要围绕着这两方面而展开。康德、叔本华、克罗齐、科林伍德等人的美学理论主要从审美的角度阐释文学与实用性文字作品的区分。而受康德"所有美的艺术中，最本质的东西无疑是形式"的美学观的影响而形成于 20 世纪的结构主义学派，则主要是从语言的形式结构方面来区分文学与日常生活语言。

因康德及其追随者在学界影响巨大，故在西方自 18 世纪以来，"艺术的纯美""为诗而诗""为文学而文学"的思潮，便在康德以后的美学界和文学理论界形成一股洪流，形成了西方 19 世纪以来"为艺术而艺术"、为文学而文学的潮流。

不能说建立在康德美学观念上的西方近代的文学观毫无意义。但是，这一理论完全建立在哲学的美学阐释的基础上，以哲学理论为出发点。当他们开始从哲学方面来讨论艺术时，就是从形而上的角度来给艺术和文学重新进行定义。这样一种以哲学的形而上的、从理论到理论的对于艺术、文学的阐释，使得他们在认识文学艺术时，对欧洲从古希腊到 20 世纪文学艺术的功利性实践视而不见。他们将审美与日常生活审美绝对对立起来，否定文学艺术的功利目的性和与现实生活的紧密关联性。所以，他们定义的文学艺术只是"应该如此"的文学艺术，而非"已经如此"的文学艺术，基本不具备文学艺术的阐释功能，无法解释欧洲文学历史上众多的文学现象。

　　应该说 18 世纪之前，西方也关注到了文艺的目的与功用。如柏拉图认为诗不能服务于政治，要将诗人逐出理想国。包括亚里士多德等众多的西方文艺家都认为，艺术的作用主要是给接受者一种快感。这种快感似乎也是一种功用，但它却与利害毫无关系。但是，不管是在古希腊、古罗马，还是欧洲的中世纪，事实上都没有将文艺的功用作为文艺区别于史学、哲学的关键所在。柏拉图和苏格拉底一样认为："理性和情感常常有矛盾，好的文艺应该去模仿人的理性部分。悲剧和喜剧是无益的文艺形式。强调文艺的功利作用，文艺应该为政治服务。"① 后来文艺理论家也基本都认为文艺应该具有认识或教育作用，如贺拉斯《诗艺》说诗应该"给人以快感，同时对生活有帮助"②。但丁认为诗可以处理有用的主题，如国家安全、美德、爱情。狄德罗主张作家和批评家应该以美德为动力，在《论戏剧诗》中说，艺术都应该"树立起一个共同的目标"，"使高尚的趣味和习俗可以更加得到培养"③。塞万提斯说自己写《堂吉诃德》，"不过是要摧毁骑士文学在世俗的信用和权威"④。

　　而就创作而言，18 世纪之前，西方也从没有否定文学的功利目的性。古希腊赫希俄德的教谕诗《农作与时日》，基本就是一部格言集和农业历书。作者的创作目的是要"告诫弟弟改过从善"⑤。《伊索寓言》主要是通过一些动物的言行来寄寓教谕或教训。古罗马塞内加的讽刺剧《变瓜记》矛头直指克劳狄乌斯一世，说其死后没有升入天堂，而是变成一个南瓜。欧洲中世纪的宗教剧主要被教会用来普及宗教知识，煽动宗教情绪。如圣奥古斯丁的《忏悔录》、贡萨

---

① 李赋宁总主编：《欧洲文学史》第一卷，商务印书馆 2002 年版，第 43 页。
② 〔古希腊〕亚理斯多德、〔古罗马〕贺拉斯著，罗念生、杨周翰译：《诗学　诗艺》，人民文学出版社 1962 年版，第 155 页。
③ 〔法〕狄德罗：《论戏剧诗》，载伍蠡甫、胡经之主编：《西方文艺理论名著选编》上卷，北京大学出版社 1985 年版，第 231 页。
④ 伍蠡甫主编：《西方文论选》上卷，上海文艺出版社 1963 年版，第 208 页。
⑤ 李赋宁总主编：《欧洲文学史》第一卷，第 18 页。

洛·德·贝尔塞奥的《圣母显圣记》等，都是此类作品。但丁《神曲》的写作动机，是因为作者"意识到自己担负揭露现实，唤醒人心，给意大利人民指出政治上、道德上复兴道路的历史使命"①。

就是 18 世纪以来，西方的文学也依然具有政治及教育、功利目的的倾向。如德国的歌德和席勒合作，在几年中共同写过 926 首辛辣讽刺短诗，与文艺界的庸俗之辈进行论争。19 世纪 40 年代德国革命时期，诞生了无产阶级文学，为德国革命摇旗呐喊。海涅的诗歌中便有不少如《德国 —— 一个冬天的童话》之类的政治诗。他于 1841 年写作长诗《阿塔·特罗尔》就是对"他的敌人，对那些出于不同的政治目的和相同的妒嫉心理对他进行恶毒攻击的敌人的反击"②。在法国巴尔扎克时代，"巴黎有一伙小有文采的青年，专为书商炮制流行小说和各种小册子。为了摆脱经济上对父母的依赖，巴尔扎克加入了他们的文学作坊，以雷奥诺、圣多班等化名参与或独立写作了十多部流行小说"③。而英国维多利亚时期的小说，也有着严肃的道德和严厉的说教。萨克雷"为支付妻子的护理费和抚养两个女儿拼命写作"④。诸如此类，可知西方在 18 世纪及以后，文学也没有成为为审美、为艺术的文学。

所以说，西方近代的文学观本身就存在着一个对西方文学艺术实践做合乎历史阐释的巨大困境。这一困境，20 世纪 60 年代一批西方的著名批评家，如美国的 J. 希利斯·米勒等，已经有所认识。他们根据电子信息时代文学的特质在非文学领域中得到了充分的体现、新形态的文学越来越成为一种混合体的这一普遍事实，提出了"文学终结论"。所谓"文学终结"，一是说西方传统文学意义上的文学被边缘化，正逐渐淡出人们的目光；二是说审美已经日常生活化，西方近代所谓的审美的文学边界已经向着日常生活转移，文学与非文学的界限已经模糊。⑤而当他们指出审美的文学边界向着日常生活转移，文学与非文学的界限已经模糊，即是对西方近代的文学观的强烈质疑。

---

① 李赋宁总主编：《欧洲文学史》第一卷，第 133 页。
② 李赋宁总主编：《欧洲文学史》第二卷，商务印书馆 2002 年版，第 315 页。
③ 李赋宁总主编：《欧洲文学史》第二卷，第 222 页。
④ 李赋宁总主编：《欧洲文学史》第二卷，第 272 页。
⑤ 参见王轻鸿：《文学终结论》，《外国文学》2011 年第 5 期。

不可否认，中国的"文"学及其观念确实与西方的文学及其观念有某些相同。中国的"文"学也讲求形式之美。六朝的声律论，唐代的兴象、意境、韵味说，宋代的兴趣说，明代的神韵说，等等，都无不强调诗文的审美性。自陆机提出"诗缘情"后，"文"学的情感特性得到创作主体和文论家全面的肯定；中国的诗词少有叙事之作，更多为抒情作品，可见中国"文"学及其理论对情感的重视。陆机《文赋》说创作时作者"精骛八极，心游万仞"①，刘勰《文心雕龙》强调"文思""寂然凝虑，思接千载；悄焉动容，视通万里"②，也都在强调"文"学想象和虚构。《庄子》《楚辞》、李白、李贺、《西游》《聊斋》等固不必说，那些历史演义小说，也无不是三分的真实，七分的虚构。因而，我们强调中国"文"学与西方近代文学观所谓"文学"的差异，便完全否定中国"文"学与西方近代文学观有着某些相同，也是不顾历史事实。

但这某些相同，并不足以掩盖中国"文"学及其观念与西方近代文学观所谓文学存在的巨大差异。西方近代文学观对产生于同一空间和文化基础之上的西方的文学现象尚且存在无法解释的困境，在西方 20 世纪 60 年代以后受到普遍质疑，而要用它来解释中国的"文"学自然也更为困难。故 20 世纪中国"文"学研究套用西方近代文学观来阐释中国"文"学而遭遇困境，也就是必然的。

三、回归中国"文"学本位历史视角的四个维度

当用西方近代文学观念来阐释中国的"文"学遭遇困境成为必然时，中国"文"学研究回归中国"文"学本位，也同时具有了必然性。因为这困境的产生，源于中国"文"学本位的缺失。而中国"文"学本位的缺失，严格地说是一个方法论的错误，即在研究中以主观唯心取代了历史的视角。

世界上的任何事物都是历史的，存在于一定的时间与空间中。这种历史的

---

① 金涛声点校：《陆机集》，中华书局 1982 年版，第 1 页。
② 刘勰著，范文澜注：《文心雕龙注》，第 493 页。

时间与空间的维度，决定着事物的面目和真实，也决定了不同时空事物之间的差异；而且这差异甚至是本质的。故当我们的研究偏离历史时空时，得出的结论也必然是非历史的。20世纪以来中国"文"学的研究困境，正在于对中国"文"学的历史熟视无睹，而将两个不同时空中产生的两种不同性质的文学及其观念，在主观上同一化。

20世纪90年代，西方最卓越的最有影响的新批评派学者之一的小威廉·K.温莎的学生侯思孟曾指出，"新批评""结构主义""解释主义""解构主义"等理论，"无论如何它不适用于中国文学。中国文学，就如同中国的一般生活，深刻地嵌入中国的历史之中"。[①] 西方的学者也认为以西方的文学理论来阐释中国的"文"学行不通，而必须回归中国"文"学的历史。故我们要解释中国"文"学的历史及发展规律，建构中国的"文"学理论，化解研究的困境，也必须回归中国"文"学本位，将中国"文"学置之于历史的视野中。这审视，应该在下列几个维度进行：

（一）"文"学观念生成、发展的历史维度

文学观念是人们对文学特性认识及创作价值取向的基本、全面的体现。要明确中国"文"学的本质及其特征，首先必须历史地认识中国"文"学观的产生和发展。而从历史的角度去认识中国"文"学，就是要从决定中国"文"学观的宗教、政治、社会制度和整个社会意识形态的历史等方面去考察它的产生及发展，历史地认识它的范畴、功能及价值取向。

把握中国"文"学观念发生发展的历史维度，最为关键的是要注意礼乐政治体制对于"文"学观念发生的规定性。中国的"文"学观念是礼乐政治制度及其产生的社会意识形态作用的产物。中国的"文"字，最早见于甲骨卜辞，根据《甲骨文字诂林》，甲骨文中的"文"字，是"立人身上有文身"，故甲骨学家一致断其义为"文身"。但最迟在西周、春秋时期，"文"的这一含义在《易》象思维的作用下，演化为礼乐政治的哲学基础"天道观"的外现。如《周易·系辞下》说：

---

① 〔法〕侯思孟：《中国文学深刻地嵌入中国历史》，《文学遗产》1989年第4期。

> 道有变动，故曰爻。爻有等，故曰物。物相杂，故曰文。①

爻为《周易》组成卦的符号，"—"为阳爻，"— —"为阴爻。道即以阳爻、阴爻不同的顺序排列，表示变化。每一卦由六爻组成，分别表示阴阳、贵贱等自然和社会现象。这六爻中的阴阳、刚柔的物象互相交错便成为"文"。于是，道与"文"便融为一体。道为"文"的形而上的存在，"文"则为道形而下的显现。

先秦天道哲学的道"文"合一，使天道与宗教、政治、人们生活行为以及文章意义上的"文"融为一体。因天道是最高的存在，礼乐制度是天道在政治、宗教制度方面的外现，于是，礼乐制度及其伦理道德以及人们的礼乐伦理道德行为，也顺理成章被赋予了"文"的意义。如《国语·周语下》载单襄公评价晋周说："夫敬，文之恭也；忠，文之实也；信，文之孚也；仁，文之爱也；义，文之制也；智，文之舆也；勇，文之帅也；教，文之施也；孝，文之本也；惠，文之慈也；让，文之材也。"②以敬、忠、信、仁、义、智、勇、教、孝、惠、让等礼乐伦理道德行为为"文"的各种表现。

在礼乐政治意识中，天子是天道在人间的代言人。天子既代表天道，故天子及礼乐伦理道德之言，自然也是天意的外现，被理所当然地视之为"文"。礼乐制度及其道德被视为"天道"之"文"在人类社会的体现，于是，维护礼乐政治的典章制度以及阐述这些制度的文献，诸如国家的制令、帝王的文诰之类，也理所当然被赋予了"文"的意义。如《礼记·儒行》谓：

> 言谈者，仁之文也。③

所以，西周至春秋战国时期，礼乐道德之言及其历史典章制度文献，都被视之为"文"。《周书·洛诰》载周公说："王肇称殷礼，祀于新邑，咸秩无

---

① 王弼、韩康伯注，孔颖达疏：《周易正义》，《十三经注疏》，中华书局 1980 年版，第 90 页。
② 徐元诰：《国语集解》，中华书局 2002 年版，第 88—89 页。
③ 郑玄注，孔颖达疏：《礼记正义》，《十三经注疏》，中华书局 1980 年版，第 1671 页。

文。"① "咸秩无文"之"文"就是指记载礼乐祭祀制度的典籍。《国语·周语下》载太子晋对周灵王说，为政应"观之诗书"。国家政治若"夫事大不从象，小不从文"，则必然失败无疑。韦昭注曰："象，天象也。文，诗书也。"② 可知，在中国"文"这一概念，由宗教文身，到天道的形而下的外现之"文"而发生。"文"包括天文地理、礼乐制度、伦理道德及其行为、言论、文字。宋代理学家石介将这一点说得更为清楚：

> 两仪文之体也，三纲文之象也，五常文之质也，九畴文之数也，道德文之本也，礼乐文之饰也，孝悌文之美也，功业文之容也，教化文之明也，刑政文之纲也，号令文之声也。③

因而，在中国古代，"'文'上承天地之现象和意志，中为社会之制度及发展规律与人的生命本体、人生的最高境界，下为文章与'言'的表现对象。礼乐道德的义项贯穿于宇宙、社会、人生价值和文章与'言'几个层面，在宇宙层面赋予'文'存在的依据和文章法则；在生命层面赋予'文'主体的生命本质与价值选择，在文章层面赋予审美过程中客体的道德属性，为一个一元形态下的三维建构；于是，天道、礼乐道德制度、人与文章便融为一体，相互表述，互为对方存在的依据"④。

中国"文""文章"观念的这种礼乐政治体制内生成的历史语境，规定了中国"文"学的行为性质、目的及其功能，也规定了中国"文"学及其观念的发展趋向。中国"文"学观念，虽然随着社会的发展产生了一些变化，如小说、戏剧在某种程度游离于礼乐体制之外。但那些身为士大夫的创作主体，因其政治官员的身份，故又使得他们创作的小说、戏剧创作及其观念与体制内的、主流的"文"学观保持有千丝万缕的联系。

因而，以历史的视角去研究中国"文"学观念的生成及发展，就是要从中

---

① 郑玄注，孔颖达疏：《礼记正义》，《十三经注疏》，第 214 页。
② 韦昭注：《国语》，上海古籍出版社 2008 年版，第 50 页。
③ 石介：《徂徕集》，《文渊阁四库全书》第 1090 册，上海古籍出版社 1987 年版，第 269 页。
④ 赵辉：《先秦文学发生研究》，人民出版社 2012 年版，第 62 页。

国的礼乐政治体制的内外两个方面，去把握其本质的价值取向。既要注意到礼乐政治体制对中国"文"学观念的规定性，同时又要注意到因礼乐政治体制之外的创作而导致的"文"学观念的演化及其与礼乐政治体制内的"文"学观念的联系，才能使我们的研究更为全面地把握中国"文"学的本质特征，对中国"文"学做出合乎历史的阐释。

（二）"文"学创作时空的历史维度

中国"文"及"文章"观念的这种生成历史语境，规定了中国"文"学的行为性质、目的及其功能，也规定了中国"文"学在极大的程度就是宗教、政治、人们的日常生活行为经验自身这一本质，而非柏拉图所谓的"理念"的"影子的影子"和亚里士多德等所谓的"摹仿"和"再现"，更非克罗齐、科林伍德等所谓的"表现"。中国"文"学这一本质，规定了中国"文"学每一文本为日常生活各方面的行为的"文字单元"的性质。任何行为都发生于一定时空，且时空不具备重复性。故一定时空中的政治、宗教、日常生活行为也就具有了它发生和存在的独特性。发生于这一定时空中的政治、宗教、日常生活行为的"文"学，自然不可能超越这一定的时空，只能是限定时空的言说。这限定时空对"文"学具有两个层面的规定意义：

一是它规定着具体言说的一定场合，一定的行为性质、目的，一定的主体身份，一定的言说对象。因为主体必须"在什么场合说什么话"，"是什么身份说什么话"，"是什么对象说什么话"，所以，这一定的言说场合、行为性质及目的、主体身份、言说对象，也就决定了言说的目的、内容以及言说方式，形成了这"限定时空言说"的独特性。[①] 由于人类的社会生活行为具有多样性，有政治的、经济的、宗教的、学术的、娱乐的、人际交往的等等。当"文"学成为这多样的生活行为时，"文"学的目的也就不仅是为审美的和为文学的，而必然是多样化的。

二是这一定的言说场合，必然是一定时代、一定社会的。历史总是在不断变化的，因而，每一时空的政治、宗教、日常生活、思潮、习俗等也必然是不

---

① 参见赵辉：《先秦文学发生研究》余论《文学的限定时空言说》，人民出版社 2012 年版。

同的。文学主体生活于不同的时代社会，不可能超越所处时代社会的政治、宗教、思潮、习俗。故其一定的行为经验也必然是一定时代社会政治、宗教、思潮、习俗中的行为经验，受一定时代社会政治、宗教、思潮、习俗的制约和规定。所以，这"限定时空言说"不仅是一定行为场合的，也是一定的社会政治、宗教、思潮、习俗的。

因而，中国"文"学为现实政治、宗教、日常生活行为经验自身的这一本质特征，不仅规定了主体具体的言说的行为性质、目的等，也规定了中国"文"学必然深受主体所处社会政治、宗教、思潮、习俗等方面的制约。故中国"文"学的研究要回归中国"文"学本位，也就必须在研究过程中，始终将"文"学置之于它们产生的限定时空进行考察；不仅要将其置之于时代社会语境，也要着眼于作品所产生的主体一定的行为场合。

（三）文体产生发展的历史维度

中国"文"学及"文"学观的特征，通过"文"学的文本而得以表现。但任何文本都是一定文体的文本，而文体的功能及其性质也必然以文本为表现形式。因而，文体的性质、功能不仅在一定程度上规定了文本的性质、功能，而且也决定了"文"学的性质和功能。可以说，中国"文"学的历史，就是中国古代各种文体的演变史。故我们要历史地认识中国"文"学，就应该历史地研究中国古代"文"学文体的发生和发展。

中国的文体，是功能性文体。因为中国"文"学为现实生活即政治、宗教、日常生活行为经验自身，这政治、宗教、日常生活行为经验的多样化，也就必然导致中国"文"学文体的多样性。中国也有诗歌、戏剧、小说、散文，但并不只有这四种文体就称之为"文"。而是大凡一切文字的作品，都可以谓之为"文"或者"文章"。故中国的"文"学文体是一个十分庞杂的系统。先秦的文体，有所谓的《尚书》六体：典、谟、诰、命、誓、训。此外，还有诗、赋、辞、传、论、说、难、原、箴、祝、解、骚、书、盟、诔、令、语、策、春秋等等。到南朝，《文心雕龙》论述的文体有：诗、乐府、赋、颂、赞、祝、盟、铭、箴、诔、碑、哀、吊、杂文、谐隐、史传、诸子、论、说、诏、策、檄、移、封禅、章、表、奏、启、议、对、书、记等。其中有些还包含不少的其他文体，如"记"中论述的涉及籍、簿、录、律、令、疏、解、牒、状等等。六朝以后，文体的分类越来越细，如清张相的《古今文综》将文体分为四百多种。

中国这众多的文体，都发生于一定性质的行为中，承担着一定的社会生活功能。如"箴刺王阙，以正得失"。赋原本用于祭祀时向鬼神——陈说祭祀的物品及参加祭祀的重要人员。由于每一行为性质的言说都具有一定的言说目的，具有相对固定的言说场合、主体身份、言说对象，故其也形成大致相同的内容题材、言说方式及相应的风格。中国古代强调"文各有体"，作文须先辨体，也正是因为每一文体都有着一个基本独立的话语体系。这在那些实用性更强的文体中，如章、表、奏、启、议、对、书、记等，更为明显。

社会生活的发展也带来中国古代文体的发展。这发展主要表现为文体的细化、功能的转移以及文体之间表现形式的互动。因中国的文体更多是一定性质行为的产物，故随着社会生活行为的逐渐多样化，也会以在原有文体的基础上，产生一些新的文体。这些新的文体更多的是因行为分类的细化而导致文体的细化而产生。中国的文体，可分为一级文体、二级文体、三级文体等。一级文体具有文类的意义，二、三级文体因一级文体细化而产生。这种文体的细化，标志着某些文体社会功能的细化和话语体系的细化。文体功能的转移是指原本用于某一性质行为的文体用于另一性质行为，从而导致其功能发生转移。如"颂"原用于歌颂鬼神及帝王的功德，到屈原的《橘颂》用于抒写个人的情志。文体功能的转移标志着某一文体功能的发展，也标志着原有话语体系出现相应的演变。文体之间表现形式的互动，是指一种文体在表现形式上受到另一种或多种文体表现形式的影响，而导致原有文体表现形式发生改变。这种情况，在中国古代文体的发展中非常普遍。如戏剧由角抵戏发展到诸宫调，再发展到杂剧、南戏，成为说唱兼备，具有故事情节的一种文体，不仅汲取了诗词的形式，而且也深受历史、传奇、话本的作用，使戏剧的表现功能、表现形式较角抵戏发生根本的变化。

中国的文体要素包括功能、内容、语言形式、风格等方面。因文体与文本共生共存，所以，文体与文本也是同构的。这也就是说，每种文体的要素与其文本的要素是一致的。文体文本的共生共存与同构，决定着文体的演化与这一文体的文本要素的变化是同步产生的。

中国"文"学的特征及文学观念，通过文体文本的各种要素得以表现。中国"文"学的发展，也是通过文体文本的要素的演化而形成。因而，中国"文"学的研究要回归中国"文"学本位，也就必须回归中国"文"学各种文体文本的功能、内容、语言形式、风格的产生与演变的历史。

（四）主体创作身份及其构成的历史维度

中国"文"学因其本质为社会生活行为经验，故其历史，不仅是文体的演变史，也是社会生活发展史。但是，沟通文体文本与社会生活的中介是文学创作主体。社会生活对文体文本发生作用，必须通过文学创作的主体来实现。

中国"文"学的创作都是一定场合的言说，这一定的场合规定了主体的言说身份。故主体的言说，都是一定身份的言说。但是，主体身份对于"文"学的作用不仅表现在创作上，也表现在主体对于传统文化及外在环境，包括他所处的时代、地域的社会政治、人情风俗、文化思潮等转换为文体文本的要素方面。

"文"学是创作主体的知识体系、思想观念、价值取向、情感及个性的反映。而主体的知识体系、思想观念、价值取向、情感及个性，都是通过主体的行为经验获取相应的知识而形成。人类的行为经验都是一定身份的行为经验，不同性质的行为决定了同一主体不同的身份，而每一种身份都有着与其相应的信息、知识体系。农民有农民的知识体系，军人有军人的知识体系。每一主体都是通过不同的身份，如职业、地域、时代、种族、团体、伦理等多种身份的经验行为获取与身份相应的、原本外在于主体意识的信息与知识体系，使其进入主体的意识，形成主体的思想观念、价值取向、行为方式和话语体系，支配文学的创作。故主体身份是主体获取相应的知识，形成相应的思想观念、价值取向、行为方式，生成主体个性和话语体系的关键所在，也是主体将相应文学的外部环境转换为"文"学的话语体系的关键所在。

西方认为文学为对社会生活的模仿，社会生活转换为文学必须有一个模仿的过程，故只有专门的"模仿者"才是文学创作的主体。在中国，因"文"学就是社会生活，创作主体也就不存在专门的模仿者，每一个社会人都可以是"文"学创作主体。在社会中，每一个人都具有多种不同的身份。故每一"文"学创作主体也有着众多的身份，如职业、地域、时代、种族、团体、伦理等身份，形成了"文"学主体身份的多样化。这多种身份形成主体的身份结构和知识结构，产生与之相应的思想、行为、个性及话语结构。主体的身份结构不同，其思想、行为、个性及话语结构也就不同。这种身份结构的差异，形成主体之间"文"学话语的差异。如屈原具有楚人、战国人、楚族、楚国高官、逐臣、士等身份，而宋玉在其身份结构中没有楚族、楚国高官、逐臣的身份，屈原的身份结构中没有宋玉的"文"学侍臣的身份，故他们的创作既有相同的一面，也有不同的一面。而他们的楚人身份，又决定了其创作的楚国地域特色，形成了与中原"文"学的差异。可见，作家的身份构成的差异性，形成了其创作的差异。

　　因而说，中国"文"学的发展史，实际上也是"文"学主体身份结构的演变史。是主体通过职业、地域、时代、种族、团体、伦理行为的身份经验，将原本外在于主体的不同时代、地域的政治、经济、风俗、思潮、生活方式变为主体的认知，形成主体的知识结构、思想价值取向等，然后通过一定身份的言说，将其转化为一定文体文本的功能、内容、语言形式、风格等。因而，中国"文"学研究要回归中国"文"学的本位，也就必须考察不同时代不同"文"学主体的身份结构的异同，从身份结构的差异去考察时代之间、地域之间、团体之间、主体之间"文"学的继承、联系和发展。

　　总之，中国"文"学及其观念是在中国"文"学几千年的发展历史中形成的。中国天道与人文合一的哲学赋予了中国"文"学为社会生活自身这一本质。而中国"文"学的这一本质，使得中国"文"学与社会生活发生了相对于西方近代文学观所谓"文学"的更为密切的关系，导致文体体性与社会生活行为性质的对应性，也导致主体社会身份在"文"学创作中地位的凸显。因而，中国"文"学的研究要回归中国"文"学本位，也就应该在把握中国"文"学观念的产生和发展的同时，将"文"学置之于一定的时空之中，将行为性质、主体身份和文体文本结构为一体，通过共时的和历时的两个向度，去考察

"文"学及其观念的演变。只有如此，才可能对中国文学的物质有着本质的把握，才可能总结出中国"文"学的发展规律。

（作者单位：中南民族大学文学院）

战国诸子对保存先秦文献的贡献

陈桐生

可能很少有人想到，我们今天所读的先秦古书，基本上是由战国诸子百家保存下来的。战国诸子百家本来是文化学术流派，他们没有保存文献的职责，负有保存文献职责的是周王室和各诸侯国的史官，但是在春秋战国秦汉之际，由于种种历史原因，先秦史官保存的文献所剩无几，官方文献保存机制完全失效，只有战国诸子个人保存的文献得以流传后世。战国诸子完全凭借个人的自觉，在传道授业过程中传播并保存自己所钟爱的文献，由此保证了中华民族文化血脉的延续。

一、先秦史官文献保存机制的失效

先秦时期，官方有一套保存文献机制，由王室和各诸侯国史官专门负责文献保存。《周礼·春官宗伯》载："小史掌邦国之志。""外史掌书外令，掌四方之志，掌三皇五帝之书，掌达书名于四方。若以书使于四方，则书其令。"[①] "小史"所掌的"邦国之志"，是指各诸侯国的历史文献。"外史"所掌的"四方之志"，则是各诸侯国利用朝聘赴告机会互相交流的国史，所谓"三皇五帝之书"，则是指上古流传下来的文献。中央王室通过设置"小史""外史"建制，

---

① 郑玄注，贾公彦疏：《周礼注疏》，北京大学出版社 1999 年版，第 699、711、712 页。

将王室文献、各诸侯国文献和上古文献收集并保存起来。《周礼》所载的是中央王朝文献保存机制，各诸侯国也设有相应的负责保存文献的史官。如果官方这个文献保存体制始终得以成功运行，那么先秦文献应该大都能够传之后世。但历史事实表明，先秦史官文献保存机制并不成功。

先秦史官文献保存机制之所以失效，大致有以下几点原因。

一是先秦史官在时局动荡情况下弃职奔逃。先秦史官保存文献机制的运行，是以政权稳定为前提。史官食君之禄，忠君之事，在政局安定的太平岁月，他们完全可以履行收集、保存文献的王事职责。但在政局动荡不安之际，先秦史官出于鉴古知今、见微知著的职业敏感，往往会做出携籍奔逃的举动。传说早在夏朝末年就发生史官奔逃事件，《吕氏春秋·先识览》载："夏太史令终古出其图法，执而泣之，夏桀迷惑，暴乱愈甚，太史令终古乃奔如商。"殷商末年，史官奔逃事件再次上演，《吕氏春秋》同篇载："殷内史向挚见纣之愈乱迷惑也，于是载其图法，出亡之周。"①《史记·周本纪》载周文王礼贤下士，"太颠、闳夭、散宜生、鬻子、辛甲大夫之徒皆往归之"②，其中的辛甲大夫是殷商王朝的史官，归周后任太史之职。春秋战国时期，东周王室史官对没落王朝深感失望，不断上演弃周奔逃的故事。《左传·昭公十五年》载周景王曰："及辛有之二子董之晋，于是乎有董史。"③辛有乃辛甲大夫之后，是周平王时期史官，其子由周奔晋，应该是在平王前后。太史公先人也就是在这个历史时期主动放弃延续了上千年的太史官守，《史记·太史公自序》载："司马氏世典周史。惠襄之间，司马氏去周适晋。"④《左传·昭公二十六年》载："王子朝及召氏之族、毛伯得、尹氏固、南宫嚚奉周之典籍以奔楚。"⑤其中尹氏固是西周著名史官尹佚的后代，他由周奔楚，表明他对东周王室已经彻底绝望。《史记·老子韩非列传》载，东周王室柱下史老子"居周久之，见周之衰，乃遂

① 吕不韦等著，高诱注：《吕氏春秋》，中华书局1954年版，第179页。
② 司马迁撰，裴骃集解，司马贞索隐，张守节正义：《史记》第1册，中华书局1959年版，第116页。
③ 杨伯峻：《春秋左传注》，中华书局1981年版，第1373页。
④ 司马迁撰，裴骃集解，司马贞索隐，张守节正义：《史记》第10册，中华书局1959年版，第3285页。
⑤ 杨伯峻：《春秋左传注》，第1475页。

去"①。老子这位大哲选择的是以隐遁作为人生归宿。史官奔逃事件不仅屡见于东周王室，在三家分晋前夕，晋国史官也选择了出逃之路。《吕氏春秋·先识览》载："晋太史屠黍见晋之乱也，见晋公之骄而无德义也，以其图法归周。"②史官在政局动荡的情况下弃暗投明，本来无可厚非，但他们弃职奔逃，肯定不利于文献保存事业。

二是春秋战国的各国诸侯为僭越礼制而有意毁灭那些不利于自己的文献。据《孟子·万章下》记载，北宫锜向孟子询问周王室的班爵制度，孟子回答说："其详不可得闻也，诸侯恶其害己也，而皆去其籍。"赵岐注："诸侯欲恣行，憎恶其法度害己之所为，故灭去典籍。"③孟子的话揭示了一个可悲的历史事实：春秋战国时期，各国诸侯为了满足自己无限膨胀的贪欲，竞相僭越礼制，为了避免社会舆论对他们僭礼行为的责难，他们下令毁灭那些对自己不利的文献典籍，以至于到了战国中期，人们就看不到西周班爵制度的文献了。孟子在这里说的是班爵典籍，其实春秋战国诸侯僭礼远不止在班爵一个方面，由此可以推测，在其他方面也存在诸侯有意毁灭典籍的情形。

三是春秋战国时期诸侯兼并战争会毁灭一批文献。从公元前 770 年周平王东迁到公元前 221 年秦始皇统一，五百多年间诸侯兼并战争连绵不断，从中原大地到东西南北，到处都燃烧着熊熊战火，一个又一个诸侯政权在战火中沦为废墟。《史记·太史公自序》说："《春秋》之中，弑君三十六，亡国五十二，诸侯奔走不得保其社稷者不可胜数。"④进入战国以后，七大诸侯国在更大规模上继续演出兼并战争活剧，特别是战国后期，秦灭六国的战争更为野蛮、血腥和惨烈，多少宫廷台榭沦为焦土，多少珍贵文献在战火中灰飞烟灭！

四是秦王朝烧毁了各诸侯国史书，而项羽焚烧秦宫室进一步毁灭了秦朝史官保存的典籍。秦王朝为了愚民而下令焚书，《史记·秦始皇本纪》载丞相李斯提议："臣请史官非秦记皆烧之。非博士官所职，天下敢有藏《诗》《书》、百家语者，悉诣守、尉杂烧之。有敢偶语《诗》《书》者弃世。以古非今者

---

① 司马迁撰，裴骃集解，司马贞索隐，张守节正义：《史记》第 7 册，第 2141 页。
② 吕不韦等著，高诱注：《吕氏春秋》，第 179 页。
③ 焦循：《孟子正义》，中华书局 1954 年出版，第 399 页。
④ 司马迁撰，裴骃集解，司马贞索隐，张守节正义：《史记》第 10 册，第 3297 页。

族。吏见知不举者与同罪。令下三十日不烧，黥为城旦。所不去者，医药卜筮种树之书。"① 这是先秦文献所经历的一场空前劫难。所幸者秦王朝博士官所掌典籍不在焚烧之列，不过在十几年之后，项羽一把大火将秦宫烧为灰烬。《史记·项羽本纪》载："项羽引兵西屠咸阳，杀秦降王子婴，烧秦宫室，火三月不灭。"② 太史公虽然没有记载项羽这把火究竟烧掉了多少典籍，但秦宫收藏的文献应该是在劫难逃。

由于上述种种原因，到了汉初，先秦史官系统所保存的文献所剩无几。其中损失最为惨重的当属历史文献，因为秦王朝刻意毁灭各诸侯国历史，而这些史书又不在诸子百家传习之列。《史记·六国年表》说："秦既得意，烧天下《诗》《书》，诸侯史记尤甚，为其有所刺讥也。《诗》《书》所以复见者，多藏人家，而史记独藏周室，以故灭。"③ 像《国语》载羊舌肸所习的《春秋》，《左传》所提到的《三坟》《五典》《八索》《九丘》，《墨子》所提到的"周之《春秋》""燕之《春秋》""宋之《春秋》""齐之《春秋》""百国《春秋》"，《孟子》所提到的"晋之《乘》，楚之《梼杌》"，等等，全都亡佚。先秦典籍中所提到的其他文献，诸如《国语》中所提到《夏令》《周制》《秩官》《礼志》《世》《令》《故志》《训典》，《左传》所载的《军志》《前志》《九歌》《誓命》《九刑》《夏训》《虞人之箴》《仲虺之志》《史佚之志》《郑志》《禹刑》《汤刑》《禽艾》及汤之《官刑》《黄径》、召公之《执令》等典籍，也都没有传到汉代。

先秦史官保存的文献并不是荡然无存，刘邦起义军进入咸阳之后，萧何从秦丞相御史处接管了部分文献。《史记·萧相国世家》载："沛公至咸阳，诸将皆争走金帛财物之府分之，何独先入收秦丞相御史律令图书藏之。……汉王所以具知天下阨塞，户口多少，强弱之处，民所疾苦者，以何具得秦图书也。"④ 太史公用了一个"具"字，使人误解萧何接收了秦王朝全部图书，其实结合下文来看，萧何所接收的主要是描绘天下阨塞的军事地图、记录天下户籍的账簿、反映天下物产民俗的地理图志以及律令类的图书，萧何"具得"的是刘邦

---

① 司马迁撰，裴骃集解，司马贞索隐，张守节正义：《史记》第1册，第255页。
② 司马迁撰，裴骃集解，司马贞索隐，张守节正义：《史记》第1册，第315页。
③ 司马迁撰，裴骃集解，司马贞索隐，张守节正义：《史记》第2册，第688页。
④ 司马迁撰，裴骃集解，司马贞索隐，张守节正义：《史记》第6册，第2014页。

打天下所急需的图书，至于其他学术类图书，则未必是萧何所关注的。一个明显的例子是，先秦《尚书》远不止伏生所传二十八篇以及孔壁古文《尚书》四十五篇，秦博士手中应该掌管了更多的《尚书》篇章。如果萧何接收了秦王朝全部图书，那么汉景帝就不必派晁错向济南伏生学习《尚书》，汉家博士所传的《尚书》也不止伏生所传二十八篇，可见萧何并未将秦博士手中的图书全部接收过来。萧何所接管的图书是先秦史官文献保存机制仅存的一点成果。

二、战国诸子在传道授业中保存文献

礼失而求诸野，就在官方无法履行文献保存职责的时候，保存文献的历史使命由战国诸子百家肩负起来。这里所说的战国诸子百家，不仅是指各个学派的宗师，同时也包括聚集在宗师旗帜之下的一代又一代门生后学。战国诸子保存文献是以文化下移为前提，在官学时代，平民没有文化，与文献不沾边，自然也就谈不上文献保存。春秋末年孔子开门办学，倡导有教无类，将文化从官方带到民间。风气既开，此后诸子百家便纷纷讲学授徒，著书立说，文献由此进入平民生活之中。就是在长达两百多年的著述、讲学、游说、论辩、传播等学术活动之中，战国诸子为后人保存了许多珍贵的先秦文献。

与史官集中保存文献不同，战国诸子的文献保存是一种分散、独立、自发的民间个人行为。没有人给他们下达保存文献的指令，没有人给他们颁发薪酬，没有人给他们提供经费与场所，甚至连口头表彰与鼓励也没有，所有文献的抄写、收集、传播、保存都是出于战国诸子们个人的自觉。个人力量当然无法与王室及诸侯国相比，战国诸子的文献保存受到多方面因素的制约，诸如个人的学派立场、理论兴趣、学识深浅、财力厚薄、居室场所、师承交游、学术环境等等，都会不同程度地影响战国诸子的文献收集与保存。战国前期诸子所收集、保存的可能主要是本学派文献，但在进入战国中后期以后，由于学术争鸣的需要，诸子各派相灭亦相生，相反亦相成，他们不仅要研习本学派的文献，而且要深入研究论战对方的观点。这样就势必要求诸子们博览本学派以外的文献。1993年湖北郭店楚墓出土一批竹简，据考古学者研究，该墓墓主属于士一级的低级贵族，墓中竹简应该属于墓主个人生前收藏。其中不仅有道家的《老子》《太一生水》，而且有儒家的《缁衣》《五行》《鲁穆公问子思》《穷达以时》《性自命出》《成之闻之》《尊德义》《六德》《唐虞之道》《忠信之道》，以及四篇《语丛》。墓主生前究竟是儒家学者还是道家学者，仅从墓中竹书很难判定。我们从《庄子》《荀子》《韩非子》《吕氏春秋》等战国后期子书中，发现其中包含了多家学派的理论信息，像《庄子·天下》《荀子·非十二子》《解蔽》《韩非子·显学》等文章，作者如果不是博览百家之书，肯定是写不出来的。诸子的个人文献收藏虽然不比官方集中，但它可以最大程度地发挥每个藏书人的积极性，而且由于诸子后学人数众多，因而从概率上说，即使其中一部分人藏书亡佚，但总能确保另一部分人的藏书传之后世。

在学派之内师徒相传，是战国诸子保存文献的主要形式。先秦史官保存文献，是将文献收藏于金匮石室之中，文献在他们手中处于静止的状态，不存在文献传递的问题。战国诸子则是在动态的传递中保存文献。诸子学派大多通过宗师授徒的方式形成，由于平民非常渴望掌握文化，因此前来各派宗师门下求学的弟子人数甚众。孔子本人号称弟子三千、贤人七十。七十子门下又各有诸多弟子后学追随，如子夏居西河教授，培养了魏文侯、田子方、段干木、吴起、禽滑厘等一大批著名弟子。曾参有弟子七十人，见于文献的曾门弟子就有乐正子春、单居离、公明仪、公明高、公明宣、子襄、阳肤、沈犹行、公孟子高等人。澹台灭明的弟子甚至达到三百人，俨然是南方儒家新一代宗师。虽然我们不能机械地说诸子门人后学人数都是按照几何级数增长，但愈到战国中后期，各家后学人数愈多，这一点是没有问题的。战国诸子师徒之间的关系非常牢固，弟子后学在身心两方面都无条件地隶属、依附于宗师。这是因为诸子私塾兼有教育、宗法、政治甚至宗教等多重性质：师徒之间既是师生，又有着类似父子的伦理情感；宗师既是业师，又是这一派的政治领袖；某些学派的弟子之于宗师，颇似信徒之于教主。这种持久而稳固的师徒关系为文献传承提供了有力保证。宗师在私塾内给弟子传授学业，弟子记录的手稿就成为他们手中的文献。弟子学成之后，再传给自己的后学，一代又一代师徒在传递学术薪火的同时将文献向后传播。有些文献在传授过程中逐渐成为专门学问，最典型的是儒家传授的五经。所谓五经，本是上古几部古籍，它们最初是全社会的文化财富，春秋末年之后受到诸侯贵族和其他学派的鄙弃。孔子师徒则人弃我取，在儒家内部传授这几种文献，如果不是孔子师徒，那么这几部文献可能也像《三坟》《五典》《八索》《九丘》的命运一样。《汉书·艺文志》著录的《六艺略》文献，凡一百零三家，三千一百二十三篇，这些经学文献虽然大都是汉代作品，但都是由先秦儒家经师一代一代传授下来的。五经都各有传授系统，兹以《春秋》三传为例，关于《左传》的传授系统，《经典释文》说："左丘明作传，以授曾申，申传卫人吴起，起传其子期，期传楚人铎椒，椒传赵人虞卿，卿传同郡荀卿名况，况传武威（阳武）张苍，苍传洛阳贾谊。"①关于《春秋公羊传》的传授，徐彦《春秋公羊传疏》引戴宏之说："子夏传与公羊高，高传与其子平，平传与子地，地传与其子敢，敢传与其子寿。至汉景帝时，寿乃与齐人胡毋子都著于竹帛。"②关于《春秋穀梁传》的传授系统，杨士勋称："穀梁子，名俶，字元始，一名赤。受经于子夏，为经作传。"③上述《春秋》三传传授系统未必准确无误，但它们经过儒家师徒世代相传，这一点则是无疑的。读者可以从中看到战国诸子在师徒之间传承文献的情形。

战国诸子在文献传播过程中往往存在删述行为。先秦小史、外史只负责保存文献，而不会对文献进行删述。战国各派弟子则有责任和义务对宗师文章进行删述。这里所说的"删述"有两层含义：一是指弟子后学有责任和义务按照宗师的思想文风从事著述，阐述并发挥宗师的思想学说，如《庄子》中的外篇和杂篇，就是庄子弟子后学之作，其他诸子文集中也有后学的文章，只不过这些弟子后学没有署名权，他们的署名权归于宗师；二是指诸子后学在传播宗师文本过程中，可以根据时代条件的变化和自己的理解，对宗师文本进行增删。战国诸子文章往往不是一次写成，最初文本在进入传播过程之际还不是一个定本，而是由宗师写出初稿，或由宗师口述、弟子笔录，然后在传播过程中由弟子后学不断增益和删削，战国诸子很多文章就是在传播、接受、增删、再传播、再接受、再增删的动态过程中不断生成，一部作品之中可能包含有几代甚至十几代传播者的见解。不同时段的同一文本呈现出不同面貌，不同系统传

①　陆德明：《经典释文·叙录》，抱经堂本卷一。
②　公羊寿传，何休解诂，徐彦疏：《春秋公羊传注疏》，北京大学出版社 1999 年版，第 1 页。
③　范宁集解，杨士勋疏：《春秋穀梁传注疏》，北京大学出版社 1999 年版，第 1 页。

播的同一文本在简序、文字、篇幅甚至思想观点方面也存在差异。对此，竹简本《老子》、帛书本《老子》和王弼本《老子》，郭店简《性自命出》和上博简《性情论》，上博简《民之父母》和今本《礼记·孔子闲居》，郭店简《缁衣》、上博简《缁衣》和今本《礼记·缁衣》，临沂汉简《孙子兵法》和今本《孙子》，临沂汉简《鹖冠子》和今本《鹖冠子》等出土文献和传世文献，都可以作为比较对象，从中可见战国时期文献在传播过程中不断生成的情形。战国诸子后学在文献传播过程中进行删述，这对文献保存有什么意义呢？它的意义在于加强了诸子后学与他们所传播文献之间的感情联系，因为这些经过删述的文献之中，渗透了诸子后学的精神劳动，这些文献再也不仅仅是宗师的作品，同时也是他们自己的作品，他们也是其中的作者之一，文献由此成为他们生命的一个组成部分。这样，删述不仅加深了诸子后学对文献价值意义的理解，而且极大地提升了他们保存文献的主动性和自觉性。

在传道授业过程中传承文献，这是战国诸子文献保存获得成功的关键。商周春秋时期，道掌握在王侯卿士大夫手里。从春秋末年到战国时期，道从王侯卿士大夫转移到诸子百家手中。严格地说，战国诸子首先想到的不是文献保存，他们的人生目标是传道，文献保存只是他们传道授业的产物。早在春秋末年，老子就提出"道"是宇宙万物的本体。其后孔子鼓励弟子立志求道，《里仁》载孔子曰："朝闻道，夕死可矣。"《述而》载孔子曰："志于道。"[①] 道是人生的最高价值，对于立志学道的仁人志士而言，即使是早上闻道晚上死去也是值得的。墨子高举"贵义"大旗，《墨子·耕柱》载墨子曰："义，天下之良宝也。"《贵义》说："万事莫贵于义。"[②] 墨子所说的义其实就是道。其他学派也各有自己的道。尽管各派所说的道内涵不同，但道都是各个学派的灵魂。战国士子一旦聚集在某一学派大纛之下，就意味着对这一学派宗师之道的服膺。对弟子后学而言，宗师的道犹如一盏明灯，照亮了他们的人生道路，使他们平淡寂寞的人生变得那样庄严神圣，那样富有意味，那样充满价值。他们的人生目标、信仰、理想、意义都在道之中，为此他们愿意

---

① 何晏注，邢昺疏：《论语注疏》，北京大学出版社 1999 年版，第 50、85 页。

② 孙诒让：《墨子閒诂》，中华书局 1954 年版，第 259、265 页。

用自己毕生精力甚至付出自己宝贵的生命来研习、捍卫、发展、传播这个道。可以不要官爵，可以不要财富，可以失去一切，但是道绝不能丢。《墨子·耕柱》记载了一个小故事："子墨子使管黔敖游高石子于卫，卫君致禄甚厚，设之于卿。高石子三朝必尽言，而言无行者，去而之齐。"①在战国，弃官禄而守道者远不止高石子一人。道不虚行，载道的简帛文献就是战国诸子学者的命根子。无论付出怎样的艰辛，也不管承担多大的风险，他们都要守住载道的文献。秦王朝下令焚书，诸子后学藏书是要付出"弃世""黥为城旦"代价的，但仍有一批舍生忘死、守道藏书的人，像济南伏生藏书壁中的举动，当时绝不止他一人。我们从《汉书·艺文志》看到，凡是战国诸子百家的重要文献，大体上都传到汉代，诸如《晏子》《子思》《曾子》《漆雕子》《宓子》《景子》《世子》《魏文侯》《李克》《公孙尼子》《孟子》《孙卿子》《芈子》《宁越》《王孙子》《公孙固》《李氏春秋》《董子》《俟子》《徐子》《鲁仲连子》《平原君》《虞氏春秋》《管子》《老子邻氏经传》《老子傅氏经说》《老子徐氏经说》《文子》《娟子》《庄子》《列子》《老成子》《长卢子》《王狄子》《公子牟》《田子》《老莱子》《黔娄子》《宫孙子》《鶡冠子》《黄帝四经》《黄帝铭》《黄帝君臣》《杂黄帝》《孙子》《郑长者》《宋司星子韦》《公梼生终始》《公孙发》《邹子》《邹子终始》《乘丘子》《杜文公》《南公》《容成子》《邹奭子》《闾丘子》《冯促》《将钜子》《周伯》《李子》《商君》《申子》《处子》《慎子》《韩子》《邓析》《尹文子》《公孙龙子》《成公生》《惠子》《尹佚》《田俅子》《我子》《随巢子》《胡非子》《墨子》《苏子》《张子》《庞煖》《国筮子》《五子胥》《子晚子》《由余》《尉缭子》《尸子》《吕氏春秋》等等。我们今天所读到的先秦史书，也都与战国诸子之道有关：如《尚书》《春秋》是作为儒家的经典而被保存下来，《左传》和《国语》被儒家视为《春秋》的"内传"和"外传"，从而被儒家传播并加以保存；《世本》是作为《春秋》的广义传记而得到儒家传习和保存；至于《战国策》，则是战国纵横家的作品。与诸子之道无关的先秦史书全部失传，传世的先秦历史文献都是经过战国诸子的传习。对战国诸子而言，保存文献就是保存他们的"道"和"业"，这为文献的真实性

---

①　孙诒让：《墨子閒诂》，第 260 页。

提供了根本保证。近年面世的郭店简、上博简、清华简之中，有些竹书可以与传世先秦文献相互参照，这说明流传下来的先秦古书都是真本。

汉兴以后，废除挟书律，广开献书之路，一大批诸子后学收藏的文献重见天日。《汉书·艺文志》著录东汉以前的图书，分为六略三十八种，凡五百九十六家，一万三千二百六十九卷。除了秦朝和西汉图书之外，其余先秦文献差不多都是由战国诸子百家保存下来的。

三、战国诸子文献保存的学术影响

战国诸子的文献保存是有选择的，他们保存的文献为汉以后的文献分类提供了依据。《周礼》所载先秦小史、外史的文献分类是"邦国之志""四方之志"和"三皇五帝之书"，多为历史文献和礼乐典章制度。由于先秦史官所藏文献几尽毁灭，传到汉代的先秦文献基本上是出自战国诸子后学，因此汉代文献分类就只能依据战国诸子所保存的文献。班固据刘歆《七略》而作《汉书·艺文志》，将流传到汉代的古今文献分为"六艺""诸子""诗赋""兵书""术数""方技"六类。六类之中，"六艺略"是战国以来儒家传习的六经文献，只是由于儒家经典在汉代被尊为统治思想，才将其单立一类，居于六类之首；"诸子略"本应成为主体，但刘歆、班固在尊经思想指导之下，将"诸子略"视为"六艺略"的支流；战国兵家本来是诸子百家中的一家，刘歆、班固将兵家文献单立一类为"兵书略"；"诗赋略"收录战国南楚屈原、宋玉以及汉代诗赋作品，而屈原、宋玉可以视为战国士人中的一部分；"术数""方技"属于神秘文化典籍，它们的作者应该与战国阴阳五行家有关，冯友兰先生在《中国哲学简史》中，将术数与阴阳家放在一起论述。所以《汉书·艺文志》所载六类文献，其主体基本上都是战国诸子百家保存的文献。后来《隋书·经籍志》在《汉书·艺文志》六类分类法基础上，将文献分为经、史、子、集四部，此后四部分类法便成为中国封建时代图书分类法。

战国诸子百家的文献保存对此后中国政治文化学术发展方向也有重要影响。每个时代的文化创造当然离不开当时现实，但传统也是文化创造中不可或缺的因素。文献是文化传统的载体，不同的文献承载不同的文化传统，而不同的文化传统又会对此后的文化创造给予不同的制约，在中国这样一个重视传统、宗经征圣的国度，尤其如此。我们难以设想，如果先秦史官保存的文献与战国诸子百家保存的文献都能得以传世，如果《三坟》《五典》《八索》《九丘》之类的文献能够传到汉代，那么汉代以及汉以后的文化将会是怎样一个样子？但是历史不能假设，历史事实是先秦史官系统所保存的文献丧失殆尽，传到汉代的是战国诸子百家保存的文献。那么，汉代以及汉以后的文化创造就只能在战国诸子百家保存的文献基础之上进行。从这个意义上说，战国诸子所保存的不仅是文献古籍，同时他们所保存的是一种经由战国诸子目光选择的历史文化传统。一个典型的例子是，太史公在《史记》中论载的以黄帝为中华民族始祖的历史观，其文献依据就是出于《大戴礼记·五帝德》《帝系》等儒家典籍。战国诸子百家所保存下来的文献，经过汉代政治文化学术界的选择，形成了以儒家传授的六经为主干、以百家学说为补充的文化学术格局。《汉书·艺文志》说："若能修六艺之术，而观此九家之言，舍短取长，则可以通万方之略矣。"[1]汉以后的政治文化学术创造正是如此。

（原载《中山大学学报》2012 年第 4 期）

（作者单位：广东外语外贸大学中文学院）

---

[1]　班固撰，颜师古注：《汉书》第 6 册，中华书局 1962 年版，第 1746 页。

《尚书·虞夏书》三篇的写制年代

李　山

今天所见可信的《尚书》部分，有关于尧舜时期的文献，有关于夏商时期的文献，也有关于西周的文献。这里要讨论的是《尚书》中的"虞夏书"，就是《尧典》《皋陶谟》《禹贡》三篇的写作年代。[①] 它们固然不是尧舜时期的文献，但也不是像今天的学者普遍认为的，是春秋战国乃至秦时人的假托。本文将证明，这三篇文献的写制年代为西周中期。

一、前人研究及本文新思路的提出

在汉唐学者，"虞夏书"就是唐尧虞舜时的文献。随着文献学日益发展，近世如清代刘逢禄《尚书今古文集解》、魏源《书古微》、王先谦《尚书孔传参正》等著作，认为"虞夏书"三篇为"周史臣之词"。[②] 这相对于过去的看法是一大进步。再后来王国维《古史新证》又说："《虞夏书》如《尧典》《皋陶谟》《禹贡》《甘誓》，《商书》中如《汤誓》，文字平易简洁，或系后世重编，然至少亦必为周初人所作。"[③] 是明确将"虞夏书"定在西周。王国维之后，又有辛树帜先生专门研究《禹贡》，著《禹贡新解》一书，提出："《禹贡》的成书年

---

① 《尚书·虞夏书》尚有《甘誓》一篇，因篇幅短小，一时不易取证，此处先不讨论。
② 顾颉刚、刘起釪：《尚书校释译论》，中华书局2005年版，第361页。
③ 王国维：《古史新证》，《王国维集》第四册，中国社会科学出版社2008年版，第72页。

代，应在西周的文、武、周公、成、康全盛时代，下至穆王为止。"①之后，邵望平在《九州学刊》上发表《禹贡九州的考古学研究》《禹贡九州风土古学丛考》两文，提出《禹贡》的蓝本或许成于殷商史官，或许成于周初史官对夏商史迹的追忆，其间必经过多次加工修订。这些看法，在今天看本来是正确的。可是，在文献考据上又都存在各种不足，因而"正确的看法"并未得到周密坚实地论证，使异议者没有置疑之地。王国维的论述，总是点到为止，语焉不详。辛树帜先生的最可取之处在于他以《禹贡》语言与同时文献相比照，但因为纠缠于西周时是否有铁的使用而导致对其看法的怀疑。邵望平先生之文的属性是历史论文，而非文献考据，道理很简单，"禹贡的时代"即夏代真实存在"九州"，并不能直接导致当时就有文献《禹贡》存在。所以邵先生对《禹贡》年代看法只是推测，虽见地不差，终是隔岸观火。邵望平的研究结果，就得到刘起釪先生的赞同。刘是"古史辨"的传人。在刘与乃师顾颉刚合著《尚书校释译论》一书关于《禹贡》的"讨论"部分，刘先生就吸收新说，一改其师之主张，认为《禹贡》"既早已存在于春秋之世，它必非凭空臆造，那么就应该考虑王国维、辛树帜先生的成于西周之说有其合理性了"②。又说，《禹贡》的作者，"现在可知唯一比较接近真实的，则是辛树帜先生和邵望平氏所说的西周史官"③。当年顾颉刚先生曾由《禹贡》对陕甘川地理的描述较详，而推测其作者是秦国人，受辛说影响的刘先生则谓："《禹贡》定稿者是更多熟悉中国西北部地理的西周王朝史官。"④但最终刘先生还是不认为《禹贡》在西周完全写定，它的开头和结尾的内容，是春秋时期儒家加的，就是说，《禹贡》的全部写定，还是在春秋儒家学派兴起之时。⑤

　　《禹贡》之外，"虞夏书"中的另两篇《尧典》和《皋陶谟》的编修年代，今天还基本上被认定为春秋战国之际，《尧典》甚至被视为是孔子写的。新近研究"虞夏书"的新作，除《尚书校释译论》外，还有金景芳、吕绍刚合著

---

①　辛树帜：《禹贡新解》，农业出版社 1964 年版，第 9 页。
②　顾颉刚、刘起釪：《尚书校释译论》，第 840 页。
③　顾颉刚、刘起釪：《尚书校释译论》，第 842 页。
④　顾颉刚、刘起釪：《尚书校释译论》，第 843 页。
⑤　顾颉刚、刘起釪：《尚书校释译论》，第 511 页。

《〈尚书·虞夏书〉新解》。《尚书校释译论》说："《尧典》之编定者是春秋时的孔子，用以寄托其儒家理想，到战国时期其门徒七十子后学承传之，可能有所传异增省。"又说《皋陶谟》最后编定与《尧典》"基本在同时……《尧典》基本成于春秋时创立儒家学派的孔子之手，《皋陶谟》的编定大概亦相去不远"。[①]《〈尚书·虞夏书〉新解》对三篇的看法是："周平王东迁以后，包括《尧典》在内的许多《书》篇，经某个大学者之后纂修而成。"此意，一篇之中，三致意焉。[②]

然而，这样说"虞夏书"三篇，有一个致命缺点：说"虞夏书"是战国或春秋写定的文献，总得在文献拿出个旁证来印证吧，说它们是战国或春秋的，那么，它们到底与春秋或战国哪篇文献类似，总得有个着落、给个说法吧？说《尚书》"八诰"是西周的，可以找到西周金文作硬证据。"虞夏书"既被当作是春秋或战国的，又说是孔子或战国儒家写的，可是，非但找不到可以按验"八诰"的金文之类作旁证，而且，可以读到的春秋战国儒家文章——如《论语》，如《大学》《中庸》，它们的篇章风范，又与"虞夏书"何其大相径庭！这里，只有"大胆假设"，仅有的"小心求证"却是根据一些思想范围之类的观念，如"虞夏书"中有与儒家类同的观念，即断言它们在儒家兴起之后。实际上，这样的断代才真容易成为"瞎子断匾"呢！

笔者常想，多年来总是这样"没着落"地说"虞夏书"的时代，问题出在哪里呢？就出在至今我们对西周中期发生的文化变革没有适当的注意，这巨大变革中就包括语言方面深刻而显著的变化。[③]历来判断虞夏三篇时代，总是拿它们跟周初各大"诰命"相比，于是周初各诰的渊懿古奥、佶屈聱牙，就成为

---

① 顾颉刚、刘起釪：《尚书校释译论》，第 385、511 页。《尧典》出于孔子之手的说法，始于康有为《孔子改制考》，后郭沫若《古代社会研究》《释祖妣》遵从此说，并认为"虞夏书"三篇都是孔子所为；后来又在《先秦天道观之进展》中说"虞夏书"系孔子之孙子思所为。

② 金景芳、吕绍纲：《〈尚书·虞夏书〉新解》，辽宁古籍出版社 1996 年版，第 9、282、438 页。在金景芳等撰写的《孔子新传》中，也说过《尧典》是孔子所写。

③ 关于西周中期发生的文化巨变，这里不能多言，国外的学者如白川静早就发现"昭穆之际"在金文世界发生的变化，英国女学者杰西嘉·罗森教授关于青铜器的研究也得出大致相同的看法。国内学者如唐兰等也由对裘卫诸器的研究发现中期社会的变化，而近年刘雨先生在其结合金文资料对"周礼"研究中，也发现许多重要的礼仪是在中期形成的。笔者在《诗经的文化精神》中考订《诗经》作品时也有同样的发现。

将"虞夏书"排斥在西周文献之外的证据。问题是西周三百年社会也在变,文化和语言都有前后的不同。试将早期铜器铭文如《天亡簋》《何尊》中穆、恭之际及以后《史墙盘》《大克鼎》等金文对读,起码周初金文就没有那么多的四字句,而《史墙盘》和新近发现的《燹公盨》,新式样的四字句法总得占到总句数的一半左右。再从总体文风说,拿中期及以后的铭文等与周初铭文比对,其间的差别不也是很分明吗?此外,还有一篇文献,尽管也遭受时间上的怀疑,但大体还被当作西周文章,这就是《尚书·吕刑》篇,拿"虞夏书"三篇与《吕刑》篇比较一下,不也有助于弄清三篇的时代吗?《逸周书》中不也有西周中期的篇什吗?为什么不把这些文献拿来与三篇比对一下再作道理,却"不周初就一定春秋或战国"地将三篇文献生摁到春秋或更靠后的时代里呢?

这正是本文考索《尚书·尧典》等"虞夏书"三篇著作时代的线路:第一,将"虞夏书"三篇与《吕刑》篇对勘;第二,将《虞夏书》与西周中期的金文铭文相比较;此外,还有第三,将"虞夏书"语句与《诗经》中一些西周中期作品相比照。前两点为主,第三点为辅。笔者考订《诗经》雅颂创作时代有年,曾提出一个西周中期(穆恭两朝)创作的高涨期。把那些笔者考订为西周中期的《诗经》作品与虞夏三篇比对,也是本文的一个方法。不过,因笔者对《诗经》的看法虽得到一些学者认同,毕竟还是一家之言。所以,在这里只把它当作辅助性的尺码。而且,《诗经》雅颂作品大多数为西周篇章是学术上一个共识,就是说,它们本来就可以作为"虞夏书"是否为西周文献的一个重要参照,当年辛树帜先生就用过。

这就是笔者给"虞夏书"做时代判断的思路。

二、关于《吕刑》篇的年代问题

《尚书·吕刑》篇既然在确定"虞夏书"年代上有"标尺"作用,那么,在讨论虞夏三篇问题之前有件工作必须得做,就是把《尚书·吕刑》篇的年代确定好。

《尚书·吕刑》篇为周穆王后期的著作,这一点在古代不成问题。近代以来，就是在顾颉刚、刘起釪的《尚书校释译论》中，也没有怀疑《吕刑》为西周文献。对《吕刑》表示了怀疑的国内学者有郭沫若、张西堂，国外学者则有夏含夷。郭沫若在其《金文所无考》中，因《吕刑》有"绝地天通"之句而提出质疑说：金文无"地"字，"与天为配之地……绝未有见"，所以这个"绝地天通"是后起的，《吕刑》篇的年代成问题。[①] 后来张西堂在其《尚书引论》中又在郭说之外提出四条证据来证明《吕刑》非西周著作。他的四条是：1. 蚩尤和重黎的传说起源甚晚；2. 吕侯是后来才有的，宣王时《大雅·崧高》说"生甫及申"，《吕刑》应该在宣王以后的东周；3.《吕刑》讲"大辟疑赦，其罚千锾"讲到罚金，非西周所有；4.《吕刑》结尾"王曰呜呼敬之哉"等句读起来不像西周时当有句子。[②] 张西堂先生的第1、4条都太主观，第2、3条则或因当时金文资料尚少，或因张先生对金文资料不够注意。20世纪70年代出土的㺇匜，是一件西周中晚期之交的器物，铭文中有如下语句："我义（宜）扁（鞭）女（汝）千，朆䵫女（汝），今我赦女（汝）……便（鞭）女（汝）三百，罚女（汝）三百爰（锾）。"[③] 其赦罪罚金的观念与《吕刑》十分相近，而且罚金的单位"锾"，也见于《吕刑》"其罚百锾"之句，是《吕刑》篇为西周文献的硬证。至于吕伯的问题，《班簋》有"吕伯"，《静簋》有"吕刚"，两器都是穆王时期之物。郭沫若说金文中未见"地"字，的确，即在今天，"地"这个字形西周金文也未见。写作"地"字形的字虽未见，有些西周晚期器如《敔簋》之"墜"、《燹公盨铭》之"𤔌"两个字，有学者就将其解释为"地"。不过，对这两个字的解释尚未取得一致。以此，还不能成为反驳郭说的强有力证据。然而，除了金文之外，还有相当可信的西周文献可以征求，那就是《诗经》的雅颂作品，雅、颂绝大多数为西周诗篇是没有疑问的。《小雅》中，"地"字出现了两次，一次是《斯干》篇的"载寝之地"，一次是《正月》篇的"谓天盖高，不敢不局。谓地盖厚，不敢不蹐"。这后一次恰好是"天""地""为配"而言的，这就不仅证明西周有"地"，而且还是"天""地""为配"使用的。两"地"字都出现在西周晚期的诗篇中，不敢说

---

① 郭沫若：《金文丛考》，人民出版社1954年版，第43—45页。
② 张西堂：《尚书引论》，陕西人民出版社1958年版，第196—198页。
③ 马承源主编：《商周青铜器铭文选》，文物出版社1988年版，第184页。

以此就彻底解除了郭沫若的质疑，但起码可以大大舒缓郭说的严重性。西周时代用"地"字而且是与"天"相配使用是很有可能的。

郭、张两家之后，近年又有美国学者夏含夷在其《略论今文〈尚书〉周书各篇的著作年代》一文中从金文语词的角度，对《吕刑》等几篇《尚书》文献的年代提出新说法。夏含夷不满于旧有的"比较'软'的思想范畴"的考证，提出一种"历史语言学"的"硬"的证明方法。具体说就是，他用五个字在金文中的用法来验证《吕刑》等几篇文献的写作时代。这五个字是以、之、及、自和其；同时还有可以作为"旁证"的而、矣、为、穆穆、肆等几个字词。其中涉及《吕刑》也就是《吕刑》中出现的字有"以""之""自""其"和"而""为""穆穆"七个。关于"以"，夏含夷说："西周金文在'以'之后基本都接名词，东周金文在'以'之后多接动词。"① 关于"之"，夏说"在西周金文中作为代词的'之'很少用"，"反之在东周金文中泛见"。② 作为代词的"自"，夏说在西周金文中作为代词的"自"只有五例，"而东周金文里'自'多做代词"③。至于"其"，夏说："在西周金文中，第三人称所有格代词主要是'厥'，'其'平常用作助动词，偶尔也可以用作代词，但是还不如东周金文中用作代词那样普遍。"④ 文中夏含夷一再说他的研究"不过是初步的分析"，上述那几条证据东西周"时代分别不应看得太绝对"，表明他对自己的研究是有疑虑的，而我们重新检索金文发现，他所依据的那几个字的"硬"标准，一个都站不住。

夏所依据的金文资料是日本学者白川静《金文通释》中的索引，在数据完备上有较大局限。依据华东师范大学中国文字与应用中心编写《金文引得》的数据进行考索，西周金文"以"共出现 93 次，后面接动词的有 23 例，是 23：93 的比例，《尚书·周书》中，"以"字共出现 120 次，"以＋动"的语词据夏含夷文章统计，有 32 例。⑤ 就是说，"以＋动"在西周金文中出现的比例，与在

---

① 〔美〕夏含夷：《略论今文〈尚书〉周书各篇的著作时代》，《古史异观》，上海古籍出版社 2005 年版，第 322 页。

② 〔美〕夏含夷：《略论今文〈尚书〉周书各篇的著作时代》，《古史异观》，第 322 页。

③ 〔美〕夏含夷：《略论今文〈尚书〉周书各篇的著作时代》，《古史异观》，第 323 页。

④ 〔美〕夏含夷：《略论今文〈尚书〉周书各篇的著作时代》，《古史异观》，第 322—323 页。

⑤ 验证夏含夷所说的几个字是否可以作为标准的工作，是笔者委托研究生李辉同学做的，为此他还写成了《夏含夷〈略论今文尚书周书各篇的著作时代〉商榷》（发表于《励耘学刊》文学卷 2013 年第 2 期）。此处采取的即是他的研究。

《尚书·周书》中比例一致，也就是说根本就不存在"以＋动"是东周金文中才多起来的现象。至于"之"字在西周作代词用的，如"子子孙孙永用之"之类，《何尊》"自之隋（乂）民"，《散盘》"传弃之"，《牧簋》"乃侯之"之类，都是，且数量不少，所谓"西周金文中作为代词的'之'很少用"，也与事实不合。"自"作代词用在金文如夏所说，已有五例，如此就不能再作"自"字在西周不用作代词的考虑了。金文固然是第一手的资料，但金文之外《诗经》雅颂绝大部分作品，也是西周作的，其中如《大雅·文王》有"自求多福"，《小雅·节南山》有"不自为政"，《小明》有"自诒伊戚"，也是"自"为代词的。而且，考察"自"在东周金文中的用法，与西周金文一脉相承，并无明显的时代分别。至于"其"为第三人称所有格，《诗经》西周篇章大量出现，至于金文，管燮初《西周金文语法研究》所涉 208 件西周铭文中，"其"作代词用的就有 23 例。[①] 另有学者研究"其"的"早期用法"，也指出西周时期"其"的代词词性。[②] 至于涉及《吕刑》篇的几条旁证如"而"字，确如夏所说，在《吕刑》中出现了两次，但是这两处"而"字，在许多注释本中都不作第二人称代词讲。"为"字在《吕刑》出现过一次，作动词用，夏含夷说"用做动词的'为'"，"西周金文常用'作'，很少用'为'，而到了东周金文则多用'为'"。[③] 可是我们检索的结果是在西周金文中"为"作"制作、建造"用的，有 20 余例；此外表示"充当、担任"的"为"也绝非仅见。就是到了东周，用"作"表示"制作、建造"义的，还是比"为"多，就是说，为、作的使用，在频率上西周和东周没有明显时代区别。至于"穆穆"，连夏含夷也承认，"见于西周中期以后的铭文"[④]，而《吕刑》篇本来就是周穆王时代的东西。

从以上的讨论可以看出，夏含夷先生"历史语言学"的思路是好的，但他的取证是不全的，论证是不严密的，因而他的《吕刑》篇"东周说"的说法也是难以成立的。实际的情况正好相反，新发现的金文文献恰可证明《吕刑》篇为西周中期文献。在《燹公盨》铭文发现公布后，江林昌发表《燹公盨铭文的

---

① 管燮初：《西周金文语法研究》，商务印书馆 1981 年版，第 174 页。
② 姚炳祺：《"其"字的早期用法》，《学术研究》1983 年第 6 期。
③ 〔美〕夏含夷：《略论今文〈尚书〉周书各篇的著作时代》，《古史异观》，第 325 页。
④ 〔美〕夏含夷：《略论今文〈尚书〉周书各篇的著作时代》，《古史异观》，第 325 页。

学术价值综论》^①，针对郭沫若、张西堂的关于《吕刑》说法，从神话传说、宗教思想和用语习惯等方面，对《吕刑》与《燹公盨》铭文进行比对，认为《燹公盨》完全可以证明《吕刑》篇为西周中期的文献。综上，《尚书·吕刑》篇为西周穆王时期的文献，是可以肯定的。

三、《尚书·尧典》时代的确定

现在来看"虞夏书"中《尧典》著作时代。

如上所说，确证《尧典》的时代可以之与《吕刑》对比。然后，将其与西周其他文献数据对勘。与《吕刑》对比，可以得出以下《尧典》为西周中期著作的结论。

其一，四字句式的相同。四字句在金文中的大量出现，是西周中期而后的现象。例如著名的《史墙盘》和近期发现的中期器《燹公盨》，前者据唐兰《西周青铜器铭文分代史征》统计 59 句，四字句有 37 个，占全部句数的一半以上。《燹公盨》一共 23 句，四字句竟占了 12 个，也是一半以上。^②《吕刑》的句子一共 221 个，四字句为 142 个，其比例与《史墙盘》和《燹公盨》高度一致。那么《尧典》如何？《尧典》全部句数依据伪《孔传》《蔡传》、杨筠如《核诂》、曾运乾《正读》以及周秉钧《尚书易解》等各家点断，大约在 340 到 350 句左右，四字句约 140 句左右。初看四字句所占比例不足一半，但是，必须考虑这样的情况：《尧典》一大部分记载的是对话，"帝曰""岳曰""佥曰"之类和"都""咨""吁""钦哉"之类的感叹词重复出现的频率很高。若将这些一两个字构成的句子扣除，四字句的比例将会升高到一半以上。例如《尧典》的第一段，就是从开头到"允厘百工，庶绩咸熙"句，全段文字 61 句，四字句竟有 37 个之多。《吕刑》篇有这样多的四字句式，这是它与周初各大诰

① 江林昌：《燹公盨学术价值综论》，《华学》第六辑，紫禁城出版社 2003 年版。
② 这还是以李学勤先生的铭文为据统计，而李先生的断句也不是没有可商榷处。例如"乃自作配享民，成父母"一句，若参照《吕刑》"惟克天德，自作元命，配享在下"的句例断，就当断成"乃自作配享，民成父母"。若这样断，四字句还得多。其他学者就有这样断的。

命如《召诰》《洛诰》《康诰》等在语言上的明显不同。同样,《史墙盘》《㝬公
盨》等中期铭文大量四字句的出现,也是它们与早期铭文如《大丰簋》《何尊》
《作册令方尊》《作册令方彝》等铭文的显著分别。这种语言句式的革新现象,
同样也出现在《尧典》的文字中,正是它们为同一时代的证据。当然,只是从
四字句的数量统计上,还不足以说明问题。还需要从句子组成的句法来看一看
情形如何。

其二,句法修辞格上的相同。请先看下面分别摘自《吕刑》和《尧典》的
文字。

《吕刑》:

> 两造具备,师听五辞,五辞简孚,正于五刑;五刑不简,正于五罚;
> 五罚不服,正于五过;五过之疵,惟官、惟反、惟内、惟货、惟来,其罪
> 惟均,其审克之。

《尧典》:

> 克明俊德:以亲九族,九族既睦;平章百姓,百姓昭明;协和万邦,
> 黎民于变时雍。
> 慎徽五典,五典克从;纳于百揆,百揆时叙;宾于四门,四门穆穆;
> 纳于大麓,烈风雷雨弗迷。

两相比较,很明显,文字上有一个明显的相同之处,那就是顶真格的运
用。这是两篇文献时代相同最明显的证据,甚至令人想到它们出自一人之手。
同时,好用顶真格式,又是西周中期文字的一个普遍的特征,如《诗经·大
雅·文王》篇如下的句子:"陈锡哉周,侯文王孙子。文王孙子,本支百
世。""思皇多士,生此王国。王国克生,维周之桢。"又如《大雅·绵》:"乃
立皋门,皋门有伉;乃立应门,应门将将。"都是这样的例子,而且还有不少。
举出的这些句子中,特别值得注意的是《绵》中"乃立皋门"几句,上一句标
出主题,下一句则是主题的进一步申说,与《尧典》"慎徽五典"几句的顶真

句法酷似。这难道是偶然的吗？说《尧典》是春秋或战国文字，能找到这样的证据吗？按笔者的看法，《大雅》的这些诗篇，都是西周中期穆恭之际的作品。[①]不论如何，这些诗句可以作为《尧典》西周著作的重要根据，是没有问题的。

而且，句法上相近，还不仅限于顶真格，两者之间还有一些相同的奇特句群。请看下面的例子。

《吕刑》：

> 墨辟疑赦，其罚百锾，阅实其罪。劓辟疑赦，其罚惟倍，阅实其罪。剕辟疑赦，其罚倍差，阅实其罪。宫辟疑赦，其罚六百锾，阅实其罪。大辟疑赦，其罚千锾，阅实其罪。

《尧典》：

> 象以典刑，流宥五刑，鞭作官刑，扑作教刑，金作赎刑，眚灾肆赦，怙终贼刑。

与上举"顶真续麻"的作风相映成趣，此处则是句子尾巴上用词相同，就像一簇戳齐的枝条，上面参差，底部却追求整饬，实在是一种奇特的句法。这已经很难说是巧合了，应该就是时代甚至作者相同的证据了。无独有偶，在《诗经·大雅》时代相同的诗篇里，也可找到类似的章法。如《大雅·卷阿》"伴奂尔游矣，优游尔休矣。岂弟君子，俾尔弥尔性，似先公酋矣"，"尔土宇昄章，亦孔之厚矣。岂弟君子，俾尔弥尔性，百神尔主矣"，是用"矣"为几个句子作收束的章法，在可信为西周早期的诗篇中是见不到的。

此外，《吕刑》"非终惟终，在人"，又与《尧典》"敬敷五教，在宽"颇为一致。

---

① 《诗经》西周中期作品的考证，参见李山《诗经的文化精神》第六章的考证，东方出版社 1997 年版，第 163—210 页。

其三，再有就是一些用词用语的一致。如"时"字的用法。"时"字，一般当作时间、按时讲，还有一种用法，就是通"是"。此义在《吕刑》和《尧典》中都曾反复出现，应该是为时代相同的征候。兹将两文献相同者罗列如下。

《尧典》：

> 黎民于变时雍。
>
> 帝曰："畴咨若时登庸？"
>
> 帝曰："俞咨！禹，汝平水土；惟时懋哉！"
>
> 帝曰："弃！黎民阻饥，汝后稷，播时百谷。"
>
> 帝曰："咨！汝二十有二人，钦哉！惟时亮天功。"

《吕刑》：

> 今尔何监，非时伯夷播刑之迪？
>
> 惟时苗民，匪察于狱之丽。
>
> 惟时庶威夺货，断制五刑，以乱无辜。

"时"为"是"的用法，在《诗经·周颂》西周初年作品中——这些作品是否经过中期修缮或写定则不无疑问——就有，在可信为西周中期的大小《雅》中又反复出现，如《小雅·楚茨》"永锡尔极，时万时亿"，《大雅·绵》"曰止曰时，筑室于兹"，《大雅·公刘》"京师之野，于时处处，于时庐旅，于时言言，于时语语"。《诗经》此类"时"字现象，尤以西周中期诗篇为多。

此外，还有"寇贼奸宄"一词，是用来描写社会犯罪现象的。此一语词在两篇文献中居然也是用法相同。

《吕刑》：

> 蚩尤惟始作乱，延及于平民；罔不寇贼，鸱义奸宄，夺攘矫虔。

《尧典》：

> 蛮夷猾夏，寇贼奸宄。

《尧典》的"寇贼奸宄"是《吕刑》的凝缩，而且，两者都把内部的混乱视为外来敌对势力的干扰，只是一归于蚩尤，一归于蛮夷而已。

另外《吕刑》篇言"五刑"，而《尧典》也言"五刑"。这又涉及两者观念上的相同。这就是下面要谈的。

其四，在刑罚观念上，《吕刑》也与《尧典》高度一致。

《吕刑》：

> 墨辟疑赦，其罚百锾，阅实其罪。劓辟疑赦，其罚惟倍，阅实其罪。剕辟疑赦，其罚倍差，阅实其罪。宫辟疑赦，其罚六百锾，阅实其罪。大辟疑赦，其罚千锾，阅实其罪。

《尧典》：

> 象以典刑。流宥五刑。鞭作官刑，扑作教刑，金作赎刑，眚灾肆赦，怙终贼刑。"钦哉！钦哉！惟刑之恤哉！"
> 帝曰："皋陶！蛮夷猾夏，寇贼奸宄。汝作士，五刑有服，五服三就；五流有宅，五宅三居：惟明克允。"

《吕刑》的文字是说一些罪行因有疑窦可以从轻，以缴纳罚金的方式加以处理，较为详细地说明了疑赦罚金的数量比例。《尧典》居然也有相同的内容，其"五刑"之一就是"金作赎刑"。传说的尧舜时代与西周中期《吕刑》时代相去千百年，若像一般学者所认为的《尧典》是春秋战国伪托之物，为什么偏要造一个与《吕刑》相似的"赎刑"之说呢？另外，两者在慎刑的观念上如出一辙：《吕刑》强调中刑、祥刑，而《尧典》则重视"恤刑"，强调"惟明克允"。若两篇文献不是同一时代的产物，在刑律观念上却又如此的高度一致，是不可理解的。

以上四点，是《尧典》与《吕刑》对读的结果，现在让我们再从铜器铭文方面来验证以下《尧典》的时代。

如上所说，西周中晚期器《儣匜铭》的"罚三百锾"，它可以证明《吕刑》和《尧典》的"赎刑"之说的时代刑。此其一。此外，《尧典》有"宅嵎夷"之语（亦见于《禹贡》），西周早中期之交的器物《小臣谜簋》有"五齵"之地，顾颉刚、刘起釪《尚书校释译论》引于省吾《尚书新证》："五齵即嵎夷，当系东夷之一种。"[①] 此其二。又《尧典》"以殷仲春""以殷仲秋"之"殷"，其义为"正"，而时代相近之铭文《作册䰛卣》说"唯明保殷成周年"[②]，"殷"就是"正"，就是指明保受周王命执成周大政。周人又有以大事记年习惯，《作册䰛卣》所说的"明保殷成周年"，就是昭末、穆初《作册令方彝》《方尊》所说的"王令周公子明保尹三事四方"。[③] "殷"字的使用，可知《尧典》之时代去《作册令方彝》《方尊》不远。此其三。《尧典》有"柔远能迩"句，这个语词见于《诗经·大雅·民劳》和《大克鼎》《番匊生簋盖》两件器物铭文。《民劳》为西周后期诗篇；两件器物的时代，最早的说是周孝王时器，更多的学者以为是厉宣时物。不论如何，"柔远能迩"为一西周语词是无疑的。前面我们从《墙盘》和《㝬公盨》取证，大量四字句式的使用，是从中期开始的。由此可做这样的推测：它出现于西周中期，到后期更加广泛地使用。此其四。

《尧典》说"伯禹作司空"，契"作司徒"。司徒、司马之官，周初文献就有，如《尚书·牧誓》篇："嗟！我友邦冢君、御事、司徒、司马、司空、亚、旅、师氏、千夫长、百夫长及庸、蜀、羌、髳、微、卢、彭、濮人。"不过，司徒、司马、司空即稍后的文献称之为"三有司"或"三事大夫"的官员，从武王讲话排列顺序看，其品级在"邦君、御事"之后，又高于亚、旅、师氏等。刘起釪在《尚书校释译论》谈到"三有司"官职的升降时，综合前人研究有这样的说法："历史上的司空一官，与司徒、司马并立而三，初为侯国官职，西周

---

① 顾颉刚、刘起釪：《尚书校释译论》，第 575 页。
② 马承源主编：《商周青铜器铭文选》，文物出版社 1988 年版，第 80 页。
③ 《作册令方彝》等所谓"作册令诸器"，过去都认为是昭王世之物，李学勤先生最近提出，《方彝》《方尊》铭文所记为周穆王元年之事。见氏著：《文物中的古文明》，商务印书馆 2008 年版，第 536 页。

中期中央王朝亦有此官，但为居卿士寮之下的第二级大夫之职，至于春秋而上升为六卿之列……"① 说西周中期中央有此"三有司"之官，是正确的，说他们"至春秋而升"则非是。这有出土器物铭文为证。《师颖簋》是一件被"夏商周断代工程"定为孝王早年器物，这件器物铭文有"王各大室，司工（空）液伯入右颖师"之语，学者研究，西周朝廷册名典礼上的"右"者，"皆是位在公、卿的上层官吏"。② 这就是说，《师颖簋》可以证明，司空在西周中期后段，就已经变成身份显赫的权贵之臣。时间稍后的《扬簋》有"司徒单伯内右扬"之语，《师𡥛父鼎》有"司马井伯右"之语，可见司徒、司马地位在中晚期也变得显赫。就是说，三有司的上升为公卿级别的达官，不需等到春秋时期。

再更具体点说，正是从周穆王时期开始，"三有司"之官职十分活跃。盠方彝、方尊诸器物，因《逨氏盘》的发现，可以确定为穆王时器物。其铭文说："王册令尹……曰：用司六师王行参有司：司徒、司马、司空。"③ 在《盠方彝》铭文中出现的穆公，为册命中的"右"者，《哉簋盖》铭文中穆公也是右者，所以两器时间相去不远，而《哉簋盖》载："王曰：哉！令女作司徒，官司藉田。"④ 中期的另一件器物《免簋》记载："王……命免作司徒，司郑寰廪，及虞及牧。"⑤ 更有说服力的是恭懿之际著名的裘卫诸器中记载田产置换的《卫盉》和《五祀卫鼎》。前者记载裘卫与矩伯的债务田产纠纷，后者记载是他和邦君厉类似的官司。在盉、鼎记载的两件案件中，裘卫都是起诉一方，都是他将欠债而不偿还的一方 —— 伯矩、邦君厉似乎都不是等闲之辈 —— 告到井伯、伯邑父等似乎是由五位。"伯" —— 公卿甚或邦内诸侯级别的人物 —— 组成的"委员会"那里。这里要注意的是，在官司判定后，两件案子中执行判案的都是"三有司"。这说明，"三有司"官员，在当时虽然很活跃，但还未达到最显赫的程度，他们还有自己的上级。这一点恰好与《尧典》中"伯禹作司空"是

---

① 顾颉刚、刘起釪：《尚书校释译论》，第 212 页。
② 王贻梁：《概论西周内服官员的爵位判断》，《中华文史论丛》1989 年第 1 期。又，杨宽《西周王朝公卿的官爵制度》（《人文杂志》丛刊第 2 辑 "西周史研究"）与白川静《西周史略》第四章第一节，都持同样的看法。
③ 马承源主编：《商周青铜器铭文选》，第 229 页。
④ 马承源主编：《商周青铜器铭文选》，第 231 页。
⑤ 马承源主编：《商周青铜器铭文选》，第 180 页。

一致的。禹的"作司空"也是受"四岳"——诸侯的方伯——推荐的。[①] 从西周中后期开始的"三有司"地位的显赫，可能意味的是西周卿士寮体制在一定程度上的败坏。[②] 西周以来的卿士寮，其主政者，多为诸侯一级人物，如《作册令方彝》所载周公子明保："尹三事四方受卿士寮。"[③] 周公子明保，其实就是周畿内诸侯，而且在朝廷往往就是世卿。因此，卿士寮体制多少代表的是一种原始色彩的贵族共和。而六卿制度的最终确立，实际表现的是王权独尊制度的完成。明确这一点，可以帮助我们确定《尧典》的时代：它不会是六卿制度已经确立时代的产物。此其五。

不论是《吕刑》，还是《尧典》的"赎刑"，都是讲究量刑适中，也就是强调"中刑"，而"中刑"观念可以肯定是一个西周意识。牧簋器物的主人牧，是"司士"，正是司法官员，铭文谈到当时司法存在"多虐庶民"的严重问题，其中有"不井（型）不中"之语，道出的也是一个量刑适度的问题，与"中刑"观颇为接近。牧簋的年代，陈梦家、唐兰断在恭王时，马承源断在懿王时，是诸位学者都认为系西周中期之物。就是说《牧簋》铭文可以证明《吕刑》《尧典》的"中刑"正是西周中期社会流行的观念。此其六。

《尧典》的开始说尧"克明峻德，以亲九族，九族既睦，平章百姓"。这几几句话为后来《大学》所沿用，因而也大受怀疑。在金文中，大约从昭穆时期开始，铭文结尾出现了一种新现象，之前某人因受赏赐作器物，只讲"作某公彝"之类的话，接近西周中期的时候开始却有了新说法，如《乖伯簋铭文》结尾处"用乍（作）朕皇考武乖几王尊簋，用好（孝）宗庙，享夙夕好朋友雽（与）者（诸）婚遘（媾）……"[④]。这不正是"以亲九族"意识的显示吗？就是说《尧典》那样写，是有其社会根据的。另外，《大雅·思齐》篇"刑于寡妻，至于兄弟，以御于家邦"，不也是"以亲九族"意识的表述吗？而且这首诗篇

---

①　《国语》韦昭注："四岳，官名，主方之祭，为诸侯伯。"

②　尽管有《师颕簋》等器物铭文显示"三有司"在西周中期的后段究竟变得显赫，但后期宣王世的《毛公鼎》记载毛公被委以大任，仍说是"及兹卿士寮太史寮于父即尹，命汝黅司公族，雽三有司、小子、师氏、虎臣雽朕褻事"，即卿士寮仍居最高行政机构的地位。这可以看作是六卿体制尚未在法理上取代卿士寮、太师寮两寮统辖政教旧体系的表现。

③　马承源主编：《商周青铜器铭文选》，第67页。

④　马承源主编：《商周青铜器铭文选》，第140页。

所写与《尧典》"女于时，观厥刑于二女"又何其相似乃尔！此其七。

还不要忘记那件《燹公盨》，它的铭文主要谈到禹的治水及其德行，因此将大禹治水的传说的时代提早到西周中期。实际在《诗经》的雅颂作品里就反复提到"禹绩"，如《大雅·文王有声》"丰水东注，维禹之绩"等，而《燹公盨》的发现，更确证大禹治水的传说在西周中期已经流行。这又与《尧典》尧命禹治水一致。此其八。

综上，不论是与《吕刑》对读，还是与其他西周中期文献相较，都可证明《尧典》为西周中期文献。

不过，这里还应补上一个环节，就是对郭沫若《释祖妣》提出的《尧典》成于战国"孔门所伪托"一说的辩驳。《尧典》有"二十有八载帝乃殂落，百姓如丧考妣"句，对其中的"考妣"一词，《释祖妣》有如下的论证：不论是两周金文还是《诗经》篇章中，皆是"祖"和"妣"相配，"考"与"母"相配，如西周器铭《颂簋》"皇考""皇母"，春秋晚期器铭《叔尸钟》"用享于其皇祖、皇妣，皇母、皇考"。据此郭先生结论说："准此可知考妣连文为后起之事，《尔雅·释亲》'父为考，母为妣'，当系战国时人语。"[1] 于是进而对《尧典》做出这样的判断："即此考妣连文，亦可知《帝典》诸篇为孔门所伪托。"[2] 郭先生质疑力度在于他的取证，因为至今两周金文仍不见"考妣"连文的铭文。然而，郭说的问题在于他的逻辑。因为仔细想一想，郭说不是滴水不漏。从西周直到战国后期的金文，确实没有"考妣"出现，照理说，依据这样的情形推测，"考妣"一词，连战国的语词也不是。而郭先生是根据《尔雅·释亲》对考、妣的解释做出《尧典》时间判断的，但《尔雅》编修时间本身有争议。若依照战国金文情况，只说明有"考妣"的《尔雅》非战国文献，现在郭先生却径自把《尔雅》当作战国文献来证《尧典》，是不合逻辑的。但是，"考妣"一词出现在《尧典》中，又的确是个问题。对此，在现有的资料条件下，除了说它是因文献传播而出现的伪误之外，恐怕没有别的办法。所以妥善的态度应该是存疑，而不是像郭先生那样论定《尧典》晚出。这也就是说，"考妣"这

---

　　① 郭沫若：《释祖妣》，《甲骨文字研究》，《郭沫若全集·考古编》第一卷，科学出版社 2002 年版，第 20 页。

　　② 郭沫若：《释祖妣》，《甲骨文字研究》，《郭沫若全集·考古编》第一卷，第 20 页。

个奇怪的词语的存在，还不足以否认《尧典》著作于西周中期这一点。

四、《皋陶谟》的著作时间

现在继续看"虞夏书"《皋陶谟》篇的著作时间问题。

确定此篇著作年代的方法如上。不过也多了条件，那就是《吕刑》之外又多了《尧典》的根据。而此篇文字与《尧典》的相类可以说是到了"像一篇文字"的地步。实际上证明了《尧典》也就证明了《皋陶谟》。不过，为稳妥起见，我们还是一步步分析，先看一看它与《吕刑》相比的结果。

与《尧典》一样，在用字、用语上，《皋陶谟》与《吕刑》颇为一致。如"时"字的用法与《吕刑》一样。《吕刑》篇有所谓"五刑"以及"五辞""五罚""五极"等语，《皋陶谟》也说"五惇""五刑""五典"之类。《吕刑》说"苗民弗用灵"，《皋陶谟》说"苗民弗即功"。《吕刑》说"以成三德"，《皋陶谟》说"日宣三德"。《吕刑》说"以教祗德"，《皋陶谟》说"祗敬六德"等。这都是其时代相同的证据。

与《吕刑》对比之外，再看其与金文及其他相关文献的比对情况。《皋陶谟》中"拜手稽首"一词，这个词在金文中的出现，是西周中期以后的现象，如穆王时期《录伯簋铭》有这四字，是较早的，此后更多。《皋陶谟》："帝曰：臣哉邻哉，邻哉臣哉！"恭王时器《史墙盘》亦有"燮明亚祖祖辛"[1] 之语，时间相去不远的《尹姞鬲》有"休天君弗忘穆公圣粦明弼事先王"[2] 句，《师询鼎》有"用型乃祖考隣明黏辟前王"[3] 句，燮、粦、隣是三种写法的一个字，就是"四邻"[4] 的邻，其义与《皋陶谟》的"臣哉邻哉"无二，都是指尽心智聪明辅佐君主。而几件中期器物铭文的"邻"字，亦可证《皋陶谟》的时代。《皋陶谟》说"禹拜昌言"，杨筠如《尚书核诂》认为"昌言"就是"谠言"，字亦

---

① 马承源主编：《商周青铜器铭文选》，第 154 页。
② 马承源主编：《商周青铜器铭文选》，第 230 页。
③ 马承源主编：《商周青铜器铭文选》，第 135 页。
④ 《尚书大传》："古者天子必有四邻，前曰疑，后曰丞，左曰辅，右曰弼。"此之谓"四邻"。

作"党"，又引《逸周书·祭公解》"拜手稽首党言"为证。杨先生所引《逸周书·祭公解》为西周穆王文献，祭公为穆王时人。

再拿《皋陶谟》与笔者所认定的西周中期的一些诗篇相比，结果也一样证明它为西周中期文字。《皋陶谟》有"烝民乃粒，万邦作乂"句，"烝民乃粒"与《周颂·思文》歌颂后稷之大功曰"立（粒）我烝民"相同；而"万邦作乂"的句型，又颇同于《大雅·文王》"万邦作孚"。又《皋陶谟》有"侯以明之"句，"侯"即"维"，与《诗经·大雅·文王》篇"侯文王孙子"用法一样。两首诗篇皆是西周中期大祭祖先之作。《皋陶谟》讲禹治水辛苦时言："启呱呱而泣，予弗子。"而《大雅·生民》歌唱后稷的屡弃不死，也有"后稷呱矣"诗句。两者描写小孩子的初生，居然都用了"呱"的字眼，能不让人想象它们是同期的精神制品？

而将《皋陶谟》与笔者所认定的西周中期作品相对读，其一致之处还很多。这里要仔细谈的是《皋陶谟》下面的一段文字：

> 夔曰："戛击鸣球，搏拊琴瑟以咏，祖考来格，虞宾在位，群后德让。下管鼗鼓，合止柷敔，笙镛以间；鸟兽跄跄。《箫韶》九成，凤皇来仪。"夔曰："於！予击石拊石，百兽率舞，庶尹允谐。"
>
> 帝庸作歌，曰："敕天之命，惟时惟几。"乃歌曰："股肱喜哉，元首起哉，百工熙哉！"皋陶拜手稽首，扬言曰："念哉！率作兴事，慎乃宪，钦哉！屡省乃成，钦哉！"乃赓载歌曰："元首明哉，股肱良哉，庶事康哉！"又歌曰："元首丛脞哉，股肱惰哉，万事堕哉！"帝拜曰："俞，往钦哉！"

"下管鼗鼓"之"鼗鼓"，《诗经》西周中期作品《商颂·那》："置我鼗鼓"[①]；"合止柷敔"之"柷敔"，即《周颂·有瞽》"鼗磬柷圉"之"柷圉"，"圉""敔"音同意通。《有瞽》之诗，西周中期为大祭先王而迎接外邦鼓乐艺

[①]《商颂》为西周中叶诗篇，首先由王国维在《说商颂》（见《观堂集林》）提出，笔者有《〈商颂〉作于"宗周中叶"说》一文，申论王国维此说，发表在《北京师范大学学报》（社会科学版）2003年第4期。

人之所作也。《皋陶谟》言"笙镛以间"，镛即大钟，笙与钟相间而奏，同类现象亦见于西周中期的"间歌"，就是《礼记·乡饮酒礼》等文献都记载的"间歌"。据这些文献，周人饮酒礼典礼，先是瞽人升堂歌《鹿鸣》《四牡》《皇皇者华》，然后，笙入堂下，吹奏《南陔》《白华》《华黍》，三首乐曲有声无词，称"笙歌"。之后，"乃间歌"，就是唱一首诗篇，吹一首笙乐。也就是歌《鱼丽》，笙《由庚》；歌《南有嘉鱼》，笙《崇丘》；歌《南山有台》，笙《由仪》；有词三诗对无词三笙，"笙歌"加起来就是六首。然后是"合乡乐"，唱《周南》《召南》各前三首诗，"间歌三终，合乐三终，工告乐备"，即典礼正式演奏的歌乐齐备。何以知道这种"间歌"是西周中期现象？回答是，第一，这些"间歌"作品都见于《诗经·小雅》，而且像《南山有台》《南有嘉鱼》这样的作品，其本身证明，除了宴会场合使用没别的用场，所以它们就是专门为宴饮典礼制作的歌词。第二，在"间歌"的《南山有台》篇出现的"遐不眉寿""遐不黄耇"两句中，"眉寿"和"黄耇"两个嘏辞，只出现在西周中期和之后的铜器铭文之中。[①] 这就表明，《乡饮酒礼》的"间歌"，其起源可追溯到西周中期，与之相类似的"笙镛以间"，时间亦不会相距太远。《皋陶谟》又说"鸟兽跄跄"，"鸟兽"及下文的"百兽率舞"在西周中期的诗歌中也不是没有痕迹，《周颂》的《振鹭》篇"振鹭于飞，于彼西雍。我客戾止，亦有斯容"，结合《鲁颂·有駜》"振振鹭，鹭于下。鼓咽咽，醉言舞"，就是鸟兽之舞的一种。而"跄跄"二字以形容步履，亦见于《小雅·楚茨》"济济跄跄"、《大雅·公刘》之"跄跄济济"，两者都是中期诗篇。《皋陶谟》还说到了"凤凰来仪"；周人崇拜凤凰，凤鸣岐山，被他们看作是文王上获天命的祥瑞，而《大雅·卷阿》这首穆王时期的作品就激昂地歌咏了凤凰。

再看上引第二段文字里的三段"赓歌"。它们的共同特点是三个主谓句，押同样的韵，用同样的语尾词，所以，读来有"一顺边儿"的感觉。在《诗经·周颂》和《大雅》西周中期的诗篇中也能找到类似的句型。《周颂·烈文》："无封靡于尔邦，维王其崇之。念兹戎功，继序其皇之。无竞维人，四方其训之。不显维德，百辟其刑之。"诗篇东、阳合韵，句型是由三组语法一致

---

① 　徐中舒：《金文嘏辞释例》，《徐中舒历史论文选辑》，中华书局 1998 年版。

的句子组成一个排比序列，而每一组的尾句都以相同的"之"收束。再看《大雅·卷阿》的句子："尔受命长矣，茀禄尔康矣；岂弟君子，俾尔弥尔性，纯嘏尔常矣。""伴奂尔游矣，优游尔休矣。岂弟君子，俾尔弥尔性，似先公酋矣。"两个《卷阿》例子，头两句已经有强烈的"一顺边儿"的感觉了，但诗人为打破这样的局面，在紧接着的一句中，改变句子类型，破顺为逆，造成参差效果。然而，在最后一句，却结束以一个与前面两句相似的句子。所以，整个句群读来顺中有逆，很不一般。再看《周颂·良耜》的句子："荼蓼朽止，黍稷茂止。""百室盈止，妇子宁止。"这些西周中期的诗篇，显示着这一时期人们对语言运用的活络。这都是将"赓歌"确定为同一时期的理由。

以上是对《尚书》中《尧典》《皋陶谟》和《禹贡》等几篇"虞夏书"篇章的写定时代的讨论。这里，所以能够将其确定为西周中期文献，除了有出土文献和前人的研究成果可依傍外，主要是因为我们对《诗经》作品的断代。是西周中期大量《诗经》雅颂作品的确定，使得对"虞夏书"的判断有了更多的可资比较的依据。

五、《禹贡》的著作年代

关于《禹贡》，上文说过，王国维、辛树帜和邵望平等学者都提出其著作年代在西周。辛树帜专著《禹贡新解》提出《禹贡》成书年代，应在西周穆王之前。[①]《禹贡新解》的考证，涉及疆域和周初分封、行政与九州关系、导九山导九水、五服四至、任土作贡和贡道、九州得名、九等定田赋、土壤分类、大一统思想的发生以及《禹贡》所以冠名"禹"的缘由等十几个方面，共十七小节。辛先生把它寄给夏纬英、夏鼐、童书业、于省吾、谭戒甫等十几位专家征求意见。作者把这些人的意见择要摘录，并加上自己的答辩，成为书的第二编："禹贡制作时代的讨论"。这些回馈意见，自然不外乎赞成与反对两类。不赞成者，其意见主要集中在《禹贡》所载梁州贡铁和它的语体风格两个问题

---

① 辛树帜：《禹贡新解》，第 9 页。

上。铁器在中国较为广泛的使用，一般认为是在春秋战国时期，《禹贡》说梁州贡铁，在西周时期不可能。此外，《禹贡》的语体与周初"八诰"的渊懿古奥差异太大。答辩的文字里，辛树帜虽然对这两大问题做了自己的申辩，但在当时的学术环境之下，仍然不能说服反对者。在辛树帜《禹贡新解》之后，邵望平先后在《禹贡九州的考古学研究》《禹贡九州风土考古学丛考》两文中提出："九州……是公元前 2000 年前后黄河长江流域实际存在的、源远流长、自然形成的人文地理区域。"[1] 又说："九州实为黄河长江流域公元前第三千年间龙山文化时期即已形成，后历三代变迁仍继续存在的一种人文地理区域。"[2] 据此邵望平提出《禹贡》的蓝本或成于殷商，或成于周初的看法。

在今天，有更多的理由相信《禹贡》为西周著作；不但如此，我们还有理由相信，《禹贡》的成书，就成于西周中期的穆恭懿孝时代。

在说明理由之前，先看一看当时学者对辛树帜先生观点的反对。反对的理由，如上所说有两条，一是关于《禹贡》的梁州贡铁记载与古代用铁的历史不合，再一条就是语言风格。关于后一条，前面我们已经说过，西周近三百年的历史，语言也经历过从早期的渊懿古奥到中后期的平顺流利的过渡，这有《吕刑》和《史墙盘》等文献的印证。读《尚书》周初的各大诰命确实能给人深刻印象，但它们不能代表整个西周时代的文风。关于《禹贡》的语言，下面还会谈。相较而言，第一条更加致命。铁器较为广泛使用是从春秋时期开始的，这是辛树帜先生发表《禹贡新解》的时候的共识。《禹贡》说梁州"厥贡铁"，顾颉刚、刘起釪《尚书校释译论》经过广泛文献征引之后说："今川黔滇境即《禹贡》梁州境确以产金银铁而定为贡品。"[3] 早在商代先民就懂得利用陨铁，由此而寻找铁，一些铁矿源丰富地区的人民较早知道如何获取铁并向王朝进贡，这样的事发生在西周，由西周中期的文献记载下来，从道理上说是可能的。《禹贡》说"厥贡铁"，这句话不可轻易读过。《禹贡》说"铁"是与"镠"（字亦作"镣"，金之上乘者）、"银"等贵重物品并列一起上贡的，就是说它还不是战国人眼中的"恶金"，它还属于珍惜之物，所以它

① 邵望平：《禹贡九州的考古学研究》，《考古》1989 年第 4 期。

② 邵望平：《禹贡九州风土考古学丛考》，《九州学刊》1989 年第 2 卷第 2 期。

③ 顾颉刚、刘起釪：《尚书校释译论》，第 726 页。

需要"贡"。过去说《禹贡》为战国时文字，仅就这一点也不通。照此理，说《禹贡》是春秋著作，也不大通。当然，单从道理上讲得通不行，还得实物的发现来作证。20 世纪 90 年代对今河南三门峡市古虢国古墓遗址的发掘中，就曾发现过铜柄镶玉的铁剑，而且铁剑是人工冶炼的。古墓的年代属西周晚期。[①] 近年，也就是 2007 年，在山西黎城县考古工作者发掘了西周古墓遗址，在 M10 发掘出一件剑的青铜柄，从残留锈迹推断剑刃为铁质。该遗址发掘报告说："我国发现最早的铁质器具一般认为是西周晚期至春秋早期，M10 由于严重被盗，没有留下可供断代的标准器物资料，目前因整理工作尚未展开，准确的年代尚难确定，但从这整个墓地的情况分析，M10 绝不会晚于西周晚期。"[②] 古人对铁的发现是从陨铁开始的，考古证明商代已经知道利用陨铁。辛先生说《禹贡》的年代为西周，时间下限在穆王时期，这古虢国遗址和山西黎城遗址中的铁剑，特别是后者时代相差至多不过百来年。黎城西周古墓为西周晚期，可剑的制造还得在下葬以前；而铁刃之铸剑已在诸侯国随死者下葬，那么，推测王朝用铁铸剑在西周中后期，就不是太离谱。总之，用梁州贡铁的疑问来作《禹贡》出自春秋战国的证据，显然不合适了。而新近出土的器物铭文，在文献上更有助于确定《禹贡》的年代。

笔者说《禹贡》为西周中期著作，首先是由读《燹公盨》引起的想法。所以，就让我们改变一下上文的做法，先从青铜器铭文说起。

燹公盨是由保利艺术馆征集的文物，李学勤、裘锡圭、朱凤瀚、李零等专家对器物的年代和铭文进行了隶定和解释。兹将李学勤先生隶释的铭文录之于下：

> 天命禹敷土，随山浚川，乃差地设征。降民监德，乃自作配享民，成父母。生我王、作臣，厥贵唯德。民好明德，顾在天下。用厥绍好，益干懿德，康亡不懋。孝友，吁明经齐，好祀无废。心好德，婚媾亦唯协。天

① 《中国文物精华》委员会编：《中国文物精华》，文物出版社 1992 年版，第 104、254—255 页。
② 国家文物局编：《2007 中国重要考古发现》，文物出版社 2008 年版，第 42 页。

厘用考，神复用被禄，永御于民。燹公曰：民唯克用兹德，亡侮。①

　　大意是学习大禹的德行，敬祀神灵，孝友兄弟，和谐亲戚，为民父母，永远无害。正如专家指出，这件器物铭文的一些字句，居然和《禹贡》的很像。如"天命禹敷土，随山浚川，乃差地设征"几句，与今传《禹贡》"禹敷土，随山刊木，奠高山大川"及《禹贡·书序》"禹别九州，随山浚川"酷似。而且，"禹敷土"的言句，还见于《诗经·商颂·长发》"洪水茫茫，禹敷土下方"和《山海经·海内经》"禹是始布土，均定九州"等。其"自作配享民，成父母"云云，又与《尚书·吕刑》"禹平水土，主名山川……惟克天德，自作元命，配享在下"和"今天相民，作配在下"云云相符。同时，几位专家也从此件器物形制和花纹等方面进行了辨析，得出大致相同的结论：它是一件西周中期偏晚的器物，大致时间不出恭、懿、孝三朝时间范围。②

　　器物的时代既定，铭文语句与《禹贡》文字上的相近，对于判断《禹贡》的制作年代为西周，已经是相当有力的了。辛树帜先生当年在证明《禹贡》为西周著作时，也从语言层面进行过比较。在《禹贡新解》"从文字结构上分析"的小节里，作者举了《禹贡》十几个语句，与《诗经》大小《雅》篇章语句对比，如《禹贡》"沣水攸同""九州攸同"与《大雅·文王有声》"四方攸同"比较等，颇具说服力。不过，若是证明《禹贡》为西周著作，还可以举出更多的例子，如《禹贡》言"惟金三品"，而以"品"为数量之词，西周早期器《保卣》铭文有"诞贶六品"，《邢侯簋》有"锡臣三品"，中期器《尹姞鼎》又有"易玉五品"，都与《禹贡》"品"字语法相同。又如《禹贡》青州有"嵎夷"，而西周早期器物《小臣谜簋》有"五𪉸"之地，于省吾《尚书新证》："五𪉸即嵎夷，当系东夷之一种。"③亦可证明《禹贡》的年代。相信这样的例证还可以再找。但是，此处的问题不在这方面，此处问题是，在《禹贡》为西周著作这一结论的前提下，再推进一步证明：《禹贡》是西周中期的文献。

---

① 李学勤：《论燹公盨及其重要意义》，《中国历史文物》2002 年第 6 期。
② 参见裘锡圭：《燹公盨铭文考释》，《中国历史文物》2002 年第 6 期。其他几位学者看法与此相近。
③ 顾颉刚、刘起釪：《尚书校释译论》，第 575 页。

  燹公盨的发现，其铭文与《禹贡》的某些一致，对确定《禹贡》写作年代为西周中期，实际已很有说服力。而上面又谈到，辛树帜先生曾举十余语句，证明《禹贡》与西周文献语例一致。检讨辛先生所举语例，没有一个早于西周中期，绝大多数为西周中期或以后的文献。如他举《诗经》"涉渭为乱"句，就见于《诗经·大雅·公刘》，而《公刘》诗篇据笔者考订，系恭王时代左右的诗篇。又如他举《大雅》"四方攸同"以证《禹贡》"九州攸同"，"四方攸同"的句子就两见于《大雅·文王有声》篇，而《文王有声》也是西周中期诗篇。《禹贡》对每州的记载说明都有一定的格式和文法，如"既载壶口""既修太原"之类，早在宋代，林之奇将"既载壶口"之句与《诗经》"俶载南亩"联系起来读了。① 可巧的是，"俶载南亩"的句子，就见于穆公时期的《小雅·大田》和同一时期的《周颂·载芟》篇中！《禹贡》成套路的句子，还有这样一类："济、河惟兖州：九河既道，雷夏既泽，雍沮会同，桑土既蚕。"这样的"既"字结构，在《诗经》出现，绝多为西周中期或中期以后作品，如《小雅·楚茨》"礼仪既备，钟鼓既戒""尔肴既将"，《小雅·甫田》"我田既臧，农夫之庆"，《大雅·行苇》"敦弓既坚，四鍭既钧，舍矢既均，序宾以贤"，以及《大雅·凫鹥》"尔酒既清，尔肴既馨""尔酒既多，尔肴既嘉"，等等，"既"字结构的频繁出现，是这些诗篇时代一致的标志，也是他们与《禹贡》时间相去不远的征显。

  那么，将《禹贡》与《尚书·吕刑》篇对读，结果同样证明《禹贡》为西周中期文字。首先是两者四字句的比例大致一样。《吕刑》篇，如上所说，四字句与全篇句数的比是142∶221，占全篇句数一半以上。《禹贡》四字句与全篇句数的比例，据伪《孔传》是141∶268；据蔡《传》是141∶267；据杨筠如《核诂》是146∶272；据曾运乾《正读》是144∶271。以各家的点读，《禹贡》四字句都在一半以上。这就是说，在四字句法的使用上，《禹贡》和《吕刑》高度一致。这还只是直接从句子字数看，《禹贡》和《吕刑》还有一种"隐藏的"四字句法，如《禹贡》荆州"江汉朝宗于海，九江孔殷，沱潜既道……"，"江汉"二字之后的"朝宗于海"②，从音节上说就是四字句。《吕刑》也有相同

---

  ① 顾颉刚、刘起釪：《尚书校释译论》，第529页。
  ② 这个"朝宗于海"的句子又见于《诗经·小雅·沔水》"沔彼流水，朝宗于海"，《沔水》一般认为是西周晚期诗篇。起码可证《禹贡》为西周之作。

的句子，"越兹丽刑并制，罔差有辞，民兴胥渐……"等。同样情况也可见于《燹公盨》，如"乃差地设征""民唯克用兹德"都是。正是这样的新句式的流行，使得西周中期文风趋向平畅，从而与西周早期文章如《尚书》"八诰"和《天亡簋》《令方彝》等铭文的佶屈古奥，形成明显的差异。

　　再从几个句子组成意群的章法看，《禹贡》和《吕刑》也颇有其一致处：都喜欢用一个大句子概括，然后再用小分句说明之。如《禹贡》说"兖州"，先以"济河惟兖州"领起，然后是"九河既道，雷夏既责，用局会同，桑土既蚕，是降丘宅土"。再看《吕刑》如下的句群："乃命三后，恤功于民：伯夷降典，折民惟刑；禹平水土，主名山川；稷降播种，农殖嘉谷。""济河惟兖州"和"乃命三后，恤功于民"都是大的概括句。另外，《禹贡》最后的"五服"的文字，也都是这样的章法，如"五百里甸服"一段，先用"五百里甸服"总起，然后以"百里赋纳总，二百里纳铚……四百里粟，五百里米"等诸分句填充之，与《禹贡》的"三后恤功"章法正同。

　　说到"五服"问题，《禹贡》结尾处有"五百里甸服""侯服""绥服""要服"和"荒服"的五等服制之记载，而在《国语》载祭公谏阻穆王伐犬戎的文字里，也居然可以读到相同的说法，只是在"五服"称谓上微有差别。《国语》成书于战国，战国文献却将"五服"之制溯至穆王时期，且说法与《禹贡》大同，岂偶然哉！更有意思的是，《禹贡》结尾文字："东渐于海，西被于流沙，朔南暨声教讫于四海。"这里提到"声教"，《大雅·文王有声》篇一开始就是"文王有声，遹骏有声"！极赞文王伟大的名声，而是篇，如上所说，主要颂扬当今"皇王"修辟雍，修辟雍又是因为"自西自东，自南自北，无思不服"，"无思不服"当然就是四海皆服，"服"什么？当然就是文王之"遹骏有声"亦即文王之"声教"了！在"声教"与"文王有声"上，居然也是相通的。

　　综上，《禹贡》篇亦为西周中期文献。

（原载台湾辅仁大学编印《先秦两汉学术》2011 年第十五辑）

（作者单位：北京师范大学文学院）

论先秦"辞"的演变及特征

过常宝

"辞",在先秦文献中,是对某些语言类型的描述,如誓辞、"六祝之辞"、卦爻辞、教辞等,这些"辞"在使用情境、使用者、使用方法、语体形态等方面存在着某些共同的规定性。也正是在这些规定下,后世所命名的楚辞、卜辞等能得到普遍的认可。讨论中国早期文献、文学、文章,都离不开这个"辞",但"辞"的外在形式特征并不统一,既包括口语,也包括文本文献,既有诗体,也有散文体,因此,学术界对"辞"一直没有一个明确的描述或界定。"辞"的复杂性,说明了它文化内涵的丰富性和重要性,梳理出其中的内在逻辑,有利于正确地描述"辞"这一语言现象,有利于加深对先秦文化、文献和文体之间关系的理解。

一、祝祭之辞

甲骨卜辞中有𤔔字,饶宗颐读为"辞"。他说:"𤔔盖嗣字,《说文》:'辤,籀文从司作𤔲,'金文'司工''司马''参有司'诸司字皆同,或省口作𤔲。甲文又有𤔲字,(《京都大学》一四六五)从司从𤔔,𤔔乃其省形。《周礼·太祝》作六辞,一曰祠。郑司农云'祠当为辤',此即'辞''祠'字通之证。契文以辞(𤔔)为祠,又省作司。"又认为"'𤔔''司'字互用,其字又通作祀"。① 西周金文"辞"形作（司工丁爵）、（康侯簋）、（令鼎）、（师虎簋）、（荣有司冉鼎）、（兮甲盘）、（儌匜）等。季旭昇说："司工丁爵、兮甲盘从辝辛口，儌匜从辝辛言。辝，治也；辛即乂之本字，引申有治理之义；口、言所以治之。"② 根据上二位学者的说法，在殷商甲骨文和西周金文中，"辞"与"祠""司"相通，指以语言方式行使的神灵祭祀或事务治理行为，语义较为综合。

上古时期，世俗权力往往是从神圣职事转化而来，早期的"有司"主要是各类神职人员，并以宗教方式行使职事。甲骨文""和金文诸"辞"字形中都含有""符号，这一符号也同时出现在甲骨文"凤""龙""商""言"等字中，被认为是巫史群体神圣权力的象征③。因此，"辞"是一个具有神圣意味的复合字。但随着社会文化的发展，"辞"的含义出现了分化，至少在西周中后期，这个字就主要被用以指神圣职事中的言语行为了。如周懿王时期的儌匜铭文所载：

> 汝敢以乃师讼，汝上听先誓，今汝亦既有御誓，薄格暬睦儌，授亦兹五夫，亦既御乃誓，汝亦既从辞从誓……伯扬父迺或使牧牛誓曰……牧牛辞誓成，罚金。④

这则铭文记载了一次诉讼过程，其中判决是通过盟誓完成的，而盟誓需有鬼神作证才能成立。铭文"从辞从誓"，说明了"辞"即为盟誓之辞，其语言含义十分明确。

西周时期，祝官于祭祀仪式中"主赞词"（《说文解字》）。《周礼·春官·大祝》云：

> 大祝：掌六祝之辞，以事鬼神示，祈福祥，求永贞。一曰顺祝，二

---

① 于省吾主编：《甲骨文字诂林》（第三册），中华书局 1999 年版，第 2493 页。
② 季旭昇：《说文新证》，福建人民出版社 2010 年版，第 1007 页。
③ 参见林甸甸：《上古天文知识及文献研究》，北京师范大学 2013 年博士学位论文，第 19—21 页。
④ 马承源：《商周青铜器铭文选》（三），文物出版社 1988 年版，第 184—185 页。

日年祝，三日吉祝，四日化祝，五日瑞祝，六日策祝。掌六祈，以同鬼神示，一日类，二日造，三日禬，四日禜，五日攻，六日说。作六辞，以通上下亲疏远近，一日祠，二日命，三日诰，四日会，五日祷，六日诔。①

太祝"事鬼神示"的主要方法是"六祝之辞"。郑司农注曰：

> 顺祝，顺丰年也。年祝，求永贞也。吉祝，祈福祥也。化祝，弭灾兵也。瑞祝，逆时雨、宁风旱也。策祝，远罪疾。②

此六项为常规性祭祀，前三项是祝颂娱神并祈求福佑，后三项则是祈求远离战争、自然灾害、罹罪患病等灾祸。这两类祭祀包括了人神交往的主要目的。至于"六祈"，郑玄注云：

> 谓有灾变，号呼告神以求福。天神、人鬼、地祇不和，则六厉作见，故以祈礼同之。③

"六祈"是为禳灾而举行的祭祀，是针对偶发性事件的临时祭祀。"号呼告神"必然有辞，而之所以不在"六祝之辞"之中，是因为"六祈"之"号呼告神"乃因事而发，并无固定的"辞"。至于"上下、亲疏、远近"，指的是天神地祇、祖先、山川地望之神，所谓"六辞"亦是人神交通之辞。"六辞"的特殊性待下文讨论。显然，"辞"是太祝沟通鬼神的专业性、神秘性、规范性语言。

与祭祀有关的另一个重要职事是史，一般认为，史官以文字载录区别于祝官。最初的人神交往是由祝官完成的④，史官只是负责占卜过程的载录，但随着进入宗教仪式的社会事务越来越繁杂，史官凭着载籍的优越性，会逐渐取代祝

---

① 《周礼注疏》，《十三经注疏》，中华书局 1980 年版，第 808—809 页。

② 《周礼注疏》，《十三经注疏》，第 808 页。

③ 《周礼注疏》，《十三经注疏》，第 808—809 页。

④ 甲骨卜辞中即有"祝"字，据研究，西周时期祝官的职事"最主要的就是负责祭祀活动中以言语沟通神人，进行祝号"（于薇：《周代祝官制度考略》，吉林大学 2005 年硕士学位论文）。

官的位置而主导祭祀仪式，尤其是册命类注重文献的仪式，在西周后期基本就由史官负责了。换句话说，祭祀中的言辞到西周时期分为口语和书写两部分，前者为“辞”，后者则被称为“策”，祝官主辞，而史官主策。

在先秦文献中，我们还能看到一些“辞”的特殊用法，如“狱讼之辞”“奉辞伐罪”等，它们其实也是与宗教仪式有关的。《说文解字》曰：“辞，讼也。”《周礼·士师》中有多处“察狱讼之辞”的记载，则狱讼控辩双方的言语亦称“辞”。上古诉讼主要采用神判来解决，古“灋”字右半边金文似兽形，有人认为即法兽獬豸，古有皋陶以神兽断狱之说。商周时期的狱讼也要通过仪式完成，诉讼之词及判词皆需呈告于神灵，故称“辞”。《尚书·大禹谟》载：

> 禹乃会群后，誓于师曰：“济济有众，咸听朕命。蠢兹有苗，昏迷不恭，侮慢自贤，反道败德。君子在野，小人在位，民弃不保，天降之咎。肆予以尔众士，奉辞伐罪，尔尚一乃心力，其克有勋。”[1]

这里的“伐罪”之辞，乃出于誓师仪式。早期誓师仪式有祭天和祭祖的内容，因此，伐罪之辞被认为获得神灵认可，故能“奉”而伐人。如《尚书·牧誓》载武王历数纣罪之后，曰：“今予发，惟恭行天之罚。”[2] 这里所说的“行天之罚”与上所说的“天降之咎”，都表明伐罪之辞的神圣性质。同样，《尚书·吕刑》所谓“有辞于苗”，也是这个含义。

根据以上论述，我们推断，辞最早指的是宗教仪式中的语言，尤其是宗教仪式中程式化、规范化的语言。《礼记·表记》云：“夏道未渎辞，不求备，不大望于民，民未厌其亲。殷人未渎礼，而求备于民。”[3] 殷人之“礼”指的就是祭祀占卜仪式，那么，夏人之“辞”亦是如此，只是夏人简朴，可能只是祝告而已，故只以“辞”言之。但“辞”和“礼”皆不可“渎”，是宗教自身的要求。

---

① 《尚书正义》，《十三经注疏》，中华书局 1980 年版，第 137 页。
② 《尚书正义》，《十三经注疏》，第 183 页。
③ 孙希旦撰，沈啸寰、王星贤点校：《礼记集解》，中华书局 1989 年版，第 1311 页。

二、教诫之辞

周革殷命后，周公制礼作乐，神道设教，礼仪从宗教祭祀向社会教化扩展，"辞"的含义因此也有所变化。太祝"六辞"即是这一文化革新的产物。

《周礼》云太祝在"六祝之辞"外，另有"六辞"，曰祠、命、诰、会、祷、诔。郑玄注云：

> 祠当为辞，谓辞令也。命，《论语》所谓为命裨谌草创之。诰，谓
> 《康诰》《盘庚之诰》之属也……会，谓王官之伯，命事于会，胥命于蒲，
> 主为其命也。祷，谓祷于天地、社稷、宗庙，主为其辞也……诔，谓积累
> 生时德行，以锡之命，主为其辞也。①

郑玄又补充曰"辞"为"交接之辞"，"会谓会同盟誓之辞"，"祷"为"贺庆言福祚之辞"。也就是说，祝官"六辞"不用于祭祀神灵，而用于人际交往。孙诒让《周礼正义》云："此以生人通辞为文，与上六祝六祈主鬼神示者异。"② 为何这些社会交往性辞令，也属于祝官的职事呢？

我们可先从"诰"说起。诰源于告。"告"在商周是一种祭名，也称告祭。甲骨卜辞中告祭载录甚多，殷人因疾病、出行、婚丧、田猎、结盟、出征、灾异等，所有人力难以左右或无法保证的自然、社会事件，以及国家、宗族之重大事务、君主的个人愿望等，都需告祭祖先和自然神灵。周公制礼作乐，因发布训诫之辞的需要，改革告祭仪式，在"告祭"之后又演变成一个"诰"的仪节，在后一仪节中，周公作为主祭者可以代神灵传达意旨，这就是"诰教"，为其神道设教的主要方法之一。③ 西周初期何尊铭文对此有清晰的记载：

> 才四月丙戌，王诰宗小子于京室，曰："昔才尔考公氏克弼文王，肆

---

① 《周礼注疏》，《十三经注疏》，第 809 页。
② 孙诒让撰，王文锦、陈玉霞点校：《周礼正义》，中华书局 1987 年版，第 1993 页。
③ 详见过常宝：《先秦散文研究 —— 早期文体及话语方式的生成》，人民出版社 2009 年版，第 86—88 页。

文王受兹大命。佳武王既克大邑商，则廷告于天，曰：'余其宅兹中国，自之乂民。'乌虖，尔有虽小子亡识，视于公氏有爵于天，彻令敬享哉。"惟王恭德裕天，训我不敏。王咸诰，何易贝卅朋，用作□公宝尊彝。①

这则铭文中同时出现了"告"和"诰"。首先，文中的"王诰宗小子于京室"与"王咸诰"都是王在这次仪式上对何及其他助祭者的训诫之辞；而诰辞中出现的"武王既克大邑商，则廷告于天"，指的是周武王灭商后的一次告祭仪式。在这则铭文中，"告"和"诰"的不同用法是十分清晰的，前者是告祭仪式，后者是主持仪式的王对助祭者的诰诫。实际上，"诰"是在告祭祖先仪式上发生的，先"告"而后"诰"。据何尊铭文所载，"佳王初壅宅于成周，复禀武王礼福自天"②，是说周王因迁居成周而祭祀武王，这实际上是一个告祭仪式，"王诰宗小子"和"王咸诰"便发生在这个仪式上。

"诰"为"六辞"之一，是因为它有宗教仪式的背景，必须由太祝假借神灵之名才能言之于人。周公在朝廷有太祝之职③，他一方面以"六祝之辞"祭神告神，又常在其主持宗教仪式之时，以"王"的身份"诰"助祀者。周公之诰多载于《尚书》。如《尚书·酒诰》载周公云："封……汝勿佚，尽执拘以归于周，予其杀。又惟殷之迪诸臣，惟工乃湎于酒，勿庸杀之，姑惟教之。有斯明享，乃不用我教辞，惟我一人弗恤，弗蠲乃事，时同于杀。"④《酒诰》是周公封康叔于卫的诰辞，中心内容是劝诫康叔"无彝酒""无湎酒"。值得注意的是，周公自称此诰为"教辞"，即强调"诰"辞的教化性质。显然，"教辞"源于祭辞，并以祭辞为其合法性根据，但"教辞"则是面向世俗社会的教化之辞。"诰"之外，"六辞"中其他诸辞，也都不能离开太祝的职事行为，聘问、会盟、贺庆、锡命、吊唁这些社会事务，也都是在仪式中完成的，都有着宗教

---

① 马承源：《商周青铜器铭文选》（三），第20—21页。
② 马承源：《商周青铜器铭文选》（三），第2页。
③ 出土禽簋铭文曰："王伐奄侯。周公某禽祝。禽有臧祝。"郭沫若解释说："周公与禽同出，周公自是周公旦，禽即伯禽。伯禽殆曾为周之大祝，别有《大祝禽鼎》可证。"（《两周金文辞大系图录考释·禽鼎》，上海书店1999年版）伯禽如不是巫祝专家，是不可能任朝庭太祝之职务的。郝铁川据此推论云："从西周贵族世官制来看，可以反证周公本为巫祝，且系巫祝集团的首脑。"（郝铁川：《周公本为巫祝考》，《人文杂志》1987年第5期）
④ 《尚书正义》，《十三经注疏》，第207—208页。

背景，仪式中的"辞""命""会""祷""诔"与"诰"相似，都包含着世俗教诫的内容，表现为"祭祀＋教诫"的结构形式。太祝拥有教诫之权，是周公神道设教为西周所留下的宝贵的政治遗产。这就是西周太祝在"六祝之辞"之外，又有"六辞"的原因。也就是说，"辞"在西周时期仍然是太祝等宗教人员的特权，它包含了通神和教化两方面的内容。

随着神权的式微，仪式的功能和形态也逐渐发生变化，出现了越来越多政治化、社会化的仪式，这些仪式都有或多或少的宗教意义，但已经与宗教祭祀仪式不同了，我们这里称之为"礼仪"。相应地，"辞"的构成由"祭祀＋教诫"逐渐变为"礼仪＋教诫"。如《周礼·考工记·梓人》所载"祭侯之礼"，其辞曰："惟若宁侯，毋或若女不宁侯，不属于王所，故抗而射女。强饮强食，诒女曾孙，诸侯百福。"① 这里说的是射礼仪式，"侯"为箭靶，但在"辞"中借以谴责不顺从王的诸侯，是典型的政治教诫。此外，《士冠礼》中有"醴辞""字辞"；《士昏礼》中有"昏辞"；《聘礼》中有"聘辞"，宴饮、朝觐、田猎等各自有"辞"，这些"辞"也都有教诫之义。《礼记·经解》孔子曰："入其国，其教可知也：其为人也，温柔、敦厚，《诗》教也。疏通、知远，《书》教也。广博、易良，《乐》教也。洁静、精微，《易》教也。恭俭、庄敬，《礼》教也。属辞、比事，《春秋》教也。"② 以上所列的《诗》《书》《乐》《易》《礼》《春秋》，与早期宗教仪式密切相关，或载录了祭辞、颂辞、祷辞、卜辞、告辞、诰辞等，本有不少教诫之辞。春秋之时，这些文献被编纂和阐释，其中的政治、伦理、宗法等思想被特别强调，因而都被孔子认为是"教辞"。

《春秋》本为史官告命之作，《左传·隐公十一年》载："凡诸侯有命，告则书，不然则否。"③《左传》有多处"告命"载录，如"宋人使来告命"（隐公五年），"齐侯使来告成三国"（隐公八年），"王使以周公之难来告"（成公十二年）等。所谓"告命"，实际上是一种特殊的告祭仪式，指的是各诸侯国的祝史之官以诸侯之事告祭周庭或鲁国之宗庙，其形式则为告辞。西周时期，告辞不具有训诫意味，诰辞才有训诫意味，才是教辞。但春秋礼崩乐坏的情况下，

---

① 《周礼注疏》，《十三经注疏》，第 926 页。
② 孙希旦撰，沈啸寰、王星贤点校：《礼记集解》，第 1254 页。
③ 杨伯峻：《春秋左传注》（修订本），中华书局 1990 年版，第 78 页。

缺乏周公及西周太祝那样的宗教权威，诰教制度式微，祝史只能在纯粹的告祭之辞上下功夫，变通而为"春秋笔法"，使得告辞具有了启示和教诫的功能[①]，这就是《春秋》又被认为是教辞的原因。所谓"属辞比事而不乱，则深于《春秋》者也"，指的就是《春秋》"教辞"的性质。

三、君子"有辞"

"辞"在春秋时期沿着社会化、训诫性的路子继续发展，成为一种很特殊的文化现象，这在《左传》中有充分的体现。我们先看宣公十二年晋楚邲之战的一段载录。当时，楚将乐伯等往晋军致师，反被晋军追击：

> 乐伯左射马，而右射人，角不能进。矢一而已。麋兴于前，射麋，丽龟。晋鲍癸当其后，使摄叔奉麋献焉，曰："以岁之非时，献禽之未至，敢膳诸从者。"鲍癸止之，曰："其左善射，其右有辞，君子也。"即免。[②]

鲍癸的话显示了当时对"君子"身份的尊重，甚至超越了敌对双方的立场。在这个例子中，判断君子的标准是"善射"和"有辞"。射为西周贵族所学习六艺之一，称赞艺高者为君子，是可以理解的。而"辞"不见于六艺，以"有辞"者为君子，是春秋时期特有的观念。《左传·襄公三十一年》叔向曰："辞之不可以已也如是夫！子产有辞，诸侯赖之，若之何其释辞也？诗曰'辞之辑矣，民之协矣；辞之绎矣，民之莫矣'，其知之矣。"[③]子产是春秋时期最为著名的君子之一，获得了各诸侯国的普遍尊重，成就了他君子之名的正是"有辞"。

春秋时期深受推崇的"有辞"到底有何含义呢？我们还是回到乐伯和摄叔的献麋中来。孔颖达《正义》云：

---

① 参见过常宝：《"春秋笔法"与古代史官的话语权力》，《北京师范大学学报》（社会科学版）2003年第4期。

② 杨伯峻：《春秋左传注》（修订本），第735页。

③ 杨伯峻：《春秋左传注》（修订本），第1189页。

《周礼·兽人》"冬献狼，夏献麋，春秋献兽物"者，谓献之以共王之膳耳，非能遍及于百官也。礼，冬猎曰狩，言围守而取之，获禽多也。于时虞人所献，或颁及群臣，故言"岁之非时，献禽之未至"，以为语之辞耳。①

"献"是一项礼仪活动。兽人或虞人，四季各有所献。至冬，周王率臣狩猎，虞人清点猎物后献上，禽鸟则赏赐群臣。那么，乐伯和摄叔的射麋、献麋行为，一方面表示了对晋将的服膺和尊重；另一方面也通过"献禽之未至"的解释，避免了越礼的误解。显然，通过献禽之辞，乐伯和摄叔宣示了"致师"的礼仪性质，而两人对礼制的娴熟，以及恭敬的态度，也赢得了鲍癸的尊重，成功地化解了一场危机。所以，辞的背后是礼仪，"有辞"只是礼仪周详的代称；符合礼仪程序或礼仪精神的语言即为"辞顺"。《左传·襄公二十四年》文子曰："其辞顺。犯顺，不祥。"冒犯了辞，也就是唐突了礼仪，会招致神灵的惩罚，此为不祥。严格来说，摄叔献麋，这一行为并不符合礼制，所以，在这一行为中值得推崇的是对礼制的熟悉，以及由此所显示出来的礼仪态度、方式、价值。

显然，辞起源于宗教，但在向礼教的发展过程中，开始逸出宗教，成为一种独特的社会行为方式，代表的是世俗价值。《左传·桓公六年》载季梁云：

所谓道，忠于民而信于神也。上思利民，忠也；祝史正辞，信也。今民馁而君逞欲，祝史矫举以祭，臣不知其可也。②

从这一段话来看，辞仍是祝史交通鬼神的方法，以"信"为本，但辞是否"信"，是以"忠于民"为前提的。没有做到"忠于民"，"矫举以祭"固然没有好下场，如果以自己的恶德如实告神，也同样没有好结局。也就是说，宗教仪式层面上的辞不能独立显示价值，它需以"忠于民"这样的世俗观念为基础。《左传·襄公二十七年》记载赵孟评价当时的贤人士会说："夫子之家事治，言

_____

① 《春秋左传正义》，《十三经注疏》，中华书局1980年版，第1881页。
② 杨伯峻：《春秋左传注》（修订本），第111页。

于晋国无隐情，其祝史陈信于鬼神无愧辞。"① 所谓"无愧辞"，依赖的正是"家事治""无隐情"这两种世俗品行。

同样，春秋时期仍然在"奉辞伐罪"的旗号下进行战争，但"奉辞伐罪"已经不依赖仪式了。《左传·宣公十五年》载，狄人杀晋景公之姊，晋侯将伐狄，诸大夫不赞成，伯宗曰：

> 必伐之。狄有五罪，俊才虽多，何补焉？不祀，一也。嗜酒，二也。弃仲章而夺黎氏地，三也。虐我伯姬，四也。伤其君目，五也。怙其俊才，而不以茂德，兹益罪也。后之人或者将敬奉德义以事神人，而申固其命，若之何待之？不讨有罪，曰"将待后"，后有辞而讨焉，毋乃不可乎？夫恃才与众，亡之道也。商纣由之，故灭。天反时为灾，地反物为妖，民反德为乱。乱则妖灾生。故文，反正为乏，尽在狄矣。②

伯宗指出，狄有罪而我有辞，可伐，如狄人以后能"敬奉德义以事神人"，转而"有辞"，也就不可伐了。在晋人看来有理就是有辞，有辞与否决定着讨伐的正当性。伯宗所列狄人五罪，是典型的"奉辞伐罪"，在形式虽然有《尚书·牧誓》的影子，但已经是纯粹的事理了，与仪式没有任何关系。

由上可知，春秋时期的"辞"的含义有了明显的扩大，除了仪式用语外，举凡具有训诫之义，或符合礼制或礼仪精神的言论，都可以称为"辞"，或者被许为"有辞""辞顺"。此外春秋时期还有"辞直""无辞""失辞"等说法，这其中的"辞"基本都脱离了宗教仪式，又多少与仪式传统有关，成为一种新的社会价值尺度。

春秋"有辞"观念，和君子"立言"的思潮紧密相关。《左传·襄公二十四年》载鲁大夫叔孙豹云：

> "大上有立德，其次有立功，其次有立言。"虽久不废，此之谓不朽。若

---

① 杨伯峻：《春秋左传注》（修订本），第 1133 页。
② 杨伯峻：《春秋左传注》（修订本），第 762—763 页。

夫保姓受氏，以守宗祊，世不绝祀，无国无之。禄之大者，不可谓不朽。^①

"三不朽"以立德、立功、立言依次相列，而德和功的概念古已有之，王者立德，诸侯立功，而真正具有新意的是"立言"，这是为正在兴起的大夫阶层量身打造的价值标尺^②。换句话说，"三不朽"使得大夫阶层的自身价值得以确立，也标志着一个新的历史时代的开始，大夫阶层继祝史之后，成为这个新时代的文化创新的主导者。孔子论"子产有辞"云："《志》有之：'言以足志，文以足言。'不言，谁知其志？言之无文，行而不远。晋为伯，郑入陈，非文辞不为功。"^③也就是说，"有辞"和"立言"可以建功，可以明志，是大夫阶层主体精神的标志。又《礼记·哀公问》孔子曰："君子言不过辞，动不过则，百姓不命而敬恭，如是，则能敬其身，能敬其身，则能成其亲矣。"^④君子之"言"，应以"辞"为标准，这样，君子"立言"就会成为社会的规范，起着教诫百姓的作用。

春秋"有辞"观念是和"君子"这一社会阶层的兴起紧密相关的，它意味着社会文化由祝史主导变为大夫主导，"辞"则从宗教情境中脱离出来，成为社会意识形态建设的主要手段。当然，在孔子看来，"有辞"和"立言"的共同特征是"文"，而"文"则对"辞"在形式上的要求。

四、辞之"文"

辞有着自身的传统，承担着独特的文化功能，在内容上有其规定性，从而和一般言语方式相区别。我们相信，辞的特殊性也必然会在形式上有所显示，这就是所谓的"文"。但孔子的"文"到底有什么含义呢？《论语·八佾》载

---

① 杨伯峻：《春秋左传注》（修订本），第1088页。
② 过常宝、高建文：《"立言不朽"和春秋大夫阶层的文化自觉》，《北京师范大学学报》（社会科学版）2014年第4期。
③ 杨伯峻：《春秋左传注》（修订本），第1106页。
④ 孙希旦撰，沈啸寰、王星贤点校：《礼记集解》，第1263页。

孔子曰:"周监于二代,郁郁乎文哉!吾从周。"这里的"文"是对西周完备的礼乐制度的描述,又《论语·季氏》载孔子曰:"不学诗,无以言。"这实际上反映了春秋时期君子引诗"立言"的状况,而君子引诗的理由也是因为诗代表着礼乐传统。所以,孔子所谓的"文"实际上指西周礼乐之盛。具体到辞令上,它指辞与传统礼乐的关联性表征,可以说,仪式性是"辞"的标志,我们可以将这种关联性总结为五个方面。先秦辞在形式上至少体现出其中一个方面的特征。

第一,韵文形式。辞在其最基本意义上是宗教仪式用语,包括颂赞、祷祝、占卜等形态。颂赞辞用于歌颂神灵的功绩和恩德,最具代表性的是《诗经》三《颂》以及《大雅》中的部分诗篇,如《大雅·生民》颂扬周人先祖后稷神奇的出生和农艺技能,这是典型的颂辞。祷祝辞向神灵表达了祭祀者的意愿,如早期的腊辞:"土,反其宅!水,归其壑!昆虫,毋作!草木,归其泽!"西周祭祀仪式上祝常代替尸向主人表达祝愿,称为祝嘏辞。如《仪礼·少牢馈食礼》载:"皇尸命工祝,承致多福无疆,于女孝孙,来女孝孙,使女受禄于天,宜稼于田,眉寿万年,勿替引之。"[1]《诗经·大雅·既醉》所谓"君子万年,介尔景福"之类,杜伯盨铭文"用祷寿,匄永命。其万年,永保用"等,都是嘏辞。颂赞辞、祷祝辞等基本都是韵文形态,有着相对稳定而规范的格式。此外,《周易》卦爻辞也有不少歌谣、韵语,如《明夷·初九》爻辞曰:"明夷于飞,垂其翼。君子于行,三日不食。"[2]这就是一首完整的韵语。可以说,春秋以前所有的韵文都是辞。战国屈原诗歌乃是文学作品,但人们习惯性地将它们命名为"楚辞"。

第二,程式化结构。辞与仪式不能分离,因此,仪式结构的程式化特点也对辞产生深刻的影响。如铭文一般采用"祭祀者曰+颂祖辞+祈福嘏辞"的结构,其中颂祖辞和嘏辞多采用韵语的形式;再如盟誓一般包括立约和罚则两部分,如《左传·僖公二十八年》载周王与诸侯盟于王庭,其辞云:"皆奖王室,无相害也!有渝此盟,明神殛之,俾队其师,无克祚国,及而玄孙,无有老

---

① 《仪礼注疏》,《十三经注疏》,中华书局 1980 年版,第 1202 页。
② 《周易正义》,《十三经注疏》,中华书局 1980 年版,第 49 页。

幼。"① 前二句为立约，后为罚则。可以说，用于仪式的辞一般都在结构上有着程式化的特点。

第三，仪式用语。如甲骨卜辞是对占卜的记录，占卜辞主要出现在"贞"和"王占曰"之后。其后发展起来的易卦爻辞，有着类似于甲骨卜辞的"亨""利贞"等语词。西周制礼作乐中兴起的"教辞"，往往也是通过某种特殊的语词将自己与仪式联系在一起，如诰辞的一个最为重要的标志是"王若曰"。甲骨文"若"字作🉑，白川静说："若，原是表示象女巫披头散发，在忘形忘我的状态中之形。就这样地神谕便藉此女巫的口而传达之，'若'字具有'许诺''承诺'之意者，就是这个缘故。"② 如此，"王"应指受祭祀的神灵，由主持祭祀者"像"之而代言。相对于"王"，所有助祭者都被称为"小子"。"小子"为"宗小子"之简称，本为相对于大宗子而言之，但面对宗庙中的受祭祖先，即使身为王，为现世之大宗子，亦只能居"小子"之位。严志斌说："统观青铜器铭文，王自称小子多在言及上帝百神或追记其祖先功烈的情况下出现。"③ 反之，称他人为"小子"者，也一定出自祖先之口。《尚书·酒诰》云"文王诰教小子，有正有事，无彝酒"④，可文王早亡，此必主祭者周公代言，"小子"指康叔，是参与祭祀者，"无彝酒"为训诫之辞。诰辞除了见于《尚书》《逸周书》外，多见于钟鼎铭文，在西周时期尤为集中，其内容越来越现实化，但它一直保存着来自仪式的提示性语词"王若曰"，或其变化形式，如"周公若曰""王曰"，以及后来的"子曰"等，并因此维系着文体的特征。

第四，"信而有征"。春秋时期的君子"立言"之辞，已经完全脱离了仪式，成为一种世俗的话语。而一个世俗话语如何使人信服呢？这就必须使用特殊的话语方式。《左传·昭公八年》叔向云："子野之言君子哉！君子之言，信而有征，故怨远于其身。小人之言，僭而无征，故怨咎及之。"⑤ 所谓"信而有征"，就是说有征引的言论可以使人信服。《左传》中的君子立言之辞，一般都

---

① 杨伯峻：《春秋左传注》（修订本），第 466—467 页。

② 〔日〕白川静著，〔日〕加地伸行、范月娇译：《中国古代文化》，台湾文津出版社 1984 年版，第 198 页。

③ 严志斌：《关于商周"小子"的几点看法》，《文物春秋》2001 年第 6 期。

④ 《尚书正义》，《十三经注疏》，第 206 页。

⑤ 杨伯峻：《春秋左传注》（修订本），第 1301 页。

会有征引。如宣公十六年，晋羊舌职称赞士会曰："吾闻之，'禹称善人，不善人远'，此之谓也夫。《诗》曰'战战兢兢，如临深渊，如履薄冰'，善人在上也。善人在上，则国无幸民。谚曰'民之多幸，国之不幸也'，是无善人之谓也。"① 这段话同时征引了三种不同的文献："闻之"、《诗》、谚。《左传》立言之辞中，称引最多的是《诗》，然后是《书》《易》，此外还有"史佚有言""故志"等史官职业典籍。所以孔子才说"不学诗，无以言"。显然，立言之辞通过征引的方式，与宗教仪式或宗教文献建立联系，表明自己属于一个悠久的传统，并因此而获得话语权。

第五，仪式性场合。春秋时还有另一种辞，主要依赖于仪式性场合，如外交场合下的应对、问罪、申述等，其文体性特征更加薄弱。《礼记·表记》引孔子话云："无辞不相接也，无礼不相见也。"疏云："言朝聘会聚之时，必有言辞以通情意。若无言辞，则不得相交接也。"②《左传·成公二年》有这样的记载：

> 晋侯使巩朔献齐捷于周，王弗见，使单襄公辞焉，曰："蛮夷戎狄，不式王命，淫湎毁常，王命伐之，则有献捷。王亲受而劳之，所以惩不敬、劝有功也。兄弟甥舅，侵败王略，王命伐之，告事而已，不献其功，所以敬亲昵、禁淫慝也。今叔父克遂，有功于齐，而不使命卿镇抚王室，所使来抚余一人，而巩伯实来，未有职司于王室，又奸先王之礼。余虽欲于巩伯，其敢废旧典以忝叔父？夫齐，甥舅之国也，而大师之后也，宁不亦淫从其欲以怒叔父，抑岂不可谏诲？"③

晋侯献捷，因不符合礼制，为周王所拒。"使单襄公辞焉"之"辞"，既可解释为推辞，也可解释为致辞，如《文公十四年》载："晋赵盾以诸侯之师八百乘纳捷菑于邾。邾人辞曰：'齐出貜且长。'宣子曰：'辞顺，而弗从，不祥。'乃

---

① 杨伯峻：《春秋左传注》（修订本），第 768—769 页。
② 《礼记正义》，《十三经注疏》，中华书局 1980 年版，第 1638—1639 页。
③ 杨伯峻：《春秋左传注》（修订本），第 809—810 页。

还。"① 其中"辞"即有致辞之意。单襄公以礼制和宗法大义劝止晋侯献捷,是一个典型的"有辞",为晋人所尊重。实际上,春秋时期某些评论性、解说性的言论,就不再称之为辞了,而是称之为"语",如《国语》《论语》之类。君子之辞的世俗化发展,使得辞的宗教特征渐渐失去,辞也就不复存在了。

由于辞源于人神交往,其"文"的特征还可以从内外两个方面来说明。

"修辞立其诚"(《周易·乾·文言》)说的是辞的内在品质。辞用于向神祝告,所以有真诚、诚信的要求。《礼记·郊特牲》云"币必诚,辞无不腆",《诗经·大雅·板》云"辞之辑矣,民之洽矣。辞之怿矣,民之莫矣",说的都是辞的真诚与否,决定了人神交往的效果,也会反过来影响言说者的命运。同样,由于辞具有诚之品格要求,它能揭示言说者的品性和心态。《周易·系辞下》云:"将叛者其辞惭,中心疑者其辞枝。吉人之辞寡,躁人之辞多。诬善之人其辞游,失其守者其辞屈。"② 也就是说辞的神圣诚信是不可能被遮蔽的,这也是春秋贤人通过诵诗判断他人命运的理由。

"情欲信,辞欲巧"(《礼记·表记》)说的是辞的美学特征。《仪礼·聘礼》曰:"辞无常,孙而说。辞多则史,少则不达。辞苟足以达,义之至也。"③ 这是说,辞在沟通人神时,要表现出谦逊、和顺,要恰到好处,使神灵愉悦,这就是"巧"。也就是说,辞应该具有很好的文学性和表现力。后人将孔子所谓"文"理解为"巧",是有一定道理的,它们都是指辞应有文质彬彬、内外兼美的特质。

(原载《北京师范大学学报》[社会科学版]2015年第5期)

(作者单位:北京师范大学文学院)

---

① 杨伯峻:《春秋左传注》(修订本),第604页。
② 《周易正义》,《十三经注疏》,第91页。
③ 《仪礼注疏》,《十三经注疏》,第1073页。

孔子德治思想与先周文明的联系

方　铭

德治在孔子政治思想中具有重要地位，《论语·为政》孔子曰："为政以德，譬如北辰，居其所而众星共之。"又曰："道之以政，齐之以刑，民免而无耻。道之以德，齐之以礼，有耻且格。"①德政是社会向善的基础，而德政的特点，就是领导人身体力行，要让群众做到的，自己首先做到。《论语·颜渊》载，齐景公问政于孔子。孔子对曰："君君、臣臣、父父、子子。"子张问政，子曰："居之无倦，行之以忠。"季康子问政于孔子，孔子对曰："政者，正也。子帅以正，孰敢不正？"又季康子患盗，问于孔子，孔子对曰："苟子之不欲，虽赏之不窃。"又季康子问政于孔子曰："如杀无道，以就有道，何如？"孔子对曰："子为政，焉用杀？子欲善而民善矣。君子之德风，小人之德草，草上之风，必偃。"②《论语·子路》载，子路问政，子曰："先之劳之。"请益，曰："无倦。"又孔子曰："苟正其身矣，于从政乎何有？不能正其身，如正人何？"③孔子这些论述中，最重要的观点，实际就是两点：第一，领导人先天下之忧而忧，吃苦在前；第二，坚持不懈地实践吃苦在前的原则。

《清华大学藏战国竹简（壹）》有《保训》一篇，是周文王病重后对周武王的训话④。据李学勤先生的释文，按照现代通行文字，其内容可以有如下表述：

---

① 朱熹：《四书章句集注》，中华书局 2012 年版，第 53、54 页。
② 朱熹：《四书章句集注》，第 137、138、139 页。
③ 朱熹：《四书章句集注》，第 142、145 页。
④ 李学勤主编：《清华大学藏战国竹简（壹）》下册，中西书局 2010 年版，第 143 页。

惟王五十年，不豫，王念日之多历，恐坠宝训，戊子，自靧水，己丑，昧〔爽〕……。〔王〕若曰："发，朕疾壹甚，恐不汝及训。昔前人传宝，必受之以詷。今朕疾允病，恐弗念终，汝以书受之。钦哉，勿淫！昔舜旧作小人，亲耕于历丘，恐求中。自稽厥志，不违于庶万姓之多欲。厥有施于上下远迩，乃易位迩稽，测阴阳之物，咸顺不逆。舜既得中，言不易实变名，身兹备惟允。翼翼不解，用作三降之德。帝尧嘉之，用受厥绪。呜呼！发！祗之哉！昔微假中于河，以复有易，有易服厥罪。微无害，乃归中于河。微志弗忘，传贻子孙，至于成唐，祗备不懈，用受大命。呜呼！发，敬哉！朕闻兹不旧，命未有所延。今汝祗备毋懈，其有所由矣。不及尔身受大命，敬哉！勿淫！日不足，惟宿不详。"①

《保训》是周文王告诫周武王姬发的政治嘱托，其核心思想，一是要学习虞舜，身体力行，率先垂范，不违背百姓的意愿；二是要学习舜和商汤五世祖上甲微的谨慎不懈。而这两条，与孔子之言"先之劳之"和"无倦"完全契合。这说明孔子的德治思想，与先周文明是一脉相承的。孔子说："周监于二代，郁郁乎文哉！吾从周。"孔子从周文明，即是服膺周对德治文明的贡献。

一、不窋奔狄应该在夏后启篡位前后

周民族的兴起，最早可以追溯到五帝的晚期，周人先祖弃登上政治舞台的时间是唐尧时期，并在虞舜时期得到发展。《史记·周本纪》载弃儿时以"种树"麻、菽（豆类）为游戏，而且对种植业颇有心得，"麻、菽美"。及为成人，"遂好耕农，相地之宜，宜谷者稼穑焉，民皆法则之。帝尧闻之，举弃为农师，天下得其利，有功。帝舜曰：'弃，黎民始饥，尔后稷播时百谷。'封弃于邰（今陕西武功县西南），号曰后稷，别姓姬氏。后稷之兴，在陶唐、虞、夏之际，皆有令德。后稷卒，子不窋立。不窋末年，夏后氏政衰，去稷不务，

---

① 李学勤：《清华简〈保训〉释读补正》，《中国史研究》2009年第3期。

不窋以失其官而奔戎狄之间”①。

弃成人后，在唐尧之时任后稷之官，唐尧、虞舜、夏禹皆老寿，所以，后稷弃之子不窋“奔戎狄之间”的时间，就应该是夏后启篡权之际。《史记·夏本纪》说夏禹死后，“三年之丧毕，益让帝禹之子启，而辟居箕山之阳。禹子启贤，天下属意焉。及禹崩，虽授益，益之佐禹日浅，天下未洽。故诸侯皆去益而朝启，曰‘吾君帝禹之子也’。于是启遂即天子之位”②。

夏后启即位后，结束了近年考古学界有人提到的“古国”时代，而建立了以地方自治为特点的“方国”时代。夏后启取代乃父夏禹，开始了父死子继的世袭制，以“天下为公”变“天下为家”，是上古社会的一次大变革，这次变革的后果，到了辛亥革命胜利，才被终结。这次变革对官制设置和官员的影响，都是不难想象的。

《礼记·礼运》载：

　　昔者，仲尼与于蜡宾，事毕，出游于观之上，喟然而叹。仲尼之叹，盖叹鲁也。言偃在侧，曰：“君子何叹？”孔子曰：“大道之行也，与三代之英，丘未之逮焉，而有志焉。大道之行也，天下为公。选贤与能，讲信修睦。故人不独亲其亲，不独子其子，使老有所终，壮有所用，幼有所长，鳏、寡、孤、独、废、疾者有所养，男有分，女有归。货恶其弃于地也，不必藏于己；力恶其不出于身也，不必为己。是故谋闭而不兴，盗窃乱贼而不作，故外户而不闭，是谓大同。今大道既隐，天下为家。各亲其亲，各子其子。货力为己。大人世及以为礼，城郭沟池以为固，礼义以为纪，以正君臣，以笃父子，以睦兄弟，以和夫妇，以设制度，以立田里，以贤勇知，以功为己，故谋用是作，而兵由此起。禹、汤、文、武、成王、周公，由此其选也。此六君子者，未有不谨于礼者也，以著其义，以考其信，著有过，刑仁讲让，示民有常，如有不由此者，在执者去，众以为殃，是谓小康。”③

———————

① 司马迁：《史记》，中华书局 2006 年版，第 17 页。
② 司马迁：《史记》，第 10 页。
③ 孔颖达：《礼记正义》，北京大学出版社 1999 年版，第 656 页。

孔子"有志"于"大道之行"的五帝时代和"三代之英"。五"帝"是有"道"时期，是以"天下为公"为基本制度的"大同"时代，领导人的遴选采用"选贤授能"的"禅让制"，领导人的责任是保证社会的公平性和公正性。夏以后，"大道既隐，天下为家"。但是禹、汤、文、武、成王、周公此"六君子"是"三代之英"，他们"示民有常"，建立了"小康"社会。而夏禹之子取后益而代之，开始了以"天下为家"为基本制度的"小康"社会，贯彻"德治"原则，代表性的时代是夏、商、周三王时代，领导人的任用采用世袭制，社会的公平公正被颠覆。"小康"相对于"大同"，是一种彻底的社会退化。

夏禹时代实际是"五帝"时代的尾声，而不是"三王"时代的开始。孔子以夏禹为"三代之英"，是因为夏禹和启实际形成了"大人世及"的事实。夏禹之子启取后益而代之，开始了"天下为家"的时代，领导人世袭，社会的公平公正被颠覆，无疑是一种彻底的社会退化。因此，对于忠于"天下为公"观念的五帝时期的人民来说，夏后启时代的开始，就是夏禹"政衰"的开始。

有学者提出不窋之"奔戎狄之间"应在夏末。《史记·周本纪》说后稷之兴，"在陶唐、虞、夏之际，皆有令德"。《史记》所载周世系不详，因此认为不窋之前，后稷的后代皆任"后稷"之官，后稷不只是后稷弃一人，可能是多代，因此，不窋作为最后一任"后稷"之子，也是完全成立的。假设夏代有后稷之官，而这位后稷之官就是后稷的后代，那么，不窋"奔戎狄之间"的时间，就可能存在于夏朝的任何"政衰"阶段。包括夏后启之子太康失国时期，以及夏末夏桀无道亡国，可以看作是其中可能性最大的时间点。不过，如果仔细辨析"在陶唐、虞、夏之际，皆有令德"这句话，其意应该是指唐尧、虞舜、夏禹三位领导人交接的时间段，而不必一定包含夏朝。

因此，不窋"奔戎狄之间"的时期，应该确定在夏后启篡权前后。

二、先周文明产生的时间应在不窋奔戎狄之后

周先祖后稷开始了农耕文明，但是，后稷时代的农耕文明只是先周文化形

成的基础。当不窋把农耕文明带到戎狄之间的庆阳①，农耕文明脱离了唐虞文化的范围，而独立发展为先周文明。

先周文明萌芽于五帝时的尧舜时期，并最终在戎狄形成和发展起来。《国语·周语一》载，周穆王将征犬戎，祭公谋父谏曰："昔我先王世后稷，以服事虞夏。及夏之衰也，弃稷弗务，我先王不窋用失其官，而自窜于戎狄之间，不敢怠业，时序其德，纂修其绪，修其训典，朝夕恪勤，守以敦笃，奉以忠信，亦世载德，不忝前人。"②祭公谋父对不窋在开创先周文化方面的贡献的肯定，是非常中肯的。

不过，正像一般文化发展的规律一样，任何文化都不可能在封闭状态中独立运行，随着周民族沿泾河流域向镐京迁徙，周人的居住地东移，与商朝文明渐渐有了联系，并成为商的方国之一。随着武王伐纣，商朝灭亡，先周文明顺利过渡为周文明，并成为中国古代文化史上最重要和最有影响力的文明。

周朝的德治文明肯定有一个层叠累积的历史。在孔子提到的小康时代"六君子"中，去掉夏禹，夏就没有了德治之君，商朝只有商汤，可以算是例外。因此，在漫长的商朝，德治只是例外。至周初诸王，实现了较长久的德治，德治才成为主导文化。周先祖不窋奔戎狄的时间点既然在夏后启之时，而周的德治文化又是从后稷、不窋传承下来的，那么，周代的德治文化就不应该与夏、商文明相关。《论语·为政》载孔子说："殷因于夏礼，所损益，可知也；周因于殷礼，所损益，可知也。其或继周者，虽百世，可知也。"③周文明对殷商文明、殷商文明对夏代文明都有因革，"因"是继承，"损益"就是革新。继承文化，有可能保留的是文化糟粕；"损益"传统，有可能损减的是文化精华，增

---

① 晋杜预《春秋释例》卷七《土地名》云："不窋故城在庆州。"江永《春秋地理考实》卷四之《王朝列国兴废说·王朝兴废说》云："周，姬姓，黄帝之苗裔，后稷之后也。后稷封于邰，今武功县也，及夏之衰，后稷之子不窋，失其官，窜于西戎。《括地志》云，不窋故城在庆州弘化县，今庆阳府、安化县也，不窋之孙公刘徙居邠。今邠州东北有豳亭，三水县西有古豳城，皆是也。公刘传九世至太王，去邠邑于岐山之阳，今岐山县也。文王受命作邑于丰，今西安府鄠县南有鄷城。武王克商而有天下，定都于镐，镐在丰水之东，丰在丰水之西，相去二十五里。平王迁都王城，今洛阳县西，河南故城是也。敬王又迁成周，今洛阳县东洛阳故城是也。平王四十九年鲁隐公立，敬王三十九年获麟之岁也。后九王二百二十年而赧王为秦所灭。"

② 徐元诰：《国语集解》，中华书局 2002 年版，第 3—5 页。

③ 朱熹：《四书章句集注》，第 59 页。

益的是文化糟粕，所以，有继承、有革新并不代表其价值，只有通过"损益"，把过往的文化推向一个新的高度，才是有价值的。《论语·八佾》载孔子说："周监于二代，郁郁乎文哉！吾从周。"[①]孔子认为，周对夏、商的"损益"，是取夏、商两代的文化之长，而开辟了最为有价值的新文明。而这个新文明，就是周人早就建立的自觉的德治文明。

周代文明得到了孔子的赞扬，而周文明的集大成者周公旦"制礼作乐"，也得到孔子的崇敬。孔子说："甚矣吾衰也！久矣吾不复梦见周公！"[②]孔子把梦不见周公，当作自己衰老的重要征兆。《论语·泰伯》孔子曰："如有周公之才之美，使骄且吝，其余不足观也已。"[③]孔子也把周公看作是能力和品德的化身，周公有才之美，同时不骄傲不贪婪。对于一个普通人来说，不骄不吝是容易做到的，但是对于像周公这样一个当过摄政王的人来说，不骄不吝就很难了。容易做到不骄不吝的普通人，即使骄吝，对社会也不会有太大危害，而周公这样的人如果骄吝，社会就会危险了。

由于我们对夏、商文明中价值文化和制度文化了解的欠缺，不能判断周文化中究竟有多少是来自于夏、商两代的文明成果，但我们相信，周文明在周公时期，就达到了高峰，这说明周文化必然是以先周文化为蓝本，以夏、商文明为补充。而《保训》中周文王对周武王的训诫，让我们知道，周文王心中的文明构成，结合了五帝时期的为民思想，以及商朝的敬慎思想。这说明周文明并不仅仅继承了商朝的文明，而是超越了商朝文明，上承五帝时期的文明价值的。

三、德治为先周文化的核心价值观

《国语·周语一》载祭公谋父反对伐戎，指出周代"先王耀德不观兵"，"先王之于民也，懋正其德而厚其性，阜其财求而利其器用，明利害之乡，以

①　朱熹：《四书章句集注》，第65页。
②　朱熹：《四书章句集注》，第94页。
③　朱熹：《四书章句集注》，第106页。

文修之，使务时而避害，怀德而畏威，故能保世以滋大"。① 祭公谋父专门把周代的德治历史溯源至后稷、不窋："昔我先王世后稷，以服事虞夏。及夏之衰也，弃稷不务，我先王不窋用失其官，而自窜于戎狄之间，不敢怠业，时序其德，纂修其绪，修其训典，朝夕恪勤，守以敦笃，奉以忠信，奕世载德，不忝前人。"② 德治的核心就是严以律己，宽以待人，不以力服人。到了文王、武王时期，实在是因为商纣王无道，周武王不伐纣，则不能贯彻救民于水火，解民于倒悬的伟大使命，祭公谋父说："至于文王、武王，昭前之光明，而加之以慈和，事神保民，莫弗欣喜。商王帝辛大恶于民，庶民不忍，欣戴武王，以致戎于商牧。是先王非务武也，勤恤民隐而除其害也。"③ 祭公谋父的论述，给我们说明的，无论是先周文化萌芽时期的后稷，还是先周文化形成和发展时期的不窋等人，及至先周文明到周文明转换时期的周文王、周武王，其文明核心，都是继承五帝时期的文化传统，以"勤恤民隐而除其害也"为核心的价值追求。

《史记·刘敬叔孙通列传》载，刘邦欲都洛阳，想与周室比隆，刘敬说："陛下取天下与周室异。周之先自后稷，尧封之邰，积德累善十有余世。公刘避桀居豳。太王以狄伐故，去豳，杖马箠居岐，国人争随之。及文王为西伯，断虞芮之讼，始受命，吕望、伯夷自海滨来归之。武王伐纣，不期而会孟津之上八百诸侯，皆曰纣可伐矣，遂灭殷。成王即位，周公之属傅相焉，乃营成周洛邑，以此为天下之中也，诸侯四方纳贡职，道里均矣，有德则易以王，无德则易以亡。凡居此者，欲令周务以德致人，不欲依阻险，令后世骄奢以虐民也。及周之盛时，天下和洽，四夷乡风，慕义怀德，附离而并事天子，不屯一卒，不战一士，八夷大国之民莫不宾服，效其贡职。及周之衰也，分而为两，天下莫朝，周不能制也。非其德薄也，而形势弱也。今陛下起丰沛，收卒三千人，以之径往而卷蜀汉，定三秦，与项羽战荥阳，争成皋之口，大战七十，小战四十，使天下之民肝脑涂地，父子暴骨中野，不可胜数，哭泣之声未绝，伤

---

① 徐元诰：《国语集解》，第 2 页。
② 徐元诰：《国语集解》，第 3 页。
③ 徐元诰：《国语集解》，第 5—6 页。

痊者未起，而欲比隆于成康之时，臣窃以为不侔也。"① 刘敬不但指出了周以德治国、不以武力服天下的历史事实；又说后稷至公刘十余世，公刘避夏桀而在戎狄，这种说法容易让学者误会周自公刘才避居戎狄之间，但说周自后稷至公刘十余世，而夏自启至桀，凡十六世，与周自不窋至公刘十余世的说法，在时间上应该是吻合的。我们仔细辨析《史记·周本纪》"在陶唐、虞、夏之际，皆有令德"一句话，其意应该是指唐尧、虞舜、夏禹三位领导人交接的时间段，而不必一定包含夏启开始的夏朝。

《论语·泰伯》载孔子赞扬泰伯曰："泰伯，其可谓至德也已矣。三以天下让，民无得而称焉。"又云："三分天下有其二，以服事殷。周之德，其可谓至德也已矣。"② 孔子所赞扬泰伯的"至德"，以及周之"至德"，就是不把天下当作自己的私产。孔子对泰伯的看法，可以和孔子对尧、舜、禹的看法联系起来，《论语·泰伯》载孔子曰："大哉尧之为君也！巍巍乎！唯天为大，唯尧则之。荡荡乎！民无能名焉。巍巍乎！其有成功也；焕乎，其有文章！"又孔子曰："巍巍乎！舜禹之有天下也，而不与焉！"又孔子曰："禹，吾无间然矣。菲饮食，而致孝乎鬼神；恶衣服，而致美乎黻冕；卑宫室，而尽力乎沟洫。禹，吾无间然矣。"③《论语·卫灵公》引孔子之言曰："无为而治者，其舜也与？夫何为哉？恭己正南面而已矣。"④《论语·雍也》曰："子贡曰：'如有博施于民而能济众，何如？可谓仁乎？'子曰：'何事于仁，必也圣乎！尧舜其犹病诸！夫仁者，己欲立而立人，己欲达而达人。能近取譬，可谓仁之方也已。'"⑤《论语·宪问》云："子路问君子。子曰：'修己以敬。'曰：'如斯而已乎？'曰：'修己以安人。'曰：'如斯而已乎？'曰：'修己以安百姓。修己以安百姓，尧舜其犹病诸。'"⑥

①　司马迁：《史记》，第 2715—2716 页。
②　朱熹：《四书章句集注》，第 102、108 页。
③　朱熹：《四书章句集注》，第 107、108 页。
④　朱熹：《四书章句集注》，第 163 页。
⑤　朱熹：《四书章句集注》，第 91—92 页。
⑥　朱熹：《四书章句集注》，第 160 页。

四、帝王霸与道治德治仁政

在战国秦汉之际，一般学者对中国古代社会由五帝至三王，由三王至五霸，由五霸至七雄的历史蜕变是清楚的，对这个变化过程中由道而德，由德而仁、义、礼的演变也是清楚的。除了《礼记·礼运》关于由五帝"大同"到三王"小康"的论述以外，《道德经》云："故失道而后德，失德而后仁，失仁而后义，失义而后礼。夫礼者，忠信之薄，而乱之首。前识者，道之华，而愚之始。"[1] 又《庄子·知北游》引黄帝之言曰："故曰：失道而后德，失德而后仁，失仁而后义，失义而后礼。礼者，道之华而乱之首也。"[2] 这里所说的道、德、仁、义、礼的变化，正是帝、王、霸社会发展的真实反映。

《战国策·燕策一》载郭隗之言，有"帝者与师处，王者与友处，霸者与臣处，亡国与役处"四句。帝道、帝者指五帝时代，王道、王者指夏、商、周三王时代，霸道、霸者指春秋时期，强国之术、亡国指的是战国时期。五帝时代，特别是尧舜时期，效法"天道"，政治制度以"天下为公"为基础，政治文化以"大同"为价值，经济权利和政治权力的平等，是这个时期的社会特征，简单说，就是有饭大家同吃，有衣大家同穿。三王时期，虽是"天下为家"的时代，但社会文化氛围强调德治，即领导人为人民服务，领导先天下之忧而忧，后天下之乐而乐。在我看来，夏、商两代谈不上有德治传统，德治精神应该是周人克商之后建立的文化体系所体现的价值。周先祖不窋在夏后启破坏禅让体制、篡权建立世袭制政治体制后去夏，辗转在泾河流域的义渠，在周民族部落中传承"大同"文化。但是周克商后，民族融合，周人面临继承的"家天下"的政治制度遗产和固有的"大同"的政治文化遗产的冲突，因此，提出德治来调节人民和周天子利益相悖可能带来的困境。德治的特征，简单说，就是群众没有饭吃，领导不吃饭；群众没有衣服穿，领导不穿衣。五霸时代，霸主挟天子以令诸侯，其文化价值，承认领导人的特权，但是，领导人仍能"推恩"，具体体现就是贯彻"仁政"观念，领导人在享受特权的时候，

---

① 朱谦之：《老子校释》，中华书局 2000 年版，第 152—153 页。
② 王先谦：《庄子集解》，中华书局 1987 年版，第 185—186 页。

也需要兼顾群众的生存问题。简单说，就是领导吃肉的时候，应该给人民留一点肉汤喝。而强国之术，强调的政治文化是弱肉强食，《论语·颜渊下》说："爱之欲其生，恶之欲其死。"①《韩非子·五蠹》指出："当今争于气力。"②《史记·天官书》说："顺之胜，逆之败。"③这些话所表述的行事原则，就代表了这个时代的文化价值。简单说，就是群众顺从领导，则有饭吃，有衣穿；不顺从领导，则没有饭吃，没有衣穿。

从大同至小康，从小康至春秋，从春秋至战国，是中国社会制度不断退化的过程，《孟子·告子下》说："五霸者，三王之罪人也。今之诸侯，五霸之罪人也。"④而实际上，三王也是尧舜之罪人。大体说的也是从大同以下的社会蜕变带来的观念变化，道与大同时期相联系，德与小康时期相联系，而仁、义、礼则是小康之后至五霸时期的政治文化。

《史记·商君列传》载商鞅游说秦孝公，曰：

　　孝公既见卫鞅，语事良久，孝公时时睡，弗听。罢而孝公怒景监曰："子之客妄人耳，安足用邪！"景监以让卫鞅。卫鞅曰："吾说公以帝道，其志不开悟矣。"后五日，复求见鞅。鞅复见孝公，益愈，然而未中旨。罢而孝公复让景监，景监亦让鞅。鞅曰："吾说公以王道而未入也。请复见鞅。"鞅复见孝公，孝公善之而未用也。罢而而去。孝公谓景监曰："汝客善，可与语矣。"鞅曰："吾说公以霸道，其意欲用之矣。诚复见我，我知之矣。"卫鞅复见孝公。公与语，不自知厀之前于席也。语数日不厌。景监曰："子何以中吾君？吾君之欢甚也。"鞅曰："吾说君以帝王之道比三代，而君曰：'久远，吾不能待。且贤君者，各及其身显名天下，安能邑邑待数十百年以成帝王乎？'故吾以强国之术说君，君大说之耳。然亦难以比德于殷周矣。"⑤

---

① 朱熹：《四书章句集注》，第 137 页。
② 王先慎：《韩非子集解》，中华书局 2006 年版，第 445 页。
③ 司马迁：《史记》，第 1319 页。
④ 朱熹：《四书章句集注》，第 350 页。
⑤ 司马迁：《史记》，第 2228 页。

商鞅游说秦孝公，先说五帝天下为公之道，孝公不觉悟；然后说三王德治之道，孝公也无兴趣；商鞅改说春秋五霸之道，孝公以为善；商鞅明白孝公是个功利之徒，所以索性以等而下之的富国强兵之道投合孝公，因此得重用。而商鞅自己也知道，以富国强兵之道治国，必然没有办法达到三代的水平。所谓"道之以政，齐之以刑，民免而无耻。道之以德，齐之以礼，有耻且格"①。

桓谭《新论·王霸》曰：

　　夫上古称三皇五帝，而次有三王五伯，此皆天下君之冠首也。故言三皇以道治，而五帝用德化，三王由仁义，五伯用权智。其说之曰：无制令刑罚，谓之皇；有制令而无刑罚，谓之帝；赏善诛恶，诸侯朝事，谓之王；兴兵众，约盟誓，以信义矫世，谓之伯。王者往也，言其惠泽优游天下归往也。五帝以上久远，经传无事，唯王霸二盛之美，以定古今之理焉。夫王道之治，先除人害，而足其衣食，然后教以礼仪，而威以刑诛，使知好恶去就。是故大化四凑，天下安乐，此王者之术。霸功之大者，尊君卑臣，权统由一，政不二门，赏罚必信，法令著明，百官修理，威令必行，此霸者之术。王道纯粹，其德如彼；伯道驳杂，其功如此；俱有天下，而君万民，垂统子孙，其实一也。儒者或曰："图王不成，其弊亦可以霸。"此言未是也。传曰："孔氏门人，五尺童子，不言五霸事者，恶其违仁义而尚权诈也。"夫王道之主，其德能载，包含以统乾元也。汤武则久居诸侯方伯之位，德惠加于百姓。②

桓谭关于"三皇以道治，而五帝用德化，三王由仁义，五霸用权智"的说法，明显与他的前代学者不同，大概源于他在五帝之前加了一个三皇，实际上，战国秦汉间人的说法更为可靠。五帝用道治，三王用德治。五霸仁义礼结合，仁在人心，义在行动，礼则是仁义的物化形态。至于战国七雄，则以先权谋，再继之以气力争天下。不过，道包含德，德包含仁义礼，而五霸之行仁

---

① 朱熹：《四书章句集注》，第 54 页。
② 朱谦之：《新辑本桓谭新论》，中华书局 2009 年版，第 3—4 页。

义，又与智谋结合。因此，桓谭才会产生如此误解。桓谭说"无制令刑罚，谓之皇；有制令而无刑罚，谓之帝"，这二者可以合并。"赏善诛恶，诸侯朝事，谓之王；兴兵众，约盟誓，以信义矫世，谓之霸。王者往也，言其惠泽优游天下归往也。"桓谭的这个表述，基本是准确的。

应该说，周朝建立的是"天下为家"的体制，天下为家的体制决定了领导人的恶行和善举最终都是为了维护其统治，而与"天下为公"的一切以"全心全意为人民服务"为根本目的不同，但是，周朝的文化传统显然继承了先周文化传统，希望在天下为家的体制下，能实现"全心全意为人民服务"的宗旨。也正因此，《保训》之中，才强调遵从百姓之欲望，以及领导人自身的自律。先周文化和周文化本身，与近代以来的人类文明成果的核心价值是联系在一起的，体现了人类普遍价值的观点。

在周文明的核心价值观指导下，周代文明在文化制度、社会制度、经济制度等方面，都体现出了重视人权及社会公平和社会和谐的特征，这些制度，在今天，在没有更好的选择的时候，我们仍然需要发挥其生命力。

在孔子的思想体系中，恢复周礼只是他改造社会的阶段性成果，他的最终理想是实现社会大同，因此《论语·八佾》说："子谓《韶》，尽美矣，又尽善也。谓《武》，尽美矣，未尽善也。"[1]《韶》乐体现了"天下为公"的价值观，因此达到了至善，而《武》乐毕竟是想在天下为家的政治体制下实现天下为公的宗旨，其局限性不言而喻。《论语·先进》载孔子之言曰："先进于礼乐，野人也；后进于礼乐，君子也。如用之，则吾从先进。"[2]这句话历来有不同解释，但都不得要领，只有放在孔子对"大同"与"小康"的论述的文化氛围中，才能抓住其核心内涵。礼乐文化起源于三代，其目的是为了维护"大人世继""天下为家"的社会秩序，因此，三代之前以"道"行事，不需要礼乐制度；如果按照三代礼乐制度评判，则三代之前的人如"野人"，但三代之前的文化体现了"天下大同"的宗旨，所以孔子从"先进"，从"野人"，而不从"后进"，不从"君子"。

---

[1] 朱熹：《四书章句集注》，第68页。
[2] 朱熹：《四书章句集注》，第124页。

无疑，周文化是孔子非常尊敬的文化传统，孔子是站在更高的文化视野，对周文化进行了重新阐释，并由此形成中国传统文化的主流文化价值观。研究孔子的德治理论，必须重视周文化和先周文化研究。

（原载《晋阳学刊》2013 年第 5 期）

（作者单位：北京语言大学）

关注先秦文学中的"武"

杨传召

在我国的文化传统中，很早便形成了以"文""武"为标准的针对男性的评价体系。这也是古代中国上层士大夫文化和下层平民文化之间为数不多的共同理想追求之一：成为圣贤是高山仰止的至高理想，而作为社会生活主要角色的中国男性，则将得到"文""武"两方面的成就与赞誉视作可以达到的切实可行的努力方向。中国历史上沿袭下来为数众多的成语与习语也证明了"文""武"之间的关系以及文武并举之于修齐治平的重要意义，如文武双全、文治武功、文成武德、"万事必有弛张，国家必有文武"[1]、"文武并用，长久之术"[2] 等等，皆彰明了两者截然相对又并举齐用的关系。

一、重文轻武的传统及其中的"武"

从现在学界的研究共识看，"文"的初始概念大体当有两种：其一为甲骨文中发现的"文"字，《说文》言："文，错画也。象交文。凡文之属皆从文。"段《注》解释道："黄帝之史仓颉，见鸟兽蹄远之迹，知分理之可相别异也，初造书契。"[3] 这里"文"由"错画"而引申为纹路、人造之痕迹、

---

① 《韩非子·解老》，《韩非子集解》，中华书局1998年版，第151页。
② 司马迁：《史记》卷九七《郦生陆贾列传》，中华书局1959年版，第2699页。
③ 许慎撰，段玉裁注：《说文解字注》，上海古籍出版社1981年版，第425页。

文字，以至文饰、修饰之义。其二为金文中在人形的基础上加上指事符号的"心"，指向了更为抽象的人的精神领域的概念，进而引申形成了如"文教""文化""文学"以至"文德"等等词汇和概念，并为后人所广泛运用。与"礼""仁""道"等先秦文化中的关键概念类似，即便是汉人也无法将"文"的涵义的边界以一个辞典式的话语来概括清楚。由此可见，"文"本身蕴含的意义包罗甚广并不断发展，在周文化系统中，它常常与代表天然无人为的概念"质"相对。① 其意义涵括了一切与文明和人文教化相关的领域。

与"文"类似，"武"的概念出现也很早。从甲骨文字形推断"武"字的本义，从止从戈。人持戈行进，表示将要进行暴力活动之意。而"武"同样在周代被道德化了②，此一点，从殷周帝王的名号变化中鲜明地表现出来。

如果考察殷商的文化观念，"殷代的世系称号，可以说是在意识形态方面最具有特征的符号。我们除了从人名方面去考察，还没有别的东西可以做确实的凭证。"③ 从我们现今所知的殷商世系表可以看到，殷人先公先王曾以动物图腾、（出生的）干支时间、地点等等方式命名，直到殷商末期才出现了"文"（文丁）、"武"（武乙、武丁）、"康"（康丁）的用字，始才些微展现了一点评定的意味，在这之前的命名，并没有明显的功业概括与道德意味在其中。而殷商末年已经到了与周人争夺天下的时期，双方的文明程度不至于有截然的差距。

反观周人的名号世系，如孟子所说："暴其民甚，则身弑国亡；不甚，则身危国削，名之曰'幽''厉'，虽孝子慈孙，百世不能改也。"④ 已经普遍具有了道德评判的意味。"周虽旧邦，其命维新"，"文""武"二字由殷末继承而来，但到了周代，却被赋予了更为深厚的涵义：

> 有命自天，命此文王。于周于京，缵女维莘。长子维行，笃生武王。

---

① 《论语·雍也》："质胜文则野，文胜质则史。文质彬彬，然后君子。"
② 王国维《殷周制度论》有言："周之制度，实皆为道德而设。"
③ 侯外庐：《中国古代社会史论》，河北教育出版社 2000 年版，第 262 页。
④ 《孟子·离娄上》。

保右命尔，燮伐大商。①

济济多士，秉文之德。②

执竞武王，无竞维烈。③

桓桓武王。④

"文王以文治，武王以武功，去民之菑，此皆有功烈于民者也。"⑤可见，后世意蕴丰富的"文""武"概念初成于西周的奠基人：周文王与周武王。从此，"文""武"形成了一对彼此对立又紧密相关的道德概念，并发展出了"文德"与"武德"的说法。

作为概念的"文""武"，虽然在观念层面都被视作德行的一个重要侧面，并常常成对出现⑥，但在中国整个文明发展进程中的地位自来并非平等的。在绝大多数的时间里，"文"是支配着"武"的，西周时期就是第一个典型。

"夏之政忠，……殷人承之以敬，……周人承之以文"⑦，崇尚文德作为周代的典型文化特征，学者已经多有论述⑧。尤其周公"作礼乐以文之"之后，周代政治文明的方方面面都从"质"的天然状态中脱离出来，统摄在"文"的范畴之下。"观乎人文以化成天下"，西周文明讲求用礼乐道德调节社会秩序，自觉地追求文明，崇尚文教的作用。

周人崇文的具体措施，集中体现为周公制礼作乐。后世学者同样注意到了这一点对于周代文明的决定性意义，朱熹在与弟子讨论中曾论及：

问"经天纬地曰'文'"。曰："经是直底，纬是横底。理会得天下事

---

① 《诗经·大雅·大明》。

② 《诗经·周颂·清庙》。

③ 《诗经·周颂·执竞》。

④ 《诗经·周颂·桓》。

⑤ 《礼记》卷四六《祭法》，《礼记正义》，北京大学出版社2000年版，第1524页。

⑥ 这类例子在先秦文献中不胜枚举，如"文不犯顺，武不违敌……文而不武，武而不文，不可谓雄。"（《左传·僖公三十三年》）"国君文足昭也，武可畏也。"（《左传·僖公三十年》）

⑦ 《史记》卷八《高祖本纪》，第393页。

⑧ 参见柳诒徵：《中国文化史》，广陵书社1992年版；阎步克：《士大夫政治演生史稿》，北京大学出版社1996年版；罗新慧：《尚"文"之风与周代社会》，《中国社会科学》2002年第4期。

横者直者各当其处，皆有条理分晓，便是经天纬地。其次如文辞之类，亦谓之'文'，但是文之小者耳。"直卿云："伊川谓'伦理明顺曰"文"'，此言甚好。"

问："文如何经天纬地？"曰："如织布绢，经是直底，纬是横底。"或问："文之大者，莫是唐虞成周之文？"曰："'裁成天地之道，辅相天地之宜'，此便是经天纬地之文。"问："文只是发见于外者为文？"曰："处事有文理，是处是文。"①

明人陈凤梧在为周公庙所题《元圣文宪王像赞》中写道："天生元圣，道隆德备。制礼作乐，经天纬地。上承文武，下启孔颜。功在万世，位参两间。"②历史学家杨向奎先生也说道："没有周公一代人创造的礼乐文明，就没有西周的文明，我们也很难想象中国传统的礼乐文明将是什么样的光彩。"③都是对于文德创造之于西周文明决定性意义的肯定。

与此相对的，是与"文德"相对的"武德"观念的形成。周文既已统摄了政治文明的方方面面，同样影响了周人对于"武"的理解，"武"至此同样具有了道德化的意义，形成了"武德"的文化传统。体现这一点最为明显的当属楚庄王的名言：

夫文，止戈为武。④

可见这时"武"的含义已经从原始单纯叙述一种暴力活动的情形，引申为制止兵戈之事的愿望与能力。

由周公制礼作乐而奠基形成的西周礼乐文明统摄了社会与政治生活的全部。通过文教，将自然人的"质"提炼为社会人的"文"。对于武力运用的认

---

① 黎靖德编：《朱子语类》卷二九，中华书局1988年版，第730页。
② 《元圣文宪王像赞》，转引自刘宏斌：《青铜世纪：周公与周公庙》，三秦出版社2005年版，第178页。
③ 杨向奎：《中庸与我国传统道德哲学》，载《儒家伦理与公民道德：国际学术研讨会论文集》，中华工商联合出版社1996年版，第13页。
④ 《左传·宣公十二年》，《春秋左传正义》，北京大学出版社2000年版，第750页。

识，也开始摆脱复仇、献祭、掠夺资源的原始状态，加以"文饰"，用理性加以规范。对于武力的使用，首先要服从文教的需要。"武"第一次与"德"结合到了一起，这是中华文明中关于"武"的观念的肇始。

西周崇文，但同时我们可以看到在先秦时期，武力的使用不仅仅只是国与国之间的军事活动，或某一团体的内部事务那么单纯。且不说动乱频仍的原始社会阶段以及尚武嗜杀的殷商，即便崇文的周代社会，重武亦是事实："国之大事，在祀与戎。"西周一代之"士"尚处于全为"武士"的时代。[1]迨及东周，"德又下衰"，国家间的战争、个人或团体间的武斗越来越成为常态。对于身体力量与作战能力的重视是整个社会的普遍风气。这种重视在有关先秦时期的文献记载中也并不乏见。比如《左传》中记载的徐吾犯之妹择夫的故事：

> 郑徐吾犯之妹美，公孙楚聘之矣，公孙黑又使强委禽焉。犯惧，告子产。子产曰："是国无政，非子之患也。唯所欲与。"犯请于二子，请使女择焉。皆许之。子皙盛饰入，布币而出。子南戎服入，左右射，超乘而出。女自房观之，曰："子皙信美矣，抑子南，夫也。夫夫妇妇，所谓顺也。"适子南氏。子皙怒，既而櫜甲以见子南，欲杀之而取其妻。子南知之，执戈逐之，及冲，击之以戈。子皙伤而归。[2]

徐吾犯之妹选择了展示骑射能力的子南（公孙楚），而后子南、子皙两人又采取了近似西方"决斗"的形式来解决这一婚姻问题上的冲突，略可见武力活动在当时日常生活中的普遍。

西周学在官府，以六艺教国子，"成童，舞象，学射御"[3]，射御是当时全民性的活动。在诸子散文中常常可以看到，以射御譬喻是诸子论述最为常用的手法，这是他们日常语境的一部分：

---

[1] 《顾颉刚读书笔记》卷十六中有《武士与文士之蜕化》一文："吾国古代之士，皆武士也。"这里借用"武士"这一说法。参见顾颉刚：《顾颉刚全集》第 31 册，中华书局 2010 年版，第 64—68 页。
[2] 《左传·昭公元年》，《春秋左传正义》，第 1325 页。
[3] 《礼记》卷二八《内则》，第 1013 页。

羿、逢门者，善服射者也；王良、造父者，善服驭者也；聪明君子者，善服人者也。①

弓调而后求劲焉，马服而后求良焉，士信悫而后求知能焉。②

良弓难张，然可以及高入深；良马难乘，然可以任重致远；良才难令，然可以致君见尊。③

此外，如《诗经》中的《郑风·叔于田》《郑风·大叔于田》《秦风·小戎》等篇，都主要是从射、御两方面描述了心仪的男性既孔武有力，又进退有节的文武兼修的精神面貌。可见"武"所代表的武力活动在先秦时期的普遍和全民性。

二、先秦文学中"武"的三个层面

个人对于"武"，亦即如何看待"暴力"④的观念，只是"武"观念中最基础私人的层面，而国家行为的刑政观念和国家间的战争军事活动体现的才是更具普遍性的"武"观念。以往许多研究者研究"武"的问题，将其对象主体限定为习武之人或者军队官兵，这样的说法约略合乎当今的时代观念，而与先秦的实际不符。而将刑政视作和军事活动一样，同为武德思想的一个层面，这与三代就已形成的"天下"理念和"兵刑合一"的观念有关。

在三代的文化观念之中，"天下"是最为核心和高级的政治概念："得天下。"首先指向地理意义上的文明人所居的全部土地；其次意味着得到居住于此的所有人民的支持拥护，即"得民心"；最终才是政治意义上的"四海一家"。⑤而当时具体的某国，并非现代意义上的民族国家或者城邦国家，而皆

---

① 《论语·先进》。
② 《荀子·哀公》。
③ 《墨子·亲士》。
④ 这里所指的是政治学意义上的"暴力"，即不同的团体或个人之间，在不能用和平方法协调彼此的利益时，所采用的强制手段以达到自己的目的，而非日常语境所指的以强力侵害他人的行为。
⑤ 参见赵汀阳：《"天下体系"：帝国与世界制度》，《世界哲学》2003 年第 5 期。

为处于"天下"下层的一个部分:"溥天之下,莫非王土;率土之滨,莫非王臣。"而这种天下观念引申出的政治理念就是:"天下"应当有且仅有一个最高政权,这个政权笼罩天下所有的人民和疆域。这个最高政权只有内部事务,而没有与它平级的"外部"存在,当然也就不存在与此相关的"外交事务"。

而这种"天下"理念,在夏商时期萌发,并因为西周的建立而被广泛认同,所以说这种理念在三代是现实存在和通行的。即使在后世,"天下一家"也始终是统治者心底挥之不去的"王之所大欲"。当然,在"天下"内部也无可避免地存在对秩序的破坏或权力的争斗,而统治者则必须对此做出反应:惩治乃至消灭。

由此可以看到,在我们今天看来有截然区分的国家内部的刑罚和国家间行为的军事战争,以当时眼光视之则是为统一的。兴兵消灭是内部"救乱"的行为之一,是刑罚的最高级别。这一点尤为大一统的帝国所认同,比如汉代:

> 故圣人因天秩而制五礼,因天讨而作五刑。大刑用甲兵,其次用斧钺;中刑用刀锯,其次用钻凿;薄刑用鞭扑。大者陈诸原野,小者致之市朝,其所繇来者上矣。
>
> 古人有言:"天生五材,民并用之,废一不可,谁能去兵?"鞭扑不可弛于家,刑罚不可废于国,征伐不可偃于天下。……三代之盛,至于刑错兵寝者,其本末有序,帝王之极功也。[1]

即使在"天下"分崩离析后,这种"兵刑合一"的观念也强烈地产生着影响。《国语》中有不少相关的记载:"序成而有不至,则修刑。于是乎有刑不祭,伐不祀,征不享,让不贡,告不王。于是乎有刑罚之辟,有攻伐之兵,有征讨之备。"[2]"天子作师,公帅之,以征不德。"[3]"今吾司寇之刀锯日弊,而斧钺不行。内犹有不刑,而况外乎?夫战,刑也。"[4]《尉缭子》中讲兵家的职责就

---

① 班固:《汉书·刑法志》,中华书局 1964 年版,第 1079—1080、1091 页。
② 《国语·周语上》,《国语集解》,中华书局 2002 年版,第 7—8 页。
③ 《国语·鲁语下》,《国语集解》,第 181 页。
④ 《国语·晋语六》,《国语集解》,第 392 页。

说:"凡将,理官也。"《汉书·刑法志》中解释"理官"为执掌刑政之官。可见,在先秦"天下"理念的影响之下,兵事和其他刑罚一样,同为"救乱"手段之一,而与现代意义的国家间战争行为相区别。

所以我们说,在先秦文学语境下的"武",是没有像当下学科划分中的主体上的限制,而是与"文"一样,视为政治治理中的全民性的观念形态。只是从范围大小的角度来看,"武"的观念可以分为三个密切联系的层面:首先是个体的"武"观念,亦即个体间武力活动之规,在先秦文学中多表现为对于"私斗"的态度;其次是本国或本团体内部的"武"的观念,主要体现于统治阶层对于刑罚的观念和运用,在先秦文学中表现为对于"刑政"的态度;最后是国家之间的军事战争武德,在先秦文学中表现为对于"战事征伐"的态度。

三、孔子的"武"观念

在中国大陆和海外汉文化生活社群的庙宇中都可以看到,将关羽供奉为"武圣",将孔子供奉为"文圣",而孔庙也随之直称为"文庙"。"郁郁乎文哉,吾从周",孔子作为周文的自觉继承者和改造者,在其思想中鲜明地主张重启周文的传统。由孔子开创的儒家学派作为"文"之代表已经毋庸赘言,而又有多少人注意到孔圣人腰间的佩剑?

认为孔子文而不武,长期存在于人们的观念中。早在孔子相鲁夹谷之会时,便有这么一节,也算是渊源有自:

> 犁弥言于齐侯曰:"孔丘知礼而无勇,若使莱人以兵劫鲁侯,必得志焉。"[1]

即使到近代乃至今天,这种观点依然广泛存在着。郭沫若的《十批判书》

---

[1] 《左传·定公十年》,《春秋左传正义》,第1827页。

中说孔子"是文士，关于军事也没有学过"，冯友兰在《儒家论兵》中形容一般人的观念时还说道："有些人看见这个题目，也许就要呵呵大笑。他们心里想儒家是讲仁义礼乐底人，怎么也能谈兵？"①

对于儒家而言，尤其孔子不习武不懂武的观念，与说"孔子歧视女性"的观点一样，实是出于长期口耳相传、想当然的误解。如果返回先秦典籍尤其是儒家著作中，就可以清楚地看到事实并非如此。

首先，孔子本人对于武力在政治活动中的作用有清醒的认识，这在集中记载了孔子短暂从政生涯内容的《孔子家语》首篇《相鲁》中尤为明显。② 如前所述，在夹谷之会前，齐人在谋划用武力相威胁以图达成政治上的非礼目的。而与此同时的鲁国：

> 定公与齐侯会于夹谷，孔子摄相事，曰："臣闻有文事者，必有武备。有武事者，必有文备，古者诸侯并出疆，必具官以从，请具左右司马。"定公从之。③

孔子明确地意识到在诡谲多变的外交斗争中武力的保障性作用。甚至如果只看这一处的话，"文武兼备"的说法已经把武摆到了与文同样的高度，也被许多研究者视作孔子武德思想的最典型表现。④ 而在整个夹谷之会的过程中：

> 以遇礼相见，揖让而登，献酢既毕，齐使莱人以兵鼓譟，劫定公。孔子历阶而进，以公退，曰："士以兵之！吾两君为好，裔夷之俘敢以兵

---

① 冯友兰：《儒家论兵》，《三松堂学术文集》，北京大学出版社 1984 年版，第 597 页。

② 本文中将《孔子家语》视为与《论语》同源的先秦儒家典籍。关于历史上的"《孔子家语》伪书说"，已经由新出土文献材料所勘破。参见庞朴：《话说"五至三无"》，《文史哲》2004 年第 1 期；杨朝明：《读〈孔子家语〉札记》，《文史哲》2006 年第 4 期；杨朝明：《〈孔子家语〉的成书与可靠性研究》，《孔子家语通解》，齐鲁书社 2013 年版。

③ 《孔子家语·相鲁》。

④ "作为思想家，诸子无不关心、思考、研究战争……形成了各自的战争观，对后世产生了很大影响。如孔子的'有文事必有武备'；孟子的'仁者无敌'……"参见程远：《先秦战争观研究》导论，陕西人民出版社 2006 年版，第 3 页。《四库全书总目提要·子部总叙》中解说百家顺序安排时也说道："儒家以外有兵家，有法家，有农家，……有道家，叙而次之，凡十四类。儒家尚矣。有文事者有武备，故次之以兵家。"

乱之，非齐君所以命诸侯也。裔不谋夏，夷不乱华，俘不干盟，兵不偪好，于神为不祥，于德为愆义，于人为失礼，君必不然。"齐侯心怍，麾而避之。

有顷，齐奏宫中之乐，俳优侏儒戏于前。孔子趋进，历阶而上，不尽一等，曰："匹夫荧侮诸侯者，罪应诛，请右司马速刑焉。"于是斩侏儒，手足异处。齐侯惧，有惭色。①

孔子做到以武为保、以礼服人，无论调动军队还是执行刑杀，都无犹豫。可以说是"有文事者，必有武备"的最好诠释。而在孔子从政生涯中同样著名的"隳三都"事件里：

孔子言于定公曰："家不藏甲，邑无百雉之城，古之制也。今三家过制，请皆损之。"乃使季氏宰仲由隳三都。叔孙不得意于季氏，因费宰公山弗扰，率费人以袭鲁。孔子以公与季孙、叔孙、孟孙入于季氏之宫，登武子之台。费人攻之，及台侧，孔子命申句须、乐颀勒士众下伐之，费人北，遂隳三都之城。强公室，弱私家，尊君卑臣，政化大行。②

孔子更是直接指挥部队，平定叛乱，显露了他的军事才能。

前文已经提到，周文化中尚武尚勇是整体的社会风气，西周以六艺教国子，"是故士使之射而弗能，则辞以病，悬弧之义"③——射御为男性所必备的技能 ——"除非有病痛在身，正常情况下男子就是应当射箭的，这也是在家悬挂着弓的含义"。迨及春秋战国时期，文的地位下降，尚武尚勇这一点自然更甚。据记载，孔子的先人自孔父嘉到其父时，世代以武为职事。孔子的父亲叔梁纥即"《诗》所谓'有力如虎'者也"④，更是以勇力闻于世的典型：

---

① 《孔子家语·相鲁》。
② 《孔子家语·相鲁》。
③ 《孔子家语·观乡射》。
④ 《左传·襄公十年》，《春秋左传正义》，第 1012 页。

颜父问三女曰："陬大夫虽父祖为士，然其先圣王之裔。今其人身长十尺，武力绝伦，吾甚贪之，虽年长性严，不足为疑，三子孰能为之妻？"①

即使只是受家庭的影响，也断不至于在"志于学"后截然抛弃"武"的部分。可见说孔子并未关注过军事，既不符合事实也不符合逻辑。孔子不仅有军事上的见解和才能，更以射御教授弟子。在《史记·孔子世家》中有记载，冉有曾为季氏将师：

与齐战于郎，克之。季康子曰："子之于军旅，性之乎？学之乎？"冉有曰："学之于孔子。"②

这一节在《孔子家语·正论解》中记述得更为详尽：

齐国师伐鲁，季康子使冉求率左师御之，樊迟为右。……师入齐军，齐军遁。冉有用戈，故能入焉。孔子闻之曰："义也。"

既战，季孙谓冉有曰："子之于战，学之乎？性达之乎？"对曰："学之。"季孙曰："从事孔子，恶乎学？"冉有曰："即学之孔子也。夫孔子者，大圣，无不该，文武并用兼通。求也适闻其战法，犹未之详也。"季孙悦。樊迟以告孔子。孔子曰："季孙于是乎可谓悦人之有能矣。"

通过这一段，我们至少能看出以下几点：一、孔门弟子有能力也曾直接参与军事活动；二、冉求作为孔门弟子，曾从孔子处学习过战法而非仅仅射御这种单兵作战的技能；三、冉求称孔子"文武并用兼通"，显然这里"文武"并非单纯指周文王与周武王之道，更指向了今天用语中的"文"和"武"；四、孔子了解整件事的经过，但他两次发表意见，一是称赞冉求"在军能却敌，合于义"（王肃注），一是称赞季康子能知人尚贤，并没有评论战事本身。

---

① 《孔子家语·本姓解》。
② 《史记·孔子世家》，第 1934 页。

当然对于军事和刑罚进行管理的"武"的才能，并不止表现在冉求一人身上。"孔子以诗书礼乐教，弟子盖三千焉，身通六艺者七十有二人。"① 只是其中以冉求和子路表现得最为突出：

> 冉求，字子有，仲弓之族，少孔子二十九岁。有才艺，以政事著名。
> 仲由，卞人，字子路，一字季路，少孔子九岁。有勇力才艺，以政事著名。②

《孔子家语·弟子行》中子贡对于同门的介绍更为详尽，也得到了孔子的认同。其中论及子路和冉求：

> 不畏强御，不侮矜寡，其言循性，其都以富，材任治戎，是仲由之行也。孔子和之以文，……强乎武哉！文不胜其质。
> 恭老恤幼，不忘宾旅，好学博艺，省物而勤也，是冉求之行也。孔子因而语之曰："好学则智，恤孤则惠，恭则近礼，勤则有继。尧舜笃恭，以王天下。"其称之也曰："宜为国老。"

可以看出，至少在孔门教育的观念中，治理军队、尚武好勇是与有实际治政的能力联系在一起，是受到孔子肯定的。

不仅孔门弟子曾受到军事方面的教育，《史记·孙子吴起列传》中也记有吴起在鲁"尝学于曾子"，后至魏又受业于子夏。③ 孔门再传弟子中出现吴起这样的职业军事家，恐怕不能完全归因于巧合，这与先秦儒家素来关注武事、注重武德的教育之间存在密不可分的关系。

"自孔子以前数千年之文化，赖孔子而传，自孔子以后数千年之文化，赖

---

① 《史记·孔子世家》，第1938页。
② 《孔子家语·七十二弟子解》。
③ "如田子方、段干木、吴起、禽滑厘之属，皆受业于子夏之伦，为王者师。"《史记·儒林列传》，第3116页。

孔子而开。"①牟宗三先生更从"周文疲弊"的角度直接指出儒家文化与西周礼乐文明之间的关系:"孔子对周文是肯定的态度,礼总是需要的。……要使周文这套礼乐成为有效的,首先就要使它生命化,这是儒家的态度。那么如何使周文生命化呢?孔子提出仁字。"②孔子"祖述尧舜,宪章文武",主张以"仁"为核心的伦理思想与儒家文化,很明显与西周以来奠定的文教传统有着继承关系。

在此影响下,作为孔子理想人格与社会建构一部分的"武"的思想,至少具有如下两个基本点。

(一)周文统摄下的先"文"后"武"、"文"优于"武"

先秦儒家文化始终对人性的后天可塑性抱有耐心和乐观的期待,对于人世的温情和道德充满信心。因而在"修甲兵"与"修仁德"之间,儒家必然首选后者。如前所述,在现实层面,孔子显然是肯定武力存在的必要性("有文事者,必有武备")。而涉及对于理想人格的追求与评价时,孔子就对不使用武力的行为给予更高赞扬:

子谓《韶》:"尽美矣,又尽善也。"谓《武》:"尽美矣,未尽善也。"③

同理,当季康子问于冉求:"子之于军旅,学之乎?性之乎?"受教孔门的冉求回答"学之于夫子"。而当卫灵公向孔子咨询行军布阵之法时,得到的回答却是:

"俎豆之事,则尝闻之矣。军旅之事,未之学也。"明日遂行。④

---

① 柳诒徵:《中国文化史》上册,东方出版中心1988年版,第231页。
② 牟宗三:《中国哲学十九讲》,《牟宗三先生全集》卷二九,台湾联经出版事业有限公司2003年版,第60—61页。
③ 《论语·八佾》。
④ 《论语·卫灵公》。

与此情形极其类似，同样讲关于请教孔子武事问题的一例是：

卫孔文子使太叔疾出其妻，而以其女妻之。疾诱其初妻之娣，为之立宫，与文子女，如二妻之礼。文子怒将攻之。孔子舍璩伯玉之家，文子就而访焉。孔子曰："簠簋之事，则尝闻学之矣，兵甲之事，未之闻也。"退而命驾而行曰："鸟则择木，木岂能择鸟乎？"①

孔子都"对以不知"并迅速离开。可见对于政治人物提出的关于武事的请教，孔子始终持一种回避的态度，而这样做的原因正是基于孔子严格的先文而后武的态度。与这种"对以不知"的情形相似的事件并不少见：

季康子欲以一井田出法赋焉，使访孔子。子曰："丘弗识也。"冉有三发，卒曰："子为国老，待子而行，若之何子之不言？"孔子不对，而私于冉有曰："……子孙若以行之而取法，则有周公之典在。若欲犯法，则苟行之，又何访焉。"②

季康子想要增加赋税，以期利用孔子"造势"。孔子虽然明确地反对这种"不度于礼，而贪冒无厌"的做法，但也是以"对以不知"的态度进行回避。又如：

子路问于孔子曰："鲁大夫练而杖，礼也？"孔子曰："吾不知也。"子路出……（子贡）遂趋而进曰："练而杖，礼与？"孔子曰："非礼也。"子贡出，谓子路曰："子谓夫子而弗知之乎，夫子徒无所不知也，子问，非也，礼，居是邦则不非其大夫。"③

子路所问非礼，违背了孔子"礼，居是邦，则不非其大夫"的原则，所以

① 《孔子家语·正论解》。
② 《孔子家语·正论解》。
③ 《孔子家语·曲礼子夏问》。

孔子用"对以不知"的方式来纠正子路。

由此我们可以看到，总是对方违礼在先的情况下，孔子才会采取"对以不知"、避而不谈的姿态。关于求教武事的两个事例也是如此，卫灵公与孔文子在这里所犯的错误，正是不修仁义而准备滥用暴力解决问题，违背了孔子"文"优于"武"、先"文"后"武"的武德观念。正如郑玄所言："军旅末事，本未立，不可教以末事。"① 先秦儒家所追求的是推行仁政与王道，"君子谋道不谋食"，虽掌握军事才能却并不以此为生，更不愿被视为这一类的人才，便"对以不知"为托辞。这种柔和的"不合作"的做法，到孟子那里仍然如出一辙：

> 齐宣王问曰："齐桓、晋文之事，可得闻乎？"孟子对曰："仲尼之徒，无道桓、文之事者，是以后世无传焉，臣未之闻也。无以，则王乎？"②

孟子更对自己这种做法做过申说："教亦多术矣。予不屑之教诲也者，是亦教诲之而已矣。"③ 采取这种"对以不知"的态度本身就属于文教的一部分。

在此影响下的武德观念具体又可分为两个方面：对国家团体内部的先教后刑、教优于刑和对外战事的先礼后兵、礼优于兵。这属于先秦"兵刑合一"观念的一体两面。

从对内刑政的角度来看，在孔子的政治理念中，始终没有否定法治和刑罚的重要性：

> 子曰："君子怀德，小人怀土；君子怀刑，小人怀惠。"④
> 闵子骞为费宰，问政于孔子。子曰："以德以法。夫德法者，御民之具，犹御马之有衔勒也。君者，人也，吏者，辔也，刑者，策也，夫人君

---

① 刘宝楠：《论语正义》，中华书局 1990 年版，第 609 页。
② 《孟子·梁惠王上》。
③ 《孟子·告子下》。
④ 《论语·里仁》。

之政，执其辔策而已。"①

如果将治国比喻为驾车，而"刑"正是矫正前进方向的"鞭策"，是为君子念兹在兹的一件重要事务。假如使孔子亲自为政：

　　子路曰："卫君待子而为政，子将奚先？"子曰："必也正名乎……名不正，则言不顺；言不顺，则事不成；事不成，则礼乐不兴；礼乐不兴，则刑罚不中；刑罚不中，则民无所错手足。"②

孔子的措施是以文教为出发点："必也正名。"而以刑罚为治理的具体落脚点："刑罚不中，则民无所错手足。"但与此并不矛盾的是，孔子反对将刑杀作为首选：

　　季康子问政于孔子曰："如杀无道，以就有道，何如？"孔子对曰："子为政，焉用杀？子欲善而民善矣。君子之德风，小人之德草，草上之风，必偃。"③

而孔子在他自己的政治生涯中，即秉持着这一理念。这具体表现在两例中，一是著名的"诛少正卯"：

　　于是朝政，七日而诛乱政大夫少正卯，戮之于两观之下，两观阙名尸于朝。三日，子贡进曰："夫少正卯，鲁之闻人也，今夫子为政，而始诛之，或者为失乎？"孔子曰："居，吾语汝以其故。天下有大恶者五，而窃盗不与焉。……五者有一于人，则不免君子之诛，而少正卯皆兼有之。"④

---

① 《孔子家语·执辔》。
② 《论语·子路》。
③ 《论语·颜渊》。
④ 《孔子家语·始诛》。

可见在孔子眼中，少正卯被"诛"的主要原因在于他妨害了国家的教化，这是比窃盗更为严重的罪过。

第二例同样见于《孔子家语·始诛》：

> 孔子为鲁大司寇，有父子讼者，夫子同狴执之，狴狱牢也三月不别，其父请止。夫子赦之焉。季孙闻之，不悦曰："司寇欺余，曩告余曰，国家必先以孝，余今戮一不孝以教民孝，不亦可乎？而又赦，何哉？"冉有以告孔子，子喟然叹曰："呜呼！上失其道，而杀其下，非理也。不教以孝，而听其狱，是杀不辜。……上教之不行，罪不在民故也。夫慢令谨诛，贼也。征敛无时，暴也。不试责成，虐也。政无此三者，然后刑可即也。"

季孙氏认为从教民的角度，可以"戮一不孝以教民孝"，起杀鸡儆猴之效。而孔子认为刑罚的产生本就在于国教的缺失，更为紧要的是反躬自省。这里可以看到在孔子的观念中，刑罚的使用，既是国家教化与治乱的反映，又是其保障。

关于孔子理想中的刑政在治政中的位置，在《孔子家语》的《五刑解》《刑政》篇中有具体记载：

> 冉有问于孔子曰："古者三皇五帝不用五刑，信乎？"
>
> 孔子曰："圣人之设防，贵其不犯也，制五刑而不用，所以为至治也。凡夫之为奸邪、窃盗、靡法、妄行者，生于不足，不足生于无度。无度则小者偷盗，大者侈靡，各不知节。是以上有制度，则民知所止，民知所止则不犯。……此五者，刑罚之所以生，各有源焉。不豫塞其源，而辄绳之以刑，是谓为民设阱而陷之。……三皇五帝之所化民者如此，虽有五刑之用，不亦可乎？"①
>
> 仲弓问于孔子曰："雍闻至刑无所用政，至政无所用刑。至刑无所用

---

① 《孔子家语·五刑解》。

政，桀纣之世是也；至政无所用刑，成、康之世是也。信乎？"

孔子曰："圣人之治化也，必刑政相参焉。太上以德教民，而以礼齐之；其次以政焉导民，以刑禁之，刑不刑也。化之弗变，导之弗从，伤义以败俗，于是乎用刑矣。……刑，侀也；侀，成也。"①

可见在孔子的理念中，百姓各种犯罪行为的根源在于文教某一方面有所缺失。假若如三皇五帝之时，文教大行则天下安泰，刑政就成为设而不用的。

以上是孔子武德观念在对内政治治理方面的表现，而对外的"武德"则具体体现在战争之中，成为更为特殊的道德领域。在先秦儒家的战争观念亦即对待战争的武德观念中，也展现了与西方"暴力无限"与"彻底征服"的战争观念所截然不同的风貌：

楚伐吴，工尹商阳与陈弃疾追吴师，及之，弃疾曰："王事也，子手弓而可。"商阳手弓。弃疾曰："子射诸。"射之，弊一人，韔其弓。韔韬又及，弃疾谓之，又及，弃疾复谓之，毙二人。每毙一人，辄掩其目，止其御曰："吾朝不坐，燕不与，亡畀故也杀三人亦足以反命矣。"

孔子闻之曰："杀人之中，又有礼焉。"

子路怫然进曰："人臣之节，当君大事，唯力所及，死而后已，夫子何善此？"

子曰："然，如汝言也。吾取其有不忍杀人之心而已。"②

到春秋战国时期，原本西周在战争中所秉持的交战过程中的"军事贵族"原则已经涤荡殆尽了（这也是为什么宋襄公的行为会显得如此异类）。而在以上这段文字中，翔实地记载了一位弓手杀人有度、点到即止的作战经过，此处孔子感慨在当今之世仍然有人能做到在战事之中"又有礼焉"。而子路从尽忠报国的角度，表示不能赞同商阳这种节制的行为。这时孔子的回答便值得玩味：

---

① 《孔子家语·刑政》。
② 《孔子家语·曲礼子贡问》。

"然，如汝言也。吾取其有不忍杀人之心而已。"① 亦即，我同意你的说法，为国尽忠死而后已，这一点我也赞同。我只是称道这种葆有"不忍杀人之心"所代表的"仁"。这就显现出了一种调和理想境界与现实需要之间矛盾的需要，亦即我们前面提到的既要文武并行，又要有先文后武的区分的二重性。

（二）以"智""仁""勇"三达德为核心

智、仁、勇三者是先秦儒家极力提倡的君子应当具备的三种德行，孔门后学将之合称为"三达德"。《中庸》有："知、仁、勇三者，天下之达德也。"《史记》有："智、仁、勇，此三者天下之通德。"②

"仁"作为先秦儒家思想统摄性的核心要素，作为总原则是在任何领域都要坚守的，对待军事的态度也不能例外。而具体到军事战争的层面就表现为："仁"既为行武的前提，又是行武的目的与归宿。"骥不称其力，称其德也。"③"子曰：'善人为邦百年，亦可以胜残去杀矣。'诚哉是言"④，即是此义。

"智"是行武的重要品质。在孔子生活的春秋末年，王纲解纽，西周以血缘为基础的封建制度正逐步被以地缘为基础的地域国家所取代。诸侯之间的联系由血缘宗亲的礼制体系走向基于自保的合纵连横，军事实力的意义在此迅速凸显。不论应对风云变幻的外交形势，还是处于频仍的战争中，大国争霸，小国存身，力争以最小损失换取最大的效用，智谋的地位自然越来越得到重视。《国语》中载申包胥言：

> 夫战，智为始，仁次之，勇次之。不智，则不知民之极，无以铨度天下之众寡；不仁，则不能与三军共饥劳之殃；不勇，则不能断疑以发大计。⑤

---

① 《孔子家语·曲礼子贡问》。
② 《史记·平津侯主父列传》，第2952页。
③ 《论语·宪问》。
④ 《论语·子路》。
⑤ 《国语·吴语》，《国语集解》，第557页。

在忠贤为国的谋士眼中，"智"已经获得了较"仁"更为优先的地位。与战争活动接触更多的人已经意识到："以礼为固，以仁为胜"的时代渐行渐远，"兵以诈立，以利动"的时代即将到来。当然儒家强调的"智"并非简单的智力发达或者工于算计，而是对处世智慧的崇尚和把握：

> 子路进曰："敢问持满有道乎？"子曰："聪明睿智，守之以愚；功被天下，守之以让；勇力振世，守之以怯；富有四海，守之以谦。此所谓损之又损之之道也。"
>
> 孔子曰："巧而好度，必攻；勇而好问，必胜；智而好谋，必成。……夫处重擅宠，专事妒贤，愚者之情也，位高则危，任重则崩，可立而待。"[1]
>
> 好学近乎智。[2]

"勇"在孔门著述之中较之"智"占据了更多的篇幅，实是自春秋到战国的动荡时代里，不仅仅是战争的规模和频率都大大增长，整个社会好勇斗狠的风气也在渐长。譬如《孟子·梁惠王下》中齐宣王已经意识到自己"寡人有疾，寡人好勇"。《庄子·说剑》中说赵惠文王"剑士夹门而客三千余人，日夜相击于前，死伤者岁百余人，好之不厌"[3]。《左传》中讲到齐庄公置"勇爵"之事：

> 齐庄公朝，指殖绰、郭最曰："是寡人之雄也。"州绰曰："君以为雄，谁敢不雄？然臣不敏，平阴之役，先二子鸣。"庄公为勇爵。[4]

在这里齐庄公已经"设爵位以命勇士"（杜预注），晋爵的判断标准是简单的是否够凶悍善斗，这已经颇有后来"死士"的感觉。所以我们说，儒家对于勇的关注实为有针对的有感而发。孔门弟子中子路是"勇"的典型，也是孔子

① 《孔子家语·三恕》。
② 《孔子家语·哀公问政》。
③ 王先谦：《庄子集解》，中华书局 1999 年版，第 270 页。
④ 《左传·襄公二十一年》，《春秋左传正义》，第 1121 页。

最为喜爱的弟子之一。子路自知不足，常常主动向孔子请教。而专门针对他的"勇"带来的不良倾向，孔子也多有教诲：

> 子路初见孔子，子曰："汝何好乐？"对曰："好长剑。"孔子曰："吾非此之问也，徒谓以子之所能，而加之以学问，岂可及哉？"子路曰："学岂益哉也？"
>
> 子路曰："南山有竹，不柔自直，斩而用之，达于犀革。以此言之，何学之有？"孔子曰："栝而羽之，镞而砺之，其入之不亦深乎？"子路再拜曰："敬而受教。"①
>
> 子曰："道不行，乘桴浮于海，从我者，其由与！"子路闻之喜。子曰："由也好勇过我，无所取材。"②

另外值得特别注意的是，作为用武之德方面的要求，"三达德"是缺一不可的，这与儒家在修身等方面的普遍做法有所区别。子贡曾问："有一言而可以终身行之者乎？"孔子对："其恕乎。"（《论语·卫灵公》）曾子也曾讲："夫子之道，忠恕而已矣。"（《论语·里仁》）又如："《诗》三百，一言以蔽之，曰：'思无邪。'"（《论语·为政》）可见这种高度精炼的言说方式是孔子语言的一个特征。但在论述武德的修养上，智、仁、勇却三者缺一不可。孔子常将三者相提并论：

> 子曰："知者不惑，仁者不忧，勇者不惧。"③
> 子曰："君子道者三，我无能焉：仁者不忧，知者不惑，勇者不惧。"
> 子贡曰："夫子自道也。"④

"三达德"之中又以"仁"为统领，而在对"勇"与"智"的论述中，孔

---

① 《孔子家语·子路初见》。
② 《论语·公冶长》。
③ 《论语·子罕》。
④ 《论语·宪问》。

子多从“勇”“智”本身之外的制约条件来发言，比如在谈到“勇”的时候：

> 暴虎冯河，死而无悔者，吾不与也。必也临事而惧，好谋而成者也。①
> 勇而无礼则乱。②
> 子路曰：“君子尚勇乎？”子曰：“君子义以为上。君子有勇而无义为乱，小人有勇而无义为盗。”③
> 颜回问子路曰：“力猛于德而得其死者鲜矣，盍慎诸焉？”④

凡此种种，不一而足。由此可以看到，孔子认为：有勇者至少须有为、有礼、有智、好义、好学，方能让勇气得其所处，否则有勇反而是有害的，甚至遭受“强梁者不得其死，好胜者必遇其敌”⑤的境遇。可见孔子认同“勇气几乎不能算是美德，除非它用在正义行为中”⑥的观点。

单纯的“勇”几乎没有意义。“既仁且智，是谓成人”，勇而不仁不智，即陷于“暴”；单纯的尚“智”，可能沦为诡谲，同非儒家所倡；单纯的崇“仁”好礼，不能与世推移，宋襄公泓水之战便是最直接的镜鉴。

四、以儒墨显学为主流的传统“武”观念

《韩非子·显学》中讲：“世之显学，儒、墨也。儒之所至，孔丘也。墨之所至，墨翟也。”⑦儒家与墨家在战国成为声势浩大的显学是历史事实。儒墨两家尤与其他诸子不同之处在于：先秦诸子中“止有儒墨为有组织之宗派，其余虽多同声相应、同气相求者，然大体是自成一家之言”⑧。儒墨两家作为有组织

---

① 《论语·述而》。
② 《论语·泰伯》。
③ 《论语·阳货》。
④ 《孔子家语·颜回》。
⑤ 《孔子家语·观周》。
⑥ 〔日〕新渡户稻造著，周燕宏译：《武士道》，译林出版社 2011 年版，第 13 页。
⑦ 《韩非子·显学》，《韩非子集解》，第 456 页。
⑧ 傅斯年：《战国子家叙论》，上海古籍出版社 2012 年版，第 16 页。

之宗派的特点，对于其成为一时之显学具有重要的作用。

由孔子首开的私学打破"学在官府"的局面，其弟子是自觉自愿随之学习生活，完全不同于以往以血缘关系为结合基础的官学师生关系。我们现今可见的孔子遗说多是"七十子后学所记"，这一点有明确的记载："每孺子之执笔记事于夫子，二人迭侍左右。"① 又"子张问行。子曰：'言忠信，行笃敬，虽蛮貊之邦行矣。言不忠信，行不笃敬，虽州里行乎哉？立，则见其参于前也；在舆，则见其倚于衡也，夫然后行。'子张书诸绅"②。而且孔子学生众多的事实是广为人知的。《史记·孔子世家》记载，孔子有"弟子盖三千焉，身通六艺者七十有二人"，《史记·仲尼弟子列传》中记孔子自己也说到"受业身通者七十有七人"。

孔子所开创的新的"师—徒"关系，加之明确的学派观念、众弟子的自觉实践与宣扬、文献的整理与流布，使得儒家学说成为名满天下的"显学"，源远流长。较之儒家，墨门内部联系更为紧密，直接形成由巨子领导的具有战斗力的准军事团体："墨子服役者百八十人，皆可使赴火蹈刃，死不还踵，化之所致也。"③ 墨家集体中有"墨者之法"，"行墨者之义"的约束力超越了国家宗族的力量。墨家严密的组织纪律性和人身依附关系是其他学派不能望其项背的。此外，墨子出身低贱，墨家学说虽然"蔽于用而不知文"④，但如"赖其力者生，不赖其力者不生"⑤ 这类主张体现了社会下层广大民众以及战国社会结构变动的新要求，赢得了众多弟子的追随。如清儒汪中《墨子序》中言："《诗》所谓'凡民有丧，匍匐救之'之仁人也。其在九流之中，唯儒足以与之相抗，自余诸子，皆非其比。"⑥

墨家的严格自律、带有宗教化倾向的巨子制度，虽然正是墨家消亡的原因之一，但在当时，为凝聚成紧密团体、参与涉武活动起到了重要作用。墨家的组织结构更直接为后世的武力团体，如帮会门派、绿林豪侠提供了模板。因此

① 《孔子家语·七十二弟子解》。
② 《论语·卫灵公》。
③ 《淮南子·泰族训》。
④ 《荀子·解蔽篇》。
⑤ 《墨子·非乐上》。
⑥ 汪中撰，李金松校笺：《述学校笺》，中华书局 2014 年版，第 232 页。

我们说，相对于其他诸家，儒墨的明确组织与社会活动，是其思想主张之外使其得以成为一时显学的重要原因。

先秦儒家的思想对于后来中国的影响，已经毋庸赘言。而墨家虽然从组织的角度看，在汉代已湮没无闻，但墨家思想作为一种思想资源却并未消散，墨学也在清代重新迎来曙光。墨家武德思想对于古代中国的影响，施加在国法和正史的角落乃至对立的地方。在广袤的历史空间里，我们可以看到古代民间社会并非一盘散沙：

> 私社、宗族、坞壁、寺庙、社邑、乡约、社仓、义约、弓箭社、善堂、合会、商帮、会馆、公所、行会、商会、街团、书院、讲学会、文会、团练、农会……这些自组织的自治权力大体上都得到官方的承认。此外，还有处于社会灰色地带、由游民构成的亚社会组织，如地下帮会、教门，底层人、边缘人也有联合起来的需求，但官府常常无视这一点。①

例如宋代的弓箭社，曾达十万人之众，以至直接影响到了当时战局。苏轼在其《乞增修弓箭社条约状》中提到其"私立赏罚，严于官府"。而在这些丰富的民间自治性团体中，也发展出了维护内部秩序的各种规则体系。如前所述，墨家武德思想正是民间"武"观念中最具代表性也最宝贵的部分。

在汉代及其之后的统一帝国中，儒家思想成为国家的意识形态和知识阶层的共同信仰。儒家提倡的先文后武、文优于武和以智、仁、勇"三达德"为核心的武德观念，也影响了国家治政对于刑罚和军事作用的观念。而与"庙堂之高"遥遥相对的"江湖之远"，墨家提倡的以兼爱非攻为中心的"义"的武德观念，迎合了民众生存、互助、民俗精神的需要，成为各种民间自治组织、武事团体甚至法外暴力组织的武力观念的代表。

以西周文明为背景，以"儒墨显学"为主流，同时混合了其他诸子思想的先秦武德观念，奠定了后世中华武德的根基，塑造了中华文化对于"武"的理解。重视先秦文学中的"武"，即提纲挈领地把握住了中华文明"武"的观念之大端。

---

① 吴钩：《中国的自由传统》，复旦大学出版社 2014 年版，第 89 页。

五、"武"观念研究的当代价值

不难看到，相对于其他的思想领域，学术界对于传统文化中"武"观念的关注和总结是相对不足的。这主要是受两个方面的影响。

一是中国自秦汉时期就形成的文武分途的现实和由此形成的文武两隔的观念形态。自主流看，武事的专业性越来越强，而文化阶层对于包括武事在内的技术性事务持一种鄙弃的态度。两者之间距离越来越大，传统士大夫阶层对于先秦诸子著述的关注点完全放在修齐治平和为圣继绝的"文"的方面。文人讲武的土壤就不存在，更谈何对于武的观念有所提炼和总结。

二是我国学术界专业分科过细带来的。对于刑罚的起源与设置，属于法制史的问题；对于军事战争的规律把握，属于军事史的问题；对于复仇、兼爱等等诸如此类观念的理解，又属于哲学问题。以军事、体育为专业的学者没有文史的基础，难免失之泛泛；而文史学者又绝少将暴力观念作为一个单独的研究领域加以关注。交叉的领域却往往陷入"两不管"的尴尬境遇。

由此可见，对"武"思想进行研究，面临的首要问题其实是对于其独特性和意义价值的忽视。所以与其他论题不同，在此对于武德思想研究的意义价值进行重申，是很有必要的。

第一，先秦武德思想研究是深入诸子思想研究的需要。

对先秦诸子武德思想，即先秦诸子对于"武"的观念的研究，实质是先秦诸子政治思想不可或缺的一个侧面。从法制史或军事史的角度研究先秦诸子的法律和军事观，仍然是从现在的学科分类进行的划分，并不够全面。而将"武德"作为单独领域进行观察，更合乎先秦的时代语境，也更能全面准确地把握诸子思想。

如前所述，孟子对《尚书》中"血流漂杵"的记载质疑，进而提出"尽信书不如无书"，而后世《武成》诸篇的流传以至亡佚，不能说与儒家"武"观念的变化全无关系。孟子此论的出发点正在于其武德思想中强调德治的作用压倒力政的观念。对于孟子这种观念的评价，更需要在对先秦"武"观念的整体环境了解下才更为有力。

又比如对于孔子形象的认识。我们自来将孔子作为"文"的代表，即使郭沫若这样一位大学问家，也会说出孔子"是文士，关于军事也没有学过"的话，可见既定观念对于认识的遮蔽甚至可以使人视而不见。而这种"选择性遗忘"又进一步影响我们对于先圣先贤的认识，钱文忠的一段讲话很有代表性：

> 我们面临的矛盾我们必须自己心里清楚。有人问我："钱老师，您这几年讲国学，讲《三字经》《弟子规》，您觉得推广《三字经》《弟子规》的最大难处在哪里？"我一般的说法是希望有关部门大力推广，进入学校。其实这不是最大的困难，最大的困难是，如果按照《弟子规》《三字经》，按照出席今天论坛的名校的标准培养孩子，那么，这些孩子到社会上 90% 要吃亏。你把按照《弟子规》那样忠诚、守信、孝悌、守规矩的孩子放到社会上看看，很可能就吃亏！①

这种观点并非个别现象。相信当下致力于传统文化教育和推广的人，尤其中青年教师，都曾听到过类似的话。而回到孔子的身上，孔子也许终生不得志，但何曾逆来顺受？且不说前文提到的"夹谷之会"，《论语》中已有明言：

> 或曰："以德报怨，何如？"子曰："何以报德？以直报怨，以德报德。"②

"文王一怒而安天下"，武王"一戎衣而有天下"，可见至少在孔子那里，儒家自来不是教人时刻正襟危坐、屈从和无谓隐忍的。我们应当了解怎样的先贤？"完整"至少应该是题中之义。

第二，先秦武德思想研究是深入进行古代文学、古代文化研究的需要。

在大一统的时代，"儒以文乱法，侠以武犯禁"，"武"作为直接的破坏性力量，只能面临为政权所收编或消灭的命运。到了东汉，墨家与游侠基本湮没

---

① 钱文忠：《教育，请别再以爱的名义对孩子让步：在"第三届新东方家庭教育高峰论坛"上的演讲》，来自钱文忠新浪博客：http://blog.sina.com.cn/s/blog_4e37057b0100oizc.html。

② 《论语·宪问》。

无闻。另一面，随着文武分途、军民分立，军队的下层是"兵"，兵的成分由"士"渐渐变为农民、少数民族乃至雇佣兵、囚徒和流氓，遂有"好铁不打钉，好男不当兵"的谚语。军队的上层是"将"，为将的职业性不断加强，武的知识技能与武德渐渐成为军人和习武者专有之义。而儒家转化为文士，知识阶层"耗气劳心书房中，萎惰人精神，使筋骨皆疲软。以至天下无不弱之书生，无不病之书生，一事不能做"①，绝少武的实践。

作为中国古代文学创作主体的士大夫阶层对于武的实质内容其实十分隔阂，"即使在记载（或不记载）游侠的史书中，也都融合了历史事实与史家的主观视野。而当表现侠客的人物由史家转移到诗人、小说家、戏剧家肩上时，这种侠客形象的主观色彩更是大大强化。而且随着时代的推移，'侠'的观念越来越脱离其初创阶段的历史具体性，而演变成一种精神、气质，比如'侠骨''侠情'……"②。这种"精神、气质"的吸引力，之于知识阶级是"少年游侠，中年游宦，老年游仙"人生理想的部分实现，是身在官场尘网不能一吐胸臆、快意恩仇的遗憾之补充；之于社会大众是"今日把示君，谁有不平事"的仗义执言，是人间公义、冥冥中的天志。这些精神要素，在先秦诸子的武德思想中都可以得见回应。而从游侠诗、武侠小说的历史中可以看到，这种精神气质体现最为成功的涉武人物形象，实质正是中华武德中理想人格追求的具象表现。比如儒家对于智、仁、勇"三达德"的标举，在后世更是超出了一家学说的范畴，对于文学描写和文化都产生了深远的影响。任举浅近的两例：

1921 年 12 月 10 日，孙中山在桂林对滇、粤、赣三军官佐发表讲话中，强调智、仁、勇"三达德"是为军人精神的根基：

> 所谓精神，非泛泛言之。智、仁、勇三者，即为军人精神之要素。能发扬此三种精神，始可以救民，始可以救国。以下试分别述之……③

---

① 颜元：《朱子语类评》，《颜元集》，中华书局 1987 年版，第 272 页。
② 陈平原：《千古文人侠客梦》，北京大学出版社 2010 年版，第 5 页。
③ 孙文讲，中国国民党中央执行委员会宣传部编辑：《军人精神教育》，上海民智书店 1924 年版，第 11 页。

金庸的作品中，智、仁、勇"三达德"的为武标准更是信手拈来。在《神雕侠侣》压轴篇"大战襄阳"中写到，黄老邪为动摇蒙古士兵军心而喊话时也以智、仁、勇为标准攻击金轮法王：

> 黄药师用蒙古语大声叫道："金轮法王，你料敌不明，是为不智；欺侮弱女，是为不仁；不敢与我们真刀真枪决战，是为不勇。如此不智不仁不勇之人，还充甚么英雄好汉？……你这忘恩负义、贪生怕死之徒，还有脸面身居蒙古第一国师之位么？"[①]

《笑傲江湖》中亦有类似片段：

> 桃花仙道："不仁、不义、不智、不勇，五岳派的掌门人，岂能由这样的人来充当吗？左冷禅，你也未免太过异想天开了。"说罢，六兄弟一起摇头。[②]

略可见在后世的观念中，儒家智、仁、勇"三达德"之于行武之人德行修养的重要性已经得到知识阶层广泛而自觉的认同。

第三，先秦武德思想研究是弘扬优秀传统文化的需要。

中华民族所具备的武德精神，并非是我们民族唯一特有的。比如西周崇尚的严格有序的军事礼仪，在印度的雅利安军事贵族和欧洲的日耳曼封建贵族的作战中也不同程度地存在着。我们更为熟悉的，可能是欧洲中世纪的骑士精神和日本武士阶级的武士道精神。所有这些归根结底，都是人类文明对于"暴力"这一破坏性力量的驯服，是人类永远不能忽视的精神财富。

在中国，对于"文"的推重几乎从未减退。但相比于大多数国家，当代中国的社会文化中还远没有形成健康的对待"武"的态度。我们可以看到，在欧洲、美国、澳大利亚的竞选宣传中，竞选者大学期间的体育成绩和服兵役的经

---

① 金庸：《神雕侠侣》，生活·读书·新知三联书店 1995 年版，第 1515 页。
② 金庸：《笑傲江湖》，生活·读书·新知三联书店 1995 年版，第 1345 页。

历被放在最显著的位置。以色列的总理、总统等政治家更几乎都是军人甚至特种兵出身。而中国对于领导人的介绍习惯首重的是最高学历。这表明了文化上明显的差异。中国当代文化中对于体育、军事、身体素质、实践能力的重视都远远不够。如雷海宗所说："文武兼备的人有比较坦白光明的人格，兼文武的社会也是坦白光明的社会。这是武德的特征。"[1] 立足当今，重新认识"武"、重视"武"，离不开对先秦文学中"武"的理解和传承。

（作者单位：中国人民大学国学院）

---

[1] 雷海宗：《中国文化与中国的兵》，商务印书馆 2001 年版，第 55 页。

《诗经》研究

读《诗经·北风》略记

倪豪士（William H. Nienhauser）

前　言

读《诗经·北风》让人想到莎士比亚类似的一首诗歌叫"Blow, blow thou winter wind"，一个不重要人物（minor character）在《如愿》中唱的。[①]"Blow, blow"曰：

> Blow, blow, thou winter wind,
>
> Thou art not so unkind
>
> As man's ingratitude;
>
> Thy tooth is not so keen,
>
> Because thou art not seen,
>
> Although thy breath be rude.
>
> Heigh-ho! sing, heigh-ho! unto the green holly:
>
> Most friendship is feigning, most loving mere folly:
>
> Then, heigh-ho, the holly!
>
> This life is most jolly.

---

① 这是 Amiens 给 Duke Senior 唱的歌（*As You Like It*, Act 2, Scene 7）。Earlier in this act another character (Jacques) compares the ability for winds to freely flow to his own intention to criticize others at will.

Freeze, freeze, thou bitter sky,

That dost not bite so nigh

As benefits forgot:

Though thou the waters warp,

Thy sting is not so sharp

As friend remembered not.

Heigh-ho! sing, heigh-ho! unto the green holly...

吹，吹，冬天的风，

你不似人间的忘恩负义

那样的伤天害理额；

你的牙不是那样的尖，

因为你本事没有形迹，

虽然你的虎虎甚厉。

咳咳！咳咳！来对东青唱只曲：

多半友谊是假，多半情爱是愚。

咳喉！冬青！

这里的生活最有趣。

冻，冻，严酷的天，

你不似人间的负义忘恩

那般深刻的伤人：

你虽然能改变水性，

你的尖刺不够凶

像那不念旧交的人。

咳咳！咳咳！来对多情唱只曲：

多半友谊是假，多半爱情是愚。

咳咳！多青！

这里的生活最有趣。①

　　虽然很多莎士比亚的诗歌被认为有政治意义，但是"Blow, blow"只是批评家庭和朋友的异心（disloyalty among families and between friends）。《诗经·北风》是《邶风》的诗歌。因此，在传统解释中大部分的学者觉得《北风》和卫国的政治情况有关。我今天想和大家研读中国古代关于《北风》中国古代一些的注解和西洋的译文，看看有没有一种比较可靠的理解。我们先看《北风》的原文：

　　　　北风其凉，雨雪其雱，惠而好我，携手同行。其虚其邪！既亟只且。
　　　　北风其喈，雨雪其霏。惠而好我，携手同归。其虚其邪！既亟只且。
　　　　莫赤匪狐，莫黑匪乌。惠而好我，携手同车。其虚其邪！既亟只且。

最早有影响的翻译可能是 James Legge's（理雅各，1815—1897）：

Cold blows the north wind;

Thick falls the snow.

Ye who love and regard me,

Let us join hands and go together.

Is it a time for delay?

The urgency is extreme!

The north wind whistles;

The snow falls and drifts about.

Ye who love and regard me,

Let us join hands, and go away for ever.

It it a time for delay?

---

① 梁实秋译：《如愿》，香港远东图书公司 1967 年版，第 61—62 页。

The urgency is extreme!

Nothing red is seen but foxes,

Nothing black but crows.

Ye who love and regard me,

Let us join hands, and go together in our carriages.

It it a time for delay?

The urgency is extreme![1]

理雅各的翻译是从《诗经·小序》和郑玄解释出来的。

《毛诗郑笺》曰:"北风,刺虐。卫国并为威虐。百姓不亲,莫不相携而去焉。"[2]传统的批注也都本于《小序》的解释。近代学者如闻一多或者 Burton Watson(伯顿·沃森)不接受古代的说法,而提倡《北风》是爱情诗歌。沃森曰:Though the identity of the speaker is not clear, the poem is quite obviously a love song of some kind. Yet Mao gives it an uncompromisingly political interpretation: the peasants, oppressed by a cruel government (the cold wind of the song), urge each other to flee to another state. The private dilemma of two lovers is transformed into a public crisis; what is in the original is a timeless expression of urgent pleading is given a specific temporal and factual context.[3] 讨论沃森所说的 specific temporal and factual context(真正历史的背景),要先说《北风》每一句的意思。

诗 注

第一章"北风其凉,雨雪其雱"是兴。《毛诗》曰:"北风,寒凉之风。

---

① James Legge, translator. *The Chinese Classics IV: The She King*. Rpt,台湾进学书局,1969(1871)。

② 《毛诗郑笺》卷二,《四部备要》,第 15a—b 页。

③ 〔美〕沃森,*Early Chinese Literature*(古代文学),哥伦比亚大学出版社 1962 年版,第 210 页。

雰，盛貌。"因此白话可翻为"北风刮来冰冰凉，漫天雪花纷纷扬"① 或是
"The north wind so chill, The snow falls so heavily"。"惠而好我，携手同行"，
《郑笺》曰："性仁爱而好我。"马瑞辰提出："《终风》曰：'惠然肯来。'此
诗'惠而'，犹惠然也。"② 依马先生的看法来说这两句的意思是"如果顺从爱
好我，就携手一起走"。英文："If you are obedient and love me, join hands and
we'll go together." "其虚其邪！既亟只且"③，马瑞辰注："虚者，舒之同音假借，
邪者，徐之同音假借。虚，徐二字迭韵。"④ 可以翻译成"其缓舒舒，其满徐徐，
已经紧急了哟"，How slow, how unhurried, but things are already pressing。

　　第二章第一句曰："北风其喈，雨雪其霏。"⑤《毛诗》曰："喈，疾貌。霏，
甚貌。"马瑞辰说："喈当作湝，又同凄。《说文》湝字注：'一曰湝，水寒也。'
引《诗》'风雨湝湝'，即《郑风》'风雨凄凄'之异文。"⑥ 白话可为"北风刮来
凄冷吹，漫天雪花狠狠飞"，The north wind how icy, The snow falls so hard。第
二句说："惠而好我，携手同归。"此句只有"归"字和上章有异。《毛诗》曰：
"归有德也。"郑玄没有注。王质（1135—1189）曰："此当是离本邦，适他国，
又不安而归。"⑦ 朱熹（1130—1200）注"归"曰："归者去而不返之辞也。"⑧ 有
的学者认为"归"在《诗经·燕燕》也有"返回"的意思。⑨ 朱熹说："归，大
归也。"⑩ 这个解释是按照《毛诗序》："《燕燕》，卫庄送归妾也。"但是陈致先
生最近指出这个理解有矛盾。⑪ 再说，看到"同归"在《诗经·七月》曰："女

---

① 程俊英：《诗经楚辞鉴赏辞典》，四川辞书出版社 1990 年版，第 111 页。

② 马瑞辰：《毛诗传笺通释》，中华书局 1989 年版，第 154 页。白话为"他顺从地答应要来"。

③ 鲁诗、齐诗"邪"作"徐"。陈子展：《诗经直解》，复旦大学出版社 1983 年版，第 122 页。

④ 马瑞辰：《毛诗传笺通释》，第 155 页。

⑤《列女传》引此诗作"雨雪霏霏"。

⑥ 马瑞辰：《毛诗传笺通释》，第 155 页。

⑦ 王质：《诗总闻》，《四库全书》，第 2.27b 页。

⑧ 朱熹：《诗经集传》，《四库全书》，第 2.15a 页。

⑨ 向熹：《诗经词典》（修订本），四川人民出版社 1997 年版，第 210 页，注脚 3。

⑩ 朱熹：《诗经集传》，《四库全书》，第 2.15a 页。

⑪ Chen Zhi, "A New Reading of 'Yen-yen,'" *T'oung Pao*, 85 (1999): 1-28. 陈致在第 8 页说："According
to the Shih chi, Tai Kuei, the younger sister of Li Kuei, died before Wan became the heir apparent. Therefore, it is
impossible that she was escorted away by Chuang Chiang after Wan had been murdered by Chou-yü. Wang Chih
王质（1135—1189）already noted in his Shih tsung-wen this contradiction between the account preserved in the
Shih chi and that in the Tso chuan."

心伤悲：殆及公子同归？”郑玄注：“悲则始有与公子同归之志，欲嫁焉。”①
《诗经·素冠》曰：“庶见素衣兮，我心伤悲兮，聊与子同归兮。”“归”的意思
是“预以将及公子同归”。②朱熹曰：“与子同归，爱慕之辞也。”③

　　第三章的第一句是最难解释的。也可能是这首风歌的“诗眼”。严粲（宋
代）有详细的解释：“‘莫赤莫黑’言无有赤黑于此者。谓最赤最黑也。最赤
者非狐乎。最黑者非乌乎。狐也乌也皆贪残不祥之物。见其色而可知矣。犹
卫之无道不难辩也。”④明代学者季本（1485—1563）有类似的注曰：“狐妖邪
而善媚人。乌贪残而善攫物。皆不祥而可恶者也。狐色赤，君大夫之服纁裳者
似之。乌色黑，君大夫之服缁衣者似之。故以比卫之君臣皆狐乌也。”⑤朱朝
瑛（1605—1670）理解曰（I mean he tries too hard to force a meaning）：“汉唐
以前皆以乌为祥也。狐为妖以喻小人，乌为祥以喻君子。赤者其色显，黑者其
色晦。莫赤匪狐以喻显者，皆小人。莫黑匪乌以喻晦者，皆君子也。”⑥欧阳修
（1007—1072）也反对狐乌不祥的看法，曰：“‘莫赤匪狐，莫黑匪乌’，郑谓喻
君臣相承为恶如一。且赤黑，狐乌之自然，非其恶也。岂以喻君臣之恶。皆非
诗之本义。”⑦

　　第三章的第四句“携手同车”也有不一样的解释。朱熹曰：“同行同归犹
贱者也，同车则贵者亦去矣。”⑧宋代范处义（1154 年进士）有更复杂的理解
曰：“或以同行同车分贵贱，谓始则贱者，终则贵者俱去，非也。同行犹未言
去者，同车则去者益众矣。三章皆言其虚其邪既亟只。”⑨

---

① 《毛诗郑笺》卷二，《四部备要》，第 8.1b—2a 页。
② 朱熹：《诗经集传》，《四库全书》，第 3.50b 页。
③ 朱熹：《诗经集传》，《四库全书》，第 3.43b 页。
④ 严粲：《诗缉》，《四库全书》，第 4.19b 页。
⑤ 季本：《诗说解颐》正释，《四库全书》，第 3.36b 页。
⑥ 朱朝瑛：《读诗略记》，《四库全书》，第 1.42a 页。
⑦ 欧阳修：《诗本义》，《四库全书》，第 3.1b 页。
⑧ 朱熹：《诗经集传》，《四库全书》，第 2.15a 页。
⑨ 范处义：《诗补传》，《四库全书》，第 3.32a 页。

诗　旨

《北风》在传统的评论里被认为是卫国老百姓批评政府的威虐。有的学者觉得"同归"不好解释，所以这首诗应该是客人唱的。王质曰："此当是离本邦，适他国，又不安而归也。"① 方玉润（1811—1883）《诗经原始》提出贤者相率去国的说法："愚观诗词，始则气象愁惨，继则怪异频兴，率皆不祥兆，所谓国家将亡，必有妖孽时也。赤狐黑乌，当时或有其怪，或闻是谣，皆不可知。总之，败亡兆也耳。故贤者相率而去其国也。"但是他也觉得去国的国应该是邶国。② 近代学者的看法不一样。譬如说，闻一多（1899—1946）的解读："三章曰：'携手同车。'案车者亲迎之车，归即'之子于归'之归，此新妇赠婿之辞也。《古诗十九首》之十六曰：'良人惟古欢，枉驾惠前绥，愿得常巧笑，携手同车归。'说亲迎事而语袭此诗者，是其明证。有曰'同行'者，犹'同归'也。女子谓嫁一曰适，行亦犹适矣。"③ 鲍昌（1930—1989）《风诗名篇新解》有类似的说法："上古时期的风俗，是在寒冷的冬日里娶亲。《诗经·邶风·匏有苦叶》云：'士如归妻，迨冰未泮。'《荀子·大略篇》也说：'霜降逆女，冰泮杀止。'本诗描写的正是这样一幅场景：在北风怒号、大雪纷飞的冬日，一个男子去亲迎新娘。他俩恩恩爱爱，手挽着手，共同坐在车上前行。赶车的人也许由于心急，把车赶得快了一些。于是，诗人（显然是被亲迎的新嫁娘）就一面动情地咏唱男子对她的恩爱，一面要求把车赶得慢一些。她似乎很留恋这个亲迎的场面，她希望延长一下这段欢乐的路程。这是多么生动的一幅上古时期亲迎的风俗画，又是多么柔婉的一曲迎亲的婚歌。"④ 吕恢文也以为《北风》是情诗："这首诗写出了一位姑娘盼望她的情人快驾着车子来把她娶走的急迫心情。因为她感到处境困难，担心恶人会破坏他们的幸福。"⑤

---

① 王质：《诗总闻》，《四库全书》，第 2.27b 页。朱谋玮：《诗故》，《四库全书》，第 2.6b—7a 页。
② 方玉润：《诗经原始》，中华书局 1986 年版，第 146—147 页。
③ 闻一多：《诗经通义》，转引自张树波编：《国风集说》，河北人民出版社 1993 年版，第 377 页。
④ 鲍昌：《风诗名篇新解》，转引自张树波编：《国风集说》，第 377—378 页。
⑤ 鲍昌：《风诗名篇新解》，转引自张树波编：《国风集说》，第 378 页。

结　论

　　看到各种各样关于《北风》的说法以后，还是不容易提出诗歌确实的意思。但是本人觉得古代对"同归"的一些说法不太合理。再说，古时候好像狐与乌没有以后不祥的名誉。上面朱朝瑛已经承认乌是吉祥的动物。李剑国也认为汉代以前狐没有后来的妖名。他批评用后代的概念解释《北风》。① 但是在《诗经·有狐》中一个狐"绥绥"只按照朱熹的看法是狐"独行求匹之貌"②。这种情况也可能就是吕恢文所说的新娘"感到处境困难，担心恶人会破坏他们的幸福"。

　　学者都了解"莫赤匪狐，莫黑匪乌"具有象征性的意思。从另外的角度来看，那两行隐喻的意义可能比较重要。Arthur Waley 阿瑟韦利（1889—1966）的翻译曰："Nothing is redder than the fox, Nothing blacker than the crow."他也加上批注说："And no one is truer than I."（我比他人更忠诚）③

　　把《北风》和《邶风》别的类似的诗歌作比较，也有助于我们的理解。比方说，《终风》和《谷风》的结构与《北风》一样：头两行都形容天气。这两首的主旨也都是男女爱情。

　　除了学者以外，《北风》也在古代诗人中具有影响。曹植《怨诗行》很明显地把"北风"理解为闺中人于风雪之中思念远行未归的征夫。曰：

　　　　北风行萧萧。烈烈入吾耳。心中念故人。泪堕不能止。
　　　　浮沈各异路。会合当何谐。愿作东北风。吹我入君怀。④

　　在乐府中也有《北风行》。比如，鲍照《代北风凉行》曰：

　　　　北风凉。雨雪雱。京洛女儿多严妆。

① 李剑国：《中国狐文化》，人民出版社 2002 年版，第 54—55 页。
② 朱熹：《诗经集传》，《四库全书》，第 2.33a 页。
③ Arthur Waley, translator, *The Book of Songs*, New York: Grove Press, 1937, p. 38.
④ 《曹子建集》，《四库全书》，第 11b—12a 页。

遥艳帷中自悲伤。沉吟不语若有忘。

问君何行何当归。苦使妾坐自伤悲。

虑年至。虑颜衰。情易复。恨难追。[①]

因此，虽然本人不能确定《诗经·北风》和爱情有关，还是觉得古代诗人和现代学者对于此诗和爱情有关的看法，比给《诗经》批注的学者各种各样的说法更有说服力并且还有趣。

（作者单位：威斯康辛大学东亚文学语言系）

[①]　郭茂倩：《乐府诗集》，中华书局 1979 年版，第 936 页。

"赋诗断章"新论

曹建国

"赋诗断章"语出《左传》襄公二十八年：

> 癸臣子之，有宠，妻之。庆舍之士谓卢蒲癸曰："男女辨姓，子不辟宗，何也？"曰："宗不余辟，余独焉辟之？赋诗断章，余取所求焉，恶识宗？"①

卢蒲癸有求于庆舍，故不避同宗，娶庆舍之女为妻。对于庆舍门客的疑责，卢蒲癸取譬于赋诗，言自己因为有求于庆氏，无复顾礼。卢蒲癸既以"赋诗断章"来打比方，可见"赋诗断章"在当时的盛行状况。但何谓赋诗？何谓断章？两者关系如何？又作为春秋时期一种言诗方式，"赋诗断章"的诗学价值如何？是否如后人所论为"乱说诗"？凡此种种，皆需一辨。近年来，也有不少的学者讨论"赋诗断章"，但多关注的是它的礼制意义和文化背景，其诗学价值则论之较少。我们认为，作为先秦时一种非常重要的言诗方式，"赋诗断章"在一定程度上代表了先秦《诗》学的转向，具体表现在《诗》的传播、阐释以及诗学观念的塑造等几个方面。

---

① 孔颖达：《春秋左传正义》，北京大学出版社 1999 年版，第 1077—1078 页。

一、"赋诗断章" 释义

"赋诗断章" 事实上包括三个层面的含义：一是 "赋诗"，二是 "断章"，三是 "赋诗" 与 "断章" 之间的关系。

关于赋诗，就《左传》《国语》记载来看，大抵包含两方面的意思。其一是造篇，也就是新创诗篇。如《左传》隐公元年郑庄公与其母武姜大隧相见，各赋一诗。杜预注曰："赋，赋诗也。"孔颖达疏曰："赋诗，谓自作诗也。"[①] 其二为诵古，即赋诵古诗，亦即班固所谓 "古者诸侯卿大夫交接邻国，以微言相感，当揖让之时，必称诗以言其志"[②] 的意思。如《左传》僖公二十三年，公子重耳与秦穆公宴饮。其间宾主分别赋《河水》《六月》，杜预注曰："古者礼会，因古诗以见意，故言赋。"[③] 所以郑玄云："赋者，或造篇，或诵古。"[④]

但诵古有背文和吟咏之别，此即《周礼·大司乐》以 "乐语" 教国子之 "讽""诵" 之别。关于《左传》《国语》之赋诗，学者常引班固 "不歌而诵谓之赋" 以说，其间常牵连赋、诵、歌之别，以及有乐、无乐之纠缠。但治丝益棼，越说越乱。或以为歌与赋、诵有别，而赋等同于诵。或以为赋、诵无乐，而歌则有乐。其或不然。《周礼·大师》"教六诗" 曰风、赋、比、兴、雅、颂，郑玄注赋为直铺，颂为诵、容，孙诒让认为颂、诵、容三者声近义通[⑤]。据此，赋是直言铺陈的描述，诵与颂、诵义通，则与仪式性的歌舞表演相关，可见赋、诵有别。又《礼记·文王世子》"春诵夏弦"，郑玄注曰："诵谓歌乐。"可见诵亦可谓歌，其有乐。而《魏风·园有桃》"我歌且谣"，《毛传》："曲合乐曰歌，徒歌曰谣。"[⑥]《孔疏》：

《释乐》云："徒歌谓之谣。"孙炎曰："声消摇也。"此文歌、谣相对，谣既徒歌，则歌不徒矣，故云 "曲合乐曰歌"。乐即琴瑟。《行苇》传曰：

---

① 孔颖达：《春秋左传正义》，第 56 页。
② 班固：《汉书》，中华书局 1962 年版，第 1755—1756 页。
③ 孔颖达：《春秋左传正义》，第 413 页。
④ 孔颖达：《春秋左传正义》，第 79 页。
⑤ 孙诒让：《周礼正义》，中华书局 1987 年版，第 1842—1844 页。
⑥ 孔颖达：《毛诗正义》，北京大学出版社 1999 年版，第 365 页。

"歌者，合于琴瑟也。"歌、谣对文如此，散则歌为总名。《论语》云"子与人歌"，《檀弓》称孔子歌曰"泰山其颓乎"之类，未必合乐也。①

可见歌亦可不合乐。至于《左传》言赋，抑或有名赋实歌者。如襄公二十七年，齐庆封来聘，叔孙豹与之食。以庆封不敬，叔孙豹"为赋《相鼠》"，但庆封"亦不知"。杜预注认为庆封不知此诗为己，言其闇甚。但《相鼠》诗曰："相鼠有皮，人而无仪。人而无仪，不死何为？"相信如此直白且尖锐的内容，如果是直言诗文，就算是庆封再糊涂，也不至于不知是讽刺自己的。比较合理的解释是，庆封听到的不是文辞，而是乐章。而且赋诗是发生在宴饮之时，赋诗者不当为叔孙穆子本人，而当是乐工，如同襄公二十八年叔孙豹使工诵《茅鸱》例。故《左传》诵古赋诗有背文、吟咏之别，赋诗有用乐、不用乐之分，赋诗者有自赋、乐工赋之异。正如孔颖达所言："诸自赋诗，以表己志者，断章以取义，意不限诗之尊卑。若使工人作乐，则有常礼。"② 其言可从。

所谓断章，即赋诗篇之章节。《左传》断章赋诗有赋首章者，如昭公元年楚令尹子围赋《大明》之首章；有赋次章者，如昭公元年晋执政赵孟赋《小宛》之二章；有赋三章者，如文公七年晋荀林父赋《板》之三章；有赋四章者，如文公十二年季文子赋《采薇》之四章；有赋五章者，如成公九年季文子赋《韩奕》之五章；有赋七章者，如襄公二十年季武子赋《常棣》之七章；有赋卒章者，如昭公二年季武子赋《绵》之卒章。可见，断章赋诗确实具有很大的选择空间。

那么问题来了，何谓"赋诗断章"？具体说，"赋诗"和"断章"是并列关系还是顺承关系呢？杜预注"赋诗断章"曰："譬如赋诗者，取其一章而已。"③ 杜预的意思是"赋诗"即"断章"，而且其所谓"取其一章"大抵是指取所赋诗的首章。在注僖公二十三年公子重耳和秦穆公赋诗时，杜预说："古者礼会，因古诗以见意，故言赋。诗，断章也。其全称诗篇者，多取首章之义。

---

① 孔颖达：《毛诗正义》，第 366 页。
② 孔颖达：《春秋左传正义》，第 503 页。
③ 孔颖达：《春秋左传正义》，第 1078 页。

他皆放此。"但对于杜预的说法，也有不同的意见，如隋刘炫曰："案《左传》赋诗，有虽举篇名不取首章之义者，故襄二十七年公孙段赋《桑户》，赵孟曰'匪交匪敖'，乃是卒章。昭元年云令尹赋《大明》之首章，既特言首章，明知举篇名者不是首章。"①尽管刘炫的说法有一定的理据，但信奉者并不多。后世注《左传》者言及赋诗断章，大多采用杜预的说法，如孔颖达。而我们如果抛开杜预、刘炫差异之争，合而观之，或许更加接近事实。即赋诗取义据其中某一章节或某些章节表达心意，非限于某章，要之合乎当时情境，正如宋人李樗、黄櫄《毛诗集解》所说："古人赋诗，断章取义，盖取其临时意之所寓。"②

除此之外，或许还可以解为表意与手段之间的关系。所谓的表意即"所求"，所谓的手段即赋、吟诗。而赋诗是赋全篇还是赋其中的章节，则根据自己表达的需要而定，此即"赋诗断章"。

作为春秋时期最为广泛的用《诗》形式，它的《诗》学价值如何？作为一种诗学阐释方式，它的诗学价值又如何？下面试作论述。

二、"赋诗断章"与先秦《诗》的传播

诗原本要配合乐在仪式上由大师带领瞽矇，或者大司乐率领国子来表演的，并通过一定的程式体现出礼制意义。到了春秋时代，随着社会尤其是人们礼学观念的变化，人们开始摒弃仪而更加注重礼的政治功能。《左传》昭公二十五年，晋国的赵简子与郑国的子大叔之间的对话，子大叔在区分"礼""仪"之后，说："人之能自曲直以从礼者，谓之成人。"③体现出变通的态度。与此同时，燕飨仪式用乐被功利的外交赋诗取代，诗也渐渐淡化其仪式功能而彰显出实际功用。如果从传播学的角度看，"赋诗断章"则诞育了一种新的《诗》学传播方式。

---

① 孔颖达：《春秋左传正义》，第413页。
② 李樗、黄櫄：《毛诗集解》，《文渊阁四库全书》第71册，台湾商务印书馆1986年版，第223页。
③ 孔颖达：《春秋左传正义》，第1455页。

首先,"赋诗"与传播媒介的变化。尽管春秋时期的仪式赋诗有乐有常礼,但更多的情况下,"赋诗"关注具体情境中的文本意义,尤其是"断章"。不容忽视,辞章义的彰显导致了诗、乐关系的变化。在仪式用乐中,诗依附乐而存在,所谓"治世之音""乱世之音""亡国之音"关注的是音乐,而非语言,其政治内涵是借助音符来传播的。所以在《毛诗序》中语言意义上的赞美也可以被理解为刺诗,其原因就在于此。同样,在类似于射礼中,所谓"凡射:王以《驺虞》为节,诸侯以《狸首》为节,大夫以《采蘋》为节,士以《采繁》为节"①,这有什么文本依据么?完全是音乐的规定。所以在这种情况下,诗的语言义完全被乐章义遮蔽了。但在"赋诗断章"中,我们明显可以感受到诗与乐的疏离,以及诗语言义的凸显。在《左传》《国语》记载的赋诗事例中,我们可以断定大多数的赋诗是不用乐的。比如章节赋诗时,我们实在无法想象这样的情况下如果用乐,乐师该如何配乐。所以,我们宁愿相信章节赋诗是不用乐的。即便是赋整首诗也同样有不用乐的情况存在,比如文公十三年冬,鲁文公与郑穆公在半路相遇,双方有一番赋诗行为,便极有可能不用乐。纯粹的语言传播,信息的载体自然便是语言而不是乐曲。即便是赋诗用乐,双方的信息交流也会发生辞章义和乐章义的纠葛,有时甚至会因为语言与音乐的纠葛而导致交流的失败。如《左传》文公四年:

> 卫宁武子来聘,公与之宴,为赋《湛露》及《彤弓》。不辞,又不答赋。使行人私焉。对曰:"臣以为肆业及之也。昔诸侯朝正于王,王宴乐之,于是乎赋《湛露》,则天子当阳,诸侯用命也。诸侯敌王所忾而献其功,王于是乎赐之彤弓一,彤矢百,玈弓矢千,以觉报宴。今陪臣来继旧好,君辱贶之,其敢干大礼,以自取戾。"②

鲁国君臣赋《湛露》《彤弓》,本义是借诗中《湛露》之"显允君子,莫不令德""岂弟君子,莫不令仪",以及《彤弓》之"我有嘉宾"之辞以赞美宁武

---

① 孙诒让:《周礼正义》,第 1804 页。
② 孔颖达:《春秋左传正义》,第 503—504 页。

子而已。而宁武子不辞不答赋，是因为其理解并遵循的是这两首诗的仪式义，或曰乐章义，亦即孔颖达所说的"常礼"。这种歧异正可说明"赋诗断章"出现之始，交流尚未形成共识。这种理解的歧异，也有助于我们理解下文"赋诗断章"对于先秦《诗》学转向的意义。

其次，传播主体的改变。仪式的用诗自然是由乐工演唱的，即便是公卿献诗也应该交给乐工演唱。《大雅·崧高》："吉甫作诵，其诗孔硕，其风肆好，以赠申伯。"这里既说"其诗孔硕"，当是就诗的本文而言，而"其风肆好"则是指音乐而言。所以《毛传》云："作是工师之诵也。"孔颖达疏："诗者，工师乐人诵之以为乐曲，故云'作是工师之诵'。欲使申伯之乐人常诵习此诗也。"① 同样，《烝民》说"吉甫作诵，穆如清风"，也是就音乐而言的。在这种情况下，乐工与仪式的参加者并不发生直接的交流，而且因为信息的程式化，使得交流缺乏变化和动态的实质。而在春秋时期的赋诗活动中，固然有乐工赋诗的情况，如文公燕飨宁武子的赋诗、襄公四年叔孙豹聘晋、襄公二十九年季札聘鲁等，但更多的情况下应该是诸侯及卿大夫的自赋诗。传播主体的改变从根本上改变了《诗》的传播进程，也赋予《诗》更丰富的内涵。仪式赋诗只要用乐不违制，参加者只要按照程序答拜就可以了。这几乎是一种游离的态度，至少是消极的。而在赋诗活动中，诸侯、卿大夫赋诗、答赋都要经过一番审慎的选择，这种积极的态度使得他们真正参与到传播活动中，也改变了他们对信息载体——诗的态度，从而促进了诗的传播。这一点结合下文再予以论述。

最后，传播的交换性实质促进了作为信息资源的《诗》的地位提高。人类的一切社会行为都带有交换性质，施予与付出都希望得到回报，否则便会导致关系的恶化和联系的中断。从社会功能上说，传播也是一种社会交换，是处于一定关系中的甲乙双方借以相互提供资源或协商交换资源的符号传递过程②。传播主体在信息传播过程中希望从对方那里得到回报，作为外交手段的赋诗也是如此，因为春秋赋诗原本就是有目的性的。所以《左传》记载赋诗中若一方不答赋，另一方便会有所表现，或派遣行人问个明白，甚至于反应会非常强

---

① 孔颖达：《毛诗正义》，第 1217 页。
② 〔美〕麦克尔·E·罗洛夫著，王江龙译：《人际传播：社会交换论》，上海译文出版社 1991 年版，第 25—28 页。

烈。昭公十二年，宋华定聘于鲁，宴飨之际鲁人为之赋《蓼萧》。但华定茫然不知且不答赋，于是叔孙昭子便预言华定"必亡"。所以，赋诗成为达到目的的功利性手段，诗成为交换的筹码（信息载体），而《诗》也就成为信息交换的资源，故孔子曰："不学《诗》，无以言。"能赋诗自然受人尊重，如子犯之赞赵衰，甚或登高能赋可以为大夫。赋诗得体自然万事大吉，甚至能化干戈为玉帛，如齐、郑入晋说服晋侯释放卫侯。而不能赋诗或赋诗不当则可能招致羞辱，如庆封不知《相鼠》；也可能招来杀身之祸，如伯有之赋《鹑之奔奔》；甚至导致战争，如"歌诗不类"的高厚。在这种情况下，学《诗》自然成为人们的自觉，就连身为蛮夷的楚、戎也能娴熟赋诗以表称己意。尤其是楚人赋诗在《左传》中记载颇多，可见《诗》在楚地流布之广，今天楚地出土的简帛也证实了这一点。春秋赋诗在很大程度上促进了《诗》的传播，主要表现在两个方面。一是扩大了《诗》的传播范围，使原本不属于仪式用诗范畴的诗也进入传播者视野，不仅仅局限于原来的仪式用诗。二是提高了诗的传播速度，尤其那些适合于外交目的的诗。如《左传》闵公二年，许穆夫人赋《载驰》，到了文公十三年，在郑、鲁的一次外交赋诗中，郑国大夫子家便能赋《载驰》了，其间只有短短的46年。试想，如果没有赋诗这一新型传播形式，《载驰》不可能如此迅速地被传唱。而且两次赋《载驰》都是赋第四章，取义于"控于大邦，谁因谁极"。

三、"赋诗断章"与先秦《诗》的接受

赋诗主要是在言语的层面展开的。相对于仪式用诗，它是一种新的阐释方式，彰显的主要是辞章义。但千百年来，"赋诗断章"一直受到人们的轻视。其原因有二，一是大家认为说诗者任意割裂诗的部分与整体之间的意义关联，随心所欲的截取诗章，此即杜预所谓"赋诗者，取其一章而已"。二是大家认为说诗者随意说诗而不顾及诗的整体意义和本义，如孔颖达注《礼记·中庸》所引《大雅·旱麓》曰"此引断章，故与诗义有异也"，欧阳修《诗本义》亦曰："《春秋》《国语》所载诸侯大夫赋诗，多不用诗本义。第略取一章或二

句，假借其言，以苟通其意。"① 更甚者如曾异撰谓"左氏引《诗》，皆非诗人之旨"②。但事实或并非如此，从阐释学的角度看，"赋诗断章"也有它的阐释限定和阐释价值。

一、看赋诗对整首诗义的遵守。正如上文所论，杜预注《左传》，以为赋全篇者，皆取首章。由于杜预注《左传》的成就，其论赋诗遂为大多数后来解《左传》赋诗者遵奉不违。但事实上赋称全篇者，皆就全篇取义，如上引刘炫所论。但后来者多不宗刘炫，如孔颖达便举出文公十三年郑、鲁赋诗例，认为季文子赋《四月》即取首章，以证成杜说。事实是否如此呢，我们看《左传》文公十三年：

> 冬。公如晋朝，且寻盟。卫侯会公于沓，请平于晋。公还，郑伯与公会于棐，亦请平于晋。公皆成之。郑伯与公宴于棐，子家赋《鸿雁》，季文子曰："寡君未免于此。"文子赋《四月》。子家赋《载驰》之四章，文子赋《采薇》之四章。郑伯拜，公答拜。③

子家赋《鸿雁》乃以鸿雁失所以比况郑国，告哀于鲁侯，祈请鲁侯为郑请平。文子答之以《四月》。杜预注："义取行役逾时，思归祭祀，不欲为郑还也。"《四月》首章云："四月维夏，六月徂暑。先祖匪人，胡宁忍予？"④ 全无祭祀之义。整首诗都是凄苦的哀告，文子赋此诗，正表明他对于郑国处境的了解与同情，所谓"君子作歌，维以告哀"。正是在得到了文子的同情之后，子家赋《载驰》之四章，求鲁侯返晋为郑请平，文子赋《采薇》之四章，杜预以为取"岂敢定居，一月三捷"为说，其实倒不如说就整章为说，"彼尔维何？维常之华"，表明晋、鲁、郑为兄弟之国，正当相互亲爱；"彼路维何？君子之车。戎车既驾，四牡业业。岂敢定居？一月三捷"，则答应为郑返晋，并表明自己已经做好了准备。所以，文子赋《四月》《采薇》都是就整首诗为说，非

---

① 欧阳修：《诗本义》卷二，《文渊阁四库全书》第 70 册，台湾商务印书馆 1986 年版，第 195 页。
② 曾异撰：《纺授堂文集》卷五，《四库禁毁书丛刊》第 163 册，北京出版社 1997 年版，第 574 页。
③ 孔颖达：《春秋左传正义》，第 547 页。
④ 孔颖达：《春秋左传正义》，第 547 页。

独取首章之义也。

更为直接的例证来自昭公十二年的一次赋诗。

> 夏，宋华定来聘，通嗣君也。享之，为赋《蓼萧》，弗知，又不答赋。
> 昭子曰："必亡。宴语之不怀，宠光之不宣，令德之不知，同福之不
> 受，将何以在？"①

根据昭子的评论，这次宴饮赋诗涉及《蓼萧》篇之"燕笑语兮，是以有誉
处兮""既见君子，为龙为光""宜兄宜弟，令德寿岂""和鸾雝雝，万福攸同"
等内容，这些诗句分别见于《蓼萧》的第一、二、三、四章。而《蓼萧》四章，
可见赋诗并非针对某一章，所以杜注"赋诗"谓取其一章显然是不正确的。

不仅如此，就是赋章节者，也不曾背离诗的整体义。《左传》成公九年，
季文子如宋致伯姬。复命，公燕飨之，季文子赋《韩奕》之五章，称扬宋之乐
如韩之乐，颂美鲁宋的这一次结姻，言及已故之鲁宣公有蹶父之德。可以说，
文子赋诗虽为章节，但总体上并未背离原诗。伯姬之母穆姜闻言出房，曰：
"大夫勤辱，不忘先君，以及嗣君，施及未亡人，先君犹有望也。敢拜大夫之
重勤。"然后赋《绿衣》之卒章。杜预注："取其'我思古人，实获我心'，喻
文子之言得己意。"②但我认为杜注有误，穆姜之赋不为文子，应当是为先君鲁
宣公。《绿衣》睹物思人，正合穆姜此时缘事思人的心情，所谓的"古人"当
指逝去的先君，绝不可能譬喻活着的文子。这样理解的话，则穆姜之赋虽为取
其一章，实亦不悖于全诗。

所以，赋整首诗与赋章节在本质上并没有差别，语言是意义的归宿，都要
遵守整首诗意义的约束。如果说赋整首诗是对一首诗意义的正面阐发，而赋诗
截取章节正是对整首诗意义的自觉回避，是从反面遵从了整首诗意义的约束。
我们没有必要，也不能把整首赋诗与章节赋诗对立起来，更不能把"赋诗断
章"理解为章节赋诗，是乱说诗。

---

① 孔颖达：《春秋左传正义》，第 1294 页。
② 孔颖达：《春秋左传正义》，第 737 页。

二、看作为阐释手段的赋诗所遵守的阐释原则。从本质上来说，以微言相感的"赋诗断章"是一种取譬行为，目的在于以《诗》之成言成事比况眼前之事，是心中意愿得以曲折表达。《左传》昭公二年，为昭公即位故，晋使韩起来聘。昭公燕飨之，季武子赋《大雅·绵》之卒章，宣子赋《角弓》。《绵》是周王朝的史诗，道述周王朝兴盛的历史，其卒章歌颂的是文王。诗中"虞芮质厥成，文王蹶厥生"，写文王之德。文王所以有如此之德，因为他有"疏附先后奔奏御侮"之臣。武子此赋，一者比况晋侯有大德，因为晋为当时天下诸侯之盟主；另者比况韩宣子为晋大臣有如文王之贤臣。宣子赋《角弓》，一者取譬于"兄弟昏姻，无胥远矣"，希望晋鲁兄弟之国能够相亲爱；另者取譬于"尔之教矣，民胥效矣"。当初周公制礼为天下规范，因为"民之无良，相怨一方。受爵不让，至于已斯亡"，有礼则为君子，无礼则夷狄，此所谓"周公之德，与周之所以王"。而今"周礼尽在鲁"，则教导天下毋相怨相争，就是鲁的责任，此即所谓"如蛮如髦，我是用忧"。所以宣子赋诗，一诗三用，皆取譬而成。

作为取譬的形式，赋诗自然要遵从"类"的约束，亦即所谓"歌诗必类"。"夫辞以类行者也，立辞而不明于其类，则必困矣"[1]，可见类之于行辞的重要性。从功能上讲，"类"具有社会意义的宗法性和语言取向上的同一性，形之于思维，也就具有伦理的和逻辑的双重特性[2]。逻辑的标准可以构建思维间关系，以保证取譬的成功。而且"类同"是"有以同"，这就使得取譬的范围非常之广，同一事理可以从不同的角度取譬，同一事物也可以用于不同情况下的取譬。《左传》襄公八年，范宣子来聘，告将用兵于郑，宣子赋《摽有梅》。诗以梅子熟极则落，以喻女子色盛则衰，吉士求女宜及时。范宣子赋诗取譬于汲汲相赴之义，邀鲁及时共讨郑也。故季武子言范宣子取譬于草木，申明鲁将从晋命，"欢以承命，何时之有"，迟速无时也。这说明春秋赋诗表意，以微言相感之时，都是基于对诗歌意义的正确理解，然后以之取譬。而伦理性的标准则

---

[1] 孙诒让：《墨子閒诂》，中华书局 2001 年版，第 413 页。

[2] 吴建国：《中国逻辑思想史上类概念的发生、发展与逻辑科学的形成》，《中国社会科学》1980 年第 2 期。

构成了取譬的内在张力，从根本上规范了取譬的方向。襄公二十七年，郑伯享赵孟，伯有赋诗《鹑之贲贲》，所谓"志诬其上而公怨之，以为宾荣"，有悖于臣子之理，后来郑伯果杀伯有。昭公元年，楚令尹赋《大明》之首章，俨然以王自取譬，实为不类。故赵孟云"令尹自为王矣"，赋《小宛》之二章，委婉行谏。

三、赋诗与应用之间的关系。我们一直强调春秋赋诗的实用主义态度，是一种用诗。从阐释学角度看，应用本身就是阐释。我们总是习惯于把阐释理解为是阐释者对某一历史流传物 —— 即本文 —— 理解之后的解说，却常常忽略了这样一种基本事实，即阐释者对某一本文的解释正是为了将其运用于阐释者本人目前的处境。理解是发生在具体历史境况中的具体行为，是一个具体可感的事件。正是在这一意义上，应用成为阐释不可或缺的一部分①。卢蒲癸说"余取所求"点明的正是"赋诗断章"作为一种诗学阐释模式的实用性特征。赋诗者从当前的处境出发选取他认为合适的诗篇，在一定的情景下赋诵出来，实际上就是他基于当下情境对诗歌的一种阐释。这一点可以从两个方面来理解：把文字的诗歌用说话形式表达出来就是一种阐释，"被说出的话语以令人吃惊的程度出发解释自身，既可以通过说话的方式、声音、速度等等，同时也可以通过说话时的环境"②。另一方面赋诗者对诗篇的选择也带有阐释前提，即为什么是这首诗。从上文的分析中我们可以看出，赋诗作为一种取譬必须要保证逻辑上的同一性，赋诗者认为某首诗适合当下的情境才会选择它，他的"这种"理解就是选择的前提。所以，应用与阐释密不可分，赋诗断章作为诗学阐释模式具有阐释价值，因而具有它存在的合理性。但我们又反对以"应用"为借口对本文予以随意解释，它必需要遵从本文的内在约束，亦即"类"。

四、阐释传统与赋诗的合理性。本文固定的，又是一种流传物，是此在性存在。它自身的结构能表现一些本质性的东西；而作为一历史流传物，它又不断获得新的意义附加，所以它是活在历史中的意义构成物，具有意义的连续性，而且正是这种意义的连续性把"艺术作品与实际存在的世界

---

① 〔德〕伽达默尔著，洪汉鼎译：《真理与方法》，上海译文出版社 1999 年版，第 395 页。

② 〔德〕伽达默尔著，洪汉鼎译：《真理与方法》，第 502 页。

（Daseinswelt）联系在一起"①。本文的这种特质规范了阐释的任务，即阐释者必须正确地处理共同本文的同一性与不断变迁的阐释情境之间的矛盾对立，也就是应用与传统的对立，存在与此在的对立。基于阐释者的处境，他要按照自己的方式理解本文；但他又不能忽视本文的同一性，没有本文也就没有意义连续性，也就没有阐释。这就涉及对前理解（亦即传统）的态度与取舍。任何人都不是生活在历史的真空中，而是生活在一种文化传统之中，所有这些都构成了理解的前见。正是根据这些前见，我们对一事物进行分辨，因此，"一切诠释学条件中最首要的条件总是前理解"②。只有在这种理解的历史性中才能理解传统、理解历史，从而理解本文。只有这样我们才能最大限度地消除对时间间距③（Zeitenabstand）的误解并赋予它以阐释的重要意义，并对我们自身进行规范和约束，因为时间会帮助我们淘汰虚假判断并彰显事物的真实意义。从这个意义上说，上文所说的"类"就相当于阐释学中的"理解前见"。从作诗到采诗，再到朝廷讽献，诗已经经过了好几番的阐释，每一次的阐释都是一次意义的附加，都将会对以后的阐释产生约束性。以《常棣》为例。《左传》两赋《常棣》，一见于襄公二十年，季武子如宋报聘，宴饮之际赋《常棣》之最后两章，突出鲁、宋姻亲之国当和好如兄弟。一见于昭公元年，赵孟赋《常棣》以答子皮赋《野有死麕》，表明兄弟之国当和好而不应以无礼相陵加。而关于作《常棣》之由，《国语》记为周公作，《左传》记为召穆公作，但都是关于兄弟和睦的。所以不管阐释者立足目前处境，赋《常棣》以取何譬，但"兄弟和睦"作为《常棣》的意义总是预先参与进来，成为赋诗者的阐释前见，一定意义上规范着他的取譬意向。

四、"赋诗断章"与先秦诗学观念的塑造

"赋诗断章"完全是一种个体行为，迥别于早期仪式用诗的集体行为。它

---

① 〔德〕伽达默尔著，洪汉鼎译：《真理与方法》，第 173 页。
② 〔德〕伽达默尔著，洪汉鼎译：《真理与方法》，第 378 页。
③ 时间间距表现为不同时代间的差距，并因此导致理解的差异。

既然将个体的生命情感体验引进诗中，也必然促使诗打上生命个体的烙印，并对先秦诗学观念的塑造产生影响。

一、赋诗与诗言志。"诗言志"最早见于《尚书·尧典》，由于对《尧典》出现年代的质疑，人们一般也不相信"诗言志"说会出现在虞舜时代。但如果我们能规避后世"诗言志"的影响，将"志"解为"记忆"①，而不是"意志""情志"，则虞舜时代产生"诗言志"说丝毫不值得奇怪。并且我们在讨论"诗言志"产生的文化背景时，也不能忽视宗教因素的存在。②《周礼》言瞽矇之职掌曰"讽诵诗，世奠系"③，言小史职掌曰"掌邦国之志，奠系世，辨昭穆"④。奠，定也。"奠系世"义同于"世奠系"，都是指记录王朝时代顺序和各时代政治兴衰，即史书，所以郑众及杜子春都将其解释为《帝系》《世本》之属。瞽矇、小史之别即是记忆、记录之别。所以早期的诗歌大概都是《生民》《皇矣》之类的史诗，是记述一个民族兴盛壮大的历史，故曰"诗言志"，小史掌邦国之志。而《尧典》中的夔是乐官，也就是《周礼》所谓的"瞽矇"，虞舜和他言及"诗言志"，又有什么奇怪的呢？

但到了春秋时期，随着赋诗风气的兴起，出现了以外一种意义上的言志，即言怀抱之志。它与早期记忆之志也有一定的联系，即赋诗者必须要记忆大量的诗篇，通过赋诗可以检验一个人的学识修养，亦即所谓的"文"。但一个人在一些场合选择什么样的诗篇赋诵，就与他个人所要表达的意愿有关了，同时也可以反映赋诗者德行的高低。《国语·鲁语下》记载师亥闻敬姜赋《绿衣》三章，曰："诗所以合意，歌所以咏诗也。今诗以合室，歌以咏之，度于法矣。"⑤又《左传》襄公二十七年，伯有赋诗不当，赵孟便说"诗以言志"，而伯有赋《鹑之奔奔》不合礼仪。而荀偃也正是通过高厚的赋诗，体察到诸侯有"异志"。《左传》《国语》记载的赋诗有 33 次，但实际的赋诗行为可能要远远

<hr/>

① 闻一多先生说"诗"有三义：记忆、记录、怀抱，其中记忆、记录之别只是方式的不同而已，并无实质性的差别。而从"记忆""记录"发展到"怀抱"则是质的飞跃。

② 在《尧典》中，当舜向夔告诫"诗言志"的时候，其目的在于"神人以和"，亦即沟通神、人。曹建国：《由楚简"蔽志"论"诗言志"的产生年代和原初内涵》，《长江学术》2010 年第 2 期。

③ 孙诒让：《周礼正义》，第 1865 页。

④ 孙诒让：《周礼正义》，第 2098 页。

⑤ 左丘明：《国语》，上海古籍出版社 1988 年版，第 210 页。

多于 33 次。相信每一次赋诗对当时人的思维都是一次定势训练，使得人们将赋诗与赋诗人的内心情志、怀抱、意愿联系起来，而他人也正是凭借赋诗来了解一个人的。于是，"诗言志"便由记忆转向了怀抱，并开启了中国诗学的道路，集体的记忆转化为个体情志的抒发。所以"诗言志"能成为中国诗学的开山纲领，发生于春秋时期的赋诗活动是一种重要的助推力量。

二、赋诗、引诗与"雅"观念的出现。《雅》诗先秦时当称之为《夏》诗，至少孔子时代尚是如此，有近出竹书《孔子诗论》《缁衣》为证，《墨子》也称《雅》为《夏》。《夏》诗类似于说《周》诗，周诗称"夏"，与周人以夏人后裔自居的心态有关。① 《夏》诗作为周诗，反映了周人生活的方方面面。为什么《夏》诗渐渐演变成了《雅》诗？古往今来，大多从音韵学上寻找依据，以"雅""夏"音通作为解释，其实这未免有点简单化。也许有音韵方面的原因，但绝不是主要原因。由"夏"到"雅"不应该是一个文字学的问题，应该是诗学观念史的塑造过程，而且主要原因应归结为春秋时期赋诗、引诗。

先看赋诗。《左传》《国语》记载的 55 篇，71 次燕飨赋诗，属于《召南》的 6 篇 6 次，《邶风》3 篇 4 次，《鄘风》2 篇 3 次，《卫风》2 篇 2 次，《郑风》8 篇 9 次，《唐风》1 篇 1 次，《小夏》27 篇 36 次，《大夏》5 篇 6 次，《周颂》1 篇 1 次。《小夏》无论在哪方面都占 50% 左右，如果再加上《大夏》就超出了 50%。《风》诗主要是《郑风》占的比例大，因为昭公十六年郑六卿饯韩宣子，韩宣子欲观郑志，六卿便各赋一首郑诗，而不像赋《夏》诗那么分散。再从篇目上看，《小夏》赋诗赋《蓼萧》《六月》《菁菁者莪》《角弓》《鸿雁》《常棣》《彤弓》各 2 次，《大夏》赋《嘉乐》《大明》《绵》各 2 次。赋诗的目的主要有二：称颂对方德行懿范，有君子之风；或赋诗言志，表明自己的政治诉求，尤其希望大国能顺天保民，庇佑小国。

再看引诗。不计君子曰，《左传》记载引诗共 132 条，其中《周颂》14，《鲁颂》1，《商颂》5，《大夏》49，《小夏》41，《风》16。《大夏》约占 37.1%，《小

---

① 关于这一点广见于《尚书·周书》，如《康诰》《君奭》《立政》。《诗经》也常见"长夏""时夏"等语。《左传》襄公二十九年季札观乐，于《秦风》曰："此之谓夏声，夫能夏则大，大之至也，其周之旧乎。"均可证。更详细的讨论见陈致：《说夏与雅：宗周礼乐形成与变迁的民族音乐学考察》，《"中央研究院"中国文哲研究集刊》第 19 卷，2001 年，第 1—53 页。

夏》约占31％，两项相加约占68.1％。引诗同样也非常集中，《大夏》引《文王》《板》各8次，《烝民》《抑》各5次，《民劳》4次，《皇矣》《瞻卬》《桑柔》各3次，《既醉》《假乐》《荡》各2次。主题同样也非常集中，一是歌颂文王之德；二是告诫当权者要敬天保民，顺应天人之德。《小夏》引诗篇章、主题集中性方面与《大夏》类同。《国语》引诗26例，其中《风诗》2例，《小夏》3例，《大夏》12例，《周颂》5例，《商颂》3例，逸诗1例。也是以《夏》诗所占比例最大，内容也与《左传》一样，集中在敬天命、安家邦、防世乱、安民众等方面。《左传》《国语》引诗篇目及主题分布特征表明春秋时人在国运衰弊、世乱日至的情况下希望政治清明、时局安定的心态和对文王这样贤德君子的渴望。① 而且春秋赋诗、引诗所表现出来的经世诉求被后来的诸子所接受，诸子引诗也相对集中在《夏》诗。

春秋以来的赋诗、引诗塑造了人们诗学观念，并最终导致由"夏"到"雅"的嬗变。这里的"雅"实际上蕴含三层含义：一是德行之正，所谓"雅，正也"；二是合乎礼仪规范，所谓"《诗》《书》执礼，皆雅言"；三是关乎政治兴废，正如《诗大序》解释政有大、小，故有《大雅》《小雅》。而"雅"的这三层含义的形成均与赋诗、引诗有一定的关联性，春秋赋诗主题集中在歌颂君子之德和关心政治兴替等方面，而赋诗、引诗本身也被认为是合礼行为。因为赋诗主要集中在《夏》诗，《夏》诗成为人们观念中"雅"的象征，《夏》诗便逐渐演变为《雅》诗。所以我们认为，春秋以后人们的"雅诗"观念的形成与赋诗、引诗有关。

总之，春秋时期的赋诗是一次真正意义上《诗》的解放。从仪典转变为语典，促成了中国传统《诗》学质的飞跃。而且，它通过孔子奠定了中国诗学发展的方向：诗关乎政治。作为传统《诗》学研究第一人，同时又受到赋诗风气浸染，孔子以其《诗》"可以兴，可以观，可以群，可以怨"表现出对《诗》政治秩序重建价值和伦理价值的追问。而孔子《诗》学观的形成与"赋诗断章"有着密切的关系，其曰："诵诗三百，授之以政，不达；使于四方，不能

---

① 葛晓音：《试论春秋后期"〈诗〉亡"说》，《中华文史论丛》第78辑，上海古籍出版社2004年版。

专对，虽多，亦奚以为？"① 提出学《诗》的一个重要目的是能够赋诗专对。近出的上博竹书《孔子诗论》是孔子诗学思想的反映，以"情志"论诗是这部《诗论》的一个重要理论特色，这也与赋诗观志有关。从论诗形式，也可以看出赋诗的影响，如"《将仲》之言""《大田》之卒章"之类。所以，如果说"诗言志"是中国诗学的开山纲领，"赋诗断章"则无疑是第一个元点诗学命题和重要启蒙意义的诗学实践。

（原载《兰州大学学报》［社会科学版］2015 年第 6 期）

（作者单位：武汉大学文学院）

---

① 刘宝楠：《论语正义》，中华书局 1957 年版，第 285 页。

先秦出土文献与诗学公案的解决

徐正英

先秦有许多学术问题，由于文献的不足而未获解决，成为千年学术公案，仅涉及诗歌的公案就有五七言诗歌起源问题、《商颂》创作年代问题、"国风"作者与民歌问题、"郑声淫"问题、孔子删诗问题、"诗言志"提出时间问题、《毛诗序》作者问题等等，所幸，随着先秦出土文献的不断公布，为如上学术公案的解决，不同程度地提供了新证，笔者选取四个自己体会较深的问题予以探讨，借以彰显出土文献对先秦文学研究的重要意义。

一、甲骨文有助确认七言诗起源于商朝

诗歌七言体式起源问题，是诗歌各言起源问题中争论最多的，李立信、葛晓音先生先后撰文有过梳理[①]，在其归纳的九种意见中，最早的是"源于《诗经》"说。《诗经·商颂》为商诗还是宋诗迄无定论，即便确认《商颂》为商朝作品，也无法说明七言诗起源于商朝，因为今存五篇《商颂》作品皆无七言诗句。《诗经》的其他作品都产生于西周以后，所以"源于《诗经》"说也就是"源于西周"说。而由出土文献印证传世文献则可确认，七言诗句当起源于商朝。

---

① 李立信：《七言诗之起源与发展》，台湾新文丰出版公司 2001 年版，第 1 页；葛晓音：《早期七言的体式特征和生成原理》，《先秦汉魏六朝诗歌体式研究》，北京大学出版社 2012 年版，第 205 页。

　　传为黄帝时含有七言句的《击壤歌》和传为虞舜时的《南风歌》被视为后人假托自在情理之中，因为作者本身就是传说人物。但《荀子·大略》篇所载商汤杂言《祷雨辞》就未必是伪托了。云：

> 政不节与？使民疾与？何以不雨至斯极也？
> 官室荣与？妇谒盛与？何以不雨至斯极也？
> 苞苴行与？谗夫兴与？何以不雨至斯极也？①

　　笔者之所以认为此篇含有三个七字句（不计"也"字）的《祷雨辞》有一定可信度，是因为，一则内容符合开国明君商汤的身份、情绪和口吻；二则荀子是先秦以严谨著称的学者，《荀子》一书所征引的文献一般都信而有征，如所引《诗》《书》《易》《礼》等书之句，皆可核查出文本出处，以此类推，其所录《祷雨辞》亦当有据；三则商朝享祚约五百年，今见甲骨文是后二百七十多年的产物，依文字成熟程度逆推二百余年，商汤时期当已使用文字，君举必书，祭天求雨乃国之大事，商汤求雨时随口喊出的祷告语或被史官随笔记下或口耳相传，当在情理之中，至荀子时代被引入子书，亦不足为奇。若然，《祷雨辞》则可视为今见最早含有七言句式的杂言诗，其被收入《诗纪》而未被收入《古文苑》，也表明前贤对该辞诗歌体而非散文体性质的确认。

　　如上结论毕竟只是笔者的合理推测，其可靠性受人质疑在所难免，而我们从甲骨文中发现的四句完整七言刻辞，则为商朝时期已有七言体式的诗歌进一步提供了铁证。《甲骨文合集》14294 片刻辞为：

> 东方曰析风曰协，南方曰因风曰凯，西方曰丰风曰夷，北方曰夕风曰冽。②

　　这是商王武丁时期的刻辞，记述了古代东南西北四方神名和四方风名，其

---

　　① 王先谦：《荀子集解》，中华书局 1996 年版，第 504 页。
　　② 郭沫若主编：《甲骨文合集》第 5 册，中华书局 1982 年版，第 2046 页；又见李圃：《甲骨文选注》，上海古籍出版社 1989 年版，第 25 页。

四句不仅全为七言句式，而且每句都符合后来七言诗的前四后三节奏，同时还大致押韵。尤为重要的是，尽管当时四方神名和风名已客观存在，但是宫廷神职人员将神名有序地编排在一起，以"顺口溜"的形式吟诵流传，本身就已具备创作意图，该作品应算作半独立的诗歌创作了，我们不妨将其命名为《四方神名歌》。早期的所谓文学创作，本就多为缘事而发，以应用性目的为特征，作为甲骨刻辞，此骨既无钻凿，也无灼兆的痕迹，并能做到不直接契刻占卜内容，确实堪称特例。这一点与《甲骨文合集》36975 片刻辞对比看得更清楚。两片刻辞同样属于代表已具四方方位概念和春种、夏耘、秋收、冬藏四季观念的商朝人，为求四方神灵保佑获取各方丰收而刻契的"顺口溜"，其 36975 片"王占曰：吉。东土受年吉。南土受年吉。西土受年吉。北土受年吉"① 的五言体式，明言"占曰：吉"，是占卜性文字，从文学角度看，充其量只能算作刻契者对占卜内容所作"文学"加工，算不上创作。因此，将第 14294 片刻辞视为我国迄今发现最早的完整七言体式诗歌雏形并不为过。之后，伯夷《采薇歌》"登彼西山兮，采其薇矣。以暴易暴兮，不知其非矣。神农虞夏忽焉没兮，我适安归矣？于嗟徂兮，命之衰矣"，见于《史记·伯夷列传》②，因录入正史，亦当有一定可信性，是今见商代遗民在商周易代之初所创作的杂有七言句式（不计"兮"字）的杂言诗。如果可靠，自当早于《诗经》作品。

　　将如上传世文献和出土文献中的早期诗歌合并观之则可发现，就创作成分而言，由商朝初年《祷雨辞》求雨功利性的祷告内容，到商朝后期《四方神名歌》对已有神名编排的半独立性创作，再到《采薇歌》有感而发的纯粹诗歌创作，笔者隐约感受到七言诗起源阶段确实潜存着一种内在的缓慢演进链条。就外在体式而言，从包含七言在内的单行散句式杂言诗，到四三节奏完整七言体，再到四三节奏杂言诗，进而联系《诗经》所见共十二句"兮"字句四三、三四节奏甚至散文化句式的混用③，又感受到七言体式形式本身的演进却是颇为

①　郭沫若主编：《甲骨文合集》第 12 册，第 4599 页。
②　司马迁：《史记》，中华书局 1982 年版，第 2123 页。
③　《诗经》中的七言句共十二见，依次为《魏风·伐檀》"胡瞻尔庭有县狟兮""胡瞻尔庭有悬特兮""胡瞻尔庭有县鹑兮"，《豳风·七月》"二之日凿冰冲冲，三之日纳于凌阴"，《小雅·鹿鸣》"以燕乐嘉宾之心"，《小雅·小昊》"如彼筑室于道谋"，《大雅·召旻》"维昔之富不如时，维今之疚不如兹""今也日蹙国百里"，《周颂·我将》"仪式刑文王之典"，《周颂·敬之》"学有缉熙于光明"。

缓慢甚至是反复的。本来商朝后期就已有了完整的四三节奏诗例，可《诗经》中的西周作品却又混杂有单行散句化的七言句，这就印证了葛晓音先生依《诗经》《楚辞》等传世文学文本所得出的研究结论："早期七言篇章由单行散句构成、意脉不能连属的体式特性，使七言只能长期适用于需要罗列名物或堆砌字词的应用韵文，而不适宜需要意脉连贯、节奏流畅的叙述和抒情。"[1] 但是，笔者以为，不论七言体式诗歌在早期阶段发展如何缓慢甚至反复，由出土文献和传世文献双重证据证明，这一体式起源于商朝却是毋庸置疑的。

二、上博简《孔子诗论》促使确认孔子所说"郑声淫" 不包括郑国诗歌

孔子斥责的"郑声"包括不包括《诗经》中的郑国诗歌，是学术界长期争论、迄无定论的一桩诗学公案。孔子曾多次否定"郑声"，如："放郑声，远佞人；郑声淫，佞人殆。"[2] 又如："恶紫之夺朱也；恶郑声之乱雅乐也；恶利口之覆邦家者。"[3] 体会孔子的原意，他针对的当是郑国音乐，认为"郑声"是有失"中正"而"乱雅乐"的"过度"之声，这里"郑声"与"雅乐"对举，当不包括郑诗。但是，因为《诗经》诗乐一体，每首诗都是配乐演唱的，有了"淫诗"内容才可配相应"淫声"，"淫声"乐调与"淫诗"内容不可能割裂开来，因此汉代以后，不少人认为孔子对"郑声"的否定就是对郑诗的否定，其对包括音乐和诗歌在内的所有"郑风"都反对。

最早将"郑声淫"含义的解释明确转指郑诗的是东汉许慎，其《五经异义》云："郑诗二十一首，说妇人十九矣，故郑声淫也。"[4] 由音乐乐调的失正指向了诗歌内容的淫乱。至两宋之交的郑樵，则将许慎之说具体化，首次指斥

---

① 葛晓音：《早期七言的体式特征和生成原理》，《先秦汉魏六朝诗歌体式研究》，第 225 页。
② 《论语·卫灵公》。程树德：《论语集释》，中华书局 1990 年版，第 1087 页。
③ 《论语·阳货》。程树德：《论语集释》，第 1225 页。
④ 陈寿祺：《五经异义疏证》，上海古籍出版社 2012 年版，第 162 页。

"郑风"中的《将仲子》一诗为"淫奔之诗"①。深受郑樵影响的朱熹,进而对二十一首"郑风"诗歌逐一定性,其中有十五首被定为"淫诗"。② 至此,孔子的"郑声淫"也就成了"郑诗淫"的同义语,"放郑声"也就被理解成了"放郑诗"或"放郑风"。③ 不过,虽然朱熹之说影响深远,但认为"郑声淫"并不包括郑国诗歌、"放郑声"并不等于"放郑风"的不同声音也从未消歇,如明代杨慎,清代尤侗、姚际恒、戴震、马瑞辰、陈乔枞、方玉润、陈启源等,都力辨"郑风淫"之妄。④ "五四"以后,随着传统价值判断标准被颠覆,"郑风淫"的帽子虽然被甩掉了,但孔子"郑声淫""放郑声"之说到底单指"郑风"中的音乐还是兼指"郑风"中的诗歌文本,这一问题本身却并未获得解决,至

----

① 郑樵:《诗辨妄》之《诗序辨·郑风》(辑自朱熹:《诗序辨说》),《续修四库全书》第 56 册,上海古籍出版社 2002 年版,第 228 页。

② 朱熹:《诗集传》,上海古籍出版社 1980 年版,《将仲子》:"莆田郑氏曰,此淫奔者之辞。"(第 48 页)《叔于田》:"或疑此亦民间男女相说之词也。"(第 48 页)《遵大路》:"淫妇为人所弃,故其去也,揽其袪而留之。"(第 51 页)《有女同车》:"此疑亦淫奔之诗。"(第 52 页)《山有扶苏》:"淫女戏其所私者。"(第 52 页)《萚兮》:"此淫女之词。"(第 52 页)《狡童》:"此亦淫女见绝而戏其人之词。"(第 53 页)《褰裳》:"淫女语其所思者。"(第 53 页)《东门之墠》:"识其所以淫者之居也。"(第 54 页)《风雨》:"淫奔之女,言当此之时,见其所期之人而心悦也。"(第 54 页)《子衿》:"此亦淫奔之诗。"(第 54 页)《扬之水》:"淫者相谓。"(第 55 页)《出其东门》:"人见淫奔之女而作此诗。"(第 55 页)《野有蔓草》:"男女相遇于野田草露之间。"(第 56 页)《溱洧》:"此诗淫奔者自叙之词。"(第 56 页)

③ 朱熹由"郑声淫"转称"郑风淫"之后,宋代理学家几近影随从。至明清时期继申朱说者亦不乏其人,如明代湛若水、王阳明、陈士元,清代焦竑、顾梦麟、李光地、夏炘、崔述等,都秉承"诗乐一体"观念,将郑国诗歌定性为"淫诗",甚至主张将其删除。如,夏炘《读诗札记》云:"郑声即郑诗也,……声与诗不能分而为二也。'郑声淫'之'淫'即淫佚之'淫',非训为过也。"见《景紫堂全书·读诗札记卷四》,台北艺文印书馆 1969 年版,第 2 页。崔述《论语余说》云:"近世举业家说《为邦》章'郑声淫',云'郑之淫'在声,非以其诗也,故孔子云'放郑声'。余按《书》云'诗言志,歌永言,声依永,律和声',则是志者,诗之本也;诗者,歌之本也;歌者,声之本也。……故诗淫则声未有不淫者,不得分诗与声为二也。"见《崔东壁先生遗书》下册,北京图书馆出版社 2007 年版,第 14—15 页。认为郑声与郑诗无法分割。

④ 如,杨慎《丹铅总录·订讹》云:"《论语》'郑声淫',淫者,声之过也,……'郑声淫'者,郑国作乐之声过于淫,非谓郑诗皆淫也。"见王大淳笺证:《丹铅总录笺证》,浙江古籍出版社 2013 年版,第 577—578 页。姚际恒《诗经通论·自序》云:"《集传》纰缪不少,其大者尤在误读夫子'郑声淫'一语,妄以郑诗为淫,……是使'三百篇'为训淫之书,吾夫子为导淫之人。"中华书局 1958 年版,第 8 页。戴震《戴东原集》卷一《书郑风后》云:"凡所谓声,所谓音,非言其诗也。……然则郑、卫之音,非郑诗、卫诗;桑间濮上之音,非《桑中》诗,其义甚明。"见《戴震集》,上海古籍出版社 2009 年版,第 9—10 页。马瑞辰《毛诗传笺通释》云:"凡事之过节者为淫,声之过中者亦为淫,不必其淫于色也。而诗言其志,歌咏其声,……二者相因而各有别。"中华书局 1989 年版,第 249 页。陈启源《毛诗稽古编》云:"夫子言郑声淫耳,曷尝言郑诗淫乎?声者,乐音也,非诗词也;淫者,过也,非专指男女之欲也。"见中国诗经学会编:《诗经要籍集成》第 22 册,学苑出版社 2003 年版,第 378 页。等等。

今仍是悬案。^①统观各自的理由都有道理，一方面，《诗经》中诗乐一体是事实，"郑风"多为爱情诗也是客观存在，孔子贬斥"郑声"难以撇开郑诗也就合乎情理了；另一方面，孔子既然在《论语·为政》中明确评价"诗三百，一言以蔽之，曰'思无邪'"^②，认为所有《诗经》文本的思想内容都是纯正的，就不可能再自相矛盾地单独抨击郑国的诗歌内容，同样合乎情理。并且，孔子若否定郑诗，其校订"诗三百"时为何不删除郑诗？《乐记·魏文侯》中子夏批评郑声淫志、宋声溺志、卫声烦志、齐声乔志，若包含诗歌，则《诗经》当有"宋风"。在各据理由的同时，笔者感觉双方又都略偏宏观，如果能找到孔子评价郑诗具体作品的实证，问题就好解决了。而传世文献又满足不了这一条件，因此，再局限在传世文献中讨论这一问题，就很难取得实质性突破。

　　所幸，新的出土文献为帮助传世文献解决这一难题找到了突破口。《将仲子》和《褰裳》是郑风中的名篇，两诗确实又都是爱情诗，不仅被朱熹分别定性为"淫奔者之辞""淫女语其所私者"，而且如上所引，此前郑樵为反《毛序》，首先就是拿《将仲子》作为"淫诗"代表开刀的。恰恰就是这两首宋儒心目中的"淫诗"代表，正巧在上博简《孔子诗论》中被孔子论及到了：

　　　　第十七简云：《将中（仲）》之言不可不畏也。
　　　　第二十九简云：孔子曰：《涉溱（褰裳）》其绝。^③

　　由征引可见，孔子对《将仲子》一诗重在评，对《褰裳》一诗重在解。孔

---

　　①　当代学者仍是声诗分指和声诗一体两种观点各说各话，互难相服。如，主张"郑声"不包括郑诗的陈子展在《诗经直解》中说："倘有一孔之儒，必泥于郑、卫之音即指《郑风》《卫风》之诗，则何以解于《乐记》子夏对魏文侯何谓溺音之问乎？……子夏以郑、宋、卫、齐四者并举而批判之，岂《诗》三百之祖本，于《郑风》《卫风》《齐风》之外，别有所谓《宋风》者乎？"复旦大学出版社 2015 年版，第 161 页。再如，主张"诗乐一体"的闻一多、高亨、程俊英、余冠英等，在各自的《诗经》选本中，皆分别将朱熹所称的郑国"淫诗"改称为爱情诗。钱锺书《管锥编》批驳戴震将郑声与郑诗分指的观点，认为："厥词辨矣，然于诗乐配合之理即所谓'准诗'者，概乎未识，盖经生之不通艺事也。"见《钱锺书集》，生活·读书·新知三联书店 2001 年版，第 120 页。程俊英则在《诗经注析》中直言："《论语》说'郑声淫'，不仅是指声调而言，其内容大多也是恋爱诗歌，这就是《郑风》的特点。"中华书局 1991 年版，第 219 页。
　　②　程树德：《论语集释》，第 65 页。
　　③　马承源主编：《上海博物馆藏战国楚竹书（一）》，上海古籍出版社 2000 年版，第 146、159 页。

子评论《将仲子》的重点不是该诗的思想主旨，而是该诗女主人公对爱情所持的态度。女主人公一方面钟爱仲子，很想与他幽会；另一方面又畏惧父母、诸兄责骂及人之多言，最终在"仲可怀"与"言可畏"的矛盾煎熬中放弃了幽会。孔子对诗中女主人公这种处理爱情与家庭及社会舆论压力关系的谨慎做法持完全肯定、赞赏的态度，认为女孩子在爱情生活中不宜过分放纵随性，而应对家庭及社会环境有所顾忌，"不可不畏"。这是孔子中庸思想的一贯体现。《褰裳》所写一对青年恋人的情感状况，历代解读不一，依笔者体味，两章重叠所谓"子惠我思，褰裳涉溱（洧）。子不我思，岂无他人（士）。狂童之狂也且"的口气，应当是两人闹了小别扭，小伙子赌气不再来约会，而女孩子便以再不来就转爱他人相要挟，其要挟的目的还是为了期待小伙子主动前来。倒不像朱熹所解"亦谑之之辞"①那样轻松，也不像有专家所解"责备情人变心""富于斗争性"②那么沉重。孔子此处的"其绝"之解，无疑是今见对该诗的最早解读，按孔子的理解，似乎也认为这首诗表达的是主人公对爱情的决绝态度。作为文化巨人的孔子，去诗歌创作时代未远，且又是《诗经》的最后校定者，长期以其为教材，此解或许定有他的道理，可以继续探讨。不过，笔者借此想要强调的是另一个问题：不论我们今天认不认可孔子对两诗的解读与体认，由如上解读可见，孔子对《将仲子》《褰裳》两诗文本绝无任何微词则是毫无疑问的。这就为他肯定郑诗找到了实证。孔子以儒学初创时期健康、开放、包容、自信的文化心态，将青年人的爱情和爱情诗视作自然而然的事情，没有任何与"淫"字之评挂钩的迹象，全不像宋儒那样狭隘与敏感。出土文献虽仅谈及了"郑风"中如上两首诗，属于个案，但以点带面，已足以说明孔子对"郑风"其他各诗文本的基本态度。再与传世文献中孔子对"诗三百"全部文本"思无邪"总评相印证，其所谓"郑声淫""放郑声"乃单指郑乐而不包括郑诗，是符合历史事实和孔子原意的。

　　那么如何解释诗乐一体的问题呢？笔者以为，不妨放到孔子生活的时代环境中去体会。孔子出生前八十六年的鲁僖公二十三年（前637），各诸侯国

---

① 朱熹：《诗集传》，第53页。
② 程俊英：《诗经译注》，上海古籍出版社1985年版，第155页。

兴起了外交聘问场合赋《诗》言志之风，因赋《诗》言志现场的随机性、应变性、敏捷性、断章取义性对答要求，决定其赋诵《诗》句时无法配乐演唱，也不可能配乐演唱，朱自清所说"赋诗是合乐的，也是诗乐不分家"①不符合历史事实，除非正式聘问内容结束后举行宴会消遣才有可能从容配乐演唱《诗经》中的完整作品。②如此，聘问之风一个最大成果就是使《诗经》中的诗乐分家。这一成为春秋时期一大政治文化生态特征的活动，延续至孔子授徒讲学时已近百二十年，《诗经》文本与所配之乐分途发展的状况应达到相当程度。孔子虽精通音乐，并有"乐正，雅颂各得其所"③之述，但他授徒所讲《诗经》主要讲的是诗歌文本而非诗乐同授当是无疑的，这从《论语》孔子讲话记载中即可窥见。④因此，孔子所说的"郑声"有两种可能，一种可能是，《诗经》"郑风"中的郑乐，因其本就已与郑诗文本分离，孔子从维礼的高度对郑乐音调失中扰乱雅乐极为反感，而这并不影响他对郑诗内容的喜欢；另一种可能是，孔子所说的"郑声"本就不是《诗经·郑风》中配诗演唱的音乐，而是另外单纯的郑国音乐。孔子看不惯郑国扰乱雅乐的流俗新乐。这一点我们可从先秦传世文献中找到一些间接证据。如孟子在《孟子·尽心下》曾对孔子的"恶郑声"解释说："恶郑声，恐其乱乐也。"⑤孟子重在说明孔子担心的是"乐"而不是别的。孟子去孔子不远，对孔子时代诗乐分离状况及孔子言论的确切含义，应比后人理解得更为准确。再如，荀子在《荀子·乐论》中云："姚冶之容，郑卫之音，

---

① 朱自清：《诗言志辨》，《朱自清全集》第六卷，江苏教育出版社1996年版，第132—133页。
② 据俞志慧列表统计，《左传》所载外交赋诗活动54次，只有襄公十六年（前557）晋侯在会盟宴上组织观看了歌诗舞诗活动；襄公二十九年（前544）吴公子季札聘鲁，在鲁宫廷观周乐，乐官演唱了全部《诗经》作品，其他各次都是不歌而"诵"的"赋诗"活动。见俞志慧：《君子儒与诗教：先秦儒家文学思想考论》，生活·读书·新知三联书店2005年版，第139—141页。这两处《诗经》配乐演唱之例属于外交礼仪场合而不属于外交政治谈判场合。
③ 程树德：《论语集释》，第606页。
④ 《论语》中孔子讨论《诗经》中的诗乐时，一般都是分而论之的，其单独言及《诗经》文本13次，单独言及《诗经》之乐三次，其诗乐兼论仅有两次，并且是否兼论学术界尚有不同看法，足见当时《诗经》诗乐分离的事实。孔子13次论《诗经》中的作品文本见《学而》《为政》《述而》《泰伯》《子罕》《子路》《季氏》《阳货》各篇。三次论《诗经》之乐为："子曰：师挚之始，《关雎》之乱，洋洋乎盈耳哉！"（《泰伯》）另两次即为上引本文所讨论的《卫灵公》篇"郑声淫"和《阳货》篇"放郑声"两段文字。其两次诗乐兼论为："三家者以《雍》彻。子曰：相维辟公，天子穆穆，奚取于三家之堂？"（《八佾》）"子曰：吾自卫返鲁，然后乐正，雅颂各得其所。"（《子罕》）
⑤ 焦循：《孟子正义》，中华书局1987年版，第1031页。

使人心淫；申端章甫，舞韶歌武，使人心庄。"① 这段言论未必是荀子针对孔子"郑声淫"之说作解，但我们从"郑卫之音"与"舞韶歌武"的对举中发现，《韶》乐和《武》乐分别是虞舜时期和周武王时期的乐舞代表，都不是《诗经》中的配诗之乐，孔子曾闻听并称赞过这两种乐舞②，笔者臆测，其甚至本来可能就是没有歌辞的纯粹音乐和舞蹈。因此，荀子论述时与之对举的"郑卫之音"也有可能不是指为《诗经》中郑诗、卫诗所配之乐，而是指两国另外独立的没有歌辞的音乐和舞蹈。

总之，传世文献与出土文献双重证据印证，孔子所说"郑声淫"不包括郑国诗歌，"郑声淫""放郑声"的诗学公案应该尽早定谳了。

三、清华简《周公之琴舞》为"孔子删诗"提供了文本范例

"孔子删诗"说是《诗经》学史上的四大学术公案之一③。近些年，随着出

_____

① 王先谦：《荀子集解》，第381页。

② 如，《论语·八佾》："子谓《韶》：尽美矣，又尽善也。谓《武》：尽美矣，未尽善也。"《论语·述而》："子在齐闻韶，三月不知肉味。曰：'不图为乐之至于斯也。'"《论语·卫灵公上》："颜渊问为邦。子曰：'行夏之时，乘殷之辂，服周之冕，乐则《韶》《舞》。'"见程树德：《论语集释》，第222、456、1077—1085页。

③ 四大公案指的是：孔子删诗公案，《毛诗序》公案，《商颂》创作时代公案，《国风》作者与民歌公案。（夏传才：《诗经学四大公案的现代进展》，《河北学刊》1998年第1期）其中"孔子删诗"公案是由司马迁提出古诗原三千余篇，至孔子去其重复而成为今天所见三百零五篇的样子引起的，其大致情况如下，司马迁《史记·孔子世家》称："古者《诗》三千余篇，及至孔子，去其重，取可施于礼义，上采契、后稷，中述殷、周之盛，至幽、厉之缺，始于衽席，故曰：《关雎》之乱以为《风》始，《鹿鸣》为《小雅》始，《文王》为《大雅》始，《清庙》为《颂》始。三百五篇孔子皆弦歌之，以求合《韶》《武》《雅》《颂》之音。礼乐自此可得而述，以备王道，成六艺。"此"去重"说提出后，汉儒深信不疑，班固进而正式使用了"删诗"的提法："虞夏商周，孔纂其业，纂《书》删《诗》，缀礼正乐。"（《汉书·叙传》）

但到了唐代孔颖达，则开始提出质疑，认为司马迁的"三千篇"之说太夸张了，因史籍所载孔子之前各诸侯国赋诗引诗之篇多见于今本《诗经》而少逸诗。其《毛诗正义·诗谱序疏》称："如《史记》所言，则孔子之前，诗篇多矣。案书传所引之诗，见在者多，亡逸者少，则孔子所录，不容十分去九。马迁言古诗三千余篇，未可信也。"从此，"不容十分去九"便成为质疑"孔子删诗"说的核心理由。之后学界争论不休，迄无定论。

历代不承认孔子这一删诗活动的著名学者有郑樵、朱熹、吕祖谦、叶适、王柏、朱彝尊、王士禛、赵翼、章学诚、崔述、魏源、方玉润、梁启超、胡适、钱玄同、顾颉刚、游国恩等，他们质疑的理由除

土文献的不断涌现和研究的不断深入，支持司马迁这一说法的证据和学者越来越多。其中刘毓庆、马银琴两先生针对孔颖达、崔述等质疑的核心理由，借刘向校《管子》十去其八、校《晏子》十去其七、校《荀子》十去其九之例，佐证类推孔子删诗"十分去九"的可能性[①]，颇有启发意义，是对公案研究的新贡献。

　　笔者以为，因为孔颖达质疑司马迁"孔子删诗"说的核心依据是"书传所引之诗，见在者多，亡逸者少，则孔子所录，不容十分去九。马迁言古诗三千余篇，未可信也"[②]，因此，我们今天多发现一首能够证明是孔子删诗所"佚"的《诗经》"逸诗"或"逸句"，就能为司马迁说法的可信性多增添一份证据。

（接上页）从孔颖达之说外，另可大致归纳为六点：其一，"诗三百"之名由来已久，非孔子删诗后方成此数；其二，《左传·襄公二十九年》载季札至鲁观周乐时，鲁乐师所演奏的诗歌乐章与今本《诗经》数目和顺序基本一致，当时孔子才八岁；其三，孔子在宫中无官位，不得代表官方删诗；其四，孔子曾自称正乐但并未称删诗；其五，孔子既为施于礼义而删诗，则不当保留那么多"淫诗"于《诗经》中，而"逸诗"中也有可施于礼义者；其六，孔子本人向往西周礼乐制度，《诗经》确多收衰世之作，"变风""变雅"多于正风正雅。

　　相信司马迁"孔子删诗"说的历代学者针对孔颖达的核心质疑理由给予如下回应：一、司马迁所说的"三千余篇"主要是不同版本重复流传造成的，并没有夸张，因官方几次统一组织编订的版本重叠流传，加之不同区域方言不同，成三千之数实乃自然；二、从西周初年周武王到孔子时代历经五百多年，又有几次官方统一组织各诸侯国、各个阶层献诗、采诗，汇集于宫廷，集三千之数确有可能；三、孔子周游列国，必对各国流散之诗留意搜集，整理时删汰重复之篇、之章、之句达十分之九也在情理之中；四、刘向校理群书，校《管子》十去其八、校《晏子》十去其七、校《荀子》十去其九，亦可类推孔子编订《诗经》十去其九的可能性。

　　针对历代学者的其他质疑理由，支持"删诗说"者回应如下：其一，"诗三百"之名并非久已有之，最早就见于《论语》的孔子言论，正是孔子对自己所编定后的《诗经》数量的略称；其二，吴公子季札在鲁国所观周乐，与今见《诗经》篇目数量和顺序差别很大，十五国风中有七国顺序不同，且无《曹风》，《小雅》全缺，《颂》无周、鲁、商之分，并只述十四国国风名而未言篇数；其三，孔子并未代表官方删诗，他只是为教学需要而整理自己使用的一种教本，仅为当时各种流行本子中的一种，只不过由于整理得比较完备，又占有弟子众多的传播优势，战国以后渐成主流文本；其四，因诗乐一体，孔子在《论语·子罕》中自称"乐正，雅颂各得其所"，本身就是一个工作的两个方面；其五，孔子思想包容，他并不以为今天所见《国风》中的爱情诗为"淫诗"，其《论语·为政》所谓"诗三百，一言以蔽之，曰思无邪"的著名言论就是有力明证。上博简对被宋儒列为"淫诗"的《郑风·将仲子》《褰裳》给予肯定性解读更具体说明了他对所谓"淫诗"的态度；其六，所谓变风、变雅，恰恰是周宣王、周平王为"观民风，知得失，自考正"，总结历史教训而搜集的"史鉴"之作，为复兴周礼而施诗教的孔子，岂能将这些表达民意、批判现实之作删除？

　　总之，"孔子删诗"公案的发展状况大体如上，虽短时间内还仍难达成共识，但随着相关出土文献的不断涌现和研究的不断深入，学术界正向着信从"孔子删诗"说的方向发展。

　　① 刘毓庆：《先秦两汉诗经著述考》，载夏传才主编：《诗经研究丛刊》第二辑，学苑出版社 2002 年版，第 106 页；又载刘毓庆：《历代诗经著述考》（先秦—元代），中华书局 2002 年版，第 10—12 页。马银琴：《两周诗史》，社会科学文献出版社 2006 年版，第 412—424 页。

　　② 毛亨传，郑玄笺，孔颖达疏：《毛诗正义》（上），北京大学出版社 1999 年版，第 8 页。

经过宋代以来不少学者的努力，现已从传世文献中辑得"逸诗"114首（句）①，清华简之外，从出土文献中新得"逸诗"（包括逸句、篇名）54首②，两者共计168首，已占今本《诗经》的一半多，远不再是崔述所悲观的"逸者不及十一"③了。当然，并不能说这些"逸诗"都是孔子删诗所佚，具体情况应是复杂的。有的可能本来就流散在社会而未被搜集到宫廷，延续到今见文献中的；有的可能是搜集到宫廷而没资格或未来得及配乐，天子失位后又重新流散到社会上的；有的则可能是官方最后一次编纂诗集之后才产生的；在这些"逸诗"之外，更可能还有一大部分被孔子删除后，随着时间流逝而永远消亡了的。但是，在如上"逸诗"中也必然有一部分是被孔子编订"诗三百"教材时删除，以其他方式流传至今的。如《左传》《国语》所载孔子之前外交场合被赋诵或征引而又不见于"诗三百"者，这些"逸诗""逸句"恐怕谁也不会怀疑是孔子删除的结果。又如，《论语》中孔子或其弟子谈及而又不见于"诗三百"的"逸句"，乃为孔子"删诗"的结果，应该也不会有人怀疑。再如，上博简《孔子诗论》中孔子所评63首诗，有七首不见于"诗三百"，也当是孔子依"诗三百"教材评诗时略作拓展的结果，其虽被排除在"诗三百"之外，但并不妨碍孔子授课时简单论及。

更值得关注的是，刚刚公布的清华简第三册所收《周公之琴舞》组诗④又为支持司马迁"删诗"说提供了更有价值的新实证，使此说法的可信度大为提升。《周公之琴舞》组诗的特殊价值，至少表现在三个方面。

其一，该组诗确切无疑是《诗经》"逸诗"，不像其他出土文献中有的诗歌身份存在争议。组诗以周公还政、成王嗣位为其内容，存周公儆毖成王及群臣诗四句，成王自儆诗九首，且题目、短序、乐章标识俱全。之所以判定成王所作九首组诗为《诗经》"逸诗"，是因为该组诗的第一首即为今本《诗经·周

---

① 因甄别"逸诗"标准宽严不同，得数也不同，本文谨依据王国维所言"多闻阙疑"学术原则，从宽对待，故采用清人马国翰《目耕贴》辑佚110条数目，又新加马银琴从《大戴礼》所辑4条，共得114条。

② 出土文献具体统计数字为：马王堆帛书存逸句一条，郭店楚简存逸句一条，上博简存逸诗47首，清华简除《周公之琴舞》组诗外，另存逸诗五首。

③ 崔述：《洙泗考信录》，《崔东壁先生遗书》中册，北京图书馆出版社2007年版，第208页。

④ 李学勤主编：《清华大学藏战国竹简（叁）》，中西书局2012年版，上册图版第55—63页，下册释文注释第132—143页。

颂》中的《敬之》篇。九首组诗主旨一致，内容连贯，而且从第一首至第九首，依次标识了"元纳启曰""再启曰""三启曰"直到"九启曰"，既然第一首是《诗经》作品，其他八首自然是后来未被编入《诗经》的"逸诗"无疑。[①]一次性贡献八首完整的《诗经》"逸诗"文本，已有出土文献尚无先例。

其二，《周公之琴舞》实际上贡献的还不只是八首《诗经》"逸诗"文本，而是 17 首"逸诗"的数目。组诗在周公四句诗和成王九首诗前各有两句短序，一为"周公作多士儆毖，琴舞九絉（卒）"，一为"成王作儆毖，琴舞九絉（卒）"。所谓"九絉（卒）"就是九章乐曲。可见，周公和成王所作的都是九首诗，只是成王的九首完整保存下来了，周公的九首惜仅保存下来半首。周公四句诗开头也标有"元纳启曰"，既然如此，之后也应有"再启曰""三启曰"以至于"九启曰"乐章标识，不可能只有表示开始的"元纳启曰"而无结尾。既然成王的九首乐歌原属于《诗经》中的一组作品，周公的九首自然也必是《诗经》原有的作品。因此，清华简《周公之琴舞》一次性贡献了八首半"逸诗"文本和八首半"逸诗"数目，使《诗经》"逸诗"数目增加到了共计185 首，其贡献不可小觑。相信随着地下文献的不断出土，类似数据还会不断增加。

其三，也是最为重要的，《周公之琴舞》组诗的发现还为否定质疑派的核心依据提供了经典范本。如上所说，孔颖达等否定司马迁的"孔子删诗"说，主要是认为司马迁称"古者《诗》三千余篇，及至孔子，去其重"[②]，是"十分去九"，太夸张了。尽管刘毓庆、马银琴以刘向校《管子》等来类推孔子校《诗经》也有十去其九的可能性，尽管马银琴也曾从《诗经》多次编纂"版次"重叠流传和地域角度为"三千首"张目[③]，但只能是合理推测，惜无实据。而《周公之琴舞》九首组诗的发现，则首次从正面为"孔子删诗"十去其九展示了文本范例。未经孔子删定的《周公之琴舞》所存成王诗篇是一组九首，而经

---

① 具体考证，参见徐正英、马芳：《清华简〈周公之琴舞〉组诗的身份确认及其诗学史意义》，《复旦学报》2014 年第 1 期。

② 司马迁：《史记·孔子世家》，中华书局 2011 年版，第 1733 页。

③ 马银琴"仅从诗篇的数目来讲，新旧文本的同时流传以及同一文本在不同的地区变异都会造成这一数字的成倍增加。司马迁'去其重'的说法中，已经包含了'三千余篇'中有大量重复的意义"一段文字，见马银琴：《两周诗史》，第 414 页。

孔子删定流传至今的《诗经》文本仅保留了《敬之》一首，九去其八，不就相当于十去其九吗？它就是孔子删诗"十分去九"的经典个案和实证，具有示范意义。

这一经典个案更为重要的认识价值是，它启示我们重新理解司马迁"去其重"的真正含义。此前，人们通常多将司马迁的"去其重"理解为，指孔子编定《诗经》时，删除不同版本中的重复篇目，但《周公之琴舞》证实，司马迁所称孔子"去其重"还有一层意思，指孔子编订《诗经》时，还删除同一版本中内容相近、主旨相类的不同篇目，每一类仅保留少量代表性的作品于《诗经》之中。解读《周公之琴舞》九首作品不难发现，尽管从第二首开始，各首内容前后呼应，依次递进，各有侧重，但又不免交叉重复，整体而言，都没能超出第一首所涵盖的祀祖、自戒、戒臣三个方面的内容，所以，孔子编定时仅保留了最有代表性的第一首。也许周公所作九首儆毖诗同样也仅在今本《诗经》中保留了一两首。两个层次的"去其重"，孔子在官方几次编纂《诗经》的基础上，为教学需要和恢复周礼，将所谓"三千篇"删定为"诗三百"，最终大体成为流传至今的《诗经》文本样子，也就在情理之中了。

由清华简《周公之琴舞》，我们还可推测一则传世文献中相近性质的删诗实例。清代赵坦《孔子删诗辨》说："删诗之旨可述乎？曰：'去其重复焉尔。'今试举群经诸子所引《诗》，不见于三百篇者一证之。如《大戴礼·用兵篇》引《诗》云：'鱼在在藻，厥志在饵。''鲜民之生矣，不如死之久矣。''校德不塞，嗣武丁孙子。'今《小雅》之《鱼藻》《蓼莪》，《商颂》之《元鸟》等篇，辞句有相似者……《荀子·臣道篇》引《诗》云：'国有大命，不可告人，妨其躬身'，与今《唐风·扬之水》篇亦相似。凡若此类，复见叠出，疑皆为孔子所删也。"[①] 依赵氏判定，如上四例都属于文字重复而被孔子删除的性质，但依笔者理解，其对第四例的性质判定可能不合实际。其应为同一版本因内容相近而被删。其一，《荀子》这里虽仅引《唐风·扬之水》三句"逸诗"，实则这则"逸诗"至少是完整的一章，只是荀子为论证需要仅摘引了其中三句。其二，赵氏认为被删的原因是重章叠句、文字重复，其实重章叠句恰是"风诗"

---

① 赵坦：《宝甓斋文集》，《皇清经解》影印本。

的基本特征，不是被删的理由。其三，这首诗写的可能是晋大夫潘父和曲沃桓叔勾结搞政变阴谋的内容。据《史记·晋世家》记载："昭侯元年，封文侯弟成师于曲沃。曲沃邑大于翼。翼，晋君都邑也。成师封曲沃，号为桓叔。靖侯庶孙栾宾相桓叔。桓叔是时年五十八矣，好德，晋国之众皆附焉。君子曰：'晋之乱其在曲沃矣。末大于本而得民心，不乱何待！'七年，晋大臣潘父弑其君昭侯而迎曲沃桓叔。桓叔欲入晋，晋人发兵攻桓叔。桓叔败，还归曲沃。晋人共立昭侯子平为君，是为孝侯。诛潘父。"[1] 因作诗之人是这次阴谋的知情者，又是晋昭公的忠诚者，他便写了这首《扬之水》委婉向晋昭公告密，提醒其注意。今本《诗经》共三章，前两章含蓄描述两位政变者相见为乐的情况，第三章则称："扬之水，白石粼粼。我闻有命，不敢以告人。"[2] 其实是以不敢告人的口吻完成了向晋昭公告密的任务，巧妙委婉，恰到好处。而从被删"逸诗"看，可能就是它的第四章，全章应该为"扬之水，白石□□。国有大命，不可告人，妨其躬身"，同样是为了表达向昭公告密的意思，但相比第三章而言，就太过于直露了，不但以"国有大命"明言国家将有大的政治变故，而更重要的是以"妨其躬身"直言如果告了密，自己就没命了，这反而造成泄密的后果。因此，孔子将其删除是自然的，这就又为我们提供了一则孔子删除同一版本相近内容的实例。

综上所论，我们认为司马迁的"孔子删诗"说是可信的。由此，我们还想到，在"孔子删诗"公案争辩双方已将传世文献网罗殆尽但仍无法解决问题的情况下，唯有从不断出土的地下文献中发现有力证据，才是最有效的解决问题办法。尽管将来从地下逐渐积累起来的"逸诗"文本，亦未必都是孔子"删诗"所致"亡佚"，但起码可为回应质疑派的核心理由新增间接证据；假若有朝一日，从地下发现的类似清华简《周公之琴舞》这样具有范本意义的《诗经》"逸诗"，数量达到了足以说明问题的规模后，这桩千年学术公案也许确能终获定谳。

---

① 司马迁：《史记·孔子世家》，第1683页。
② 程俊英：《诗经注析》，第313页。

四、上博简"诗亡隐志"支持"诗言志"说提出的 时间不会晚于孔子

现代最早研究我国著名诗歌本质特征论"诗言志"说的朱自清先生，在其名著《诗言志辨》中，一方面称"诗言志"说是我国诗歌理论"开山的纲领"，① 客观上确认该学说的出处《尚书·尧典》是比较早的；但是另一方面，他又转述顾颉刚先生的考证意见，称《尧典》最早也是战国时代才有的书籍，客观上确认"诗言志"说晚于《左传·襄公二十七年》（前546）范文子的"（赋）诗以言志"之语。既推测"诗言志"说与"诗以言志"说"也许彼此是独立的"；又推测"'诗言志'这句话也许从'诗以言志'那句话来"。② 这种摇摆不定的结论，导致了此后研究"诗言志"说早出和晚出的持续纷争。其不同观点甚至带进了全国统编教材之中。

王运熙先生主编全国统编教材三卷本《中国文学批评史》及两卷本《中国文学批评史新编》将"诗言志"说放在先秦诸子之前的首章首节讨论，认为是两周之交甚至更早的产物，称："'诗言志'的说法却是很早就产生了的。"③《尧典》的写作年代，学术界尚有不同看法。这段话或许是春秋战国时期所写。但'诗言志'的说法，与上引《诗经》中例证所体现的观念相一致。即使这一说法正式提出较晚，也还是可以视为西周、春秋之际人们对于诗歌性质、功能的认识的一种概括性表述。"④ 其七卷本《中国文学批评通史》甚至将"诗言志"说的提出时间定得早于西周，更早于"赋诗言志"⑤。而张少康先生著全国统编教材两卷本《中国文学理论批评发展史》则认为，"诗言志"说是对

① 朱自清：《诗言志辨》，《朱自清全集》第六卷，第130页。

② 朱自清：《诗言志辨》，《朱自清全集》第六卷，第133页。

③ 王运熙、顾易生主编：《中国文学批评史》（三卷本）上册，上海古籍出版社1979年版，第11页。

④ 王运熙、顾易生主编：《中国文学批评史新编》（二卷本）上册，复旦大学出版社2001年版，第11页。

⑤ 王运熙、顾易生主编：《中国文学批评通史》（七卷本）第一卷，云："'诗言志'说产生的时代，当与上述诗篇（指所引《诗经》诗篇，见下页注②）大致相当，或许更早。今首见于《今文尚书·尧典》，……《尧典》'大概是周朝史官掇拾旧闻，组成有系统的记录，其中"禅让"帝位的故事，在传子制度实行已久的周朝，不容有人无端发此奇想，其为远古遗留下的史实，大致可信。'……'诗言志'说则应有较早的渊源。《左传·襄公二十七年》载赵文子对叔向说：'诗以言志'，似已作为成语来引用，而此时孔子尚在龆龄，……故此说自属古已有之。"第32—34页。

荀子以前相关论述的总结，将其提出的时间推迟到战国末期："'诗言志'这种观念最早是体现在《诗经》的作者关于作诗目的的叙述中的，但它作为一个理论概念提出来，最早大约是《左传》记载的襄公二十七年赵文子对叔向所说的'诗以言志'。因为《尚书·尧典》晚出，大约是战国时写成的，所记舜的话自然是不可靠的。赵文子所说是指'赋诗言志'，但它和作诗言志是可以相通的。到战国时代'诗言志'的说法就比较普遍了。例如《庄子·天下》篇云：'诗以道志。'《荀子·儒效》篇云：'《诗》言是其志也。'《荀子·乐论》篇亦云：'君子以钟鼓道志。''道志'亦即'言志'，《尧典》所说当是对这些论述的一个总结。"① 笔者以为，就传世文献所反映的情况而言，张少康先生统编教材称《诗经》时代已有"诗言志"观念当符合历史实际，诗中所表作诗目的之句可为明证，所谓"夫也不良，歌以讯之""家父作诵，以究王讻""作此好歌，以极反侧""君子作歌，维以告哀""王欲玉女，是用大谏"② 等等即是。依例句不难发现，《诗经》中的"诗言志"观念是指"作诗言志"。该教材所作先有"赋诗言志"说后有"诗言志"说的推论，也符合情理。因为孔子出生前八十六年兴起的那场风靡各诸侯国的外交聘问赋诗言志活动，到孔子六岁时的鲁襄公二十七年已持续九十多年，并且发展到鲁襄公、鲁昭公时代臻于全盛③，赵文子提出"赋诗言志"之说则是对这一长期活动实践的自然概括。"赋诗言志"与此前的"作诗言志"，虽然精神实质可以相通，但毕竟各不相同，"作诗言志"是作诗者言作者个人之志，"赋诗言志"则是赋诗者言所代出使国的国家公共意志。而"诗言志"说则又必是对"作诗言志"和"赋诗言志"双重内涵的容纳与概括，所以，依生活常理，这一学说必当在"作诗言志"和"赋诗言志"

---

① 张少康、刘三富：《中国文学理论批评发展史》（二卷本）上册，北京大学出版社 1996 年版，第 22 页；又见张少康：《中国文学理论批评史教程》（修订本），北京大学出版社 2011 年版，第 8 页。

② 依次见《诗经》之《陈风·墓门》《小雅·节南山》《小雅·何人斯》《小雅·四月》《大雅·民劳》。另外还有《魏风·葛屦》"维是褊心，是以为刺"，《魏风·园有桃》"心之忧矣，我歌且谣"，《小雅·四牡》"岂不怀归，是用作歌"，《小雅·正月》"维号斯言，有伦有脊"，《小雅·巷伯》"寺人孟子，作为此诗。凡百君子，敬而听之"，《小雅·车舝》"虽无德与女，式歌且舞"，《小雅·白华》"啸歌伤怀，念彼硕人"，《大雅·板》"犹之未远，是用大谏"，《大雅·桑柔》"虽曰匪予，既作尔歌"，《大雅·崧高》"吉甫作诵，……以赠申伯"，《大雅·烝民》"吉甫作诵，……以慰其心"等。

③ 关于春秋赋诗言志活动的产生、发展、鼎盛、消歇历史过程，马银琴《周秦时代诗的传播史》（社会科学文献出版社 2011 年版，第 50—61 页）一书有各类详细表格统计和系统分析。

观念及实践活动充分发展并提出说法的基础上，才可正式提炼总结出来，不太可能先于前两种说法而预生，也不太可能存在朱自清推测的"彼此是独立"的或然性。据此，笔者信从北大本统编教材为"诗言志"说生成时间所设上限。既然"赋诗言志"说产生于鲁襄公二十七年，"诗言志"说生成的时间上限就当在这一年之后。复旦本统编教材将"诗言志"说视为"西周、春秋之际"人们对诗歌本质认识的概括性表述的上限设定可能有些早了。

但是，笔者以为，"诗言志"学说生成时间的下限当不会晚于孔子，更不会晚在荀子之后。就传世文献而言，虽然《尧典》的生成时间存在诸多争议，然而我们应该清楚的是，《尚书》的最后编成定型年代，并不等于就是书中各篇的写成年代（因原为单篇流传），而各篇的写成年代也并不等于就是篇中所保存的史料生成年代（后人可依原有史料编写）。早期先秦典籍《左传》《国语》《墨子》等都普遍征引过该书内容并称"《书》曰"等，其中《左传》引文直言"《书》曰"9见、"《某书》曰"24见、"篇名曰"5见，《国语》引文直言"《书》曰"3见、"《某书》曰"4见、"篇名曰"3见①，其所引内容之篇写成时间就不会晚于战国中期。尤其值得重视的是，《论语》不仅明言孔子用《尚书》作教材，"子所雅言，《诗》《书》、执礼，皆雅言也"（《述而》），而且孔子本人也曾数次引用《尚书》原文，如"《书》云：'孝乎惟孝，友于兄弟，施于有政'"（《为政篇》），"《书》云：'高宗谅阴，三年不言'"（《宪问》），说

---

① 《左传》直言"《书》曰"9见：襄十一年《书》曰："居安思危。"襄十三年引《书》"一人有庆"三句。襄二十一年《书》曰："圣有謩勋，明征定保。"襄二十三年引《书》曰"惟命不于常"句。襄二十五引《书》曰逸句。襄二十五年《书》曰："慎始而敬终，终以不困。"昭六年引《书》曰"圣作则"。昭十年《书》曰："欲败度，纵败礼。"昭十年引《书》曰逸句。《左传》直言"《某书》曰"24见：庄八年《夏书》曰、僖二十四年《夏书》曰、僖二十七年引《夏书》曰、文七年《夏书》曰、文公十八年《虞（夏）书》曰、成十六年《夏书》曰、襄五年《夏书》曰、襄十四年《夏书》曰、襄二十一年《夏书》曰、襄二十三年《夏书》曰、襄二十六年《夏书》曰、昭十四年《夏书》曰、昭十七年《夏书》曰、哀六年两见《夏书》曰、哀十八年《夏书》曰，文五年《商书》曰、成六年《商书》曰、襄三年《商书》曰，僖五年3见《周书》曰、宣六年《周书》曰、襄三十一年《周书》曰。《左传》直言"篇名曰"5见：僖三十三年《康诰》曰、襄三十一年《太誓》云、昭元年《太誓》曰、昭二十年《康诰》曰、昭二十四年《太誓》曰。《国语》直言"《书》曰"3见：《周语中》二见《书》有之曰、《楚语上》《书》曰。"《某书》曰"4见：《周语上》《夏书》有之曰、《周语下》《夏书》有之曰、《晋语十五》《夏书》有之曰、《楚语》《周书》曰。"篇名曰"3见：《周语上》《盘庚》曰、《周语中》《太誓》曰、《郑语》《太誓》曰。参见顾颉刚、刘起釪：《尚书学史》，中华书局1989年版，第15—41页。

明《尚书》核心篇的生成时间不可能晚于孔子。王充、康有为、郭沫若、刘起
釪等人甚至认为《尚书》就是孔子为给学生作教材而亲自编定的。① 而《尧典》
篇又是《尚书》的首篇，乃核心中的核心，其写成时间自然也不会晚于孔子，
并且早在《左传》文公十八年所引《虞（夏）书》的内容就是今见"诗言志"
说所在的《尧典》篇。同时，出土文献也提供了有力的实证。上博简《孔子诗
论》第一简云：

> 孔子曰：诗亡隐志，乐亡隐情，文亡隐意。②

其实，孔子所谓"诗亡隐志""乐亡隐情""文亡隐意"这三句话，就是
"诗言志""乐抒情""文表意"的另类表述。如前所论从"作诗言志"，到"赋
诗言志"，再到"诗言志"的生成原理一样，依照常理，任何一种学说的形成，
都是由开始的零碎、散乱、单独逐渐趋向系统、完备的。譬如，孔子著名的
"兴、观、群、怨"说，是对诗歌文艺功能的系统归纳与总结，很明显，这一
完备的诗歌功能理论，实际上就是对此前《诗经》《国语》《左传》等相关文献
中美刺、观志、观风等散乱言论及观点③的总结概括和系统化。依此类推，善
于总结、述而不作的孔子，对诗歌、音乐、散文各类文学艺术本质特征所作如
上全面揭示，也定当是在前人分类零散单独揭示诗、乐、文特征言论基础之上
汇总提炼的结果。单独的"诗亡隐志（诗言志）"说必产生于系统的"诗亡隐
志（诗言志），乐亡隐情（乐抒情），文亡隐意（文表意）"说之前，而不会倒
过来。由此，《尚书·尧典》中的"诗言志"说也就必生成于"诗亡隐志，乐
亡隐情，文亡隐意"说之前，而不会倒过来。

---

① 参见王充：《论衡·须颂》，《论衡校释》，中华书局1990年版，第847页；康有为：《孔子改制
法尧舜文王考》，《孔子改制考》，中国人民大学出版社2010年版，第261页；郭沫若：《古代社会研究》，
人民出版社1964年版，第78页；顾颉刚、刘起釪：《尚书校释译论》第一册，第381页等。
② 马承源主编：《上海博物馆藏战国楚竹书（一）》，第123页。
③ "美刺"观念见前注所引《诗经》表白写诗目的之句。"观志"观念，如《国语·周语上》召公
谏厉王弭谤一段著名言论，让"天子听政，使公卿至于列士献诗，瞽献曲"；《左传·襄公二十七年》孔
子六岁时赵孟请郑国七子赋诗"武亦以观七子之志"；《左传·昭公十六年》孔子二十五岁时韩宣子让郑
国六卿赋诗"起亦以知郑志"。"观风"观念，如《左传·襄公二十九年》孔子八岁时，吴公子季札至鲁
观周乐时的评论等。

　　总之，通过传世文献和出土文献的相互印证，笔者对著名的文学本质论"诗言志"说的生成时段做出如下确认：出土文献中孔子揭示诗歌本质特征的言论"诗亡隐志"说是对其时同义语传世文献《尚书·尧典》中"诗言志"说的借用，并与揭示音乐本质特征的言论"乐亡隐情"说、揭示散文本质特征的言论"文亡隐意"说融合为一体，形成为当时最为系统全面的文学艺术本质特征理论。从"作诗言志""献诗陈志""赋诗言志"，到"诗言志"，再到"诗亡隐志（诗言志），乐亡隐情（乐抒情），文亡隐意（文表意）"，当是先秦诗歌本质理论一个自然的生成演进发展过程。因此，《尚书·尧典》"诗言志"说的生成时间，虽不会早在西周之末，但也不会晚于春秋末年的孔子，更不会晚在战国末期。具体提出时间应该在孔子六岁时"赋诗言志"说提出之后至孔子提出"诗亡隐志，乐亡隐情，文亡隐意"说之前的一段时间之内。至于统编教材《中国文学理论批评发展史》所言"诗言志"说是对《庄子》、《荀子》相关言论的总结，其实《庄子·天下》篇的"诗以道志"和《荀子·儒效》篇的"《诗》言是其志也"皆并非独立零散之语，各有自己完备的话语体系，其全文分别为："《诗》以道志，《书》以道事，《礼》以道行，《乐》以道和，《易》以道阴阳，《春秋》以道名分。"① "《诗》言是其志也，《书》言是其事也，《礼》言是其行也，《乐》言是其和也，《春秋》言是其微也。"② 是系统揭示"六经"或"五经"的功能特征，与诗歌本质论并非同一话题，"诗言志"说也不可能以零星之说产生于系统评论之后，更不会以一体总结众书众体。至于《荀子·乐论》"君子以钟鼓道志"之言，则是一篇音乐专论，与讨论诗歌本质特征也不是同一个话题。所以，笔者以为，统编教材《中国文学理论批评发展史》为"诗言志"说提出时间所设下限可能有些晚了。

（作者单位：中国人民大学文学院）

---

① 王先谦：《庄子集解》，中华书局 1987 年版，第 288 页。

② 王先谦：《荀子集解》，第 133 页。

《诗经》的形成①

柯马丁（Martin Kern）

诗集生成

《诗经》是中国诗歌传统的源头。此书各个部分可能成于不同时期，涵盖西周（约前 1046—前 771）、春秋（前 770—前 453）和战国（前 453—前 221）时期的八百年。据司马迁（约前 145—前 85）《史记》，《诗》由孔子（前 551—前 479）在公元前 5 世纪初编定而成。诗歌本身的作者不为人知。它们古称"诗三百"，以《毛诗》的形式流传，《毛诗》是在汉代（前 202—220）"太学"中被经典化和讲授的四家释诗传统之一。《毛诗》分为四个部分，即 160 首《国风》、74 首《小雅》、31 首《大雅》、40 首《颂》。近年来的出土文献表明，公元前 4 世纪已有了这一分法。《史记·孔子世家》说：

> 古者《诗》三千余篇，及至孔子，去其重，取可施于礼义，上采契、后稷，中述殷、周之盛，至幽、厉之缺，始于衽席……三百五篇孔子皆弦歌之，以求合《韶》《武》《雅》《颂》之音。礼乐自此可得而述，以备王道，成六艺。②

---

① 本文观点，在我正在撰写的新著《古代中国的文本、作者和表演：文学传统的起源和早期发展》（*Texts, Authors, and Performance in Ancient China: The Origins and Early Development of the Literary Tradition*）中有更充分的论述。

② 《史记》卷四十七，中华书局 1982 年版，第 1936—1937 页。

《史记》称《诗》是孔子所编的一个统一的、普遍共享的文本，没有谈到后来的传播和阐释谱系。班固（32—92）在公元 1 世纪末完成的《汉书·艺文志》中所论的《诗》的历史，则一直延续到汉初：

> 《书》曰："诗言志，歌咏言。"故哀乐之心感，而歌咏之声发。诵其言谓之诗，咏其声谓之歌。故古有采诗之官，王者所以观风俗，知得失，自考正也。孔子纯取周诗，上采殷，下取鲁，凡三百五篇，遭秦而全者，以其讽诵，不独在竹帛故也。汉兴，鲁申公为《诗》训故，而齐辕固、燕韩生皆为之传。或取《春秋》，采杂说，咸非其本义。与不得已，鲁最为近之。三家皆列于学官。又有毛公之学，自谓子夏所传，而河间献王好之，未得立。①

上面这两条材料，是最早的关于《诗》的系统论述。它们都出现在帝国初期，也就是说，距离孔子的时代（以及公元前 221 年秦统一天下）已有数个世纪之久。它们的重点都在于孔子不是诗集的作者而是编者，也都没有说明这些诗歌最初是如何形成的，以及其作者是谁。

这幅画面，与前帝国时期和早期帝国时期文献 —— 包括近年来出土的公元前 300 —前 165 年间的竹帛文献②——称引《诗》的情况相一致。无论是出土文献还是传世文献，没有其他哪种古代文献像《诗》这样被广泛引用，也没有其他哪种文献与孔子的关系像《诗》这样紧密（早期中国文本提到孔子的次

---

① 《汉书》卷三十，中华书局 1987 年版，第 1708 页。鲁、齐、韩"三家诗"自公元前 2 世纪以来在太学中传授，《毛诗》在幼帝汉平帝（公元前 1 年—公元 6 年在位）时期才获得这一地位。到公元前 2 世纪末，《毛诗》迅速独领风骚，"三家诗"开始衰落，不再是古典学问的经典，虽然从后世文学传统的征引中仍可见"三家诗"的某些重要读法。参见汪祚民：《诗经文学阐释史（先秦—隋唐）》，人民出版社 2005 年版；〔日〕田中和夫：《毛诗正义研究》，白帝社 2003 年版；〔美〕柯马丁：《〈毛诗〉以外：中古初期〈诗经〉的接受》（Beyond the *Mao Odes: Shijing* Reception in Early Medieval China），《美国东方学会会刊》（*Journal of the American Oriental Society*）2007 年第 127 期，第 131—142 页。

② 这些出土文献，主要是郭店一号墓（湖北荆门，约公元前 300 年）出土的《五行》《缁衣》简，马王堆三号墓（湖南长沙，公元前 168 年以前）出土的帛书《五行》，双古堆一号墓（安徽阜阳，公元前 165 年以前）出土的《诗经》残简，还有上海博物馆购自香港文物市场的《缁衣》《孔子诗论》简。参见〔美〕柯马丁：《出土文献中的〈诗〉》（The Odes in Excavated Manuscripts），载柯马丁主编：《早期中国的文本和仪式》（*Text and Ritual in Early China*, Seattle: University of Washington Press, 2005），第 149—193 页。

数，也大大多于其他先秦诸子）。《诗》是早期中国文本传统和文化想象的核心。《论语》记载孔子的话说，"诗三百，一言以蔽之，思无邪"（《为政》2/2）；"诗，可以兴，可以观，可以群，可以怨"，"多识于鸟兽草木之名"（《阳货》17/9）；"不学诗，无以言"（《季氏》16/13）；"其犹正墙面而立也"（《阳货》17/10）；熟读《诗》三百篇，如果不能用于政务和外交辞令，"虽多，亦奚以为"（《子路》13/5）？郭店出土的两份竹简文本还将《诗》列为古典课程"六艺"（司马迁也提到这一点）之一，与《书》《礼》《乐》《易》《春秋》并置。[1]我们甚至还在《墨子》中听到了早期（公元前 4 世纪？）嘲笑孔门古典学者将《诗》三百用于歌舞、披之管弦的声音。[2]

到公元前 4 世纪末，可能还有此前相当长的一段时间内，《诗》并不是一个独立的文本体，而是"六艺"这一通行于中国文化领域的更大的道德、教学、礼仪、社会—政治的原则和实践的一部分。《诗》与周朝北方腹地有关，《国风》分属十五个国家和地区，位于从今山东到陕西的黄河东西走廊，但引《诗》的出土古文献全都来自中南地区。这些出土文献的引《诗》情况表明，虽然到公元前 2 世纪中叶，这些诗歌的用字写法仍未标准化；但到公元前 3 世纪左右，《诗》的内容，可能还有它的具体辞句，已经大体稳定下来。[3]尽管早期中国广大宜居地区（oikouménē）方言差异较大，从音韵学上看（有可能甚至从事实上语音上看），出土文献引《诗》还是与今本《诗经》保持了一致，说明这些诗歌保存了口头的精英共同语（élite koiné），而精英共同语同样也体现并长存于经典诗句中。《论语》称孔子曾用"雅言"来诵读《诗》《书》和"执礼"（《述而》7/18），也证明了这类用语（idiom）的存在。

在汉代学者看来，《诗》是从统一帝国的视角书写的，其终极听众乃周王本人：鉴于诗歌的出现被视为一种准宇宙论的事件，必然表达的是言说者对

---

[1] 荆门市博物馆：《郭店楚墓竹简》，文物出版社 1998 年版，第 179 页（《性自命出》）、第 188 页（《六德》）、第 194—195 页（《语丛》）。

[2] 孙诒让：《墨子闲诂·公孟》，中华书局 2001 年版，第 456 页。

[3] 〔美〕柯马丁：《从新出土文献看早期中国诗学》（Early Chinese Poetics in the Light of Recently Excavated Manuscripts），载〔捷克〕罗然（Olga Lomová）主编：《再雕龙：理解中国诗学》（Recarving the Dragon: Understanding Chinese Poetics, Prague: Charles University-The Karolinum Press, 2003），第 33—37 页；柯马丁：《出土文献中的〈诗〉》。

个体经验的情感反应，所以诗歌被视为当时道德、政治秩序的反映。诗歌还代表了大众的声音——未受操纵的、言说真实的声音，王室官员收集并上呈给君王，以提醒他的职责和错误。秦汉帝国时期认为诗歌是社会—政治的征兆，这一看法催生了一种明确面向历史的阐释传统，它满足了道德、政治目的论的需要，为混乱的过去，最终也是为帝国本身的兴起提供了秩序和解释。领会一首诗的意义将会形成对具体历史事件的理解，诗歌也就转变为"以韵文讲述的历史"。①

不过，另一方面，这一阐释传统也承认诗歌不是以直接的、字面的方式言说，不能只看其表面意义。它对于相互排斥的读法也相当包容，故而出现了相互抗衡的阐释派别。在早期帝国，《诗》的这些教学和阐释派别对于某首诗的理解往往存在根本上的分歧。尽管如此，它们全都同意诗歌的首要功能是作为历史知识和道德教化的源泉，它们还都不关心作者、诗歌之美、语言差异以及诗歌在政治精英之外的传播情况。

《诗》是一部包含了不同类型的诗作（大概成于不同时期）的多样化选集，这一性质说明它是一个取自更大素材库的选本——不管其真正的或想象的篇数，不管辑录者和编者的身份。战国和早期帝国时期，总是与《诗》联系在一起、对文本有着毋庸置疑的权威的人，非孔子莫属。理想文本和理想圣人结合在一起，《诗》就升为一本智慧之书，它既讲述历史，也讲述人类状况，言说君王的抱负、农民和士兵的痛苦、情人的焦虑；借用宇文所安（Stephen Owen）的话来说，它是"人类心灵的经典"②，所以被系于典范圣人的名下。就早期传统而言，只有在孔子独特的洞察力和无懈可击的道德完美的镜照下，《诗》才是完全可见的。而且，只有凭借其理想化的编者，《诗》作为一个文本整体才能存在：不是作为孔子的话语或孔子那个时代的话语，而是作为一个从过去继承而来的表达库。孔子以后，尤其是在汉帝国学者手里，《诗》是"被

---

① 〔美〕王安国（Jeffrey K. Riegel）：《情欲、内省和〈诗经〉笺注的兴起》（Eros, Introversion, and the Beginnings of Shijing Commentary），《哈佛亚洲研究》（*Harvard Journal of Asiatic Studies*）1997 年第 57 期，第 171 页。

② 〔美〕宇文所安：《前言》（Foreword），载〔美〕约瑟夫·艾伦（Joseph R. Allen）主编，〔英〕阿瑟·韦利（Arthur Waley）译：《〈诗经〉：中国古代诗歌经典》（*The Book of Songs: The Ancient Chinese Classic of Poetry*, New York: Grove Press, 1996），xv。

记住的过去"（the past remembered）的创造 —— 是同时珍藏了诗歌、诗歌所记录和揭示的历史过程、睿智的编者和传播者的经典课程。

不过，加在《诗》上面的文化、历史意义重负，提出了一个尖锐问题：一般认为《诗》包含了早期的和后来的文本层面，其最早的作品大概成于公元前11、前10世纪，但汉以前的文本记录相当零碎。《毛诗》中篇幅最长的作品是《閟宫》（毛，300），共492字，还有其他几首诗篇幅大致相同。但其他早期文献最长的引《诗》只引用了48字，即《左传》引用《皇矣》（毛，241）八章中的一章。《左传》是前帝国时期的历史大著，大概成书于公元前4世纪。① 唯一一次引用全诗的，是约略与《左传》同时的另一部早期史著《国语》，它引用了《昊天有成命》（毛，271），全诗只有30字。② 除此之外，引《诗》的标准格式是引一行、一联或四行。虽然早期文献引《诗》次数数以百计，但我们无法据以重建更长的篇章；这些引《诗》例子通常只能说明某些诗句备受青睐，以至于各种文献不断反复征引，而别的诗行和诗章却从未被引用过。总的说来，在早期文献的所有文本记录中，各首诗的存在极不均衡 —— 这一令人不安的情形在某种程度上或可解释汉代注家的紧迫感，他们觉得有必要为《诗》中的每首诗都提供历史语境：不是像"诗言志"所说的那样从诗中"提取"历史语境，而是把历史语境"注入"诗中。

所以，我们并不清楚这些诗的原貌：它们的章数同于我们所见的汉代版本吗？那些篇幅最长的诗作是否混合了出自其他文献的文本？就形式特征而言，它们几乎都是如此整饬的吗？在编纂成集之前，那些篇幅极短的诗作是否曾经独立存在过？诗行、诗章的内部顺序是稳定的吗？这些诗歌在最终被束缚于经典诗集的框架内之前，很可能经过了回顾性编辑 —— 以古体重写，形式标准化，对异质的文本材料做创造性的编纂，对文本进行分、合、选择 —— 意识到这一点，使得我们很难判定哪些部分在先、哪些部分在后。任何一首看似"早期"的诗作，同样也有可能是后世缅怀和想象的产物；有大

---

① 昭公二十八年。参见杨伯峻：《春秋左传注》，中华书局1992年版，第1495页；〔英〕理雅各（James Legge）：《中国经典》（*The Chinese Classics*），Vol. V，《春秋左传》（*The Ch'un Ts'ew with The Tso Chuen*），Southern Materials Center, 1985，第727页。

② 《国语·周语下》。参见徐元诰：《国语集解》，中华书局2002年版，第103页。

量证据表明，一些"早期"诗作是由不同类型和不同时间层的文本组成的合成品（composite artifacts）。[①]

二、祭祀《颂》诗

笼统说来，中国诗歌形成于西周（约前 1046—前 771）王室的早期宗教、政治仪式，这些仪式包括宗庙祭祀、筵宴和诏令。那些据信为最早的诗篇——特别是《周颂》——被认为出自西周最初几十年间。

与《大雅》《小雅》不同，31 首佚名《周颂》篇幅短小，整体上也缺乏早期中国诗歌形式规则的两个主要特征，即节奏和韵律。所以，《周颂》看起来像是缅怀和献享王朝祖先的祭祀仪式上所用的周诗的古老形式。诗歌在用纪念性文字和宗教期待来解释祭祀活动、使之语义化的同时，也总是像歌一样，与乐、舞表演合为一体。从语言属性（linguistic properties）和现有的历史记载判断，这些诗歌存在于特定的语境，服务于通感的（synesthetic）宗教仪式。[②] 从

---

① 关于周代诗乐的起源问题，陈致《从仪式化到世俗化：〈诗经〉的形成》（*The Shaping of the Book of Songs: From Ritualization to Secularization*, Sankt Augustin: Steyler Verlag, 2007），其研究方法明显更为乐观，但推测成分较多，我本人不敢采用这种研究方法。马银琴《两周诗史》（社会科学文献出版社 2006 年版），对前帝国时期《诗经》的详尽研究令人钦佩，虽说其整体的实证主义倾向仍然十分传统。较早从仪式角度解释《诗经》起源的其他研究，如陈世骧：《〈诗经〉在中国文学史和诗学上的文体意义》（The *Shih-ching*: Its Generic Significance in Chinese Literary History and Poetics），载〔美〕白之（Cyril Birch）主编：《中国各体文学研究》（*Studies in Chinese Literary Genres*），Berkeley: University of California Press, 1974，第 8—41 页。

② 〔美〕王靖献（C. H. Wang）：《从仪式到寓言：七论早期中国诗歌》（From Ritual to Allegory: Seven Essays in Early Chinese Poetry），香港中文大学出版社 1988 年版，第 1—51 页，综述了今人研究成果，便于使用。斯坦利·坦比亚（Stanley J. Tambiah）对仪式的界定，也适用于中国的宗庙祭祀，他说："仪式是文化上建构而成的符号交流系统。它由模式化和有序化的言行序列组成，往往通过多重媒介表达，这些媒介的内容和编排以不同程度的形式主义（传统性）、套话（刻板僵化）、凝练（融合）和冗余（重复）为特征。就其构成特征而言，仪式活动从三个意义上说是述行的（performative）：首先是奥斯汀意义上的述行（the Austinian sense of performative），也就是常规性地做；其次是多媒介的舞台表演，由于参与者深度体验事件，它的意义完全不同；第三是索引值（indexical values），它在演出过程中被附加于演员，并由演员从表演中推得得出——这个概念源于皮尔斯（Peirce）。"（"Ritual is a culturally constructed system of symbolic communication. It is constituted of patterned and ordered sequences of words and acts, often expressed in multiple media, whose content and arrangement are charaterized in varying degree by formality (conventionality), stereotype (rigidity), condensation (fusion), and redundancy (repetition). Ritual

根本上看，这些诗歌是非抒情、非自我表达、非作者创作的，它们是周王室政治、宗教共同体的体现，言说的是在位君王与其强大祖灵之间的互惠关系。

并不是所有的《周颂》都在早期文学传统中留下了痕迹①，但那些与武王克商有关的诗篇却清晰可见。公元前 595 年，《左传》有记载说：

> 武王克商，作《颂》曰："载戢干戈，载櫜弓矢。我求懿德，肆于时《夏》，允王保之。"又作《武》，其卒章曰："耆定尔功。"其三曰："铺时绎思，我徂维求定。"其六曰："绥万邦，屡丰年。"夫武，禁暴、戢兵、保大、定功、安民、和众、丰财者也，故使子孙无忘其章。②

这里，武王所"作"之《颂》显然分为几"章"（还有"彰"的意思），但各"章"却出自不同的《周颂》篇目（分别为《时迈》[毛，273]、《武》[毛，285]、《赉》[毛，295]、《桓》[毛，294]），而不是同一首诗。另外，这里的第一条也是最长的一条引文（"载戢干戈"句），《国语》称其出自周公（前 1042—前 1036 年摄政）所作之《颂》。③ 也就是说，在现有的最早记载这首诗的两种文献中，它或是出自武王之手，以代表他自己的成就；或是出自其弟周公之手，他以诗来纪念武王。不过，最有趣的是，在汉代编纂而成的《礼记》中，孔子对一位对谈者说"夫乐者，象成者也"，还描述了代表武王克商的《武》舞的六套动作。④

（接上页）action in its constitutive features is performative in these three senses: in the Austinian sense of performative wherein saying something is also doing something as a conventional act; in the quite different sense of a staged performance that uses multiple media by which the participants experience the event intensively; and in the third sense of indexical values—I derive this concept from Peirce—being attached to and inferred by actors during the performance."）参见〔斯里兰卡〕坦比亚：《仪式的表演》（A Performative Approach to Ritual），《英国科学院院刊》（Proceedings of the British Academy）1979 年第 65 期，第 119 页。

①　参见何志华（Ho Che Wah）、陈雄根（Chan Hung Kan）：《先秦两汉典籍引〈诗经〉数据汇编》（Citations from the Shijing to Be Found in Pre-Han and Han Texts），香港中文大学出版社 2004 年版。例如，《周颂》三十一首，《左传》只引用了其中的十一首。

②　宣公十二年。杨伯峻：《春秋左传注》，第 744—746 页；〔英〕理雅各：《中国经典》，Vol. V，第 320 页。

③　《国语·周语上》。徐元诰：《国语集解》，第 2 页。

④　《礼记·乐记》。参见孙希旦：《礼记集解》，中华书局 1989 年版，第 1023—1024 页；〔英〕理雅各：《礼记》（Li Chi: Book of Rites），New York: University Books, 1967，第 122—123 页。现代学者

　　至少在公元前 771 年以后的文化记忆中，甚至可能早在西周的宗教、政治仪式中，乐舞表演和诗歌文本就已融为一体，面向精神领域和政治领域表达王朝奠基者的成就。这些古诗源于周王室的礼仪专家，其保存和传播依赖于周的政治、宗教制度，据现有的最早文献，这些诗歌不仅被存档，还一直被演奏；虽然言说者的视角往往是不确定的，但第一、第二人称代词的使用，说明它们是一种戏剧化的、多声部的（polyvocal）表演。

　　到公元前 5 世纪，周的宗主国地位明显衰落后，其礼、乐、诗、诰令这些文化遗产在其他地方即孔子出生的东方小国鲁国（今山东）得以保存下来。如果说一开始西周礼仪在宗庙祭祀和其他王室仪式中包含并保存了颂诗的诗歌表达，那么，随着时间的流逝，文本和仪式之间的关系开始颠倒过来：到孔子之时，古礼衰落已久，这些古诗则保存了仪式记忆，《左传》引《诗》充分说明了这一点，《左传》是将《诗》视为中国文化记忆和连贯性之核心的重要文本。[①]

　　几乎所有《周颂》的诗歌，篇幅都很短小：《周颂》31 首，其中八首为18—30 字，九首为 31—40 字，四首为 41—50 字，六首为 51—60 字；只有剩下的四首，分别为 62、64、92、124 字。我们不能确定这些诗歌最初是不是独立自足的文本单元：首先，前面提到的《左传》引用的与武王克商有关的颂诗是一个分成几章的文本单元，但在《毛诗》中，它们分属不同的诗篇，有不同的诗题。[②] 其次，像《维清》（毛，268）这样只有 18 字的颂诗，加上音乐和

（接上页）曾据《周颂》各诗试图重建《武》的本来顺序。参见王国维：《观堂集林》，世界出版社 1975 年版，2.15b—17b；孙作云：《诗经与周代社会研究》，中华书局 1966 年版，第 239—272 页；〔美〕王靖献：《从仪式到寓言：七论早期中国诗歌》，第 8—25 页；〔美〕夏含夷（Edward L. Shaughnessy）：《孔子之前：中国经典的形成》（*Before Confucius: Studies in the Creation of the Chinese Classics*），Albany: State University of New York Press, 1997，第 165—195 页；近年来的优秀研究，参见杜晓勤：《〈诗经〉"商颂""周颂"韵律形态及其与乐舞之关系》，九州大学大学院人文科学研究院《文学研究》2013 年第 110 期，第 1—28 页。

　　① 关于《左传》，参见〔美〕史嘉柏（David Schaberg）：《模式化的过去：早期中国史学编纂的形式和思想》（*A Patterned Past: Form and Thought in Early Chinese Historiography*），Cambridge, Mass.: Harvard University Asia Center, 2001；〔以色列〕尤锐（Yuri Pines）：《儒家思想的基础：春秋时期的知识生活》（*Foundations of Confucian Thought: Intellectual Life in the Chunqiu Period, 722-453 B.C.E*），Honolulu: University of Hawai'i Press, 2002；〔美〕李惠仪（Wai-yee Li）：《早期中国史学编纂中历史的可读性问题》（*The Readability of the Past in Early Chinese Historiography*），Cambridge, Mass.: Harvard University Asia Center, 2007. 对《左传》中诗歌表演的概览和广泛讨论，以及可能的作《诗》事例，参见曾勤良：《左传引诗赋诗之诗教研究》，台湾文津出版社 1993 年版。

　　② 注意，与很多其他文献不同，《左传》引《诗》往往不称诗题，《武》是一个例外。

舞蹈，可能并没有被视为一个文本（或是作为表演文本）。第三，有几首《周颂》相互之间关系密切：它们之间（仅限于彼此之间）有相同的诗行，甚至还有相同的联句，这说明它们属于一个更大的文本单元。[①]《丰年》（毛，279）共31字，其中16字与《载芟》（毛，290）完全相同；《载芟》另有三行诗见于《良耜》（毛，291），还有其他一些诗行见于相邻的四首《周颂》。[②] 所以，我们或许可以说《周颂》不是独立撰写的文本，而是取自一个公共诗库的素材（shared poetic repertoire）的变体。这一公共诗库更多仅限于《颂》本身（后世宫廷颂诗偶尔也从该诗库中借用诗行），还受到仪式表达形式上和语义上的束缚。在宗庙祭祀的表演中，它们代表了扬·阿斯曼（Jan Assmann）所说的"巩固认同的知识"（identity-securing knowledge）的结构形态（configuration）；"巩固认同的知识"，"往往以多媒介演奏的形式表演出来，文字文本被难解难分地植入到声音、身体、表情、姿态、舞蹈、节奏和仪式活动之中……宴会和仪式的定期重复，确保了巩固认同的知识的传授和传播，并从而确保了文化认同的再生产"。[③] 不足为奇，《颂》不过是周朝开国叙事的记忆库以各种文本形式实现和表演的一个舞台而已；《尚书》中的几篇《誓》也是另外一个舞台，这几篇追忆武王克商的演讲系于武王名下，武王是台上的演讲者。[④]

　　《诗》的文字甚至在汉代也还没有被标准化，不同的阐释传统在建构书面

　　① 所以，《毛诗》中《闵予小子》（286）、《访落》（287）、《敬之》（288）、《小毖》（289）这几首短篇"颂"有相同的诗行，但也仅限于这几首诗之间；此外，它们还都有一些两字句。见杜百胜（W.A.C.H. Dobson）：《诗经的语言·附录II》（*The Language of the Book of Songs*），Toronto: University of Toronto Press, 1968，第247—249页。

　　② 《噫嘻》（毛，277）、《丝衣》（毛，292）、《酌》（毛，293）、《桓》（毛，294）。

　　③ 〔德〕阿斯曼：《文化记忆：早期高级文化中的文字、回忆和政治身份》（*Das kulturelle Gedächtnis: Schrift, Erinnerung und politische Identität in frühen Hochkulturen*），Munich: C. H. Beck, 1992，第56—57页。（"Identity-securing knowledge" that is "usually performed in the form of a multi-media staging which embeds the linguistic text undetachably in voice, body, miming, gesture, dance, rhythm, and ritual act … By the regularity of their recurrence, feasts and rites grant the imparting and transmission of identity-securing knowledge and hence the reproduction of cultural identity."）这段话在《文化记忆与早期文明：书写、回忆和政治想象》（*Cultural Memory and Early Civilization: Writing, Remembrance, and Political Imagination*, Cambridge: Cambridge University Press, 2011）中有不同表述，第72页。

　　④ 〔日〕野村茂夫：《先秦における尚书の流传についての若干の考察》，《日本中国学会报》1965年第17期，第1—18页；〔美〕柯马丁：《〈尚书〉中的"誓"》（The "Harangues" (Shi 誓) in the *Classic of Documents*），载柯马丁、〔美〕麦笛（Dirk Meyer）主编：《中国政治哲学的起源：〈尚书〉研究》（*Origins of Chinese Political Throught: Studies in the* Classic of Documents），即出。

文本时不得不做出自己的选择，选择用这个字而不是其他别的字（往往是同音字）。而且，甚至在汉代，古代的用语（idiom）也存在多种解读的可能性。这为理解《国风》（见下）带来了很多困难，《国风》在阐释上相当开放，《颂》《雅》的情况则相对不太严重，虽然其某些字词也存在不确定性。总而言之，这些仪式诗在语义上极为显著的特质是，它们频繁使用重复的、音声和谐的语言，并在表演时从语言上演出（enacting）和复制（doubling）祭祀活动。① 它们整体上没有歧义，这一点也反映在西周以后对《颂》的引用上，例如，《左传》总是"赋"《国风》《小雅》，以之作为一种编码的交流方式，目的是唤起听众特定的阐释响应，但对于《颂》，除了一个例外②，《左传》都是直接引用，它们被用来作为支持某种观点的证明和解释。这些《颂》诗被认为是不证自明的，不必再做解释，也没有可供解释的余地。③

三、《雅》诗

和《周颂》一样，《大雅》《小雅》也产生于周王室的礼仪活动。《大雅》记西周故事——从公元前 11 世纪的光荣建国到公元前 8 世纪的可悲衰落。

---

① 参见〔美〕柯马丁：《青铜器铭文、〈诗经〉和〈尚书〉：西周宗庙祭祀的演变》（Bronze Inscriptions, the *Shijing* and the *Shangshu*: The Evolution of the Ancestral Sacrifice During the Western Zhou），载〔法〕劳格文（John Lagerwey）、〔法〕马克·卡林诺斯基（Marc Kalinowski）主编：《早期宗教第一部：从商至汉》（*Early Chinese Religion, Part One: Shang Through Han (1250 BC-220 AD)* ），Leiden: Brill, 2009，第164—182 页。

② 唯一的例外，见昭公十六年。杨伯峻：《春秋左传注》，第 1381 页；〔英〕理雅各：《中国经典》，Vol. V，第 664 页。

③ 关于《左传》赋诗，参见〔美〕史嘉柏：《早期中国的诗歌和历史想象》（Song and the Historical Imagination in Early China），《哈佛亚洲研究》59.2（1999），第 305—361 页；史嘉柏：《模式化的过去：早期中国史学编纂的形式和思想》，第 57—59 页；Yiqun Zhou：《德才：早期中国的女性和赋诗》（Virtue and Talent: Women and Fushi in Early China），《男女：中国的男女和性别》（*Nan Nü: Men, Women, and Gender in China*）5.1（2003），第 155—176 页；〔美〕陆威仪（Mark Edward Lewis）：《早期中国的书写和权威》（*Writing and Authority in Early China*），Albany: State University of New York Press, 1999，第 155—176 页。战国时期（包括《左传》）的《诗经》接受，参见〔美〕金鹏程（Paul R. Goldin）：《孔子之后：早期中国哲学研究》（*After Confucius: Studies in Early Chinese Philosophy*），Honolulu: University of Hawai'i Press, 2005，第 19—35 页。

《雅》可能在王室筵宴、外交场合这些更为世俗的、政治的环境中演奏。① 如果说《周颂》的特征是篇幅短小、缺乏节奏、韵律相对宽松的话，那么，特别是作为宏大王朝叙事的《大雅》，则可以说是恰好相反。它们被安置在章节整饬的长篇结构之中②，其成熟的诗歌语言 —— 如果多少保存了原貌的话 —— 最早也不会早于公元前 9、前 8 世纪。不过，我们还不清楚用字、节奏、韵律、分章等方面的整饬性在多大程度上是作品的原貌或是后人编辑的结果。使情况变得更为复杂的是，至少自公元前 8 世纪以降，王室和地方制作的青铜容器、青铜钟就采用了高度复古的手法③，同样的复古冲动可能也主导了诗歌的制作，这样一来，《大雅》的原貌也就存在各种可能性。将这些诗歌系年于公元前 11、前 10 世纪，或是公元前 8、前 7 世纪甚或更晚，意味着对其性质、目的的不同理解。如果是前者，这些诗歌就可以视为那个时代的见证，是西周礼仪实践和意识形态最有价值的第一手文献；如果是后者，它们就算不是被创造的传统（invented traditions）的产物，也是缅怀和理想化的纪念碑。

《大雅》尤重文王，《文王》（毛，235）、《文王有声》（毛，244）都是美文王之作。此外，还有其他五首《大雅》被读为追忆文王业绩的组诗④；这里再一次，我们所见的与其说是一组独立的诗作，还不如说是一个更大的诗库，可以用来追忆周的起源。

《文王》是《大雅》首篇，诗见下，其中有些诗行也见于另外五首诗歌，包括前文提及的《清庙》，即《周颂》首篇：

文王在上，于昭于天。周虽旧邦，其命维新。有周不显，帝命不时。

---

① 四首《鲁颂》（毛，297—300）和五首《商颂》（毛，301—305）都是筵宴颂诗，而不是祭祀颂诗，被认为出自春秋时期的鲁国和宋国。

② 篇幅最长的《大雅》，如《抑》（毛，256）、《桑柔》（毛，257），分别为 450 字、469 字。多数《大雅》诗的字数在 100—300 字之间。

③ 秦武公（前 697—前 678 在位）制作的刻有铭文的八件套大型编钟就是一个生动的例子，最好称之为对西周典范的复古重组。参见〔美〕柯马丁：《秦始皇石刻：早期中国的文本与仪式》(*The Stele Inscriptions of Ch'in Shih-huang: Text and Ritual in Early Chinese Imperial Representation*)，New Haven: American Oriental Society, 2000，第 104—105 页。

④ 依次为《生民》（毛，245）、《公刘》（毛，250）、《绵》（毛，237）、《皇矣》（毛，241）、《大明》（毛，236）。参见〔美〕王靖献：《从仪式到寓言：七论中国早期诗歌》，第 73—114 页。

文王陟降，在帝左右。

亹亹文王，令闻不已。陈锡哉周，侯文王孙子。文王孙子，本支百世。凡周之士，不显亦世。

世之不显，厥犹翼翼。思皇多士，生此王国。王国克生，维周之桢。济济多士，文王以宁。

穆穆文王，于缉熙敬止。假哉天命，有商孙子。商之孙子，其丽不亿。上帝既命，侯于周服。

侯服于周，天命靡常。殷士肤敏，祼将于京。厥作祼将，常服黼冔。王之荩臣，无念尔祖。

无念尔祖，聿修厥德。永言配命，自求多福。殷之未丧师，克配上帝。宜鉴于殷，骏命不易。

命之不易，无遏尔躬。宣昭义问，有虞殷自天。上天之载，无声无臭。仪刑文王，万邦作孚。（《文王》，毛，235）

据《毛诗》的编排顺序和诗前《小序》，《大雅》前十八首美文王、武王、成王（前 1042/1035—前 1006 年在位）；次五首刺厉王（前 857/853—前 842/828 年在位）；次六首美宣王（前 827/825—前 782 年在位）；最后两首刺幽王（前 781—前 771 年在位）。所以，《大雅》被认为反映了西周王朝发展过程中的重大时刻，始于最初的"黄金时代"，终于典型的"末代暴君"幽王（也是商朝末代君王的镜像）。

传统认为，《大雅》主要出自佚名的王室官员之手，是这些历史转折点的见证和作品；但它们同样也有可能是回顾想象的产物。一万多件刻有铭文的西周青铜器（包括容器、钟、兵器和其他青铜制品等）里面，其铭文没有任何一联与这些诗歌相同。《左传》首次引用《文王》中的一行四字，是在公元前 706 年[1]；第二次引用《文王》诗行，是在公元前 688 年[2]；此后，简短引用《大雅》是在公元前 655 年以后，引用次数也很少，直到公元前 6 世纪中期，引用频率

---

[1] 桓公六年。杨伯峻：《春秋左传注》，第 113 页；〔英〕理雅各：《中国经典》，Vol. V，第 46 页。
[2] 桓公六年。杨伯峻：《春秋左传注》，第 169 页；〔英〕理雅各：《中国经典》，Vol. V，第 79 页。

才开始增高。① 总之，《大雅》31 首，《左传》只称引了其中的 20 首（提到诗题或引用诗行），没有一次引用全诗，引用整章的情况也只有一次，即记公元前514 年事时曾引用《皇矣》一章 48 字。② 另外，《左传》特定年份所记的引诗赋诗活动，不一定就是当年发生的事，也有可能是公元前 4 世纪末《左传》成书时插增的；《国语》11 次引用《大雅》③，情况也可能如此。就算所有这些引诗赋诗活动的确发生在那些历史场合，我们也需要仔细审视孔子其时和孔子以前文本记录中的《大雅》痕迹。除了整章引用外，文本记录中引用《大雅》不超过几十个字，引用始于公元前 706 年，晚于周初君王三百多年。

下面这两首《大雅》诗的结尾四行，一般被视为对诗歌作者的自我指涉陈述（self-referential statements）。也就是说，这些陈述好像使我们能确定作品的创造时间：

> 吉甫作诵，其诗孔硕。其风肆好，以赠申伯。（《崧高》，毛，259）
> 吉甫作诵，穆如清风。仲山甫永怀，以慰其心。（《烝民》，毛，260）

传统认为"吉甫"即宣王（前 827—前 782 年）时的尹吉甫。虽然《小雅·六月》（毛，177）和公元 281 年从古墓中出土的先秦文献《竹书纪年》尊他为军事领袖，但我们对他所知甚少。《崧高》《烝民》提到"吉甫"，似乎是想为诗歌提供一个作者和历史锚点，以便将之系于宣王时期。但这两首诗，其最后四行之前并没有可以辨识的个人的声音，从形式上看，最后四行的节奏也

---

① 参见曾勤良：《左传引诗赋诗之诗教研究》。《左传》叙事中的引诗赋诗，必须与"君子"、孔子评论中的引诗赋诗区分开来，后者似乎是较晚的文本层面。关于"君子"和孔子的评论，参见〔美〕埃里克·亨利（Eric Henry）：《〈左传〉中的"君子曰"和"仲尼曰"》（'Junzi Yue' versus 'Zhongni Yue' in *Zuozhuan*），《哈佛亚洲研究》1999 年第 59 期，第 125—161 页；另见〔美〕史嘉柏：《套话和角色：〈左传〉等文献中的"君子曰"》（Platitude and Persona: Junzi Comments in the Zuozhuan and Beyond），载〔德〕施寒微（Helwig Schmidt-Glintzer）等主编：《史实、史评和意识形态：从新的比较视角看中国的史学编纂和历史文化》（*Historical Truth, Historical Criticism, and Ideology: Chinese Historiography and Historical Culture From a New Comparative Perspective*），Leiden: Brill, 2005，第 177—196 页。

② 《皇矣》（毛，241），全诗共 393 字，见昭公二十八年。杨伯峻：《春秋左传注》，第 1495 页；〔英〕理雅各：《中国经典》，Vol. V，第 727 页。另外，公元前 522 年（昭公二十年）"仲尼曰"曾引《大雅·民劳》（毛，253）首章，篇幅稍短，共 40 字。

③ 参见何志华、陈雄根：《先秦两汉典籍引〈诗经〉资料汇编》。

是全新的。早期文献共引用这两首诗 110 次 ①，但从未引用过最后这四行，也没有哪种文献将这两首诗（和其他别的文本）系于"吉甫"名下。最后，"诵"指的是演奏而非原创。

在中国，在公元前 2 世纪的早期帝国以前，并不存在诗人是自主的创作者这一观念。《左传》只谈到佚名诗歌（即便是经典诗歌）的演奏，并没有谈到创造诗行为本身，最多只有四首诗可能是例外，而它们全都出自《国风》②。几乎所有引《诗》的先秦文献，根本上就不关心诗歌的起源问题，只关心诗歌的可阐释性和实用性。近年来发现的《孔子诗论》简 ③ 也没有涉及作者或起源问题，而是从宽泛的语义角度界定诗歌，可能是关于如何正确用诗的指南。④ 在现有的先秦文献中，只有《孟子·万章上》（5A.4）中有一段话认为，为了正确理解诗歌，必须探究其所表现的"志"，但这个"志"也不等于是作者的心灵。对个体作者身份的不关心，也表现在更大的文本传统中；例如，近年来发现的数十种文献，都不提作者归属。我们不能确定"吉甫作诵"对于先秦听众而言意味着什么。"吉甫"这位作者可能并不重要；但"吉甫"这位诵者，身为高官胜任其职，能够将《诗》中具有重要意义的诗句呈给君王。

《左传》中的"赋诗"场景，其实是诗歌演奏的场景，目的往往是告诫或外交；相应地，有名字的作者，往往也是有名字的诵诗者，有的甚至地位显赫。⑤

---

① 参见何志华、陈雄根：《先秦两汉典籍引〈诗经〉资料汇编》。

② 这四首诗是《载驰》（毛，54）、《硕人》（毛，57）、《清人》（毛，79）和《黄鸟》（毛，131），分别为公元前 720 年（隐公三年，《硕人》）、公元前 660 年（闵公二年，《载驰》《清人》）和公元前 621 年（文公六年，《黄鸟》）。这四首诗中的动词，均为"赋"，"赋"是"铺"（颂、诵）的标准用字。虽然早期笺注认为这里"赋"的意思是"作"，但这一点我们还不能确定。

③ 参见马承源主编：《上海博物馆藏战国楚竹书（一）》，上海古籍出版社 2001 年版，第 13—41、121—168 页。

④ 参见〔美〕柯马丁：《说诗：〈孔子诗论〉的体例和论述》（Speaking of Poetry: Pattern and Argument in the Kongzi shilun），载〔美〕麦笛、〔德〕根茨（Joachim Gentz）主编：《早期中国论证的文学形式》（Literary Forms of Argument in Early China），即将出版。

⑤ 关于《诗经》、古希腊作者问题、侧重点与今天有所不同的比较研究，参见〔美〕亚历山大·比克罗夫特（Alexander Beecroft）：《古希腊和古代中国的作者问题和文化认同：文学流通模式》（Authorship and Cultural Identity in Early Greece and China: Patterns of Literary Circulation），Cambridge: Cambridge University Press, 2010；另见〔美〕比克罗夫特：《〈诗经〉的作者》（Authorship in the Canon of Songs (Shi Jing)），载〔德〕史克礼（Christian Schwermann）、拉吉·C. 斯坦贝克（Raji C. Steineck）主编：《东亚文学的作者问题：从起源到十七世纪》（That Wonderful Composite Called Author: Authorship in East Asian Literatures from the Beginnings to the Seventeenth Century），Leiden: Brill, 2014，第 58—97 页。

诵诗者有技巧地说出潜在的诗歌含义，全中国的文化、政治精英都能辨认出来。诗歌的含义不是固定的或显而易见的，而是需要敏锐的听众将诗歌与身边情景结合起来。《左传》记载了几则轶事，接收者不能领悟别人所赋之《诗》的含义，这样的失败让人蒙羞：不懂用诗的艺术（《论语·子路》），无异于"正墙面而立"（《论语·阳货》），对诗歌潜在之"志"的集体共识懵然无知。

从这个角度看，《崧高》《烝民》这两首诗中的"吉甫作诵"，就有了四重指涉：诗歌本身，使诗歌适合于引诵的正典性，地位显赫的模范诵诗者，敏锐的接收者即宣王。所以，结尾四行评论了诗歌使用、接受的早期历史：结尾这四行在采用诗歌形式的同时，又站在了诗歌本身之外。

《江汉》（毛，262）共 193 字，在《大雅》中属于中等篇幅，表明了这种合成性（composite nature）如何能够越界进入其他非诗文体：

> 江汉浮浮，武夫滔滔。匪安匪游，淮夷来求。既出我车，既设我旟。匪安匪舒，淮夷来铺。
> 江汉汤汤，武夫洸洸。经营四方，告成于王。四方既平，王国庶定。时靡有争，王心载宁。（《江汉》，毛，262）

第一、第二章就周如何征服南方蛮夷提供了一种典型叙事。从第三章开始，诗歌语言出现了根本转变：

> 江汉之浒，王命召虎。式辟四方，彻我疆土。匪疚匪棘，王国来极。于疆于理，至于南海。
> 王命召虎，来旬来宣。文武受命，召公维翰。无曰予小子，召公是似。肇敏戎公，用锡尔祉。（《江汉》，毛，262）

最后两章记述周王赐给召虎的礼物，以及召虎对周王的感谢：

> 厘尔圭瓒，秬鬯一卣。告于文人，锡山土田。于周受命，自召祖命。虎拜稽首，天子万年。

虎拜稽首，对扬王休。作召公考，天子万寿。明明天子，令闻不已。
矢其文德，洽此四国。(《江汉》，毛，262)

这首诗传统上系于宣王时期，其毫无个性的叙事声音是很典型的；甚至
两种说话声音的形式，也常见于其他地方。《江汉》前两章共 16 行，其中 11
行与《颂》《大雅》《小雅》其他仪式诗歌相似[①]，说明它是一个模块化的文本
（amodular text），取自王室礼仪的语言库。这些有关联的诗歌，彼此并不相
同，但大部分都很相似，一起组成了一种关于周朝的整体化叙事，并受到有
限的词汇和紧凑的形式结构的制约：四字句、多押尾韵、频繁使用联绵词和
有限制的一小部分特定的句法。这些特征体现了周代礼仪的意识形态，特别
是在面向祖先历史时：旧总是新的范式，新也从来都不是全新的，而是共享
了其他的仪式表达。公元前 809 年，下面这一 97 字的文本被铸在一件青铜鼎
的内壁上：

隹（惟）十又九年四月既望辛卯，王才（在）周康邵（昭）宫，各
（格）于大室，即立（位），宰讯右趩入门，立中廷，北乡。史留受王令
（命）书，王乎（呼）内史［？］册易（锡）趩玄衣屯（纯）䋛赤市、朱
黄、䜌旗、攸勒。用事。趩拜稽首，敢对扬天子不（丕）显鲁休，用乍
（作）朕皇考䚔白（伯）奠（郑）姬宝鼎，其眉寿万年，子子孙孙永宝。[②]

这份铭文记录了王室册命和受册仪式。它在很大程度上与公元前 825
年—前 789 年的其他四份铭文相同，后者也是册命仪式的记录。[③] 迄今为止，
已经出土了大约一百份公元前 9—前 8 世纪铸在青铜器上的册命文书，表明持

---

① 见毛，164、168、177、179、183、204（两行），205、208、223、227（两行）、234、238、241、
245、263、274、299、300、302。

② 陈汉平：《西周册命制度研究》，学林出版社 1986 年版，第 17—20 页；陈佩芬：《繁卣、趩鼎及
梁其钟铭文诠释》，《上海博物馆集刊》1982 年第 2 期，第 17 页。

③ 参见〔美〕柯马丁：《西周中国的文字表演》(The Performance of Writing in Western Zhou China)，
载 Sergio La Porta、David Shulman 主编：《语法的诗学和声音、符号的形而上学》(The Poetics of Grammar
and the Metaphysics of Sound and Sign)，Leiden: Brill, 2007，第 109—175 页。

续不断的仪式和行政实践，以及王室中制度化的文本记忆。约有六份铭文详细记录了册命仪式本身。

这些铭文与《江汉》的平行关系显而易见。青铜铭文的语言，其日期和目的非常具体，措辞却较为普遍化，普通祝颂诗可以挪用来赞美和铭记周朝的辉煌。青铜铭文本身，以最初写在竹简上的王"命"为基础。"命"在册命仪式上宣读，所以经历了两次转化。首先，转化为青铜铭文的内容。为此，增加仪式叙述以使"命"本身历史化，结尾增加祈福词以将整个叙事改写为对召虎祖先的宗教致辞。其次，竹简文本（或青铜器铭文）也进入颂诗之中。仪式性的王室册命这一具体事件，也就与关于周的普遍叙事合为一体。"册命"类铭文彼此之间大多可以互换，颂诗也受到王室颂诗用语（idiom）的影响。

比起连贯一致的铭文来，《江汉》分为两个完全不同的单元：第一个单元完全由与其他颂诗共有的语言构成，第二个单元则与另外两种文本——青铜器铭文和保存在《尚书》中的周王室演讲——有诸多相似之处。"王命（某人）""锡"器物、"广土""予小子""秬鬯一卣""告于""于周受命""拜稽首""对扬王休"这类说辞，全都不见于《诗》的其他部分（除了"予小子"，见《闵予小子》[毛，286]、《访落》[毛，287]、《敬之》[毛，288]），但却反复见于王室演讲和青铜器铭文。"无曰予小子""锡山土田""作召公考"，尽管多为四字句，但却是违背了标准诗歌节奏的散语。上面这些观察，也符合《江汉》的韵律模式：前两章韵律十分整饬，与其他仪式颂诗完全一致；第三章，韵律开始变得松散；第四、第五章，无韵律可言，诗歌不适合作声乐表演；第六章，最后又回到周朝颂美的用语，诗歌恢复了较为规律的韵律模式。

这样一来，《江汉》就是一个合成文本，它是由不同素材和语体（linguistic registers）组合而成的，而不是某位诗人的创作。从其现有的形式看，它可能从未用作演出本，只是对理想化的周代礼仪的书面追忆，由古诗和仪式的片断组合而成。值得注意的是，《江汉》也不见于任何其他先秦文献。同样，在一个叙事框架内整合了宗庙祭祀表演的多声部演奏的长诗《小雅·楚茨》（毛，

209），在先秦文献中也几乎无迹可循。①

　　这使得我们对中国诗歌起源以及《诗经》起源方式的想象变得复杂起来，即便其某些语言层面相当古老。《诗》包含了文本群和子群（groups and sub-repertoires of texts），这些文本群和子群不是作者创作的，而是编辑而成的，其结构是合成性的、模块化的，有时太短不能自成篇什，有时又太长，不能视为一个统一的文本，它们还留存了《诗》的早期接受史和编纂史。《颂》《雅》是层积的、历时性的产物，其合成／再合成贯穿了公元前第一个千年。战国和早期帝国时期文献引《诗》时大都冠以"诗曰"二字，意思也是"《诗》曰"。不提作者或诗题，这些引《诗》所指的不是单个文本，而是整个诗歌、礼仪传统。甚至就具有历史面向的《颂》《雅》而言，我们也不知道其现有形式在何种程度上早于诗集编纂，不知道诗集编纂于何时、何地。②

四、《国风》

　　《国风》160 首，按北方中国 15 个国家和地区的名称编排，很多篇什表达了深刻典型的人类情感 —— 情人的思念，士兵的苦难，重税下农民的忿恨 —— 这是任何时间、任何地方都会经历的情感。《国风》分为 15 个部分，其中五个部分完全不见于《左传》。《左传》只引用过十首《国风》，每首诗都很简短③，其中四首可能作于特定场合④。《左传》还提到了其他 25 首《国风》篇名，大多集中出现在相互赋《诗》的场合。⑤ 有些诗歌可与《左传》和后来文

① 对《楚茨》的深入研究，参见〔美〕柯马丁：《作为表演文本的〈诗经〉：以〈小雅·楚茨〉为例》（*Shi jing* Songs as Performance Texts: A Case Study of "*Chu ci*" ("*Thorny Caltrop*")），《早期中国》（*Early China*）2000 年第 25 期，第 49—111 页。一开始我将《楚茨》视为祭祀演出本，现在我认为这首诗是以古语缅怀古礼的合成品。参见柯马丁：《青铜器铭文、〈诗经〉和〈尚书〉》，第 173—177 页。

② 本文避免对《小雅》做细致讨论。传统上认为《小雅》晚于《大雅》，但我们不能以此作为结论。74 首《小雅》中的很多作品，同样是层积的、合成的文本，也是在文本子群中进行组织的。

③ 毛，7（成公七年）、17（襄公七年）、18（襄公七年）、26（襄公三十一年）、33（宣公二年）、35（僖公三十三年）、38（襄公九年）、58（成公八年）、116（定公十年）、160（昭公二十年）。

④ 这一点目前还不能确定。见毛，38（襄公九年）。

⑤ 文公十三年（前 614），毛，54；成公九年（前 582），毛，27；襄公八年（前 565），毛，20；襄公十四年（前 559），毛，34；襄公十九年（前 554），毛，54；襄公二十六年（前 547），毛，75、76；

献的历史记载联系起来，但这种关联通常既不明确，也非必要。《颂》《雅》的起源，可以在周王室的礼仪文化中得到确认，《国风》却无从辨别这种制度背景。除了《毛诗·小序》提供的背景数据外，罕有作品能判定其历史背景，也没有关于其创造时间的内证。据说王室官员曾从民众中收集"风"诗，配乐后呈送周王，供他了解民众的情感和安康。这种说法似乎只是到了汉代才广泛流传，可能是汉帝国宫廷收集地方音乐的一种反映。[①]

对于《国风》，传统看法包括以下几点：一、作品来源于特定的地理区域；二、作品是民众情感的表达，所以揭示了当时的社会-政治和道德状况；三、由于源于民间，作品具有根本上的真实主张（truth claims）。在中国，将《国风》视为民歌，这种看法自 20 世纪初以来尤为突出，深受欧洲浪漫主义的影响，如赫尔德（Herder）认为民歌才是一个民族真实的、原始的声音。随着帝制的崩溃、民主和民族主义思想的兴起，中国文学史迫切需要超越儒家学术传统。1919 年"五四"文学、政治革命后，这个文学史就是"发现"小说、戏曲和民歌——正是在同一时期，西方的米尔曼·帕里（Milman Parry）、阿尔伯特·洛德（Albert Lord）也提出了"口头套语创作"（oral-formulaic composition）的理论。同时，法国社会学家、汉学家葛兰言（Marcel Granet）也将《国风》读为古代中国民众节日和风俗的表达。[②] 赫尔德、帕里-洛德和葛兰言的观点各有侧重，对现代学术产生了深远影响。[③] 这种将《国风》视为普通民众的真正表达（即使经过了艺术加工）的看法——在中国几乎是正统观点——不费吹灰之力就将王室官员收集民歌的汉代说法与早期中国的政治哲学联系在了一起。

（接上页）襄公二十七年（前 546），毛，14、49、94、114，以及单独引用 52；襄公二十九年（前 544），毛，36；昭公元年（前 541），毛，12、13、23；昭公二年（前 540），毛，55、64，以及单独引用 16；昭公十六年（前 526），毛 80、83、85、87、90、94；定公四年（前 506），毛，133。

① 参见〔美〕柯马丁：《汉史之诗》（The Poetry of Han Historiography），《中国中古研究》（Early Medieval China）2004 年第 10—11.1 期，第 33—40 页。

② 〔法〕葛兰言：《古代中国的节庆与歌谣》（Fêtes et chansons anciennes de la Chine），Paris: E. Leroux, 1919。

③ 将帕里-洛德的理论运用于《国风》，参见〔美〕王靖献：《钟与鼓——口头传统中作为套语诗的〈诗经〉》（The Bell and the Drum: Shih Ching as Formulaic Poetry in an Oral Tradition），Berkeley: University of California Press, 1974。近年来将《国风》视为古代中国公共节日和性别关系的表达的比较研究，见 Yiqun Zhou：《古代中国和希腊的节宴与性别关系》（Festivals, Feasts, and Gender Relations in Ancient China and Greece），Cambridge: Cambridge University Press, 2010。

诗歌应当时历史背景而作的最著名的一例，是《秦风·黄鸟》（毛，131）：

> 交交黄鸟，止于棘。谁从穆公？子车奄息。维此奄息，百夫之特。临其穴，惴惴其栗。彼苍者天，歼我良人。如可赎兮，人百其身。
>
> 交交黄鸟，止于桑。谁从穆公？子车仲行。维此仲行，百夫之防。临其穴，惴惴其栗。彼苍者天，歼我良人。如可赎兮，人百其身。
>
> 交交黄鸟，止于楚。谁从穆公？子车针虎。维此针虎，百夫之御。临其穴，惴惴其栗。彼苍者天，歼我良人。如可赎兮，人百其身。

《左传》记载，公元前 621 年，秦穆公卒，以奄息、仲行、针虎三人殉葬，"国人哀之，为之赋《黄鸟》"。[①] 这是"赋"（to present、to recite）读为"作"（to make）最可信的一例，很自然，《毛诗·小序》也是这样解释诗歌背景的。注意，这里的"国人"不是指普通民众，而是秦廷精英。

这里，《左传》不仅记述了诗歌的历史背景，还记述了创作活动，这个少有的例子使得早期中国诗歌可能是应具体背景而生的这一普遍看法具有了可信度，虽然没有哪首《国风》像《大雅》那样包含了连贯的历史叙事。潜在的"诗言志"说，使得诗歌具有了征兆性和揭示性，还赋予诗歌以毋庸置疑的真实主张。这种说法也鼓励认同作者，就算作者是半匿名的"国人"。但是，《国风》诗学中的作者，不是自主的、有创造性的作者。诗歌不是有控制力的诗人所"作"的，而是源于历史，其真实主张正在于作者控制和艺术处理的缺席。所以，早期中国的审美鉴赏，首先关心的是一首诗如何与其所描绘的世界相符合。一首诗可以被译解——或建构——为征兆，整部《诗》也是如此。例如，公元前 544 年，吴公子季札出使鲁国，"请观于周乐"，鲁国为他举行了一场舞、乐、歌表演，《左传》记载了他对各国"风"诗的评论：

季札论《雅》《颂》、舞，都赞美上古的辉煌，对《风》的态度却复杂得多，论《郑风》《陈风》时甚至还预言了未来的覆亡。总之，这些评论将诗歌

---

① 文公六年。杨伯峻：《春秋左传注》，第 546—547 页；〔英〕理雅各：《中国经典》，Vol. V，第 244 页。

视为社会-政治现实的症候，如《诗大序》（成于汉代？）所言：

> （季札）请观于周乐。使工为之歌《周南》《召南》，曰："美哉！始基之矣，犹未也，然勤而不怨矣。"为之歌《邶》《鄘》《卫》，曰："美哉，渊乎！忧而不困者也。吾闻卫康叔、武公之德如是，是其《卫风》乎？"为之歌《王》曰："美哉！思而不惧，其周之东乎！"为之歌《郑》，曰："美哉！其细已甚，民弗堪也。是其先亡乎！"为之歌《齐》，曰："美哉，泱泱乎！大风也哉！表东海者，其大公乎？国未可量也。"为之歌《豳》，曰："美哉，荡乎！乐而不淫，其周公之东乎？"为之歌《秦》，曰："此之谓夏声。夫能夏则大，大之至也，其周之旧乎！"为之歌《魏》，曰："美哉，沨沨乎！大而婉，险而易行，以德辅此，则明主也！"为之歌《唐》，曰："思深哉！其有陶唐氏之遗民乎？不然，何忧之远也？非令德之后，谁能若是？"为之歌《陈》，曰："国无主，其能久乎！"自《郐》以下无讥焉。[1]

> 治世之音安以乐，其政和；乱世之音怨以怒，其政乖；亡国之音哀以思，其民困。

季札所观的表演组成了整部《诗》，唯一没有提及的是《曹风》（大概属于季札没有评论的"自《郐》而下"）。就顺序而言，季札所论的前八个部分，即从《二南》到《秦风》，与《毛诗》的编排顺序一致，但从《豳》到《郐》，顺序大不相同。《左传》称引《国风》共43例[2]，其中37例都出自《毛诗》的前七个部分，这或许并不是偶然。我们的确不知道季札观看的是哪首诗的表演，但《左传》的记载是否反映了《诗》作为经典合集的历史发展过程呢？无论如何，这场音乐表演，或者说《左传》的记载，都将《诗》或"诗"视为一种统一的、有一定界限的话语。尽管《毛诗》以前文本的完整性和每首

---

① 英译见〔美〕史嘉柏：《模式化的过去：早期中国史学编纂的形式和思想》，第87—88页；对这一事件的精彩讨论，参见该书第86—95页。

② 不包括孔子和"君子"的评论。

诗的身份仍然晦暗不明，但不晚于公元前 4 世纪，完整、统一的整体话语已经形成了。

前文对《雅》《颂》的观察 —— 其合成性、模块化和历时性，以及其早期存在可能不是作为独立的篇章而是作为诗歌素材库 —— 同样也适用于《国风》。现有的先秦文献没有记载过整首"风"诗，新发现的公元前 300 年左右的《耆夜》简则提供了一个例子，它包含了《唐风·蟋蟀》（毛，114）。[1] 今本《蟋蟀》为四字句，二十四行，分三章；竹简本共三十行（有些诗行残损），其中有三行不是四字句而是六字句。竹简本简文完整的二十三行中，只有三行文字与今本相同；此外，还有很多异文、文字错行、有些诗行为今本所无、押韵也不同。今本有三个重叠词，这是《诗》的典型措辞，竹简本则无。据《毛诗·小序》，《蟋蟀》刺晋僖公过分俭啬，晋僖公公元前 9 世纪末在位；竹简本则称此诗乃两个世纪前周公在宴会上的演奏（即兴表演？）。

我们读到的究竟是一首诗的两个版本，还是不同的两首诗（还有究竟哪个文本"更早"）？我们在这些问题上已经费了不少笔墨，但这些似乎是错误的问题。显然，两个文本有关系，但却难以推断说这个文本是从那个文本演变而来的。更有效的做法是，把这两首诗看成是能以多种方式从诗歌语料库中组织语言表达同一个话题的不同实例。竹简本如果不是伪造的，《蟋蟀》就是能将今本《诗》中的整首多章节诗与另一个古代平行版本作比较的第一例。有可能，这些不同的版本就是司马迁称孔子删《诗》时删掉的"重"本，孔子将三千余首诗删至三百首。在这个过程中，选择（然后编辑）这个版本，抛弃那个版本；这种选择，也是在两种不同的历史语境化中，故而也是在两种不同的阐释中做出的选择。这解释了为什么可以以完全不同的方式指涉一首诗。名篇《郑风·将仲子》（毛，76）就是一个很好的例子：

> 将仲子兮，无逾我里，无折我树杞。岂敢爱之？畏我父母。仲可怀也，父母之言，亦可畏也。

---

[1] 李学勤主编：《清华大学藏战国竹简（壹）》，中西书局 2010 年版，第 150 页，图版第 67—68 页。《耆夜》等其他文本大概盗自南方古墓，由北京清华大学购自香港文物市场。

　　将仲子兮，无踰我墙，无折我树桑。岂敢爱之？畏我诸兄。仲可怀也，诸兄之言，亦可畏也。

　　将仲子兮，无踰我园，无折我树檀。岂敢爱之？畏人之多言。仲可怀也，人之多言，亦可畏也。

　　据《毛诗·小序》，此诗刺郑庄公，公元前 722 年，他没能管住自己的母亲和弟弟，造成了国内的纷争和混乱。据《左传》，公元前 547 年赋此诗是为了敦促晋国释放被囚的卫侯[①]；据《孔子诗论》，"将仲（子）"之言"不可不畏"[②]。马王堆帛书《五行》援引这首诗来讨论"由色喻于礼"的修辞手法，它用几个反问句改述此诗，问人是否会在父母、兄弟、国人面前交媾。很久以后的郑樵（1104—1162）、朱熹（1130—1200）将今本《将仲子》读为"淫奔者之辞"，现代读者则读为青年女子担心情人的鲁莽危及自己的名誉。[③]

　　《将仲子》这个例子看似极端，其实不然；先秦两汉时对《国风》第一首、也是最著名的一首诗《关雎》（毛，1）的解读也是众说纷纭：一、美文王；二、刺康王（前 1005/1003—前 978 年在位）；三、"由色喻于礼"的又一个例子——这样一来，《将仲子》就反讽地与《关雎》相提并论，前者是《毛诗》中最臭名昭著的作品之一，后者则是纯正美德的重要表达。[④] 这不仅仅是同一个文本的读法不同，而是所读的是不同的文本，因为诗歌是通过评注和使用才得以建构而成的，就最基本的文本层面而言，评注和用诗时需要在同音字中做出不同选择，这些同音字的意思可能差别极大，甚至完全相反。《关雎》《蟋蟀》《将仲子》这类诗歌，是在时间的推移中才逐渐形成的，并在组

---

　　① 襄公二十六年。杨伯峻：《春秋左传注》，第 1117 页；〔英〕理雅各：《中国经典》，Vol. V，第 525 页。

　　② 黄怀信：《上海博物馆藏战国楚竹书〈诗论〉解义》，社会科学文献出版社 2004 年版，第 97—99 页。

　　③ 详见〔美〕柯马丁：《迷失在传统中：我们所不知道的〈诗经〉》（Lost in Tradition: The *Classic of Poetry* We did not Know），Hsiang Lectures on Chinese Poetry 5（2010，第 29—56 页），第 47 页各处；另见柯马丁：《出土文献及其苏格拉底式的快乐：解读〈国风〉的新挑战》（Excavated Manuscripts and their Socratic Pleasures: Newly Discovered Challenges in Reading the '*Airs of the States*'），《亚洲研究》（*Études Asiatiques*）61.3（2007），第 775—793 页。

　　④ 相关的前人研究成果和详细讨论，参见〔美〕柯马丁：《迷失在传统中：我们所不知道的〈诗经〉》《出土文献及其苏格拉底式的快乐：解读〈国风〉的新挑战》。

合、表演、修辞应用、历史语境化、固定用字、文学阐释的长期过程中反复改变其结构形态。这三首诗，无论哪一首，从一开始就没有什么"原本"，每首诗的诗题都指向一个有一定范围的语料库，它在不同情况下能以不同方式被实现。关键诗行是稳定的（出土文献可证），整首诗如《蟋蟀》却可以各种方式结构而成。

上面这些观察，因新发现的出土文献才成为可能，它们严重动摇了《国风》起源和作者问题的传统假设，也突显了历代《国风》阐释中存在的一些深层矛盾。《论语·为政》中孔子说："诗三百，一言以蔽之，思无邪。"司马迁也称孔子删《诗》时"取可施于礼义"者，但两千年来评注者们对于下面这一事实却头痛不已：《诗》的各个部分，尤其是包括《将仲子》在内的《国风》，似乎表达的是不得体的性欲。① 我们不能判定今本《毛诗》的内容与诗集形成前被征引的同题诗歌是否相同。我们不知道这些诗歌是否建立在《论语》所说的"道德正统"（moral orthodoxy）② 的基础上，也不知道"正统"如何体现在文学辞令上。《五行》和《孔子诗论》都说明现代读法根本上是不够的，因为我们不知道这些文本的原貌，只读其文字表层：出土文献、《毛诗》、汉代"三家诗"的读法都不同，但它们都同意一个原则，即《孟子·万章下》（5A.4）所说的一首诗的含义被编码在表层文字下面，只能靠复杂的阐释过程恢复其意义。这个过程不仅体现在对既有文本的阐释中，体现在能使诗歌焕然一新的表演、使用过程中，也体现在语义成分的改变中。孔子关于掌握《诗》就意味着懂得如何在外交场合中将之作为一种编码的交流方式的名言（《论语·子路》13/5），以及《左传》记载的那些不能领会引诗赋诗之意的失败事例，都是这一过程正反两个方面的明证。

这一结论最终使我们回到了《国风》起源于民歌的问题。除了需要厘清古今意识形态的建构外，我们还不能将文本内的诗歌角色和声音与文本外的作者

---

① 相关概述，参见黄兆杰（Wong Siu-kit）、李家树（Lee Kar-shui）：《堕落的诗：十二世纪关于〈诗经〉道德质量的争论》（Poems of Depravity: A Twelfth Century Dispute on the Moral Character of the *Book of Songs*），《通报》（*T'oung Pao*）1989 年第 75 期，第 209—225 页。

② 余宝琳（Pauline Yu）：《解读中国诗歌传统中的意象》（*The Reading of Imagery in the Chinese Poetic Tradition*），*Princeton: Princeton University Press*, 1987，第 49 页。

相混淆。没有任何证据表明，吟唱痛苦悲伤的诗歌真的就是民众（hoi polloi）所作的。就算民众作了这些诗，也不重要：一开始我们接触诗歌，接触的就已经是诗歌的接受、阐释和重构。两千多年来，从来就没有什么"原本"（original text）的"本义"（original meaning）供人寻绎，新发现的出土文献也没能让我们回到本源（ad fontes）。

（原载傅刚主编：《中国古典文献的阅读与理解 —— 中美学者"黉们对话"集》，北京大学出版社 2017 年版）

（作者单位：普林斯顿大学［Princeton University］）

《诗经》重章结构的形态与类型

姚苏杰

一、《诗经》重章研究的相关说明

传统学者研究《诗经》中的重章现象，多从诗意、训诂入手，未有专论。清人姚际恒《诗经通论》较早将重章现象独立论述，称为叠咏。①20世纪初，顾颉刚、魏建功、张天庐、钟敬文等前辈学者对此类现象有过一次往复讨论（其文皆载于《古史辨》第三册下编②），但其争论之焦点，在于为《诗经》的重章诗篇争一个是徒歌、歌谣还是乐工所作乐章的地位，意义较有限。20世纪五六十年代，黄焯教授提出"重章互足"说（后收录于《诗说·诗义重章互足说》③），揭示了《诗经》重章结构将诗意分散于各章中的规律，实际即认为：《诗经》诗篇中的重章是一个不可分割的整体，诗意的解读需要联系全部章节；重章并非一种偶然、随意的现象，而是出于诗人的精心安排。此说有很大影响，如杨合鸣《诗经句法研究》第十五章第二节"特殊省略式"中部分观点即

---

① 姚际恒：《诗经通论》，中华书局1958年版，第22页。其注《樛木》诗二章谓："按风诗多叠咏体，然其用字自有先后、深浅之不同。"

② 顾颉刚编：《古史辨》第三册，上海古籍出版社1982年版，第589—672页。含顾颉刚《从〈诗经〉中整理出歌谣的意见》、魏建功《歌谣表现法之最要紧者——重奏复沓》、顾颉刚《论〈诗经〉所录全为乐歌》、张天庐《古代的歌谣与舞蹈》、钟敬文《关于〈诗经〉中章段复叠之诗篇的一点意见》等文。

③ 黄焯：《诗说》，长江文艺出版社1981年版，第33—36页。

继承黄说①。此外也有学者对重章现象产生的原因②、重章的艺术特点或功能③、重章诗篇的数量④、重章现象的类型⑤等问题进行研究，取得了一定成果。但总的来说，上述研究尚缺乏系统性，我们对《诗经》重章现象的面貌仍缺乏完整、深入地了解。

20世纪70年代，王靖献⑥应用西方"套语理论"⑦进行《诗经》研究，取得了一定成果⑧，其中关于《诗经》套语的分类和分析，与重章现象有着复杂的关联。但套语理论用于《诗经》时也反映出一些问题，比如西方的套语理论主要适用于叙事史诗，而《诗经》尤其是国风主要是抒情诗，当作者将套语分析的结果应用于断代时就出现了明显的背离，如《载驰》这首较晚的诗若按套语理论分析便成了很古老的诗。其次，汉语的多义性也会使套语的判断存在诸多困难。另外书中将"兴"完全等同于套语理论中的"主题"，也遭到了一些学者的反对。

本文正是在前人研究的基础上⑨，试图对重章现象进行系统化、形式化的分析。形式化的分析有其缺陷，如容易把问题的细节过度地区分，导致对现象的把握缺少整体性、简洁性。但形式化的分析也有优势，如可以排除诗意或表演

----

① 杨合鸣：《诗经句法研究》，武汉大学出版社1993年版，第231—236页。

② 如王晓平：《〈诗经〉迭咏体浅论》，《内蒙古师院学报》（哲学社会科学版）1982年第2期；黄冬珍：《〈诗经·国风〉重章复沓成因考》，《名作欣赏》2010年第12期。

③ 如李荀华：《〈诗经〉重章复沓的文化研究》，《中国文学研究》2007年第4期。

④ 如〔日本〕青木正儿：《中国文学概论》，重庆出版社1982年版，第62页；韩宏韬：《〈诗经〉结构正变》，《重庆师范大学学报》（哲学社会科学版）2006年第2期。

⑤ 如褚斌杰：《〈诗经〉叠咏体探颐》，《诗经研究丛刊》2001年第一辑；郭京春：《〈国风〉复沓初探》，《广西师范学院学报社哲版》2009年第2期；马志林、刘生良：《〈诗经·国风〉重章复唱结构分析》，《唐都学刊》2011年第4期。

⑥ 1940年生于台湾，美籍华人诗人、学者，本名杨牧。

⑦ 此理论在20世纪30年代由美国学者米尔曼·帕里（Milman Parry）提出，其学生阿伯特·洛尔德（A-lbertLord）将其发展为一套完整的批评体系，先主要用于《荷马史诗》等古典口传文献的研究，后来被广泛应用于欧亚各民族的古代叙事史诗的研究。

⑧ 〔美〕王靖献著，谢谦译：《钟与鼓——〈诗经〉的套语及其创作方式》，四川人民出版社1990年版。介绍此书或应用相关理论的文章还有吴结评：《当代西方〈诗经〉学的新理论"套语理论"》，《当代文坛》2006年第2期；葛立斌：《〈诗经〉"引语式句法套语"探析》，《北方论丛》2008年第1期；范垚：《套语理论运用于〈诗经〉研究得失之浅见》，《宿州学院学报》2008年6月第3期；洪常春：《口头传统的程序与〈诗经〉中的套语研究》，《鄂州大学学报》2014年7月第7期等。

⑨ 本文并未明显地借鉴套语理论。

形式等外部元素的干扰，让问题本身趋于纯粹。下文的分析即兼具上述缺陷和优势，读者可辩证把握，批判接受。

按，重章是《诗经》中常见的一种诗篇、诗章的构成（或存在）方式①，通常是指诗篇内的全部或部分诗章，采用相同或部分相同的形式与内容，形成后部诗章与前部诗章的复现、呼应②。重章又称复沓、复唱、叠（迭）唱、叠（迭）沓、叠（迭）咏等，后文统称为重章。本文从篇章结构的角度分析《诗经》中的重章现象，因此将含有重章现象的文本结构称为"重章结构"③。

重章结构实际涉及的不仅有"章"的层面，还有其他层面。传统上，将《诗经》的一个自然段落（现代标点中一般表现为分段）称为一"章"，本文称为"诗章"或"语章"④。诗歌的全部诗章组成了诗歌的整体，称为"诗篇"或"语篇"。与此同时，诗歌的最小组成单位是一句诗，有一言至八言不等⑤，本文称为"诗句"或"语句"。一个诗章由若干诗句组成，但这若干诗句并非平等，它们先组成两个或多个句群（现代标点中用句号等句末标点号分隔），这类句群称为"诗节"或"语节"。由此，一首诗歌的文本便分出了四个层次，如图一：

语篇 —— 语章 —— 语节 —— 语句⑥

图一　《诗经》篇章的四级结构

---

① "诗章"一词是沿用传统"章"的概念，在一般性篇章结构研究中当称"语段"，但本文沿用传统称谓，见下段说明。

② 前人在论述重章概念时往往兼及"不完全相同"部分的用词问题。但那是另一个问题，当称为"重章换词"，拟以后撰文另述。

③ 注意，重章结构一词既可指称文本本身（即具有重章结构的文本），也可指称文本具有的规律（即文本具有重章结构性），结合语境自可区分，后文不一一说明。

④ "语"字更具有一般指称性，后文一般用"语"字。

⑤ 本文将《缁衣》一诗中的"敝""还"读为一句，故谓《诗经》存在一言句；也有学者将二字连后读，则《诗经》最小为二言句。两种观点皆有合理性，本文暂取前者。

⑥ 普通的篇章结构研究一般采用五级层次：语篇—语章—语段—语节—语句。根据《诗经》的实际情况，本文调整为四级。

以《樛木》诗为例①：

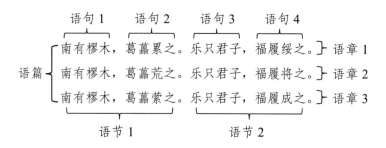

图二　《樛木》篇章层级示意图

　　如图二所示，《樛木》第二、三语章与第一语章皆存在内容与形式的复现呼应，所以它是具有重章结构的典型的"重章语篇"。重章结构有多种不同的表现形式（形态），可出现在不同的层级。相比较而言，语句、语节、语章等层级为文本的微观层级，故其重章结构亦可称微观形态；与之相对，语篇层级的重章结构称为宏观形态。

　　本文所采用的是篇章结构研究中"元素—层级"的分析思路②，即将文本拆解为由低到高的不同级别，先在不同级别内部探寻其特点，并根据这些特点对此级别内的现象进行归类；然后根据低级组成高级的基本原则，逐级探寻其构成规律。比如，在最低的"语句"层面，我们探讨：什么样的诗句可以构成重章，是要求一字相同，还是二字相同？完全不同的诗句能否形成重章？这类问题是对"语句"层级进行分析时首先需要解决的，之后的语节、语章、语篇等层面亦是如此。

　　这种研究思路可以将纷繁复杂的重章现象条分缕析，避免将处于不同层次的现象混淆。同时，经过精确的定义，也可以将许多疑似现象排除。比如根据后文定义，《芣苢》第一章中"采采芣苢，薄言采之"和"采采芣苢，薄言有之"两个语节彼此即不构成重章③。又如，决定语篇结构的只能是语章结构，所

———————

①　本文所引《诗经》原文从孔颖达《毛诗正义》，中华书局1980年版，不一一列页码，下同。

②　篇章结构研究法有元素、层级、程序、关系四个核心概念。

③　但不等于说它们不能与其他诗句构成重章。

以其下属语句、语节的变化不对语篇层面构成影响，因此我们在分析某诗整体的重章类型时可排除语句、语节因素的干扰。

本文亦将对《诗经》全部篇章进行重章结构的分析，并在后文以资料表的形式穷尽式展现其形态和类型（用特定符号表示）。此部分内容既是本文的结论与成果，也可作为其他后续研究的参考资料和数据①。

总之，本文通过这一新研究思路，试图从整体上描绘《诗经》重章结构的面貌，这应有利于作品本身的解读，也有利于其他问题的研究。最后说明，本文对《诗经》中具体诗篇语句、语节、语章的划分，主要依据《诗经正义》（主郑玄说），必要时亦参诸他说②，不一一注明。

二、重章结构的微观形态

1. 构成重章的语句形态

构成重章最基本要素的"语句"存在不同的形态。我们把能作为重章结构要素的语句称"重章句"。由重章概念可知，重章句不能单独存在，必须有两个或以上语句进行对照。判定两个语句是否为重章句，由三种因素决定。第一，主要看它们之间"序同字"的多少。序同字，指两个语句中内容相同且顺序位置也相同的字；反之则称"非序同字"。如《关雎》第二章"左右流之"和第四章"左右采之"二句，序同字有三，非序同字有一，是比较典型的重章句形式。第二，重章句的判定应尽量结合句法结构来综合考虑，序同字少（甚至为零）而句法结构高度相关的语句也可能是重章句（如后文"倒文重章句"）。第三，两个语句应处于"可能重章"的位置方能构成重章句，若处在完全不应出现重章的位置（如同处一章之内或不属同一首诗），则无论如何不

---

① 本文对此部分数据亦尚未充分利用，后文分析亦仅举其显见者为例。

② 本文所取的章节切分并非没有问题，如因章节切分而使许多明显前后复现呼应的句子不算重章，典型例子如《皇矣》。本文取《皇矣》分八章的观点，按后文判定标准，仅第五、七章存在少许重章结构。但若将此诗分为十八章，则重章结构数量会大增。为避免问题的复杂化，本文贯彻以《毛诗正义》分章为主的标准（分八章），不对此问题进行深入讨论。

能构成重章，此为同位原则①。符合同位原则的语句，称"同位句"。如《关雎》第一章"关关雎鸠"和第二章"参差荇菜"即同位句，但它们不是重章句。

据此，《诗经》中的重章句有以下四种形态：

（1）重复重章句，指非序同字为零的同位句（即完全相同、一字不差）。如《樛木》中每章都重复出现的"南有樛木""乐只君子"。这类语句是特殊的重章句。

（2）经典重章句，指非序同字等于一的同位句（即仅一字之差）。如《樛木》中"葛藟累之""葛藟荒之""葛藟萦之"。这类仅换用一个字②的语句，是重章语句的最经典形态。

（3）基本重章句，指非序同字大于一、序同字也大于等于一的同位句（即差别在两字以上，但仍有相当的相同性）。这类同位句的相似性少于经典重章句，但仍能看出前后呼应。如《卷耳》第二、三章中"陟彼崔嵬，我马虺隤"和"陟彼高冈，我马玄黄"等句，序同两字、非序同两字，但毫无疑问属于重章句。又如《关雎》第二、三、五章中的"寤寐求之""琴瑟友之"和"钟鼓乐之"三句，序同仅一字，但仍能直观感受到它们之间的复现呼应，所以也是重章句③。

（4）倒文重章句，指句中内容明显具有前后倒换关系的同位句。如《羔羊》第二章"自公退食"和第三章的"退食自公"。这类句子虽然序同字为零，但同样起强烈的呼应作用，应视为重章句。

以上四类重章句，单独或者混合出现，都能成为重章结构的构成要素。但我们要注意区分诗篇中语句的一般性前后呼应和重章句的区别。重章句的前后

---

① 同位原则的一般性表述如下：重章结构任一层级要素的判定都需满足该要素处于完全相同的层级位置。这类位置一般很直观，即处于对应语章中语节、语句的序同位置。如前章第1语节第1句，则对应后章第1语节第1句；前章第n语节第m句，则对应后章第n语节第m句。注意，此处一般是左数顺序，部分情况下也有右数（如两个句数不相等的章，可末句重章，但此类现象《诗经》中未见）。

② 实际上按照现代语言学观念，换用的是一个词。不过汉语字、词的区分很复杂，本文简化处理，以字为单位。

③ 注意，随着序同字的减少，重章句的判定需考虑更多条件，其中最重要的两条是：一、句法结构的一致性；二、其所处语节的其他部分亦有强烈的重章性。如上述《关雎》三句，其前皆有"窈窕淑女"一句（属重复重现句），构成强烈的重章语境，所以自然易使读者读出"寤寐求之""琴瑟友之""钟鼓乐之"之间的复现呼应。而孤立的、偶然的一、二字相同，不能贸然判定为重章句。

呼应（本文多称复现呼应）是带有强烈结构性的，多是有规律的、刻意的，即诗人刻意在此处重复某种东西，且多有其他因素配合，如前后语境、句法结构等。而诗歌在正常情况下也会因诗意要求而存在普通的呼应，如《烝民》第二章首句"仲山甫之德"、第三章首句"王命仲山甫"、第七章首句"仲山甫出祖"，都有"仲山甫"三字，但这一情况纯是因为诗意的要求，虽然它们也起前后呼应的作用，诗人却不是刻意重复①，因此不属于重章句。

2. 构成重章的语节形态

含有重章句的语节即为重章语节②。本文在分析《诗经》的重章语节形态时，提出并遵循如下假设：

数量限定假设（H1）：任何一个语节最少可由一个语句构成，最多由三个语句构成；当语节内语句大于等于四句时，则断为两节或更多。

这一假设主要是为了处理传统《诗经》无标点，后人解读时往往对何处使用句号无定论的情况。这一假设可避免很多纠缠不清的情况，但有时候会稍违逆诗意。如《斯干》第六章："乃生男子，载寝之床。载衣之裳，载弄之璋。"四句诗意是连续的，但为了整体分析的规范性，本文即执行 H1 假设，断为两节（实际断为两节也不影响诗意的正常理解）。又《皇矣》："帝谓文王：无然畔援；无然歆羡，诞先登于岸。"亦作如此处理。在不违背节尾押韵的前提下③，四句诗一般断为两节各两句。

孤节不成章假设（H2）：任何一个语章至少含有两个语节。

这一假设是为了处理某些诗章所含语句数量极少而分节又有分歧的情况。如《卢令》诗一章仅两句，故每句应自成一节，作："卢令令。其人美且仁。"《甘棠》诗一章三句，则前两句一节，后一句一节，作："蔽芾甘棠，勿剪勿伐。召伯所茇。"此类诗传统有作一节处理者，也有作两节处理者，H2 假设即为避免这种争论。同时，孤节不利于诗章结构的深入分析，这也是此假设的合理性。

据上述假设，《诗经》中的重章语节有以下四种形态：

①　实际上《烝民》诗因为主要就写仲山甫的事迹，故其他地方也多次出现"仲山甫"字样。
②　重章句判定时已经过"同位原则"校检，所以重章语节的判定不必强调同位（因必然同位）。
③　节尾押韵是《诗经》语节切分的重要原则。

（1）全重语节，指所含全部语句皆为重章句的语节。如《关雎》第二章"参差荇菜，左右流之"与第四章"参差荇菜，左右采之"即是。注意，此二重章语节皆由一个重复重章句和一个经典重章句组成，不过后文不作细分。又，全重语节亦可全由重复重章句组成，此时单称重复语节。如《汉广》每章末之"汉之广矣，不可泳思。江之永矣，不可方思"两语节[①]。重复语节属于全重语节，为其亚形态。

（2）偏重语节，指所含语句有部分重章句但又并非全为重章句的语节。如《关雎》第一章"窈窕淑女，君子好逑"与第二章"窈窕淑女，寤寐求之"即是，前一句为重复重章句，后一句非重章句。

（3）顶真语节，指在同一语章内，后语节首句为前语节末句的重复（顶真修辞），当前语节构成重章时，后语节亦构成重章，即称顶真语节。如《江有汜》第一章"之子归，不我以。不我以，其后也悔"与第二章"之子归，不我与。不我与，其后也处"。此例中，前语节中"不我以"和"不我与"本即重章句，故后语节顶真重复，无疑亦为重章句。但如《鸤鸠》第一章"淑人君子，其仪一兮；其仪一兮，心如结兮"与第二章"淑人君子，其带伊丝；其带伊丝，其弁伊骐"，则较特殊。因其前语节末句"其仪一兮"和"其带伊丝"并非重章句，导致后语节"其仪一兮，心如结兮"和"其带伊丝，其弁伊骐"全无相同之处。但联系全篇，却能明显感受到（结构层面的）复现呼应，故本文将其视为重章语节。顶真语节亦可分析为全重语节（如《江有汜》）和偏重语节（如《鸤鸠》《裳裳者华》）。

（4）倒文语节，指同位语节内两个语句的位置前后调换从而构成复现呼应。此类语节不多见[②]，如《羔羊》第一章"退食自公，委蛇委蛇"与第二章"委蛇委蛇，自公退食"即是。倒文语节分析为全重语节。

以上即重章结构的次级构成要素"语节"的四种形态。与重章句相同，这

---

① 完全由重复重章句构成的重复语节，是否单独处理为语章（因其不与主体押韵），需要考虑。本文暂不做单独语章处理。

② 系统化、形式化的分析不以用例多少来决定某种类型在系统中的地位，何况《诗经》中少见并不代表当时少见（因《诗经》非当时诗歌全部）。

四类重章语节单独或者混合出现，都能构成重章结构①，后文分析中不作区分②。

3. 构成重章的语章形态

语章的重章形态较为简单，主要分为全重语章和偏重语章两类。但偏重语章可细分为前重、后重、交重等多种，因此也可说较为复杂。此外，若对带有重复语节的语章进行深入分析，也会有很多启发③。

（1）全重语章，即语章内的全部语节皆为重章语节。如《樛木》全三章，每章所含两语节皆为全重语节，则此三章皆为全重语章。又如《桃夭》全三章，每章两个语节，虽然一为偏重语节，一为全重语节，但同样皆属重章语节，故其三章也皆为全重语章。后文结构描写中全重语章将用大写字母"R"表示，具体见后述。

（2）偏重语章，即语章内存在但并非全部语节都为重章语节。如《葛覃》前两章中，第一语节全重，第二语节不重，即为偏重语章。《葛覃》这类偏重语章属于"前重"，相对的还有"后重"（即前部不重章，后部重章，如《凯风》三、四章）、"交重"（即不能区分前后的重章，如《小戎》《四牡》等）。在后文的结构描写中偏重语章用小写字母"r"表示，若需进一步区分则可表示为：前重"ra"，后重"rb"，交重"rc"。

另外，无重章结构的语章称散章，用空号"Ø"表示。

除这两类基本的语章形态外，还存在一种带有若干重复语节的语章亚形态，本文称"带复语章"。这类语章虽可简单按全重语章或偏重语章处理④，但

---

①　如《桃夭》中"桃之夭夭，灼灼其华""桃之夭夭，其叶蓁蓁"等偏重语节的复现呼应，与《樛木》"南有樛木，葛藟累之""南有樛木，葛藟荒之"等全重语节的复现呼应，给人的感受几乎相同。这说明在重章结构中，语节的全重和偏重都能实现相似的重章功能。

②　此外，在语节层面还有一些特殊的重章现象需要注意。首先是语节内的语句复现，如《南山有台》"南山有台，北山有莱"，此二语句显然构成前后呼应。其次，语章内也会出现语节的复现，如前举《苤苢》每章两语节皆前后呼应，而《汉广》第一章的四个语节也复现。以上这些现象与重章结构有相似性，但它们皆违背同位原则，所以本文不视为重章结构。最极端的例子是《株林》，其章内语节完全符合复现规律，但诗歌整体上是散章，判定为无重章结构。实际上，它们与重章结构同属于更高层面的"复现结构"，容另撰文论述。

③　前述"重复语节"若视为独立的语章处理，或作为亚章、间章处理，也会产生丰富的变化。但以音乐一章论，重复语节似应与正文合并处理，视为主歌加副歌的形态。本文暂不深入辨析此点。

④　按全重、偏重处理时，可细分为带复全重语章和带复偏重语章。前者的非重复部分亦是重章语节，如《麟之趾》每章第二语节（"于嗟麟兮"）为重复语节，而第一语节（"麟之趾，振振公子"等）皆为普通重章语节。后者的非重复部分为非重章语节，如《汉广》第一章前二语节（"南有乔木"等四句）不与后文构成重章。一般来说，带复语章的重复语节在每章末尾，但也偶有在前的，如《东山》（"我徂东山"四句）。

也可特别注意。

　　带复语章的重复语节部分，因其韵脚往往与非重复语节部分不同，故也有研究者认为当视为单独一章，如将《汉广》视为六章（即"汉之广矣"四句皆独立成章）。但若从歌乐角度分析，非复部分和重复部分似共同组成歌曲之"一终"，不应被割裂为二[①]。

　　实际上，带复语章中非复语节和重复语节的组合，应代表了一种音乐形式影响下经典的歌词模式：主歌的叙事性与副歌的抒情性的对立配合。（相对来说）重复性高的部分是趋于抒情的副歌，变化大的部分则是趋于叙事的主歌。而这种由重复性多少而形成的对立互补，似乎也适用于其他类型语节，如偏重语节和全重语节的配合，显然偏重语节变化大，是叙事性部分；甚至同为全重语节或偏重语节，其内部语句序同字多少的差异，也可体现这种对立互补。如《小星》诗二章，每章三节皆为偏重，但唯独末一语节之"寔命不同""寔命不犹"仅一字之差，相比较而言重复性大，抒情性也更强，实际上即可视为每章的副歌部分。

　　总之，全重语章、偏重语章以及带复语章之间有较明显的差异，其成因和艺术功能都存在区别。但后文从简洁性考虑，在语篇形态分析中仅区分全重语章和偏重语章[②]。

三、重章结构的宏观形态与类型

　　上节我们讨论了《诗经》重章结构中出现的语句、语节、语章等微观形态，本节讨论语篇形态。语篇形态是一首诗歌的宏观形态，即指某诗篇具有何种重章结构，或《诗经》全部诗篇具有哪几类重章结构的总体情况。传统意义上所谓的"重章"，其真实所指也是语篇形态。

1. 语篇重章结构的基本形态

本文对语篇形态的分析不考虑语句、语节的重章类型对语篇的影响，只考

---

　　① 此外，若按此处理，《麟之趾》亦应分六章，此时"吁嗟麟兮"孤节成章，违背 H2 假设，不能成立。

　　② 今后需要区分带复语章时，可加字母 e，如 Re 代表全重语章后部有重复语节。

虑语章形态的影响①。即语篇形态主要由其下辖的语章形态所决定。语章形态分为全重和偏重两种②，由此便产生四类基本的语篇形态：

（1）全篇全重语篇（称 A 类），即语篇内所有语章皆为全重语章。如《樛木》诗含三个语章，每个语章含两语节，每节两句；其三章全部都为全重语章，故属于全篇全重类。今将其语篇形态用符号式描写为："3.R3"。

说明：符号式中第一个数字"3"表示全诗由 3 个语章组成；"."点号用于分隔；"R3"中，"R"表示此处标为全重语章，后面的"3"表示该类语章的数量。因此符号式"3.R3"读为：（此诗）由三个语章组成且含有全重语章三个（此即全篇全重）③。

（2）全篇偏重语篇（称 B 类），即语篇内所有语章皆为偏重语章。如《猗嗟》诗含三章，每章三语节，每节二句；其每章仅第一语节的第一句重章，故为全章偏重语篇。可用符号表示为"3.r3a"，说明："a"表示该类偏重语章为前重④。

（3）部分全重语篇（称 C 类），即含有部分全重语章，但亦含部分散章的语篇。如《汝坟》全诗三章，每章两语节，每节两句；第一、二章全重，第三章无重。其符号式可表示为"3.R2(12)"。说明：括号内数字"（12）"表示该类重章语章的序号（即第一、二章）。当符号式内有多重括号时，其最里一重用方括号。

（4）部分偏重语篇（称 D 类），即含有部分偏重语章，但亦含部分散章的语篇。如《葛覃》全诗三章，每章两语节，每节三语句；第一、二章偏重，第三章无重。其符号式可表示为"3.r2(12)a"。

以上即重章语篇的四类基本形态，本文也给无重章（全散章）的语篇形态一个类型，称 E 类。在判定某语篇属于 A、B、C、D、E 的哪类时，判定的优先性依次减少，即若能判定 A 则不判定 B，能判定 B 则不判定 C，以此类推。

2. 语篇重章结构的复合和特殊形态

以前述四类基本形态为基础，语篇进一步以三种方式组成复合形态，为：

---

① 若考虑语句、语节因素的影响，语篇的重章结构将过于复杂，也失去了类化分析的意义。

② 带复语章的亚形态暂不考虑区分。若考虑，则仍需分出全重带复和偏重带复两类。

③ 此符号式为简式，即删除了语节和语句信息。若繁化表述，则《樛木》可表示为"3.R3.22"，末尾数字"22"表示该诗每个语节的语句数，第一语节为 2 句，第二语节 2 句，同时我们也可看出每章含两个语节（"222"则含三个语节）。

④ 将 a 写在最后是为了避免前后可能出现的数字混淆。

叠加形态、散布形态、勾连形态。此外还有一种特殊的破重形态。

（1）叠加形态（称 1 类），即在同一诗篇中出现两部分以上彼此无联系的重章结构。如《丰》（结构式为"4.R2(12)/R2(34)[①]"）全诗四章，第一、二章全重，第三、四章全重，但两部分彼此不重，此即为典型的全重结构叠加。此诗中彼此不重的两部分，实际上可视为两个"亚语篇"，亚语篇皆可归于四类基本形态，如此诗中的两个亚语篇皆符合 A 类[②]。

又如《凯风》（4.r2(12)a.r2(34)b[③]）全诗四章，第一、二章前重（亚语篇属于 B 类），第三、四章后重（亦 B 类），此为典型的偏重结构叠加。又《巷伯》（7.R2(12).r2(34)a）全诗七章，第一、二章全重（亚语篇属于 C 类[④]），第三、四章前重（即 D 类），此为全重结构和偏重结构的叠加。

值得注意的是，前举《丰》虽然分为了两部分，但全诗每章都为重章语章，因此属于全篇重章形态，其整体可用"A(1aa)"表示。说明："A"表示此诗整体上为全篇全重类；括号中"1"说明其内部存在叠加形态，"aa"表示叠加的两部分皆为全篇全重的亚语篇。同样，《凯风》为 B(1bb) 类，《巷伯》C(1cd) 类。又如《柏舟》（5.r2(23)a.r2(45)b），属于 D(1dd) 类。以上所举即叠加形态的一些常见形式。

（2）散布形态（称 2 类），即诗篇中不连续地出现某种形式的基本重章结构。如《关雎》之第二、四、五章为全重语章，但三章不连续，此即全重结构散布，此亚语篇可记为"C(2)"类（但《关雎》全诗非 C(2) 类）。又如《小弁》（8.r5(12456)b）为偏重结构散布，记为"D(2)"类。由散布形态的不连续性可推知，单散布形态不可能构成全篇重章。

（3）勾连形态（称 3 类），是指诗篇中存在不同重章结构的交叉勾连。勾连能使原本独立的几部分重章结构产生关联。如《思齐》（5.r2(34)b.r2(45)a）全诗五章，第三、四章后重，第四、五章前重。不难看出，其第四章为前后两

---

① 说明："/"表示前后两部分的语节、语句构成不同。

② 就亚语篇来说，它是算全篇重还是部分重，主要取决于整个诗篇的状态：若诗篇整体为全篇重，则亚语篇亦视为全篇重，标为 A 或 B；或诗篇整体为部分重，则亚语篇亦视为部分重，标识 C 或 D。本文为了区分，亚语篇用小写字母书写，详见后文分析。

③ 括号内即该诗的结构式，从中可以获知其章节结构及重章情况。后文将逐渐不作文字的分析。

④ 属 C 类不属于 A 类的原因见前注。

部分共享的语章，此即为勾连部分，其类型可记为 D(3)。从勾连的定义不难看出，它不是单独存在的形态，必须与其他形态同时出现。

又如《何草不黄》(4.r2(12)a.r2(23)b.r2(34)a) 全诗四章，第一、二章前重，第二、三章后重，第三、四章前重，连续出现两次勾连，可记为 B(1bb[3]b[3])。又如《载驱》(4.r4b.R2(34)) 全诗四章，全篇后重，同时第三、四章又全重，故可视为全篇偏重和部分偏重的重合，这也是勾连的一种，本文记为 "B.3C"。实际上《载驱》代表了勾连的一种特殊状态，即 "嵌入"：有一部分偏重的亚语章 C 嵌入到 B 中。本文不单列嵌入形态，仅用符号区别："(3)" 表示普通勾连，".3" 表示嵌入式勾连。

以上三种复合形态之间有复杂的关系，同时也可以再度复合。

如勾连可以看作是叠加的特殊形态：重章结构的亚语篇之间，不交叉重合即为叠加，若交叉重合即为勾连。如《终风》(4.r3(123)a.r2(34)b) 全四章，前三章前重，后两章后重，十分接近偏重叠加形态，但因第三章为同属前部和后部的重合章，所以是勾连形态，记为 B(1dd[3])。又如《绿衣》(4.R2(12).R2(34).r4a) 全诗四章，第一、二章全重，第三、四章全重，为全重结构叠加；同时全四章又通过第一句构成全篇偏重，使得原本独立的前后两部分获得关联，这就是勾连与叠加再度复合的情况。这类复杂的形态用符号表示时也较复杂，如《绿衣》应记为 A(1aa).3B。但奇妙的是，与其结构完全相同的还有《南山》《鸳鸯》等诗。

勾连与散布也可复合出现。如《关雎》第一章第二语节有 "窈窕淑女" 一句，实际与二、四、五章构成了后重，故《关雎》的完整结构式应为 "5.R3(245).r4(1245)b"。此结构中，前后两个亚语篇既散布又勾连，而且第二亚语篇 "r4(1245)" 本身又是既符合散布又符合勾连（可记为 "d(23)"），则此诗整体类型可记为 C(c[2]d[23])。

叠加与散布也可以复合。如《节南山》(8.r2(12)a.r2(58)a) 全诗八章，第一、二章前重，五、八章偏重散布，其整体类型记为 "D(1dd[2])"。

又，叠加、散布和勾连也可同时存在。如《何人斯》(8.r3(134)a.r2(12)c.r2(56)b) 全诗八章，其中一、三、四章偏重散布，而第一、二章为偏重勾连，第五、六章又为后重，故此诗存在三重复合形态，可记为 D(1d[2]d[3]d)。

（4）破重形态（4 类），是特指在三章或以上的全篇重章语篇（或亚语篇）中，首章或尾章的重章复现性明显低于其他部分的现象。这可以认为是作者刻意打破重章结构的复现性，以变化来追求一种特殊的呼应。如《汉广》全三章，第二、三章全重，但第一章开篇"南有乔木"四句与二、三章不构成重章，即第一章仅为偏重语章，其复现性低。这就是典型的首章前部破重形态，其结构可描写为"3.R3-1"（"-1"表示第一章破重）①。又如《采蘋》（3.R3-3）前两章全重，仅第三章末节的"谁其尸之？有齐季女"两句破重，为典型的尾章后部破重形态。

注意，破重所在语章直观上必然是一个偏重语章（如《汉广》第一章）。按前文所述，此时应属全篇偏重语篇与一个部分全重亚语篇的勾连，即"B.3C"类。但在后文分析中，当且仅当除破重语章以外的其他语章全为全重语章时，本文将此类含破重形态的重章结构也归入到全篇全重类型中。即将前举《汉广》《采蘋》等诗皆归为 A 类，记为 A(4)。

将这类语篇视为全篇全重类型是基于以下原因：首先，首尾破重形态的语篇数量非常多，可想而知是当时一种流行的篇章模式；其次，首尾的破重不仅不影响全部语章的复现呼应，甚至还让诗意更加丰富，这应该认为是作者对全重语章的一种"改进"（即作者是刻意打破全篇全重的固定模式）。种种迹象说明，破重形态的重章结构是全篇重章结构发展的高级形态，而不是相反②。

破重形态主要出现在全篇全重结构中，但偶尔也会出现在偏重结构或部分重章结构内。偏重结构中的破重，如《鸿雁》（3.r3a-3）全三章，章三节，每节二句，其中第一、二章前二语节重章，但第三章仅第一语节重章。即末章复现性明显降低，符合破重形态的定义，其类型记为 B(4)。又，部分重章语篇中也会出现亚语篇的破重形态。如《卷耳》（4.R3(234)-4）全四章，第一章为散章，第二、三章全重，第四章变为前重。若将后三章视为一个亚语篇，其亦为典型的末章后破重，故此诗可记为 C(4)。又，《采芑》（4.r3(123)a-3）亦可视为前三章组成的亚语篇中末章破重，因亚语篇本身为偏重结构，故记为 D(4)。

---

① 若不用破重形态表示，则结构为 3.r3b.R2(23)。

② 有学者认为是先有不完全的重章（即部分全重），再有完全的重章（即全篇全重类）。本文不完全同意此观点，破重形态（即部分全重）应该晚于全篇全重。

此外，破重形态也可与其他形态复合。如《葛生》(5.R3(123)-3.R2(45))，此诗首先为叠加形态，由三章全重和两章全重的前后两个亚语篇叠加而成，而前三章全重的亚语篇又含尾章破重形态，故全诗整体可归为"A(1a[4]a)"。

又《都人士》(5.R5-15)一诗的情况较特殊，其首尾章同时破重，似可理解为两个破重语章的叠加。而《凫鹥》(5.R5-45)、《民劳》(5.R5-45)皆为末二章破重，也是破重形态的变体。以上三诗后文皆记为"A(4)*"（星号"*"表示特殊）。

至此，语篇层面的重章形态已说明完毕，接下来我们按照前述概念、定义和符号，对《诗经》全部诗篇进行结构描写和归类分析。

四、重章结构的资料表及相关分析

1.《诗经》全部诗篇的结构与类型表

此处罗列《诗经》全部305诗篇的结构和类型，用符号表示。为节省篇幅，将全表拆为若干部分，如下：

表一　《国风》"二南"结构与类型表

诗目	结构简式	类型式	诗目	结构简式	类型式
周南			召南		
关雎	5.R3(245).r4b(1245)	C(c[2]d[23])	鹊巢	3.R3	A
葛覃	3.r2(12)a	D	采蘩	3.R2(12)	C
卷耳	4.R3(234)-4	C(4)	草虫	3.R3-1	A(4)
樛木	3.R3	A	采蘋	3.R3-3	A(4)
螽斯	3.R3	A	甘棠	3.R3	A
桃夭	3.R3	A	行露	3.R2(23)	C
兔罝	3.R3	A	羔羊	3.R3	A
芣苢	3.R3	A	殷其雷	3.R3	A
汉广	3.R3-1	A(4)	摽有梅	3.R3	A
汝坟	3.R2(12)	C	小星	2.R2	A
麟之趾	3.R3	A	江有汜	3.R3	A
			野有死麕	3.∅	E

诗目	结构简式	类型式	诗目	结构简式	类型式
			何彼襛矣	3.r2a(12).r2b(23)	B(1bb[3])
			驺虞	2.R2	A
总计	全25篇，A类17篇68%，B1篇4%，C5篇20%，D1篇4%，E1篇4%				

表二　《国风》"三卫"结构与类型表

诗目	结构简式	类型式	诗目	结构简式	类型式
邶风			鄘风		
柏舟	5.r2a(23).r2b(45)	D(1dd)	柏舟	2.R2	A
绿衣	4.R2(12).R2(34).r4a	A(1aa).3B	墙有茨	3.R3	A
燕燕	4.R3(123)	C	君子偕老	3.r2a(23)	D
日月	4.R4−4	A(4)	桑中	3.R3	A
终风	4.r3a(123).r2b(34)	B(1bb[3])	鹑之奔奔	2.R2	A
击鼓	4.Ø	E	定之方中	3.Ø	E
凯风	4.r2a(12).r2b(34)	B(1bb)	蝃蝀	3.r2b(12)	D
雄雉	4.r2a(12)	D	相鼠	3.R3	A
匏有苦叶	4.Ø	E	干旄	3.R3	A
谷风	C.r3b(45B)	D(2)	载驰	5.R2(23)	C
式微	2.R2	A	卫风		
旄丘	4.r3b(124)	D(2)	淇奥	3.R3−3	A(4)
简兮	4.Ø	E	考盘	3.R3	A
泉水	4.r2a(23)	D	硕人	3.Ø	E
北门	3.R3−1	A(4)	氓	6.r2a(34)	D
北风	3.R3−3	A(4)	竹竿	4.r3a(234)	D
静女	3.r2a(12)	D	芄兰	2.R2	A
新台	3.R3−3	A(4)	河广	2.R2	A
二子乘舟	2.R2	A	伯兮	4.r2b(34)	D
			有狐	3.R3	A
			木瓜	3.R3	A
总计	总39篇，A类19篇48.7%，B2篇5.1%，C2篇5.1%，D11篇28.2%，E5篇12.8%				

表三 《国风》王风、郑风、齐风结构与类型表

诗目	结构简式	类型式	诗目	结构简式	类型式
王风			郑风		
黍离	3.R3	A	缁衣	3.R3	A
君子于役	2.R2	A	将仲子	3.R3	A
君子阳阳	2.R2	A	叔于田	3.R3	A
扬之水	3.R3	A	大叔于田	3.R3-1	A(4)
中谷有蓷	3.R3	A	清人	3.R3-3	A(4)
兔爰	3.R3	A	羔裘	3.R3	A
葛藟	3.R3	A	遵大路	2.R2	A
采葛	3.R3	A	女曰鸡鸣	3.Ø	E
大车	3.R2(12)	C	有女同车	2.R2	A
丘中有麻	3.R3	A	山有扶苏	2.R2	A
总计	总10篇，A类9篇90%，C1篇10%		萚兮	2.R2	A
齐风			狡童	2.R2	A
鸡鸣	3.R2(12)	C	褰裳	2.R2	A
还	3.R3	A	丰	4.R2(12)/R2(34)	A(1aa)
着	3.R3	A	东门之墠	2.r2a	B
东方之日	2.R2	A	风雨	3.R3	A
东方未明	3.R2(12)	C	子衿	3.R2(12)	C
南山	4.R2(12).R2(34).r4a	A(1aa).3B	扬之水	2.R2	A
甫田	3.R2(12)	C	出其东门	2.R2	A
卢令	3.R3	A	野有蔓草	2.R2	A
敝笱	3.R3	A	溱洧	2.R2	A
载驱	4.r4b/R2(34)	B.3C			
猗嗟	3.r3a	B			
总计	总11篇，A类6篇54.5%，B类2篇，18.2%，C类3篇27.3%		总计	总21篇，A类18篇85.7%，B类1篇4.8%，C类1篇4.8%，D类1篇4.8%	

表四　《国风》魏风、唐风、秦风结构与类型表

诗目	结构简式	类型式	诗目	结构简式	类型式
魏风			唐风		
葛屦	2.Ø	E	蟋蟀	3.R3	A
汾沮洳	3.R3	A	山有枢	3.R3	A
园有桃	2.R2	A	扬之水	3.R3-3	A(4)
陟岵	3.R3	A	椒聊	2.R2	A
十亩之间	2.R2	A	绸缪	3.R3	A
伐檀	3.R3	A	杕杜	2.R2	A
硕鼠	3.R3	A	羔裘	2.R2	A
总计	总7篇，A类6篇85.7%，E1篇14.3%		鸨羽	3.R3	A
秦风			无衣	2.R2	A
车邻	3.R2(23).r3b(1/23)	B.3C	有杕之杜	2.R2	A
驷驖	3.Ø	E	葛生	5.R3(123)-3.R2(45)	A(1a[4]a)
小戎	3.r3b	B	采苓	3.R3	A
蒹葭	3.R3	A	总计	12篇，A类12篇100%	
终南	2.R2	A			
黄鸟	3.R3	A			
晨风	3.R3	A			
无衣	3.R3	A			
渭阳	2.R2	A			
权舆	2.R2	A			
总计	总10篇，A类7篇70%，B2篇20%，E1篇10%				

表五　《国风》陈风、桧风、曹风结构与类型表

诗目	结构简式	类型式	诗目	结构简式	类型式
陈风			桧风		
宛丘	3.R2(23).r3a	B.3C	羔裘	3.R3	A
东门之枌	3.r2a（23）	D	素冠	3.R3-1	A(4)
衡门	3.r2a（23）	D	隰有苌楚	3.R3	A

诗目	结构简式	类型式	诗目	结构简式	类型式
东门之池	3.R3	A	匪风	3.R2(12)	C
东门之杨	2.R2	A	总计	4篇，A3篇75%，C1篇25%	
墓门	2.R2	A	曹风		
防有鹊巢	2.R2	A	蜉蝣	3.R3	A
月出	3.R3	A	候人	4.R2(23).r3b(123)	C.3D
株林	2.Ø	E	鸤鸠	4.R4	A
泽陂	3.R3	A	下泉	4.R3(123)	C
总计	10篇，A类6篇60%，B1篇10%，D2篇20%，E1篇10%		总计	4篇，A2篇50%，C2篇50%	

表六　《国风》豳风结构与类型表

诗目	结构简式	类型式
豳风		
七月	8.r3a(123)	D
鸱鸮	4.Ø	E
东山	4.r4a	B
破斧	3.R3	A
伐柯	2.r2a	B
九罭	4.R2(23)	C
狼跋	2.R2	A
总计	7篇，A2篇28.6%，B2篇28.6%，C1篇14.3%，D1篇14.3%，E1篇14.3%	

表七　《小雅》结构与类型表

诗目	结构简式	类型式	诗目	结构简式	类型式
小雅					
鹿鸣	3.r3a/r2b(23)	B.3D	巧言	6.r2a(45)	D
四牡	5.R2(12)/R2(34)/r3c(125)	B(1ccd[23])	何人斯	8.r3a(134).r2b(56).r2c(12)	D(1d[2]d[3]d)
皇皇者华	5.R4(2345)	C	巷伯	7.R2(12).r2a(34)	C(1cd)
常棣	8.r2a(23).r2b(34).r2b(45)	D(1dd[3]d)	谷风	3.R3-3	A(4)
伐木	3.r3a	B	蓼莪	8.R2(12)R2(78).22	C(1cc)

诗目	结构简式	类型式	诗目	结构简式	类型式
天保	6.r3a(123)	D	大东	7.Ø	E
采薇	6.r3a(123)	D	四月	8.Ø	E
出车	6.r2a(12)	D	北山	6.R3(456)	C
杕杜	4.r3a(123)	D	无将大车	3.R3	A
鱼丽	6.R3(123)/R3(456)	A(1aa)	小明	5.R3(123)-1/R2(45)	A(1a[4]a)
南有嘉鱼	4.R4-4	A(4)	鼓钟	4.R4-4	A(4)
南山有台	5.R5	A	楚茨	6.Ø	E
蓼萧	4.r4a	A	信南山	6.Ø	E
湛露	4.R2(12).r3a(123)r2b(34)	B(1cd[3]d)	甫田	4.Ø	E
彤弓	3.R3	A	大田	4.Ø	E
菁菁者莪	4.R4	A(4)	瞻彼洛矣	3.R3-1	A(4)
六月	6.r4b(1234)	D	裳裳者华	4.R3(123)	C
采芑	4.r3a(123)-3	D(4)	桑扈	4.R2(12)	C
车攻	8.R2(12)	C	鸳鸯	4.R2(12).R2(34).r4b	A(1aa).3B
吉日	4.r2a(12)	D	頍弁	3.R3-3	A(4)
鸿雁	3.r3a-3	B(4)	车辖	4.Ø	E
庭燎	3.R3	A	青蝇	3.R3-1	A(4)
沔水	3.r3a	B(4)	宾之初筵	5.Ø	E
鹤鸣	2.R2	A	鱼藻	3.R3	A
祈父	3.R3	A	采菽	5.r2c(12)/r3c(345)/r2b(45)	B(1bbb[3])
白驹	4.r4a/R2(12)	B.3C	角弓	8.r2a(78)	D
黄鸟	3.R3	A	菀柳	3.R2(12)	C
我行其野	3.R3-3	A(4)	都人士	5.R5-15	A(4)*
斯干	9.r3b(345)/r2a(89)	D(1dd)	采绿	4.r2a(12)	D
无羊	3.Ø	E	黍苗	5.R2(23)	C
节南山	8.r2a(12).r2a（58）	D(1dd[2])	隰桑	4.R3（123）	C
正月	D.r4c(1345).r2a(47)	D(1d[2]d[23])	白华	8.r2b(18).r2b(46)	D(1d[2]d[2])
十月之交	8.Ø	E	绵蛮	3.R3-1	A(4)
雨无正	7.r2c(34)	D	瓠叶	4.R4-1	A(4)

续表

诗目	结构简式	类型式	诗目	结构简式	类型式
小旻	6.r2b(12)	D	渐渐之石	3.R3-3	A(4)
小宛	6.Ø	E	苕之华	3.r2a(12)	D
小弁	8.r5b(12456)	D(2)	何草不黄	4.r2a(12).r2b(23).r2a(34)	B(1bb[3]b[3])
总计	74篇，A类24篇32.4%，B9篇12.2%，C10篇13.5%，D2篇27.0%，E11篇14.9%				

表八 《大雅》结构与类型表

诗目	结构简式	类型式	诗目	结构简式	类型式
大雅					
文王	7.Ø	E	公刘	6.r6a	B
大明	8.Ø	E	泂酌	3.R3	A
绵	9.Ø	E	卷阿	A.r4c(1234).R3(234)/ r2b(56)/R2(78)	C(1dd[3]dc)
棫朴	5.Ø	E	民劳	5.R5-45	A(4)*
旱麓	6.r5b(12356)	D(2)	板	8.r4a(2456)	D(2)
思齐	5.r2b(34).r2a(45)	D(3)	荡	8.r7a(2345678)	D
皇矣	8.r2a(57)	D(2)	抑	C.r2a(AC)	D(2)
灵台	4.Ø	E	桑柔	G.r2a(AB).r2a(CD). r3c(ABC)r2a(FG)	D(1ddd[3]d)
下武	6.r3b(234).r2b(56)	D(1dd)	云汉	8.r6a(234567).r4c(3456)	D.3D
文王有声	8.r2c(12).r2b(34). r2b(56).r2b(78).r2b(45)	B(1bbbb.3b)	崧高	8.r2b(23).r2a(35). r4a(4678)	D(1dd[23] d[2])
生民	8.Ø	E	烝民	8.r2a(56)	D
行苇	4.Ø	E	韩奕	6.Ø	E
既醉	8.R2(12).R3(678)-8	C(1cc[4])	江汉	6.Ø	E
凫鹥	5.R5-45	A(4)*	常武	6.r2(-13).2222	D(2)
假乐	4.Ø	E	瞻卬	7.r2(56-).2222	D
			召旻	7.Ø	E
总计	总31篇，A类3篇9.7%，B2篇6.5%，C2篇6.5%，D13篇41.9%，E11篇35.5%				

表九　"三颂"结构与类型表

诗目	结构简式	类型式	诗目	结构简式	类型式
周颂					
清庙	1.Ø	E	雍	1.Ø	E
维天之命	1.Ø	E	载见	1.Ø	E
维清	1.Ø	E	有客	1.Ø	E
烈文	1.Ø	E	武	1.Ø	E
天作	1.Ø	E	闵予小子	1.Ø	E
昊天有成命	1.Ø	E	访落	1.Ø	E
我将	1.Ø	E	敬之	1.Ø	E
时迈	1.Ø	E	小毖	1.Ø	E
执竞	1.Ø	E	载芟	1.Ø	E
思文	1.Ø	E	良耜	1.Ø	E
臣工	1.Ø	E	丝衣	1.Ø	E
噫嘻	1.Ø	E	酌	1.Ø	E
振鹭	1.Ø	E	桓	1.Ø	E
丰年	1.Ø	E	赉	1.Ø	E
有瞽	1.Ø	E	般	1.Ø	E
潜	1.Ø	E			
合计	全 31 篇，E 类 31 篇 100%				
诗目	结构简式	类型式	诗目	结构简式	类型式
鲁颂			商颂		
駉	4.R4	A	那	1.Ø	E
有駜	3.R3-3	A(4)	烈祖	1.Ø	E
泮水	8.r3a(123).r3c(456)	D(1dd[4])	玄鸟	1.Ø	E
閟宫	8.Ø	E	长发	7.R2(45)	C
			殷武	6.r2a(34)	D
合计	4 篇，A 类 2 篇 50%，DE 各 1 篇 25%		合计	5 篇，CD 各 1 篇 20%，E3 篇 60%	
总计	总 40 篇，A 类 2 篇 5%，C1 篇 2.5%，D2 篇 5%，E35 篇 87.5%				

2. 分析一：重章结构与周文化关系之推论

以表一至九为基础，可用一些简单的统计手段，对《诗经》中重章结构做初步分析。但类似"国风重章多于小雅，小雅多于大雅，大雅多于三颂"这种常见的结论，读者自可根据表中数据验证，本文不拟细述。本节关注重章结构的产生和分布问题，而这又关涉两个方面：一是时间，二是空间。

重章结构的时间分布，本可由《诗经》不同阶段作品的统计数据来进行分析，然而问题在于，《诗经》作品的产生时间较为模糊（尤其国风部分），并且与风、雅、颂的分类存在交叉。比如单从数据上论，最早的周颂确实几乎无重章，而随时间推移，大雅、小雅、国风则重章越来越多，这似乎可以说明重章结构是在西周晚期东周初期产生并繁盛的。但这一推论并不可靠，因为三颂、大雅、小雅、国风，无论其内容、形式还是用途都存在差异，很难排除诗体本身在重章方面的固有模式。此外，古老的豳风亦存在不少重章，也说明了重章结构的来源较早。但若说重章结构的兴盛是在西周末至春秋早期，大概也是没错的。至于更加精细的结论，或有待于《诗经》单个诗篇的分期归类研究的进展。

重章结构的空间或地域分布，是相对较易落实的问题。注意，此处为了更好地反映重章的整体分布，我们采用"加权重章率"来做分析。所谓"加权重章率"是对某类诗歌群的重章状况的宏观描述，其具体操作如下：针对某一诗歌群，将其中单个作品，属 A 类重章的计算 100% 重章率，B 类、C 类计算 50% 重章率，D 类计算 25% 重章率，E 类计算 0% 重章率（此百分系数仅为个人意见）。即：

加权重章率（R）＝（［A 类篇数＊100%］＋［B 类篇数＊50%］＋［C 类篇数＊50%］＋［D 类篇数＊25%］）/ 诗群总篇数

下表为计算所得《诗经》中各地域诗歌群的加权重章率数据：

表十 《诗经》各部分诗群的基本情况和加权重章率

诗群	基本情况	加权重章率
二南	25 篇，A 类 17 篇 68%，B1 篇 4%，C5 篇 20%，D1 篇 4%，E1 篇 4%	81%
三卫	39 篇，A19 篇 48.7%，B2 篇 5.1%，C2 篇 5.1%，D11 篇 28.2%，E5 篇 12.8%	60.85%
王风	10 篇，A 类 9 篇 90%，C1 篇 10%	95%

续表

诗群	基本情况	加权重章率
郑风	21 篇，A 18 篇 85.7%，B 类 1 篇 4.8%，C 类 1 篇 4.8%，D 类 1 篇 4.8%	91.7%
齐风	11 篇，A 6 篇 54.5%，B 类 2 篇 18.2%，C 类 3 篇 27.3%	77.25%
魏风	7 篇，A 6 篇 85.7%，E 1 篇 14.3%	85.7%
唐风	12 篇，A 12 100%	100%
秦风	10 篇，A 7 篇 70%，B 2 篇 20%，E 1 篇 10%	80%
陈风	10 篇，A 6 篇 60%，B 1 篇，10%，D 2 篇 20%，E 1 篇 10%	70%
桧风	4 篇，A 3 篇 75%，C 1 篇 25%	87.5%
曹风	4 篇，A 2 篇 50%，C 2 篇 50%	75%
豳风	7 篇，A 2 篇 28.6%，B 2 篇 28.6%，C 1 篇 14.3%，D 1 篇 14.3%，E 1 篇 14.3%	53.625%
国风小计	A 类 107 篇 66.875%，B 11 篇 6.875%，C 16 篇 10%，D 15 篇 9.375%	77.64625%
小雅	74 篇，A 24 篇 32.4%，B 9 篇 12.2%，C 10 篇 13.5%，D 2 篇 27.0%，E 11 篇 14.9%	52%
大雅	31 篇，A 3 篇 9.7%，B 2 篇 6.5%，C 2 篇 6.5%，D 13 篇 41.9%，E 11 篇 35.5%	26.675%
三颂	40 篇，A 2 篇 5%，C 1 篇 2.5%，D 2 篇 5%，E 35 篇 87.5%	7.5%
总计	305 篇，A 136 篇占 44.59%，B 22 篇占 7.21%，C 29 篇占 9.51%，D 50 篇占 16.39%，E 68 占 22.30%	57.04918%

据表十，《诗经》整体加权重章率约为 57.05%。以此为基准，三颂、二雅及豳风都低于此数据，而国风其余十四风高于此数据。这一数据显然符合预期，合情合理。

又，国风整体加权重章率约为 77.65%。以此为基础，高于此数据的国风诗群有：二南（81%）、王风（95%）、郑风（91.7%）、魏风（85.7%）、唐风（100%）、秦风（80%）、桧风（87.5）。低于此数据的国风诗群有：三卫（60.85%）、齐风（77.25%）、陈风（70%）、曹风（75%）、豳风（53.63%）。这一组数据则有很大的可分析性。

不考虑豳风，将其余十四国风的地域一一落实，会发现有趣的现象。以郑国为起点，郑国（非西周畿内之郑）所在约今河南新郑一带，其东北为三卫之地（今河南淇县一带），东为曹（今山东菏泽、曹县一带），远东为齐，略东南为陈（今河南淮阳、安徽亳县一带）。而郑国以西则依次有桧（今河南新密一带）、王（今河南洛阳一带）、唐（今山西太原一带）、魏（今山西芮城东北）、秦（今陕西及甘肃东部一带），西南为二南（一般认为是陕西以南至汉水流域的广大地区）。

由此可得结论：以郑国为界，其西部的国风（包括郑国）加权重章率全部在平均数据以上（诗歌重章性强），其东部的国风则全部在平均数据以下（诗歌重章性弱）。

除地域东西之分外，重章结构的分布似乎也与文化有关。诗歌重章性弱的几个国家或地域，如三卫为殷商故地，多殷遗民；陈国奉祀虞舜，有非常独特的文化；齐为姜太公之后，其地多东夷民族；曹虽为文王之曹叔振铎之后，但亦偏处东部（曹风仅 4 篇，实亦不具代表性）。而诗歌重章性较强的几个国家，如王风为东周王畿；郑为周嫡系封国，两周之交为周王朝股肱；魏[①]、唐早为周人所并，为周成王嫡弟唐叔虞封国（即晋）；秦虽非周嫡系，但春秋时已奄有西周故土，俨然为周文化正统继承者；二南虽偏远，但古来皆认为是西周初文王、周公之德南化，或即当时周人新开辟的南部疆土；至于桧国，虽为妘姓国，然与郑极近（后为郑所并），其受周文化影响亦巨大（桧风亦仅 4 篇，不具代表性）。

由此我们有如下推论：受周文化影响大的地域或诸侯国诗歌重章性强，受周文化影响相对较弱的地域或诸侯国诗歌重章性较弱。换句话说，诗歌重章结构似乎是周文化比较偏好的一种创作或表演形式，随着周文化的扩张而逐步由西向东、由内（核心区）向外传播。

这一推论得到以下证据支持：三卫地区靠近王、郑，但其诗歌的重章性竟是国风中除豳风之外最低的，可称重章结构的"洼地"。这极可能与卫国为商代中心，此时仍存有强盛的殷商文化有关联。

综合以上结论和推论，我们似乎还可认为：直到春秋时期，虽然周立国已近三百年，但中国核心区域的文化仍然有东、西之分。这也可算是通过重章结构而窥文化之豹一斑。但由于以上统计所用《诗经》国风部分毕竟仅 160 篇诗，样本数目并非十分充裕，此推论是否能够成立，还有待其他证据来验证[②]。

---

① 传统认为魏风是古魏国（晋灭魏前）的作品，但古魏国亦周同姓封国。

② 1933 年傅斯年提出"夷夏东西说"，将族群、文化东西二分。此说虽遭质疑，但亦有其合理性。

3. 分析二：一些零散的推论

（1）复杂的重章结构类型可能存在文人创制

由前文诸表所列的结构和类型式，容易发现许多重章结构并不是简单的语章重复，它们具有丰富的变化。有些变化初看琐碎而无规律①，但因其广泛的存在，我们不得不猜测它们是出于诗人有意识的创制或使用。

比如第三节提到的破重形态，读者初闻或觉牵强，当有疑问：为何不能作普通的偏重语章加勾连形态处理，而要另设一个破重形态？是否是研究者人为设置？

实际上，《诗经》中这样的破重形态极为常见且有规律，它出现在不同诗体、不同类型中。据表一至九的数据统计，表现出破重形态的诗篇总计有 35 例，其中 A(4) 类最多，有 27 例；B(4) 类 2 例，C(4) 和 D(4) 类各 1 例，其余存在于叠加形态中（如 A(1a[4]a)）的还有 4 例。数量如此多且广泛的存在，足以说明这种破重形态是当时流行的一种篇章样式。而从诗理上来说，完全一致的重章易显单调，在首章或尾章进行适度的改变，破坏全重结构但又不至于完全失去呼应，可以让全诗更加丰满。

更加值得注意的是，在这 35 例破重形态中，二雅所占竟有 20 例，其中小雅独占 18 例。这似乎说明，破重形态受到创作雅类诗的贵族文人的青睐。

又，叠加形态的重章结构也富于变化，也是值得关注的类型。这种诗篇由两部分（或以上）不相同的重章结构组成，可以理解为两个独立的亚语篇，但全诗整体上又呈现出强烈的前后呼应，具有特殊的功能和美感。叠加形态的细节变化更多，我们选取以下几种相对规整的类型做分析。

如"A(1aa).3B"类型，其结构为：由两个全篇全重的亚语篇叠加而成，此外这两个亚语篇还存在全篇偏重的勾连，为二重复合形态。这是一种复杂而规整的结构，但在《诗经》里却有三例，即《绿衣》《南山》《小雅·鸳鸯》，并且全部都是四语章结构，这很难说是不同诗人的偶然创作。与其相比稍简单的"A(1aa)"类型还有《丰》《小雅·鱼丽》两篇。又有"A(1a[4]a)"类型，这也是由两个全篇全重的亚语篇叠加而成，并且前一亚语篇存在与破重形态的

---

① 本文前两节的微观、宏观形态分类，正是在这些琐碎的变化中尽可能地寻找规律。

二重复合，这一类型也有《葛生》《小雅·小明》两篇。

B 类结构中的叠加也很多，简单检索表一至九中"B(1"字符①，共出现 8 次，说明有 8 篇诗歌是叠加形态的全篇偏重结构，并且它们中还有大量与勾连形态进行二次复合。此 8 篇为：《何草不黄》《凯风》《何彼禮矣》《终风》《小雅·四牡》《小雅·湛露》《小雅·采菽》《大雅·文王有声》。又 C 类结构的叠加形态（检索"C(1"）有 4 篇，D 类结构的叠加形态（检索"D(1"）有 10 篇，它们全部为二雅中篇目。

又有"B.3C"和"B.3D"类型，为全篇偏重的语篇中再"嵌入"一个全重或偏重的亚语章，其结构也较复杂。此类共 5 篇用例，为：《载驱》《车邻》《宛丘》《小雅·白驹》《小雅·鹿鸣》。②

以上所举皆是《诗经》中较为复杂且不为孤例的复合形态的类型。从中不难发现，二雅尤其是小雅中的篇目占据了很大一部分。这一现象说明，二雅的作者群较多使用破重、叠加、勾连等复杂的结构，他们很可能是这些复合形态的改进者或推广者。从艺术性来讲，复合形态的重章结构，能使诗篇的诗意和表演方式产生丰富的变化，其叙事或抒情更加完足，且比单纯的重章更为自由。它或许可以被认为是文人主导下创制的诗歌样式，代表了周代下层（民间）文学与上层（贵族）文学的互相学习、影响。

（2）几种基本重章结构的先后发展关系的推测

下表以诗篇所含总的语章数量作为基础标准，对各重章结构进行分类统计。

表十一　不同章数的诗篇重章结构类型统计

全诗语章数	总数	A 类	B 类	C 类	D 类	E 类
1 章	34					34
2 章	40	36	2			2
3 章	113	81	9	10	7	6
4 章	46	12	6	9	9	10
5 章	16	6	2	4	2	2
6 章	19	1	1	1	11	5

---

① 表示类型式中以"B(1"开端的类型，其实就是由叠加而成的全篇全偏重类，如"B(1bb)"。

② 实际上，大量破重形态也可以认为是 B.3C 或 B.3D 型，见前分析。

续表

全诗语章数	总数	A类	B类	C类	D类	E类
7章	7			2	2	3
8章	23		1	3	14	5
9章	2				1	1
10章以上	5			1	4	

今以 A 类为例进行分析，先将 A 类中的类型再细化：

表十二　A类的细分表

全诗语章数	总数	纯A类	A(4)类	"A(1"类
2章	36	36		
3章	81	72	19	
4章	12	3	5	4
5章	6	1	3*①	2
6章	1			1

根据以上数据，本文认为，《诗经》重章结构的基本类型是 A 类 3.R3 结构①，称为 I 型，其用例高达 72 例（其中国风占 55 例）。它可能是以国风为代表的诗歌最基础、典型的类型。I 型结构主要有两种变化：

I 型结构脱落一个全重语章，转化为 A 类 2.R2 结构，称为 II 型，有 36 例（国风占 35 例）；

I 型结构的首章或尾章转化偏重语章（即破重），即变为 A 类 "3.R3-"② 结构，称为 III 型，有 19 例（国风占 11 例）。

注意，以上三类结构已占 A 类中的绝对多数，同时它们也是全部重章类型中数量最多的，其主导地位显而易见。而剩下的重章结构类型都可由上述三类结构推导变化而来。如：I 型结构增一全重语章，即变为 4.R4，有 3 例。III 型结构加一全重语章，变为 "4.R4-"，有 5 例。II 型与 II 型叠加，变为 "4.R2R2"③，4 例。I 型与 II 型叠加，变为 5.R2R3，2 例；又可融合为 5.R5，1

---

① 这一推论的证据是，在所有重章结构中，R3 和 r3 所占比例特别大，共出现 121 次。

② "-" 短横高表示带破重形态。

③ 即两个亚语篇的叠加形态。

例。Ⅰ类与Ⅰ类叠加，变为 6.R3R3，1 例。Ⅲ类结构叠加勾连，变为 5.R5-2，3 例。此外，包括 B、C、D 类在内的其他类型和亚类型也可以由三类结构进一步变化得出。

所以说，Ⅰ、Ⅱ、Ⅲ型是重章结构中最基本，或许也是最早产生的形式。当然，以上仅为本文的推测，是否符合实际情况，还有待进一步检验。

（3）"豳风近雅"说

自古至今，对豳风性质问题的讨论绵延不绝，而"豳风近雅"几乎是一种共识。学者甚而认为，今本《诗经》将豳风放在国风之末、最靠近小雅，正是孔子删诗、正乐的表现（《左传》所载季札观乐时豳风尚在齐风之前①）。豳风为国风中最早的诗，一般认为创作于西周早期，而像《七月》一诗应有更古老的来源。《周礼·籥章》载有"豳诗""豳雅""豳颂"②，似指《七月》可以三种方式表演，更可证豳风之特殊性。

今据豳风各类重章情况，尤其是加权重章率也可以看出，它确实和小雅极为接近：豳风加权重章率 53.63%，而小雅为 52%。这种差距在《诗经》各部分中堪称最小。

如前文所述，重章结构可能是周民族文化的特色，而作为周民族早期诗歌代表的豳风即具有一定的重章性，更加印证了这一观点。但同时也应注意到，同样产生时间较早的《周颂》却全为散章。这说明重章结构在不同诗体中的表现并不相同。这种不同可以有几种解释：第一，《周颂》的特殊体式不允许它使用重章；第二，创作《周颂》的上层文人此时尚未接受下层文学形式；第三，《周颂》的创作或许主要受到商文化的影响③。

五、结语：重章结构的成因与功能略论

本文以篇章结构的研究思路来分析《诗经》中的重章结构。但这种研究只

---

① 杨伯峻：《春秋左传注》，中华书局 1990 年版，第 1161—1165 页。
② 孙诒让：《周礼正义》，中华书局 1987 年版，第 1907—1918 页。郑玄注以为皆指《七月》。
③ 周人对商人和商文化一直心存敬畏，《尚书·多士》谓"非我小国敢弋殷命"，甲骨文中亦自称"小邦周"。此种心态下，上层文化很容易仍受"前朝"贵族文化的影响。

能从原理上揭示文本的逐层结构和主要类型，并不能解释结构和类型的成因与功能。关于这些问题，只能由研究者根据现象（并辅以其他证据）做出猜测，而猜测必然有其不必为事实的可能性。

关于《诗经》重章形式产生的原因，以及这类形式所具有的艺术特点，前人亦多有论述（见前）。其实这也是密切相关的两个问题，不能分开讨论，因为成因即决定了功能，或者说功能代表成因。个人认为，关于这一问题应从创作和表演两方面进行分析。

首先，从创作的角度来说，重章显然是一种当时极普遍的创作模式，故《诗经》中具有重章结构的诗篇占比极大。各类诗人在自觉和不自觉中对这类模式进行效仿和改进，从而产生了众多作品和更多丰富的形式。重章结构适合表达一类具有持续性的事件或情绪，或对某一事物进行重复强调，从而产生特殊的艺术美感，如所谓"一唱三叹"。但客观上它也会限制诗人的创新，使诗歌某种程度上趋于重复、简单。

其次，从表演形式上说，重章应是源于唱和的需要而产生的，即《蘀兮》中所谓"倡予和女""倡予要女"。唱和的方式可分自相和、交相和、一唱众和等形式。自相和，即诗人或表演者一人独唱完一章，而次章又按前章的格式及旋律进行创作或演唱，后章再同。交相和，即甲唱第一章，乙按第一章格式及旋律唱出第二章，以此类推。一唱众和则较复杂，《汉广》之类带有重复语节的诗篇，很可能是这类形式，即每章前两节由一人领唱，而"汉之广矣"四句则为众人合唱之词。但《汉广》中三章独唱部分，究竟由一个人完成，还是轮换三个人完成，则无证据可推。

实际上，光凭《诗经》文字本身，我们很难落实其具体的表演方式，很多意见也只是猜测而已。另外，重复语节的创作因素非常少，可以理解为仅是表演方式的需要。关于《诗经》重章结构与音乐、舞蹈等表演方式的复杂关系，容撰文另述，此处不再详表。

（原载《清华大学学报》[哲学社会科学版] 2017 年第 2 期）

（作者单位：首都师范大学中国诗歌研究中心）

论周宣王时期王朝礼乐的畸变

——以《诗经》"公卿赞歌"为中心

李　辉

一、"公卿赞歌"背后王室与公卿间的政治生态

周宣王"法文、武、成、康之遗风"（《史记·周本纪》），革除弊政，任用召穆公、仲山甫、尹吉甫等大臣，励精图治，使周王朝政治、军事、经济、礼制一度得到重振，史称"宣王中兴"。《诗经》中不少宣王时期的雅诗，反映了这一复兴的时代大势，如《车攻》写宣王会诸侯于东都，《吉日》写宣王田猎，《斯干》写宣王兴建宫室，《无羊》写宣王时牧业的恢复，《六月》《采芑》《常武》《江汉》写征伐玁狁、淮夷、徐方。可见，宣王时期有过一番大的诗乐制作活动[1]，而且，诸诗都与特定的典礼仪式相关，这也是对西周后期"变雅"讽谏潮流的一次回拨，从而接续了西周早期以来"仪式乐歌"的诗乐传统。

但是，与盛周时期"仪式乐歌"相比，宣王朝雅诗还是受到了西周后期政治与礼乐发展主流趋势的深刻影响，在诗歌性质、内容、体制、风貌上体现出鲜明的时代特征。我们发现，作为共有的趋势，宣王朝雅诗与典礼仪式已貌合神离，其"仪式乐歌"的属性已经发生变异；而且，更耐人寻味的是，虽然《诗序》将诸诗都统归于"美宣王"的主题下，但仔细揣摩诗之辞情，我们发现，作为"中兴之主"的宣王并非诗歌颂赞的主体。日本学者白川静《诗经的

---

[1] 孙作云：《论二雅》，《诗经与周代社会研究》，中华书局 1966 年版，第 376—391 页。

世界》也注意及此，他说："宣王时期，《大雅》最后编录的几篇诗歌，不再歌颂王室的传说故事，转而颂吟诸豪族的传承。"①确实，这一时期，诗人已将热情更多投注到歌颂公卿大臣的功德上，如《六月》赞美尹吉甫北伐玁狁有功；《采芑》写方叔南伐蛮荆，赞美其师旅雄武壮盛之势；《崧高》记申伯封于谢之事，诗中褒扬了申伯的才干与德行；《韩奕》描写韩侯册命典礼的壮盛，饱含赞美之情；《江汉》赞颂召穆公平定淮夷有功而受封赐；《烝民》赞颂仲山甫的功绩与德行。为方便讨论，我们将此类诗篇命名为"公卿赞歌"。

这些"公卿赞歌"以表现公卿的文德武功为主旨，宣王俨然已退居其次。这一转变于史有征，宣王时期政治、军事、经济的"中兴"，确实多有赖于公卿大臣和地方诸侯的力量。如宣王时青铜器《兮甲盘》《虢季子白盘》《四十二年逨鼎》《师寰簋》等，都反映了宣王倚重公卿大臣以攻伐玁狁、荆楚的情形。上引诸诗更说明，征伐玁狁、蛮荆、淮夷诸役，皆是公卿大臣之功，宣王并未亲征，《毛诗正义》引王基说"《六月》使吉甫，《采芑》命方叔，《江汉》命召公"，宣王皆未亲征；又引王肃说："《常武》王不亲行，故《常武》曰'王命卿士，南仲大祖，太师皇父'，非王亲征也。"又曰："'王奋厥武''王旅啴啴'，皆统于王师也。又'王曰还归'，将士称王命而归耳，非亲征也。"②我们举《小雅·六月》为例加以说明，《诗序》《毛传》以为"宣王北伐"，而《郑笺》则以为王并未亲征，陈启源、胡承珙从《郑笺》，以为一、二章是写宣王检阅教练之事，并非亲征；马瑞辰亦认为："据诗云'以匡王国''以佐天子'，则知王不亲征。"③而更有意味的是，"王于出征，以佐天子"中"王"与"天子"并提④，两者不可能都是指宣王，那么，此"王"有可能就如丁山先生所论："所谓'王于出征'之王，明系诸侯称王者。《六月》之诗，明为诸侯纪功

---

① 〔日〕白川静著，杜正胜译：《诗经的世界》，台湾东大图书公司 2009 年版，第 229 页。

② 孔颖达：《毛诗正义》，北京大学出版社 1999 年版，第 632 页。

③ 陈启源：《毛诗稽古编》，《儒藏》精华编二九，北京大学出版社 2011 年版，第 407 页；胡承珙：《毛诗后笺》，黄山书社 1999 年版，第 838 页；马瑞辰：《毛诗传笺通释》，中华书局 2004 年版，第 541 页。

④ 王引之《经传释词》读"王于出征"为"王聿出征"，以驳《郑笺》"王曰：令女出征伐玁狁"之说。参见王引之：《经传释词》，岳麓书社 1984 年版，第 23 页。

之作。"①诸侯称王，在金文中虽有见，但多是边地的异姓诸侯②，而此时在朝大臣尹吉甫亦可称"王"，足见其权势之盛。

由此可知，宣王朝雅诗多以赞颂公卿大臣之功德为内容，有其历史的事实依据。《诗序》将此类"公卿赞歌"都归美于宣王，不仅显得简单机械，也未探得此中政治与礼乐制度嬗变所反映的真正历史讯息。质言之，即"公卿赞歌"实质上反映了西周后期王室势力衰弱、权臣力量蹿升的政治生态。

王室与公卿权势之此消彼长，是西周后期政治权力格局的主要发展趋势。③即使是号称"中兴"的宣王，"内有拨乱之志"（《云汉序》），外御强侮，也未能扭转这一局势。金文材料为这一历史境况提供了佐证。上举《兮甲盘》诸器已证明宣王朝军事上对诸侯公卿的倚赖，此外，王朝的经济也逐渐被大臣所掌控，如《颂鼎》让颂"官司成周贾廿家，监司新造贾，用宫御"，《兮甲盘》命兮甲管理成周、四方之积以及淮夷的贡赋，可见王朝直辖地内的民政、经济管理权皆已委任给大臣。在礼制上，天子礼制也频遭僭越，如，天子命服"朱芾"，诸侯"赤芾"，金文多以"赤芾"赐诸侯公卿，而《毛公鼎》《采芑》皆以"朱芾"赐毛公、方叔。"国之大事，在祀与戎"，而《毛公鼎》"用岁用政"，毛公已享有岁祭、专征之权，足见其权柄之重。④

宣王时期公卿大臣在军事、经济、礼制上的权势可见一斑，"公卿赞歌"就是在这一政治生态中兴起，大有"喧宾夺主"之势。试看，《烝民》二章"仲山甫之德，柔嘉维则。令仪令色，小心翼翼。古训是式，威仪是力"，对仲山甫的溢美之辞，已经无以复加，不知有天子了；更为突出者，首章"天监有周，昭假于下。保兹天子，生仲山甫"，从"天"的高度确认仲山甫的崇高地位的合理来源。《崧高》首章思路亦同于此，"崧高维岳，骏极于天，维岳降神，生甫及申"云云，亦是假借"天"的权威以崇显申伯的政教地位。据《周颂·时迈》《般》及《天亡簋》，武王在灭商后曾祭祀嵩山，宣示周家承受"天

①　丁山：《古代神话与民族》，商务印书馆 2005 年版，第 31 页。顾颉刚亦有此观点，参见顾颉刚：《郊区杂记》，《顾颉刚全集》第 18 册，中华书局 2011 年版，第 244 页。

②　王国维：《古诸侯称王说》，《观堂集林（外二种）》，河北教育出版社 2002 年版，第 779 页。

③　〔日〕伊藤道治著，江蓝生译：《中国古代王朝的形成》，中华书局 2002 年版，第 109—126 页。

④　杨宽：《西周史》，上海人民出版社 2003 年版，第 476 页；陈梦家：《西周铜器断代》，中华书局2004 年版，第 300 页。

命"，以此确认其政权的合法性①，而此时，这一政治言说却为权臣所效仿了。诸如此类，诚如白川静所分析："史称宣王中兴，外表看来可谓周朝盛世之再现，其实周王朝实力并未恢复，在混乱时代浮沉苦撑的豪族拥护下，周王朝不过求得一时的小康。宣王亲政十余年之后，王朝威令不行，在宣王十二年所作的虢季子白盘记载北伐成功后，未有一件记述宫廷廷礼之金文铭器，此事实足以证明王朝已经衰弱了。自此以后，《诗》流下来的《大雅》最后数篇，只是记录豪族家族的歌咏，洋洋洒洒的大雅之音绝响了。"②

二、"公卿赞歌"的私人属性

以上论述了"公卿赞歌"兴作的政治历史背景，这背后不仅涉及王室与权臣政治权力的升降变化，其与盛周"仪式乐歌"在诗歌内容、风格上的大异其趣，也透露出周代"仪式乐歌"创制与歌唱的诸多新动向。

如上所述，西周后期"仪式乐歌"的歌唱对象发生了很大变化。同为颂赞诗，《大雅·生民》《公刘》《皇矣》《文王有声》《大明》等歌颂的是周家先祖的丰功伟绩，是对祖先作历史的追怀，表达的是"慎终追远"的虔诚与肃敬，寄托了作为"整体"的周家的祈祷与祝佑，并借此对周家后世子孙进行历史、道德及礼乐的教育。在这样的祭祖歌唱中，生者个体的功绩与德行不值得夸示，包括周天子在内。而"公卿赞歌"则毫不保留地赞颂生者，且歌颂的是公卿大臣而非周王。这在整部《诗经》中显然十分另类。如果说，"仪式乐歌"抒发的是仪式中合乐和谐的集体情感，那么，"公卿赞歌"则是对特定家族历史、个人功绩的赞述，诗歌成为某些人、某些家族的私有之物。这类诗虽不乏仪式场景、礼物、礼辞的描述，但诗中多夸示繁物、鼓吹气势、虚饰道德，完全是另一番精神基调。

这就涉及诗篇的创制情况。我们知道，西周后期，"王道衰，礼仪废，政

---

① 林沄：《天亡篡"王祀于天室"新解》，《史学集林》1993 年第 3 期。
② 〔日〕白川静著，杜正胜译：《诗经的世界》，第 258、259 页。

教失，国异政，家殊俗"（《诗大序》），"仪式乐歌"因失去了基本的仪式生活与仪式精神的支持而逐渐式微，代之而起的，是以讽谏诗、征役诗为主要内容的"变雅"之作。具有独立意志的"诗人"也在这时开始出现，他们不再受典礼仪式的限制，转而关注更为广阔的社会政治和个体生命。这是对"仪式"的超越，但也正因此，诗人失去了宗周礼乐文明所规范的仪式秩序的精神指导。"公卿赞歌"虽然表面上仍属于"仪式乐歌"，但已明显逸出了王朝礼乐的范畴。我们不甚清楚，这是周王迫于权臣而为其作赞歌，还是由大臣的族人或陪臣的私自创作。但是，可以肯定的是，"公卿赞歌"沦为私家的作品，是诗歌向权力妥协的一种表现。这反映了西周后期政道衰微、礼崩乐坏的历史境况，乐官师瞽抱其器而奔散，或适诸侯，或入公卿之门，在王朝礼乐之外，向不同的权力主体靠近。

在《二雅》内部，我们也察觉到乐官（或诗人）在诗乐表达与政治权力之间的纠结。如《常武》"大师皇父，整我六师，以修我戎。既敬既戒，惠此南国"，"大师皇父"作为六军统帅，威震四方。但《小雅·十月之交》中也有"皇父卿士"，诗人却不留情面地斥责这位皇父勾结权贵、擅权营私。孔颖达曰："《十月之交》皇父擅恣，若为厉王则在此之先，若为幽王则在此之后，皆相接连，与此皇父得为一人。或皇氏父字，传世称之，亦未可知也。"① 不论两位"皇父"是否同为一人，至少二人为同一家族的世官，且出土铜器中有圅皇父组器，皇父为其妻琱娟作了"豕鼎降十又一、簋八、两罍、两壶"，可以看出皇父家族的炽盛。若此，《常武》与《十月之交》在《大小雅》中一褒一贬，岂不怪哉？同样《祈父》《节南山》《雨无正》《板》《荡》《抑》等诗也严厉批判了朝廷的诸位权臣。这样两组感情色彩极端矛盾的诗并见于二《雅》中，这说明西周后期存在着两种价值观念、诗乐宗旨指导下的诗人创作。两者间，我们更愿意相信，忠介之士对权臣的讽谏诗应该更贴近西周后期的政治实情，而"公卿赞歌"则更有可能是出自豪族世家的私家手笔。

对此，我们有具体诗篇为证。先看《六月》一诗，诗从备战、启程、应战写到获胜、凯旋、燕饮，写了北伐猃狁的始末。最后"文武吉甫，万邦为宪"，

---

① 孔颖达：《毛诗正义》，第 1250 页。

点明此次北伐的主帅实为尹吉甫，尹吉甫即是《六月》赞颂的主角。而从卒章我们更可以见出此诗的创作背景，其辞云：

> 吉甫燕喜，既多受祉。来归自镐，我行永久。饮御诸友，炰鳖脍鲤。侯谁在矣？张仲孝友。①

明代何楷认为：“此章二燕，首二句是饮至之燕，‘来归’以下则吉甫自叙其契阔而私燕以相乐也。”②清代钱澄之《田间诗学》从之。③姚际恒《诗经通论》云：“吉甫有功而归，燕饮诸友，诗人美之而作也。”④方玉润也认为：“盖事本北伐，而诗则作自私燕。”⑤以上诸说揭示了诗歌的本事及其创作的仪式背景，可知《六月》带有明显的私人性质。方玉润又曰：“盖吉甫成功凯旋，归燕私第，幕府宾客歌功颂烈，追述其事如此。……此诗乃幕宾之颂主将，自当以吉甫为主，宣王则不过追述之而已。”⑥方玉润说颇有见地，而可以进一步推论的是，《六月》的诗人可能就是末章的“我”。“来归自镐，我行永久”，旧说一般理解为吉甫从镐京燕饮、受祉归来。但诗歌前面都是以客观的视角叙述吉甫北伐玁狁之事，第五章也从第三人称视角称赞“文武吉甫，万邦为宪”，所以，卒章“来归自镐，我行永久”不应转变成吉甫以第一人称自道其事，而应该是“我”——作诗之人的记述之辞，若此，则不妨将“归”字作“馈”解，“来归自镐”即自镐来馈，指“我”从镐京来给吉甫馈赠周王的赏赐，以供其私宴诸友。

诗歌结尾又提到“张仲孝友”，“张仲”与吉甫、与诗人“我”是什么关系？诗人为何要在诗末提到“张仲”？这也显得十分特异。我们不禁想到欧阳修《醉翁亭记》文末：“太守谓谁？庐陵欧阳修也。”这与《六月》的结尾十分相似。所以，我们推断，“我”就是张仲，即《六月》的作者。诗末自署

---

① 孔颖达：《毛诗正义》，第 640 页。
② 何楷：《诗经世本古义》，《文渊阁四库全书》第 81 册，台湾商务印书馆 1986 年版，第 465 页。
③ 钱澄之：《田间诗学》，黄山书社 2005 年版，第 451 页。
④ 姚际恒：《诗经通论》，中华书局 1958 年版，第 189 页。
⑤ 方玉润：《诗经原始》，中华书局 1986 年版，第 361 页。
⑥ 方玉润：《诗经原始》，第 361 页。

其名 —— 如《节南山》《巷伯》《崧高》《烝民》所示，符合西周后期诗歌创作的惯常。而此"张仲"，《汉书·古今人表》作"张中"，次在宣王之世。《易林·离之坎》云："《六月》《采芑》，征伐无道，张仲、方叔，克胜饮酒。"又《小过之未济》云："《六月》《采芑》，征伐无道，张仲、方叔，孝友饮酒。"[1]可知，此次尹吉甫北伐玁狁，张仲、方叔也率兵出征。而且巧的是，欧阳修《集古录》、薛尚功《钟鼎款识》都载有《张仲簠铭》，其铭曰："用饗大正，歆王宾，馈具召飤张仲，受无疆福，诸友飱飤具饱，张仲罪寿。"马瑞辰、陈子展皆认为大概张仲因为有资格参与宴饮，感到荣幸，而作簠为铭，以作纪念。[2] 又，铭文言"诸友"，与诗"饮御诸友"相合，这也透露《六月》可能出于张仲之手。

以上虽是推测，但可以肯定的是，《六月》以尹吉甫为歌颂主体，诗歌的仪式情境是在吉甫宴饮诸友的私宴上，《六月》诗的私人属性是可以无疑的。这也是"公卿赞歌"的普遍特征。这一点我们还可以从"公卿赞歌"诗体与西周册命金文的相似性上看出。

三、"公卿赞歌"与册命金文的关系

我们知道，西周中期的青铜器，其功能已由通神之器转变成社会身份和等级的标志，铭文也从早期的纪念祖先转为对个人功绩的记述，铭文的夸赞对象主要是奉献者的现世荣耀，而不是祖先的功德。也就是说，铭文越来越注重于描写宗教奉献背后的原因 —— 奉献者因为何种功绩而作此明器（或直接就是生活用器），以及生人所受册命、赏赐的地点、时间、程序、赐物等内容。这样，铭文由宗教性的文献，变成一种个人化的非宗教性的记述。[3]

---

① 尚秉和：《焦氏易林注》，光明日报出版社 2005 年版，第 303、608 页。

② 马瑞辰：《毛诗传笺通释》，第 545 页；陈子展：《诗三百解题》，复旦大学出版社 2001 年版，第 667 页。

③ 〔美〕巫鸿著，李清泉、郑岩等译：《中国古代艺术与建筑中的"纪念碑性"》，上海人民出版社 2009 年版，第 68—71 页。

与此趋势一致，相较于此前赞颂诗，西周后期"公卿赞歌"赞颂祖先功德的诗辞也明显减少，而更多是矜夸自己现世所取得的功绩、享有的盛誉。另外，十分巧的是，这类"公卿赞歌"在内容和体式上也多是依着册赏仪式的进行而展开的。如《崧高》写宣王册封申伯于谢的过程：

> 王命召伯，定申伯之宅。登是南邦，世执其功。
> 王命申伯："式是南邦。因是谢人，以作尔庸。"
> 王命召伯，彻申伯土田。
> 王命傅御，迁其私人。
> 王锡申伯。四牡蹻蹻，钩膺濯濯。
> 王遣申伯，路车乘马。"我图尔居，莫如南土。锡尔介圭，以作尔宝。往近王舅，南土是保。"
> 王命召伯，彻申伯土疆。以峙其粻，式遄其行。①

诗中多处反复以"王命""王锡""王遣"来结构全诗，详尽记述了宣王封建申伯于谢、赏赐申伯、命召伯替申伯营谢等命辞。可以说，《崧高》诗化地转述了封建申伯的册命内容。

同样，《烝民》一诗写王命仲山甫筑城于齐，怀柔东方诸侯。诗歌也化用了册命辞：

> 王命仲山甫，式是百辟。缵戎祖考，王躬是保。出纳王命，王之喉舌。赋政于外，四方爰发。
> 王命仲山甫，城彼东方。②

《崧高》《烝民》都是吉甫所作，《诗序》"美宣王"说，是被诗中多处"王命"之辞所迷惑，其实诗人只是通过转述册命辞、描写册命仪式的隆重，以体

---

① 孔颖达：《毛诗正义》，第1210—1215页。
② 孔颖达：《毛诗正义》，第1220、1223页。

现申伯、仲山甫之受王重任，其实，"美申伯""美仲山甫"才是诗旨所在。诗中"申伯之德，柔惠且直。揉此万邦，闻于四国"，"仲山甫之德，柔嘉维则。令仪令色。小心翼翼。古训是式。威仪是力"等赞美之辞更是透露了这一点。朱熹《诗集传》抛弃"美宣王"说，认为是吉甫为申伯、仲山甫饯行而作诗。是也。了解了这一背景，我们大致可以淡化《崧高》《烝民》二诗的王朝色彩，而视作僚友之间的私相唱和、劳慰，如诗中"仲山甫永怀，以慰其心"，宋人陈少南谓"僚友之间赋诗以相娱乐"①，庶几近之。钱澄之《田间诗学》也认为《烝民》是"朋友之间赋诗以相娱"，谓《崧高》"朋友之义，无以为诗，唯应赠之以言，此即后世饯行赋诗之首唱矣"。②十分允当。

再如《韩奕》一诗，诗前两章写韩侯入朝，受天子册命，详细记录了所受赐物："淑旂绥章，簟茀错衡，玄衮赤舄，钩膺镂锡，鞹鞃浅幭，鞗革金厄。"第三章则写朝觐结束后韩侯回国，"显父饯之，清酒百壶。其殽维何？炰鳖鲜鱼。其蔌维何？维笋及蒲。其赠维何？乘马路车。笾豆有且。侯氏燕胥"，一一数说了酒食、赠物。后三章写韩侯回国后娶亲，对迎亲、韩国物产等又作一番铺叙赋写。从诗歌内容可以看出，《韩奕》对"礼物"的详尽记述，其矜夸之气远甚于《崧高》《烝民》二诗；而从诗的叙述线索来看，朝觐受命后归国结婚，已与王朝典礼无关，而诗中却尽情歌唱，这也显示《韩奕》一诗不是出于王朝诗人之手，而可能是韩侯门下诗人所作，其作诗的原因也与青铜器一样，意在夸耀与纪功。

我们知道，册命礼在西周中期兴起，册命辞被铸于青铜器上，作为家族的荣耀传之子孙后代以作纪念，但将册命辞转写入诗，却是一个特殊的诗乐现象，因为对王朝而言，周王册命某人无关王朝礼乐之大体，而且赐命了某人某物也没有必要再为他作一首诗来歌颂纪念。因此，即使在"仪式乐歌"繁盛时期的西周中期，也未出现这一诗乐体式。反倒是在"仪式乐歌"式微的西周末期，在"公卿赞歌"中出现此类册命辞。对此，我们只能将其理解为是出自受册命者的私人创制。如上所述，《崧高》《烝民》为僚友之间私下里赠诗酬唱，

---

① 刘瑾：《诗传通释》，北京师范大学出版社 2013 年版，第 715 页。
② 钱澄之：《田间诗学》，第 816 页。

《韩奕》是出于韩氏家族的自我颂唱，也就是说，此类"公卿赞歌"也同青铜器一样，成为世家豪族的私人作品。

"公卿赞歌"的这一性质和创制情形，在《江汉》一诗中有更鲜明的体现。《江汉》前二章写召穆公伐淮夷有功，后四章则完整保留了册命辞：

> 江汉之浒，王命召虎：式辟四方，彻我疆土。匪疚匪棘，王国来极。于疆于理，至于南海。
>
> 王命召虎：来旬来宣。文武受命，召公维翰。无曰予小子，召公是似。肇敏戎公，用锡尔祉。
>
> 厘尔圭瓒，秬鬯一卣。告于文人，锡山土田。于周受命，自召祖命，虎拜稽首，天子万年！
>
> 虎拜稽首，对扬王休。作召公考，天子万寿！明明天子，令闻不已，矢其文德，洽此四国。①

诗中转述了宣王册命、赏赐穆公的具体情形，尤其是"虎拜稽首""天子万年""虎拜稽首，对扬王休。作召公考，天子万寿"，与金文几乎别无二致。《诗集传》对此早有察觉，敷演其意曰："此序王赐召公册命之词。言锡尔圭瓒秬鬯者，使之以祀其先祖。又告于文人，而锡之山川土田，以广其封邑。""穆公既受赐，遂答称天子之美命，作康公之庙器、而勒王册命之词，以考其成。且祝天子以万寿也。"并引古器物铭为证，云："'邢拜稽首，敢对扬天子休命，用作朕皇考龚伯尊敦。邢其眉寿，万年无疆。'语正相类。"②元人刘瑾《诗传通释》亦曰："以《考古图》观之，疑此章皆是述其勒铭庙器之词。"③方玉润也注意到诗之重点在册命部分，云："首二章叙平淮之功甚略，后二章述庆赏报塞之义极详。反覆祝颂，郑重赓飏，歌咏不已，则其归重后层可知。中兴复旧典，旬宣远猷，皆设为王命之词，以便归功祖德，亦无非为后半作势，岂非庙器铭哉？"因而驳斥了《诗序》"尹吉甫美宣王"说，也否认《诗集传》"诗

---

① 孔颖达：《毛诗正义》，第 1243 页。
② 朱熹：《诗集传》，中国书店 1994 年版，第 228 页。
③ 刘瑾：《诗传通释》，第 725 页。

人美之"说，认为"诗人"即是召虎本人，"盖穆公平淮夷，归受上赏，因作成于祖庙，归美康公，以祀其先也"。方玉润从诗歌内容、视角、辞气角度将《江汉》定性为"召穆公平淮铭器也"①，这是十分允当的。巧的是，出土青铜器中有《召伯虎簋》，与《江汉》诗文正可对读，郭沫若对此有精到的论析：

> 此铭所记与《大雅·江汉》乃同时事，乃召虎平定淮夷、归告成功而作。诗之"告成于王"，即此之"告庆"；诗之"锡山土田，于周受命"，即此之"余以邑讯有司，余典勿敢封"，邑即所受之土田，典即所受之命册，"勿敢封"者谓不敢封存于天府也；诗之"作召公考，天子万寿"，即此之"对扬朕宗君其休，用作烈祖召公尝簋"。"考"即簋之借字，古本同音字也。②

两两对读，甚是相称，郭沫若《周代彝铭进化观》一文甚至直接认为："《江汉》一诗实亦簋铭之一也。"③不过，就文体上来说，《江汉》与青铜铭文还是有差异的，如首二章"江汉浮浮，武夫滔滔。匪安匪游，淮夷来求。既出我车，既设我旟。匪安匪舒，淮夷来铺"等赋写，就非簋铭所有，可能的情况应该是根据青铜铭文做了必要的诗化转写，而其诗人，正是召虎本人④，这从诗中"召虎""虎"召虎自称的语气可以得知。⑤《礼记·祭统》云："夫鼎有铭，铭者自名。自名以称扬其祖之美，而明著之后世者也。"召虎之作《江汉》，其意亦与此同。

综上所述，宣王时期"公卿赞歌"已等同于册命金文，成为记载个人、家族荣耀的纪念性的记功录，或历历细述战功，或实录册命命辞，或不遗巨细地数说所受赏赐。诗歌性质、内容、创制方式的这些变化，也必然引起诗乐功能属性与各项机制的变化。可以说"公卿赞歌"的歌唱性已变得薄弱，有可能

---

① 方玉润：《诗经原始》，第 562 页。
② 郭沫若：《两周金文辞大系图录考释》，科学出版社 2002 年版，第 307 页。
③ 郭沫若：《青铜时代》，人民出版社 1954 年版，第 317 页。
④ 《诗序》"尹吉甫美宣王能兴衰拨乱，命召公平淮夷"，认为诗人是尹吉甫，而《诗集传》"宣王命召穆公平淮南之夷，诗人美之"，则以"诗人"笼统言之，皆非。
⑤ 陈子展：《诗经直解》，复旦大学出版社 1983 年版，第 1038 页。

仅作为赋诵，或像青铜礼器一样，不轻易示人，作为案头的文本仅作纪念之用。也就是说，诗歌也与铜器铭文撰写一样，出于公卿或其权力集团内部诗人之手，诗歌成为私人属物，最多只是用于家族内部的祭祀或宴饮典礼上，或者直接用于脱离仪式乐唱的赋诵，它不具有普遍适应性，不可被其他人冒用、效仿，更不可能如盛周不少"仪式乐歌"一样，成为通行于不同阶等、不同家族的"通用之乐"了。

余论　"公卿赞歌"与西周后期诗乐发展的普遍趋势

"公卿赞歌"，与宣王朝"中兴"的整体历史大势、时代精神相关，但如上所述，其在内容、形式特征、功能属性上的诸多特异，与西周后期流行的"变雅"一致，反映的却是西周后期诗乐发展的普遍趋势，象征着西周王朝礼乐的畸变。

一、"仪式歌唱"消歇。随着西周后期政治局势和仪式情境的变迁，讽谏诗、征役诗成为西周后期诗歌的主要代表。与"雅颂正声"从内容到形式、从创制到乐用都深受"仪式"的影响不同，"变雅"之诗不仅摆脱仪式内容与主题的框束，转为揭露更为广阔深重的社会政治时局，而且，"歌唱"也不再成为诗歌的第一要务，至少在作诗之初，并不以"用于歌唱"为首要的功能目的。与此相类似，"公卿赞歌"虽然表面上与"仪式"还有相当的关联，但如上所揭，其"仪式"属性如册命礼仅局限于个别公卿大臣，与"仪式乐歌"和合同乐的普世精神大相径庭；甚且，"公卿赞歌"等同于册命金文一样的纪念性的案头文本，它的"歌唱"属性也已大为减弱。这与西周后期"仪式歌唱"消歇的整体趋势是一致的。

二、诗乐从集体的歌唱转向个体表达。"仪式乐歌"的内容多与典礼仪式上的"礼物"、仪节、人物威仪相关，展现了周贵族仪式生活的繁盛，传唱出神人、君臣、主宾之间"和同""合好"的仪式精神。这种和谐秩序，不仅是诗乐的内容核心，也是诗乐所追求的精神主题。在礼乐歌唱中，不同族群、爵位、阶等、年齿的人群尽可能消弭他们的个体差异，为一种共同的周家精神所感动。可以说，"仪式乐歌"是周家的集体歌唱，是作为整体的周家精神的大合唱。而当"王道衰，礼仪废，政教失，国异政，家殊俗"（《诗大序》）之际，"仪式乐歌"式微，"变雅"之诗由仪式典礼上的集体歌唱，转向对个体情感意志的表达，或控诉社会时局的衰败，或嗟叹个体生命的惨遇，具有独立情感意志的"诗人"形象开始挺立。《诗经》中交代诗人名字的诗篇也就在这一时期，其中就有《崧高》《烝民》《六月》这类"公卿赞歌"；而如上所述，"公卿赞歌"具有鲜明的私人属性，它不仅是歌赞在世的某位公卿个人，还有可能是出自公卿门下某位诗人之手，这样的诗歌与"仪式乐歌"所追求的"合同"精神大异其趣，不再具有普适性，已成为"私家之乐"。这与西周后期诗歌转向个体表达的整体趋势相一致，但也更加昭显出这种个体表达倾向所带来的畸变，即礼乐不再"自天子出"，乐官或诗人在王朝礼乐之外，向不同的权力主体靠近，王朝雅乐及其所代表的"合同"精神就此终结。

"公卿赞歌"作为宣王朝诗乐的异声，与周代礼乐繁盛时代的"仪式歌唱"有本质区别，虽然表面上一片颂赞和声，但暗藏的却是特定政治生态下的权势消长，反映出西周后期"礼崩乐坏"的整体困境。也正因此，它们仍被归入"变雅"之列，此间实有微言大义在焉。

（原载《中国文化研究》2017 年冬之卷）

（作者单位：首都师范大学中国诗歌研究中心）

周代歌诗演唱艺术与《诗经》作品的文体形式

——试以周代文献中的歌诗创作情况及《卷耳》为例

姜晓东

　　周代的歌诗艺术十分兴盛，在史籍乃至近年来出土的简帛文献中，保存有大量的周代歌诗文本，更记录了许多歌诗的礼仪文化背景及创作过程。由这些鲜活生动的实例可以获知：歌唱，不但是歌诗的表演手段，更是最重要的创作方法。一首诗的演唱方式，会直接影响其文本结构的生成；而独唱、合唱、对唱等多种演唱形式的综合运用，更使得歌诗彰显出丰富多样的艺术特色。

　　《诗经》是一部礼仪乐歌的总集，体现着周代歌诗艺术的最高水平。既然如此，从演唱的角度入手，探讨《诗经》中具体作品的文本结构乃至情感内涵，显然是可行且可信的研究方法。然而自春秋以降，"赋诗"之风兴起，"唱诗"传统衰落，在各种礼仪活动中，周代贵族们往往更重视《诗经》的文辞涵义，由乐官世掌的歌诗演唱艺术，则随着时代的推移而逐渐失传。对此，郑樵曾经感慨道："义理之说既生，则声歌之学遂微。"[①]在这样的情况下，关于《诗经》作品歌唱方法与创作情境的记载，反较一般的周代歌谣为少。文不足征，也在客观上影响了治《诗》者的研究热情。历来的《诗经》作品研究，大都停留在古典文人诗学的理论范畴之内，主要从作者立意、情感表达、比兴方法等角度来寻求诗歌本义。能自觉把握《诗经》的乐歌本质，立足于演唱艺术，对具体作品展开讨论的研究成果，目前并不多见。

---

　　① 郑樵撰：《通志二十略·乐略》，中华书局1995年版，第883页。

考诸传世典籍，我们发现，在《仪礼》中保存着一部分弥足珍贵的文献资料，其中详细记载了《国风》与《小雅》中共计 12 首诗歌的演唱方式，对相关仪式规制、人员安排、伴奏乐器等细节也做出了十分清晰的说明。倘依此分析作品文本，则可较为完满地解释诸多悬而未决的学术问题。鉴此，本文试举《卷耳》一诗为例，拟根据其演唱艺术特征，来分析诗中的人物身份乃至诗歌主旨，兼以说明《诗经》独具特色的文体形式。不揣浅陋，愿就正于方家。

一、史籍及出土文献所载周代歌诗演唱方法
与歌诗文本的特殊性

演唱，是歌诗与案头诗最大的区别所在。在周代，演唱非但是一种音乐性的表演艺术，更是主要的诗歌创作方法。大部分诗歌不是由文人挥毫写出的，而是由诗作者唱出来的。演唱包括合唱与独唱，关于合唱，如《礼记·乐记》中的例子："《清庙》之瑟，朱弦而疏越，一倡而三叹，有遗音者矣。"郑玄解释说："倡，发歌句也。三叹，三人从叹之耳。"[①] 其中的"三叹"就是指三名乐工的合唱。而合唱之外，更为流行的演唱方法是独唱，作为诗歌创作方式，它脱口而发，浑然天成，富于艺术感染力，风行于周代社会的各个阶层。就作品而言，既有来自底层人民的《子产歌》《筑城者讴》《越人歌》，同样也有来自贵族的《声伯之歌》《暇豫歌》，等等。其形制简短，语言也较为朴素，体现出鲜明的口头歌谣文学特征。

在独唱的基础上，又逐渐演变出另外一种更为复杂巧妙的演唱方法，即在特定的礼仪场合，由一人率先独唱，另外一人或若干人相继对唱、答唱或接唱，最终汇集成一篇包括多个章节的完整歌诗作品。在先秦文献中，对此类演唱方式及诗歌作者、礼仪背景等，有很多详尽的记载。其中反映出周代歌诗文本中普遍存在的一系列特殊问题，对于我们理解《诗经》作品的文体形式，有很重要的启发意义。

---

① 郑玄注，孔颖达疏：《礼记正义》卷三五，北京大学出版社 1999 年版，第 1259—1260 页。

例如清华简所载的《耆夜》，截至目前，学界主要关注的是这篇作品的创作时间问题。实际上，作为一篇周代歌诗，其创作情况以及特殊的文体形式，也同样值得重视，其云：

> 武王八年征伐者，大戡之。还，乃饮至于文太室。
>
> 毕公高为客，召公保奭为夹，周公叔旦为主，辛公诅甲为位，作策逸为东堂之客，吕尚父命为司正，监饮酒。
>
> 王夜爵酬毕公，作歌一终曰《乐乐旨酒》："乐乐旨酒，宴以二公。恁仁兄弟，庶民和同。方臧方武，穆穆克邦。嘉爵速饮，后爵乃从。"
>
> 王夜爵酬周公，作歌一终曰《輶乘》："輶乘既饬，人服余不胄。处士奋甲，緊民之秀。方臧方武，克燮仇雠。嘉爵速饮，后爵乃复。"
>
> 周公夜爵酬毕公，作歌一终曰《赑赑》："赑赑戎服，臧武赳赳。毖精谋猷，裕德乃救。王有旨酒，我忧以［风孚］。既醉有侑，明日勿稻。"
>
> 周公又夜举爵酬王，作祝诵一终曰《明明上帝》："明明上帝，临下之光。丕显来格，歆厥禋盟。於月有盈缺，岁有歇行。作兹祝诵，万寿无疆。"①

引文中的"作歌一终"，即是"作歌一成"，在先秦诗歌中，指一个相对独立的乐段歌唱完毕，这是就音乐方面来说的；作为诗歌文本而言，"一终"的篇幅更接近于整首诗中的一章。倘若我们将演唱的仪式背景与人物介绍尽皆去除，只保留诗歌文本部分，那么就得到下面的诗：

> 乐乐旨酒，宴以二公。恁仁兄弟，庶民和同。方臧方武，穆穆克邦。嘉爵速饮，后爵乃从。
>
> 輶乘既饬，人服余不胄。处士奋甲，緊民之秀。方臧方武，克燮仇雠。嘉爵速饮，后爵乃复。
>
> 赑赑戎服，臧武赳赳。毖精谋猷，裕德乃救。王有旨酒，我忧以［风

---

① 李学勤主编：《清华大学藏战国竹简（壹）》，中西书局 2010 年版，第 150 页。

孚]。既醉有侑，明日勿稻。

　　明明上帝，临下之光。丕显来格，歆厥禋盟。於月有盈缺，岁有歇行。作兹祝诵，万寿无疆。

　　这一尝试，有助于我们充分理解周代歌诗文体的复杂性。首先，全诗本来是由武王与周公分别独唱的，但这两位诗作者的遣词用语风格十分相近，因此，在纯粹的诗歌文本中，很难辨认出其原有的身份区别，全诗更像是出自一人口吻的个体抒情之作。其次，前两章本来是武王分别酬毕公和酬周公的，但转换为文本之后，也同样看不出其礼仪功能区别，第一章的"方臧方武，穆穆克邦。嘉爵速饮，后爵乃从"与第二章的"方臧方武，克燮仇雠。嘉爵速饮，后爵乃复"更像是作者主动运用重章复沓手法的产物。明明是分酬两人的诗章，看起来也更像是对一名嘉宾的反复致意。由此可见，歌诗是一种十分特殊的诗歌艺术形式，在其原本的形态中，包蕴着作者身份、创作目的、礼仪功能等一系列丰富的信息。而在转化为纯粹的文本之后，作者的身份区别无从体现，针对具体对象的倾诉式歌唱，也变成了平行的文本章节，这使它很容易被误读为出自一人的抒情诗，更丧失了原本具备的诸多歌诗审美要素。即以此篇而论，武王及周公原本都是在夜晚的酒宴上即兴演唱的，脱口为诗，思考时间很短暂。然而其文辞之典雅，风格之雍容，情感之真挚，却足令读者动容。两厢对比，表现出令人惊叹的创作捷才和极高的艺术修养。可若将全诗认定为出自一人笔下的案头文本，那么文辞典雅，原可由推敲而得，任何一个接受过良好教育的文士，都有可能写出风格相近的字句来。就这样，原本出口成章的高妙功夫，于此却显得平淡无奇了。又及，在原来的歌诗中，武王在演唱时特地使用了相近似的乐句，分酬二公，不仅表现出无所偏私、殷勤热切的情意，同时也暗示二公在武王心目中的重要地位。变为文本后，失去了歌诗所指向的具体人物，我们看到的就只是重复的句式，雷同的情感表达，反倒可能会低估作者的创作水平和全诗的艺术价值。最后看周公所作的诗章，其"赑赑戎服，臧武起起"，是对武王"方臧方武，穆穆克邦"句的高度赞同和褒扬，"既醉有侑，明日勿稻"，则是对武王"嘉爵速饮，后爵乃从"的从容回答。应对裕如，君臣相得，体现出一种口头歌唱特有的机智灵动之美。转作文本后，因为辞句相似度很高，这种原本基于二人对答的灵动风格陡然一变，反而显得重复呆板了。综上可知，歌诗原本的艺术形态和歌诗文本之间，有非常明显的区别。同时我们更发现，无论是就篇幅结构来看，还是就语言艺术特色来看，《耆夜》的诗歌文本，都与《诗经》中的《雅》诗作品极其相似，这就为我们提供了一种新的思考角度——如今我们所见的《诗经》，和它原本的面貌已经不一样了，与其说它是一部诗歌总集，倒不如说它是一部歌诗文本的总集。正因为此，在研究《诗经》中的具体作品时，也应考虑到《耆夜》所涉及的这些情况，尝试从歌诗艺术本身出发，来探讨其文体特征乃至情感内涵。

事实上，像《耆夜》这样的例子，不仅存在于出土简帛中，传世典籍也同样记载了部分类似的歌诗作品，如《尚书·益稷》就有这样的一段记载：

> 帝庸作歌，曰："敕天之命，惟时惟几。"
>
> 乃歌曰："股肱喜哉，元首起哉，百工熙哉！"
>
> 皋陶拜手稽首，飏言曰："念哉！率作兴事，慎乃宪，钦哉！屡省乃成，钦哉！"
>
> 乃赓载歌曰："元首明哉，股肱良哉，庶事康哉！"
>
> 又歌曰："元首丛脞哉，股肱惰哉，万事堕哉！"
>
> 帝拜曰："俞，往钦哉！"[①]

引文中有两名歌诗作者，其中一名是皋陶，所谓"帝"则指舜。这些歌诗是否真的是舜帝与皋陶所唱，恐怕会有争议。但按照《尚书》的创作年代，可以断定其出现时间至少不晚于周，同样可以作为例证，来讨论歌诗方面的问题。如前，去除仪式背景及人物身份，只保留诗歌文本，就得到一首这样的诗：

> 敕天之命，惟时惟几。
>
> 股肱喜哉，元首起哉，百工熙哉！
>
> 念哉！率作兴事，慎乃宪，钦哉！屡省乃成，钦哉！

---

① 孔安国传，孔颖达疏：《尚书正义》，上海古籍出版社 2007 年版，第 182—183 页。

元首明哉，股肱良哉，庶事康哉！

元首丛脞哉，股肱惰哉，万事堕哉！

俞，往钦哉！

　　舜先唱"股肱喜哉，元首起哉，百工熙哉"，之后，皋陶跟着使用了完全相同的句式，接唱道："元首明哉，股肱良哉，庶事康哉！"随后，舜又承皋陶之意，继续唱道："元首丛脞哉，股肱惰哉，万事堕哉！"两人交替唱出了一组相似度极高的复沓乐句。而这就为我们重新理解周代歌诗，特别是《诗经》中普遍存在的重章复沓现象，提供了重要的例证。按照学界以往的观点，复沓的成因有两种，一是由音乐旋律的重复造成的，如顾颉刚在《论诗经所录全为乐歌》一文中提出："乐歌是乐工为了职业而编制的，他看乐谱的规律比内心的情绪更重要，他为听者计，所以需要整齐的歌词而奏复沓的乐调。"[①] 又如褚斌杰先生指出"由乐师加以艺术处理，使其歌唱的时间延长，从而着意地采取了回环往复的叠唱方式"[②]。按照这种理解，乐曲在诗歌创作中起主要作用，《诗经》采取的是一种"依曲唱诗"的创作方法。乐师、乐工为了延长表演时间，会主动将一个乐节的内容反复演唱若干次，同时为了避免单调和重复，他们会在每一次演唱此乐节的时候，改变唱词中的部分词语。二是由口头诗歌创作的特点决定的，如王靖献按照帕里-洛德理论，运用了"套语"这一概念来解释《诗经》中的复沓现象，其云："一组通常在韵律与语义上无甚关系的诗句，因其中的两个成分位置相同而构成形式上的关联，其中一个成分是恒定不变的词组，另一成分则是可变的词或词组，以完成押韵的句型。"[③] 认为《诗经》作品首先是口头创作出来的文辞，然后才有与之配合的音乐，也就是运用了"依诗作曲"的创作方法。口头创作由于是即兴式的，要求作者掌握一些有规律的句型和词组，这种有规律的句型和词组，也导致音乐乃至歌诗旋律的同一性，形成了复沓的乐诗章节。两种说法各有道理，但同样容易使人陷入一个

---

①　顾颉刚主编：《古史辨》第三册下，上海古籍出版社1982年版，第524页。

②　褚斌杰：《褚斌杰文选》，北京大学出版社2010年版，第37页。

③　〔美〕王靖献著，谢谦译：《钟与鼓——〈诗经〉套语及其创作方式》，四川人民出版社1990年版，第63页。

思维误区——复沓若是因旋律重复或口头套语而产生的，那么所有诗章的内容显然完全相同。各章虽包括若干转换过的词句，却并没有任何内在联系，只不过是为了避免文辞雷同，而采用的一种简单办法。这样一来，读者很容易将这些复沓的章节归为一人之作，或认为是出自诗中某一个角色的口吻。但是，由我们前面所举的例子中可以发现，重章复沓还有第三种成因，就是由歌唱方式造成的，舜先唱"股肱喜哉，元首起哉，百工熙哉"，实际是给皋陶提供了一个句式范例。皋陶基于对舜的尊敬和赞同，又或者是仅仅为了歌唱的整齐划一，也选用了这个句式，唱出了"元首明哉，股肱良哉，庶事康哉"。这样就形成了复沓的诗章，其句数相同，格式相同，运用的词汇也大体一致。从文本中看，极像一人之作，而事实上却包括两个身份各异的创作者、两种语气不同的抒情口吻。于此可见，周代歌诗，特别是《诗经》作品当中的重章复沓现象，需要我们作慎重的审视，往往看上去很简单的复沓章句，却可能不是出自一人之口，而是由几个人分别演唱的，有着截然不同的情感内涵。

接下来，我们还要说明歌诗在篇章结构方面的特殊问题。在传统的毛诗阐释体系中，普遍标明了具体作品的章数，其对诗歌内容及口吻分化的探讨，也主要是以章节为单位的。然而，在有据可考的周代歌诗中，我们发现，这种"依章立论"的办法同样容易导致错误的结论。例如著名的《卿云歌》，按《竹书纪年·帝舜有虞氏》曰：

于是和气普应，庆云兴焉，若烟非烟，若云非云，郁郁纷纷，萧索轮囷，百官相和而歌卿云。

帝乃倡之曰："卿云烂兮，糺缦缦兮，日月光华，旦复旦兮。"

群臣咸进顿道曰："明明上天，烂然星陈，日有光华，弘于一人。"

帝乃再歌曰："日月有常，星辰有行。四时从轻，万姓允诚。于予论乐，配天之灵。迁于贤善，莫不咸听。"[1]

如果去除仪式情境及作者信息，我们将得到这样的诗：

①　逯钦立辑校：《先秦汉魏晋南北朝诗》，中华书局 1983 年版，第 3 页。

卿云烂兮，糺缦缦兮，日月光华，旦复旦兮。明明上天，烂然星陈，日有光华，弘于一人。

日月有常，星辰有行。四时从轻，万姓允诚。于予论乐，配天之灵。迁于贤善，莫不咸听。

单就文本内容而言，这首诗的前八句主要在描述卿云、日月、星辰等天象；后八句先用"日月有常，星辰有行"为前面作结，随即转入抒情部分。两者之间形成了内容上的顺承关系，很容易被视作一篇包括两章的诗。其"第一章"先说日月光华，既而说上天星辰，最后由日月星辰言及人事，句句推进，文义顺畅，看似一人所作的完整诗章，却是由舜帝先唱，群臣应和，共同完成的。也即表明，歌诗当中的一章，往往包括多个抒情口吻。倘若按照解读文本诗歌的传统办法，将每一章视作出自一人的抒情段落，逐章分析，就容易出现认知上的偏差。《诗经》中有许多作品，其同章之内言语矛盾，互不相连；或语义跳跃，扑朔迷离，极有可能是这方面的原因。

再如《穆天子传》中所记的歌诗《白云谣》，其云：

乙丑，天子觞西王母于瑶池之上。

西王母为天子谣曰：白云在天，丘陵自出。道里悠远，山川间之，将子无死，尚能复来。

天子答之曰：予归东土，和治诸夏。万民平均，吾顾见汝。比及三年，将复而野。

西王母又为天子吟曰：徂彼西土，爰居其野。虎豹为群，於鹊与处。嘉命不迁，我惟帝女。彼何世民，又将去子。吹笙鼓簧，中心翱翔。世民之子，惟天之望。①

此诗的前两章，每章六句，是西王母和周穆王一问一答的对唱，格式整齐。然而之后西王母连续吟唱出十二句诗，其中前六句以"徂彼西土"发端，

---

① 郭璞注：《山海经　穆天子传》，岳麓书社 2006 年版，第 220 页。

与穆王所唱的"予归东土"遥相呼应；后六句以"彼何世民"发端，以"世民之子"作结，诗意较前有所不同。倘若去掉其创作情境和人物身份，只保留诗歌文本，读者很容易做出误读，将其视作一篇包括四章的诗：

> 白云在天，丘陵自出。道里悠远，山川间之，将子无死，尚能复来。
> 予归东土，和治诸夏。万民平均，吾顾见汝。比及三年，将复而野。
> 徂彼西土，爰居其野。虎豹为群，於鹊与处。嘉命不迁，我惟帝女。
> 彼何世民，又将去子。吹笙鼓簧，中心翱翔。世民之子，惟天之望。①

　　上例可以表明，歌诗中的章节，与创作者的情感表达需要和演唱艺术水平密切相关，各章篇幅，往往长短不一。若某一作者演唱的诗句数目，恰好是其他作者演唱句数的整数倍，就很容易被错误地理解为诗中的多个章节。这足以引发我们对《诗经》文体形式的新思考，众所周知，《诗经》作品中，普遍存在着若干章格式相近，另外若干章则截然不同的现象。杨荫浏先生在《中国古代音乐史稿》中，从音乐角度入手，将此类现象的成因归结为曲式差异。②然而刚才的例子说明，诗章形态的差异，也可能是由歌唱的具体情况造成的。

　　从这些分析中，我们不难总结出歌诗原本艺术形态与歌诗文本之间的重要区别。总的说来，我们所列举出来的周代歌诗作品，其艺术形态与后世的案头诗歌截然不同，而是包括了歌唱、语言、音乐、表演等多种艺术手法的综合性艺术。如果要运用一种现存的艺术体裁来类比说明它，那么它显然更接近于一幕即兴表演的戏剧。众所周知，戏剧的现场感，用文字是无法记录的。因此我们所见到的这些包括了创作背景和作者信息的歌诗，就像是一部戏剧的剧本，其中的语句往往被赋予了别样的意义。读者在阅读它的时候，必须根据文字记录的场景，确定歌诗中人物的身份和具体环境，进而发挥自己的想象力，于脑海中补充相应的画面，才能发见作品的句意所在，体会到歌诗独特的艺术魅

---

① 逯钦立辑校：《先秦汉魏晋南北朝诗》，第35—36页。
② 杨荫浏：《中国古代音乐史稿》，人民音乐出版社2004年版，第38页。

力。这一解读鉴赏过程，可用如下步骤表示：

> 了解创作背景及人物信息；
> 读者据此展开想象；
> 想象诗中场景氛围，体会诗中人物的思想感情；
> 形成共鸣。

如前文所举的《耆夜》：

> 乐乐旨酒，宴以二公。恁仁兄弟，庶民和同。方臧方武，穆穆克邦。嘉爵速饮，后爵乃从。
> 輶乘既伤，人服余不胄。处士奋甲，繄民之秀。方臧方武，克燮仇雠。嘉爵速饮，后爵乃复。
> 赑赑戎服，臧武赳赳。毖精谋猷，裕德乃救。王有旨酒，我忧以 [风孚]。既醉有侑，明日勿稻。
> 明明上帝，临下之光。丕显来格，歆厥禋盟。於月有盈缺，岁有歇行。作兹祝诵，万寿无疆。

武王以"方臧方武，穆穆克邦。嘉爵速饮，后爵乃从"酬周公；以"方壮方武，克燮仇雠。嘉爵速饮，后爵乃复"酬毕公。若是了解创作信息，则脑海里自可浮现出武王热情洋溢，依次致意；二公感念万分，周公继而作诗感谢武王等一系列画面，十分生动鲜明。读者感受到的情感，既有武王劝酒的平易亲切，又有周公致谢时的激情澎湃。然而，当歌诗失去其创作背景和作者信息的记录，仅余文本，那么展开联想的根据就不复存在了，只能被当作普通的案头个体抒情诗来读。如此一来，全篇之中，乃至同章之中的口吻分化，都很难被发现；原本向不同对象倾诉的相近句子，很容易被视作简单的重章复沓现象；至于有人唱的句数多，有人唱的句数少，更是无从确定。其解读和鉴赏模式，变成了下列步骤：

将作者视为唯一抒情主人公；

读者通过语句间的模糊关联贯通诗意；

读者通过自行贯通的诗意理解作者本意；

形成共鸣。

按此模式，《耆夜》的文本就变成了一篇人称不明，重章复沓的诗。前文有"宴以二公"，后文有"王有旨酒"，倘若按照单一抒情主人公来理解，读者很容易发现这两者之间是存在矛盾的，诗句的陈述者既不是"王"，也不是"公"，若要调和意义的矛盾，就只能从语句逻辑本身出发，例如，先认定本文的作者是一位贵族，这位贵族参加了周王招待二公的宴会，在第三章中，他面对周王恩赐的美酒，很谦虚地表示"倘若饮醉，万勿见责"，在第四章中，又对周王发出了由衷的歌颂与赞美。这种利用语句之间的模糊联系重塑内在逻辑的做法，看似通顺，实际上是一种严重的误读。而在误读之后，原歌诗中分属周公与武王两位当事人的充沛情感，也变成了第三方目击者的平庸描述，全然失去了歌诗的戏剧性魅力。

近年来，多位前辈学者已然指出，《耆夜》与《诗经》中的作品颇为相似。既如此，那么《诗经》中的歌诗在转化为文学文本的过程中，是否也存在着因作者、背景信息被删除或忽略而导致的误读现象呢？在相关历史记载中，不难发现这种现象是存在的。

周代由盲人乐官掌《诗》，按《周礼》说："瞽矇掌播鼗、柷、敔、埙、箫、管、弦、歌。讽诵诗，世奠系，鼓琴瑟。掌《九德》《六诗》之歌，以役大师。"其又云："大师教六诗，曰风，曰赋，曰比，曰兴，曰雅，曰颂，以六德为之本，以六律为之音。"① 由是可知，《诗经》中作品的记诵乃至表演，都是由盲人乐官来负责的，乐官中最优秀的将成为大师，除了率众表演歌诗之外，还担负着歌诗的教授传承任务。关于这些学界并无争议，然而却始终存在一个未被人注意到的细节问题 —— 瞽矇乐官只是表演或者编排歌诗，并不直接创作，而作诗者也并不把自己的作品直接交付给瞽矇乐官。二者之间

---

① 郑玄注，贾公彦疏：《周礼注疏》，北京大学出版社 1999 年版，第 616—617 页。

需要通过史官，方能联系起来。具体地讲，一篇歌诗，往往先由史官采集或者记录，再经过与瞽矇乐官的协作编排，最终才形成成熟的，可用于礼乐仪式的作品。如《正义》引郑玄曰："国史采众诗时，明其好恶，令瞽矇歌之。其无作主，皆国史主之，令可歌。"明确指出，史官有替瞽矇选择所演唱歌诗的权力，同时还会率领瞽矇，对不适合歌唱的诗作进行改编，最终使其成为盲人乐官能够顺利表演的歌诗。又如《国语·鲁语》中有"工史书世"条，孙诒让分析指出："小史云'奠系世、辨昭穆'是也。述其德行，谓记述于书，以授瞽矇，使讽诵之，故《国语·鲁语》云：'工史书世'，韦注云：'工诵其德，史书其言。'彼工即谓乐工，明与史官为官联也。"① 其中"记述于书"是史官的职责，而"讽诵"均属于瞽矇所掌"六诗"的范畴，也即是说，史官将重大政治、礼乐活动乃至活动中各人所创作的口头歌诗记录下来之后，交付给瞽矇，再经过改编，使这样的历史记录成为可以表演的歌诗。而瞽矇乐工地位低微，仅仅负责旁白或者扮演性质的表演，其任务在于展示出歌诗中和谐热闹的场面乃至模仿其中人物的抒情语气，原本就无需了解仪式为何举行，作者究竟是谁。随着时间的流逝，最初创作的歌诗作品经由常规演出，形成经典，依靠口传心授的后世乐工，只需记住表演的要领即可，对礼仪情境、作者身份，自然也就愈发隔膜了。而后世读者由于失去了必要的阅读信息，大多从个体抒情诗的角度来理解作品，又或是依章立论，探讨主旨，终究难中肯綮。总的来看，一首《诗经》中的歌诗在彻底转化为文本之后，其中往往包括多个身份不同的抒情角色和截然不同的情绪感受，即便是诗中重章复沓的部分，也可能并非出自一人之口，而是由多人应和对答，各自唱出的。同时，其章节有长有短，一章之中，还可能包括两个抒情主人公。这就形成了一种奇妙的现象——在结构整饬的诗歌文本中，往往有句意跳跃，人物指称不明，诗意扑朔迷离的情况。《诗经》中，此类作品不胜枚举，而《周南·卷耳》就是其中最具典型性的篇章之一。

---

① 孙诒让撰：《周礼正义》，中华书局 2000 年版，第 1867 页。

二、《卷耳》的文体特征问题

　　《卷耳》主旨究竟为何，是《诗经》学史上的一个争议热点问题。之所以有争议，就是因为《卷耳》的文本结构十分特殊。为了更好地讨论这一问题，我们先移录全诗于下：

> 采采卷耳，不盈顷筐。嗟我怀人，置彼周行。
> 陟彼崔嵬，我马虺隤。我姑酌彼金罍，维以不永怀。
> 陟彼高冈，我马玄黄。我姑酌彼兕觥，维以不永伤。
> 陟彼砠矣，我马瘏矣，我仆痡矣，云何吁矣。

　　全诗共四章，每章四句，相较而言，首章相对独立，而后三章的结构形成了复沓现象。关于诗之本义，《传》曰："《卷耳》，后妃之志也，又当辅佐君子，求贤审官，知臣下之勤劳。内有进贤之志，而无险诐私谒之心，朝夕思念，至于忧勤也。"[①]《疏》则据此做出了更为详尽的解释：

> 言有人事采此卷耳之菜，不能满此顷筐。顷筐，易盈之器，而不能满者，由此人志有所念，忧思不在于此故也。此采菜之人忧念之深矣，以兴后妃志在辅佐君子，欲其官贤赏劳，朝夕思念，至于忧勤……我者，后妃自我也。后妃言升彼此崔嵬山巅之上者，我使臣也。我使臣以兵役之事行出，离其列位，在于山险，身已勤苦矣，其马又虺隤而病，我之君子当宜知其然。若其还也，我君子且酌彼金罍之酒，飨燕以劳之，我则维以此之故，不复长忧思也。[②]

　　由引文可知，《传》认为全诗中的第一人称"我"均指后妃，后妃辅佐君子寻求贤臣，忧思愈深，遂发感慨。《疏》又据《传》指出首章的"采采卷耳，

---

① 毛亨传，郑玄笺，孔颖达疏：《毛诗正义》，北京大学出版社 1999 年版，第 44 页。
② 毛亨传，郑玄笺，孔颖达疏：《毛诗正义》，第 44—45 页。

不盈顷筐”是兴句，用以抒发后妃的深切忧思。后面三章也都是后妃的想象之言，先是想到使臣因兵役之事受命外出，然后想到其登山临险、马病人倦的艰辛情状，最后设想使臣归来时，应劝君子酌酒设宴来慰劳他。这样的解释，难免受人诟病。《传》无凭无据，直接认定抒情主人公是"后妃"，诗中却看不出十分明显的证据。《疏》则曲意回护，繁琐牵强，其中还有明显的逻辑漏洞。"我者，后妃自我也"，既然坐实了后妃的抒情主人公身份，那么"我马虺隤""我马玄黄""我马瘏矣"这几句显然是说后妃所乘之马疲病不堪，又怎么能偷梁换柱地解作"使臣……其马又虺隤而病"呢？

正是因为《传》与《疏》的解释或突兀，或矛盾，不能令人满意。后世治《诗》者也就纷纷提出了质疑，针对《卷耳》中的人物角色乃至文本结构问题发表新的见解。如朱熹《诗经集注》曰："后妃以君子不在思念之，故赋此诗。"[①]认为抒情主人公是后妃，因思念外出的丈夫而作诗。据此而言，全诗后三章均为后妃想象丈夫外出行役，借酒消愁的情境，表达出对丈夫的思念牵挂之情。又方玉润《诗经原始》："此诗当是妇人念夫行役，而闵其劳苦之作。"[②]同样认为抒情主人公是"妇人"，全诗后三章描写的对象是行役于途，疲惫困苦的丈夫，表达了女子心中的思念哀悯之情。当代学者中，余冠英也支持方玉润的说法，认为"她在采卷耳的时候，想起了远行的丈夫，幻想他上山了，过冈了，马病了，人疲了，又幻想他在酌酒自宽"[③]。

这种将第一章与后三章分别理解成"思妇"与"征夫"口吻的结构形式，在《诗经》中找不到类似的例子，孤证不立。因此，钱锺书先生转而从诗歌创作角度，提出了"诗人代言"的说法，如《管锥编》所言："作诗之人不必即诗中所咏之人，夫与妇皆诗中人，诗人代言其情事，故各曰'我'。……男女两人处两地而情事一时，批尾家谓之'双管齐下'，章回小说谓之'话分两头'。"[④]认为抒情主人公既不是诗中的男子，也不是诗中的女子，而是诗歌的作者先虚拟想象出两个角色，再分别代言之。而孙作云先生则从文献的角度出

①　朱熹：《诗经集注》，吉林人民出版社 1999 年版，第 6 页。
②　方玉润：《诗经原始》，中华书局 1986 年版，第 17 页。
③　余冠英：《诗经选》，人民文学出版社 1982 年版，第 8 页。
④　钱锺书：《管锥编》，中华书局 1986 年版，第 68 页。

发，认为《卷耳》一诗中存在错简现象，其分析道："前一章为征妇思征夫之词，后三章为征夫思家之作；只因为二者内容相似 —— 同是怀人之作，所以后人误合为一首诗。"①

我们发现，尽管诸论各异，然而其中却有一个共同点，那就是将《卷耳》首章视作一个独立部分，将后面复沓的三章视作内容相同的另一部分。这样的结构划分方式，看似合理，却有意无意地避开了一个关键性常识问题 —— 倘若诗中的男子真的是出使在外的"征夫"，又怎会拿出"金罍"和"兕觥"来饮酒呢？按《正义》曰："《韩诗》：'金罍，大器也。'……《毛诗》云：'金罍，酒器也，诸臣之所酢，人君以黄金饰尊，大一石。'"又曰："《毛诗》说：'觥大七升。'"②复考诸现存文物，故宫博物院所藏的洀御史罍高33.3厘米，宽36厘米，重9.9公斤；安徽寿县楚王墓中兽耳罍高30厘米，腹围124厘米，重9.6公斤；山西博物院藏龙纹兕觥长43厘米，宽13.4厘米，高19厘米，重4.37公斤。可见"金罍"也好，"兕觥"也罢，都是形制硕大、造价昂贵的沉重酒器，绝非便于携带，可随时供人酌饮的小杯小盏。又《左传·定公十年》云："牺、象不出门，嘉乐不野合。"③说明大型酒器有着特定的礼乐仪式功能，其使用场合亦有明确的制度规定，不是随随便便就可以携带出门的，即便征夫想要饮酒，也不可能公然违背严格的礼制，更不可能故意描述出这样的情境。而既然诗中提及的这些酒器不应当出现在行役之路上，那也就意味着全诗所写的并不是出使途中的情景，抒情主人公显然也不是所谓的"征夫"，至于"酌酒自宽""怀念妻子"云云，就更站不住脚了。

综上可知，《卷耳》之所以难于索解，就在于其文本结构的特殊性。倘将四章看作一人之言，首章与后面三章所描述的情境截然不同，表达的情感也不一致。句意跳脱，很难有合理的解释。即便认为全诗中有两个抒情口吻，将复沓的后三章视作"征夫"之言，也无法说明征夫违背礼制，在途中使用"金罍"和"兕觥"的问题。而正如本文首章所述，人称混乱，或是章节中出现彼此矛盾的内容，往往是在歌诗转化为纯粹的文本之后才形成的。那么《卷耳》

---

① 孙作云：《诗经与周代社会研究》，中华书局1966年版，第405页。
② 毛亨传，郑玄笺，孔颖达疏：《毛诗正义》，第46页。
③ 杨伯峻：《春秋左传注》，中华书局1990年版，第1578页。

究竟是不是歌诗，在传世典籍中，是否有对其演唱情况的具体说明，我们又能否从歌诗演唱方法的角度入手，来重新考虑这一系列问题呢？

三、《卷耳》的歌诗性质及演唱情况分析

《诗经》当中的诗是否都是歌诗，目前还有争议。但《卷耳》是歌诗，则是毋庸置疑的事实。据《仪礼》所记，《卷耳》是一篇十分重要的礼仪歌诗。它隶属于周代"正歌"当中的"合乐"部分，通用于飨礼、燕礼、乡饮酒礼等多种仪式场合。同样在《仪礼》中，对其演出仪轨、人员安排、乐器配置、演唱方式也都有着十分明确的记载。这样的文献材料可谓吉光片羽，弥足珍贵。下面，我们先来介绍一些基本的情况。

周代"正歌"指通用于多种仪式之中的一套固定歌诗组合。包括"升歌""笙入""间歌""合乐"四个环节，《卷耳》是在"合乐"环节中演唱的诗篇。按《仪礼·燕礼》记曰：

> 乐正先升，北面立于其西。小臣纳工，工四人，二瑟。小臣左何瑟，面鼓，执越，内弦，右手相。入，升自西阶，北面东上坐。小臣坐授瑟，乃降。工歌《鹿鸣》《四牡》《皇皇者华》……卒，笙入，立于县中，奏《南陔》《白华》《华黍》。……乃间歌《鱼丽》，笙《由庚》；歌《南有嘉鱼》，笙《崇丘》；歌《南山有台》，笙《由仪》。遂歌乡乐，《周南》：《关雎》《葛覃》《卷耳》；《召南》：《鹊巢》《采蘩》《采𬞟》。大师告于乐正曰："正歌备。"①

又《仪礼·乡饮酒礼》：

> 工四人，二瑟，瑟先。相者二人，皆左何瑟，后首，挎越，内弦，右手相。乐正先升，立于西阶东。工入，升自西阶。北面坐。相者东面坐，

---

① 郑玄注，贾公彦疏：《仪礼注疏》，北京大学出版社1999年版，第271—276页。

遂授瑟，乃降。工歌《鹿鸣》《四牡》《皇皇者华》。卒歌，主人献工。工
左瑟，一人拜，不兴，受爵。……笙入堂下，磬南，北面立。乐《南陔》
《白华》《华黍》。……乃间歌《鱼丽》，笙《由庚》；歌《南有嘉鱼》，笙
《崇丘》；歌《南山有台》，笙《由仪》。乃合乐，《周南》：《关雎》《葛覃》
《卷耳》；《召南》：《鹊巢》《采蘩》《采蘋》。工告于乐正曰："正歌备。"
乐正告于宾，乃降。①

又《仪礼·乡射礼》：

　　席工于西阶上，少东。乐正先升，北面立于其西。工四人，二瑟，瑟
先，相者皆左何瑟，面鼓，执越，内弦。右手相，入，升自西阶，北面
东上。工坐。相者坐授瑟，乃降。笙入，立于县中，西面。乃合乐：《周
南·关雎》《葛覃》《卷耳》，《召南·鹊巢》《采蘩》《采蘋》。工不兴，告
于乐正，曰："正歌备。"乐正告于宾，乃降。②

　　引文透露出许多关键信息。首先，《卷耳》属于"正歌"，"正歌"是通用
于多种仪式场合的常规性歌诗，具有政治教化和礼仪规范的功能。其创作目的
不在于抒发作者的一己情怀，而是为了面向周代社会的主流阶层进行展演。展
演是通过乐工演唱来完成的，乐工首先考虑到的是歌诗的表演性乃至礼仪需
要，在诗中抒唱的也并不是自己的感情。前文已经提及，一篇歌诗首先是由史
官记录、编排后交由乐工表演的。在《耆夜》《股肱歌》《白云谣》诸例中，我
们发现，史官所记录的内容包括两类：一类是当时的礼仪活动背景，另一类
是相关作者口头创作的歌诗。既如此，那么当这种记录转化为歌诗之后，其
情感内涵，显然只能由乐工通过旁观描述，或是代言不同角色的方法来传达。
在"正歌"所包括的诸多作品中，这样的例子比比皆是，如与《卷耳》同列于
"合乐"部分的《采蘋》：

---

① 郑玄注，贾公彦疏：《仪礼注疏》，第146—154页。
② 郑玄注，贾公彦疏：《仪礼注疏》，第185—187页。

于以采蘋？南涧之滨；于以采藻？于彼行潦。

于以盛之？维筐及筥；于以湘之？维锜及釜。

于以奠之？宗室牖下；谁其尸之？有齐季女。①

《传》解释说："古之将嫁女者，必先礼之于宗室，牲用鱼，芼之以蘋藻。"②又《礼记·昏义》云："是以古者，妇人先嫁三月……教以妇德、妇言、妇容、妇功。教成祭之，牲用鱼，芼之以蘋藻。所以成妇顺也。"③可见全诗描述的是女子出嫁之前，采摘水草藻类，用于祭祀的情景。很明显，乐工在演唱这首诗时，运用了代言的方式，诗中回答问题的人物，应当是一名采蘩女子。全诗的重点，在于描述女子采摘水草的礼仪场景，同时借由灵活的对答体歌唱，使诗歌呈现出一种活泼欢快的情感氛围。

再如"间歌"中的《小雅·南有嘉鱼》：

南有嘉鱼，烝然罩罩。君子有酒，嘉宾式燕以乐。

南有嘉鱼，烝然汕汕。君子有酒，嘉宾式燕以衎。

南有樛木，甘瓠累之。君子有酒，嘉宾式燕绥之。

翩翩者鵻，烝然来思。君子有酒，嘉宾式燕又思。④

周人贵德崇礼，"君子"也好，"嘉宾"也好，都是对另一个人的尊称，而非自称。从语气来看，"君子有酒，嘉宾式燕以乐"当然既不是主人对客人所唱，也不是客人对主人所唱。只能是由乐工站在旁观者的角度上，对仪式场景和宴会上的人物进行描述时，所演唱出来的乐句。和《采蘋》一样，这首诗同样没有采用直接抒情的方法，而是先描述出宴会上主宾相得，其乐融融的场景，同时运用重章复沓的演唱，不断渲染深化这样的情感氛围。

其次，我们注意到"工四人，二瑟"这一细节，《疏》曰："可知二人歌

---

① 毛亨传，郑玄笺，孔颖达疏：《毛诗正义》，第 72 页。
② 毛亨传，郑玄笺，孔颖达疏：《毛诗正义》，第 86 页。
③ 郑玄注，孔颖达疏：《礼记正义》卷三五，第 1893 页。
④ 毛亨传，郑玄笺，孔颖达疏：《毛诗正义》，第 611 页。

也。"说明无论在哪种仪式当中，《卷耳》都是由四名乐工共同表演的，其中二人负责鼓瑟伴奏，另外二人负责演唱。既然是两人演唱，他们是采用齐声合唱的方法，还是像我们在全文第一章中所介绍的那样，采用接唱、对唱、答唱等方式来先后演唱，最终联缀组成一篇完整的歌诗呢？综合乐工身份、乐器配备、乐器特点这三个方面来看，基本可以确定是后者。

关于乐工身份，传世文献中有清楚的交代，按《周礼·春官》云："瞽矇掌播鼗、柷、敔、埙、箫、管、弦、歌。讽诵诗，世奠系，鼓琴瑟。掌《九德》《六诗》之歌，以役大师。"郑玄注云："凡乐之歌，必使瞽蒙为焉。"[1] 所说的"蒙"即"矇"，与"瞽"一样，都是盲人。由引文可知，这些盲人乐官是歌诗的表演者和传播者，更是歌诗的重要创作者。因此，他们在王朝礼乐活动中有举足轻重的地位，商代有所谓"瞽宗""神瞽"的说法，《周颂》中则有著名的作品《有瞽》，均足为证。

作为盲人，目不能视物，在演唱歌诗时，任何来自他人的神态、动作、表情提示都全然无用。这样，在演唱歌诗首章时，会产生一个问题，两位盲人乐工若是从一开始就采用合唱的方法，由于缺少必要的提示，很难保证发音的整齐一致，极易发生错乱。那么，能否通过乐器之声，乃至乐曲前奏来引导这些盲人乐官，使其合唱呢？答案也是否定的。在周代礼仪活动中，对于乐器的使用有着十分严格的规定，用来提示乐曲起始的乐器，是鼗、拊、柷、敔，按《礼记·王制》："天子赐诸侯乐则以柷将之，赐伯子男乐则以鼗将之。"又《礼记·乐记》"治乱以相"条，郑玄注曰："相即拊也，亦以节乐。"[2] 当代学者唐健垣在《商代的弦乐器及木制乐器》中重点分析了柷、敔两种乐器，认为其作用在于"音乐家敲击某种乐器来作为起始的信号"，因为"周代许多宫廷乐师是盲人，也许需要一种声音信号，为的是乐师们能准确地开始演奏"。[3] 就《周礼·春官》中的引文可知，瞽矇乐工本身就掌管着鼗、柷、敔等用以提示乐曲开始的打击乐器，但在演唱"正歌"歌诗时，所用乐器仅有瑟这一种。也就是说，从演唱一开始，他们就根本不需要任何节拍乐器提示，这也从侧面表明，

① 郑玄注，贾公彦疏：《周礼注疏》，第 616—617 页。
② 郑玄注，孔颖达疏：《礼记正义》卷三五，第 1306 页。
③ 唐健垣：《商代的弦乐器及木制乐器》，《中国音乐学》1993 年第 4 期。

两位乐工是先后分别而唱的。当然，关于这一点，也可能有人提出质疑，乐工既以瑟伴奏，为什么不能用瑟音作为提示来合唱诗歌首章？就乐器特点来讲，瑟乃是弹拨弦乐器，据《仪礼》所载，瑟有二十三弦或二十五弦者，演奏之时，会发出泛音回响。若听此而唱，显然容易使乐工出现配合上的失误。

上述分析证明，从《卷耳》的首章开始，乐工采用的就应是分唱的方法。既然如此，在其后形成复沓的三章之中，乐工继续分唱，从不同角度来传达歌诗的情感内涵，无疑是最为合理，也最符合实际情况的演唱方式。前文我们已经介绍过，分唱所导致的人物口吻分化，不仅存在于歌诗的各章节中，也可能存在于复沓章节的某一章之中。就《卷耳》文本来说，倘将"陟彼崔嵬，我马虺隤"与"我姑酌彼金罍，维以不永怀"看作出自一人之口，相互承接的句子，便会产生前文所论述的酒器礼制问题。而若将其视作乐工所代言的两个不同抒情口吻，问题就不复存在了。

根据以上所论，我们尝试着标示出《卷耳》演唱的具体情况，为下文对诗歌文本的具体阐释奠定基础：

首章

乐工甲唱：采采卷耳，不盈顷筐。

乐工乙唱：嗟我怀人，置彼周行。

第二章

乐工甲唱：陟彼崔嵬，我马虺隤。

乐工乙唱：我姑酌彼金罍，维以不永怀。

第三章

乐工甲唱：陟彼高冈，我马玄黄。

乐工乙唱：我姑酌彼兕觥，维以不永伤。

第四章

乐工甲唱：陟彼砠矣，我马瘏矣。

乐工乙唱：我仆痡矣，云何吁矣。

四、从歌诗文体形式看《卷耳》的主旨内涵

由《卷耳》的演唱情况，我们得到了一篇与个体抒情诗有别的全新歌诗文本。两工所唱，即为两个诗中角色所言。就形式来说，共有四章，每章均为四句，且都包括一组排比复沓的句子，韵律显得更为整齐，抒情口吻的矛盾，也不复存在了。当然，更让人惊喜的，是诗意的豁然开朗，其中描述的仪式场景，乃至所有名物细节，均与周代的"祖道"之祭完全吻合。前文我们已经介绍过，同属于"正歌"的《采蘋》《采蘩》是女子"教于公庙"，准备祭品的诗，那么，《卷耳》也极有可能是在演唱与"祖道"相关的仪式场景。以下，我们将就此逐一作解。

祖道，即道祭，古人为了出行顺利，避灾远害，往往要举行祭祀道路之神的仪式。祖、道均可作为道祭的通称，其具体的祭祀仪式则叫作"犯軷"，《诗经》中多见此仪，如《大雅·韩奕》"韩侯出祖"，《毛传》曰："祖，将去而犯軷也。"①《大雅·烝民》："仲山甫出祖，四牡业业。"《郑笺》曰："祖者，将行犯軷之祭也。"②对于祖軷之礼的仪式过程，传世文献中也有十分详明的记载，如《周礼·夏官》云："大驭掌驭玉路以祀。及犯軷，王自左驭驭下祝，登受辔，犯軷，遂驱之。及祭，酌仆，仆左执辔，右祭两轵，祭轨，乃饮。"郑玄注曰："行山曰軷，犯之者封土为山象，以菩刍棘柏为神主，既祭之以车轹之而去，喻无险难也。"③又如《礼记·曾子问》曰："诸侯适天子，……道而出。"郑玄注曰："道，祭行道之神于国城之外也。其礼以菩刍棘柏为神主，封土为軷坛……既祭，以车轹之而去，喻行道时无险难也。"④上述引文中，介绍了祖道的仪式规程——出行之前，要在国门外堆起一座叫作軷坛的土山，把"菩刍棘柏"等植物当作附有神灵的神主放在土山上，先由御者祭祀祈告，再由身份高贵的王公贵族行"酌仆"之礼，来宽慰其劳苦。祭祀完毕后，驾车碾过土山，借此象征路途中的所有艰难险阻都已消失不见，出行定会平安顺利。

---

① 毛亨传，郑玄笺，孔颖达疏：《毛诗正义》，第 1449 页。
② 毛亨传，郑玄笺，孔颖达疏：《毛诗正义》，第 1438 页。
③ 郑玄注，贾公彦疏：《周礼注疏》，第 853—854 页。
④ 郑玄注，孔颖达疏：《礼记正义》，第 668 页。

　　认识了祖道的全过程之后，再看《卷耳》，乐工甲所代言的，正是御者这一角色。"采采卷耳"，"卷耳"究竟有何用途，历代学者大多迷惑不解，或有附会为马药者，或有强解为野菜者。但就《卷耳》同列于"正歌"之中的《关雎》《采蘩》《采蘋》来看，其中的荇菜、蘋、藻等植物都不是供人药用或当成食物的，而是出于某种祭祀礼仪的要求。《卷耳》也是一样，据《辞海》可知，其俗称苍耳，多年簇生草本，根茎细长，果实多尖刺。笔者在农村生活时，每每见到乡间儿童以卷耳果实相互投掷，中者刺痛难当，正是所谓"菩苢棘柏"之属。众所周知，古代交通并不发达，车具马具也比较简陋，荆棘灌木之类，往往会阻碍道路，甚至伤人害马。在祖载之礼中之所以要以车碾过这些植物，是为了喻指险难尽除，寄托着古人顺利行路的美好愿望。

　　"陟彼崔嵬，我马虺隤。陟彼高冈，我马玄黄。陟彼砠矣，我马瘏矣。"是御者的祝祷之语，陟是升、登之意，"崔嵬""高冈""砠"均非实景，而是指载坛。这也可以从常理来推断验证。周代的骑马用具比较简陋，骑士的安全很难得到充分保障，《淮南子·原道训》中即有"善骑者堕"之语。考诸《左传》，因骑马而堕者更是大有人在。倘若有人不顾安危，乘马登山，而且还是崔嵬陡峭，乱石竞耸的山峰，那绝不啻于一场闹剧。相应的，"虺隤"和"玄黄"也并不是指马真的累病了，而是祭礼表演需要的模拟口吻，马克思在《〈黑格尔法哲学批判〉导言》中曾经指出，祭祀的实质是"借助想象以征服自然力、支配自然力、把自然力加以形象化"[1]。先民们认为，要获得神灵的眷顾护佑，就必须对祭仪对应事件的开端、发展和结局过程进行准确的模拟。表演时要如临其境、一丝不苟，这样才能使自己的感觉与神明合二为一，并最终获得超自然的神秘力量。乐工甲代言御者，所唱的第一句，即言明祭品准备完毕，在二、三、四句中，转而用一种神秘的、带有预言色彩的口吻来进行表演式的祷告，描述出一幅高山险峻、车马疲惫的困难场景，这也恰恰体现出祭礼本有的神秘感和仪式性，符合周人的普遍心理特征。

　　乐工乙所代言的角色，则是仪式中将要出行的贵族。首句"嗟我怀人，置彼周行"，并非怀念情人，将筐置于路旁的意思。周行，大道也，正是举行

------

①　《马克思恩格斯选集》第 2 卷，人民出版社 2012 年版，第 113 页。

祖载之礼的场所,《艺文类聚》中所载嵇含《祖赋序》云:"君子于役,则列之于中路。"①足证。"怀"字,过去多误解为"思念丈夫",事实上"怀"与"悲""思"意义相近,可指自己行路时的悲伤,亦可指对"仆"的辛劳感到悲悯,不必泥着于男女之情,强添对象作解。

"我姑酌彼金罍,维以不永怀。我姑酌彼兕觥,维以不永伤。我仆痛矣,云何吁矣。"所言正是"酌仆"的步骤,贵族用酒慰劳自己的御者,并劝诫其"维以不永怀","维以不永伤",足以体现出对臣下的关注和爱护。继之以反问"云何吁矣",说明仪式行将终结,出行必然一切顺利,因此语气也显得更为坚定强烈。相应地,"金罍""兕觥"出现在祭祀场合中,显得十分合理,更彰显出与祭者身份的尊贵和对御者本人的重视。

通释诗意之后,我们更可以运用《诗经》中的其他诗例,来充当佐证,进一步确定《卷耳》中的角色身份问题。我们注意到,在"正歌"中,对《诗经》作品都是成组演唱的,每一组都包括三首诗。这三首诗除了文体形式相近之外,描述的内容往往也有密切的联系。如同列于"合乐"部分的《鹊巢》《采蘩》《采蘋》,依《正义》所解,《鹊巢》是一首婚诗,而《采蘩》《采蘋》则都描述了女子出嫁前,教于公庙,采摘水草,以"成妇顺"的场景。可见这是一组以婚姻为主题的诗歌。同样在"合乐"中,与《卷耳》列为一组的,则是《周南》当中的《关雎》和《葛覃》。其中《关雎》与女子婚姻有关,《葛覃》讲女子归宁之事。那么将《卷耳》中的出行者身份认定为王族女子,也是十分合理的推断。另外,我们还注意到《卫风·载驰》和《邶风·泉水》的诗歌内容,史载此二诗均为许穆夫人所作。《卫风·载驰》其中有"陟彼阿丘,言采其蝱"句,前人将"蝱"解释为贝母,认为此句说许穆夫人内心忧愁,登山采贝母为药之事,十分牵强。"蝱",《说文》解曰:"啮人飞虫也。"可见是有毒之虫。倘以此命名植物,此植物当然也和卷耳一样,是"苦苦棘柏"之属。既如此,"陟彼阿丘"所描述的场景,同样是祖祭仪式中碾过土山的过程。又《邶风·泉水》有"出宿于泲,饮饯于祢",郑玄注曰:"泲,地名,祖而舍载,饮酒于其侧曰饯,重始有事于道也。"《孔疏》曰:"《聘礼》记曰:'出

①　严可均校辑:《全晋文》卷六五,《全上古三代秦汉三国六朝文》,中华书局1958年版,第1829页。

祖释軷，祭酒脯，乃饮酒于其侧。'注云：'祖，始也。既受聘享之礼，行出国门，止陈车骑，释酒脯之奠于軷，为行始。《诗传》曰："軷，道祭。"谓祭道路之神。'"① 同样记录了许穆夫人举行祖道之礼的历史事实。这就说明在周代，女子出行前举行祖祭仪式，是通行的惯例。虽然我们还不能断定《卷耳》所描述的究竟是哪一位女子，又是哪一位忠心耿耿的御者，但也不妨根据上例，将诗中的出行者暂认定为一位身份高贵的王族女性。

五、结语

站在整部《诗经》学术史的角度来看，传统的研究方法，主要是将《诗经》作品当作个体抒情文本来阐析的。但事实上，《诗经》并非一部案头文人诗集，而是一部周代礼仪歌诗的总集。由经史典籍及出土文献来看，礼仪歌诗采用了灵活多变的演唱形式，更包蕴着重要的创作信息，二者相互作用，便形成了《诗经》独具特色的文体形式。通过对《卷耳》的分析，我们发现，《诗经》时代的演唱，往往是由乐工完成的，其中普遍存在着两名乐工代言不同角色，先后分唱的情况。若从这种特殊演唱方法着眼，来考察《诗经》作品文本，那么许多争议性的问题，都将获得较为完满的解释。这对于我们确定新的研究视角，进一步推进《诗经》作品阐读，乃至深入探讨《诗经》的艺术特色，都有着积极的意义。诚如笔者导师赵敏俐先生所指出的那样："从乐歌的角度入手而不是从诗的角度入手，是我们重新认识《诗经》文体特征及其艺术成就的重要一环，也是我们认识中国诗歌文体的重要方面。"②

（原载《中国诗歌研究》第十三辑）

（作者单位：首都师范大学中国诗歌研究中心）

---

① 毛亨传，郑玄笺，孔颖达疏：《毛诗正义》，第 196—197 页。

② 赵敏俐：《乐歌传统与诗经的文体特征》，《学术研究》2005 年第 9 期。

《诗经·周颂·时迈》新考

亓　晴

　　《诗经·周颂·时迈》篇作为颂诗之一,多见征引于经典,然而千百年来于其解读犹尚多未明之处,近来学者除讨论其是否属《大武》乐章外,鲜有专注于诗意解读者。故笔者不揣浅陋,试从字句入手对《时迈》一篇进行诗意解读,借以探寻其创作情况、作者及诗旨等问题,谨就正于各位方家。

一、诗意解读

　　《时迈》一诗问题众多,对诗意的理解至今仍是众说纷纭,然而近来却少有专注于该篇的解读,故而究辨历代各家之说,探寻诗章之实际意蕴,实乃重中之重。这既是读诗之要旨,亦是探讨其他问题的必要基础。为方便解读,现将《时迈》原诗摘录如下:

　　　　时迈其邦,昊天其子之,实右序有周。薄言震之,莫不震叠。怀柔百神,及河乔岳。允王维后。明昭有周,式序在位。载戢干戈,载櫜弓矢,我求懿德,肆于时夏。允王保之。①

----

　　① 郑玄笺,孔颖达疏:《毛诗注疏》,上海古籍出版社 2013 年版,第 1919—1921 页。本文所引《诗经》原文除另注出处者皆同此书。

　　《时迈》，《诗序》曰："巡守告祭柴望也。"郑氏《笺》云："巡守告祭者，天子巡行邦国，至于方岳之下而封禅也。"孔颖达《疏》曰："《时迈》诗者，巡守告祭柴望之乐歌也。谓武王既定天下，而巡行其守土诸侯，至于方岳之下，乃作告至之祭，为柴望之礼。"[1]《时迈》之为巡守告祭柴望之歌，由此几成定论，孔颖达之后，宋代欧阳修、苏辙、范处义、朱熹等，元代朱公迁、刘玉汝等，明代何楷、张次仲等，清人袁枚、姚际恒、陈奂、方玉润、王先谦等，直至近代以来吴闿生、陈子展、程俊英等亦皆从其大旨。以上诸家皆释"迈"为"行"，解"时迈其邦"为"巡行邦国"。然而，对"迈"有别解者，亦不乏其人，如林义光、张西堂、高亨等先生即将之解为"万"。

　　林义光先生《诗经通解》解"迈"为"万"："迈读为万。诸彝器万年多作迈年。迈与万古通用。"[2]高亨先生在此基础上，有进一步论证：

　　　　金文万作迈者，有蔡大师鼎、叔硕父鼎、伯頵父鼎、大鼎、善夫克鼎、先兽鼎、伯考父鼎、㲋伯敦、茚伯敦、𣄴省敦、伯疑父敦、𩰫敦、叔多父敦、陈侯作嘉姬敦……等器；作僪者，有剌鼎、鬲攸比鼎、雍遳父鼎、己侯敦、广敦……杞伯壶、庚嬴卣、甫人匜等器；作蘁者，有大师𥂖、叔姞𥂖、曼龏𥂖、伯教𣄴𥂖……史颂𥂖、齐侯壶、齐侯盂、齐侯匜、史颂匜、伯正父匜等器。僪、蘁皆迈之省文。然则以迈为万，乃常见之事。此文之迈亦用作万。《诗》《书》恒言"万邦"，《桓》曰："绥万邦。"《书·尧典》曰："协和万邦。"即其例。时迈其邦犹云世万其邦，谓当今之世有万数国家也。《甫田》曰："乃求万斯箱。"《下武》曰："于万斯年。"其句法略同。[3]

　　高亨先生征引了大量金文资料，证明古文"万""迈"通用，同时又以"时"为"世"，曰："时字往往与世同义，如昔世亦可曰昔时，今世亦可曰今时，后世亦可曰来时。"故而将"时迈其邦"解为"世万其邦"。关于"时"

<hr/>

①　《诗序》《郑笺》《孔疏》皆见《毛诗注疏》，第 1916 页。
②　林义光：《诗经通解》，中西书局 2012 年版，第 398 页。
③　高亨著，董治安编：《高亨著作集林·编外论文辑存》，清华大学出版社 2004 年版，第 181 页。

字，《诗经》中共二十八篇出现，解释各异，以《时迈》篇来说，"时迈其邦"之"时"，毛、郑、孔三家皆取其本义，未有别解，清人马瑞辰则以之为"是"，认为"时、是皆语词"[①]。按高亨先生之说，"时""世"同义，则"时迈其邦"意即"世迈其邦"，不必解"时"为"世"，取其本字即可。"迈"，《毛传》曰"行也"，《尔雅》亦曰"行也"。考之全《诗》，除《时迈》外，有"迈"字者还有《邶风·泉水》《王风·黍离》《唐风·蟋蟀》《小雅·雨无正》《小雅·小旻》《小雅·白华》《鲁颂·泮水》等十三篇。其中，《小雅·白华》"念子懆懆，视我迈迈"之"迈迈"，《韩诗》及《说文》作"怖怖"，《毛传》曰"不说（悦）也"，此诗之"迈迈"与他诗之"迈"不同，非取其本字。《白华》之外其他诗中"迈"字，《毛传》大都明确解为"行也"，其未明确出注的《泉水》之"还车言迈"与《小旻》之"如匪行迈谋"，就其诗意来看，亦倾向于取"行"意。如此看来，《诗经》文本中，除不取本字的"念子懆懆，视我迈迈"之外，其余"迈"字皆作本字解为"行"。由此可以得出两点：一、《诗经》中"迈"作本字者皆解为"行"；二、《诗经》中之"迈"亦有可能不是本字，或不取本义。那么，《时迈》之"迈"到底是否可能不为本字呢？因《诗序》曰"《时迈》，巡守告祭柴望也"，故将"时迈其邦"解为"巡行邦国"，看似顺理成章，但细思诗意，此解却稍显牵强。"时迈其邦，昊天其子之，实右序有周"，若将"时迈其邦"解为"以时巡行邦国"，则与后两句并无语意上的必然联系，巡行邦国与"昊天子之""右序有周"之间并无恰当的逻辑关系。事实上，纵观全诗，除"怀柔百神，及河乔岳"似乎与"望祭山川"有关，其余诗句均不能明确为"巡行邦国"。换言之，《时迈》一诗若抛开《诗序》之说，并无将"迈"字解为"行"的必然理由，而即使解为"行"亦对诗意理解并无裨益。可见，"时迈其邦"之"迈"字很有可能并非本字。而高亨先生列举了大量金文中将"万"写作"迈"之例，试举两例以参之：

① 马瑞辰：《毛诗传笺通释》，中华书局 1989 年版，第 1055 页。

录伯葳簋盖铭文   师甕鼎铭文 [1]

上列左图为录伯葳簋盖铭文，录伯葳簋据《大系》断代为西周穆王时器，其铭文中有"万年保用"句，其"万"即第二列倒数第二字，为"迈"；右图为师甕鼎铭文，师甕鼎断为共王时器，所选铭文为"天子万年"，其"万"亦写作"迈"。所选两"迈"字写法虽不尽相同，然足证"万"字在金文中确实常作"迈"字。故以"时迈其邦"之"迈"为"万"可谓有事实依据。但欲进一步证明"时迈其邦"为"时万其邦"，还须将其放诸全诗，尤其结合后两句来看。

"时迈其邦"后两句为"昊天其子之，实右序有周"。《郑笺》解此两句曰："天其子爱之，右助次序其事，谓多生贤知，使为之臣也。"孔颖达进一步解释："其于武王子爱之矣，实右助而次序我有周之事。谓生贤智之臣，使得以为用，是子爱之也。"[2] 两者于"昊天其子之"皆取其肯定语气。后世对此虽多从者，但亦有别解。如朱熹《集传》于"昊天其子之"即以问句解之："天其子我乎哉？盖不敢必也。"[3] 范处义《诗补传》亦持此见，后人更是多有从其说者。按，朱熹于"昊天其子之"取疑问之意甚是。首先，从句式来看，《时迈》一诗十五句，除"昊天其子之"与"实右序有周"两句外皆为四言，可见其诗

---

① 两幅铭文图片取自王辉：《商周金文》，文物出版社 2006 年版，第 114、157 页。

② 郑玄笺，孔颖达疏：《毛诗注疏》，第 1919 页。

③ 朱熹：《诗集传》，中华书局 1958 年版，第 225 页。

亦致力于句式之整齐，然而于四言句式中杂以五言，在考虑节奏之外，表情达意上的需要必然是重要原因。从诗意来说，若只是为表达"天子爱之"这一肯定意义，那么"昊天子之"足矣，实在无必要加入一并无实际意义之"其"字来破坏句式。换言之，不惜破坏句式也要加入"其"字，则证明此"其"字必有其特殊意义。这一特殊意义即是表达疑问（或反问）语气。《诗经》其他篇章亦有以"其"字表达疑问语气者，如《召南·采蘋》之"谁其尸之"，《魏风·园有桃》之"其谁知之"等。《诗经》之外以"其"表疑问语气者更常见，如《左传·僖公三十二年》："且行千里，其谁不知？"[①]《左传·文公四年》："今陪臣来继旧好，君辱贶之，其敢干大礼以自取戾？"[②]《孟子·梁惠王下》："王之好乐甚，则齐国其庶几乎？"[③]……以是观之，"昊天其子之"之"其"表达疑问语气有理有据。虽然朱熹亦认为该句表达疑问语气，但他认为该句意为"天其子我乎哉？盖不敢必也"，即"我"尚不自信能得"昊天"以子视之，则不足取。因为后文"实右序有周"分明是肯定语气，而"薄言震之，莫不震叠"更是自信满满之语气，何由不自信得天以子视之？范处义《诗补传》即已展现此矛盾："始曰'昊天其子我乎？'虽有不敢必之意，既而曰天实助我有周相次序而不绝矣，不然何以薄言震动之而诸侯莫不震叠而归周也？何以告祭柴望而百神莫不怀来柔顺也？"[④]范氏本意不在追究语意前后矛盾，但其说确实显示了"不敢必"之说的不当。此外，联系前一句"时迈其邦"，则知"昊天其子之"中"之"字所指正是"邦"，而朱熹以其"邦"为"诸侯之国"，此处又以"之"字代指"我"，与诗意尤为不合。故而，朱熹以"昊天其子之"为"天其子我乎哉？盖不敢必也"之说不当。由此可知，"昊天其子之"疑问的对象不是"我周邦"，而是"时迈其邦"之"邦"。这也进一步证明前文所论高亨先生解"迈其邦"为"万其邦"之说甚是可取。"时迈其邦，昊天其子之？"方今之世，邦国有成千上万，上天可都视之若子？言外之意，天下邦国万千，昊天却只视周邦为子。只此两句语意犹未尽，故需再结合"实右序有周"来看。

---

① 杜预：《春秋左传集解》，上海人民出版社 1977 年版，第 403 页。

② 杜预：《春秋左传集解》，第 439 页。

③ 焦循：《孟子正义》，中华书局 1987 年版，第 99 页。

④ 夏传才、董治安主编：《诗经要籍集成》第 5 册，学苑出版社 2002 年版，第 293 页。

"实右序有周"，各家对此句解读亦有差异。郑玄《笺》解为"右助次序其事，谓多生贤知，使为之臣也"，其以"右序"为"右助次序"之说，后人从者众多，但其"多生贤知，使为之臣也"之说无所据，前人亦早有所论。如欧阳修《诗本义》曰："据诗但言'时迈其邦，昊天其子之，实右序有周'尔，郑谓多生贤知使为之臣者，诗既无文，郑何从而得此说？由郑以天其子之既为子周矣，嫌其下文又云实右序有周，义无所属故赘以多生贤臣之语尔。"①此说甚是。欧阳修进一步解其句曰："其曰'时迈其邦，昊天其子之，实右序有周'者，言武王巡守所至之邦，天当子爱之，以其能右助我有周也。"②"武王巡守"之说尚需再辨，但欧阳氏此说明确了"昊天其子之"之"之"与"时迈其邦"之"邦"之间的指代关系，亦为本文前说一证。关于"右序"，除"右助"之说外，亦颇有别说，如清人马瑞辰曰：

> 序与叙同。《尔雅·释诂》："顺，叙也。"《大戴·保傅篇》"言语不序"，《周语》"时旋序顺"，序皆顺也。次序为序，顺从亦为序，顺之即助之也。《周礼·司书注》："叙，犹比次也。"凡相比次皆有助义。"实右序有周"，犹言实佑助有周也。右、序二字同义。《笺》谓"次序其事"，失之。③

高亨先生亦有新说：

> 右，古佑字。林义光曰："序读为付予之予。《桑柔》篇'诲尔序爵'，《墨子》引作予，是其类也。"亨按：林读序为予，是也；而解为付予之意，非也。予，我也。此言昊天虽子育万邦，而实特别保佑我周邦也。④

马瑞辰以"右序"为"佑助"，高亨以"右"为"保佑"，以"序"为

---

① 欧阳修：《诗本义》，上海涵芬楼影印宋刊本。
② 欧阳修：《诗本义》。
③ 马瑞辰：《毛诗传笺通释》，第 1055 页。
④ 高亨：《高亨著作集林·编外论文辑存》，第 182 页。

"予，我也"，两者皆有可取之处。无论以"右"为"佑助"还是"保佑"，又或是前文所论郑玄、欧阳修等之"右助"，其意并无太大差别，大致可取"扶助保佑"之意。至于"序"字，马瑞辰驳郑玄"次序"之说，以之为"顺从"，申之为"助"，而高亨则将之解为"予"，两相比较，马氏之说更为可取。以"序"为"予"于诗意虽亦可通，但未有坚实证据不敢轻易改字，且"有周"已暗含"我周邦"之意，不必非加一"予"字，马氏之说既于诗意可通，又不烦改字，故可取之。如此，"实右序有周"可解为"实佑助顺从我周邦"。《尚书·多士》有"弼我"之说，意为上天辅佑周邦，亦可为证。

　　解决了"实右序有周"的问题，再联系前文所论"时迈其邦，昊天其子之"，则"时迈其邦，昊天其子之？实右序有周"三句可作如下解读：方今之世大小邦国成千上万，上天可都以子视之？实在是佑助顺从我周邦啊！那么上天是如何佑助顺从我周邦的呢？正是后两句之"薄言震之，莫不震叠"，想要有所震动，则无不震动响应①，连河岳百神亦无不受我怀柔安抚。正因为周邦是受命之邦，有上天佑助，所以可以使天下万邦俯首听命，可以怀柔安抚河岳百神。《尚书·武成》曰："天休震动，用附我大邑周。"即其谓也。周之自居昊天之子，多见于其"受命"之说，如《周颂·昊天有成命》曰："昊天有成命，二后受之。"《尚书·泰誓》曰："皇天震怒，命我文考肃将天威。"②《武成》曰："予小子既获仁人，敢祗承上帝，以遏乱略。"③甚至周公东征之前所作《大诰》亦一再强调东征平殷乃是顺从天命："予惟小子，不敢替上帝命。天休于宁王兴我小邦周，宁王惟卜用，克绥受兹命。……尔亦不知天命不易。"④意谓文王受命于天，现在虽然殷民作乱，但天命未改，故而一定可以顺承天命成功靖难。而靖难成功之后周公训诫殷民之《多士》亦重申自己东征乃是顺从天命："我有周佑命，将天明威，致王罚，敕殷命，终于帝。"⑤从上述周人言论可知，

---

① 关于"莫不震叠"之"叠"字，《毛诗》训"惧"，《韩诗》训"应"，因"震"字已含"使之惧"之意，再训"惧"语意重复，且此句意在彰显周邦之威，"莫不震应"比"莫不震惧"更能明周之威，故取《韩》说。对此前人多有所论，不赘述。

② 孔安国传，孔颖达正义：《尚书正义》，上海古籍出版社2007年版，第404页。

③ 孔安国传，孔颖达正义：《尚书正义》，第434页。

④ 孔安国传，孔颖达正义：《尚书正义》，第513—517页。

⑤ 孔安国传，孔颖达正义：《尚书正义》，第618页。

周人坚信文王受命之说，既受天命，自然受上天佑助，以受命之邦自居昊天之子自是理所应当。而周王称"天子"，亦可为周人天命观一证。故而，周邦于克殷之初向天下宣示自己乃唯一受命之邦，亦在情理之中。由此既可以证明我们以"昊天其子之"为疑问语气是可取的，亦可进一步证明高亨先生以"时迈其邦"为"世万其邦"是可取的。

至此，我们已经厘清了《时迈》前三句之含义，而"时迈其邦，昊天其子之？实右序有周"这三句正是解读全诗之关键，此三句诗意一旦厘清，全诗也就畅然可解。故将全诗试解如下："方今之世大小邦国成千上万，上天可都以子视之？实在是佑助顺从我周邦啊！在此佑助之下，我周邦要对万邦有所震动，则万邦无不震动响应，而且能够怀柔安定河岳百神。我王信然乃天下共主！① 我周邦光明亮察，在位诸侯皆合理有序。既将干戈聚敛收藏，又将弓矢收进櫜囊。我要寻求懿美之德，以布陈天下大而广之②。我王一定要永久保持！"

二、诗旨略探

既已对《时迈》一诗做了诗意解读，便可在此基础上探讨其诗旨。先看历代各家观点。《毛诗序》曰："《时迈》，巡守告祭柴望也。"孔颖达疏："《时迈》诗者，巡守告祭柴望之乐歌也。谓武王既定天下，而巡行其守土诸侯，至于方岳之下，乃作告至之祭，为柴望之礼。柴祭昊天，望祭山川。巡守而安祀百神，乃是王者盛事。周公既致太平，追念武王之业，故述其事而为此歌焉。"③ 欧阳修《诗本义》曰："《时迈》者，是武王灭纣已定天下，以时巡守而其臣作诗颂美其事，以为告祭柴望之乐歌也。"范处义《诗补传》："谓成王以

---

① "允王维后"之"允"，历代多解为"信"，从之。
② "肆于时夏"，向有《肆夏》之说，并不足取，《毛传》以"夏"为"大"，《集传》以"夏"为"中国"，历代聚讼纷纷，未有定论，然而不管是"大"还是"中国"，皆不影响其将懿德广泛布陈之意，故于此仅取其大意，不细究。
③ 郑玄笺，孔颖达疏：《毛诗注疏》，第 1916 页。

时巡行邦国。"① 朱熹《诗集传》："此巡守而朝会祭告之乐歌也。"② 姚际恒《诗经通论》："此武王克商后，告祭柴望朝会之乐歌，周公所作也。"③ 王先谦《诗三家义集疏》："《鲁》说曰：'《时迈》一章十五句，巡狩告祭柴望之所歌也。'《齐》说曰：'《时迈》者，太平巡狩祭山川之乐歌。'《韩》说曰：'美成王能奋舒文武之道而行之。'"④ 陈子展《诗经直解》："巡守告祭柴望也。"⑤ 高亨《周颂考释》："此篇乃天子望祭山川所奏之乐歌也。"⑥

总结以上各家对《时迈》诗旨的看法，大致可归结为三点：一、《时迈》为巡守告祭柴望朝会之乐歌；二、《时迈》为周公（或某臣）歌颂武王克商后巡守盛事之乐歌；三、《时迈》为成王巡守之乐歌。而在进一步归纳诗旨之前，我们需要先考虑以下问题：《时迈》是否为武王巡守之乐歌？《时迈》是否为周公所作？《时迈》作于武王时还是成王时？

首先，《时迈》是否为武王巡守之乐歌？探讨这个问题需要明确两点：《时迈》是否为巡守之乐歌，武王有没有巡守。对于第一点，从诗意来看，可以排除《时迈》描述称颂巡守之事的可能，但并不能排除其为巡守过程中告祭柴望所用乐歌的可能，所以关键还须看武王克商之后是否有巡守之事。"巡守"，《孟子·梁惠王下》晏子曰："天子适诸侯曰巡狩，巡狩者，巡所守也。"⑦《白虎通》曰："王者所以巡狩者何？巡者，循也。狩者，牧也。为天下巡行守牧民也。"⑧《诗序》但言"巡守"不言"武王"，郑玄则曰："武王既定天下，时出行其邦国，谓巡守也。"孔颖达从之。《白虎通》曰："何以知太平乃巡守？以武王不巡守，至成王乃巡守。"⑨ 则谓武王不巡守。而《史记·封禅书》所记管仲所言十二家封禅者，周代只有成王，可见武王亦不曾封禅。那么武王到底是否有巡守之事？记武王克商事者有《尚书·武成》与《逸周书·世俘解》等。

① 夏传才、董治安主编：《诗经要籍集成》第5册，第293页。
② 朱熹：《诗集传》，第226页。
③ 姚际恒：《诗经通论》，中华书局1958年版，第329页。
④ 王先谦：《诗三家义集疏》，中华书局1987年版，第1012页。
⑤ 陈子展：《诗经直解》，复旦大学出版社1983年版，第1079页。
⑥ 高亨著，董治安编：《高亨著作集林·编外论文辑存》，第179页。
⑦ 焦循：《孟子正义》，中华书局1987年版，第122页。
⑧ 陈立：《白虎通疏证》，中华书局1994年版，第289页。
⑨ 陈立：《白虎通疏证》，第298页。

《尚书·武成》篇曰：

> 惟一月壬辰旁死魄，越翼日癸巳，王朝步自周，于征伐商。厥四月哉
> 生明，王来自商，至于丰。乃偃武修文，归马于华山之阳，放牛于桃林之
> 野，示天下弗服。丁未，祀于周庙，邦、甸、侯、卫骏奔走，执豆笾。越
> 三日庚戌，柴望，大告武成。①

"柴望"者，《传》曰："燔柴郊天，望祀山川。"就《武成》篇所言看，武
王克商之后即返回了丰，并且"归马于华山之阳，放牛于桃林之野"，以此向
天下表明不再乘骑牛马征战，偃武修文，然后又在周庙告祭祖先，越三日，又
大举郊祀上天，望祀山川，以向天地神灵告成武功。此记录较为简略，并未提
及武王巡守之事。但《逸周书·世俘解》所记有所不同，其较为详细地记录了
武王克商的过程，其中包括武王于牧野之战胜利后坐镇朝歌，听取各路将领
汇报战果的情形，包括武王在殷太庙燎柴祭天、向祖先汇报战况、宣示自己正
式接受天命等情形，也包括武王在克商之后举行狩猎以及征讨殷都周边方国
的事迹。这些详细记载很大程度上填补了《尚书·武成》篇在武王克商与返
回宗周举行告成仪式之间的空白。如《世俘解》详细描述了武王在克商之后
狩猎的情形："武王狩，禽虎二十有二、猫二、麋五千二百三十有五、犀十有
二、氂七百二十有一、熊百五十有一、罴百一十有八、豕三百五十有二、貉十
有八、麈十有六、麝五十、麇三十、鹿三千五百有八。"②此外，《世俘解》中
还记述了武王顺道征伐殷畿周边方国的情形，说武王灭国"九十有九"，服国
"六百五十有二"。此后，才是武王回到宗周"燎于周""燎于周庙"之事。《世
俘解》对武王克商的整个过程记述得非常详细，不仅记录克商进程中的大事，
甚至连狩猎所获猎物数目、祭祀时具体的场面过程等细节都描述细致，那么如
果武王有巡守天下之事，断然不会只字不提。不仅《世俘解》，《逸周书》中
其他提及武王事迹的篇章如《克殷解》《大匡解》《度邑解》等，涉及武王各

---

① 孔安国传，孔颖达正义：《尚书正义》，第 428 页。
② 黄怀信、张懋镕、田旭东撰：《逸周书汇校集注》，上海古籍出版社 1995 年版，第 459—460 页。

方面事迹，包括分封殷族、设置三监、告诫管蔡、筹划东都、选定继承人等等，唯独不曾提及巡守天下之事。《史记·周本纪》亦未曾提及武王巡守事。《史记·周本纪》曰："武王既克殷，命宗祝享祠于军，乃罢兵西归，行狩，记政事，作《武成》。"① 有人因"行狩"之说而认为武王克殷之后巡守，此为误解。对照《史记·周本纪》与《逸周书·世俘解》可知"行狩"即"武王狩"，乃是狩猎，不为巡行。且《白虎通》曰："王者所以太平乃巡守何？王者始起，日月尚促，德化未宣，狱讼未息，近不治，远不安，故太平乃巡守也。"② 武王克商之初，天下未集，周王朝前途未明，以致武王西归途中忧心忡忡夜不能寐，急于规划周朝未来（《逸周书·度邑解》对此有详细记载），当此情形，武王绝不可能有条件巡守天下。由此可见，武王克商之后并未巡守。所以，《时迈》既非称颂武王巡守之事的乐歌，也非武王巡守时告祭柴望等仪式所用乐歌。

那么《时迈》又是否是周公所作？其作于武王之时还是成王之时？先秦文献中提及《时迈》之创作者，有《左传》与《国语》。《左传·宣公十二年》楚子曰："武王克商，作颂曰：'载戢干戈，载櫜弓矢。我求懿德，肆于时夏，允王保之。'"③《国语·周语》曰："是故周文公之颂曰：'载戢干戈，载櫜弓矢。我求懿德，肆于时夏，允王保之。'"④ 孔颖达《疏》曰："巡守而安祀百神，乃是王者盛事。周公既致太平，追念武王之业，故述其事而为此歌焉。宣十二年《左传》云：'昔武王克商，作《颂》曰："载辑干戈。"'明此篇武王事也。《国语》称周公之《颂》曰：'载辑干戈。'明此诗周公作也。"⑤ 孔颖达之意为周公于太平之后也即成王之世追述武王巡守之事而作《时迈》，后人多从其说。但亦有人持不同见解，如范处义《诗补传》："《左传》《国语》同出于左氏，自抵牾如此，今据武王克商未定而终，固未暇巡守，而时未可谓之太平，何有颂声？……然则《时迈》其成王十二岁一巡守之诗乎？"⑥ 按，《左传》曰"武王克商，作颂曰……"，可有两种理解，一为武王克商后自己作颂，二为武王克

① 司马迁：《史记》，中华书局1959年版，第126页。
② 陈立：《白虎通疏证》，第298页。
③ 杜预：《春秋左传集解》，第590页。
④ 徐元诰：《国语集解》，中华书局2002年版，第2页。
⑤ 郑玄笺，孔颖达疏：《毛诗注疏》，第1916—1917页。
⑥ 夏传才、董治安主编：《诗经要籍集成》第5册，第293页。

商后别人作颂。若取前者,则不免与《国语》之说相抵牾,范氏之疑当因此而起。若取后一种解释,即武王克商之后别人作颂,则《国语》"周文公之颂"说便可通。那么,到底周公有没有可能在武王克商之后作颂呢?范氏认为"武王克商未定而终,固未暇巡守"甚为不错,武王克商二年而卒,其时"天下未集",故有周公摄政,但由天下未太平而曰"何有颂声"则太过偏狭。《逸周书·世俘解》:"甲寅,谒戎殷于牧野,王佩赤白旂,籥人奏《武》,王入,进《万》,献《明明》三终。"①此为武王克商之后告祭祖先时奏乐情况,其时已有《武》乐。而《左传·宣公十二年》楚子说"武王克商,作颂曰:'载戢干戈'"后接着说:"又作《武》,其卒章曰:'耆定尔功。'其三曰:'铺时绎思,我徂维求定。'其六曰:'绥万邦,屡丰年。'"②由一"又"字可见《武》与颂诗《时迈》作于同时期。而《武》既已用于克商之初的告祭典礼,则《时迈》之创作也不会晚于其时。所以范处义因武王之时不可能有颂声而否定《时迈》为武王时颂诗并不足取。同样孔颖达以《时迈》为周公于太平之后追述武王事迹所作之说亦不足取。《时迈》既为武王时颂诗,其作者则极有可能为周公。首先,目前所见文献中,唯一被明确提及为《时迈》作者的就是《国语》"周文公"之说。其次,《周颂》中多篇作品之作者被认为是周公,近来出土文献"清华简"中《周公之琴舞》有《周颂·敬之》的内容,更可证明周公确实创作了不少颂诗。另外,就武王克商时的情况来看,武王为中央统帅,绝无闲暇亲自制诗作乐,最大的可能是命周公进行创作。《吕氏春秋·古乐》曰:"武王即位,以六师伐殷,六师未至,以锐兵克之于牧野。归,荐俘馘于京太室,乃命周公为作《大武》。"③此即为一证。据此,《时迈》一诗当为周公于武王克商后所作。

《时迈》既为周公于武王克商之后创作,则必与告成克商之功有关,由此我们可以结合诗意归纳其诗旨。

《时迈》虽只一章,但就诗意来看,可分为两节,前一节为:"时迈其邦,昊天其子之?实右序有周。薄言震之,莫不震叠。怀柔百神,及河乔岳。允王

---

① 黄怀信、张懋镕、田旭东撰:《逸周书汇校集注》,第 454 页。
② 杜预:《春秋左传集解》,第 590 页。
③ 许维遹撰;梁运华整理:《吕氏春秋集释》,中华书局 2009 年版,第 127 页。

维后！"后一节为："明昭有周，式序在位。载戢干戈，载櫜弓矢，我求懿德，肆于时夏。允王保之！"前一节主旨为颂扬周邦承受天命而克商之功绩：天下万邦，唯独周邦膺受天命，周邦以西土小国而能平服万邦，怀柔百神，实在是受上天佑助，这充分证明周王乃是昊天之子、天下共主。此节充分表达了周邦克商之后的自豪与骄傲，可谓意气风发慷慨激昂。而下节语气立转，由自信豪迈的颂功转变为表达治国安邦之决心：周邦承天之命，从此要励精图治、偃武修文，寻求懿美之德以布陈于天下，并要永远保持。这样的诗意恰恰是武王克商之初最应该表达的。将《时迈》与《尚书·武成》篇对照来看，更可见诗中之意，对此前人早有所论。《毛诗李黄集解》卷三十七录黄櫄之论曰：

> 《时迈》之作，要以见武王所以得天下与其所以保天下者，皆无愧也。窃尝论之，武王巡守之事，《诗》有《时迈》，《书》有《武成》，《时迈》告祭之乐章也，《武成》识其政事以示天下来世也。"丁未，祀于周庙……越三日庚戌，柴望，大告武成"，此告巡守告祭柴望之实也；"告于皇天后土名山大川"，此"怀柔百神，及河乔岳"之实也；"华夏蛮貊，罔不率俾"，此"莫不震叠"之实也；"庶邦冢君暨百工受命于周"，此"式序在位"之实也；偃武修文归马放牛，此非戢干戈櫜弓矢之意乎？释箕子之囚，式商容之闾，建官惟其贤，位事惟其能，至于垂拱而天下治，此非求懿德以保天下之意乎？①

李氏关于武王巡守之说不当，余者大致可取。《尚书·武成》曰："越三日庚戌，柴望，大告武成。"②《逸周书·世俘解》曰："时四月既旁生魄，越六日庚戌，武王朝至燎于周。"③"燎"即"燔柴"。可见，武王克商返周之后即于庚戌日举行了"柴望"大典。克商后除了于宗庙举行献俘告祭之外，还要燔柴祭天、望祭山川，其意一来回报天命，向上天汇报自己承命灭商之成功，二来借机向上天、更向天下诸侯万民表达自己求懿德以保天下的决心。《时迈》正合

---

① 李樗、黄櫄：《毛诗李黄集解》，文渊阁《四库全书》电子版，上海人民出版社 1999 年版。
② 孔安国传，孔颖达正义：《尚书正义》，第 428 页。
③ 黄怀信、张懋镕、田旭东撰：《逸周书汇校集注》，第 463 页。

此意。李山先生《〈诗经·时迈〉篇创作时地考》一文即认为《时迈》篇创作于武王克商之后，且用于祭天大典。[①]

综上所述，《时迈》一诗正是武王克商之后于告成武功的祭天大典上所用之颂诗，意在颂扬受命克商与平服万邦之功，同时表达偃武修文、励精图治之决心。这正是《时迈》一诗诗旨所在。

三、小结

《时迈》为武王克商之后告成祭天所用颂诗，但并不意味着《时迈》仅作此用。从其创作来看，《时迈》是为武王克商后告成柴望所作，并非巡守之诗，但从其用来说，后王于巡守之时有告祭柴望之事亦可用之。《毛诗》曰："《时迈》，巡守告祭柴望也。"[②]《鲁诗》曰："《时迈》一章十五句，巡狩告祭柴望之所歌也。"《齐诗》曰："《时迈》者，太平巡狩祭山川之乐歌。"[③] 皆曰《时迈》为巡守时告祭柴望所用之歌，可见《时迈》确实在后代被用作巡守过程中祭祀天地山川之乐歌。要之，《时迈》一诗为武王克商后周公所作，被用于克商之后的告祭柴望大典，借以颂扬克商之武功宣示偃武修文之决心，此后又被用于巡守中的告祭柴望等仪式，成为具有特定意义的"巡守告祭柴望之歌"。《时迈》是周初重要的颂诗之一，关于其是否属《大武》乐章等问题至今仍未有定论，就本文目前对诗意诗旨的解读来看，只能大致判断其不属于《大武》乐章，受篇幅所限，本文不能展开论述，详细考辨只能俟诸来日了。

（原载日本广岛大学《中国古典文学研究》第 13 号，2016 年 3 月）

（作者单位：首都师范大学中国诗歌研究中心）

---

① 李山：《〈诗经·时迈〉篇创作时地考》，《河北学刊》2002 年第 22 卷第 2 期。
② 郑玄笺，孔颖达疏：《毛诗注疏》，第 1019 页。
③ 《鲁诗》《齐诗》说见王先谦《诗三家义集疏》，第 1012 页。

《召南·行露》诗旨考辨

秦帮兴

《召南·行露》一诗篇幅不长，全诗共三章，第一章三句，第二、三章各六句。但此诗诗旨究竟为何，历来聚讼纷纭。清代著名学者方玉润曾感慨："余尝反复诗词而不得其解。"[①]笔者拟再次探讨《行露》一诗的诗旨，浅陋之处尚祈大雅方家教正。

《召南·行露》全诗如下：

> 厌浥行露，岂不夙夜，谓行多露。
>
> 谁谓雀无角？何以穿我屋？谁谓女无家？何以速我狱？虽速我狱，室家不足！
>
> 谁谓鼠无牙？何以穿我墉？谁谓女无家？何以速我讼？虽速我讼，亦不女从！[②]

关于此诗诗旨，目前已有十余种说法。《毛诗序》认为是反映召伯之时，"强暴之男不能侵陵贞女"[③]的诗作；《韩诗外传》认为是申女许嫁之后，夫礼不备，虽讼不行之作[④]；宋代杨简的《慈湖诗传》认为是歌颂贞女的"正心"之

---

① 方玉润：《诗经原始》，中华书局 1986 年版，第 103 页。

② 孔颖达：《毛诗注疏》，上海古籍出版社 2013 年版，第 105—110 页。

③ 孔颖达：《毛诗注疏》，第 105 页。

④ 参见许维遹：《韩诗外传集释》，中华书局 1980 年版，第 2 页。

作①；明朱谋㙔《诗故》认为是"嫠妇执节不贰之词"②；戴震《杲溪诗经补注》认为此诗是"美听讼者之诗"③；清方玉润《诗经原始》认为是"贫士却婚以远嫌"④之作；闻一多《风诗类钞》认为是"男以为女无夫家，遂往求之，而陷于法，男报以此词"⑤；高亨《诗经今注》认为是一个女子嫌弃夫家贫穷而不肯回家，被丈夫讼于官府而作⑥；余冠英《诗经选》认为是一个已有夫家的女子家长对企图以打官司逼娶其女的强横男子的答复⑦；陈子展《诗三百解题》则认为是"一个女子拒绝一个已有室家的男子强迫她和他重婚而作"⑧。

《行露》诗旨歧说纷立的首要原因在于对关键字词的训释一直未能达成共识，以下先就历代有歧解的字词做一辨析。

"厌浥"，《毛传》："厌浥，湿意也。"⑨已经说得比较清楚，但后世仍有歧解。清人王先谦结合三家诗义更加详细地论述了"厌浥"的词义：

> "厌浥"者，"厌"无"湿"义，当为"浥"借字。《说文》："浥，幽湿也。""浥，湿也。""厌浥，湿也"者，《广雅》《释诂》文。"浥浥"连文，与下"渐洳"连文同，是此诗鲁、韩义。据此，鲁、韩"厌"作"浥"。《释文》："厌，于立反。""浥，去急反。"正与"于立反"同音。《小戎》"厌厌良人"，《列女传》作"浥浥良人"。《湛露》"厌厌夜饮"，《释文》："《韩诗》'厌厌'作'愔愔'。"足证鲁韩二家"厌"与从"音"之字相通假，彼借"厌"为"愔"，知此诗亦借"厌"为"浥"也。"浥""浥"二字声转义同，故迭文为训。徐锴《说文系传》："今人多言浥浥也。""浥浥"，犹"浥浥"矣。⑩

①　杨简：《慈湖诗传》，《儒藏》精华编第 25 册，北京大学出版社 2009 年版，第 721 页。

②　朱谋㙔：《诗故》卷一，《豫章丛书》第 10 册，南昌退庐乙卯（1915）刻本，第六叶。

③　戴震：《杲溪诗经补注》卷二，《戴氏遗书》，乾隆曲阜孔氏微波榭刊本，第九叶正面。

④　方玉润：《诗经原始》，第 103 页。

⑤　闻一多：《风诗类钞乙》，《闻一多全集》第 4 册，湖北人民出版社 1993 年版，第 505 页。

⑥　参见高亨：《诗经今注》，上海古籍出版社 1980 年版，第 21—22 页。

⑦　参见余冠英：《诗经选》，人民文学出版社 1979 年版，第 14 页。

⑧　陈子展：《诗三百解题》，复旦大学出版社 2001 年版，第 59 页。

⑨　孔颖达：《毛诗注疏》，第 106 页。

⑩　王先谦：《诗三家义集疏》，中华书局 1987 年版，第 91—92 页。

王氏虽不以训诂名家，但这段论述充分体现了清人"因声求义"的训诂方法，得出的结论很具有信服力。

首章之"谓"，《郑笺》释"谓行多露"云"谓道中之露大多"①，即将"谓"作本字解。但实际上，此"谓"与二三章中的"谓"并不相同。清代学者马瑞辰提出了坚实的证据：

> 谓，疑畏之假借。凡诗上言岂不、岂敢者，下句多言畏。《大车》诗"岂不尔思，畏子不敢"，"岂不尔思，畏子不奔"，《出车》诗"岂不怀归，畏此谴怒"，"岂不怀归，畏此反复"，《绵蛮》诗"岂敢惮行，畏不能趋"，"岂敢惮行，畏不能极"，又《左传》引逸《诗》"岂不欲往，畏我友朋"，与此诗句法相类。《释名》："谓，犹谓也。言得救不自安，谓谓然也。"谓谓即畏畏耳。《说文》："呐，相谓也。"相谓即相惊畏之词。"谓行多露"，正言畏行道之多露耳。僖二十年《左传》引此诗，杜注言"岂不欲早暮而行，惧多露之濡己"，以惧释谓，似亦训谓为畏。②

闻一多在《诗经通义》中也赞同这一观点，并指出："《正义》：'惧早夜之濡己，故不行耳。'正读谓为畏。"③马瑞辰对"谓"字的训释中体现了宝贵的训诂经验，即熟悉语词的语言背景，将词语置于当时的语词应用通例中进行考察。如此对学人的学养也提出了很高的要求，但得出的结论是具有信服力的，因而这种传统的训诂方法在今天依然应当得到肯定、继承和发扬。

另外两个重要的字是雀的"角"和鼠的"牙"。"角"，《毛传》《郑笺》《正义》均以"角"作兽角解，《郑笺》疏通诗意云："人皆谓雀之穿屋似有角，强暴之男召我而狱，似有室家之道于我也。物有似而不同，雀之穿屋不以角，乃以咮。今强暴之男召我而狱，不以室家之道于我，乃以侵陵。物与事有似而非者，士师所当审也。"④孔颖达《正义》亦从其说，如此疏通诗意便显牵强。

---

① 孔颖达：《毛诗注疏》，第106页。
② 马瑞辰：《毛诗传笺通释》，中华书局1989年版，第85页。
③ 闻一多：《诗经通义》，《闻一多全集》第4册，第36页。
④ 孔颖达：《毛诗注疏》，第107页。

明代的季本在《诗说解颐》中提出了不同的解释:"角,尖嘴也。雀有咮而无角。"① 这里将"角"释为"尖嘴"应当可取,但无明证,云"雀有咮而无角"则仍有不确。明末王夫之认为"角"字正音为"录",他说:"角(录),咮也。"并疏通诗意云:"雀有咮,故能啄穿茅茨。鼠有牙,故能啮穿墉土。"②如此,诗意即显豁了许多,然而证据仍稍显薄弱。彻底解决这个问题的是清代学者俞樾,他在《毛诗平议》中云:

> 《传》《笺》之意皆谓雀实无角,故其说如此。然下章云"谁无("无"应作"谓"——笔者)鼠无牙,何以穿我墉?"鼠之穿墉,若不以牙,复以何物乎?两章文义一律,鼠实有牙,则雀亦实有角。窃疑所谓角者,即其喙也。鸟喙尖锐,故谓之角。诗人之意,谓雀无角,则何以穿我屋?女无室家之道,则何以速我狱,此论其常也。乃事物之变,则有大不然者,故曰:"谁谓雀无角,何以穿我屋。谁谓女无家,何以速我狱。"正见其出人意计之外,听讼者不可不察也。角字之意,自来皆属兽言。《说文·角部》:"角,兽角也。"其实角字本义当为鸟喙,《汉书·董仲舒传》:"予之齿者去其角,傅之翼者两其足。"此二句以鸟兽对言,"予之齿者去其角",谓兽有齿以啮,即不得有角以啄也。"傅之翼者两其足",谓鸟有两翼以飞,即不得有四足以走也。若以角为兽角,则牛、羊、麋、鹿之类有齿复有角者多矣,安得云"予之齿者去其角"乎?《文选·射雉赋》:"裂嗉破嘴"注曰:"觜,喙也。"觜为鸟喙而其字从角,可知角字之义矣。今俗谓口为嘴,盖即觜字而加口旁也。③

这是一个相当重要的发明,对廓清"角"字的本义和疏通诗意大有帮助,笔者以为可从。后来闻一多在《诗经通义》中征引了金文字形,力证"角"的本义确为鸟喙之意,亦提供了有力的证据。

至于"牙",鼠本有牙,长时间内并无歧说。到了明清时期,有学者在将

---

① 季本:《诗说解颐》,《诗经要籍集成》第 12 册,学苑出版社 2002 年版,第 440 页。
② 王夫之:《诗经稗疏》,《船山全书》第 3 册,岳麓书社 1996 年版,第 48 页。
③ 俞樾:《群经平议·毛诗平议》,《春在堂全书》第 1 册,凤凰出版社 2010 年版,第 121—122 页。

"雀无角"理解为"雀本无兽角"的基础上，为了使"谁谓雀无角"与"谁谓鼠无牙"在逻辑上相统一，故而产生了对"牙"的质疑。如段玉裁《说文解字注》："前当唇者称齿，后在辅车者称牙，牙较大于齿。……'谁谓雀无角''谁谓鼠无牙'，谓雀本无角、鼠本无牙。"[①] 陈奂《诗毛氏传疏》亦承此说。[②] 其实此说较为牵强，明代姚旅《露书》中即有反驳："或曰：鼠有齿无牙。曰：非也。'象以齿焚'，牙不称齿乎？门牙，齿也。齿不称牙乎？况宋人曾以鼠牙实证介甫乎？"[③] 笔者谓，"齿""牙"本有区别，但通称的情况十分常见，姚旅之说可从。鼠本有牙的说法当无疑义。

"谁谓女无家"之"家"，《毛传》《郑笺》《正义》均作"室家之道"理解，韩、鲁二家又作"室家之礼"解，朱熹云："家，谓以媒聘求为室家之礼也。"[④] 清代戴震认为"无家，言无许为室家之约"[⑤]。笔者认为以上意思均滞塞难通，近代学者曾运乾的解释更为合理，他在《毛诗说》中训释说：

> "家"谓家资也。《礼·檀弓》"君子不家于丧"，即不资于丧也。《书·吕刑》"毋或私家于狱之两辞"，即毋或私资于狱之两辞也。《庄子·列御寇》"单千金之家"，即单千金之资也。郑《笺》谓"似有室家之道于我"，义太迁曲。古制：狱讼必先纳货贿于官，见之《周礼》，可证。"室家不足"，谓室家之礼不足，即谓六礼不备也。《周官·媒氏》文。[⑥]

曾运乾将"家"释为"家财"，也得到了当代学者许廷桂的赞同。许氏又引《左传·庄公三十年》《左传·文公十四年》《韩非子·外储说左上》《韩非子·忠孝》《礼记·礼运》《史记·吕不韦列传》之例，进一步证明"家"在先秦典籍中有"家财""家资"之意。但许廷桂认为："（曾运乾）称'室家不足'谓室家之礼不足，即谓六礼不备也。则仍未脱封建经师窠臼"，"'足'应

① 段玉裁：《说文解字注》，中华书局 2013 年版，第 81 页。
② 参见陈奂：《诗毛氏传疏》，《儒藏》精华编第 33 册，北京大学出版社 2009 年版，第 77 页。
③ 姚旅：《露书》，福建人民出版社 2008 年版，第 22 页。
④ 朱熹：《诗集传》，中华书局 1958 年版，第 10 页。
⑤ 戴震：《毛诗补传》，《戴震全书》第 1 册，黄山书社 1995 年版，第 171 页。
⑥ 曾运乾：《毛诗说》，岳麓书社 1990 年版，第 25 页。

取'满足'义。'尽管你关我进监狱，室家之求也休想满足！'"①

笔者以为，将"家"释为"家财"可从。又多有历代注家将"室家不足"解为"室家之礼不足"，于训诂上讲，是犯了增字解经的大忌，并不可取，但许廷桂将"足"释为"满足"，亦不确切。这里的"足"当释为"达成"之意。《论语·公冶长》："子曰：'巧言、令色、足恭，左丘明耻之，丘亦耻之。'"疏云："一曰：足，成也。谓巧言令色以成其恭，取媚于人也。"②而根据《诗经》重章叠唱的内容特点来看，"室家不足"之意应与下文"亦不女从"之意相近，故而将"室家不足"翻译作"你的室家（之求）也休想达成！"更为合理。

再看"谁谓女无家"与"何以速我狱"之间的逻辑关系，上文言及曾运乾在文章中已经指出"狱讼必先纳货贿于官"。考之《周礼·司寇职》："以两剂禁民狱，入钧金，三日乃致于朝，然后听之。"③可知百姓狱讼确实需要提前缴纳三十斤金，有家财方能狱讼，如此两句之间的逻辑关系就很好理解了。

至此，《召南·行露》全诗的意思已经比较明白，笔者试着疏通诗意如下：

　　路上的露水湿漉漉，难道是我不想早夜行路吗？是怕道上的露水太多的缘故。

　　谁说雀没有喙？不然怎么穿透了我的屋？谁说你没有家财？不然怎么会召我到监狱？即使召我到了监狱，你的室家之求也休想达成！

　　谁说鼠没有牙？不然怎么穿透了我的墙？谁说你没有家财？不然怎么会诉讼我？即使你诉讼我，我也誓死都不从你！

从诗意看，笔者认为《毛传》所言为是，只是《郑笺》和《义疏》的批注确实"义太迂曲"。这是一首反映男子强娶而女子坚决不从的诗歌，全诗是以女子的口吻写出的，至于是否如《鲁诗故》中所言为申女所作，倒不必求之过甚。首章应如欧阳修所言，是该女子"自诉之辞也"④。第二、三章中，女子控

① 许廷桂：《〈诗·行露〉反映了婚姻中的以富欺贫》，《重庆师院学报》1991年第1期，第93页。
② 邢昺：《论语注疏》，北京大学出版社2000年版，第74页。
③ 贾公彦：《周礼注疏》，北京大学出版社2000年版，第1063页。
④ 欧阳修：《诗本义》，《诗经要籍集成》第4册，第169页。

诉男方对自己的侵凌，并申明己志，表示自己决不屈从之意。

其次，在训释字词和疏通诗意的基础上，可以对《行露》所采用的艺术手法及结构做一辨析。这一问题的关键在于如何理解诗中的反问句。钱锺书在《管锥编》解释这一问题时说：

> 盖明知事之不然，而反词质诘，以证其然，此正诗人妙用。夸饰以不可能为能，譬喻以不同类为类，理无二致。"谁谓雀无角？""谁谓鼠无牙？"正如《谷风》之"谁谓荼苦？"《河广》之"谁谓河广？"孟郊《送别崔纯亮》之"谁谓天地宽"。……诗之情味每与敷藻立喻之合乎事理成反比例。[①]

这里，钱先生的观点建立在《行露》诗中雀本无角、鼠本无牙的基础上，并与《谷风》《河广》中同结构的诗句做了联系对比，认为是用"明知事之不然，而反词质诘，以证其然"的艺术手法。笔者认为，以本文对诗意的疏通，"谁谓雀无角""谁谓鼠无牙"两句的手法应与后文的"谁谓女无家"相统一，是单纯的强烈的反问之词。比起与《谷风》《河广》的联系，这两句与下文的逻辑关系无疑更应该是一致的。《行露》一诗的主体是女子为维护自身权益而痛斥无良男子之词，反问句的排比使用增加了语言的气势，也增强了本诗的情感色彩，是本诗最重要的结构特色。明代的戴君恩评此诗："先鸣其守，为下张本，气象从容，不突不急，下文正意只'虽速我狱'二语便了，却先反振'谁谓雀无角'四句，遂觉精神耸动，笔力遒整，乃知文章家唯反则不板，唯反则不死。首章如游鱼衔钩而出渊，二三如翰鸟被云而下坠。"[②]认为此诗前后贯通，结构精巧，可谓知言。

另外，关于《召南·行露》，有一个问题不得不提，即历代学者对此诗的文本是否完整产生了诸多疑问。宋代以来，疑古之风盛行，《行露》一诗的形式并不非常齐整，因而也受到了很多质疑。如王质《诗总闻》云："首章或

① 钱锺书：《管锥编》（补订重排本），生活·读书·新知三联书店 2001 年版，第 149 页。
② 戴君恩：《读风臆评》，《诗经要籍集成》第 15 册，第 348 页。

上下中间，或两句三句必有所阙，不尔，亦必阙一句，盖文势未能入雀鼠之辞。"① 即认为此诗有缺文。王柏云："《行露》首章与二章意全不贯，句法体格亦异，每窃疑之。后见刘向传列女，谓召南申人之女，许嫁于酆，夫家礼不备，而欲娶之女子不可讼之于理，遂作二章，而无前一章也，乃知前章乱入无疑。"② 则认为此诗有乱入。如此等等的质疑一直延续到当代。笔者认为，因为今天所见《诗经》定本甚早，所以在无新材料发现的情况下，这样的推测姑存一说即可，既不必多费周章进行凭空猜测，更不可言之凿凿地下结论，谨慎的态度在这里显得尤为重要。

最后，由于《诗经》的成书年代距今甚远，其语言文字和文化背景与今天已经相差很大，因而熟悉当时的语言文字、文化背景就成了今人研究《诗经》的一个基础性前提。如果没有了这个基础，就容易犯错误。如清人钱澄之注《行露》中的"厌浥"云："厌，足也，浥，湿也。犹云湿透足也。"③ 将双声词分开训释，又把"厌"解释为"足"，显然犯了以今释古的错误。在诗旨的阐释上，固然"诗无达诂"已是学人的共识，但也不能脱离上古时期的历史环境、语言规律、文化背景，凭借臆测就随意下结论，最终也会闹出笑话。如清代牟庭仅据《左传》中穆子以废疾辞位而引"岂不夙夜，谓行多露"之句，就下结论说"此诗古义必为废疾者也"④，这就成了离题万里的说法。今日之研究，亦应警惕类似的错误。

（作者单位：新疆大学中国语言文学学院）

---

① 王质：《诗总闻》，《诗经要籍集成》第 5 册，第 346 页。
② 王柏：《诗疑》，《诗经要籍集成》第 10 册，第 116 页。
③ 钱澄之：《田间诗学》，黄山书社 2005 年版，第 41 页。
④ 牟庭：《诗切》，《诗经要籍集成》第 31 册，第 52 页。

阜阳汉简《诗经》S001 与《卷耳》新证

孙海龙

《卷耳》全诗四章，每章四句，为方便讨论，录全诗如下：

> 采采卷耳，不盈顷筐。嗟我怀人，置彼周行。
>
> 陟彼崔嵬，我马虺隤。我姑酌彼金罍，维以不永怀。
>
> 陟彼高冈，我马玄黄。我姑酌彼兕觥，维以不永伤。
>
> 陟彼砠矣，我马瘏矣，我仆痡矣，云何吁矣。

一、诗旨异说分析与相关疑问的提出

《卷耳》这首诗不长，但其中的问题并不少。无论训诂还是诗旨都有很多异说，下面简要地进行分析。汉代有两种说法。鲁说曰："思古君子官贤人，置之列位也。"[1]《毛序》："《卷耳》，后妃之志也，又当辅佐君子，求贤审官，知臣下之勤劳。内有进贤之志，而无险诐私谒之心，朝夕思念，至于忧勤也。"[2] 对比两者，其共同点都提到了"贤"，鲁、毛都把此诗定位在周代贵族阶层，与国家用人选才相关，而且也都抓住"嗟我怀人"一句，将主旨统一在"思贤"的框

---

[1] 王先谦：《诗三家义集疏》，中华书局1987年版，第23页。
[2] 郑玄笺，孔颖达疏：《毛诗注疏》，上海古籍出版社2013年版，第46页。

架之下，这也符合汉代诗经学观念。而鲁、毛的不同有两个方面，第一，同是"思贤"但二者的视角不同。鲁诗"官贤"指的是：臣下思古贤人能各得其行列，这在王先谦的《诗三家义集疏》里有详论。而毛诗"求贤"指的是：后妃体恤臣下勤劳而思贤至忧，二者的人称不同。其原因是对诗中"我"这个人称代词的理解不同，鲁诗认为这个"我"是臣下，而《毛序》以为是后妃。第二，鲁诗除了涉及第一章之外，二、三、四章均未涉及。而毛诗则提到了"臣下之勤劳"与"至于忧勤"这两点对应的是二、三、四章。但是二者都有不同程度的不足。鲁诗显然用的是引诗证事的方法，与诗本意相差太大。而《毛序》的不足之处在于从诗文本身看并没有提及"后妃"，再则虽涉及二、三、四章但也非常笼统不清楚。毛传虽然也提到"官贤"但只是引用了一句，基本侧重在字的训诂上，对其他的问题也没做清楚地说明。全面阐发诗的主要内容的则是郑玄的《毛诗笺》和孔颖达的《毛诗正义》。（1）人称问题。毛诗认为"我"指代"后妃"，这便与后三章的"我马""我仆"相矛盾，也无法解释"陟砠"等一系列描写。而《郑笺》把"我"分别解不同人，《孔疏》又加以调和融通："我者，后妃自我也。下笺云'我，我使臣'，'我，我君'。此不解者，以诗主美后妃，故不特言也。"[1]（2）解释了诗的具体内容。《郑笺》把"勤劳"之事解为"臣以兵役之事行出，离其列位，身勤劳于山险，而马又病，君子宜知其然"，又一步认为"臣出使，功成而反，君且当设飨燕之礼，与之饮酒以劳之，我则以是不复长忧思也"[2]。可见《郑笺》把"酌彼金罍""酌彼兕觥"理解为兵役功成后返回与之饮酒以劳之。这样的理解看似可以贯通全诗，但细读之便发现其中有一些疑点。首先，《郑笺》随意地把"我"这个人称代词解为不同的人，没有任何依据。而且这样解释使得全诗显得支离破碎。其次，兵役本就是臣下应尽之责，功成后更是应该庆贺之事，这与二、三章对马病及伤怀等意境的描写十分不符。再次，"马"在这里起什么作用也没说清楚，作为高级官吏出征或聘问，应不必特意描写仆病和马病以证明其劳苦。所以《郑笺》和《孔疏》对诗旨的理解仍不能令人信服。对诗旨提出不同看法的是朱熹，《诗集传》云："后妃以君子不在而思念之，故赋此诗。"[3] 可见朱子以为所思之人不再是"贤臣"而是"君

---

[1]　郑玄笺，孔颖达疏：《毛诗注疏》，第48页。
[2]　郑玄笺，孔颖达疏：《毛诗注疏》，第48页。
[3]　朱熹注：《诗集传》，中华书局2011年版，第5页。

子"。但这种理解还是没有脱离"思念"的主题，而且"后妃"之说也受到后世质疑，最有代表性的是清代的方玉润，他在《诗经原始》里说："故愚谓此诗当是妇人念夫行役而悯其劳苦之作"①，方氏主张以文学来解诗，故而驳斥了"后妃"之说。但这种说法最大的不合理之处就是，"金罍""兕觥"这样贵重的青铜礼器不可能是用于民间行役之人。现当代学者绝大多数不出"思贤"或"思夫"这一框架。只不过在此基础上运用现代的方法和出土文献等新材料加以融合补充。当然也有跳出这一框架的论述，于莆在《〈诗经·卷耳〉与上古陟神礼》中认为《卷耳》与上古陟神礼有关。②这个观点很有新意，但其中亦有很多疑点。作者引的传世文献证据似乎都很难理解为"陟神礼"，并且只凭《卷耳》中有一个"陟"字就联系到"陟神"又似乎过于牵强，亦没有贯通全诗。晁福林《诗经〈卷耳〉再认识——上博简〈诗论〉第29简的一个启示》一文，结合新出土的楚简《孔子诗论》阐明了对《卷耳》诗旨理解不同的原因是：求原创义与求整编义的不同而造成的，侧重社会思想层面。③除上面所论之外，还有孙作云等学者提出的错简说，认为第一章与后三章为两诗，古来错简成一诗，这说法也不能完全忽视。

　　通过梳理以往对此诗的解读，或存在矛盾，或流于片面，没有充分的解答全诗存在的许多疑问：诗中的"金罍"和"兕觥"到底有何功用？诗中描写的"马"又有何作用？而马疲病与人伤怀是何关系？诗中的"我"能否统一？如果这些疑问不作全面的回答，就不能明了全诗的主要内容。本文从比较客观的名物入手，试对上述疑问作解答，贯通全诗。

二、释"金罍""兕觥"

1."金罍"。"我姑酌彼金罍"《毛传》："人君黄金罍。"《孔疏》："此无文

---

①　方玉润撰：《诗经原始》，中华书局2009年版，第77页。

②　于莆：《〈诗经·卷耳〉与上古陟神礼》，《北方论丛》2002年第1期，第89页。

③　晁福林：《诗经〈卷耳〉再认识——上博简〈诗论〉第29简的一个启示》，《天命与彝伦：先秦社会思想研究》，北京师范大学出版社2012年版，第241页。

也，故《异义·罍制》：'《韩诗说》：金罍，大夫器也。天子以玉，诸侯、大夫皆以金，士以梓'；《毛诗说》：'金罍，酒器也，诸臣之所酢。人君以黄金饰尊，大一硕，金饰龟目，盖刻为云雷之象'。谨案《韩诗说》'天子以玉'经无明文。'谓之罍者，取象云雷博施，如人君下及诸臣。'又《司尊彝》云：'皆有罍，诸侯之所酢。'注云：'罍亦刻而画之，为山云之形。'言'刻画'，则用木矣。故《礼图》依制度云：'刻木为之'。《韩诗说》言：'士以梓'，士无饰言其木体则以上同用梓而加饰耳。《毛说》言'大一硕'，《礼图》亦云：'大一斛'，则大小之制，尊卑同也。虽尊卑饰异，皆得画云雷之形，以其名罍，取於云雷故也。《毛诗说》：'诸臣之所酢'与《周礼》文同，则'人君黄金罍'，谓天子也。《周南》王者之风，故皆以天子之事言焉。"① 通过这一段孔疏对金罍的考释可知，"罍"是一种酒器，罍上刻有云雷样式的花纹，但孔疏的重点并没有放在器物本身之上，而是在辩证金罍为何人所用。首先，"罍"的确是酒器。但酒器也分为饮酒器和盛酒器。《小雅·蓼莪》："矣瓶之罄，维罍之耻。"《毛传》："瓶小而罍大。"② 又《尔雅·释器》郭璞注："罍形似壶，大者受一斛。"③ 可知"罍"是大型的盛酒器。再则《毛传》说"金罍"是"黄金罍"，其实"金"在周代指的是青铜，"金罍"就是青铜罍。这一点更可以从出土文物的罍看出来。

而且由孔疏引这一段来看，各种文献所记"金罍"所用之人，或天子、或诸侯、或大夫，莫衷一是。根据实际出土的青铜罍也可知，单单凭借花纹和样式很难做出判断。但可以肯定的是，无论天子、诸侯，还是大夫，使用"金罍"这样的贵重青铜器所用之人应为周代的上层贵族。在《卷耳》这首诗里历代对其注释解读都只说其为"酒器"，但作为重要礼器的"罍"不仅仅是酒器，它更为重要的功能是"祭器"。《大雅·泂酌》："可以濯罍。"《毛传》："罍，祭器。"④ 又《周礼·春官·鬯人》："凡祭祀，社壝用大罍。"⑤ 又《仪礼·少牢馈

---

① 郑玄笺，孔颖达疏：《毛诗注疏》，第 50 页。
② 郑玄笺，孔颖达疏：《毛诗注疏》，第 1116 页。
③ 郝懿行撰：《尔雅义疏》，上海古籍出版社 1983 年版，第 674 页。
④ 郑玄笺，孔颖达疏：《毛诗注疏》，第 1625 页。
⑤ 孙诒让撰：《周礼正义》，中华书局 1987 年版，第 1498 页。

食礼》："司宫设罍水于洗东。"①由此充分可证"罍"不仅可以作为于饮宴时的酒器，它还是用于祭祀的祭器，并且不但可盛酒也可以盛水。

2."兕觥"。兕觥的问题很复杂。"我姑酌彼兕觥"，《毛传》："兕觥，角爵也。"《郑笺》："觥，罚爵也。飨燕所以有之者，礼自立司正之后，旅酬必有醉而失礼者，罚之亦所以为乐。"②由此，《毛传》以为"觥"是一种似爵的饮酒器。而《郑笺》在《毛传》的基础上又补充说明其功用是：在飨燕典礼上对失礼之人进行罚酒。《说文》："觵（觥），兕牛角，可以饮者也。"③这还是说明其为饮酒器。但是近现代学者根据实物或考古文物提出了不同意见。王国维《说觥》一文就认为盖是牛头形的才是觥，无盖的为匜。④而对于王国维的说法，容庚又根据出土文物加以驳正，并再提出觥为盛酒器。《商周彝器通考》："然余尚有疑问者，则'守宫作父辛觥'中藏一勺，则此类器乃盛酒之器而非饮酒之器，与'称彼兕觥'及罚酒之义不合。"⑤据实际出土的"守宫觥"来说，觥的里边有勺（或称小斗），而且体内有隔层，分两室，这就更可以说明其为盛酒器。朱凤瀚又在《中国青铜器综论》中对觥进行非常详细的考辨，结论也是"觥为盛酒器"⑥。因此从出土的觥来看，有如此大的口不太适于饮酒，作为盛酒器的可能性非常大。至于觥到底是盛酒器还是饮酒器，又有调合说。钱玄《三礼通论》："兕觥是饮酒器中容量最大的，有谓五升七升，所以有人以为兕觥是饮器兼盛酒之器。"⑦总之，现在看来兕觥可以作为盛酒器，也可能作为饮酒器。其次，再从功能角度来看。《孔疏》在疏解《郑笺》时非常详细的考辨了"觥"为"罚爵"的功用，《孔疏》所引的文献内容非常之多，明文指出其有"罚"这个功用的是《周礼》中的《地官·闾胥》"凡事，掌其比、觥、挞罚之事"⑧与《春官·小胥》"觥其不敬者"⑨。郑玄是礼学大宗，著有《三礼注》。因此这里

①　胡培翚：《仪礼正义》，江苏古籍出版社1993年版，第2258页。
②　郑玄笺，孔颖达疏：《毛诗注疏》，第50页。
③　段玉裁：《说文解字注》，浙江古籍出版社2006年版，第186页。
④　王国维：《说觥》，《观堂集林》（外二种），河北教育出版社2002年版，第70页。
⑤　容庚：《商周彝器通考》，台湾大通书局1973年版，第426页。
⑥　朱凤瀚：《中国青铜器综论》，上海古籍出版社2009年版，第194页。
⑦　钱玄：《三礼通论》，南京师范大学出版社1996年版，第146页。
⑧　孙诒让撰：《周礼正义》，第886页。
⑨　孙诒让撰：《周礼正义》，第1822页。

的《郑笺》谓"罚"义就是本《周礼》而来。因此,为了讨论这个问题,必须首先看《诗经》本身。《诗经》中"兕觥"一词出现过四次:

> 我姑酌彼兕觥,维以不永伤。(《周南·卷耳》)
> 献羔祭韭。九月肃霜,十月涤场。朋酒斯飨,曰杀羔羊,跻彼公堂。
> 称彼兕觥:万寿无疆!(《豳风·七月》)
> 兕觥其觩,旨酒思柔。(《小雅·桑扈》)
> 自羊徂牛,鼐鼎及鼒,兕觥其觩。不吴不敖,胡考之休。(《周颂·丝衣》)

其实"兕觥"一词在先秦文献中也只出现五次,而《左传》中出现的那一次,也是引诗而来,那说明先秦文献中"兕觥"只出现在《诗经》中,其他文献只是说"觥"而不说"兕觥",这又增加了一种可能性。那以《诗经》中出现的这四个"兕觥"来看,没有一个是当"罚酒"来解的。而且特别要注意的是《豳风·七月》和《周颂·丝衣》这两首诗。《丝衣》是一首周王祭祀诗,诗中出现了"鼐""鼎""鼒"和"兕觥"这一组青铜器,它们都应是上层贵族祭祀相关的礼器。"不吴不敖"这句诗的意思是不喧哗不傲慢,这描写的庄严肃穆的祭祀场面,与饮宴罚酒的热烈场面也大相径庭,而且从出土文物的角度来看,兕觥作盛酒器的可能性非常大,所以可以推想这里的"兕觥"的功用可能是盛香酒(郁鬯)以降神。而《七月》里"献羔祭韭"指的就是杀羊献祭仪式。而"曰杀羔羊,跻彼公堂,称彼兕觥"的"兕觥"则同样可理解为与杀羊祭祀相关的礼器。之所以要特别注重这两首诗,是因为《七月》和《周颂》一直是先秦研究者公认的史料价值最高、最为真实可信、证据力最强的材料之一。而反观《周礼》从汉代开始就一直备受质疑,当下研究者多数也认为其成书较晚。但是随着考古证据的不断出现,又逐渐承认《周礼》成书虽晚,但其中的"礼典"(礼书中的礼制)不一定很晚。因此,本文基于不轻率的否定任何一种文献和证据的前提下,列出了以下四种情况。

(1)"兕觥"本身就有多功能的用途。既可用于祭祀,又可作为飨宴礼的罚酒之器。(2)"觥"的功用,有一个发展流变的过程。开始可用于祭祀,后来慢慢演化为饮宴罚酒器。（3）由上文"兕觥"只出现在《诗经》里，且《周礼》中都作"觵"而不作"觥"。那是否可以推想"兕觥"与"觵"本来就是形制和功能不尽相同的两种礼器，只是人们在使用或后世学者定名时产生了混同。（4）某些祭礼的整个过程之后就带有典礼饮宴，也就是说，饮宴也是祭礼的副礼部分，故而需要作为酒器的兕觥，那兕觥同时有了祭祀相关的用途。

其实这四种情况也并不是绝对矛盾的，只是这四种情况都可以打通《诗经》与《周礼》记载的不合，而本文不再对这四种情况加以细考或是做过多的推测，无论哪种情况而言，本文只要以最有史料价值、最真实可信、证据力最强的《豳风·七月》和《周颂·丝衣》为依据，"兕觥"作为祭祀所用的礼器是可以肯定的。

综上所论，"金罍"和"兕觥"都是周代制作考究的青铜礼器，所用之人应该是周代上层贵族，不仅可以作为饮宴时的酒器，也可以作为祭祀所用的盛酒器或盛水器。

三、释"我马瘏矣"

以上考释了《卷耳》中的两种青铜礼器的基本功用，但是单单凭这两种青铜礼器，并不能贯通全诗，上述的诸多疑问也不能仅凭此而得到解决。但是以名物来推诗旨的方法是正确的，因为名物比较客观，反而事先设定一种诗旨再去随意解释名物则显得太过主观，甚至产生误解。《卷耳》这首诗中的名物，前辈学者也很重视"卷耳"，但是很难坐实且附会太多的经义。而对于后三章，往往只注意到这两件青铜器，而且随既成的诗旨只将其视为酒器。其实《卷耳》中还有一个非常重要的名物，就是诗中提到的"马"。毛、郑没有直接注释"马"，而是对"虺隤""玄黄""瘏"这三个词做了解释，都理解为马病、马疲之义。那以下就对诗中的"马"进行分析。

首先，诗中的"马"不可能是牧马和养马，因为这根本不是上层贵族的工作，牧马也需在牧场，与本诗的地点不合，且太过于臆测。同时也不可能是旅行所骑之马，从断代上说，《卷耳》有多种说法，但最迟的也在西周末，更可能的是西周中前期。而西周和春秋的贵族一般都是乘车,而不是骑马。孔颖达《礼记正义·曲礼上》:"然古人不骑马,故但经记正典无言骑者,今言'骑'者,当是周末时礼。"①《诗经》和《左传》中提到的"乘马"也都是"乘车"之义。其实从文化史上讲,西周时也不一定完全没有骑马,但是西周和春秋时的战争主力都是车兵,战斗也是以车战为主,真正的骑兵是要战国时期才出现。《周礼·地官·保氏》里讲到周代贵族所学"六艺"当中的"驭",指的也是驾车。并且从《卷耳》这首诗里也根本看不出来为何要骑马,更不可能疏通全诗。因此,"马"不能解为所骑之马。其实历代学者都认为这里的"马",指的就是"车",故而把"我仆痡矣"的"仆"解为车仆或是车夫。这样解从"马"这个单字上可以说通,但结合诗句来看,却有很多疑点。"陟彼崔嵬",《毛传》:"崔嵬,土山之戴石者。"② 马瑞辰《毛诗传笺通释》:"崔嵬之高而不平者为土山戴石者矣。"③ 又《小雅·谷风》:"维山崔嵬",《毛传》:"崔嵬,山巅也。"陈奂《诗毛氏传疏》:"崔嵬者,是山颠巉岩之状。"④ "陟彼高冈",《毛传》:"山脊曰岗。"⑤《尔雅·释山》"山脊,冈",郭璞注:"谓山长脊。"⑥ 由此可见诗里描写的地形是接近高山山巅的山脊,不仅陡峭而且多石不平坦。周代的车一般都是独辀马车,这种车的特点是驾车的马在两匹以上,乘车人一般是立乘,采用的是轭靷式系驾法。因此想要熟练地驾车难度很高,必须经过长期专门的训练方可。这也正是"驭"列入周代贵族"六艺"必修课的原因之一。贵族出行和战争所用之车一般都是"轻车",轻车的速度快适于战斗和旅行,但其稳定性不如后世的双辕马车。从出土的车看,为了增加其性能,车轨宽逐渐减小,车辕逐渐缩短,车辐逐渐增多。⑦ 一般的车的车舆(车箱)较浅,人又要立乘,为防车行驶时过于颠簸而无法正常驾驶,导致翻车,车底都要编革带,起的就是减震功能。而且还要添加配件以增加其稳定性。孙机《始皇陵 2 号铜车对车

---

① 郑玄注,孔颖达疏:《礼记正义》,上海古籍出版社 2008 年版,第 106 页。
② 郑玄笺,孔颖达疏:《毛诗注疏》,第 48 页。
③ 马瑞辰:《毛诗传笺通释》,中华书局 1989 年版,第 43 页。
④ 陈奂:《诗毛氏传疏》,山东友谊出版社 1992 年版,第 1055 页。
⑤ 郑玄笺,孔颖达疏:《毛诗注疏》,第 50 页。
⑥ 郝懿行撰:《尔雅义疏》,第 878 页。
⑦ 杨泓:《中国古兵器论丛》(增订本),文物出版社 1985 年版,第 81 页。

制研究的新启示》一文引《秦风·小戎》"文茵畅毂",《毛传》:"畅毂,长毂也。"后说:"畅毂延长了轮对轴的支撑面,行车时可更加平稳而避免倾覆。"[1]而且先秦文献记载中,大规模的车战也都是主要发生在平原上。因此,驾这种独辀马车攀这种既陡峭又多石不平的高山山脊,不仅不常见而且极容易翻车。《周礼·考工记》:"轮已庳,则于马终古登阤也。"[2]意思就是:车轮做得过低,对于马就像常常爬坡一样难。可见当时车马爬坡是很困难的事。现在普遍认为《考工记》作于战国时,车制也反映的是战国时的车制,后来才补入《周礼》。这说明战国时的车爬普通的坡尚且较难,何况是西周时期的车,而且还要爬如此险峻的高山山脊,这与常理不合。退一步讲,即便是能爬,但从上下文的关系看,也存在不合理之处。如果是战争胜利或是聘问归来,那应该走官道,起码也应该是平坦大路,去刻意地驾车攀高山很难说通。再则如果是兵役,那马病或马疲也是再正常不过的事,也不能表现其"勤劳",以此来解释"不永伤""不永怀""何吁"也很牵强。所以,诗中的"马"解为以上几种都有些问题。今本似乎无法解释这些疑点,而出土文献却提供了新思路。

1977年安徽阜阳双古堆出土的汉简《诗经》是现存最早的《诗经》古本,虽然残缺得很厉害,但仍然有非常重要的学术价值。其第一简S001为:"□诶,我马屠诶,我。"这句话,正是《卷耳》第四章的前两句,今本作:"陟彼砠矣,我马瘏矣。"《阜诗》的整理者胡平生《阜阳汉简〈诗经〉异文初探》:"屠,毛'瘏',《毛诗释文》云:'瘏,本又作屠,非。'是古本《毛诗》亦有作'屠'者。《尔雅释文》:'瘏,音徒,《诗》作屠。'陈乔枞谓《鲁诗》'瘏'作'屠',古文通假。"[3]虽然《毛诗释文》和《尔雅释文》已经提到"瘏"作"屠",但并不清楚其年代。而《阜诗》的下限是公元前165年,写成时间可能更早。这就为古本作"屠"提供一定的依据。"屠""瘏"二字通假,研究者皆无异议。但仅仅凭两个字的音近同,就以为其通假,而不去分别考察两字所在诗句之义及其对诗旨的影响,明显有盲目通假的嫌疑。而反观"瘏"字在这句诗中亦有疑点。《说文》:"瘏,病也。"(《毛传》《尔雅》同)但是"瘏"训

① 孙机:《中国古舆服论丛》(增订本),文物出版社2001年版,第8页。
② 孙诒让撰:《周礼正义》,第3135页。
③ 胡平生、韩自强:《阜阳汉简诗经研究》,上海古籍出版社1988年版,第37页。

为"病"，这个"病"在先秦两汉的文献中皆是形容"人病"而非"马病"。比如《诗经·鸱鸮》"予口卒瘏"，《楚辞·九叹》"躬劬劳而瘏悴"，这都是用来形容人的疲病。其次，从诗句的对应关系来看，二、三章对应齐整，可以对应释训。但四章中每句四字且都是前三字加虚词"矣"，二、三章与四章的字数和句式都不同，不能形成对应关系，也根本不能认为四章的"马□"是马病之义。因此作"瘏"可能有些疑点，那本文试以"屠"字贯通全诗，如下：

"我马屠"即是"我屠马"，是为应韵而倒文，这种情况在《诗经》中非常常见。比如，《小雅·节南山》"民具尔瞻"，"尔瞻"是"瞻尔"的倒文；《小雅·巷伯》"既其女迁"，"女迁"是"迁女"的倒文。《说文》："屠，刳也。"又"刳，判也。"在这里"屠马"的意思就是"杀马"，《周礼·夏官·校人》："凡将事于四海山川，则饰黄驹。"郑注："四海，犹四方也。王巡守，过大山川，则有杀驹以祈沈礼与？《玉人职》有宗祝以黄金勺前马之礼。"[1] 贾疏："谓王行所过山川，设祭礼之然后去，则杀黄驹以祭之，山川地神，土色黄，故用黄驹也。"[2] 由此可见，祭祀山川正当以马为牺牲。《地官·牧人》："掌牧六牲而阜蕃其物，以共祭祀之牲牷。"孙诒让："江永云：'马牲唯有事于四海山川及丧祭遣奠用之。将祭祀则各官供之，小宗伯毛而辨之，颁之司徒、宗伯、司马、司寇、司空，使共奉之。'"[3] 可见马牲非常珍贵，只有祭山川和天子丧礼时才能用。马牲不只是"黄驹"，周人尚赤，多用红马。《礼记·檀弓上》："周人尚赤，大事敛用日出，戎事乘骝，牲用骍。"郑注："骍，赤类。"[4] 骍就是红色的马。因此，"我马屠矣"就是杀马以祭祀山川的意思。这也可以解释诗中为何要描写山的险和马的病，因为这里的"山"不是普通的小山，而是要祭祀的名山，只不过所登之处不一定是主峰，是便利于设坛进行望祭礼之地；"马"不是普通的马，而是用来祭祀的珍贵马牲，因而"马病"才能引起下文"伤""怀""吁"。杀马的方式就是上面提到的"祈沈"，孙诒让考证为"貍沈"，也就是把马埋于山或沉于水以祭祀山川。而祭祀山川亦要用"祼礼"，

---

① 孙诒让撰：《周礼正义》，第 2620 页。
② 孙诒让撰：《周礼正义》，第 2620 页。
③ 孙诒让撰：《周礼正义》，第 915 页。
④ 孙诒让撰：《礼记正义》，第 239 页。

《冬官·玉人》："天子以巡守，宗祝以前马。"郑注："天子巡守，有事山川，则用灌焉。……其祈沈以马，宗祝亦执勺以先之。"①"灌"即是"裸"就是舀酒灌地以祭，"宗祝"孙诒让考证为"大祝"。而"执勺以先之"就是在大祝在杀马之前用勺舀酒行裸礼。因此，要进行裸礼就必须有相关的礼器，而上文提到"金罍"和"兕觥"正是可用于祭祀的盛酒器。舀酒行裸礼很可能就是直接用到金罍，而兕觥则可能如上文所论盛香酒以降山神。但并不是说行裸礼一定要用这两种礼器，两者可能在祭祀中各有别的功用。按上文"设罍水"的作用是供祭祀人员盥手，可视为裸礼之前的一系列准备。而在裸礼当中或之后，可有饮酒仪式，而用到兕觥，也可能望祭礼中直接用金罍进行裸礼。因为文献中没有直接涉及，而且礼典的变化很复杂，很难说清。总之无论哪种情况，都可依《玉人职》将两种礼器理解为与裸礼相连，从而突出裸礼仪式。那再看"我姑酌彼金罍"中的"酌"字，就不能训为饮，而应训为舀。《春官·司尊彝》郑注："裸，谓以圭瓒酌郁鬯。"②这里的"酌"就是舀取之义。而"我仆痡矣"的"仆"，就不是车夫，可能是《周礼·夏官》中提到的"大仆"，"大仆……祭祀、宾客、丧纪，正王之服位，诏法仪，赞王牲事"，郑注："牲事，杀、割、匕载之属。"③也就是在祭祀中协助王做杀牲等工作。这里的"杀牲"历代注疏中并没有提到望祭礼。但依常理来推断，埋马和沉马都不是一个人能做得了，也必须有诸如祭仆这样的人协助才能完成。全诗中的"我"这个人称代词，就可以得到统一，指的就是诸如大祝一类的主祭官员。最后，再看第一章"怀人"，指的就是"心怀君子"之义，因为大祝一类的主祭者是为君子而祭。但是这个君子，不一定非得是天子，因为诸侯卿大夫也可以祭祀自己封邑内的名山大川。而像"卷耳""周行"这样素来难解的词，无论如何作解也无碍诗旨。另外，上文提到的错简如果真的存在，也不与本文的结论相矛盾，因为本文以后三章来立论，第一章不影响全诗的核心内容。以上对诗中字词和名物和相关问题做了训释，再对诗的主要内容加以贯通：一章为望祭名山途中采卷耳、置周行，并心怀君子；二、三、四章为祭祀过程，大意为登上所祀名山，

---

① 孙诒让撰：《周礼正义》，第3338页。
② 孙诒让撰：《周礼正义》，第1514页。
③ 孙诒让撰：《周礼正义》，第2502页。

进行裸礼和祈沉礼等祭仪式，祭马已疲病，而助祭之仆又生病，主祭人亦有伤怀之感。

总结，本文结合阜阳汉简《诗经》S001，对《卷耳》的主要内容加以重释，认为《卷耳》这首的主要内容就是：以大祝之类的主祭者的口吻，来描写周代天子或诸侯卿大夫进行望祭礼的经过。简言之，《卷耳》是一首周代上层贵族祭祀山川的诗。

（作者单位：首都师范大学文学院）

《楚辞》研究

宋玉赋"章华台"所指综合田野调查与研究

刘刚　吴龙宪　蒋梦婷

关于古楚章华台故址，从古至今众说纷纭，北宋沈括曾记述了这种纷乱的情况，其《梦溪笔谈》卷四《辩证》说："天下地名错乱乖谬，率难考信。如楚章华台，亳州城父县、陈州商水县、荆州江陵、长林、监利县皆有之，乾溪亦有数处。""杜预注，章华台在华容城中。华容即今之监利县，非岳州之华容也，至今有章华故台在县郭中，与杜预之说相符。"[①] 以此可知，古之章华台故址有亳州城父（今属安徽），陈州商水（今属河南），荆州江陵、长林、监利（今属湖北），岳州华容（今属湖南）等六种说法。查检沈括后之地志文献，江陵章华台有两说，一在沙市，一在东境；监利亦有两说，一在县治正北，一在县治东北。如此古楚章华台故址则有八种说法。20 世纪 80 年代在湖北潜江市龙湾镇又发现了古楚宫殿建筑基址群，大多数专家认为是古楚章华台遗址，而潜江龙湾遗址实际上就是江陵东境说与监利正北说的共同所指，这就是说，古楚章华台故址归纳起来有七种说法。然而哪一种说法才是可信的呢？我们想通过田野调查、文献研究并充分利用现代考古发现的研究途径来提出自己的意见，并进一步去解决宋玉赋"章华"之所指的问题。兹将我们的田野调查与文献研究总结报告如下。

---

① 沈括原著，胡道静等译注：《梦溪笔谈全译》，贵州人民出版社 1998 年版，第 123 页。

一、湖北潜江市龙湾镇章华台

（一）调查印象

龙湾遗址位于潜江市西南部，南与监利县接壤，西与江陵县毗邻，处在潜江、监利、江陵三市县的交界地带。东北距潜江市区约 30 千米，西北距古楚都纪南城约 56 千米，南距监利县城约 50 千米。龙湾遗址包括其东区今龙湾镇瞄新村、郑家湖村范围内的放鹰台古楚宫殿建筑基址群和其西区今张金镇华家湖村、巩新村、东湖村、西湖村范围内的黄罗岗古楚都城遗址。

我们所考察的是东区放鹰台遗址，该遗址经专家论证就是文献中记载的古楚章华台遗址，著名历史地理学家谭其骧先生为遗址题词说，"古章华台遗址在潜江龙湾"，著名考古学家邹衡先生亦为遗址题词说，"此处遗址应该就是楚灵王时兴建的章华台"，他们的结论得到了国家考古权威机构的认可和学术界绝大多数学者的认同，2001 年龙湾遗址被国务院审批公布为"第五批全国重点文物保护单位"。（图一）据潜江市文物事业管理局编印的《全国重点文物保护单位 —— 龙湾遗址》介绍，龙湾放鹰台遗址是春秋战国时期一处非常重要的楚国宫殿建筑遗址群，分为放鹰台、瓦屋场、打鼓台、娘娘坟、郑家台五个遗址区，已勘探出大型夯土台基 22 处，同时还发现了古河道、古楚湖、古井、古墓葬群等遗迹（图二），出土了瓦当、吊线楔形砖、铜门环、铜矛、陶豆、陶盂、陶壶、陶鬲、漆豆、漆木梳等大量的古楚文物。[①] 据此，专家初步判断，该宫殿的建筑时间，可能在春秋中晚期，使用至废弃时代，可能延至战国中期。[②]

在考察期间，我们着重参观了龙湾放鹰台遗址群 1 号基址。今 1 号基址已经修建成了保护性与展示性并重的正方形台基式展馆建筑，高约 9 米，边长近百米，周边是按照遗址的外部轮廓垒筑的梯形护坡土堤（图三、图四），建筑顶部露天部分是按 1:1 比例对 1 号基址发掘遗迹的模拟复原展示区，沿着周边

---

① 潜江市文物事业管理局编：《全国重点文物保护单位 —— 龙湾遗址》，2011 年 11 月 26 日内部发行。

② 荆州地区博物馆、潜江县博物馆：《湖北潜江龙湾发现楚国大型宫殿基址》，《江汉考古》1987年第 3 期。

的参观步道，展示区于东、南、西、北四方设置了五处观看平台，站在平台之上可以身临其境地观看 1 号基址挖掘遗迹，一层台的排水管道、廊柱洞，二层台环绕三层台的贝壳路，三层台的宫殿建筑遗迹等历历在目，特别是登上展示区北面高约 5 米的木架结构观看高台，俯瞰 1 号台遗址全貌，更让人感到这一遗址的壮观与神奇，不禁令人联想起当年楚国宫台建筑高耸入云、华美气派、巧夺天工的景象，如今的潜江人称此台为"天下第一台"，真可谓名副其实。（图五）建筑内部是环绕基址的回廊式展厅，真实地保存了发掘遗迹。我们参观的是基址南面与东面的展厅，南面为宫殿基址南墙与柱子洞遗迹（图六），东面为宫殿基址东侧门遗迹和贝壳甬路遗迹（图七）。我们一边参观，一边赞叹，有如走进了历史，徜徉在当年楚王的高台宴饮、举目观猎、临雄风而饮马黄河、问鼎中原的畅想之中。

　　虽然我们看到的仅仅是现已探明的龙湾 22 座宫殿基址之一，但是在 1 号基址上骋目四望，近处有现已恢复的古河道与放鹰台其他台基，远处是面积达 18 平方千米的遗址保护区，田野青青，池水缀绿，台基凸起于广袤的平原之上，如天上星辰，极其醒目。这里远古的冈阜河湖地貌，如今已是一马平川，在这片古老而平凡的土地上，为现代社会留存了两千多年前古代楚国曾经的历史，曾经的创造与曾经的辉煌。按照潜江市的规划，这里将要建成考古遗址公园，其中仅 22 处夯土基址面积就达 0.54 平方千米，并将建有遗址陈列馆，待到考古遗址公园建成的时候，此处宫殿建筑基址群就会更方便于访古者参观胜览，亦会更为清晰地将其承载的古楚宫台建筑文化展现在世人面前。

（二）资料分析

　　古代的潜江于宋代才设立为县，设县较晚，面积也较小。就龙湾遗址所在的龙湾镇、张金镇而言，清代隶属于古江陵县，在未设县前或元明时期当一度隶属于古监利县，因此在古潜江县志中没有关于章华台的记载，而章华台的记载除古地理文献外则见于古人编纂的江陵县志与监利县志中。

　　1. 古地理文献的有关记载

　　魏郦道元《水经注》卷二十八《沔水》：

　　杨水又东入华容县，有灵溪水西通赤湖水口，已下多湖，周五十里，城下陂池皆来会同。又有子胥渎，盖入郢所开也。水东入离湖，湖在县东七十五里，《国语》所谓楚灵王阙为石郭，陂汉以像帝舜者也。湖侧有章华台，台高十丈，基广十五丈。左丘明曰，楚筑台于章华之上，韦昭以为章华亦地名也。①

唐余知古《渚宫旧事》卷二《周代中》：

　　"灵王与伍举登章华台"注，台在江陵东百余里，台形三角，高十丈馀，亦名三休台是也。②

《大清一统志》卷二百六十八《荆州府》：

　　（章华台）在监利县西北。《左传·昭公七年》楚子成章华之台，杜预注，台今在华容城内。《水经注》离湖侧有章华台，台高十丈，基广十五丈。左丘明曰，楚筑台于章华之上，韦昭以为章华亦地名也。《括地志》章华台在荆州安兴县东八十里。范致明《岳阳风土记》华容世传有章台，非也。古章台在今监利县离湖上。③

2. 江陵志书的有关记载
清孔自来《江陵志馀·总志》④：

　　章华台：郦道元云，在离湖侧，高十丈，广十五丈。左丘明曰，楚筑台於章华之上，韦昭以为章华亦地名也。《新书》云，楚夸翟使以章华之

---

① 郦道元著，陈桥驿校证：《水经注校证》，中华书局 2007 年版，第 670 页。
② 余知古：《渚宫旧事》，《文渊阁四库全书》第 407 册，台湾商务印书馆 1986 年版，第 566 页。
③ 和珅等：《大清一统志》，《文渊阁四库全书》第 480 册，第 229 页。
④ 孔自来：《江陵志馀》，《中国地方志集成》（湖北府县志辑 30），江苏古籍出版社 2013 年版，第 400、434 页。

台。台甚高，三休乃至。今监利有台曰三休，亦云灵王所筑。袁小修云，章华台在今三湖之间，所云蒿台寺诸处或其遗址。近沙市者为豫章台。阳云台：《荆州记》曰，江陵有章华台、阳云台，皆楚王所建。今惟传章华而兹台无考矣。

又《志陵陆》：

放鹰台，在龙湾市，土人云楚王呼鹰之地也。

又《志宫室》：

章华宫：《左传》云，楚灵王为章华之宫，纳亡人以实之。当在章华台上。任昉曰，灵王宫人数千，多愁旷，有囚死于宫中者，墓上生草氤氲红翠，曰宫人草。细腰之魂虽死犹迷也。

清倪文蔚等《光绪续修江陵县志》卷二十三《古迹》：

章华台：左丘明曰，楚筑台於章华之上。韦昭以为章华亦地名也。《新书》，楚夸翟使以章华之台。台甚高，三休乃至。今监利有台曰三休，亦云灵王所筑。明《统志》在府境有二，一府城外，一监利东北。袁小修云，章华台在今三湖之间，所云蒿台诸处或其遗址。近沙市者为豫章台。放鹰台：在龙湾市，世传楚王呼鹰之地。[1]

3.监利志书的有关记载
清林瑞枝、陈树菱等《同治监利县志》卷一《古迹》[2]：

---

① 倪文蔚等：《光绪续修江陵县志》，《中国地方志集成》（湖北府县志辑31），第90页。
② 林瑞枝、陈树菱等：《同治监利县志》，《中国地方志集成》（湖北府县志辑44），第53、54、55页。

章华宫，《左传·昭七年》"为章华之宫，纳亡人以实之"注，章华，南郡华容县。章华台，《左传·昭七年》"楚子成章华之台，愿与诸侯落之"注，台在今华容城内。《史记·楚世家》，灵王七年就章华台。贾子《新书》，翟王使之楚，楚王夸之，飨于章华之台，三休乃至。（按《名胜志》，章华台又名三休台）《水经注》扬水又东，入华容县。离湖，在县东七十五里。《国语》所谓楚灵王为石郭，陂汉以象帝舜者也。湖侧有章华台，高十丈，基广十五丈。左丘明曰，楚筑台於章华之上。韦昭以为章华亦地名也。王与伍举登之，举曰：台高不过望国之氛祲，大不过容宴之俎豆。盖讥其奢，而谏其失也。（沈括《笔谈》，天下地名错乱乖谬，率难考信，如楚章华台，亳州城父县、陈州商水县、荆州江陵、长林、监利皆有之，据《左传》，楚灵王七年，成章华之台，与诸侯落之。杜预注，章华台在华容城中。华容即今之监利，非岳州之华容也。至今有章华故台在县郭中，与杜预之说相符。）

又卷一《古迹·附八景旧说》：

李、郭二公《县志绘图》，章台在古容城之西，乾溪之北。则章台当在中汜，然其地无确据矣。……离湖，《水经注》云，在县东七十五里。旧《志》云，在县北百里。又云在县西六十里。旧《志》绘离湖图，在章台之西，申家垱之北。又按《志》称，杨家河会江陵三湖之水入离湖，历黄歇口注乾溪，则离湖当在黄歇口以上中汜之北，但淤塞既久，故不得其处耳。鹤泽，云羊祜镇荆州于泽中蓄鹤，故名。旧《志》云，在县西，或以为即白鹭湖，亦无确据。

王百川《民国沙市志略·山水第二》：

程炌《寻章华台七古》（并序）："《左传·昭公七年》，楚子成章华之台。杜预注，台今在华容城内。按《汉书·地理志》，南郡华容注，应劭曰，春秋迁许於容城是也。故城在县西北。汉置华容县，三国属吴，曰监利，南齐侯城废，谓台在今县志南郭内，非也。《水经注》夏水出江，流于江陵东南，历章华台，台高十丈，广十五丈。《岳阳风土记》古章华台在今监利县离湖，台之故址班班可考。《明一统志》章华有二，一在江陵沙市，一在监利。按《江陵志馀》沙市为豫章岗，非章华台。每春时，极游冶之盛，寓公名流题咏甚多，殆与石首今华容之俱有章华台，同一附会矣。余庚午秋就馆监利署中，暇则历览山川，希拓见闻，漫作是诗，资考证、镜佚乐也。"①

　　分析上述文献资料，其标注章华台的地理位置方法有四：一、承袭古说，以台址所在地古地名加方位标注。如《左传》杜预注"台今在华容城内"；李、郭二公《县志绘图》，章台在古容城之西，乾溪之北。二、引用古说，以遗址近处的古地名加方位为地理坐标。如《水经注》"（离）湖侧有章华台"；《岳阳风土记》古章台在今监利县离湖上。三、以志书撰写时代的州县治所为地理坐标并加注方位里程。如《括地志》章华台在荆州安兴县东八十里；《渚宫旧事》卷二《周代中》"灵王与伍举登章华台"注，台在江陵东百余里；旧《志》（指《监利县志》）云在县北百里。四、以志书撰写时代的遗址近处的地名为地理坐标加方位及里程。如袁小修云章华台在今三湖之间。由于古楚章华台及其所在地华容与可资参照的离湖已被历史淹没，难以确指其处，所以要寻求章华台的地理位置，只能根据古人留下的方位里程数据和从古沿用至今的古地名遗存或已确知古地的今址来作推测。首先，可以用古江陵治所为横向坐标点，《括地志》说"章华台在荆州安兴县东八十里"，唐代所设安兴县在江陵县治东三十里，二者相加等于一百一十里；《渚宫旧事》说"台在江陵东百余里"，与《括地志》的描述基本吻合。其次，可以用明清之际监利县治所为纵向坐标点，监利县旧《志》云，（离湖）在县北百里。于是在江陵坐标点横向向东百余里的延长线处，恰与监利坐标点纵向向北百里的延长线相交，而这个相交点正处在今潜江龙湾遗址的范围之中。再次，还可以将沿用至今的古地名作为参照，如"袁小修（即明袁中道）云，章华台在今三湖之间"，"三湖"的名称如今

---

　　① 王百川：《民国沙市志略》，《中国地方志集成》（湖北府县志辑38），第6页。

还在，今江陵县有三湖农场与三湖渔场的称谓，其地在古江陵县治东，今江陵县东北与潜江市西南交界处，距离龙湾遗址非常近。又如《水经注》曾用离湖作为标注章华台的坐标，而离湖在明清之际早已淤塞而垦为农田，难以确指。《同治监利县志》卷一说，"按《志》称，杨家河会江陵三湖之水入离湖，历黄歇口注乾溪，则离湖当在黄歇口以上中汛之北"，"黄歇口"地名如今还在，称黄歇口镇，其在今监利县城北，与潜江西南部临接，那么其北的古离湖就距龙湾遗址非常接近了，正符合《岳阳风土记》"古章台在今监利县离湖上"的说法。而《水经注》说，"（离）湖在县（古华容）东七十五里"，如以今龙湾遗址为汉之华容县治所来说，则相距太远了，并与《水经注》"（离）湖侧有章华台"的说法自相矛盾，疑"七十五里"的距离表述有误，或"七"为衍字，其说为"（离）湖在县东十五里"近是。

总之，文献资料标注的古楚章华台，无论是以方向距离为说，还是以附近地名参证，都将坐标指向了今潜江龙湾遗址，这说明龙湾遗址就是古楚章华台的所在地，谭其骧、邹衡等专家的判断是非常正确的，是理据充分的，至于有一些学者对于"古章华台遗址在潜江龙湾"的质疑，则无法撼动这一结论。然而有一个问题必须加以强调，这就是我们目前还不能说龙湾放鹰台1号基址就是古楚章华台，也不能武断地说22座基址中哪一座是章华台，或许整个的基址群统称为章华台也有可能，要解决这个问题尚需得到进一步考古发掘的印证。

二、湖北荆州市沙市区章华台

（一）调查印象

湖北荆州市沙市区章华台，位于荆州市东南沙市区东，江津中路南，太师渊路北，红门路东，烈士陵园西。这里在古代是豫章岗的故址，如今已被现代城市建筑所覆盖，全然看不出往日的冈阜地貌。据地志资料记载，所谓的古楚章华台遗址就是今章华寺的基址。

章华寺始建于元代，是湖北省三大佛教禅林之一。（图八）以今天的建筑规模来说，章华寺坐东朝西，面积达两万平方米左右，其中轴线上的主要建筑依次为山门、钟楼、鼓楼、天王殿、大雄宝殿、玉佛殿；其南厢主要建筑依次为铁塔、罗汉堂、观音殿、甘露宝塔；其北厢主要建筑依次为客堂、居士楼、大悲殿。这些建筑均为本世纪初采用现代建筑材料重修或新建，尽管力尽仿古，但已不是真正意义上的古建筑。幸而寺中还有章华古梅（碑刻曰章华台楚梅）（图九）、银杏古树（碑刻曰唐杏）（图十）、沉香古井（碑刻曰章华台沉香井）（图十一）等古迹，证明着此地以及古寺的历史沧桑，特别是沉香井，相传其所在地就是楚王之离宫故址。寺院范围以目测估计，接近方形，东西约150 米，南北约 130 米。古寺的基址从西侧观察，高于山门前路面约 2 米以上，从东侧玉佛殿后寺院后墙处观察，高于烈士陵园地面 2 米左右，似乎原本呈西略高而东略低的走势，然而今寺院基址已被填土垫平，在寺院中徜徉已看不出台地的原有样貌，但是有了古代地志文献的提示，我们还是依稀可以感觉得到这里原本是一处台地。由于我们目前尚未见到章华寺基址的考古资料，此处台地是人工夯筑还是自然冈阜则不得而知，因此也就难以借考古发现确定此台地是否是古楚遗迹。

考章华寺所在台地，北魏时已见于记载，《水经注》卷三十四《江水》说："又东得豫章口（其遗址即今章华寺东太师渊公园中的太师渊），夏水所通也。西北有豫章岗，盖因岗而得名矣。或言因楚王豫章台名，所未详也。"然郦道元称其为"豫章台"，是当为此台之古称。此台被称之为章华台，或简称为章台，大概始于唐代，王建《送侄拟赴江陵少尹》云："沙头欲买红螺盏，渡口多呈白角盘。应向章华台下醉，冥冲云雨夜深寒。"沙头为古代沙市的别称，诗中"章华台"无疑是指今之章华寺基址之处。元稹《答姨兄胡灵之见寄五十韵》有曰："巫峡连天水，章台塞路荆。"其自注"章华台去府（指荆州府治）十里"，此诗章台亦指今之章华寺基址之处，不过将章华台简称为章台。唐代诗人为何执意称豫章台为章华台呢？想来不难理解：1.章华台在历史上的知名度，要大大超过豫章台；2.章华台承载的历史典故很多，而豫章台似乎没有留下诗人感兴趣的历史故事；3.豫章台与章华台仅一字之差，而诗人需要的是借景抒情，而不是考证史实。于是因为唐代诗人的浪漫，豫章台有了章华台的别称；也因为唐代诗人的随意，带来了历史的误会。据此，今章华寺基址所指代的古台地，当称之为豫章台，而非章华台。此外，我们还要强调，因为豫章台早在北魏时期就已见于文献记载，而且历代相传，所以章华寺基址为古楚遗迹还是可以采信的。

（二）资料分析

宋乐史《太平寰宇记》卷一百四十六《山南东道·荆州·江陵县》：

> 章华台在县东三十三里，楚灵王所筑，台形三角。[①]

明李贤等《明一统志》卷六十二《荆州府》：

> 章华台在府境有二，一在府城外沙市，一在监利县东北，皆传以为楚灵王所筑。其在监利者又名三休台。[②]

清孔自来《江陵志馀·志陵陆》：

> 豫章台，楚故城址也。豫章岗在其西北，俗呼看花台。陈子昂诗"遥遥去巫峡，望望下章台"，元稹诗"草没章台北，隄横楚泽湄"，谓此台也。台前大道直接古隄，有老柳数十株，含烟弄月，牧宰群英多所游薄。[③]

又《志精蓝》：

> 章台寺，台最古而寺最近，元泰定时乃建也。[④]

清倪文蔚等《光绪续修江陵县志》卷二十三《古迹》：

---

① 乐史：《太平寰宇记》，《文渊阁四库全书》第 470 册，第 388 页。
② 李贤等：《明一统志》，《文渊阁四库全书》第 473 册，第 312 页。
③ 孔自来：《江陵志馀》，《中国地方志集成》（湖北府县志辑 30），第 406 页。
④ 孔自来：《江陵志馀》，《中国地方志集成》（湖北府县志辑 30），第 431 页。

豫章台,《志馀》楚故城址也。豫章岗在其西北,俗呼看花台。陈子昂诗"遥遥去巫峡,望望下章台";元正(稹)诗"草没章台北,隄横楚泽湄",谓此台也。台前大道直接古隄,有老梅数十株,含香弄月,牧宰群英多所游薄。①

又卷三《山川》:

豫章岗:在沙津北,豫章口、豫章台皆因以名。游人登览凭吊以为古章华也。豫章口:今曰豫章渊。②

又卷五十三《艺文六·赋》:

《章台赋》(并序)清胡在恪:"郡东南十余里之沙市,逦迤而连蜷者为章台,故楚灵王章华宫也。日往月来以化为寺。堤萦于台之左,面大江而曲,万家林荟蓊蔼,称胜概焉。老梅一株,自先君子幼闻之于父老云,不知何时所植,兵燹樵苏,灭裂焚燹,菀枯屡见,更成佳话。岁次庚戌,月旅姑洗,时和昼长,众香发越。羌案衍以儴伴,乍歇欤而面邈。览迁四序,感纷万物。因思昔人兰台、高唐、神女、登楼诸赋,程才渺虑,每各备善。章台自边让外,罕见艺林,聊复援笔,谬为一赋。面旁比类,率本方闻,未尽雅训。鸟归鱼乐,所托者然,而岨峿踔躅,盖不自知之患也。其辞曰:……"③

又卷五十五《艺文八·杂体》:

《章华台辨》清胡在恪:"左丘明曰,楚筑台於章华之上。韦昭以为章华亦地名也。《新书》云,台甚高,三休乃至。郦道元云,在离湖侧,高十

---

①　倪文蔚等:《光绪续修江陵县志》,《中国地方志集成》(湖北府县志辑31),第90、91页。
②　倪文蔚等:《光绪续修江陵县志》,《中国地方志集成》(湖北府县志辑30),第541页。
③　倪文蔚等:《光绪续修江陵县志》,《中国地方志集成》(湖北府县志辑31),第473—474页。

丈，广十五丈。今监利有台曰三休，传为灵王所筑。袁中道云，章华台在今三湖之间，所云蒿台寺诸处或其遗址。是则近沙市者为豫章台矣。今即以袁说考之，江陵之离湖，正与三湖相接，而监利之离湖，相去固已甚远。陈子昂诗'遥遥去巫峡，望望下章台'；元稹诗'草没章台北，隄横楚泽湄'。千百年来，陵谷虽殊，而今台前大道直接古隄，景物尚如诗中，何得徒以名有互见，必求章台于蒹葭蘋莎之涯，而谓其不在都邑郊坰也。"①

王百川《民国沙市志略·山水第二》：

> 章华台（即豫章岗台），《志馀》云，楚故城址。又云豫章岗在其西北，然看花台之名仍旧。而《水经注》云，在离湖侧。《左传》楚子筑台於章华之上。韦昭注，章台亦地名也。袁小修云，在今三湖间，疑蒿台寺为其故址，近沙市者为豫章台。《志馀》故两存之，兹附胡在恪之辨及程炌寻访之诗于后，再纪以历代诗歌词，辩质诸博古者。②

又《寺观第六》：

> 章华寺，《志馀》称，为元泰定时建，即章华宫故址也。又据《皇明世法录》云，永乐癸卯建文帝与程济游楚，尝止此寺，帝吟曰：楚歌赵舞今何在，惟见寒鸦绕树啼。且云寺有古梅，崇祯甲申之变刊伐殆尽，庚寅以来转更蔚然，乃今又二百年矣。梅之根荄终归乌有，而寺之前后几里许皆以老梅园称。③

分析上述文献资料，我们可以获得五条信息。1.今荆州市沙市区章华台的地理位置是十分清楚的。因为元代建在故址上的章台寺（今名章华寺）还在；可资参照的地名坐标还在，如江陵县治所之县治坐标、故址所在地沙市、故址

---

① 倪文蔚等：《光绪续修江陵县志》，《中国地方志集成》（湖北府县志辑31），第492页。
② 王百川：《民国沙市志略》，《中国地方志集成》（湖北府县志辑38），第5页。
③ 王百川：《民国沙市志略》，《中国地方志集成》（湖北府县志辑38），第28页。

东的豫章渊、故址南面的古堤等参照坐标均确然可考。2. 故址被称为章华台，或豫章台、看花台。故址又被认为是楚古城址，即楚章华宫。3. 古代对此处章华台的指认是存在分歧的：明袁中道认为，"章华台在今三湖之间，所云蒿台寺诸处或其遗址，是则近沙市者为豫章台矣"，力辨其故址不是楚灵王建造的章华台。清胡在恪认为，"千百年来，陵谷虽殊，而今台前大道直接古隄，景物尚如诗中"，力主其故址当称章华台。4.《民国沙市志略》将袁、胡两家说并存，以"辩质诸博古者"，对分歧意见不下断语，态度是谨慎的。5."台形三角"，别具一格。其实沙市故址是古楚台基遗址，当可以认定。《读史方舆纪要》卷七十八引《荆州志》说："（章华台）古楚离宫也，楚灵王筑，亦曰豫章台，今为章华寺。"[①] 此说与袁说可为互证。然而对于沙市故址绝不能认为是楚灵王所建之章华台，理由有三：1. 晋杜预注"台今在华容城内"，今之荆州市沙市区绝不是古华容故址；2. 北魏郦道元《水经注》说，章华台建造时"楚灵王阙为石郭，陂汉以像帝舜"，今沙市区远离汉水而临于长江，若于此"陂汉"则绝无可能；3. 唐余知古《渚宫旧事》以为，"台在江陵东百余里"。而沙市区之故址与之方位和里程，不仅不能相符，而且差距极大，以南辕北辙说之，亦不为过。所以还是遵从袁中道之说为稳妥，称之为豫章台，而非楚灵王所造之章华台。

三、湖北监利县旧县治章华台

（一）调查印象

世传湖北监利县旧县治有章华台遗址，是由于古人误以为汉华容县治故址在古监利县旧县治造成的，如《同治监利县志》卷一《古迹》说："华容城，在县西北。《水经注》，县故容城。《春秋·鲁定公四年》，许迁于容城是也。《三国志·魏武帝纪》注，山阳公载记曰，公船舻为备所烧，引军从华容道步归。"这个说法肇始于北宋的《太平寰宇记》，而后多有主此说者。旧传今监利

---

① 顾祖禹：《读史方舆纪要》，《续修四库全书》第 607 册，上海古籍出版社 1996 年版。

县东北 30 千米左右的周老嘴镇政府所在地一带就是监利县旧县治故址，亦即汉华容县治故址，而周老嘴镇政府北约三千米处的天竺山就是古楚章华台遗址。

　　周老嘴是一座历史悠久的古镇，目前镇中的古街 —— 老正街及其相邻的街道，还保留着明清以及民国初年的民居建筑。（图十二）由于这里曾是土地革命战争时期湘鄂西革命根据地的省委、省政府与红二军团机关所在地，古街、古民居都保存完好，并本着古迹修旧如旧的原则进行了大规模的修复。虽然在周老嘴镇我们没有发现能证明其是宋代前监利旧县治的古代文物，但是参照古代地志文献的方位记述，从古街的样貌和规格看，说这里是宋代以前的监利县旧治，是可信的。然而若指认它是汉华容县治故址，则与古代文献记载不符。

　　周老嘴镇北的天竺山，据当地村民介绍本来只是一个非常小的土丘，今丘阜上部已是平坦的寺院地面，因而或可称之为台地，台地西有一个村庄叫天竺村，当是因原来的小丘而得名。天竺山上的寺庙，叫北洲寺，寺庙的院落占据了台地的整个面积，寺院的围墙就是环绕着台地四周边缘修建的。（图十三）北洲寺坐北朝南，山门为牌坊式建筑，有三个拱形门，正门较大，门上方题曰"天竺山北洲古寺"，题款为"佛历二五五二年，公元二零零九年"，门两侧有联，上联为"名著容城登八景"，下联为"寺由汉世立千秋"（图十四），正门左右各有一小侧门，东侧门东墙壁中镶有水泥制作仿碑一方，题曰"容城八景之首章华晓霁"，下款曰"壬申岁孟夏月上浣"（图十五），西侧门西墙壁中亦镶有水泥制作仿碑一方，题曰："追本为章华台遗址，溯源乃北洲寺前身。"（图十六）以正门上题字落款可知山门及院墙为当代所建，大门联语落款为"清代文人梁臣撰"，是借古人笔墨抒写今人胸臆，而两侧门题词为当代人所为，意在说明此处即是古章华台遗址。寺内有前后两殿，从建筑材料与风格分析，前殿为当代仿古建筑，后殿颇有古意，建筑时间要远远早于前殿，寺院东厢为僧舍与斋堂，西侧新打有建筑地基，似在筹建之中。殿内殿外堆放散乱，缺乏管理，似曾一度荒废，尚未整理就绪，据说不久前从潜江新来了一位僧人居于寺中，此寺方略见起色。抛开寺院，以台地为说，台面与周边稻田的相对高度约有 3 米，南北长约 70 米，东西宽约 55 米（图十七），面积偏小，且孤单独处，想来无论如何也不能配得上楚灵王建造章华台震惊寰宇的大手笔。

　　离开北洲寺，我们又到了监利县博物馆，对曾经到北洲寺进行过考古调查的王馆长进行了采访，他说，一、天竺山是自然的小丘，未见夯土层；二、发现的古砖瓦多是唐代的遗存，现保留在博物馆中；三、天竺山遗址不可能是古楚章华台遗址。根据我们的调查与王馆长的介绍，可以初步判定天竺山遗址不是古楚章华台遗址。

（二）资料分析

关于监利之章华台方位，旧有两说，一说在监利县治北即龙湾遗址，其说上文已论及，故不赘述；一说在监利县治东北即在西晋至北宋间监利旧治中。下面先引文献资料，然后再加以分析。

宋乐史《太平寰宇记》卷一百四十六《监利县》：

> 章华台在县郭内。[①]

宋沈括《梦溪笔谈》卷四《辩证》：

> 天下地名错乱乖谬，率难考信。如楚章华台，亳州城父县、陈州商水县、荆州江陵、长林、监利县皆有之，乾溪亦有数处。据《左传》，楚灵王七年成章华之台，与诸侯落之。杜预注，章华台在华容城中。华容即今之监利县，非岳州之华容也，至今有章华故台在县郭中，与杜预之说相符。[②]

明李贤等《明一统志》卷六十二《荆州府》：

> 章华台在府境有二，一在府城外沙市，一在监利县东北，皆传以为楚灵王所筑。其在监利者又名三休台。

---

① 乐史：《太平寰宇记》，《文渊阁四库全书》第470册，第391页。
② 沈括原著，胡道静等译注：《梦溪笔谈》，第123页。

　　分析上述文献资料，可以清楚地看到，章华台在今监利县治东北元明以前旧县治的说法，与晋杜预注"章华台在华容城中"有关。然而西晋乃至北宋监利的治所，并不在汉代华容县治旧址。清倪文蔚、蒋铭勋等《光绪荆州府志》卷一《沿革》引《通志》说："监利县：春秋楚容城，汉置华容县，属南郡，后汉因之，三国吴析置监利县，寻省，晋太康五年复立，属南郡，永嘉中成都国建兴中还南郡，南北朝宋孝建元年改属巴陵，齐因之，梁以后废华容入监利，属荆州，隋属沔阳郡，唐属复州，五代梁属江陵府，宋因之，元属中兴路，明属荆州府，国朝（指清）因之。"请注意：1. 三国时监利是由汉华容"析置"而设，与华容县同时存在；2. 南北朝梁时又"废华容入监利"，即华容县故地并入监利县；3. 晋代华容属南郡，监利属巴陵郡，隶属不同。这说明监利县所辖区域虽曾隶属于华容，而曾经的汉华容辖区后来又并入监利，但华容县治所与监利县治所并不在一处。《光绪荆州府志》卷八《城池》又载："监利县旧治在上坊东村，五代梁徙置今所，宋端平间荆湖制置使孟珙改迁鲁洑口，元复今治。"考《光绪荆州府志》卷四《乡镇·监利》"上坊东村，在县东六十里"，这又进一步说明监利旧县治本非汉代华容县治。因此说"章华台在县郭内"，实属因对汉华容县治故址的误认而导致的误判，而所谓章华台遗址更有后人附会的嫌疑。至于清林瑞枝、陈树菱等《同治监利县志》记述监利八景有"章华晓霁"一景，于卷首又有《章华晓霁图》及题诗，诗曰："假日登临霁岫开，雨余抚屐上章台。细腰魂断春前柳，瘦蕊香残雪后梅。楚泽繁华歌鸟散，禅床寂历晓猿哀。伤心屈宋埋荒草，更与何人话劫灰。"今人又于旧县治所谓遗址北洲寺山门两侧立碑墙以志，这无疑是错上加错了。因而在监利县治东北即在西晋至北宋间监利旧治中所谓的章华台遗址，并不是真正的章华台遗址，而出于宋代或略早于宋代之好事者的附会。近年有监利人在网上撰文说："监利周老嘴镇天竺村天竺山（实为土台）上有'百（为"北"字之误）洲寺'，庙内有碑，题曰'古容城八景之首章台晓霁'。"力主章华台在监利旧治说，其热爱家乡之情可嘉，但学术研究之科学态度不足。据方酉生《楚章华台遗址地望初探》一文所述，"监利县的天竺山遗址，经荆州地区博物馆颜平同志实地去调查考察过，他认为，遗址面积很小，而且只见到汉代的遗物，因此，不可能是章华台遗址。这个意见虽然不是最后定论，但应是值得我们重视的"①。其说以考古印证为依据，推论留有进一步深考的余地，这才是学术研究应有的谨严态度。

四、湖北荆门市章华台

（一）调查印象

关于湖北荆门市章华台，以现有的资料看，仅有宋沈括一人提及，说宋人认为长林（今属荆门市辖区）有章华台，但并未指出章华台的具体地点。今人研究楚章华台者有两种说法，高介华认为是古地志记载的荆门州之放鹰台②，何光岳认为是古地志记载的荆门州之荆台③。其中哪一说法是宋人之所谓，还须进一步考辨。按照高介华的指认，查《湖广通志》《乾隆荆门州志》都说，"火炉山，州北百二十里"，有放鹰台。山名、方向、里程较为清楚，然而火炉山已不见于今荆门市之现有地名，据《州志》标注的清里里程与今存的古地名推测，"斑竹岗在州北一百里"，今名斑竹铺（属钟祥市双河镇），"丽阳驿在州北一百二十里"，今名丽阳村（属钟祥市胡集镇），因而可以断定古之火炉山在今丽阳村附近。今丽阳村近邻之山，西南有金钟山，正西有马鞍山、黑山，西北有木架山，其中黑山最高，海拔393米，我们推测黑山一带极有可能就是古之火炉山故址，理由是：1.此山富藏磷矿，现有楚丰、金山、大峪口、楚钟多家企业在此开矿办厂。众所周知，磷在一定条件下可以自燃，若古时此山地表磷矿石燃起明火，人们称之为"火炉山"自然在情理之中。2.黑山以北，地势平坦而广阔，适合于楚王举行大规模的田猎。至于何光岳指认的荆台，在有关荆门的地志文献中是以"荆台县古城"的记载出现的，然而古之荆台县隋大业元年置，不久即废，立县时间非常短，因而对于其故址记载说法不一：《读史方舆纪要》《乾隆荆门州志》以为在州（即今荆门市区）东六十里处，今荆门

① 方酉生：《楚章华台遗址地望初探》，《中原文物》1989年第4期。
② 高介华：《楚国第一台——章华台》，《华中建筑》1989年第2期。
③ 何光岳：《章华台考辨》，《三湘掌故》，湖南教育出版社2000年版。

市东钟祥市石牌镇有荆台村；《同治当阳县志》以为在治（即今当阳市区）东六十里处，实际是在荆门市西，大约在当阳市香炉山林场西部一带，但未见有关于楚王"荆台"的记述；而《乾隆荆门州志》在记述古安居县时，又以为其治所在仙居（今荆门市有仙居乡），其地又在荆门市区西北临近宜城市西南刘猴镇的两市交界处，上文提到的可能是放鹰台所在地的古之火炉山、今之黑山，则在仙居乡政府正东不足 30 千米的地方。据《荆门五千年》一书考证，晋隆安五年于编县故城置长林县，唐德宗贞元二十一年析长林县北境置荆门县，唐末又改荆门县为长林县，其治所均在今荆门市仙居乡象河村（图十八）。① 我们在调查该村时，当地的村民也如是说，据说在 1988 年翻盖学校时还发现了可资佐证的古县衙碑刻。象河村在仙居乡东南，距其东北的古之火炉山今之黑山也不超过 30 千米。可以判定今之黑山在古之长林县境内。结合上文对火炉山的推测，我们更加坚定了楚王放鹰台所在地 —— 古火炉山即为今黑山之推测的信心。以此推之，北宋沈括所言其当时于文献所见的长林章华台亦当在今丽阳村西的黑山一带。

　　然而，我们在黑山一带调查时却大失所望，黑山及与之相连的几座山已被矿区与化工厂所占（图十九），山体因采矿已被破坏，劈开的山体，裸露的崖壁，堆砌的废弃山石，星罗棋布的厂房与工棚，随处可见，唯有几座山头依然如故。（图二十、图二十一）以钟祥石牌镇荆台村放鹰台推测，"放鹰台在县南五十里薮泽间，巨石茂松，四望空阔，台居其中"，楚王放鹰立于高台即可，不可能登上山顶，那样则距猎场太远且不便追逐猎物，因而如若在黑山山麓上寻找当年楚王的放鹰台，实可谓无望之求。于是我们的调查只能临其故地而畅想古台之旧观、田猎之场景而已。

（二）资料分析

　　宋沈括《梦溪笔谈》卷四《辩证》：

　　　　天下地名错乱乖谬，率难考信。如楚章华台，亳州城父县、陈州商水

---

　　① 李柏武：《荆门五千年》，中共党史出版社 2004 年版。

县、荆州江陵、长林、监利县皆有之，乾溪亦有数处。

明李贤等《明一统志》卷六十《兴都·宫室》：

放鹰台有二，一在府城南五十里薮泽间，四壁空阔，极目千里，而台居其中。一在荆门州北一百二十里。相传皆楚昭王放鹰之所。①

《湖广通志》卷八《安陆府·荆门州》：

火炉山，州北百二十里，有楚王放鹰台。②

清顾祖禹《读史方舆纪要》：

荆台城，在州东六十里。③

清舒成龙、李法孟等《乾隆荆门州志》卷一《沿革》：

安居，西魏于仙居置安居县，隋开皇十三年改安居为昭邱，属玉州，大业元年改昭邱为荆台，寻废，唐贞观八年以荆台地土归并荆门。④

又卷六《山川》：

火炉山，州北百二十里（早一图），有楚王放鹰台。明威宁伯王越谪居安陆时有诗，见文苑。⑤

①　李贤等：《明一统志》，《文渊阁四库全书》第 473 册，第 231 页。
②　迈柱：《湖广通志》，《文渊阁四库全书》第 531 册，第 263 页。
③　顾祖禹：《读史方舆纪要》，《续修四库全书》第 607 册，第 613 页。
④　舒成龙、李法孟等：《乾隆荆门州志》，《中国地方志集成》（湖北府县志辑 40），第 29 页。
⑤　舒成龙、李法孟等：《乾隆荆门州志》，《中国地方志集成》（湖北府县志辑 40），第 58 页。

又卷三十三《古迹》：

> 荆台城：在州东六十里。《隋书·地理志》梁置安居县，开皇十八年
> 改曰昭邱，大业初又改曰荆台，寻废。入当阳县。①

清阮恩光等《同治当阳县志》卷首《附沿革考》：

> 晋隆安时析当阳地置长宁县，长宁建于东，则当阳渐徙而西，厥后梁
> 析安居，隋改为昭邱，其治皆在荆台乡，今县治东境也。②

又卷二《方舆志·古迹》：

> 荆台县故城，在治东六十里，称荆台乡，今荆门交界处。③

分析上述文献资料，仅《梦溪笔谈》记载荆州长林有章华台。宋之长林
即属今之荆门。清舒成龙、李法孟等《乾隆荆门州志》卷一《沿革》载："长
林，隋开皇十三年置长林县於蒙山东，复武宁军领之。唐贞观八年改为荆门
县，属长林军。二十一年复设长林县于藻湖西岸。宋熙宁元年废荆门军，复长
林县于故城藻湖仓米千户所监押。咸淳三年长林县废，元至元二年复长林县于
藻湖西。天历元年藻湖长林城圮，迁于广平港石垱内，建保盈仓于东塞。至元
元年移仓于聚仙桥北岸。元末长林废。"考隋唐宋元之长林与明清之荆门的地
志资料，除沈括一家之言而外，并无章华台的记载，而涉及古楚台址的记载有
放鹰台与荆台，火炉山放鹰台在荆门州北一百二十里，而荆台或曰在当阳县治
东六十里，或曰在荆门州东六十里，或曰在古安居县治所仙居，四者以荆门治
所而论，一在正北，一在西北，一在正东，一在西南，而且相距甚远，沈括之

① 舒成龙、李法孟等：《乾隆荆门州志》，《中国地方志集成》（湖北府县志辑 40），第 302 页。
② 阮恩光等：《同治当阳县志》，《中国方志丛书》（华中地方·第 126 号），台北成文出版社 1970
年版，第 73 页。
③ 阮恩光等：《同治当阳县志》，《中国方志丛书》（华中地方·第 126 号），第 86 页。

所谓章华台难以考实是指其中的哪一处，然而有一点我们可以确认，就是明清地志已不认为荆门存在章华台故址了。今人高介华《楚国第一台——章华台》一文认为，"荆门州（今湖北省荆门市）北亦有放鹰台，《志》云：'楚昭王放鹰之所。'台当系昭王作"[①]，否认了荆门的放鹰台是楚灵王所建的章华台；何光岳《三湘掌故》第八章《章华台考辨》认为，所谓荆门之章华台，"其实这里已明明说是荆台，也并非楚灵王所筑的章华台"[②]，又否认了荆门的荆台是楚灵王所建的章华台。总之，荆门市章华台只是宋代曾经有过的一种说法而已，然而在当时乃至后世并不被人们所认可，就是沈括本人也对长林（即今荆门）说持否定的态度。

五、湖南华容县章华台

（一）调查印象

湖南华容之所谓章华台，位于今湖南岳阳市属县华容县的东北郊，在华容县烈士陵园北一华里处，属于胜峰乡清水村三组自然村所在地（图二十二），当地村民称之为楚王台（图二十三）。据目测，此处楚王台处于一个不大的冈阜（亦可称小山）东南边缘，是一个相对独立的台地，台高若以其北边的稻田池塘为基准约有8米，若以环绕台地的自然村路面为基准则约有6米，台地呈长方形，南北略长于东西，占地面积据当地村民估计有10亩左右。如今环台地的四周缓坡上都建起了民房，鳞次栉比，将台地围绕在其中。（图二十四）台地上林木茂密，除小竹林与散落的杂木外，多为橘树，从树木主干粗细推测，树龄不超过10年，当是近年来所植，绝非古木。（图二十五）由于民房与林木遮蔽了视线，在台地周边很难看清楚台地本身的全貌。登上楚王台，台顶基本平坦，东部为橘园，治理井然郁郁葱葱，西部为荒地，杂草丛生略显荒芜（图二十六），宋代华容地方官所建之亭、所立之碑已无遗迹可寻，唯有几座当代墓葬及墓碑

---

① 高介华：《楚国第一台——章华台》，《华中建筑》1989年第2期。

② 何光岳：《章华台考辨》，《三湘掌故》。

而已。循台基调查，于楚王台北面的缓坡上，可以明显地看到二层台基的痕迹（图二十七），一层高度距村边公路约 3 米，二层高度距一层约 3 米，但不知是当年宋胡绾（一作赵绾）筑台时的遗留，还是近年村民为耕植而修整台体所为。总之，华容楚王台台基地貌尚依稀可见，其为宋胡绾"筑台建亭"之处可以肯定，至于此楚王台是否是古楚章华台则缺少有说服力的证据。

江良发、江澄合著《华容章华台考》据华容县国土资源局和规划办公室提供的数据称，"这个土台目前高度 41 米，最高处 42.56 米"，这个高度应当是海拔高度，而不是基于地面的相对高度。台顶"高出南面稻田 11 米多"，土台西南的稻田地势非常低，要比土台北面稻田低 2 至 3 米左右，书之作者选择这一角度描述土台，想来一定是在于突出土台的相对高度。"其中下一层高出地面 7 米多，占地面积 3 万多平方米；上层高出第一层约 4 米"，这也是以南面稻田为基准的，但在南面稻田已看不出明显的土台分层痕迹，此数据当是作者根据土台北坡遗址分层情况推导性的描述，不大可能是测绘队测绘的数据。"土台呈长方形，子午向，方方正正，边线整齐，台体规整。"此处描写"台呈长方形"基本属实，若说"方方正正，边线整齐，台体规整"，则不是事实，据我们实地调查，土台的四角呈弧形过渡，环台周边的自然村小路则呈椭圆形。"台面南北长 102.5 米，东西宽 78.8 米，面积 8073 平方米。"这组数据当是测绘所得，可以采信。文章此段数字化描写，意在将此台强化为其理想的台形，并突出其高大，而忽略了学术研究的客观求实精神，考古若带有主观倾向，其内涵中的结论性意义就会受到人们的质疑。该书又称："2009 年 5 月 19 日，岳阳市文物考古研究所，对楚章华台遗址进行了初步调查勘探，在土台地表下 1.5 米处的土层中，发现了 40—50 厘米的文化层，找到了商周时期的陶鬲、豆柄、豆盘、大口罐等可辨器形的残存陶片，这些陶片以夹砂红陶、灰陶为主，纹饰有附加堆纹、压印纹、绳纹和弦纹等。专家组认定，这座土台为东周时期遗址。"[1] 在这段文字里，考古专家根据出土文物做出的结论是正确的，这里是东周遗址是没有问题的，但是以此结论来证明这里是"楚章华台遗址"，显得证据不足，而且有失谨严，比如证明宫台遗址必须有的夯土台基，柱洞遗

---

[1] 江良发、江澄：《华容章华台考》，中国文史出版社 2011 年版。

迹，建筑遗留文物等等必不可少的实证，缺少此类实证的结论是难以让人信服的。且注意，在真理面前再向前走一步就是谬误，这是大家都懂的道理。

（二）资料分析

宋王象之《舆地纪胜》卷六十九《岳州·古迹》：

> 章华台，《岳阳志》云：在华容界中。乙《志》云，章华台有三，一在江陵沙津（沙市的别称）之东北，作佛寺；一在监利东北，又名三休台；一在岳之华容，杜预注以为华容县。①

宋范致明《岳阳风土记》：

> 华容，汉孱陵县也，或曰汉武陵县地。吴太皇帝分孱陵县地於今县东二里置安南县，或曰刘景升所置。宋志为晋武帝分江安县立也。隋平陈改安南为华容县，属罗州，取古容城名之。世传为章华台，非也。古章华在竟陵界，今监利县离湖上，与今邑相近耳。大业三年以州为巴陵郡，十年移县於今地，垂拱二年以犯武氏讳改为容城县，神龙元年又改为华容县。华容地皆面湖，夏秋霖潦，秋水时至，建宁南堤决，即被水患。中民之产不过五十缗，多以舟为居处，随水上下。渔舟为业者，十之四五所至为市，谓之潭户，其常产即湖地也。②

明李贤等《明一统志》卷六十二《岳州府》：

> 章华台，在华容县治北，相传春秋时楚灵王所筑。又江陵、监利俱有此台，监利乃古华容地。③

---

① 王象之：《舆地纪胜》，《续修四库全书》第584册，上海古籍出版社1986年版，第587页。
② 范致明：《岳阳风土记》，《中国方志丛书》（华中地方·第301号），台北成文出版社1976年版，第35页。
③ 李贤等：《明一统志》，《文渊阁四库全书》第473册，第312页。

清谢仲坑等《乾隆岳州府志》卷二十五《古迹》：

> 章华台：在县东赵家湖上南安县故址，宋知县胡绾筑台建亭，引楚灵王事以为《台记》，后人遂以台东北一里为细腰宫址，又以陈石桥北为楚灵王墓。按：楚文王徙都在今湖北荆州郡城东北三里，章华台址在城外沙市，从来记载。及《明一统志》，今《县志》，台俱入荆州古迹，与华容无涉。而其诋灵王之墓，则明孙羽侯作《华容县志》已辩之云，《传》荆灵王为观从及公子弃疾辈所迫出奔江夏，将入鄢，缢於申亥之家。今鄢去华容甚远，灵王未必葬此。是县之有此台，止由于宋胡令所筑，而非古章华台之址。在是桥有墓，又由于因台附会，而非果灵王之实葬此丘，但相沿已久，故墓从罔，而存台以附辩之。[①]

清孙炳煜等《光绪华容县志》卷二《古迹》：

> 章华台：县东赵家湖上南安县故址。宋知县胡绾筑台建亭。细腰宫：县东北一里。章华八景：章华早春；南山晚翠；禹庙来鹑；宝慈倒柏；石佛樵歌；褚塘渔笛；墨山胜迹；七女遗仙。章华十景：沱溪晓渡；石佛樵歌；板桥春涨；青湖夜月；驿路松风；东山霁雪；南山远翠；渚塘渔笛；靖庐瀑布；赤亭遗址。（正统前止八景，成化间更为十景）[②]

又卷十四上《文》：

> 《章华台记》宋胡绾："按《史记》楚灵王七年章华台成，杜预注云，南郡华容县，台在城内。盖古建县水北，自随徙于水南，以此观之，所谓章华台于斯，焉是杜公之言欺我哉！而荆州监利县亦有是名，无所依据，当以史为证也。予到官之明年，因与二三士考古访迹，得故基于篁竹丛棘

① 谢仲坑等：《乾隆岳州府志》，《中国方志集成》（湖南府县志辑 6），第 340 页。
② 孙炳煜等：《光绪华容县志》，《中国方志丛书》（华中地方·第 303 号），台北成文出版社 1975 年版，第 96、97 页。

之间，而垣堑犹在，际天胜地为一邑之望。士请筑为壮观以增河山之色，予辞县帑空虚、丁力不可役也，士则又曰愿无烦于公家，我辈各以耘耕余力而治之。于是有张左林者以石柱献，张雄飞者以榱栋莱，李造岩萃张逢吉、陈諰、李承祖、蔡世南各使其庄宾锸夫鸟集雁到，芟除荒秽，洗埋松竹，越月而告成。远目增明，灵襟虚豁，如时雨生嘉禾，云烟消旭亭势，并於木杪湖光，远漾天涯，樵蓑渔艇，邑屋林居，宛入图画，风云百变，景象幽妍，直区中之伟观，楚地之雄瞻者也。是为记。乾光六年三月（此'乾光'当为'乾道'之误）。"①

分析上述文献资料，自宋王象之《舆地纪胜》始记今湖南华容有章华台而后，除清末孙炳煜等《光绪华容县志》重采其说外，历朝历代质疑声一片。宋范致明《岳阳风土记》首先以古华容故址为据考辨说："世传为章华台，非也。古章华在竟陵界，今监利县离湖上，与今邑相近耳。"宋沈括《梦溪笔谈》所言更为具体，"华容即今之监利县，非岳州之华容也，至今有章华故台在县郭中"。明李贤等《明一统志》虽存留岳州府华容县章华台的说法，但特别强调"监利乃古华容地"，其言外之意则否定了今湖南华容之章华台为楚灵王所建之章华台。明孙羽侯作《华容县志》又否定了楚灵王墓的真实性，以批驳佐证的方式论证了湖南华容章华台是附会的产物。至于清谢仲坑等《乾隆岳州府志》，除以古华容故址辩说外，还特别指出伪造章华台的始作俑者是"宋知县胡绾"，这个喜欢附庸风雅的知县"筑台建亭，引楚灵王事以为《台记》"，硬生生地作假，仅因为他所任职之华容县与汉代所设之华容县名称相同而已。考其《记》，自称"当以史为证也"，然其所考于史不合，其言"垣堑犹在"，然凡有"垣堑"者即为章华之台乎！由于胡绾之孟浪和草率，又引发了作假的连锁反应，"后人遂以台东北一里为细腰宫址，又以陈石桥北为楚灵王墓"，颇有些以假乱真之势。然而假的就是假的，是经不起事实验证的。如今湖南华容当地的一些学者仍在"引经据典"，试图证明其地章华台的真实，其实是在走宋代那个县令不那么明智的老路，其目的老实地说不是为了学术与历史的考证，而是要挖

---

① 孙炳煜等：《光绪华容县志》，《中国方志丛书》（华中地方·第303号），第317页。

掘或争取本地的文化旅游资源与知名度。我们以为明智的选择应当是，承认湖南华容章华台是宋知县胡缙依据东周一处遗址张冠李戴的伪作，而后再强调这个伪作也有近千年的历史，也是名副其实的古迹，加之此中又承载着一个颇有趣味的故事，你想这不也是个别具一格的文化旅游资源吗！

六、安徽亳州市城父镇章华台

（一）调查印象

　　安徽亳州市城父镇章华台，位于亳州市谯城区东南城父镇高卜村刘庄自然村，北距城父镇 3.5 公里，西临刘庄，东临乾溪沟。其故址南紧邻高卜村通往刘庄的村路，是一片南低北高呈缓坡地貌的长方形台地，最高处高出周边田地约 3 米，南北长约 90 米，东西宽约 70 米（图二十八），四周有沟渠环绕，沟渠与乾溪沟相通，最大宽度约 10 米，最小宽度也有 6 米（图二十九）。台地南临村路一侧立有水泥制作的文物保护标志（图三十），其标志文字为"亳县重点文物保护单位 —— 章华台遗址"，题款为"亳县人民政府一九八二年六月五日立"（图三十一）。台地上的标志物还有位于中部的两棵树，一棵是粗壮高大的银杏树，高约 10 米，树干需两人联手才能合抱，据说已有两千多年的树龄，树周围砌有方形的水泥护栏，护栏南还有小型的祭台，其上的香火痕迹说明时常有村民来此祭拜，古树有灵大概也是这里的民俗信仰；另一棵是柏树，据说是 1984 年种植的。（图三十二）今台面现已为耕地，西半部种的是冬小麦，东半部是已收割后的豆子地。据紧邻遗址居住的 40 岁上下的刘庄村长介绍，遗址原为村小学的操场，为保护遗址 1983 年或 1984 年前后政府将学校从此地迁走了。刘村长又说，听他老父亲讲，章华台遗址不在今沟渠环绕之中，而在今标志的遗址北，原台有银杏树那么高，上面还有座叫作"龙台寺"的古庙，庙在"破四旧"的时候被拆毁了，台子也因为当时改良土壤的需要而被夷平（刘村长说是用台土做肥料），将台土分别扬撒在周围的田地之中，原台址之北是古代的练兵场，在练兵场范围内曾出土过青铜剑和护心镜（疑为古铜镜）。他还说，他在 20 世纪 80 年代曾亲身参加了遗址四周沟渠的挖掘，当时就挖出过青铜剑，有完整的，也有断了的，剑非常结实，他用剑劈砖竟能将砖斩断。（图三十三）调查后，我们参观了亳州市博物馆，在展柜中的确见到了城父镇一带出土的青铜剑和青铜镜。值得注意的是，博物馆展出的章华台遗址图片，是我们看到的沟渠围护之中包括保护标志与古银杏树在内的照片，而没有村民所说的原有高台与古庙的照片，可能亳州文物部门并没有采信当地村民的说法。然而清《光绪亳州志》的确有龙台寺的记载，其卷四《寺观》说："龙台庙，在城东南八十一里（旧《志》作七十里），城父南六里，临乾溪。"看来刘村长的说法并非无根之谈，应予以足够的重视，此地的章华台故址很可能在文物部门指认的遗址之北。

（二）资料分析

《春秋公羊传》卷二十三《昭公十三年》：

> 灵王为无道，作乾溪之台，三年不成。①

西汉陆贾《新语》卷下《怀虑第九》：

> （楚灵王）作乾溪之台，立百仞之高，欲登浮云窥天文，然身死于弃。②

南朝宋范蔚宗《后汉书》志第二十《郡国志》：

> 城父故属沛，春秋时曰夷，有章华台。③

南朝梁萧统《文选》卷三《东京赋》薛综注：

---

① 《春秋公羊传》，《十三经注疏》，中华书局 1980 年版，第 2322 页。
② 陆贾：《新语》，《文渊阁四库全书》第 695 册，第 382 页。
③ 范晔撰，李贤等注：《后汉书》，中华书局 1965 年版，第 3424 页。

《左氏传》曰：楚子成章华之台于乾溪。①

唐李吉甫《元和郡县志》卷八《亳州·城父》：

章华台在县南九里。②

宋沈括《梦溪笔谈》卷四《辩证》：

亳州城父县有乾溪，其侧亦有章华台，故基下往往得人骨，云楚灵王战死于此。商水县章华之侧亦有乾溪，薛综注张衡《东京赋》引《左氏传》乃云，楚子成章华之台于乾溪，皆误说也，《左传》实无此文。章华与乾溪，元非一处。楚灵王十二年，王狩于州来，使荡侯潘子、司马督嚣、尹午陵、尹喜帅师围徐，以惧吴王，次于乾溪，此则城父之乾溪。灵王八年许迁于夷者，乃此地。十二年公子比为乱，使观从从师于乾溪，王众溃，灵王亡，不知所在。平王即位，杀囚，衣之王服而流诸汉，乃取葬之，以靖国人，而讣以乾溪。灵王实缢于芊尹申亥氏，他年申亥以王柩告，乃改葬之，而非死于乾溪也。昭王二十七年吴伐陈，王帅师救陈，次于城父，将战，王卒于城父。而《春秋》又云，弑其君于乾溪，则后世谓灵王实死于是，理不足怪也。③

《大清一统志》卷八十九《颖州府》：

章华台，在亳州东南。《后汉书·郡国志》城父县有章华台。《元和志》台在城父县南九里。按《左传》楚子成章华之台。杜预注，在今南郡华容县。《通典》云，古华容在竟陵郡监利县。今湖广荆州府属县也，去

① 萧统编，张启成等译注：《文选全译》，贵州人民出版社 1998 年版，第 140 页。
② 李吉甫：《元和郡县志》，《文渊阁四库全书》第 468 册，第 226 页。
③ 沈括原著，胡道静等译注：《梦溪笔谈全译》，第 123、124 页。

亳地远矣。旧《志》作楚王章华之台，误。①

清钟泰、宗能徵纂修《光绪亳州志》卷二《舆地志·古迹》：

> 章华台，在州东南七十二里，乾溪侧。②

又卷五《水利志·沟渠》：

> 乾溪，《太平寰宇记》城父县乾溪水在县南五里。《新序》云，楚王起章华之台，为乾溪之役。又左氏谓，楚灵王败于乾溪，即此地也。按古乾溪，今名乾溪沟，去州七十里，在亳城之东，城父集之南，自中心集南流，至涡阳张村铺东、李门集西，乃入肥河。约长五十余里，上接清游之水，下达於肥牛，毛河之注焉，各集之小沟亦注焉。其流最长而名更古，即《左传》楚子所次之乾溪也。③

又卷十九《杂类志·辨讹》：

> 章华台，旧《志》章华台故址在亳州，据《左传》杜预注，在今南郡华容县，《通典》云，古华容在竟陵监利县，盖去亳远矣。今城父城故址侧高阜巍然，土人以为即章华台也。意当时楚氛甚恶，侵较中夏，两次乾溪，岂无离宫别馆，故去城父集不远又有楚殿集，相传亦久，或鬻熊之遗迹，有未尽泯者。④

分析上述的文献资料，为我们提供了五则信息：1. 安徽亳州市城父镇章华

---

① 和珅等：《大清一统志》，《文渊阁四库全书》第 475 册，第 773 页。
② 钟泰、宗能徵纂修：《光绪亳州志》，《中国地方志集成》（安徽府县志辑 25），江苏古籍出版社 1998 年版，第 72 页。
③ 钟泰、宗能徵纂修：《光绪亳州志》，《中国地方志集成》（安徽府县志辑 25），第 126 页。
④ 钟泰、宗能徵纂修：《光绪亳州志》，《中国地方志集成》（安徽府县志辑 25），第 542 页。

台，战国秦汉时称乾溪之台，楚灵王时筑；2. 其地在亳州城父，即今安徽省亳州市城父镇；3. 参照地标为乾溪，今称乾溪沟（图三十四）；4. 据《文选》，薛综注《东京赋》始称之为章华之台，后世多有因袭，《大清一统志》认为，"旧《志》作楚王章华之台，误"；5.《光绪亳州志》以城父近处有楚殿集和土人口传为据，认为城父理当有楚王离宫台馆。关于城父是否有楚王离宫台馆建筑，据文献记载，楚灵王、楚昭王两位楚王都曾驻跸于此，而且时间较长，在这里筑有离宫台馆等建筑当是毋庸置疑的。关于此台之称谓，从文献记载来看，战国秦汉称之为乾溪台，唐代乃至后世称之为章华台，按学理似乎当以时代在前者为准，但也不能排除此处离宫原本就命名为章华台的可能，因为古楚王族有随居处迁徙而仍使用原居处地名的习惯，历史地理学家称这种现象为"地名迁徙"，如楚国立国之初的都城，曾迁徙过多次而均称之为"丹阳"，楚国从强盛至衰落之际，国都也多次迁徙而均称之为"郢"，至于离宫别馆同名的也有记载可寻，如湖北潜江市、荆门市、钟祥市均有传为楚王所建的放鹰台，因而作为离宫名称的"章华台"也当可以随之移建而迁徙名称。古代记述历史为了避免这类地名的混淆，或加当地地名以示区别，如栽郢、鄢郢、陈郢、寿郢；或加方位名词以示区别，如东不羹、西不羹，上蔡、下蔡；或另起别称以示区别，如楚国灭掉了在今湖北宜城的古罗国，先将其迁徙到今湖北枝江称罗邑，后又将其迁徙至湖南岳阳称罗侯城。因此楚灵王在今潜江筑章华台后，又在城父修建离宫，仍然称之为章华台是完全有可能的。古代史家称城父章华台为乾溪台不过是表示两者的区别，乾溪之台当为城父章华台的别称。事实上潜江章华台近处也有乾溪，《同治监利县志》载："杨家河会江陵三湖之水入离湖，历黄歇口注乾溪。"按"地名迁徙"理论，城父之乾溪也当是从潜江章华台附近的乾溪经"地名迁徙"而得名。所以，我们认为城父章华台原本就当称之为章华台。

七、河南商水县章华台

（一）调查印象

河南商水县章华台，位于河南周口市商水县城区，文献记载这里曾是汉魏时期的汝阳城故地。章华台故址在南北向老城路与东西向章华台路相交的十字路口西侧（图三十五），东距路口 50 米左右，南面紧邻章华台路，现立有水泥制作的文物保护标志，其标志文字为"商水县重点文物保护单位 —— 章华台遗址"，落款为"商水县革命委员会一九七八年十二月卅一日"（图三十六）。遗址处正在施工建造一座六层民用楼房，已全然看不出往昔的台地样貌。（图三十七、图三十八）建造中的楼房后居民住宅的门牌号是"章华台路，章华台 26 号"。（图三十九）我们在遗址附近采访了一位 80 岁的老人，他说："路边的那块牌牌是县文化馆立的，不准确，章华台遗址在东边。"于是行动不大方便的老人推着老年车带领我们走过十字路口，沿章华台路向东走了 100 米左右，向北拐进了一条小巷，又向北走了 100 多米，他指着小巷西侧的民房说："这里才是章华台遗址，后来在遗址上修了一座庙，叫'祖师庙'。"然而这里现在也同样看不出台地的样貌。在老人向我们介绍的时候，又来了一位在这条巷子里居住的 60 多岁的老者，他说："这儿是祖师庙，章华台遗址在西边。"（图四十）听起来与 80 岁老人的说法不一致，但这位老者提供了一个重要的信息，他说，这个地方原本是一片洼地，章华台遗址那里与祖师庙这里都是高于地面 2 米多的台地，后来人们把这片洼地垫平了，修了路，盖了房子。查《民国商水县志》卷六《沟渠志》记载，"护城堤，旧《志》即河之北岸。旧堤卑薄，每遇沙河冲决，绕城四面悉为水乡。"与老者提供的信息正可互相印证。这一信息让我们大致了解了往昔章华台遗址的地表情况。

　　由于两位老人介绍的章华台遗址意见不一，田野调查结束返回学校后，我们再一次查阅了民国徐家璘、宋景平等撰修的《商水县志》，其卷十《寺观》载，"玄武庙：按元武又称真武，宋真宗时避讳改玄为真（按，此文有误，疑当为'唐玄宗时避讳改"玄"为"真"，宋真宗时避讳又改"真"为"元"'）。本祀北方七宿虚危之星，道家附会以祖师之说，谓系真武清乐王太子，诞妄甚矣。俗有玄武、真武、祖师之别，今并为一。……（玄武庙）一在章华台，今移八蜡庙右。……"本卷又载："八蜡祠：旧《志》，先在城东郭外里许，后改置城北关外路东。"以此知，老人们所说的祖师庙就是《县志》所载的玄武庙。祖师庙的确曾经建在章华台上，但后来（至少在民国七年《商水县志》刊发之前）移至八蜡祠右，而八蜡祠在"路东"，迁移后的祖师庙的地址也应在"路东"。查《商水县志》卷首《北街地方图》所标示的南北向的由老县城通向章华台的道路，章华台被标在路西，就在路的旁边，那么老人们所说的祖师庙则与八蜡祠一样当在路东。从地理方位上看，《北街地方图》所标示的道路很可能就是现今与章华台路十字交汇的老城路，如果这一判断不误，那么那位80岁老人的说法，可能是只记得章华台上曾建有祖师庙，而忽略了祖师庙的搬迁，从而导致了他指认的错误。因此我们可以判定，县文化馆所立的文物保护标志的位置是正确无误的，商水县章华台遗址应当在文物保护标志所标示的位置。至于祖师庙和八蜡祠所在的台地，可能是文献记载的商水县乾溪台遗址（详见下节）。

（二）资料分析

北齐魏收《魏书》卷一百零六中《地形志》：

> 汝阳（商水县汉魏时城汝阳），郡治。……有章华台。[①]

唐李吉甫《元和郡县图志》卷八《溵水县》（商水县唐代一度称溵水）：

> 乾溪台，在县北三里。《左传》楚灵王有乾溪之台，即此也。[②]

宋乐史《太平寰宇记》卷十《河南道·陈州》：

> 章华台在县西北三里。《左传·昭公七年》楚子成章华之台，愿与诸侯落之。杜预注云，宫室始成，祭之为落。台在今华容城内，是灵王所筑。《春秋后语》楚襄王二十年为秦将白起所逼北保于陈，更筑此台。[③]

宋沈括《梦溪笔谈》卷四《辩证》：

---

① 魏收：《魏书》第 7 册，中华书局 1974 年版，第 2534 页。
② 李吉甫：《元和郡县图志》，中华书局 1983 年版，第 215 页。
③ 乐史：《太平寰宇记》，《文渊阁四库全书》第 469 册，第 80 页。

天下地名错乱乖谬，率难考信。如楚章华台，亳州城父县、陈州商水县、荆州江陵、长林、监利县皆有之，乾溪亦有数处。……亳州城父县有乾溪，其侧亦有章华台，故基下往往得人骨，云楚灵王战死于此。商水县章华之侧亦有乾溪，薛综注张衡《东京赋》引《左氏传》乃云，楚子成章华之台于乾溪，皆误说也，《左传》实无此文。章华与乾溪，元非一处。

明李贤等《明一统志》卷二十六《河南布政司》：

章华台，在商水县西北三里。初楚灵王筑章华台于华容城，及襄王为秦将白起所迫北保于陈，更筑此台。[1]

清王士俊等《河南通志》卷五十二《古迹下·陈州》：

章华台：在商水县城北二里。春秋时楚灵王筑章华台于华容城，及襄王为秦将白起所迫北保于陈，更筑此台。丛台：在商水县城北二十里。楚襄王因筑章华台并筑此台，以像华容之地。乾溪台：在商水县城北二里。春秋时楚灵王筑为游观之所。[2]

徐家璘、杨凌阁等《民国商水县志》卷五《地理志·古迹》：

章华台：《通志》在商水县城西北二里。初楚灵王筑章华台于华容城，及襄王为秦将白起所迫北保于陈，更筑此台。乾溪台：《通志》在商水县北二里。春秋时楚灵王筑为游观之所。按《左传》杜预注，在谯国城父县南。丛台：《通志》在县北二十里。楚襄王因筑章华台并筑此台，以像华容之地。按《读史方舆纪要》引《陈州图经考》，楚时有嘉禾丛生，故名。[3]

---

[1]　李贤等：《明一统志》，《文渊阁四库全书》第 472 册，第 636 页。

[2]　王士俊等：《河南通志》，《文渊阁四库全书》第 537 册，第 157 页。

[3]　徐家璘、杨凌阁等：《民国商水县志》（华北地方·第 454 号），台北成文出版社 1975 年版，第 356、357 页。

　　分析上述文献资料，在商水县古楚台有三：章华台、乾溪台、丛台。丛台在县北二十里，清代地志文献记载的方位里程一致，其得名是"楚时有嘉禾丛生，故名"，其建筑动机是"楚襄王因筑章华台并筑此台，以像华容之地"。而关于章华台与乾溪台则需要认真辨析。1. 方位里程的问题：关于章华台的方位里程，《太平寰宇记》《明一统志》说"在县西北三里"，清《河南通志》说在"城北二里"，《民国商水县志》引《通志》说在"城西北二里"，"西北"与"北"方位略有不同，"三里"与"二里"里程稍有差异，造成"不同"和"差异"的原因，可能是商水县城向西、向北的扩建造成的，至于《民国商水县志》所引可能有误，句中"西"当为衍字；关于乾溪台的方位里程，《括地志》说"在县北三里"，《河南通志》《民国商水县志》说在城或县"北二里"，这也说明了商水县城在明末清初向北有所扩建。2. 章华台与乾溪台是两个独立的台馆还是一座台馆有两个名称的问题：以清代之前方志文献看，各文献只记其中的一个，好像是一台两名；然而以清代方志记述推测，章华台在西北，乾溪台在北，二者当是两个独立的台馆。据《民国商水县志》卷首《北街地方图》，章华台的位置已居于正北、里程接近二里，这既说明作为参照的商水县城向西、向北的扩建，也说明图中标注的章华台以及没有标注的乾溪台相对方位的东移，既然原西北的章华台相对东移至正北，原正北的乾溪台自然也要相对东移至东北。我们在商水县实地考察时，了解到商水县古县城北二里处有两块台地，一块即章华台遗址，另一块在章华台遗址东北200米左右的地方，那里想来当是乾溪台遗址。据《民国商水县志》记载和当地老人们的回忆，遗址台地上在民国初年曾有两座寺庙，即玄武庙和八蜡祠。据此，我们认为，今商水县有已知的三座古楚台馆遗址，即章华台、乾溪台和丛台。文献记载章华台与丛台为楚襄王所筑是没有问题的，而文献记载以为乾溪台为楚灵王所筑，恐怕是将记载中亳州城父的乾溪之台与此地的乾溪台混淆了，楚襄王既能仿今潜江之章华台在商水建造章华台，就有可能仿亳州城父之乾溪台在商水建造乾溪台。

八、章华台遗址调查与资料分析小结

通过七市县章华台遗址的调查与相关资料的分析，我们对各地章华台有了一个基本的认识：1. 湖北监利县老县城章华台和湖南华容县章华台，基本可以肯定是后人的附会，考古佐证与古代学者之考辨都可以证明这一点。2. 湖北荆州市沙市区章华台和湖北荆门市章华台，虽然可能是楚王曾经建造的离宫台馆，但前者叫豫章台，后者叫放鹰台，并不是章华台；前者虽于唐代就被称之为章华台，但是乃诗人所为，宋以来学者曾考定其非；后者仅为宋代之传闻，且为孤证，同时更被宋代引用此孤证的学者沈括所亲自否定。3. 湖北潜江市龙湾放鹰台宫殿基址群遗址，是有文献记载和考古证明的楚灵王前期建造的章华台；安徽亳州市城父镇章华台有先秦及汉魏文献记载，亦有考古佐证，是楚灵王后期建造的章华台；河南商水县章华台见于六朝与唐宋文献记载，虽缺乏考古证明，但符合历史事件的记述，是可以采信的，其台为楚襄王迁都陈郢后所建。这三处章华台遗址都得到了文物部门的认定，都有文物保护标志。

湖北潜江龙湾镇章华台、安徽亳州市城父镇章华台、河南商水县章华台三者虽然建造的时间有先有后，甚至相隔二百余年，但却有着惊人的相似之处，首先是选址相似：三者之选址在今天看来都在广袤的平原之上，在先秦则均是低平的冈阜与湖泽地带，而且临近河道；其次是都将临近的河道命名为乾溪：潜江市龙湾镇章华台近处有乾溪，《同治监利县志》载："乾溪，《太平寰宇记》在邑界。今名乾港。"现已淤塞。亳州市城父镇章华台紧邻乾溪，晋杜预注："乾溪，在谯国城父县南。"宋沈括《梦溪笔谈》载："亳州城父县有乾溪，其侧亦有章华台。"今河道尚存，名乾溪沟。商水县章华台亦有乾溪，宋沈括《梦溪笔谈》言，"商水县章华之侧亦有乾溪"，今商水县章华台遗址东北有乾溪台遗址，按理先秦之际当有溪流经于此地，《民国商水县志》所记的长沟、三里桥沟往昔可能源出乾溪台一带，今已被城市建筑覆盖，无踪迹可寻。值得引起思考的是，三者的相似，是偶然的巧合呢，还是建造者特意为之？以楚国中后期的都城选址、建制与命名来看，我们认为极有可能是建造者特意为之。如楚国中后期都城有三，湖北荆州北纪南城，古称南郢；河南淮阳陈楚古城，古称陈郢；安徽寿县楚城遗址，古称寿郢。三者的选址均为平原地带；都临河而建，并接引河水修建了环绕城墙的宽阔的护城河；除因陈国旧都而整修的陈郢外，楚人自己建造的南郢与寿郢均有河道从城中通过，且在常规的旱门附近修有水门。① 楚国都城的选址与建筑形制，完全可以佐证潜江龙湾、亳州城父与河南商水三处章华台选址、建制、命名的相似是建造者有意而为之。既然有意为之，那么三者之间就应当存在着仿建与文化承继的关系。这就是说，潜江龙湾章华台是原始建筑，而亳州城父、河南商水章华台都是模仿潜江龙湾的建筑，按照楚王族"地名迁徙"的习俗，亳州城父与河南商水的建筑当时就称为章华台的可能性极大。至于亳州城父与河南商水的"乾溪"，也当是因有着潜江龙湾之乾溪的参照，按照"地名迁徙"的习俗命名的，其目的即是"以像华容之地"。后世历史学家认为城父乾溪是真正的乾溪，而潜江龙湾与河南商水之乾溪是为附会。这可能是因为，城父乾溪在春秋楚灵王与楚昭王之际曾发生过重大历史事件而被史书记载，而在潜江龙湾以及河南商水之乾溪并没有发生值得史书记载的事件而未被史家采录，从而导致了后世历史学家的记载缺失或误解。总之，我们认为，潜江龙湾、亳州城父、河南商水三处章华台在建筑之时就称之为章华台，至于其别称如亳州城父之章华台又被称为乾溪之台，当是史家为了与潜江龙湾章华台相区别而使用的别称而已。

九、关于宋赋"章华"所指的讨论

宋玉《登徒子好色赋》有"时秦章华大夫在侧"语，唐李善《文选注》卷十九说："章华，楚地名。大夫，楚人，入仕於秦，时使襄王。一云，食邑章华，因以为号。"李善以"章华"为地名是有文献依据的，《国语·吴语》说："乃筑台于章华之上。"三国吴韦昭注："章华，地名。"以此推测，楚灵王在今潜江龙湾始建章华台是用地名冠以台名，而后灵王于亳州城父、襄王于河南商水筑台名之为章华台，则是出于楚人"地名迁徙"的习俗。至于"秦章华大夫"，李善以为是楚国章华人，以原籍为其称谓，或在楚时食邑于章华，以封

---

① 参见曲英杰：《长江古城址》，湖北教育出版社 2004 年版。

邑为其称谓,其人后入仕于秦,为大夫。按照李善的注释,宋赋"章华大夫","章华"无论是以原籍为其称谓,还是以封邑为其称谓,均当指古楚章华,即今湖北潜江龙湾宫殿建筑基址群所在地。然而李善之注未必就是确解,"秦"亦可指楚人之姓,先秦楚本有秦姓,《史记·仲尼弟子列传》载"秦商,字子丕",《集解》:"郑玄曰楚人。""章华"亦可指封邑或任职之地,先秦楚官员有以封邑与职官为称谓者,《战国策·楚一》有"昭奚恤与彭城君章",宋鲍彪注:"彭城属楚,知为楚人。"此外鄢陵君、寿陵君、安陵君、州侯、夏侯等等皆有如此类。如此说来,宋赋"秦章华大夫","秦"亦可指姓氏,而"章华大夫"只能指其职官,即管理章华台的大夫。这是因为章华一带,自章华台修建伊始,既已被楚王辟为离宫台馆,绝不可能封给属臣作为封地或食邑。据此,宋赋"秦章华大夫"当不会指秦国人,理由很简单,秦国没有章华台,或称作章华的地方。亦当不会如李善所说指原籍在章华后来仕秦的楚国人,文献记载楚章华地区是为楚王之田猎禁区(在云梦范围内)本无民人居住,楚灵王"为章华之宫,纳亡人以实之",于是方有宫奴移居于此。这些宫奴大概是章华地区的第一代"居民",宫奴们以及他们的后代本无人身自由,是不能随随便便离开离宫的,即便逃出章华之宫"入仕于秦",也不会自暴身份,自称章华大夫,更何况宫奴们寄居的"章华"自他们先辈寄居伊始就已是楚王之离宫,离宫之名岂可作为一般人的祖籍之称谓。李善的注释实在是没有考虑到章华的这个特殊的文化背景。所以最合理的解释当是:"秦章华大夫"是秦姓楚人,其官职为章华大夫,是管理章华台的官员。

明确了宋赋"秦章华大夫"的所指,下面再讨论宋赋"章华"即章华台之所指。上节已经论及,春秋战国之际楚章华台有三:一在湖北潜江龙湾,二在安徽亳州城父,三在河南商水。在三者中哪一处是宋赋所指呢?要解决这个问题,可以从宋玉《登徒子好色赋》的创作时间与地点入手。根据现当代学者研究,宋玉生活在楚襄王、考烈王及幽王时代,假设《登徒子好色赋》创作于楚襄王前期(前298—前279),即秦白起攻占郢都之前,楚襄王及宋玉的活动区域当以南郢为中心,"章华"所指当为潜江龙湾之章华台。楚襄王也是个喜欢淫游的君主,《战国策·楚策》说,楚襄王"左州侯,右夏侯,辇从鄢陵君与寿陵君,饭封禄之粟,而戴方府之金,与之驰骋乎云梦之中"。他游于云梦,驻跸于章华，当是常有的事情。潜江龙湾章华台的官员"秦章华大夫在侧"，自在情理之中。假设该赋创作于楚襄王后期（前278—前263），楚都已迁至陈郢，楚襄王及宋玉的活动区域当以陈郢为中心，"章华"所指当为河南商水或亳州城父之章华台。因为，据史料记载，潜江龙湾章华台地区此时已被秦人占领，设南郡而统辖之，楚襄王不可能再游于此，此台的官员也不复存在。又据龙湾宫殿群基址考古发现，1号基址毁于火灾，专家们推测是秦人攻克章华台时所为，即便襄王想故地重游，也绝无可能。而比较河南商水与亳州城父之章华台，前者为楚襄王新建，后者自楚昭王而后史书中已无楚王游此的记载，想必久已废弃，所以宋赋"章华"所指非河南商水章华台莫属。然而，据我们的研究，《登徒子好色赋》当作于楚考烈王即位之初，理由是：1.赋之文本只言"楚王"，不像《高唐》《神女》《大言》《小言》《风》《讽》等赋明言"楚襄王"。这是此赋非作于楚襄王之时的明显标志。2.宋玉《讽赋》与《登徒子好色赋》谗短宋玉的内容相同，唐勒向楚襄王进谗言碰得灰头土脸，登徒子不可能自讨没趣向楚襄王进同样的谗言，按情理登徒子的谗言一定是说给新登基的考烈王听的。[①] 楚考烈王即位之初，楚都仍在陈郢，宋玉仍为文学侍从，因此，我们认为《登徒子好色赋》中的"秦章华大夫"应为楚考烈王的属臣，而宋赋"章华"所指则仍然是楚襄王所建的河南商水之章华台。

（原载《湖北文理学院学报》2016年第4期）

（作者单位：湖北文理学院宋玉研究中心；中共赤水市委办公室；

武汉经济技术开发区洪山小学）

---

①　参见刘刚：《宋玉年世行迹考》，《宋玉辞赋考论》，辽海出版社2006年版。

附图：

图一

图二

图三

图四

图五

图六

图七　　　　　　　　　　　　图八

图九　　　　　　　　　　　　图十

图十一

图十二

图十三

图十四

图十五

图十六

图十七

图十八

图十九

图二十

图二十一

图二十二

图二十三

图二十四

图二十五

图二十六

图二十七

图二十八

图二十九

图三十

图三十一

图三十二

图三十三

图三十四

图三十五　　　　　　　　　　　　　图三十六

图三十七　　　　　　　　　　　　　图三十八

图三十九　　　　　　　　　　　　　图四十

《远游》作者之争与数术方技文化认知
——兼论《楚辞》研究领域的开拓与方法论问题

王德华

　　自从清代胡濬源提出《远游》不类屈子口吻，认为《远游》非屈原所作者，至今不绝。纵观《远游》作者之争，其关键在于对数术方技文化的认知。"数术"与"方技"在西汉时即成为我国古代书籍分类的两大类目，在早期中国（先秦两汉）的知识系统中占有重要的地位。《汉书·艺文志》载刘歆《七略》为辑略、六艺略、诗赋略、诸子略、兵书略、术数略、方技略。《汉志》又称"术数"为"数术"。《汉志》著录"数术"类著作共分六类，即天文、历谱、五行、蓍龟、杂占、形法。"方技"类主要分四类，即医经、经方、房中、神仙。可见，早期中国的数术方技包含范围极广，主要是指天文、地理、历谱、五行、占卜、医药、养生等实用类技术与文化。《远游》中涉及的数术方技文化主要是天文及吸食行气飞仙之术，而这也正是《远游》作者之争的关键。本文拟在梳理《远游》作者之争的基础上，从人们对数术方技文化认知的角度，探讨《远游》作者之争与百年来学术思潮之间的关联，揭示著作权之争背后隐藏的人文科学方法论的失误，以期引起当今人文学科研究方法论上的反思。

一、《远游》作者之争的三大基本问题

　　最早提出《远游》非屈原所作的，是清代的胡濬源（1748—1824）。胡氏

《楚辞新注求确·凡例》言："屈子一书，虽及周流四荒，乘云上天，皆设想寓言，并无一句说神仙事……何《远游》一篇，杂引王乔、赤松且及秦始皇时之方士韩众，则明系汉人所作可知。旧列为原作，非是。故摘出之。"又于《远游》解题加按语云："《远游》一篇犹是《离骚》后半篇意而文气不及《离骚》深厚真实，疑汉人所拟。"又在文中注云："疑汉文景尚黄老时悲屈子者托拟之，以舒其愤也。"①《楚辞新注求确》刊刻于嘉庆二十一年（1816），后世"非屈作派"大都在此基础上再做推论。吴汝纶（1840—1903）在评点《远游》时言："此篇殆后人仿《大人赋》托为之，其文体格平缓，不类屈子。世乃谓相如袭此为之，非也。辞赋家展转沿袭，盖始于子云、孟坚，若太史公所录相如数篇，皆其所创为。武帝读《大人赋》飘飘有凌云之意，若屈子已有其词，则武帝闻之熟矣。此篇多取老、庄、《吕览》以为材，而词亦涉于《离骚》《九章》者，屈子所见书博矣。《天问》《九歌》所称神怪，虽闳识不能究知。若夫神仙修炼之说，服丹度世之旨，起于燕齐方士。而盛于汉武之代，屈子何由预闻之？虽《庄子》所载广成告黄帝之言，吾亦以为后人羼入也。"②认为神仙修炼之说起于燕齐、盛于汉武，从齐楚地域的空间阻隔及盛行汉武的历史演化否定了《远游》为屈原作，且明显提出《远游》情感"不类屈子"说。廖平（1852—1932）于辛亥革命后五四新文化运动之前提出："《楚辞》，意义缠复，非一人之著述，乃七十博士为始皇所作仙、真人诗。"③其《楚辞讲义》云："《远游篇》之与《大人赋》，如出一手，大同小异。"④随着五四新文化运动的到来和疑古思潮的兴起，在屈原其人都存在争论的情况下，《远游》非屈作成为学界的主要观点。至于《远游》作者为谁，又有各种推论，或认为《远游》

---

① 以上所引详见《楚辞新注求确》，载杜松柏主编：《楚辞汇编》第六册，台湾新文丰出版公司1986年版，第10、319、327页。

② 吴孟复、蒋立甫：《古文辞类纂评注》（下），安徽教育出版社2004年版，第1960—1961页。

③ 廖平：《五变记》，载李耀仙主编：《廖平学术论著选集》（一），巴蜀书社1998年版，第609页。廖平学术五变于1918年。

④ 廖平：《楚辞讲义》。按，廖平对屈原及其作品的认识有个变化过程，具体参见黄鹄：《廖季平从〈楚辞新解〉到〈楚辞讲义〉的变化》，《重庆师院学报》（哲学社会科学版）1984年第2期。

为模仿《离骚》的汉人之作①；或认为《远游》为汉人仿《大人赋》的伪作②，或认为《远游》抄袭《离骚》与《大人赋》的西汉人之作③，或认为《远游》十之五六皆离合《离骚》文句而成，其余则或采之《九歌》《天问》《九章》《大人赋》《七谏》《哀时命》《山海经》及老、庄、淮南诸书，又其词旨恢诡，多涉神仙，疑伪托当出汉武之世者④；或认为《远游》本于《淮南》⑤，或认为《远游》为《大人赋》初稿⑥，等等。可以说，自胡濬源以来，《远游》非屈作的观点占据主流。非屈作派推论的主要依据有三：一是仙道思想产生在秦汉之世，二是《远游》模仿《大人赋》或《离骚》，三是《远游》与屈原情感"不类"。

---

① 胡适：《读楚辞》，撰于 1922 年 8 月，载胡明主编：《胡适精品集》第三册，光明日报出版社 1998 年版，第 93—94 页。又，刘永济认为《远游》为因袭《离骚》的后人之作，其《屈赋通笺·叙论》曰："惟《远游》一篇，有道家高举之意，不类屈子之言。且全文因袭骚辞文句，至三之一。其为后人所作，殆无可疑。"《屈赋通笺》撰写于 1932—1933 年间，只是略说。此后刘永济在《屈子非道家远游非屈子所作》一文中加以论证，此文收入 1953 年出版的《笺屈余义》中。以上所引参见刘永济：《屈赋通笺 笺屈余义》，中华书局 2007 年版，第 13、223—227 页。

② 陆侃如：《屈原评传》，此文撰于 1923 年 4 月，载《陆侃如古典文学论文集》，上海古籍出版社 1987 年版，第 290—296 页。按文中言《远游》是"后人所仿《大人赋》而作，决不可挤入屈原集中"，"但东汉顺帝时王逸作《楚辞章句》已有此篇，故其出世也不能在此时以后。我想这大约是一个汉代的无名氏伪托的（这汉代是一个骚赋盛行时代，而这时的人又有一种作伪书的流行病 —— 二千年来今古文学之争即起于此 —— 故我这假设是很可能的）"。

③ 游国恩：《楚辞概论》，撰于 1925 年，载《游国恩楚辞论著集》第四卷，中华书局 2008 年版，第 140—147 页。表现在《远游》上，游先生所论虽与陆侃如稍有不同，但其从字句与《离骚》的相似、道家思想与游仙思想出现在秦至西汉初，认定《远游》是西汉初年人仿《离骚》之作。但其 1931 年刊于武汉大学《文哲季刊》上《屈赋考源》一文，改变了这一看法，认为《远游》为屈原所作，详后。

④ 胡小石：《远游疏证》，此文撰于 1926 年，载《胡小石文史论丛》，南京大学出版社 2008 年版，第 126 页。周勋初先生在导读时称："二三十年代的辨伪学者写作有关《楚辞》的文章，采用进化的观点，涉及思想史方面的问题，旁征博引，辗转为说，借此把《楚辞》方面的文章区别出作者的不同年代。这类文章看起来论证得似乎很细致，但因多用假设、推论等手段，其不确定性也会大大增加。小石先生的这类文字，纯以排比为手段，读者自可根据材料自行推断，故颇有引而不发之势，这就会给读者留下更多思考的余地。"（第 15 页）

⑤ 何天行：《楚辞作于汉代考》，中华书局 1948 年版，第 113 页。

⑥ 郭沫若《屈原赋今译》的后记撰写于 1953 年 3 月 11 日，其中云："此中《远游》一篇，结构与司马相如《大人赋》极相似，其中精粹语句甚至完全相同，基本上是一种神仙家言，与屈原思想不合。这一篇，近时学者多认为不是屈原作品。据我的推测，可能即是《大人赋》的初稿。司马相如献《大人赋》的时候，曾对汉武帝说，他'属草稿未定'。未定稿被保存了下来，以其风格类似屈原，故被人误会了。这一误会，不消说是出于汉人，而且可能就是出于王逸。因屈原的《九章》本是汉人所采辑的九篇风格相类似的屈原作品，如果《远游》早被认为屈原作品，那才会被收为'十章'而非单独成篇了。即此，已可证明《远游》被认为屈原所作是在《九章》辑成之后。"参见郭沫若：《屈原赋今译》，人民文学出版社 1953 年版，第 205—206 页。

这三个方面又是相互联系、相互支撑的三个依据，而尤以第三个问题看似简单却又最为复杂。以上三个方面，也成为新中国成立后至今围绕《远游》之争的三个基本问题，只是论争更加细致且深化。下面，我们就这三个基本问题的争论略作梳理。

先说《远游》中的仙道思想问题。游国恩先生 1931 年撰《屈赋考源》一文，改变了前此《楚辞概论》中的观点，认为《远游》为屈作。在 1946 年版《屈原》一书中，游先生补充说明了他对《远游》前后观点改变的理由，其中一条便是"神仙思想和养生炼形的学说，并不起于西汉，先秦战国之时早已有之"[①]。邓潭州先生《读郭沫若先生〈屈原赋今译〉》一文中，对郭沫若将《远游》视为司马相如《大人赋》的初稿提出异议。其从作品本身的思想情感角度，认为《远游》是比较优秀的作品，似非司马相如所能企及；并从屈原所有作品反映的思想复杂性角度指出，认为《远游》受到表现属于道家支流的神仙家思想的影响是正常的。[②] 此外，1961 年《文学遗产增刊》第八辑载张宗铭先生遗作《试论〈远游〉仍当为屈原所作》，也主要针对郭沫若的观点而发。就仙道思想而言，作者依据屈作中涉及的道家思想及仙游思想的作品诸如《天问》《涉江》《思美人》《离骚》等，说明屈原生于儒、墨、道、法诸家思想的时代，他的思想同时受到这些思想影响，没有必要把屈原思想归属于哪一家。此后，陈子展先生于 1962 年撰写的《楚辞〈远游〉篇试解》[③]，姜亮夫先生的《简论屈子文学》《屈子思想简述》[④]，姜昆吾、徐汉澍的《〈远游〉真伪辩——屈赋思想、语言与〈远游〉》[⑤] 等文，利用《山海经》《庄子》等文献，说明仙道思想应为南楚应有之思想。但是潘啸龙先生《〈远游〉应是汉人伪托屈原之作——〈远游真伪辩〉质疑》一文，针对姜、徐文章提出质疑：

---

① 游国恩：《游国恩楚辞论著》第三卷，中华书局 2008 年版，第 521 页。

② 邓潭州：《读郭沫若先生〈屈原赋今译〉》，《光明日报·文学遗产副刊》第 140 期，1957 年 1 月 20 日。

③ 陈子展：《楚辞〈远游〉篇试解》，《文史哲》1962 年第 6 期；后来整理收入复旦大学 1996 年版《楚辞直解》一书，题为《〈远游〉解题》。

④ 姜亮夫：《楚辞学论文集》，上海古籍出版社 1984 年版。

⑤ 姜昆吾、徐汉澍：《〈远游〉真伪辩——屈赋思想、语言与〈远游〉》，《文学遗产》1982 年第 3 期。下引此文不复出注。

　　"仙人"的概念，求"仙"的用语，以及韩众、王乔、赤松子之类"仙"去的传说，在屈原时代却还未出现。与屈原同代的庄子，其出世之说可谓已臻"圆备"（鲁迅语），种种仰慕"神人""真人""至人"独与天地精神往来的"无端厓之辞"，充斥于一部《庄子》之中，却未有一语说及赤松子、王子乔、浮丘生、韩众等等"仙"人。《山海经》历述九州神怪，可谓诵怪、不经之至，亦未有一语涉及上举"白日飞升"的人"仙"。在屈原的所有诗作中，但有"神"、有"怪"，而未见有"仙"。象"赤松""王乔"这类仙人，即使在传为屈原之后宋玉所作的《九辩》中，也还没有出现，虽然《九辩》最后一节也有"乘精气之抟抟兮，骛诸神之湛湛"的浪漫主义描写。

　　他认为《远游》中的飞仙与《山海经》《庄子》及屈原《离骚》等篇中表现的神怪不同，并引胡濬源之说，认为"胡氏之说，实为至确。飞升成仙之说，萌于战国末年而盛于秦汉之际，直至刘向方搜罗各种传说，以成《列仙传》。屈原之时，这种思想、用语尚未流行，又怎能断言酣畅淋漓地表现了'轻举''登仙'思想的《远游》为屈原所作？姜、徐二位之文，力排众议，洋洋过于二万余言，对胡氏提出的证据，惟独不置一辞，却是为何？"[1]潘先生提出的质疑，随着 20 世纪 90 年代以后出土文献的不断公布与研究的深入，学界利用出土文献证明《远游》中涉及的吸食导引飞仙之术在战国时代产生的可能性，无疑给了强有力的回答。如汤漳平先生《出土文献释〈远游〉》，就以 20 世纪 70 年代以来出土文献诸如长沙子弹库战国楚帛画、马王堆汉墓帛书中《却谷食气》篇、阜阳双古堆汉简中有《行气》篇、天津艺术博物馆收藏有一件战国玉器上的行气铭文，指出"战国时代楚地的这些道家服食、行气、导引的出土文献，不正清楚地表明，所谓神仙家只有燕齐才有，屈原无由得知的说法，是根本站不住脚的"，"战国时代楚地盛行有关灵魂升天、羽人和游天的思想观念"。[2]汤先生运用出土文献并吸纳饶宗颐、李学勤、李零等人的研究成果，

　　① 潘啸龙：《〈远游〉应是汉人伪托屈原之作 ——〈远游真伪辩〉质疑》，《青海社会科学》1984 年第 3 期。

　　② 汤漳平：《出土文献释〈远游〉》，《中国楚辞学》第十六辑，学林出版社 2011 年版。

与《远游》相互参证发明，说明屈原时代的楚地具有产生吸食行气飞仙之术的文化土壤，也完全可以提供《远游》中涉及的道家思想，论证周详。廖群先生《出土文物与屈原创作的认定》一文，由2000年发掘的湖北荆州天星观二号战国楚墓中的羽人雕像，指出从"这一立于凤鸟头上的羽人看来，王子乔之类的传说必定不始于汉代，不局限于燕、齐，它们原本由神话脱胎而来，楚地巫风中云游天际的想像与之有着天然的联系"，认为"出土文物提供的新的信息是，就文化背景而言，仙道思想已经不应再成为判定屈原有可能创作《远游》的障碍"。另外她还将《远游》诗句与出土文物互证，言"《远游》中恰恰提到了'羽人'，所谓'羽人于丹丘兮，留不死之旧乡'。由此及彼，赤松子传说原本是神农时的雨师，韩众据《列仙传》称是战国齐人，'王采药，王不肯服，终自服之，遂得仙去'，而非秦始皇时方士。这样，《远游》中提到王乔、赤松、韩众，就不能再成为判定其非屈原作的'铁证'"。① 在此之前，汤炳正先生就指出，"据'韩众'而将《远游》写作时代移于秦汉以后，实为不确之论。盖古有神话传说'韩众'，故秦始皇方士亦以'韩众'自号，此殆即太炎先生所谓'同术''慕用'"②。可以说，出土文献进一步说明了南楚具有产生《远游》中道家思想尤其是仙道思想的文化背景。

与仙道思想之争密切相联的是《远游》与《大人赋》的关系问题。最早将二者联系起来的是洪兴祖，只不过他认为《大人赋》是模仿《远游》的；而非屈作派把二者的关系颠倒过来，这种轻易颠倒互证的手法，说明从文句上比较《远游》与《大人赋》并以此作为论证模仿或抄袭的方法存在着缺陷。游国恩先生在1945年版的《屈原》中为《远游》平反的理由之一便是不科学的语句上的比较论证："司马相如《大人赋》的抄袭《远游》，正可证明《远游》这篇东西至少在它以前，而不是汉人所能依托。若说《远游》一定是抄《大人赋》，不但没有确切的证据，而且是一个颠倒事实，不合'逻辑'的曲说。……况且宋玉的《九辩》已屡次引用《远游》的词意……假如《远游》是西汉人作的，宋玉如何能模仿他呢？难道《九辩》一篇也是西汉以后的人作的么？所以《远

---

① 廖群：《出土文物与屈原创作的认定》，《中国楚辞学》第八辑，学林出版社2007年版。
② 汤炳正：《楚辞类稿》，巴蜀书社1988年版，第395页。

游》必是屈原所作，断无疑问。"① 张宗铭先生遗作《试论〈远游〉仍为屈原所作》一文，更从宋玉之作扩展到其他拟骚作品："宋玉和贾谊在司马相如之前，东方朔和严忌是与司马相如同时而共事的。如果《远游》真是出于司马相如之手而非屈原所作，那么，宋玉和贾谊便不可能读到它；东方朔和严忌是可能读到它了，却也不可能引用它的词句来述屈原。但是宋玉、贾谊、东方朔和严忌诸人却都在引用着《远游》的词句来述屈原。"② 虽然张先生没有具体展开这方面的对比（也许是遗作的原因），但他的这一论证方法得到"屈作派"的继承。陈子展先生《〈楚辞·远游〉篇试解》一文，对《远游》与《大人赋》之间的关系，做了详细的论证说明，主要批驳郭沫若、刘永济的《远游》语句上模仿或袭用《大人赋》和《离骚》的观点，并用《楚辞》中仿《远游》的拟骚作品，反证《大人赋》模仿《远游》，而不可能是《远游》模仿《大人赋》。③ 如果说以上诸篇文章，着重从文本句式上比较《远游》与《大人赋》或《离骚》的关系，那么姜昆吾、徐汉澍的《〈远游〉真伪辨》一文④，在前人研究的基础上，则进一步从《远游》文本的文风、语法、音韵等方面细致地考察，论证《远游》为屈原所作。但是，非屈作派反过来也同样质疑这种方法的有效性。如前引潘啸龙先生《〈远游〉应是汉人伪托屈原之作 ——〈远游真伪辩〉质疑》一文指出："姜、徐二位认为，'作文集字法以成句，集句法以成篇，仔细观察作者用字、修辞、造句、直至行文布局的素习'，以及'语法音韵规律'，'可以作考证作品真伪最科学最严谨的依据'，这无疑是正确的。问题在于，我们对屈原诗作的风格、语法和音韵规律的特点，包括它们与后世效颦者的细微差别，把握得是否正确。"⑤ 并举《惜誓》为例，认为无论在文风、语法与音韵上都极似屈原，但不能据此推断《惜誓》为屈原所作。这种反证手法的运用，让我们看到了陈子展先生运用《楚辞》中拟骚作品反证《远游》为屈作的论证方

① 游国恩：《游国恩楚辞论著集》第三卷，第 522—523 页。

② 张宗铭：《试论〈远游〉仍为屈原所作》，《文学遗产增刊》第八辑，中华书局 1961 年版，第 40—41 页。

③ 陈子展：《〈楚辞·远游〉篇试解》，《文史哲》1962 年第 6 期。

④ 该文原发于《文学遗产》1981 年第 3 期，后作为附录收入姜亮夫先生的《楚辞学论文集》（上海古籍出版社 1984 年版，第 507—544 页）中，题名为《远游为屈子作品定疑》。

⑤ 潘啸龙：《〈远游〉应是汉人伪托屈原之作 ——〈远游真伪辩〉质疑》，《青海社会科学》1984年第 3 期。

法。游国恩在 1925 年撰写的《楚辞概论》中认为《远游》模仿《大人赋》，但 1956 年他在北京教师进修学院的讲学稿《屈原作品的真伪问题》中又认为《远游》为屈原作："《远游》，我从前也怀疑过，后来我觉得我所持的理由不能成立。司马相如的《大人赋》明明是抄袭它，这一点正可以证明《远游》很早就存在。"[①] 由此看来，在讨论《远游》作者的问题上，关于它与《大人赋》的关系问题虽然重要，但是两派在论证过程中类似手法的运用以及游先生前后观点的改变，说明了从文本本身探讨字词、语法、音韵与屈作的似与不似这一论证方法的有限性，并不能从根本上解决《远游》作者之争的问题。

讨论《远游》作者之争的关键，是《远游》仙道思想与屈原思想情感之关联，亦即上面所说的第三个问题，《远游》情感与屈原"不类"的问题。实际上，前两个问题都是因这一问题而产生，即为了说明这一问题而寻找的证据。从胡濬源始直至当代，非屈作派"不类说"之"不类"的主要观点集中于此，屈作派与之展开讨论的焦点也在于此。

从楚辞研究史的角度考察，在胡濬源提出《远游》非屈作之前，自王逸以来的楚辞专家对《远游》主旨的阐述，主要从人的情感与思想复杂性角度，辩证地看待《远游》与屈原之间的关系。针对非屈作派的"不类"观，近代以来屈作派主要从手段与目的不同角度，指出《远游》中的仙道思想与神仙家及庄子思想的不同，即《远游》中仙道思想是屈原发愤抒忧的表现，而不是目的。如梁启超（1873—1929）对《汉志》著录的屈原赋二十五篇，对王逸《章句》中著录的屈原作品也有所怀疑与增删，虽未必是，但他认为《远游》是屈原所作，应是针对胡适认为《远游》为汉人模拟《离骚》之作而发的[②]。在 1922 年 11 月 3 日梁启超为东南大学文哲学会所作的演讲《屈原研究》中，他给予《远游》以极高的评价："我说《远游》一篇，是屈原宇宙观人生观的全部表现。

<hr>

[①] 游国恩：《游国恩楚辞论著集》第四卷，第 158 页。
[②] 梁启超《屈原赋二十五篇》云："若吾所臆测不甚谬，则将旧说所谓二十五篇者删去《惜往日》，以《礼魂》分隶《东皇太一》等十篇之末，不别为篇，而补入《九辩》《招魂》，恰符二十五之数。此二十五篇是否皆屈原作品，抑有战国末年无名氏之作而后人概归诸屈原，虽尚有研究之余地（近人胡适有此说），然而刘向、班固所谓二十五篇之屈原赋，殆即指此无可疑者。"（陈引驰编校：《梁启超国学讲录二种》，中国社会科学出版社 1997 年版，第 77 页）则见梁氏对屈原赋二十五篇的删定，有着对胡适《读楚辞》中看法而发。《读楚辞》中胡适认为《远游》为汉人模拟《离骚》之作。

是当时南方哲学思想之现于文学者。"① 谢无量（1884—1964）的《楚辞新论》，
针对廖平、胡适及陆侃如对《远游》的否定，提出了屈原两种思想说，即爱国
思想与超人间思想，爱国思想以《离骚》为代表，而超人间思想以《远游》为
代表，并对二者之间的关系做了论述："人类的思想，是两面的。越是急进的
人，越容易有消极的见解。我们在屈原的著述中，也是一方面看见他热烈爱国
的感情，一方面看见他虚无出世的说话……屈原生于楚国，那楚国是道家的
策源地，所以这种超人间的思想，是容易发生的。《离骚经》中，他所说的驱
驾云霓，飞腾鸾凤之游，与灵氛神巫之占，连篇累牍，已是一派超人间的话。
大概要超人间必先厌世间，所以《天问》《卜居》《渔父》等篇，都说世间不
好。世间既不好，就要涉想及于神秘。如《九歌》《招魂》《大招》便全是'神
秘化'的文学，只有《远游》一篇，专说超人间，包括修仙的道理。所以屈原
二十五篇，超人间的思想，占其大半。无非受南方学派中道家的影响罢了。"②
前引邓潭州与张宗铭的论文，在对郭沫若的观点提出异议时，实际上也客观地
指出了屈原思想的复杂性。陈子展先生《〈楚辞·远游〉篇试解》一文分析了
王逸以来屈作派对《远游》主旨的阐述，尤其首肯蒋骥对《远游》的看法，指
出"蒋骥以为《楚辞》一篇系作者有激之言，皆属幻语；本意不在求仙，而是
幽忧已极，想要离俗飞举，发泄郁闷。换句话说，就是他被时俗逼迫，至于逼
得他'发愤欲远游以自广'而已"。把作为手段的求仙与作为目的的求仙区分
开来，重点落在了"发泄郁闷"这一中心上。以上诸家说法辩证融通，由此说
明，以所谓作品内容的"不类"来判断《远游》非屈原所作的方法，还是有些
过于简单化了。

　　不过，以上诸家虽然都提到了屈原思想的复杂性问题，并没有结合作品
对此进行详细论证，以姜亮夫、姜昆吾、徐汉澍为代表的屈作派，将《远游》
之去置入屈原一生的"忠怨去死"的心路历程中加以认识，从屈原一生情感
变化历程来判定《远游》为屈作，可以说是在这方面所做的更为深入的探讨。
1977 年姜先生撰写的《楚辞通故叙录》一文，言"《远游》一文，在屈子为别

　　① 《屈原研究》初发于 1922 年 11 月 18 日至 24 日《晨报副刊》；又载夷夏编：《梁启超讲演集》，
河北人民出版社 2004 年版，第 170 页。
　　② 谢无量：《楚辞新论》，商务印书馆 1923 年版，第 66—68 页。

调。盖穷极而反之义，此屈子文学之浪漫面也（其文法用韵皆与《骚》《章》同）"①，姜先生在他的《楚辞学论文集》中收录了姜昆吾、徐汉澍的论文，并以"《远游》为屈原作品定疑"加案语曰：

　　在本论文集中论屈子文学与思想两文对《远游》篇的评论，指陈了《远游》篇是屈子的作品，是从二十五篇全体思想结构的一生进化的角度来评定的。主要是从较早的作品《离骚》是篇入世的情感与思想入手，对楚国还"存心君国"，冀望能得贤哲，与己同辅怀王，以兴楚国。到了中期，楚的外交、内政无一不失败，国已不成其国，才想到高翔、远游以求超于人世。这是思想情感的第二阶段。到了秦兵入楚，自己九年不得归，才有离世独善其身，求清白以死直的思想，是一生告终之时。在《怀沙》《悲回风》中，从容不迫地到汨罗就义，了此一生。所以若无《远游》一文，似乎是个缺略，这种推理，非深求不易认识。女儿昆吾之《远游真伪辨》，则从具体的思想与语法的分析（语法分析是徐汉澍同志协助为之）来决定《远游》思想与屈子全部作品的统一性，不可分割，这才把世人轻率的理论彻底推翻。该文在一九八一年《文学遗产》上刊出，此案可定矣！这大可补余说之不足，兹把它录入本论文集，从学术的立场看，是有好处的。②

　　姜先生把《远游》的求仙之举纳入屈原的生命与心路历程中加以阐释，将《远游》"高翔、远游"放在屈原二十五篇作品以及"忠怨去死"的心路历程中加以剖析，是对《远游》主旨与屈原总体精神不合做出的一种新的诠释，也是在王逸以来屈作派从情感层面论证的基础上，将《远游》与屈原一生政治遭遇联系起来综合考察并做出的理论提升。

　　但是作为非屈作派的代表，潘啸龙先生针对姜、徐文章中以"忠、怨、去、死"四个方面作为屈原一生情感变化的逻辑，指出将《远游》之"去"置

---

①　姜亮夫：《楚辞通故叙录》，《楚辞学论文集》，第449页。原文载《杭州大学学报》1977年第3期。
②　姜亮夫：《楚辞学论文集》，第507页。

入"忠怨去死"这一生命链中加以理解的不当：

> 纵观《离骚》《九章》诸诗作，屈原所表现的"去"，是与他的坚持正道、"独立不迁"、虽"体解""危死""溘死而流亡"，也"不可惩"、不可"变"的整个思想紧密联系在一起的。这其间虽然也痛苦、也犹豫、彷徨，但那是在"去"还是"留"上面的疑虑，与出世求"仙"是毫不相关的。最后，他考虑的是以身殉道的"死"，而从来没有赞赏过神人（如宓妃）的"淫游'，企慕过仙人的"不死"。这与《远游》所述的"去""登遐"、成"仙"、"留不死之旧乡""与泰初而为邻"等种种想法，相去何啻千里！怎么能够因为《远游》也有"去"的浪漫主义描写，就断言它所表现的思想，就是屈原思想的"重要组织成分"？为什么屈原没有这类"轻举"求"仙"思想，"他的死只会显得更软弱了"呢？①

潘先生分析了《远游》之"去"与《离骚》之"去"的区别，反过来又是对姜、徐之文以及屈作派的有力回应。

郝志达先生《谈〈楚辞·远游〉论争中的几个问题》一文，虽然没有针对潘啸龙先生的质疑，但纵观全文，可以说是对非屈派"情感"不类说的再次回应。郝先生的文章主要吸纳闻一多先生《神仙考》中的观点，不仅认为升仙起源甚早，同时引《庄子》相关升仙资料，认为《远游》中求仙之举与庄子相同，都是愤世之语。文章分析了《远游》的情感三个层次，并对《远游》的"远游"做了如下评析：

> 写远游，共八十六句，它是全诗的中心部分。蒋骥《楚词余论》中说："远游之志，于是大快矣"，在这段中，确实极写了神游的"大快"境界，但是，从诗人情感抒发的底蕴中，倒是在描绘"乐天之乐"的大快神界的游历中，曲折地再现了诗人的深沉的"忧国之忧"，揭示出诗人"旷

---

① 潘啸龙：《〈远游〉应是汉人伪托屈原之作 ——〈远游真伪辩〉质疑》，《青海社会科学》1984年第3期。

达"中的深痛极悲，这才是屈子的真精神，这才是《楚辞·远游》篇的主题所在。

故而郝先生认为《远游》与《离骚》在精神上是相通的，但是他又指出："《远游》中写上天四方游历，中国远古神话传说中四方神质乃历历在目，而求仙的味道倒很少见了，只是在诗的结尾'与泰初为邻'的情感发洩中颇引起人们的误解，难免有人认为此诗的主题乃是'要远避浊世'。"[①] 但郝先生对《远游》情感的解释，在最终"与泰初而为邻"上给人造成的"误解"，仍未给予很有力的解释。

由上可见，关于《远游》是否为屈原所作的问题，非屈作派所提出的两点质疑，所谓"仙人"之类的故事及"登仙"之类的用语出现较晚的问题，屈作派已经通过传世文献与出土文献的相互参证而做出了卓有成效的回应。但是非屈作派提出的有关《远游》的"思想情志与屈原诸诗绝不相类"的质疑，屈作派目前仍未给予合理地回答，这再次突显了《远游》主题与屈原情感不类说乃是《远游》作者之争的关键。

仔细分析我们不难发现，两派貌似水火不容，但是二者之间在知识体系和思想观念上的相似之处更是导致《远游》之争的症结所在。首先，二派对屈原主体精神的评价是趋同的。对屈原精神的具体内涵理解或有差异，但是屈原生死以之的对理想的持守与对现实的不断抗争，他的言行诠释了他对理想与自我人格的双重固持。其次，二派对《远游》主旨理解是趋同的，即《远游》表现的是仙道思想，具体而言，《远游》中的吸食导引飞升之举，屈作派将此视为一种手段，而非屈作派将之看作是远游的目的。屈作派将《远游》中涉及的飞仙之举看作是手段，这种解释不仅与《远游》最终表达的"与泰初而为邻"的"与道为邻"的状态不符，同时也很难驳倒非屈作派以"与道为邻"的"不类"说。

如此说来，要解决这一争论，突破《远游》作者研究的困局，我们不仅需要从屈原作品文本出发进行分析，需要从传世文献与出土文献的相互发明中寻

---

① 郝志达：《谈〈楚辞·远游〉论争中的几个问题》，《河北大学学报》1997 年第 4 期。

找更多的证据，更需要对《远游》中所涉及的"吸食导引""飞升远举"等内容做更多的思考，对战国时代的数术方技文化做深入的研究。

二、数术方技文化、战国知识体系与《远游》之关系

值得注意的是，《远游》中涉及的吸食养气这种方技内容，冯友兰先生较早地对《远游》中涉及的方技知识做了哲学上的解释。他在《中国哲学史新编》一书里，从《管子》中《内业》《心术上》《心术下》及《白心》四篇中分析了稷下学派的"精气说"，并从屈原《离骚》《天问》及《远游》中的诗句以及表达的思想，还有《吕氏春秋》中的文献，说明稷下学说在战国学界产生的广泛影响，指出："从屈原的文学作品看，稷下的精气说，已经从北方流传到南方。从《吕氏春秋》所记载的医学知识看，精气说已经从东方传到西方。它的流传是很广的，影响是很大的。"这就从思想史的背景这一角度说明了屈原《远游》作品中出现的方技知识在楚国产生的可能。在当时的历史情境下，冯先生主要从传世文献推理出《远游》应为屈原所作。但是他这一解释并未能促进《远游》作者之争趋于明晰，因为与精气说相联系的，是作者的飞升巡天，对《远游》最终的游旨，冯先生也只能沿袭屈作派的观点，他说："屈原真实相信'神'可以离开'形'而独立存在，或是仅用当时所流行的精气说为资料，作为'游仙诗'一类的作品，以发泄他的义愤吗？这就无庸深考，也无可深考了。"又说："照传统的解释，屈原的《离骚》和《远游》，不过是用一种幻想之词发泄他心中的悲愤之情。我并不是要推翻传统的解释，也不是说屈原真能够把他的精神离开肉体，到各处游玩，那是不可能的。他当然是用一种幻想之词以发泄他心中的悲愤，《离骚》《远游》是如此，《天问》也是如此。问题不在于是不是幻想之词，而在于他用什么思想资料作为他幻想之词的内容。他的幻想之词显然是有内容的，《天问》的内容，是当时的科学思想，《离骚》《远游》的内容是当时的哲学思想，即精气说。"① 由于《中国哲学史新编》

---

① 冯友兰：《中国哲学史新编》，人民出版社 1998 年版，第 558、551—552、553 页。

撰写于新中国成立后，冯先生自觉以马克思主义唯物史观来指导自己的学术研究，故而主要从唯物的角度理解《远游》中的精气说，认为稷下学派之后，精气说分为唯物的一支，为屈原、《吕氏春秋》及中医所继承，一派流衍为神仙说，意在强调《远游》是以精气说为主要哲学思想幻想游仙的，并将屈原的游仙与《庄子》的游仙做了对比，意在说明二者的差别。很显然，冯先生以精气说解释《远游》中的方技文化，赋予了《远游》强烈的唯物色彩。而汤炳正先生《楚辞类稿》中也将《远游》与稷下黄老思想联系起来考察，但是对《远游》中方技知识的态度却与冯友兰先生有异：

> 郭沫若同志认为《管子·内业》等篇，乃战国时期齐稷下学派中道家黄老学说的思想资料。此说如果能够成立，则屈原的《远游》之所以跟《内业》观点多相似，殆因屈原几次使齐，正值稷下讲学风气大盛之时，故耳濡目染，受其影响。因而当屈子晚期政治理想彻底破灭之际，便借此以自寄，成为屈子一时排遣的手段。
>
> 但是《内业》只谈"食莫若无饱，思莫若勿致"，而不谈"漱阳""含霞"的食气之术；只谈"遍知天下，穷于四极"，而不谈飞升、登仙的"化去"之方。这是《内业》与《远游》的不同之处。盖《内业》的作者，是把养生之道的精气说跟政治相结合，相辅相成，认为"赏不足以劝善，刑不足以惩过，气意得而天下服，心意定而天下听"。而《远游》则是屈子在政治失败之后，摄取道家黄老学派末流的某些消极的东西，以暂时排遣苦闷、寄托精神耳。[①]

很显然，汤炳正先生与冯友兰先生一样，对稷下学派的精气说与政治相联，多有推重。与冯先生不同的是，汤先生认为屈原只是摄取了稷下黄老学派末流的消极东西，即吸食、飞升、求仙之术。在对方技文化的认知上，与冯先生表现出明显的差异，但是二者相同的是都是将《远游》中的仙道思想的表现看作是排遣的手段。

[①]　汤炳正：《〈远游〉与稷下学派》，《楚辞类稿》，巴蜀书社1988年版，第383—385页。

精气说与稷下黄老思想的关联，给释读《远游》提供了一条重要的途径，故张正明《楚文化史》、涂又光《楚哲学史》都积极予以采纳。此外崔恒华、周建忠的《〈远游〉：稷下道家思想掩盖下的文学奇葩》一文，在冯友兰先生精气说的基础上，采纳陈鼓应先生的观点，即认为《管子》四篇"心""气"与"道"三者间的关联，从"心"对气来说，包含着"受—失—求—存—发—反"这样六个过程，认为《远游》大致也表现了这样一个过程。所以，不仅论文题目明确标出《远游》是"稷下道家思想掩盖下的文学奇葩"，文中更直言"整篇《远游》似乎可看作宣扬稷下道家哲学思想的骚体诗"。因文中对稷下道家只是简单涉及"精气"说，对稷下道家哲学思想缺少深入细致地探讨，故又认为《远游》"最后终成至道、长生不死，'与泰初而为邻'"①，把《远游》的主旨落在了"长生不死"的仙道上，表现出与汤炳正先生相同的观点。与往者稍有不同的是，作者似乎不再纠缠于《远游》仙道思想与屈原主体精神的"不类"。崔恒华《〈远游〉思想三论》一文，从"诗用神仙、道家言""诗用黄老言"分析了《远游》思想的复杂性，并从出土文献论证了《远游》思想多重性的楚文化背景，但是他最终认为："我们结合出土文献与传世文献来讨论《远游》一文的思想，最终也只能得出这样的结论：屈原的时代是有可能产生《远游》这样的作品的，屈原是有可能创作出《远游》的。但是，正如我们所了解的，古代文献的传播状况相当复杂，《远游》到底是不是屈原的作品，仅从思想史角度来论述，是缺乏显据的。"②这是在屈作派与非屈作派两大阵营之外产生的又一说的"可能说"。

可以看到，屈作派对《远游》中涉及的吸食吐纳导引飞仙之术在诗中的运用，或是将其与《庄子》中思想相比，或是与黄老思想中的精气说相联系，但是对《远游》中吸食导引之举未能置入诗歌文本中加以仔细审视。而且，对于《远游》中更为丰富的数术方技文化知识，如游历天空的星空区划知识场景、对吸食养气等方技文化可指涉的不同精神层面，尚未有深入的研究，故而对《远游》的主旨阐释，最终还是停留在游仙与排遣的层面上。这是非屈作派

---

① 崔恒华、周建忠：《〈远游〉：稷下道家思想掩盖下的文学奇葩》，《中国楚辞学》第十六辑，学林出版社2011年版。

② 崔恒华：《〈远游〉思想三论》，《中国楚辞学》第二十辑，学苑出版社2013年版。

"不类"说的重要依据，又因屈作派在对屈原主体精神以及对数术方技文化价值的认知上与非屈作派趋同，这是长期以来《远游》作者之争处于僵持状态的症结所在。

数术方技文化在中国思想史上占据重要的历史地位，这一点，随着出土文献的不断发现与研究的深入，越来越引起学界的重视，进而引起重写中国思想史的呼吁。《汉书·艺文志》中"数术略"分为天文、历谱、五行、蓍龟、杂占、形法六类，计190家；而"方技略"分为医经、经方、房中、神仙四类，主要涉及治病、养生。这两类主要涉及天文历法、医药养生、占卜算卦，我们今天看来更多属于科技如天文或属于现实生活中的实用技术。虽然数术方技文化在后来渐渐淡出思想史的视野，但我们从《汉志》中仍可看到，其作为文化的一支仍然据有相当大的文化市场。从出土文献看，20世纪长沙子弹库出土的战国楚帛书、睡虎地秦简日书、湖南长沙马王堆汉墓、张家山汉简、阜阳汉简等等，也说明了数术方技文化是早期中国知识体系中的一个重要组成部分。

数术方技文化的重要程度，并不仅仅是目录学及出土文献给我们提供的数据上的认知，更重要的还在于数术方技文化背后所蕴藏的思想乃至精神与信仰。以往我们谈战国时代的文化，大都注重诸子百家，而对于数术方技文化关注甚少。"数术方技"在战国时代似乎处于一个较低或者说是实用的层面，但是这样广泛存在的知识文化，就战国时代而言，其与诸子百家究竟有何关联？李零先生《中国方术正考》中引用雅斯贝斯（1883—1969）"轴心期"理论，指出："中国的思想史研究者并没有忽略自己的这一时期。相反，他们的追溯总是从这一时期开始。但是由于史料的欠缺遮蔽了人们的视线，他们往往忽略了一个重要方面，即在诸子百家的下边和这种思想活跃的前面，真正作为基础和背景的东西到底是什么，因此还不能说是充分理解了上述'突破'的含义。"[①] 李先生所强调的正是诸子思想产生之前与诸子思想之后与之并存的"数术方技"文化。此外，就诸子各家思想来看，或多或少地搀杂着数术方技文化的影响。可以说，数术方技文化因其历史渊源久远，成为后世精英文化与世俗文化的共同之源，在战国知识系统中占有重要的地位。

---

① 李零：《中国方术正考》，中华书局2012年版，第2—3页。

今天由于学科分类过细，致使我们对待数术方技文化，要么以一种披沙拣金的态度从中寻找科技因素，要么以不屑之态简单视为迷信；前者以科技史研究为主，后者以人文学科居多。由李约瑟主编的《中国科学技术史》第二卷《科学思想史》，从科学思想的角度说明了与西方因果逻辑推理思维不同的是，中国人表现出一种天、地与人相互关联的、象征的思维模式，把宇宙想象为一种有机的整体。① 这种关联性思维与信仰大量见于先秦典籍中，我们从《汉志》对数术方技文献的记述，也可以看到这一鲜明的特色。《艺文志》述"天文"类言："天文者，序二十八宿，步五星日月，以纪吉凶之象，王所以参政也。《易》曰：'观乎天文，以察时变。'"指出此类数术具有观天道并为圣王参政之用，也具备"观乎天文，以察时变"沟通天人的重要作用。《艺文志》述"神仙"类言："神仙者，所以保性命之真，而游求于其外者也。聊以荡意平心，同死生之域，而无怵惕于胸中。然而或者专以为务，则诞欺怪迂之文弥以益多，非圣王之所以教也。孔子曰：'索隐行怪，后世有述焉，吾不为之矣。'"②认为神仙最初是借助外在的修炼以保性命之真，是为了"以荡意平心，同死生之域，而无怵惕于胸中"，而后世流于"专以为务"。《论语》中言子不语怪力乱神，并不代表孔子不信天命，如其言"唯天为大，唯尧则之"的则天思想，等等。而《史记》中的《日者列传》可以说是为我们塑造了一位日者对他从事的占卜职业的深刻认识，这一认识无疑包含着一种信仰。

天人关系在先秦时代不只是抽象的哲学命题，在具体的天文与人文即天象与人事之间，构成一系列的对应关联，渗透在政事、农时、战争、医药养生以及立身处世等方方面面。其中阴阳盈缩运转之道，不仅与天文观象密切相联，反映了人们对天体运行与自然四时变化的认知，而且也广泛地渗透到人文场域，作为天地之大义，成为人们构建人类社会秩序与立身处世的最高原则，并形成中国特有的天人之学。《汉书·艺文志》中"数术略"中的"天文、历谱、五行、蓍龟、杂占、形法"六类，尤其是天文、历谱与五行均有着实际的天文观测背景，这种缘于准科学的对天体与自然的认知，构成了哲学层面的天人关

---

① 参见李约瑟：《科学思想史》，《中国科学技术史》第二卷，科学出版社、上海古籍出版社1990年版。

② 班固：《汉书·艺文志》，中华书局1962年版，第1768、1780页。

系的重要知识背景，并使得自然物质之天具有一种超自然的神力，被预设为人道的法则。如黄老思想代表《管子》一书，从日至、天无私覆、地无私载、日月常行等自然之道，提炼出个体修为与社会运作的准则，其《四时》《五行》《玄宫》诸篇就透露出自然天道对《管子》思想的深刻影响。又如被学界称作《管子》一书重要观点的"精气说"，也与数术方技文化密切相关。陈鼓应先生从思想史的角度论说"精气说"，认为它是对老子"道"的思想的发展，如言"稷下道家继承了老子道论中的形而上之道，并将之转化，以'心''气'为主要论述之范畴，泛见于《内业》与《心术下》，从而成就了中国哲学史上极为著名的'精气说'。稷下道家之于老子形上之道的继承，可称之为'创造性的继承'，将原本抽象渺远之道具象化而为精气。"[①] 但是若从"气"的角度，探讨黄老"精气说"，其中"气"的含义根本上还与自然天道相关。《老子》中的"万物负阴而抱阳，冲气以为和"，就包含着阴阳二气生成万物的总体认知，而《管子》一书更加丰富了这一思想。我们可以从两个方面来看《管子》精气说的特征。其一，从天道自然看，《管子》一书中强调天有阳气，地有阴气，春夏秋冬四季皆有时气，如《五行》言："故通乎阳气，所以事天也，经纬日月，用之于民。通乎阴气，所以事地也，经纬星历，以视其离。通若道然后有行，然则神筮不灵，神龟衍不卜，黄帝泽参，治之至也。"[②]《管子》认为天地有阴阳二气，对阴阳二气的理解与把握，是治理天下的关键。不仅如此，《管子》还认为对自然天道的遵奉，是破除迷信的关键。所谓"神筮不灵，神龟不卜"，体现的是对数术方技文化超越占卜的理性认知。再看《管子》论"气"对人的生命及修养的重要性，也与其对数术方技文化的重视有关，这在《管子》四篇中得到充分表现。道作为气，无处不在，作为宇宙万物的生命之源，不仅具有充盈宇宙的客观空间形态，同时还具备生命的精神空间形态。《鹖冠子》也有类似的双重空间的看法，如《度万》："所谓天者，非是苍苍之气之谓天也。所谓地者，非是膊膊之土之谓地也。所谓天者，言其然物而无胜者也。所谓地者，言其均物而不可乱者也。"[③] 很明显，气态充盈的物理天空，同时也是化生

---

① 陈鼓应：《管子四篇诠释——稷下道家代表作解析》，商务印书馆 2006 年版，第 51 页。
② 黎翔凤：《管子校注》，中华书局 2004 年版，第 860 页。
③ 黄怀信：《鹖冠子汇校集注》，中华书局 2004 年版，第 139 页。

万物的道宅其间的天体，并与地之方正均物的品性一起构筑成天道的重要内涵。《管子》中的与道"并处"的圣人，具有气充形美、得阴阳中正之道、参与天地的人格与精神气象，而这种精神气象的获得也与《管子》一书对天地精神的参照有关。如《心术下》言"气者，身之充也。行者，正之义也。充不美则心不得，行不正则民不服。是故圣人若天然，无私覆也；若地然，无私载也"①；《宙合》亦言"所贤美于圣人者，以其与变随化也。渊泉而不尽，微约而流施。是以德之流润泽均，加于万物。故曰圣人参于天地"②。杨国荣先生对《庄子·在宥》"圣人观于天而不助"与《中庸》"可以赞天地之化育，则可以与天地参矣"进行比较，认为"与天地参"，即人作为与天地相关的一方参与这个世界形成过程并与之共在，而庄子强调"观于天而不助"，固然含有顺乎自然法则之意，但同时似乎也忽视了现实的世界渗入了人的活动并蕴含着人的参与。③笔者认为这一分析同样也适合于《庄子》与《管子》的比较。而《管子》之后同属于黄老道家一派的《鹖冠子》，这种与天地相参的精神也非常明显，如《天权》篇言："取法于天，四时求象：春用苍龙，夏用赤鸟，秋用白虎，冬用玄武。天地已得，何物不可宰？"④取法于天、四时求象不仅可以作为社会运转的准则，同时也可以用来说明圣人人格及对人的修养的指导。

就方技中的养生神仙之术，《管子》一书中也有体现。精气因受到个体内心诸如"忧乐喜怒欲利"（《内业》）之情的影响往往不能固存于心，而在《管子》看来，这种"忧乐喜怒欲利"，有来自主观者，也有来自客观者，所谓"人迫于恶，则失其所好；怵于好，则忘其所恶；非道也"（《心术上》），无论是迫于外在还是怵于内，这些都是不符合道的。这也就造成了"邪气袭内，正色乃衰"（《形势解》）对身体的伤害。因而，就个体的修为而言，《管子》强调个体存固精气、回归道元时要虚心、执一，心形双修，指出精气存心，能使人形神产生很大的改变。《管子》将精气提到道的高度，因而认为精气的存失，也就是道的存失，所谓"忧悲喜怒，道乃无处"（《内业》），"凡道无所，善心

---

① 黎翔凤：《管子校注》，第778页。
② 黎翔凤：《管子校注》，第227页。
③ 详见杨国荣：《庄子的思想世界》，华东师范大学出版社2009年版，第39页。
④ 黄怀信：《鹖冠子汇校集注》，第354—355页。

安处。心静气理，道乃可止"（《内业》）。陈鼓应先生曾指出："稷下道家认为心志专一和静定，可以使人得到'道'，可以使人复性、定性，还可'照知万物''使万物得度'。这些主张又和其所说的养气论紧密地联系在一起。"① 故《管子》中养气得道，就个人修为而言，也是养气复性、持护精神的反映。《管子·内业》中还提到饮食之道：

> 凡食之道，大充伤而形不臧，大摄骨枯而血沍。充摄之间，此谓和成。精之所舍，而知之所生。饥饱之失度，乃为之图。饱则疾动，饥则广思，老则长虑。饱不疾动，气不通于四末。饥不广思，饱而不废；老不长虑，困乃速竭。大心而敢，宽气而广。其形安而不移，能守一而弃万苛。见利不诱，见害不惧。宽舒而仁，独乐其身，是谓云气，意行似天。②

对饮食之道的辩证看法，见出《管子》一书对人体养气的思考已注重到现实生活之中，并将这种合理的饮食之道与精气联系起来，达到"意行似天"的境界。可以说，《管子》一书在个体的修为上提供了一个不同于庄子心斋坐忘的更切乎实际的养生体道途径。而养生与饮食之道也是方技文化的重要内容。从这一角度而言，黄老思想对方技文化的吸纳，同时也吸取了方技中"全性保真"的对道的追求。

对这一看法，我们可以从出土文献中得到证明。20 世纪 70 年代以后出土的一些数术方技类文献，尤其是养生医学文献，诸如 1974 年湖南马王堆汉墓帛书竹简、1977 年出土的阜阳汉简、1984 年出土的张家山汉简，其墓葬时间都在汉初，其中的一些文献，其年代可能早在或是在战国中前期就已存在。如张家山汉简《万物》、阜阳汉简《引书》、马王堆帛书《却谷行气》《导引图》及竹简《十问》等，在内容上主要是养生医学书，属方技类文献。与传世文献《黄帝内经》比较来看，《黄帝内经》或许在医学知识有所扩增，但总的与核心的理论，则没有改变，如《素问·阴阳应象大论篇》云："黄帝曰：阴阳者，天地之道也，万物之纲纪，变化之父母，生杀之本始，神明之府也，治病必求

---

① 陈鼓应：《管子四篇诠释》，第 51 页。
② 黎翔凤：《管子校注》，第 947—948 页。

于本。"①始终强调人必须对天地阴阳之气的运转之道的遵奉，是早期中国方技文化的核心精神。

如果说，《老子》一书吸收数术方技文化精神还不甚明显，战国中后期兴盛的黄老思想，则很显然地利用数术方技文化中对天道的信仰以及对天地阴阳二气的认知，将其转化为自己学术体系中的道的本源，将其对天地精神、阴阳二气运转、四时变化等自然规律的认知，进一步纳入自己的思想体系中，作为指导社会运行与人生的准则。由此我们理解，《管子》一书尤其是《内业》等四篇一方面让我们认识到精气说的提出，不仅有着悠久的文化知识背景，而且精气具有与道同在的本源价值；另一方面更在于让我们认识到其精气说并不是一抽象的概念，其与个体的养生、修为乃至精神气象密切相关。可见，《管子》的精气说，其知识背景除了哲学层面的对《老子》思想的继承与发展外，另一重要思想来源即是数术文化。

数术方技文化这一核心精神同样也是塑造屈原精神的重要文化因素。他的代表作《离骚》开篇即言"帝高阳之苗裔兮""名余曰正则兮，字余曰灵均"、陈辞重华后曰"耿吾得得中正"、《橘颂》"秉德无私，参天地兮"、《涉江》"与天地兮齐寿，与日月兮齐光"等，这与《管子》中对与道"并处"的圣人"法天合德，象地无亲"、与天地日月相参的精神气象的描述是一致的。这也是《远游》的天空游历，以五官星空作为书写的知识场景的重要原因。单从思想层面看，《远游》可以说是包含道家、神仙家、精气说，从作者功业无成的苦闷来看，还有儒家思想。但是在众多思想文化背景中，我们却忽视了数术方技文化这一重要的知识文化背景。姜亮夫先生曾说，《远游》中涉及三个方面："《远游》所传，盖涉三事：思想则杂道家与阴阳；趣向则近神仙隐逸；指陈则备天文。夫三事者，正屈子本之世习，染之时好者也。"②其中神仙与天文是数术方技的重要内容，而道家与阴阳与数术方技联系亦密，但是就连姜先生本人在探讨《远游》主旨时，也未能着重从数术方技文化视角分析《远游》。

《远游》中包含着丰富的数术方技文化讯息，主要表现在天文及神仙两个

① 傅景华、陈心智点校：《黄帝内经素问》，中医古籍出版社1997年版，第7页。
② 姜亮夫：《楚辞通故》第三辑，齐鲁书社1985年版，第883页。

方面。屈原《远游》的空间书写有着五官星空区划的天文知识场景。《远游》南宫音乐书写与南宫翼为天乐府有着关联，《咸池》等天乐作为阴阳调和的正风与正乐的象征，与现实中"楚之衰也，作为巫音"构成了反比寓意。"从颛顼乎增冰"包含诗人遵循阴阳二气盈缩化转中正之道的寓意。最后营构的虚实相生的"与道为邻"的精神空间，反映了诗人与道并处、与天地相参的精神指向。《远游》表现出"时俗迫阨"情形下的失气—存精养气—与道为邻的情感逻辑，也是诗人对自我理想与精神持护的精神历程的反映①。可以说，《远游》中丰富的天文以及吸食吐纳、存精养气的数术方技知识，无不透露出诗人对这些知识背后阴阳之道的通晓，体现诗人超越技艺、追求与道并处的精神指向。而这一超越之所以达成，从思想层面上看，与战国中后期兴起的并成为学术主潮的黄老思想密切相关。而从数术方技文化的角度看，《远游》与《管子》中表现的对阴阳之道的遵从、精气思想的表现，也有着大致相同的知识背景，即对数术方技文化的认知。

三、数术方技文化角度切入《远游》研究的方法论及意义

从数术方技文化角度切入《远游》研究，其对我们研究《楚辞》乃至先秦文学具有一定的方法论上的启示意义，主要表现在对文献的态度、对文化的全面了解和对文本的深层解读，以及在文学研究中文献、文化与文本三者关系的思考。

从文献上说，对《远游》的否定乃至对屈原其人的否定，都与传世文献年代晚于作家作品年代密切相关，并表现为以传世文献年代判定作家作品年代并定真伪的学术方法或曰思维。近代以来人文学科的研究受到疑古思潮、科学实证的影响甚大，而这一点对中国古代文学研究影响尤巨。对这种影响，学界也正在不断反思。从方法论的角度反思疑古派，其强调的科学实证方法所体现出的实事求是的研究态度今天仍有其价值，但是落实到方法层面，学术研究中强调一份材料说一份话，强调材料与观点丝丝相扣，不得越雷池半步。这种科学

---

① 具体参见拙作《屈原〈远游〉的空间书写及精神指向》，《文学遗产》2014 年第 2 期。

实证方法在人文研究领域中是否皆适用？就先秦的学术思想而言，我们据以研究的文献资料大都出于秦汉后学者的记录与转述，对这些典籍，疑古派往往以这些材料的晚出而证明其书是古人的托古或是伪造，并证其思想产生年代亦是晚出。近年来随着出土文献的增多与研究的深入，证明了疑古思潮的方法论，即以材料的撰述年代以证以往思想产生年代，并定著作权之真伪，存在着严重的失误。

其实从古史辨派产生之初，其方法论就受到质疑。如王国维先生在《古史新证》中明确提出的二重证据法，强调"吾辈生于今日，幸于纸上之材料外，更得地下之新材料，由此种材料，我辈固得据以补正纸上之材料，亦得证明古书之某部分全为实录，即百家不雅训之言亦不无表示一面之事实。此二重证据法，惟在今日始得为之。虽古书之未得证明者，不能加以否定，而其已得证明者，不能不加以肯定：可断言也"，并言"经典所记上古之事，今日虽有未得二重证明者，固未可以完全抹杀也"。① 如果说王国维主要是通过实践与理论的建构对疑古派思潮进行纠偏；那么，张荫麟先生于 1925 年 4 月撰文，一针见血地指出疑古派在方法论上的严重失误，即普遍采用了"默证"。何谓"默证"？张先生曰：

　　凡欲证明某时代无某某历史观念，贵能指出其时代中有与此历史观念相反之证据。若因某书或今存某时代之书无某史事之称述，遂断定某时代无此观念，此种方法谓之"默证"（Argument from silence）。默证之应用及其适用之限度，西方史家早有定论。吾观顾氏之论证法几尽用默证，而什九皆违反其适用之限度。兹于讨论之前，请征法史家色诺波（Ch. Seignobos）氏论默证之成说以代吾所欲言。其说曰：

　　吾侪于日常生活中，每谓"此事果真，吾侪当已闻之"。默证即根此感觉而生。其中实暗藏一普遍之论据曰：倘若一假定之事实，果真有之，则必当有纪之之文籍存在。

　　欲使此推论不悖于理，必须所有事实均经见闻，均经记录，而所有记录均保完未失而后可。虽然，古事泰半失载，载矣而多湮灭，在大多数情

---

① 王国维：《古史新证》，湖南人民出版社 2010 年版，第 2、30 页。

形之下，默证不能有效；必根于其所涵之条件悉具时始可应用之。

现存之载籍无某事之称述，此犹未足为证也，更须从来未尝有之。倘若载籍有湮灭，则无结论可得矣。故于载籍湮灭愈多之时代，默证愈当少用，其在古史中之用处，较之在十九世纪之历史不逮远甚。（下略）

是以默证之应用，限于少数界限极清楚之情形：（一）未称述某事之载籍，其作者立意将此类之事实为有统系之记述，而于所有此类事皆习知之。（例如塔克多 Tacitus 有意列举日耳曼各民族 Notitia dignitatum，遍述国中所有行省，各有一民族一行省为二者所未举，则足以证明当时无之。）（二）某事迹足以影响作者之想象甚力，而必当入于作者观念中。（例如倘法兰克 Frankish 民族有定期集会，则 Gregory 之作《法兰克族诸王传》不致不道及之。）

张先生在引用了色诺波的"默证适用之限度"后，并举例论之：

《诗经》中有若干禹，但尧舜不曾一见。《尚书》中（除了《尧典》，《皋陶谟》）有若干禹，但尧舜也不曾一见。故尧舜禹的传说，禹先起，尧舜后起，是无疑义的。（见《读书杂志》第十四期）

此种推论，完全违反默证适用之限度。试问《诗》《书》（除《尧典》，《皋陶谟》）是否当时历史观念之总纪录，是否当时记载唐虞事迹之有统系的历史？又试问其中有无涉及尧舜事迹之需要？此稍有常识之人不难决也。呜呼，假设不幸而唐以前之载籍荡然无存，吾侪依顾氏之方法，从《唐诗三百首》，《大唐创业起居注》，《唐文汇选》等书中推求唐以前之史实，则文景光武之事迹其非后人"层累地造成"者几希矣！[①]

虽然王国维与张荫麟二位先生几乎是在古史辨派兴起的同时，就指出了古史辨派方法论上的严重失误，但是他们的批评声音并没有有效地阻止挟裹在

---

① 张荫麟：《评近人对于中国古史之讨论》，《古史辨》第二册，上海古籍出版社 1982 年版，第 271—273 页。

五四新文化运动思潮下疑古学派在学界扩大的范围与声势。现在对疑古学派的评价，除了强调其对建立现代新史学观的重要意义之外，对其方法论带来的学术研究上的误区尤应重视，这一点史学界已展开卓有成效的努力[①]。就《楚辞》研究而论，20世纪80年代对屈原否定论及其作品真伪的讨论，就方法论上已有学者进行反思，如汤炳正先生不仅利用出土文献证明《离骚》非刘安作，同时还指出：

> 多少世纪以来，中国学术界的"辨伪"工作，无疑是有成绩的；尤其是"五四"以来的成就，更为显著。因为它对封建社会的盲目"信古"之风，确实起过巨大的冲击作用。但是，"辨伪"是一项具有高度科学性和极其严肃的工作，决不能草率从事。我们通观何天行氏《楚辞作于汉代考》全书，他对中国文化史的根本观点是："凡今日所谓先秦著作，大多出于汉人之手；而一切文献之流传，亦大都起于汉代。"因此，根据这个逻辑推演下去，凡是先秦的历史典籍，都被认为是汉人的伪作；而汉人著作中所涉及的先秦历史事物，也都被说成是汉人所编造。不惜把一部中华民族的先秦史，一笔勾销。在这个大原则下，于是，屈原的历史，屈原的《离骚》等等，以及屈原《离骚》中所描写的事物、所运用的语言韵律等等，自然也就被否定得一干二净。[②]

何天行《楚辞作于汉代考》于1948年4月出版，何氏在此书《自序》中言："《楚辞作于汉代考》一书，原名《楚辞新考》，余十年前之旧作也。"[③] 从其自序可以看出何天行此著与疑古思潮有着关联。何著甫一问世，即引起汤先生的关注，他在这篇文章的开头说道："我第一次读到何天行的《楚辞作于汉代考》，是在四十年代末期。那时学术界对它并没有任何反应。而我也只是曾在书眉上写了一些零星的看法，并在讲课时，顺便批评了它的某些论点。不料

---

① 关于对古史辨派"默证"方法论上的失误及争论，参见宁镇疆：《"层累"说之"默证"问题再讨论》，《学术月刊》2010年第7期。

② 汤炳正：《〈离骚〉决不是刘安的作品——再评何天行〈楚辞作于汉代考〉》，《求索》1984年第2期。

③ 何天行：《楚辞作于汉代考》，第1页。

八十年代的今天，在日本学界掀起'屈原否定论'的高潮中，何氏的《楚辞作于汉代考》，竟被誉为'最周密、最系统'的著述。（见日本早稻田大学中国文学会一九七七年十二月《中国文学研究》三期，稻畑耕一郎《屈原否定论系谱》）这就是我不得不旧事重提，再次评论一下这部书的原因。"可见以何天行为代表的屈原否定论思想的影响，这一影响虽然在 20 世纪 80 年代之后经过新的论争渐趋平息，但是就《远游》而言，非屈原所作的观点似仍有一定影响。从《远游》作者之争的学术史梳理，我们可以看出，对《远游》中的仙道文化背景、《远游》与《大人赋》的语词文风上的争论，这些均属于张荫麟先生曾指出的"默证"法。具体而言，从仙道文化背景来说，无论从时间上认为仙道思想产生于秦汉抑或是从地域上讲仙道思想产生于北方燕、齐，用以证明南楚不可能产生《远游》这样的诗作，显然都属于方法论上的"默证"，在逻辑上是缺少说服力的，而且这种理论被不断出土的文献所否定。李零先生在论及"数术方技之书的年代"时指出，古代的实用书籍"虽然代有散亡，可是学术传统却未必中断。比如《唐律》固然是成于唐代，但内容不但含有秦律和汉律的成分，也含有李悝《法经》的成分。还有明代的《素女妙论》，从体系到术语，仍与汉晋隋唐的房中书保持一致"。故而李零先生在他的《中国方术正考》中"尽可能把数术方技之书的著录年代或流行年代与其技术传统的年代区分开来，不简单说某书的内容只是属于某一年代"①。李先生对待数术方技类文献的态度是具有参考意义的。扩大来看，这也涉及我们对文献资料的著述年代与思想年代差异的思考。再从语词等方面的比较来看，屈作派与非屈作派都可以利用语句的比较反证对方之非，其实就揭示了这一方法的局限性。出土文献一再证明了人文学科研究在方法论上走出疑古时代的必要。这种研究方法或者是对文献态度的转变，更深层次地反映了人文学科方法论的自觉，是一种努力把握人文学科性质、实现人文学科话语权独立的反映。

从文化角度看，利用出土文献，探讨中国古代的思想学术体系及其源流嬗变，显得尤为迫切。我们姑且将出土简册分作两大类，一类经、史、子等简册类书籍，一类是数术方技类的简册。前者偏向于思想文化层面，后者着重于实

用文化层面。20 世纪 90 年代以来楚地出土了三批重要简册，即郭店简、上博简和清华简，李学勤先生言"楚国主要是少数族群聚集的地方，郭店楚简和上博简、清华简年代大约在公元前三百年左右，这个时代就是方以智所讲的'三子会宗'的时代，孟子、庄子和屈原都生活在这个时期"。李先生并指出，与郭店简与上博简多属于儒家和道家文献相比，清华简更多属于经学文献，认为"由经学文献在楚地的大量发现，人们可以想见战国时期的楚国是怎样的一个文化面貌，楚文化与中原主流文化是怎样的一个关系。这对于整个中华民族发展史的研究都有重要的意义，而不仅仅局限于文献方面的学术研究"①。而数术方技类文献，从长沙子弹库战国楚帛书、长沙马王堆帛书、睡虎地秦简日书等等，更是引起学界重写中国学术史的呼吁。从郭店简、上博简与清华简让我们反思楚文化与中原文化的关系，同时不得不思考数术方技文化与先秦诸子思想关系，进而对中国思想史的发展重新认知。尤其是阴阳五行思想、《黄帝四经》中的黄老思想、郭店楚简道家思想研究的加强，推进了人们对传世文献中以《管子》为代表的稷下黄老思想的认识，为我们探讨《远游》的游止与游旨搭建了新的知识背景与思想世界的平台。

目前学界对古代天文，大都是在古代科技史的研究视域之下进行研究的。上海交通大学科学史专家江晓原先生，1991 年出版了《天学真原》，清华大学刘兵先生在此书 2004 年新版序中提到相对于江著，中国古代天文学史是一种"辉格"式的科学史，即用当代的意识形态研究古代的天文学。他说："长久以来，国内对于中国古代天文学史的研究几乎一直是以发掘古代天文学的成就，为中国古代天文学发展如何领先于他人而添砖加瓦。""其实，这种研究的一个前提，是以今天我们已知并高度认可的近现代西方天文学为标准，并以此来衡量其他文化中类似的成就，……而晓原兄却在国内的研究中超前一步，更多地从中国古代的具体情况着眼，放弃了以西方标准作为唯一的衡量尺度的做法，通过具体扎实的研究，以'天学'这种更宽泛的框架来看待那些被我们所关注的在中国古代对天文现象的观察和解释，一反传统见解，从中国古人观天、释天的社会文化功能的角度，提出了正是为王权服务，要

---

① 李学勤：《清华简的文献特色与学术价值》，《文艺研究》2013 年第 8 期。

解决现实中的决策等问题，要'通天'，进行星占，这才是中国古代'天学'的'真原'。"①这种"辉格"式历史是从意识形态领域角度看学术研究所受的干扰，人文学科也存在着这种情况，比如我们的文学观念与对文学史的研究，也往往陷入庸俗社会学的诠释泥潭。此外，之所以造成研究的偏离，还与学科分得过细给研究带来的缺憾有关。仅从《远游》涉及空间书写的天文知识背景来看，不仅科学史学者对古代天文"真原"不太关心，人文学者也关注不多，导致了对古人宇宙空间认知的疏离。从文化的角度看，就《远游》而论，对方技文化的贬低与想当然，认为吸食吐纳、导引飞仙之术均是迷信，这种认知上的偏颇，使我们很难深切地走进古人的情感世界、领悟作品中的精神指向。可以说，对数术方技文化的疏隔，是导致《远游》作者之争的重要因素。

此外，学界对数术方技文化的精髓的疏隔，与主流意识形态对研究者的思想制约也有关联。如建国后，由于屈原伟大的"爱国主义诗人"身份的确立，阻断了学界对《远游》中的数术方技文化精神与屈原精神之间关联的深入探讨。这一点在游国恩先生的《远游》研究经历中表现尤显。游先生在1936年发表的《屈赋考源》一文，从屈原作品中提炼出"屈赋的四大观念"，即宇宙观念、神仙观念、神怪观念与历史观念。游先生从屈赋的四大观念引出的是他对《楚辞》文化渊源的探讨，文中言"古者九流之学各有所自出，辞章之学也有所自出；如果说九流出于王官，也不等于说《楚辞》必然出于王官。因为辞章之学是文学，和其他学术究竟不同，因此《汉志》（或向歆父子）也未尝明言，这是耐人寻思的。现在我们应该这样说：'《楚辞》家者流，主要出自民间，但多少受些史官及羲和之官的影响'；但如说'辞赋家者流，盖出于道家及阴阳家'，是不正确的。如果我们认识到这一层，那么便不难探索屈赋的来源"②。游先生指出《汉志》对阴阳家的定义出自《尚书·尧典》："乃命羲、和钦若昊天，历象日月星辰，敬授人时。"③游先生在分析屈赋的宇宙观时，特别强调了屈原思想与古代天文学家的渊源。对屈原的神仙观念，言"神仙的观念

①　江晓原：《天学真原·2004新版序》，译林出版社2011年版，第5页。
②　游国恩：《游国恩楚辞论著集》第三卷，第242页。
③　屈万里：《尚书集释》，中华书局2014年版，第6页。

就是出世之观念。这种观念以《远游》一篇为代表"①，在论及《远游》中神仙
思想与阴阳家的关系时，游先生指出："由寥廓的宇宙观念而变为缥缈的神仙
观念，不但是极可能，而且是极自然的趋势。因为阴阳家觉得宇宙广大无垠，
很想推个究竟，而神仙家也是想升天入地，以至于旷远绵漠之区的。"②游先生
并举《管子·内业》中养生的理论、《管子·封禅》中所说的封禅必须要有符
瑞，论证《远游》神仙思想与阴阳家的关系。游先生所提出的屈赋"四大观
念"及四大观念本于道家及阴阳家的观点，从文本本身说明屈赋思想的复杂性
及其文化背景。在1946年撰写的《屈原》中，游先生主要举《远游》说明屈
原思想中的"道家的出世观念，换言之，就是道家的导引、炼形、轻举、游仙
的观念"，同时对屈原这种出世思想做了以下解释："入世的屈原为什么会想做
神仙？这当然是厌居浊世的寓言。但为什么会作此寓言？唯一的答案便是他本
有道家思想的根源。我们若要再问：他为什么会有道家思想的根源？那我就只
好这样的回答：道家的思想，本来发源于南方；而道家的鼻祖老子本又是屈原
的同乡哩。"③1953年版《屈原》删去了对《远游》前后观点转变的说明以及为
《远游》进行平反的理由文字。游先生1956年在北京教师进修学院讲学稿《屈
原作品的真伪问题》中又强调了这一问题："《远游》，我从前也怀疑过，后来
我觉得我所持的理由不能成立。司马相如的《大人赋》明明是抄袭它，这一点
正可以证明《远游》很早就存在。养生、炼形、服食、轻举的神仙思想，战国
时也不是没有。而这种思想不是出世的思想，乃是愤世的思想；不是真要脱离
开现实力求解脱的想法，乃是厌恶现实、暂时矛盾心理的反映，它与《离骚》
的'叩阍求女'和'远逝去国'的思想是一脉相通的。不然，他又何必投到汨
罗江里去自杀呢？这道理是很容易了解的。"④到1963年版《屈原》对《远游》
的评价更加明显："可是我们感到奇怪，那么正视现实的爱国诗人为什么会想
做神仙？我想，他自从斗争失败，看到世间现实环境的黑暗污浊，一时受了
刺激，才作此愤然出世之想。《离骚》中不是好几处说到往观四荒、浮游逍遥

---

① 游国恩：《游国恩楚辞论著集》第三卷，第243页。
② 游国恩：《游国恩楚辞论著集》第三卷，第260页。
③ 游国恩：《游国恩楚辞论著集》第三卷，第497—498页。
④ 游国恩：《游国恩楚辞论著集》第四卷，第158页。

吗？《远游》干脆来一个专题发挥。而归根到底，这只不过是暂时的矛盾心理的反映。屈原的思想是丰富复杂的，所以有时候不妨借出世的幻想抒情自遣，但不是真的想出世，如果真的想出世，他就不会自沉汨罗以身殉国了。"从三个版本的《屈原》对《远游》介绍的删改以及《屈原作品的真伪问题》一文，我们可以发现，游先生对《远游》的态度从 1936 年后并未改变，而且初版以出世目之，二版删去了一些辩论的文字，《屈原作品的真伪问题》一文以愤世解出世，认为其精神与《离骚》相通，再到三版《屈原》认为"借出世的幻想抒情自遣，但不是真的想出世，如果真的想出世，他就不会自沉汨罗以身殉国了"[①]，可以看到，游先生对《远游》进行平反后，对《远游》游仙出世思想与情感的评价，有着一个将其融入屈原的整体情感并力求与屈原的爱国精神取得相通解释的变化过程。而这一变化正是当时的主流意识形态与游先生所注意到的《远游》中数术方技思想之间的矛盾冲突的反映，它阻断了游先生对《远游》游旨的进一步探讨，而终又走上了手段与目的的阐释路径。主流意识形态对游先生《远游》研究表述的影响，还明显地表现在游先生在一些集体宣传屈原的文章或文学史著作中，对《远游》往往采用阙疑的表述方式上。如在 1953 年 6 月 13 日发表于《工人日报》的《伟大的诗人屈原及其文学》，其中介绍"屈原的文学及其影响"时说："屈原的文学作品是我们最宝贵的遗产，现在保留下来的有《离骚》《天问》《九章》《招魂》等篇，还有经过他加工提高的民间文学《九歌》"[②]，比较游先生在其他文章中对屈原作品的看法，这个"等篇"显然是包括《远游》，一个"等"字，隐去了游先生对《远游》的真实看法，但也是作为保留自己意见的一种表述。而两天后发表于《光明日报》上的《屈原作品介绍 —— 为纪念屈原作》（1953 年 6 月 15 日）一文，在文章开头一段，游先生以梳理文献的方式介绍屈原作品真伪的历史状况，对《远游》未及一言，但在介绍结束时却用括号的方式写下："以上参看拙著《楚辞概论》第三篇第二章及旧著《屈原》第八章。"[③]以这种方式含蓄地表达了自己对《远游》作者前后态度的转变及原因。1956 年 7 月《中国文学史教学大纲》中，则未

① 游国恩：《游国恩楚辞论著集》第四卷，第 362 页。
② 游国恩：《游国恩楚辞论著集》第四卷，第 82 页。
③ 游国恩：《游国恩楚辞论著集》第四卷，第 88 页。

把《远游》列入屈原的作品，在参考书目则列有郭沫若的《屈原研究》。在他主编的《中国文学史》（1963 年版）中又说："至于《远游》《卜居》以及《九章》中的《惜往日》《悲回风》等篇，也有人认为后人所依托，但缺乏充分根据。由于年代久远，后人对于作品的理解不同，看法不同，众说分歧是不足怪的。"① 以上场合中游先生对《远游》的态度，或以"等"字隐括，或以括号括起，或以参考书目显示观念来源，或直陈阙疑态度，均反映了游先生处于双重话语语境下的叙事策略。而这一叙事策略，反映了建国后《远游》非屈作占据学界主流的观点以及对学术研究的严重干扰。

　　文献与文化研究带来的偏差势必影响到我们对文本的解读。从《远游》主旨来说，无可回避的是，"非屈作派"从"情感不类"的角度，说明《远游》非屈作，在笔者看来，有一定的合理性与启发性。"非屈作派"判断作品著作权的"不类"观，从作家情感的丰富性、变化性角度看，此说固然显出守株胶瑟的思维，但是"非屈作派"判断作品著作权的"不类"观对我们依然有所启示。笔者以为在"道术将为天下裂"的时代，《庄子·天下》篇中所述的"天下之治方术者多矣，皆以其有为不可加矣"，虽然是站在道家立场上对各派所作的批评，但正反映了战国时代各家各派的"天下多得一察焉以自好"② 的鲜明的学术立场与旨趣。战国末期的荀子，他的《非十二子》及《解蔽》，主要站在荀子儒学的学术立场上，对包括子思、孟子在内的诸家观点进行批评，所谓"墨子蔽于用而不知文，宋子蔽于欲而不知得，慎子蔽于法而不知贤，申子蔽于势而不知知，惠子蔽于辞而不知实，庄子蔽于天而不知人"，虽是指出各家"皆道之一隅也"③，但也反映了各家卓尔不群的学术个性。因而，在战国诸子百家争鸣的特有的历史语境下，在被后人称为给予后世思想资源与"精神原动力"的"轴心期"时代，各家各派在传承中观点或有分化和变异，在争鸣中各派学术观点互有影响或相互吸纳，但总体而论，从流传至今的自成一家的学术文本来看，总的观点上旗帜鲜明，终始捍卫，则是先秦诸子百家之所以成家的重要前提与学术品格的体现。屈原虽是诗人，

---

① 游国恩等主编：《中国文学史》第一册，人民文学出版社 1963 年版，第 95 页。
② 郭庆藩：《庄子集释》，中华书局 1982 年版，第 1065—1069 页。
③ 王先谦：《荀子集解》，中华书局 1988 年版，第 392—393 页。

但我们应该把他当作诸子百家当中的一家看待，他留下为数不多的诗作中，应该不存在总体观念上与情感上的抵牾。因而，这种以情感"不类"来探讨作品的归属，放在战国诸子百家争鸣的学术语境下加以观照，是有一定合理性与启示的。

其实，正如上文业已指出的《远游》这种情感主题上的仙道思想，也是"屈作派"所认同的，只不过屈作派大都视之为文学作品中情感复杂性及作为一种手段加以理解。问题在于，当我们意识到这种情感"不类"的时候，是否重新审视《远游》的文本，是否重新对我们的知识结构有所反思呢？思考我们是否尽可能地接近屈原的思想世界从而触及诗人的精神所指了呢？目前从文献与文化的角度，对古史辨派的反思及对出土文献的研究，可以帮助我们解决非屈作派的观点给认识《远游》所带来的困扰或误区；但是，从文本角度来看，长期以来，学科分类过细，一叶障目，只见细节不见整体，人文学科对文本的研究尤其是文学作品中情感与精神分析造成支离，还需要我们认真检讨。我们对《远游》南宫音乐书写寓旨、"从颛顼乎增冰"的哲学意蕴、气态虚空的天体观、与道为邻的精神指向等深层次的探讨，这一方面有传世文献作为我们的学术与思想资源，另一方面更多的是得益于出土文献给我们带来的对传统学术思想的重新审视与新的认知。出土文献不仅让我们对楚文化有了新的认知，开阔了我们的研究视域，而且对文本解读甚有助益，让我们在解读文本时，能更切近作家的时代与思想世界，有助于从作品中感悟、提升作家的思想情感与精神指向。

综上，笔者以为，古代文学与史学研究的相通之处，就是要力求从文献与文化角度接近历史之真，走近古代文学作品创作的历史语境与书写场景；但是作为人类情感与灵魂追求的文学作品与历史事实相比，还存在着灵活自由的文心，因而，对文本的解读与感悟尤为必要。就文学研究而言，文本是中心，文献与文化是双翼、是基础。文献上，力求在强调实证的基础上避免"默证"的困扰，建立起人文学科既扎实又辩证的文献学观念；文化上，应该避免意识形态对古代文学研究的干扰，在文化知识结构上努力与古人接近，才能对古人有着同情之了解。只有文献与文化双重功夫做透，对文本的阐释与研究才可以尽量减少过度地"开放"，真正做到文献、文化、文本的融通。这种融通，不仅是一种研究方法的改进与完善，更是一种学术理念的追求，对我们拓展和深化《楚辞》研究无疑是有助益的。

（原载《中国诗歌研究》第十三辑）

（作者单位：浙江大学文学院）

《九辩》琐议

杨　允

　　《九辩》是宋玉的重要作品，也是《楚辞》中的主要作品之一。前人对其已经进行了不同侧面的探讨，但从整体上看，相关研究仍较为薄弱，本文拟就这篇作品的几个问题略陈管窥之见，以求教于诸方家。

一、《九辩》释乐

　　王逸《楚辞章句》肯定《九辩》为宋玉所作，历代学者多认同他的说法。然而，这组作品为什么定名《九辩》，却存在不同的观点。王逸《九辩叙》说："屈原怀忠贞之性，而被谗邪，伤君暗蔽，国将危亡，乃援天地之数，列人形之要，而作《九歌》《九章》之颂，以讽谏怀王，明己所言，与天地合度，可履而行也。宋玉者，屈原弟子也。闵惜其师忠而放逐，故作《九辩》以述其志。"[1] 在王逸看来，宋玉怀念屈原并模拟其《九歌》《九章》创作了这组作品，也就是说《九辩》源自《九歌》《九章》。

　　洪兴祖不同意这一说法。《楚辞补注》对《离骚》"启《九辩》与《九歌》"句解释说："《山海经》云：'夏后开上三嫔于天，得《九辩》与《九歌》以下。'注云：'皆天帝乐名。启登天而窃以下，用之。'《天问》亦云：'启棘宾

---

① 洪兴祖：《楚辞补注》，中华书局1983年版，第182页。

商,《九辩》《九歌》。'王逸不见《山海经》,故以为禹乐。"又说:"《骚经》
《天问》多用《山海经》。"①洪兴祖在这里表达了三个方面的意思:其一,屈原
的《九歌》、宋玉的《九辩》都是夏后启得自天帝的乐歌;其二,屈原创作的
《离骚》《天问》引用了《山海经》记载的神话传说;其三,王逸未读《山海
经》,因此他对《九辩》《九歌》的解说不符合屈原本意。洪兴祖矫正王逸的说
法,同时也提出了解释屈原作品的新的依据。在他看来,《九辩》本是天帝的
乐歌,宋玉采用这一古老的乐歌而创作了新的作品。

这两种解说体现出对《九辩》篇题和体式的不同追寻。

朱熹赞同并维护王逸的说法。朱熹《楚辞辩证》云:"《九辩》不见于经
传,不可考。而《九歌》著于《虞书》《周礼》《左氏春秋》,其为舜、禹之乐
无疑。至屈子为《骚经》,乃有启《九辩》《九歌》之说,则其为误亦无疑。王
逸虽不见《古文尚书》,然据《左氏》为说,则不误矣。顾以不敢斥屈子之非,
遂以启修禹乐为解,则又误也。至洪氏为《补注》,正当据经传以破二误,而
不唯不能,顾乃反引《山海经》三嫔之说以为证,则又大为妖妄,而其误益以
甚矣。然为《山海经》者,本据此书而傅会之,其于此条,盖又得其误本,若
它谬妄之可验者亦非一,而古今诸儒,皆不之觉,反谓屈原多用其语,尤为可
笑。"②朱熹不仅认为洪兴祖的说法是错误的,更进而认为屈原辞中"启《九辩》
与《九歌》"之说也是错误的,认为《山海经》是依据《离骚》《天问》而写成。

王逸、朱熹的解说中隐含一个基本前提,就是将屈原视为圣人,认为他依
据儒家经典进行创作。因此,总要在儒家经典中寻求他创作的依据,如王逸反
驳班固对屈原的批评,都引用《诗经》等儒家经典作为评价《离骚》的依据,
作为解读屈原人格的准则。《九辩》不见于经传的记载,王逸说:"《九辩》《九
歌》,禹乐也。言禹平治水土,以有天下,启能承先志,缵叙其业,育养品类,
故九州之物,皆可辩数,九功之德,皆有次序而可歌也。"③《左传》文公七年,
晋郤缺建议赵盾以德主持诸侯会盟,引《夏书》曰:"戒之用休,董之用威,

---

① 洪兴祖:《楚辞补注》,第 21 页。
② 朱熹撰,蒋立甫校点:《楚辞集注》,上海古籍出版社、安徽教育出版社 2001 年版,第 174 页。
③ 洪兴祖:《楚辞补注》,第 21 页。

劝之以《九歌》，勿使坏。"又解释说："九功之德皆可歌也，谓之九歌。"① 王逸从《左传》这则记载中引申出对《九辩》《九歌》的解释，即辩九州之物，歌九功之德。但如严肃地分析《左传》原文就可发现，王逸对《九歌》的解说十分牵强，由此引申出对《九辩》的解说更为荒谬。

洪兴祖则从诗人的角度看屈原、宋玉，故能看到他们作品中的非经典因素，而从《山海经》的记载中发现神话传说的踪迹。

屈原的作品中有两处谈到《九辩》，而且都同《九歌》相连。《离骚》云："启《九辩》与《九歌》兮，夏康娱以自纵。"② 《天问》云："启棘宾商，《九辩》《九歌》。"③ 两首诗都涉及启与《九辩》，《山海经》则将《九辩》的性质及启与《九辩》的关系记载得较为清楚。《山海经·大荒西经》载，夏后开"上三嫔于天，得《九辩》与《九歌》以下"。这表明《九辩》是天帝的神曲，而不是"辩九州之物、歌九功之德"世俗情怀的辞章。这是《九辩》组歌的基本定性。同时，《九辩》《九歌》这两组神曲为夏后启所有，并非来自天帝的恩赐，而是启自己得到的。这表明两组歌曲本是天帝的乐歌，也就是祭祀天帝的古代乐歌，夏康开始在娱乐场合表演这些乐舞。这之后两组乐歌进入诗人的视野。

屈原创作《九歌》，既与他所见到的民间祭神歌舞有关，也同神话传说中的天帝神曲的《九歌》密切关联。这不在本文探讨的范围，不拟多谈。但有一点值得一提，即屈原运用天帝神曲创作《九歌》组诗，这可以说是后代乐府诗乃至填词的滥觞，这也似乎启发了宋玉的灵感，促使他用天帝另一支神曲的《九辩》创作出自己的华章。

二、《九辩》释"九"

《九辩》的乐歌性质同《九辩》命名有密切关联。《九辩》组歌命名的根据是什么？又为什么称之为"九辩"？这是本文着力探讨的第二个问题。

---

① 杜预注，孔颖达等正义：《春秋左传正义》，《十三经注疏》，中华书局 1980 年版，第 1846 页。

② 洪兴祖：《楚辞补注》，第 21 页。

③ 洪兴祖：《楚辞补注》，第 98 页。

王逸以儒家经典解释《楚辞》，以"九州之物""九功之德"等现实事物训释《九辩》《九歌》，连类而涉及《九章》，都表现出对这些作品命篇中"九"作为实数意义的肯定。应该说这不是王逸个人的认识，王褒作《九怀》，刘向作《九叹》，王逸作《九思》，都是九篇构成的组诗。王逸《九辩叙》说："屈原怀忠贞之性，而被谗邪，伤君暗蔽，国将危亡，乃援天地之数，列人形之要，而作《九歌》《九章》之颂，以讽谏怀王。明己所言，与天地合度，可履而行也。宋玉者，屈原弟子也。闵惜其师，忠而放逐，故作《九辩》以述其志。至于汉兴，刘向、王褒之徒，咸悲其文，依而作词，故号为'楚词'，亦采其九，以立义焉。"① 他认为《九歌》《九章》，自宋玉以下都是"依而作词"，"亦采其九"，即宋玉、刘向、王褒都模仿《九歌》《九章》的体式，因此也都以"九"构成篇题。

洪兴祖《楚辞补注》引皮日休《九讽叙》云："屈平既放，作《离骚经》。正诡俗而为《九歌》，辨穷愁而为《九章》。是后词人摭而为之，若宋玉之《九辩》，王褒之《九怀》，刘向之《九叹》，王逸之《九思》，其为清怨素艳，幽快古秀，皆得芝兰之芬芳，鸾凤之毛羽也。"② 这里所表达的观点与王逸基本相同。

然而，根据《离骚》《天问》和《山海经》记载，夏后启得自天帝的乐歌有《九辩》《九歌》，而《九章》并不在内。

实际上《九辩》《九歌》《九章》虽然都以"九"为篇名，但从其意义、性质方面可分为两个不同的类型。

《九章》是流放途中创作的九首诗篇，因其创作环境和性质而归为一组。《九章》篇题的"九"，意在表明组诗中篇章数，体现出记数的功能。

《九辩》《九歌》是天帝的乐歌，是古乐。《九歌》《九辩》篇题中的"九"并不承担记数功能。《九歌》名为"九"而有十一首诗就是明证。《九辩》的分章古人有不同说法，但即使是九篇，也只能说与篇题中的"九"巧合。

《九歌》《九辩》以"九"构成篇题，这与它们的性质有关，与它们的出身有关。即它们是天帝的乐歌，是夏后启从天帝处偷来的。这样的传说已经透露

① 洪兴祖：《楚辞补注》，第 182 页。
② 洪兴祖：《楚辞补注》，第 314 页。

出两组乐歌的神秘色彩。而"九"在上古即是具有神秘性的数字。

关于"九"的神秘性，王逸在《九辩叙》中略有触及，其文云："九者，阳之数，道之纲纪也。故天有九星以正机衡，地有九州以成万邦，人有九窍以通精明。"然而，他并未进一步探讨，却转而阐述为"依而作词"，"亦采其九"。这里所说的"九者，阳之数"，同"依而作词"并没有内在的联系。

其实，数字"九"的神秘性在很多文献中都有明确的记载。

《周易》以蓍草反复组合运算，结果的阳数为九，为七，七为少阳，九为老阳，于是阳爻称"九"，阴爻称"六"，以"九"和"六"在运算中的位置产生卦，用以测算、阐释吉凶顺逆。如《乾》："元，亨，利，贞。初九：潜龙，勿用。九二：见龙在田，利见大人。九三：君子终日乾乾，夕惕若厉，无咎。九四：或跃在渊，无咎。九五：飞龙在天，利见大人。上九：亢龙，有悔。用九：见群龙无首，吉。"[①]

"九"被古人视为天地万物运行规律的基数。如《淮南子·坠形训》云：

> 凡人民禽兽万物贞虫，各有以生，或奇或偶，或飞或走，莫知其情，唯知通道者，能原本之。天一，地二，人三，三三而九，九九八十一。一主日，日主十，日主人，人故十月而生。八九七十二，二主偶，偶以承奇，奇主辰，辰主月，月主马，马故十二月而生。七九六十三，三主斗，斗主犬，犬故三月而生。六九五十四，四主时，时主鼋，鼋故四月而生。五九四十五，五主音，音主猿，猿故五月而生。四九三十六，六主律，律主麋鹿，麋鹿故六月而生。三九二十七，七主星，星主虎，虎故七月而生。二九十八，八主风，风主虫，虫故八月而化。[②]

这里以"九"的倍数作为解说天地万物生灭规律的本原。这段论述中作为基数的"九"便具有了极为丰富的神秘性。

古代多以"九"作为神秘异象的标志，显示他们具有神怪的体貌和能力。

---

①　王弼、韩康伯注，孔颖达等正义：《周易正义》，《十三经注疏》，中华书局1980年版，第13页。
②　何宁撰：《淮南子集释》，中华书局1998年版，第364页。

如《山海经·南山经》云："有兽焉，其状如羊，九尾四耳。"①《山海经·西山经》云："昆仑之丘，是实惟帝之下都，神陆吾司之。其神状虎身而九尾，人面而虎爪；是神也，司天之九部及帝之囿时。"②《山海经·东山经》云："有兽焉，其状如狐，而九尾、九首、虎爪。"③《山海经·大荒北经》云："共工之臣名曰相繇，九首蛇身，自环，食于九土。"④

古代很多显示异数事物也以"九"作为标志，表明这些事物的神秘性质。如古代文献中所记载的天类事物有九天、九重天、九霄云外、九天玄女、九星、九曜、九宫，地类事物有九州、九泉、九山、九河、九曲河，人体有九窍，人民亲属有九族。

《尚书·禹贡》载禹随山浚川，任土作贡，勘定九州。《史记·封禅书》载禹收九牧之金，铸九鼎，成为夏商周传国之宝。《山海经·大荒西经》载夏后启始歌《九招》，《竹书纪年》载："启，九年，舞《九韶》。"⑤

《尚书·洪范》载箕子向周武王献治国方略《洪范》"九畴"，《礼记·中庸》载治理天下国家有九经，《周礼·夏官司马》载大司马之职，掌建邦国之九法；《周礼·秋官司寇》的职责中有协调王朝与诸侯关系，"以谕九税之利，九礼之亲，九牧之维，九禁之难，九戎之威"⑥。周代朝廷卿大夫官员和后宫嫔妃设置都以九为基数。《礼记·王制》云："天子三公、九卿、二十七大夫、八十一元士。"⑦《礼记·昏义》云："古者天子后立六宫、三夫人、九嫔、二十七世妇、八十一御妻。"⑧

《周礼·春官宗伯》云："钟师，掌金奏。凡乐事，以钟鼓奏《九夏》。"⑨又云"九德之歌，《九韶》之舞，于宗庙之中奏之，若乐九变，则人鬼可得而礼

①　袁珂校注：《山海经校注》，上海古籍出版社 1980 年版，第 5 页。
②　袁珂校注：《山海经校注》，第 47 页。
③　袁珂校注：《山海经校注》，第 109 页。
④　袁珂校注：《山海经校注》，第 428 页。
⑤　范祥雍订补：《古本竹书纪年辑校订补》，上海古籍出版社 2011 年版，第 6 页。
⑥　郑玄注，贾公彦疏：《周礼注疏》，《十三经注疏》，中华书局 1980 年版，第 903 页。
⑦　郑玄注，孔颖达等正义：《礼记正义》，《十三经注疏》，中华书局 1980 年版，第 1325 页。
⑧　郑玄注，孔颖达等正义：《礼记正义》，《十三经注疏》，第 1681 页。
⑨　郑玄注，贾公彦疏：《周礼注疏》，《十三经注疏》，第 800 页。

矣。"①不仅乐舞以"九"为名，乐舞章节变幻也要以"九"为准则。

神秘性数字"九"体现在古代社会生活的方方面面，活跃在古代人的信仰与习惯中，九九归真、九宫八卦、九九八十一，在各类信仰、传说中频频出现，在经典乃至小说中举不胜举。

《九辩》是传说中天帝的神曲，被夏后启带回人间，成为祭神的乐歌。在上古人们的信仰和习俗中，"九"是带有神秘性的数字。《九辩》以"九"构成篇题，正与其作为天帝神曲的性质相契合。宋玉以这一古老的具有神秘性的乐歌抒发内心情怀，也是艺术上大胆的创新之举。

（作者单位：渤海大学文学院）

---

① 郑玄注，贾公彦疏：《周礼注疏》，《十三经注疏》，第790页。

《招魂》《大招》中的歌乐舞

张 彬

　　《招魂》和《大招》作为楚辞中极富楚国巫祀色彩的诗篇，与《九歌》不同，这两篇作品祭祀的对象并不是神灵而是人的魂魄。我们通过分析研究此二篇"耀艳深华"的招魂之辞去发掘其中音乐舞蹈之美。目前学术界关于《招魂》和《大招》的研究成果主要集中于作者、主题、文化意义以及文体形式的影响方面，《招魂》和《大招》中的音乐舞蹈形态的研究则比较缺乏。虽然有相当一部分研究著作和论文对楚地的音乐舞蹈发展脉络和风貌特征进行研究，例如杨匡民、李幼平的《荆楚歌乐舞》集中论述荆楚歌乐舞的艺术概貌和文化特征，对《招魂》和《大招》中的内容有所涉及，但并未对《招魂》和《大招》中的歌乐舞形态做专门的研究。因而本文结合现存的资料和出土文物对《招魂》和《大招》中的乐器、乐曲和乐舞进行研究，探讨楚国的宫廷音乐舞蹈形态的特征并研究其产生的原因。

　　荆楚大地，乃古乐之域。《招魂》和《大招》极其详细地记录了战国时期楚国超凡的音乐舞蹈水平，浓墨重彩地渲染了楚国宫廷宴饮时舞乐的宏大场面。两篇招魂辞将宫廷歌舞美女的铺陈描绘都集中在一起，体现出招魂仪式中歌乐舞相结合的特征。

一、《招魂》《大招》中的乐器

　　《招魂》和《大招》在乐器的使用上是比较类似的。《招魂》云："陈钟按鼓，造新歌些。……竽瑟狂会，搷鸣鼓些。……铿钟摇簴，揳梓瑟些。"[①] 其中出现的乐器有钟、鼓、竽和瑟。《大招》云："代秦郑卫，鸣竽张只。……讴和《扬阿》，赵箫倡只。……叩钟调磬，娱人乱只。"[②] 其中记录的乐器有钟、磬、竽和箫。据陈岸汀《楚辞音乐文献中的乐舞、乐器、乐歌》中的《楚辞文献中记录的乐器及其应用》一表来分析，除《招魂》外，《九歌·东皇太一》《九歌·东君》《九歌·国殇》和《九歌·礼魂》都出现了鼓；除《招魂》和《大招》外，《九歌·东皇太一》《九歌·东君》和《九怀·昭世》中使用竽；除《招魂》之外，《九歌·东皇太一》《九歌·东君》《远游》《惜誓》《七谏·谬谏》都出现瑟。鼓、竽和瑟三种乐器在楚辞中是出现次数最多的乐器。钟除在《招魂》和《大招》中使用，还在《九歌·东君》出现。而磬和箫都只在《大招》中使用，楚辞中的其他篇目并未出现。[③] 可见钟、鼓、竽、瑟四种乐器出现比较频繁，都是当时楚国比较流行的乐器。

　　根据目前从战国时期楚国和其附属国的墓葬中出土的乐器来看，墓葬乐队的规模根据墓主身份分为两大类。第一大类以江陵天星观1号墓[④]和随州擂鼓墩1号墓[⑤]为代表，属于祭祀、宴享等正式场合，为高级贵族享用的大型金石乐队。其编制有天星观1号墓所见的钟、磬、瑟、笙、鼓和擂鼓墩1号墓所见由21或22人分别演奏钟、磬、瑟、排箫、笙、簴、鼓等乐器而构成的曲悬乐队。另一类乐队较常见于这一时期的中小型楚墓之中，多为鼓、瑟、笙等二三件乐器组成的小型乐队。[⑥] 由此可知，《招魂》和《大招》中的钟、鼓、磬、竽、瑟乐器都是祭祀、宴飨的正式场合所使用的，为高级贵族所特有的大规模合奏乐队。大型乐队不仅在乐器数量上要优于小型乐队，而且大型乐队所使用的金石乐器更是小型乐队所缺乏的。例如编钟，在古代用途非常广泛，祭祀、宴会、征战活动都离不开编钟，甚至吃饭的时候也要鸣钟而食，在当时的礼乐制度之下，编钟作为上层社会地位和权力的象征受到楚人的尊崇。

---

① 洪兴祖：《楚辞补注》，中华书局1983年版，第209—212页。
② 洪兴祖：《楚辞补注》，第221页。
③ 陈岸汀：《楚辞音乐文献中的乐舞、乐器、乐歌》，《天津音乐学院学报》（天籁）2011年第3期。
④ 湖北省荆州地区博物馆：《江陵天星观1号楚墓》，《考古学报》1982年第1期。
⑤ 王子初总主编：《中国音乐文物大系》（湖北卷、湖南卷、河南卷），大象出版社1999年版。
⑥ 李幼平：《从出土音乐文物论楚国音乐的演进》，《黄钟》1990年第4期。

　　楚钟的挖掘和发现使我们进一步了解楚国的音乐艺术。河南信阳、湖北
江陵天星观墓葬等都发现了一定数量保存完好的楚钟。战国初期的曾侯乙编钟
（图一和图二）①的发掘震惊了世界。在曾侯乙时期，曾国早已成为楚的附庸国。
曾、楚不仅在政治上有着从属关系，而且在文化方面，曾国也受到楚国的影响，
该墓葬中出土的文物所拥有的浓重的楚文化色彩就是最好的例证。曾侯乙编钟
内有楚惠王所铸的大镈，便体现了曾侯对楚王的尊崇。可以说，曾侯乙编钟带
有极大的楚文化因素。它代表了楚钟乃至中国先秦编钟的巅峰。曾侯乙墓编钟
的每一个编钟都能发出两个乐音，可以配合演奏，这套编钟的音域宽达五个半
八度，而且获得了齐备完整的十二个半音，是世界上已知的最早具有十二个半
音的乐器。曾侯乙编钟上共有两千八百多个铭文，基本上都是关于音乐理论方
面的内容。编钟一面用宫、羽等标出音高，另一面则系统地记录了楚、晋、周、
齐等地和曾国的律名、音阶名之间的对应情况和关系以及律名、调式和音域等
方面的音乐术语。专家指出，在旋宫转调的情况下，用这套编钟演奏古今中外多
种名曲，都能做到音色准确优美，获得很好的效果，其表现力相当的丰富。②曾
侯乙编钟在我国乃至世界音乐史上的价值是难以估量的。考古发现者在曾侯乙墓
中还发现了全套的弹拨、吹奏类的丝竹乐器，例如瑟、琴、箫、笙等，此外还有
不同形制的鼓。由此可见，曾国拥有为祭祀宴飨等正式场合所用的大规模乐队。
作为楚国的附庸国在音乐艺术上的成就已是如此，可想而知楚国的音乐水平。

　　　　图一　曾侯乙编钟南架正面　　　　　　　图二　曾侯乙编钟西架

　①　王子初总主编：《中国音乐文物大系》（湖北卷），第 204—205 页。
　②　钟敬文：《中国民俗史》，人民出版社 2008 年版，第 499 页。

春秋战国时代，楚地的非金石类乐器得以广泛流行。在现已发掘的楚墓中也出土了瑟、笙、竽等乐器。据《中国音乐文物大系》（湖北卷、湖南卷、河南卷）统计，我们可发现楚地出土的春秋战国时期的琴仅有2件，出土的瑟则达到75件。[①] 再参照楚辞文本亦能发现，瑟出现的频率远高于琴。可见楚人对于瑟的喜爱非同一般。瑟的历史悠久，相关的传说也非常丰富。《说文解字》："瑟，庖牺所作弦乐也。"[②] 王逸对楚辞

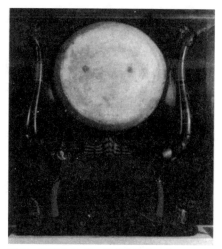

图三　江陵天星观1号墓虎座鸟架鼓（复制）

的解释中涉及："言伏戏氏作瑟，造《驾辩》之曲。楚人因之作《劳商》之歌。皆要妙之音，可乐听也。"[③] 竽瑟类的组合在战国时代十分盛行，《招魂》中即出现了这样的演奏组合。结合楚辞的文本来看，旋律类的非金石乐器的组合在楚地非常流行，体现了当时楚人对音乐的审美水平日益提升。

值得注意的是，这些楚墓中，出土了相当数量的虎座鸟架鼓（图三）[④]。它们的造型大多相同，都以两只背向而卧、张口吐舌、翘尾昂首的虎为底座，虎背上各有一只彩绘凤鸟，凤鸟翘首连尾，与虎同向，鸟冠上各系一绳，再与二鸟连尾之上的另一环钮构成三角支点，以悬鼓于其上。[⑤] 演奏者跪坐而击。虎座鸟架鼓作为祭祀、宴飨时所使用的乐器，带有极强的楚地文化色彩。张正明先生的《楚文化史》就指出楚人以凤为图腾崇拜，认为凤是其祖先祝融的化身。[⑥] 虎座鸟架鼓被楚人广泛使用，与其古老的图腾崇拜有关。虎座鸟架鼓穿越几千年来到我们眼前，向世人展示荆楚文化的巨大魅力和生命力。

---

① 王子初总主编：《中国音乐文物大系》（湖北卷、湖南卷、河南卷）。
② 许慎：《说文解字》，浙江古籍出版社2012年版，第267页。
③ 洪兴祖：《楚辞补注》，第221页。
④ 王子初总主编：《中国音乐文物大系》（湖北卷），第112页。
⑤ 杨匡民、李幼平：《荆楚歌乐舞》，湖北教育出版社1997年版，第264—265页。
⑥ 参见张正明：《楚文化史》，上海人民出版社1983年版，第3—14页。

二、《招魂》《大招》中的乐曲

《招魂》和《大招》在乐曲的使用上非常丰富多彩，不仅有楚地民歌，还有诸多外来乐曲。但是这些乐歌现只存歌名不传歌辞。《招魂》："陈钟按鼓，造新歌些。《涉江》《采菱》，发《扬荷》些。……竽瑟狂会，搷鸣鼓些。宫廷震惊，发《激楚》些。吴歈蔡讴，奏大吕些。"[1]《招魂》中有演唱楚国本地的《涉江》《采菱》《扬荷》和《激楚》。王逸《楚辞章句》注为："楚人歌曲也。言已涉渡大江，南入湖池，采取菱芰，发扬荷叶。"洪兴祖补注中又有："《文选》作阳荷。注云：荷，当作阿。《涉江》《采菱》《阳阿》皆楚歌名。"[2]《涉江》《扬荷》《采菱》极有可能是楚人在水上采莲时所歌。正如张正明先生《楚文化史》中所说："《涉江》《采菱》《扬荷》，大概饶有水乡的韵味，无疑是楚曲。"[3]

姜亮夫先生的《二招校注》说："《九章》有《涉江》篇，则原所自作，乃诗篇而非歌曲也。《古诗十九首》有'涉江采芙蓉'一首，乃涉江后不得归故乡，忧伤终老之意，虽汉人之言，其亦有所继承者欤？"[4] 姜先生因《九章》中原有《涉江》篇而认定《涉江》为诗篇而不是歌曲名。这一论述并不准确，屈原据歌曲《涉江》而作诗也是有可能的。

洪兴祖《楚辞补注》中引用《淮南子》尝试对扬荷做出解释。实际上扬荷、扬阿、阳阿皆为一形之转。《淮南子》中共有三处提及阳阿。《淮南子·俶真训》："不通此者，虽目数千羊之群，耳分八风之调，足蹀阳阿之舞，而手会绿水之趋。注云：阳阿，古之名倡也。"[5]《淮南子·说山训》："欲学歌讴者，必先徵羽乐风；欲美和者，必先始于《阳阿》《采菱》。注云：《阳阿》《采菱》，乐曲之和声。有阳阿，古之名俳，善和也。"[6]《淮南子·人间训》："夫歌《采

---

① 洪兴祖：《楚辞补注》，第 209—210 页。

② 洪兴祖：《楚辞补注》，第 209 页。

③ 张正明：《楚文化史》，第 281 页。

④ 姜亮夫：《二招校注》，《姜亮夫全集》，云南人民出版社 2002 年版，第 612 页。

⑤ 何宁：《淮南子集释》，中华书局 2011 年版，第 150 页。

⑥ 何宁：《淮南子集释》，第 117 页。

菱》，发《阳阿》，鄙人听之，不若此《延路》《阳局》。"①《淮南子》中阳阿一词，拥有三层含义：一指舞蹈，一指歌曲，一指人名。实际上，三种意义都是指的同一本事，不过是各有偏向罢了。阳阿这一曲目，既可为一人所唱，亦可为众人相和而歌，又可为倡伎所舞，进而成为指代俳优倡伎的名字。此外，《采菱》与《阳阿》性质类似，可能为早期相和歌的曲目。王运熙先生《清乐考略》一文中谈到相和歌与楚声之关系，认为相和歌中的和送之声，疑也起源于楚歌。②先生以为楚人和歌风气之盛，从宋玉《对楚王问》和《淮南子·说山训》中可以概见。宋玉的《对楚王问》中记载：

> 客有歌于郢中者，其始曰《下里》《巴人》，国中属而和者数千人；其为《阳阿》《薤露》，国中属而和者数百人；其为《阳春》《白雪》，国中属而和者，不过数十人；引商刻羽，杂以流徵，国中属而和者，不过数人而已。是其曲弥高，其和弥寡。③

此处的《阳阿》即为《招魂》里的《扬荷》，《大招》里的《扬阿》。《对楚王问》中所提及的《下里》《巴人》《阳阿》《薤露》都是楚国比较流行的歌曲，并皆以相和的方式来演唱。可见《阳阿》极可能是在楚地民间和宫廷流行的歌曲，虽然歌辞不传，但阳阿之名在后世广为流传。

《采菱》一曲在郭茂倩《乐府诗集》有载："《古今乐录》曰：'梁天监十一年冬，武帝改西曲，制《江南上云乐》十四曲，《江南弄》七曲：一曰《江南弄》，二曰《龙笛曲》，三曰《采莲曲》，四曰《凤笛曲》，五曰《采菱曲》，六曰《游女曲》，七曰《朝云曲》。'"又引《古今乐录》曰："《采菱曲》和云：'菱歌女，解佩戏江阳。'"④笔者认同姜亮夫先生的观点，虽然《乐录》中所记载的未必即是《招魂》中的《采菱》的歌辞，但由此仍可观察出二者之间的继承关系，梁武帝的《采菱曲》之名极有可能出于楚地古曲。

① 何宁：《淮南子集释》，第 1194 页。
② 王运熙：《乐府诗述论》，上海古籍出版社 2012 年版，第 187 页。
③ 吴广平：《宋玉集》，岳麓书社 2001 年版，第 88—89 页。
④ 郭茂倩：《乐府诗集》，人民文学出版社 2010 年版，第 1057—1059 页。

　　而关于《激楚》，王逸《楚辞章句》将其解为："激，清声也。言吹竽击鼓，众乐并会，宫廷之内，莫不震动惊骇，复作《激楚》之清声，以发其音也。"① 按王逸所注《激楚》为高亢凄清的众乐合奏之声。洪兴祖《补注》曰：

　　　　《淮南》曰：扬郑、卫之浩乐，结《激楚》之遗风。注云：结激清楚之声也。《舞赋》云：《激楚》结风，《阳阿》之舞。五臣云：激，急也。楚，谓楚舞也。舞急萦结其风。李善云：《激楚》，歌曲也。《列女传》曰：听《激楚》之遗风。《上林赋》云：鄢郢缤纷，《激楚》结风。②

　　后世书籍中多有关于《激楚》的记载，可见其流传之广，有解释为楚舞，也有解释为楚曲，这与《扬荷》的流传情况类似。然而结合《招魂》文本来看，《激楚》就是一首音调高昂清扬的众乐合奏的歌舞曲。

　　楚国的宫廷音乐不仅有自造的新歌，还有"吴歈蔡讴"，它们分别是吴地、蔡地的民歌。不同地域音乐的加入，更加丰富了楚国宫廷音乐娱乐的内容，可见当时楚国开放包容的文化心态。

　　《大招》云："代秦郑卫，鸣竽张只。伏戏《驾辩》，楚《劳商》只。讴和《扬阿》，赵箫倡只。"除了上文已经介绍的《扬阿》，《大招》还记载了《驾辩》和《劳商》。王逸《楚辞章句》解释为："《驾辩》《劳商》，皆曲名也。言伏戏氏作瑟，造《驾辩》之曲。楚人因之作《劳商》之歌。皆要妙之音，可乐听也。或曰：《伏戏》《驾辩》，皆要妙歌曲也。劳，绞也。以楚声绞商音，为之清激也。"③ 王逸在此处做两种解释，一将伏戏释作人名，二将其释为歌名。但联系下句"楚《劳商》只"，我们断定伏戏为人名，如此文意才能畅达。《驾辩》为伏羲所创之古曲，而楚人从其继承又创作《劳商》之曲。可见楚国宫廷音乐的多样性，不仅有楚地"新歌"《涉江》《采菱》《扬荷》和《激楚》，以及来自于其他地域的"吴歈蔡讴"，还有上古流传而来的《驾辩》。正是由于楚文化巨大的包容性才造就了楚国如此丰富而独特的音乐形态。

---

　　① 洪兴祖：《楚辞补注》，第 210 页。
　　② 洪兴祖：《楚辞补注》，第 210 页。
　　③ 洪兴祖：《楚辞补注》，第 221 页。

《招魂》和《大招》中不仅记载了诸多乐曲之名，同时对于演唱方式也有涉及。我们注意到《招魂》中乐歌名的前后都出现了各种乐器。在钟鼓的伴奏下开始《涉江》《采菱》和《扬荷》的演唱。钟、鼓、竽、瑟，齐鸣谐奏，"发《激楚》些"。《大招》也是如此写道："代秦郑卫，鸣竽张只。伏戏《驾辩》，楚《劳商》只。"此外，《大招》还提及另一种演唱方式——讴和。王逸以徒歌为讴。徒歌是指一种无伴奏和无伴唱的演唱方式。流传在楚国的大多数歌谣都是用徒歌的方式来演唱的。如《论语》中记载的楚狂人所唱的《接舆歌》。《大招》写道："讴和《扬阿》。"[①]《扬阿》与《招魂》中《扬荷》虽是同一首歌曲，但两处的演唱方式仍存在着差异。由此可见，《招魂》和《大招》不仅记载了丰富多样的乐曲，同时还给我们展现了不同的歌曲表演形式。

三、《招魂》《大招》中的乐舞

《招魂》和《大招》中对美女的舞蹈都进行了细致地描绘，可谓是曼妙动人，栩栩如生。首先，我们注意到在《招魂》和《大招》中对美女的身材面容都极尽刻画描写。《招魂》中写道：

> 九侯淑女，多迅众些。盛鬋不同制，实满宫些。容态好比，顺弥代些。弱颜固植，謇其有意些。姱容修态，絙洞房些。蛾眉曼睩，目腾光些。靡颜腻理，遗视矊些。离榭修幕，侍君之闲些。……肴羞未通，女乐罗些。……美人既醉，朱颜酡些。娭光眇视，目曾波些。被文服纤，丽而不奇些。长发曼鬋，艳陆离些。……士女杂坐，乱而不分些。[②]

美女的美好容颜充盈着宫室。她们面若桃花，肤如凝脂，蛾眉青黛，长发曼鬋，眼含秋水。《招魂》对美女的刻画重在写意描神，更具神韵。《大招》不

---

① 洪兴祖：《楚辞补注》，第221页。
② 洪兴祖：《楚辞补注》，第205—211页。

写一众美女姿态，而是重在其中五女之身。王逸《楚辞章句》云："所选美女五人，仪貌各异，恣魄所安，以侍栖宿也。"①《大招》中对美女的唇、齿、眉、目、耳、皮肤以及身材都进行细致入微的描写，如"朱唇皓齿""丰肉微骨""嫣目宜笑，娥眉曼只""容则秀雅，稚朱颜只""曾颊倚耳，曲眉规只""小腰秀颈""粉白黛黑"等等，以至于《大招》的某些描写已经出现了重复。与《招魂》相比《大招》中对五女的描绘注重写实，抓住了五女的面部身材的特征进行了细致地刻画描写。

其次，《招魂》和《大招》描写二八美女交相起舞的曼妙姿态。此二篇中楚国宫廷舞蹈都是由"二八"美女完成的，可见楚国贵族宴饮时享受的规格标准。《楚辞章句》中王逸注："二八，二列也。大夫有二列之乐，故晋悼公赐魏绛女乐二八，歌钟二肆也。"②可见《招魂》中描绘的乐舞是大夫级别的，而不是楚国君王所享受的最高级别的乐舞规格。《招魂》写道："二八齐容，起郑舞些。衽若交竿，抚案下些。"《楚辞章句》王逸注：

> 言二八美女，其仪容齐一，被服同饰，奋袂俱起而郑舞也。或曰：郑舞，郑重屈折而舞也。竿，竹竿也。衽，一作袵。抚，抑也。言舞者回旋，衣衽掉摇，回转相钩，状若交竹竿，以手抑案而徐来下也。一云：抚，抵也。以手抵案而徐下行也。③

二八美女回旋转动，衣袂飘飘的美好姿态似乎就在眼前。长袖飘动，忽如烟起，忽如虹飞，妙婧纤腰，腰肢偃仰，楚舞中富有特征的"细腰""长袖"舞姿在此得到了充分展现④。《大招》中"小腰秀颈""长袂拂面"的形体和衣着表现了楚地舞蹈飘逸轻柔的特征。据《韩非子·二柄》的记载："楚灵王好细腰，而国中多饿人。"⑤当时荆楚的审美时尚即是长袖细腰。湖北江陵马山1号

---

① 洪兴祖：《楚辞补注》，第 223 页。
② 洪兴祖：《楚辞补注》，第 204 页。
③ 洪兴祖：《楚辞补注》，第 210 页。
④ 李倩：《楚乐舞艺术的特征及其嬗变》，《黄钟》1998 年第 1 期。
⑤ 王先慎：《韩非子集解》，中华书局 1998 年版，第 42 页。

图四 湖北江陵马山1号墓舞人纹锦

楚墓舞人纹锦（图四）[①]中两人相对而舞，头戴高冠，身着长袍，双足外露，长袖向上飘扬，在纹锦中细长的衣袖得以强调突出。湖南长沙黄土岭战国楚墓中出土的彩绘舞女漆奁（图五）[②]上记录的便是舞蹈排练的场景，画中共有11个舞女，穿着宽袖细腰长裙，其中有两个女子正在翩翩起舞，体态轻盈。旁边一屋内两位女子相对而坐，似在欣赏眼前舞蹈。画面另一侧站立四位女子，其中一位勒袖耸肩，手拿长鞭，似在训练舞女，其他三人伫立观看。旁边一屋内也坐有三名女子注视着舞女练习。张正明先生《楚文化史》中写道："楚国的舞人有两个特点，其一是袖长，其二是体弯，确实可以说是'偃蹇'和'连蜷'的。对女性，楚人的审美标准是'丰肉微骨'而'小腰秀颈'。如此体态，如此舞姿，况复'娭光眇视，目曾波些'，无怪乎'观者憺兮忘归'了。"[③]

图五 湖南长沙黄土岭战国楚墓出土的彩绘舞女漆奁

最后，楚国宫廷舞蹈显现出对外来舞蹈的包容和吸收的特征。《招魂》中对郑舞的描写就已经表明楚地舞蹈对他国舞蹈的积极融入。"郑卫妖玩，来杂陈些。"（《招魂》）其中郑卫之女在楚国宫廷宴会中的出现表现出楚人早已摆脱

① 王子初总主编：《中国音乐文物大系》（湖北卷），第157—158页。

② 南京博物馆博物院藏宝录编辑委员会编：《南京博物院藏宝录》，上海文艺出版社1992年版，第229页。

③ 张正明：《楚文化史》，第273页。

了礼制的束缚，突出了自我对声色的追求的自然本性。结合前文，我们发现楚人不仅与他国舞蹈进行融合，对楚地之外的音乐因素都加以吸收。这样的兼收并蓄才成就了令人叹服的独具楚文化色彩的歌乐舞。

四、《招魂》《大招》中宫廷歌乐舞的产生土壤

以《招魂》和《大招》为代表的楚国宫廷歌乐舞的产生是其特定的时代历史和地理环境等因素的共同作用。首先，楚地的文化继承西周传统的礼乐制度，因而楚国的音乐舞蹈都渲染上了一层北方色彩。首要的表现即在楚人对金石类乐器的推崇。两周之际，尤其是两周时期的中原，金石乐器的数量与编悬有着严格的等级规定①。到了战国时期，政治变革，社会动荡，礼崩乐坏，使得礼乐下移，更是促进了当时"乐"的繁荣。"礼制乐制的衰落使青铜礼乐器的使用范围愈广愈大，对其质量的要求亦愈精愈高，其生产的数量也反而有增无减。"②战国时期的楚地墓葬中出土了大量的编钟，可见楚人在礼崩乐坏的情况下对钟的尊崇有增无减。此外，《离骚》中"启《九辩》与《九歌》兮"也说明了楚人对于中原文化的接受，《九辩》与《九歌》作为华夏文明的代表在楚辞中多次出现。《大招》的宫廷音乐表演了伏羲所作《驾辩》，体现出对北方音乐的继承。可见，楚国处于周代文化体系之内，接受了周代的礼乐制度文化。

然而，楚国的传统巫术文化和自身的地理环境，使得楚国的音乐舞蹈显现出独特的风采。楚人迁居江汉地区历时既久，栉蛮风，沐越雨，潜移默化，加以他们对自己的先祖作为天与地、神与人的媒介传统未能忘怀，由此，他们的精神文化就比中原的精神文化带有较多的原始成分、自然气息、神秘意味和浪漫色彩，逐渐形成了南方的流派③。这种南方特色给楚地歌乐舞烙印上独特的色彩，形成了楚地的自由浪漫之风。楚国的宫廷宴会上对歌乐舞的审美追求是直接而原始的。尤其在战国时期礼崩乐坏的大环境下，礼乐的政教功能已经丧

---

①　杨匡民、李幼平：《荆楚歌乐舞》，第276页。

②　杨华：《先秦礼乐文化》，湖北教育出版社1997年版，第228页。

③　张正明：《楚文化史》，第63页。

失，当时楚国贵族仍对乐有着强烈的审美性追求，因而楚地歌乐舞已经摆脱了传统礼制，追求着娱乐性乐舞的享受。《招魂》和《大招》中大规模的金石丝竹乐器合奏齐鸣，风格多样的歌曲演唱以及带有楚地个性色彩的"细腰""长袖"的舞蹈表演，营造了盛大激烈的场面，便是楚国上层贵族享受精神娱乐的最好例证。甚至《招魂》还有"士女杂坐，乱而不分些。放陈组缨，班其相纷些。郑卫妖玩，来杂陈些"的场面。楚国宫廷之内不受礼制拘束的自然原始状态，与其自然地理环境以及楚地盛行的祭祀之风有关。

此外，我们在楚国宫廷的歌乐舞表演之中可以看到楚文化与其他地域文化杂糅的现象。"二八齐容，起郑舞些""郑卫妖玩，来杂陈些""吴歈蔡讴"（《招魂》）、"代秦郑卫"（《大招》），可以说非常真实地反映了楚国作为音乐之邦开放包容的心态，允许夷夏并存，雅俗共赏，将各国文化兼收并蓄才成就了楚国独具特色的高水平歌乐舞。

（原载日本广岛大学《中国学论丛》第 1 号，2014 年 12 月）

（作者单位：北京市八一学校）

《礼》书研究

《礼记》成书辨析

许志刚

　　《礼记》是汉代经师戴圣从大量先秦文献中辑录的礼乐论文集。这部书深刻、精辟地阐述了中国古代思想、文化及文学的一系列重要问题，自东汉中期以后便被奉为儒家经典。

　　《四库全书总目》云："《礼记》辑自汉儒，某增某减，具有名主，亦无庸聚讼。"然而，这个在古代人看来"无庸聚讼"的文献，却在近代解读中产生了重大分歧，有的学者将其视为先秦典籍，表现了先秦儒家的思想观点，提出了以此为基础的考察、认识和论断；有的将其视为汉代文献，是汉代思想文化的成果，则不可避免地对古代思想、文化发展的阶段性，对一些重要观点、思想的形成与贡献，得出截然不同的结论。在 20 世纪，后一说几成定论。随着考古发现的进展，一批出土文献以确凿的证据证明《礼记》中某些篇章为先秦文献。如郭店楚简中有《缁衣》一篇，这也是《礼记》中的重要篇章之一。然而，这是否足以证明《礼记》中其他文献的时代属性？出土简帛文书与传世文献相合的现象只是偶然的个别的特例，我们不能等待出土文献对传世文献逐一印证，而应集中对《礼记》成书的论断进行辨析，从古代文献研究解析的科学性与严谨性层面审视产生严重分歧的原因。

　　将《礼记》视为汉代文献的观点，可以冯友兰先生为代表。他在《中国哲学史新编》（以下简称《新编》）中说：

　　　　汉朝的这一类讲上层建筑的著作，统称为讲"礼"的著作。这些著

作的总集就是《汉书·艺文志》礼类所著录的《礼记》130 篇。《艺文志》
还著录有《明堂阴阳记》33 篇，《孔子三朝记》7 篇，《王史氏记》21 篇，
《乐记》23 篇。这五种合起来共有 214 篇。现在传下来的有汉朝的两个选
本：一是戴德的选本，称为《大戴礼记》；一是戴圣的选本，称为《小戴
礼记》。《小戴礼记》似乎是《大戴礼记》的选本，所以两个选本没有重复
的篇。现有的《大戴礼记》是《小戴礼记》选剩下的那些著作。一般所说
的《礼记》就是《小戴礼记》。①

审视《新编》这段论述，就会发现一些学者在古代文献研究解析的科学性
与严谨性方面存在值得商榷之处。

一、间接文献与原初的直接的记载

1. 《汉书·艺文志》与《隋书·经籍志》的相关记载

《汉书》是研究先秦至汉代思想文化的基本文献，特别是《汉书·艺文志》
《汉书·儒林传》等篇章，记载了汉朝中期人们所能见到的重要文化典籍，记
载了汉代学者的经历、成就及其对前代思想文化的传承，这是研究先秦两汉思
想文化乃至文学的必读书。这是古代无数学者以自己的成果和经验所证明了的
学术路径。

《新编》上述论断虽然提到《汉书·艺文志》，却并不取径于《汉书》。因
此，上述引文同《汉书·艺文志》存在明显的差异。

《汉书·艺文志·六艺略》礼类载："《礼古经》五十六卷；《经》七十
篇（按：当作十七篇，王先谦补注有说，此略）；《记》百三十一篇。"② "《记》
百三十一篇"即礼经之记，因载于礼类文献中，故不书"礼记"，而只书
《记》，表明这些文献或为礼经，或为礼之传、说、记的性质。"新编"所说

---

① 冯友兰：《中国哲学史新编》中卷，人民出版社 1998 年版，第 103—104 页。
② 王先谦：《汉书补注》，中华书局 1983 年版，第 870 页。

"礼类所著录的《礼记》130篇"，篇数不合，且书名不符，汉代根本不存在130篇的《礼记》一书。

《新编》中"《孔子三朝记》7篇"，不在《汉书·艺文志》礼类中，而归入《论语》十二家之一，且书名为"《孔子三朝》七篇"。《新编》中"《乐记》23篇"，也不在《汉书·艺文志》礼类中，而载于"凡乐六家"中。

《汉书·艺文志》于每类文献记载篇末皆有数量有统计，如"《论语》十二家，二百二十九篇"，"右阴阳十六家，二百四十九篇，图十卷"。但《新编》所说"这五种合起来共有214篇"，却不见于《汉书·艺文志》。对于《汉书·艺文志》来说，这些归于不同类别的文献是不必进行统计的，也是毫无意义的。

《新编》的上述文字并非引自《汉书·艺文志》，也不是据《汉书》进行归纳而成。《新编》的这段文字完全袭用《隋书·经籍志》的说法。

《隋书·经籍志》云：

> 至刘向考校经籍，检得一百三十篇，向因第而叙之。而又得《明堂阴阳记》三十三篇、《孔子三朝记》七篇、《王史氏记》二十一篇、《乐记》二十三篇，凡五种，合二百十四篇。戴德删其烦重，合而记之，为八十五篇，谓之《大戴记》。而戴圣又删大戴之书，为四十六篇，谓之《小戴记》。汉末马融，遂传小戴之学。融又定《月令》一篇、《明堂位》一篇、《乐记》一篇，合四十九篇。①

简单地比较就可看出，《新编》仅在用语方面略有变化，至于这里所陈述的内容、类别、数量及《礼记》成书始末，都与《隋书·经籍志》完全相同。

《新编》的上述论断不对《汉书》原初的直接的记载进行考察，而以间接记载其事的《隋书·经籍志》为依据，这就导致了一系列的失误。况且，完全袭用《隋书·经籍志》之说，却不注明出处，这种做法也是不够严谨的。

---

① 魏徵等：《隋书》，中华书局1973年版，第925页。

2. 主要人物的时代与学术的历史考察

《隋书·经籍志》说"至刘向考校经籍"，则"戴德删其烦重"，"戴圣又删"，遂产生两部重要的著作。在这样的陈述中隐含着对三人学术先后次序的认识，即"刘向考校经籍"在先，故有"凡五种，合二百十四篇"的统计，然后是大戴"删其烦重"，最后是小戴"又删"。在这段文字中，"这五种合起来共有214篇"被视为《大戴礼》和《礼记》二书的资料来源。

《新编》也说："这五种合起来共有214篇。现在传下来的有汉朝的两个选本：一是戴德的选本，称为《大戴礼记》；一是戴圣的选本，称为《小戴礼记》。《小戴礼记》似乎是《大戴礼记》的选本。"

然而，《新编》并未对"《孔子三朝记》7篇，《王史氏记》21篇"同《大戴礼记》《小戴礼记》之间的关系进行考证，甚至未对214篇同两戴记的关系有任何说明，仍是沿用《隋书·经籍志》的说法，将其视为大戴、小戴"删繁"的依据。

《新编》虽用"似乎"两字，不十分肯定，但下文的论述又以明确的判断补充了"似乎"的语意。这也是袭用《隋书·经籍志》的说法。

刘向、大戴、小戴三人学术关系如何，本应通过对《汉书》相关传记严格考察之后做出结论，然而，《新编》并没有这样做，而是简单地袭用《隋书·经籍志》的文字，表明其对后者说法的认同。

今考《汉书》有关刘向、戴德、戴圣三人所处时代、年齿、学术与成长经历的记载，发现《新编》及其所袭用的《隋书·经籍志》上述说法不能成立。

刘向生于昭帝元凤五年，其父刘德以刘氏宗亲，与霍光等共同拥立宣帝，而封为阳城侯。为此，刘向受到宣帝青睐，十二岁入宫为辇郎，二十岁超拔为谏大夫，与王褒、张子侨等时时进对，又以文采出众，献赋颂数十篇。刘向又献方技，主持炼金，事败，赦免死罪，奉诏学习《穀梁春秋》。甘露三年，宣帝诏诸儒于石渠阁讲论"五经"经义。宣帝对《穀梁春秋》有所偏爱，又对刘向有所袒护，故刘向能参与这次规格极高的学术会议。此时，戴德、戴圣已是名师硕儒。戴圣为博士，传授礼学，是石渠论议的主要经学大师之一。况且，刘向考校经籍是在成帝后期，即刘向晚年，此时戴德、戴圣早已去世，焉能见到刘向考校经籍的成果并进而删节这些文献？

所谓小戴删大戴之书，也是无稽之谈。据《汉书·儒林传》载，后仓是著名的礼学大师，他门下杰出的弟子中就有戴德和戴圣。二戴在宣帝时都是传播礼学的名师。戴德为信都王太傅；戴圣在朝为博士，作为礼学名儒参与石渠论议。他们是同时代、同领域的经师，不存在学术先后的次序，自然也不存在删节其成果的问题。汉代儒家以《仪礼》为礼之经，戴德、戴圣讲授礼学也是如此。但他们讲授的文本却有区别。《仪礼》在汉代有三种版本：戴德本、戴圣本和刘向校理的别录本。贾公彦《仪礼注疏·叙》云：

> 大戴、戴圣与刘向为《别录》十七篇，次第皆《冠礼》为第一，《昏礼》为第二，《士相见》为第三。自兹以下篇次则异。故郑云大、小《戴》《别录》即皆第一也。其刘向《别录》，即此十七篇之次是也，皆尊卑吉凶次第伦叙，故郑用之。至于大戴即以《士丧》为第四，《既夕》为第五，《士虞》为第六，《特牲》为第七，《少牢》为第八，《有司彻》为第九，《乡饮酒》第十，《乡射》第十一，《燕礼》第十二，《大射》第十三，《聘礼》第十四，《公食》第十五，《觐礼》第十六，《丧服》第十七。小戴于《乡饮》、《乡射》、《燕礼》、《大射》四篇亦依此《别录》次第，而以《士虞》为第八，《丧服》为第九，《特牲》为第十，《少牢》为第十一，《有司彻》为第十二，《丧》为第十三，《既夕》为第十四，《聘礼》为第十五，《公食》为第十六，《觐礼》为第十七。皆尊卑吉凶杂乱，故郑玄皆不从之矣。[①]

后世流传的《仪礼》，就是郑玄注释、贾公彦疏的别录本。他们又分别辑录了先秦诸儒论述礼的文献作为对《仪礼》的阐释，戴德辑录的即《大戴礼记》，戴圣辑录的即《小戴礼记》。《小戴礼记》经郑玄注释成为新的经典，即流传于世的《礼记》。由此可见，戴德、戴圣同时传授礼学，各有不同的礼经文本，也有各自的传注论说，而所谓的"戴圣又删大戴之书"的说法是毫无根据的。

---

① 《仪礼注疏》，《十三经注疏》，中华书局 1980 年版，第 945 页。

二、文本的考察

1.《礼记》和《大戴礼记》文本比较

《新编》说："两个选本没有重复的篇。现有的《大戴礼记》是《小戴礼记》选剩下的那些著作。"《新编》竟然未对两部书做哪怕是粗略的比较，便匆忙地做出论断。

戴德、戴圣讲授的《仪礼》版本有差别，表明他们对礼的制度和思想都有各自的理解，因此，在辑录前代论述礼的文献时，就更多地体现出他们的学术个性与思想倾向。《大戴礼记》八十五篇，《小戴礼记》四十九篇，篇章数量表明两者认识上的很大差异。

《大戴礼记》八十五篇，到唐代已经缺失四十六篇，仅剩三十九篇。《隋书·经籍志》所谓小戴删大戴书，就是根据残缺状况推断之言。《新编》袭用《隋书·经籍志》，也接受该书的认识逻辑，并未对两书做认真的比对。

实际上，两书有相同的篇章。如：

《礼记》第二十七篇是《哀公问》，《大戴礼记》第四十一篇为《哀公问于孔子》；

《礼记》第四十是《投壶》，《大戴礼记》第七十八为《投壶》。

可见仅仅从《大戴礼记》散失状况而臆断小戴删节其书，这是缺乏依据的，《新编》说"两个选本没有重复的篇。现有的《大戴礼记》是《小戴礼记》选剩下的那些著作"，则是对两部著作的文本未经起码的比较而下的断言，其说未免失之草率。

2. 前代文献对《礼记》文本的记载

从西汉后期至东汉末，《大戴礼记》和《礼记》都在流传，两家也都培养了一些较为出色的学者。然而，小戴《礼记》一书的影响更为广泛。刘向校理群书，便对这部书做了校勘和整理。

孔颖达《礼记·孔子闲居》正义引郑玄《礼记目录》云："名曰《孔子闲居》者，善其无倦而不亵，犹使一弟子侍，为之说《诗》。著其氏，言可法也。

退燕避人曰闲居。此于《别录》属《通论》。"① 郑玄《礼记目录》明确地记载了刘向《别录》对《礼记》四十九篇分类整理情况。

笔者根据《礼记目录》进行梳理，发现刘向《别录》将《礼记》四十九篇分为八类，归纳如下：

通论类（十六篇）：《檀弓》（上下）、《礼运》《玉藻》《大传》《学记》《经解》《哀公问》《仲尼燕居》《孔子闲居》《坊记》《中庸》《表记》《缁衣》《儒行》《大学》；

制度类（六篇）：《曲礼》（上下）、《王制》《礼器》《少仪》《深衣》；

明堂阴阳类（二篇）：《月令》《明堂位》；

丧服（含丧礼）类（十一篇）：《曾子问》《丧服小记》《杂记》（上下）、《丧大记》《奔丧》《问丧》《服问》《间传》《三年问》《丧服四制》；

世子法（含子法）类（二篇）：《文王世子》《内则》；

祭祀类（四篇）：《郊特牲》《祭法》《祭义》《祭统》；

吉礼（含吉事）类（七篇）：《投壶》《冠义》《昏义》《乡饮酒义》《射义》《燕义》《聘义》；

乐记类（一篇）：《乐记》。

从郑玄《礼记目录》的记述可以看出，刘向校理的《礼记》是四十九篇。这充分证明《隋书·经籍志》的说法是极其荒谬的。其文谓："戴圣又删大戴之书，为四十六篇，谓之《小戴记》。汉末马融，遂传小戴之学。融又定《月令》一篇、《明堂位》一篇、《乐记》一篇，合四十九篇。"当时并没有四十六篇的《小戴记》。况且，郑玄是马融弟子，如果马融在《礼记》版本的补充完善中有如此重要作用，郑玄怎能忽略其师的成就，缺而不论呢？同时，这也证明《隋书·经籍志》及其追随者所说的"大戴删"刘向整理本实为本末倒置的臆说。

从以上诸端可见，《新编》等论者对《礼记》文本缺乏起码的考察。

① 《礼记正义》，《十三经注疏》，中华书局 1980 年版，第 1616 页。

三、前代重要学术成果的考察

现代的学术研究都应广泛收集、梳理前人的研究成果，汲取前人的学术精华，发现新的问题，推进该领域、该课题的学术发展。然而，《新编》却对清代以来有关《礼记》的重要学术成果茫然无所知。

1. 清代对两部经典的研究及对《隋书·经籍志》的批评

清代学者王聘珍驳《隋书·经籍志》云：

> 其说颇为附会。盖因大戴八十五篇之书，始于三十九，终于八十一，其中又无四十三、四十四、四十五、六十一四篇，多出七十三一篇。《隋志》又别出《夏小正第四十七》一篇，则存三十九而阙四十六，故支离其辞，以为小戴所取耳。岂知《月令》《明堂位》，刘向《别录》并属明堂阴阳，固古文三十三篇之内者也。而《乐记疏》引刘向《别录》云："《礼记》四十九篇，《乐记》第十九。"则《乐记》之入《礼记》，自刘向所见本已然，又何待于马融之足哉！且当时古本俱在，大小戴同受业于后仓之门，小戴又何庸取大戴之书而删之？盖二家俱就《古文记》二百四篇中各有去取。故有大戴取之，小戴亦取之，如《哀公问》《投壶》等篇是也。①

王聘珍在《大戴礼记解诂》中着重批评"小戴删大戴之书"说，批评《隋书·经籍志》的荒谬。

清朱彬《礼记训纂·自序》也通过比较《大戴礼记》与《礼记》篇目，反驳"小戴删取大戴"说："自汉以来，无谓小戴删取大戴以成书者。"

王聘珍、朱彬的两部著作代表了清代《大戴礼记》和《礼记》研究的最高成果，《新编》如能对两部书有所关注，就不会简单地袭用《隋书·经籍志》了。

---

① 王聘珍：《大戴礼记解诂·叙录》，中华书局 1983 年版，第 4—5 页。

2. 相关研究的重要成果

对这一问题论述得最为充分的当属《四库全书总目》。可是，这部治文史研究者必读的目录学著作，似乎也未进入《新编》的视野。《四库全书总目》列举四方面证据，以见小戴书之原貌。一、小戴授梁人桥季卿。季卿著《礼记章句》四十九篇，号曰桥君学，成帝时尝官大鸿胪。其时已称四十九篇。二、孔疏引刘向《别录》，证明《乐记》等篇原在《礼记》中的次第。三、孔疏引郑玄《目录》，言及各篇在《别录》中的归类。四、孔疏引郑玄《六艺论》，言"戴圣传礼四十九篇"。

再有戴震《〈大戴礼记〉目录后语一》云：

> 郑康成《六艺论》曰："戴德传记八十五篇。"《隋书·经籍志》曰："《大戴礼记》十三卷，汉信都王太傅戴德撰。"今是书传本卷数与《隋志》合，而亡者四十六篇。《隋志》言："戴圣删大戴之书为四十六篇，为《小戴记》"，殆因所亡篇数，傅会为是言欤？其存者，《哀公问》及《投壶》，《小戴记》亦列此二篇，则不在删数矣。他如《曾子大孝》篇见于《祭义》，《诸侯衅庙》篇见于《杂记》，《朝事》篇自"聘礼"至"诸侯务焉"见于《聘义》，《本命》篇自"有恩有义"至"圣人因教以制节"，见于《丧服四制》。凡大小戴两见者，文字多异。《隋志》以前，未有谓小戴删大戴之书者，则《隋志》不足据也。①

郑玄的《六艺论》虽有辑佚本，流传不广，论者未能寓目，容或有之。而《四库全书总目》之论，戴震之说，足可证成《隋书·经籍志》的失误。清代学者的多项成果都表明这一领域研究的进展，关注其中任何一著作，都将有助于对这一问题的思考。令人费解的是，现代一些学者并未注意清人在这一领域的所有进展与研究成果。

---

① 戴震：《戴震全集》第四册，黄山书社1994年版，第240—241页。

四、《礼记》成书与古文"记"

《礼记》是戴圣辑录的有关礼乐思想文化的论文选集。文章作者都是战国时代儒家学者。他们在这些作品中阐述了自己的礼乐思想观点。在秦王朝销毁图书、残灭文化时，士人冒着身家性命危险保存这批文化财富。汉惠帝时废除秦王朝的《挟书律》，鼓励献书，人们便将这些幸存的珍贵图书献给朝廷和诸侯王。

《汉书·景十三王传》记载了河间献王在这方面的政策和效果。其文云：

> （河间献王）修学好古，实事求是，从民得善书，必为好写与之，留其真，加金帛赐以招之。由是，四方道术之人不远千里，或有先祖旧书，多奉以奏献王者。故得书多，与汉朝等。是时，淮南王安亦好书，所招致率多浮辩。献王所得书，皆古文先秦旧书，《周官》《尚书》《礼》《礼记》《孟子》《老子》之属，皆经、传、说、记，七十子之徒所论。①

从这段记述可以看出，河间献王在汉朝文化建设方面做出开风气的贡献。"修学好古"，广求先秦典籍，彰表学术。他鼓励献书的政策开明，得到人们广泛响应，因此藏书丰富，并具有鲜明的特点。其一，图书的性质明确，"皆古文先秦旧书"，是先秦时代著作，并是以"古文"即篆字写成。其二，传本可靠。他命人将所献的先秦古文旧书抄写成好的副本，送给献书人，自己留下真本，亦即古本、善本。所谓"好写与之"，即他送给献书人的文本可能是写在绢帛上的，比起或竹木简，或帛书残损不清的原本，质地好，抄写好，字迹清晰，但却留下了先秦写就的真本。其三，数量多。献王重赏献书人，受到广泛的拥戴，"不远千里"，"多奉以奏献王者"，得人心的措施必有好的回报。他得书多，与朝廷相等。其四，文献类别重要。他所得到的文献与淮南王刘安得到的不同。淮南王所得的多属于"浮辩"之辞，当是道家、纵横家及方术之类。而献王所得到的乃是"经、传、说、记"之类著作。

---

① 王先谦：《汉书补注》，第1117页。

《汉书》对此言之凿凿，足可凭信。同时，我们对汉代献书、藏书的状况还应有全面的认识，河间献王广求天下图书，其获得的先秦文献典籍之多、之珍贵，在诸侯王当中是最突出的，但还应看到，就汉代藏书来说，河间献王收藏的文献并非当时藏书的全部，但他构成了诸侯王藏书的中心。此外，还有一更重要的藏书中心，即朝廷。河间献王"得书多，与汉朝等"。这一记载清楚地说明了河间藏书同诸侯王、同朝廷藏书的关系，绝不能因肯定河间藏书而低估了朝廷藏书。《汉书》中多次谈到"中秘"之书，都可看出朝廷藏书的地位。

汉朝廷和诸侯王鼓励献书的政策使散失在民间的珍贵图书汇集起来。同时，"从民得善书，必为好写与之"，也增加了抄写本在民间的流传。这为文化建设和学术发展提供了重要的基础。汉代经学包括《礼记》都是在此前提下得到基本的文献依据。

《汉书·艺文志》对所记载的文献的来源和时代都有明确的标识，如：

> 《礼古经》五十六卷，《经》十七篇。（后氏、戴氏）
>
> 《记》百三十一篇。（七十子后学者所记也）
>
> 《明堂阴阳》三十三篇。（古明堂之遗事）
>
> 《王史氏》二十一篇。（七十子后学者）
>
> 《曲台后仓》九篇。
>
> 《中庸说》二篇。
>
> 《明堂阴阳说》五篇。
>
> 《周官经》六篇。（王莽时刘歆置博士）
>
> 《周官传》四篇。
>
> 《军礼司马法》百五十五篇。
>
> 《古封禅群祀》二十二篇。
>
> 《封禅议对》十九篇。（武帝时也）
>
> 《汉封禅群祀》三十六篇。
>
> 《议奏》三十八篇。（石渠）①

---

① 王先谦：《汉书补注》，第870—871页。

这里的"《记》百三十一篇",都是"七十子后学者所记",也就是说这些文献都是战国时代儒家的著作。《汉书·艺文志》以注释的方式确认该书的作者与时代。这同河间献王本传所说的"礼记"即礼经之"记""七十子之徒所论",是相合的。这是汉代经师阐述礼的文本依据,也是戴德、戴圣的辑录文选的源头和元文献。

《汉书·儒林传》云:

> 孟卿,东海人也。事萧奋,以授后仓、鲁闻丘卿。仓说礼数万言,号曰《后氏曲台记》,授沛闻人通汉子方、梁戴德延君、戴圣次君、沛庆普孝公。孝公为东平太傅;德号大戴,为信都太傅;圣号小戴,以博士论石渠,至九江太守。由是礼有大戴、小戴、庆氏之学。通汉以太子舍人论石渠,至中山中尉。普授鲁夏侯敬,又传族子咸,为豫章太守。大戴授琅邪徐良斿卿,为博士、州牧、郡守,家世传业。小戴授梁人桥仁季卿、杨荣子孙。仁为大鸿胪,家世传业;荣琅邪太守。由是大戴有徐氏,小戴有桥、杨氏之学。①

后仓是汉代礼学发展中的重要经师,他自己解说《礼》的成果数万言,同时,他培养了四个著名弟子,都在礼学的传播中做出贡献,甚至超越其老师,戴德、戴圣尤其如此。

《礼记》的编者戴圣以"《记》百三十一篇"为主要文献源,此外,还有先秦儒家的其他著作,如《乐记》原为二十三篇,戴圣取其中十一篇作十一章,合为四十九篇中的一篇。刘向校书,既校勘包括《乐记》在内的《礼记》,又校勘了作为戴圣元文献的二十三篇的《乐记》原本,并列出剩余十二篇的篇名。戴圣对礼乐有自己的思想观点,选择这四十九篇合成卷帙,表现出他对这些作品思想的认同,他要用这些先秦时代的文献阐发自己的理念。他传授的礼之经是《仪礼》,而对礼经的进一步解说,则是借用先秦儒家的话语,表明自己对这些前辈思想观点的继承与弘扬。戴圣以先秦学者的话语阐述先秦礼经的

---

① 王先谦:《汉书补注》,第 1523 页。

做法，无疑增加了自己学术的经典意味和可信性。

从郑玄、孔颖达到清代著名学者，有关《礼记》的研究取得重要进展，他们的阐释历历具在，这是我们研究《礼记》的主要依据和起点。我们应在他们已有成就的基础上发现新的问题，推进学术进展，力争取得新的成果。然而，《新编》等论者对《礼记》及其作者的原始记载缺乏关注，又无视学术进程与现状，忽视《礼记》研究的主要成果，简单袭用《隋书·经籍志》的谬说，以至于他们的研究起点又退回到清代以前。这样的失误值得我们从方法论与学风层面引为借鉴。

（作者单位：辽宁大学文学院）

窦公献书与《周礼·大司乐》成书年代考

王霄蛟

"大司乐"为周代音乐职官名称，此职见载于《周礼·春官宗伯·大司乐》篇，其作为乐官之长，总掌周代的音律体系、音乐教育和音乐表演，是周代音乐职官系统的核心，也是周代礼乐制度之核心，由于其重要地位，我们往往将"大司乐"作为周代音乐机构的代称，其所辖职官自《周礼·春官宗伯》的"大司乐"职到"司干"职，此二十职构成一套完整的音乐机构体系。但前人对《周礼》中《大司乐》一篇的文献来源，尚未进行深入辨析，亦未对与《大司乐》密切相关的窦公有细致研究，本人认为窦公是考证《大司乐》一篇来历之重要节点，也是连接先秦乐官与汉代所出《周礼·大司乐》篇之纽带，故有详考之必要。

一、《汉书·艺文志》与桓谭《新论》引窦公考

除《周礼》所载之外，"大司乐"一词，最早见于《汉书·艺文志》（下文简称《汉志》）六艺略乐类小序，其云："六国之君，魏文侯最为好古，孝文时得其乐人窦公，献其书，乃《周官·大宗伯》之《大司乐》章也。"[①] 班固《汉志》承刘歆《七略》而来[②]，故这段话可被认作是刘歆（前53—23）[③]之言。

---

① 《汉书·艺文志》，中华书局1962年版，第1712页。

② 阮孝绪《七录序目》云"固乃因《七略》之辞，为《汉书·艺文志》"，见《广弘明集》卷三，收于《影印宋碛砂藏经》第四七六册，民国二十二年（1933）上海藏经会印行，第20页。

③ 详参钱穆《刘向歆父子年谱》于成帝建始元年（前32）按语："歆生年无考。成帝初即位，歆盖弱冠。"见氏著：《两汉经学今古文平议》，商务印书馆2001年版，第40页。

与刘歆同时的桓谭（前36—36或37）①，在其《新论》中，也对窦公见汉文帝之事有所记述，并为后世曹植等人称引，其文曰：

> 余前为王莽典乐大夫，《乐记》云："文帝得魏文侯乐人窦公，年百八十，两目盲。帝奇问之，何所施行。对曰：'臣年十三而失明，父母哀其不及事，教臣鼓琴，臣不能导引，不知寿得何力。'"（曹植《辨道论》引，见释法琳《辩正论》，据孙星衍《平津馆丛书》本《续古文苑》卷九录入）

《新论》一书亡佚已久，清季孙冯翼、钱熙祚等人均有辑佚，以严可均钩稽最富，近人朱谦之、吴则虞二先生又有新辑之本，后出转精。本文主要关注《新论》中与《大司乐》关系密切的窦公的资料，而前人辑本或仅据一种史料抄录，或撮录几种资料杂糅成章，故笔者引用"窦公"此则，并未选择前人辑本中的成文，而是重新梳理所有称引资料，选择距桓谭时代较近的曹植《辨道论》中的称引文字，庶几存真。除《辨道论》之外，唐颜师古《汉书·艺文志》注，宋初《太平御览》卷三百八十三人事部、卷七百四十疾病部，明中叶陈耀文《天中记》卷三十九，明末董斯张《广博物志》卷三十四，明末董说《七国考》卷一均对桓谭所记窦公事有过称引，如下表：

传世文献所引桓谭《新论》"窦公"材料综览

序号	称引内容	朝代	称引者	文献出处
1	余前为王莽典乐大夫，《乐记》云："文帝得魏文侯乐人窦公，年百八十，两目盲。帝奇问之，何所施行。对曰：'臣年十三而失明，父母哀其不及事，教臣鼓琴，臣不能导引，**不知寿得何力。**'"君山论之曰："**颇得少盲，专一内视，精不外鉴之助也。**"	三国·魏	曹植《辨道论》	唐释法琳《辩正论》卷二，《大正藏》第52册，页500下。又见《续古文苑》卷九，收于清孙星衍辑校：《平津馆丛书》第10册，凤凰出版社2010年版，第4951页。

---

① 桓谭之生卒年，史无记载，梳理王先谦、刘汝霖、姜亮夫、曹道衡、苏诚鉴、孙少华，以及台湾学者董俊彦、捷克学者鲍格洛（Timoteus Pokora）、日本学者守屋美都雄、大久保隆郎等人的观点，笔者较为认同守屋美都雄的意见，详参氏著：《桓谭的生卒年代》，收入铃木俊教授还历记念会编：《东洋史论丛：铃木俊教授还历记念》，铃木俊教授还历记念会，1964年，第669—684页。中译本见《中国古代的家族与国家》，上海古籍出版社2010年版，第442—452页。

序号	称引内容	朝代	称引者	文献出处
2	余前为王莽典乐大夫。《乐记》言："文帝得魏文侯乐人窦公，年百八十，两目盲。帝奇而问之，何所施行。对曰：'臣年十三而失明，父母哀其不及事，教臣鼓琴，臣不能导引，**不知寿得何力。**'"君山论之曰："**颇得少盲，专一内视，精不外鉴之助也。**"	三国·魏	曹植《辨道论》	唐释道宣《集古今佛道论衡》卷一，见《大正藏》第52册，页365下。
3	余前为王莽典乐大夫。《乐记》云："文帝得魏文侯乐人窦公，年百八十，两目盲，帝奇而问之，何所施行。对曰：'臣年十三而失明，父母哀其不及事，教臣鼓琴，臣不能导引，**不知寿得何力。**'"君山论之曰："**颇得少盲，专一内视，精不外鉴之助也。**"	三国·魏	曹植《辨道论》	唐释道宣编《广弘明集》卷五，见《大正藏》第52册，页119上。
4	窦公年百八十岁，两目皆盲，文帝奇之，问曰："何因至此？"对曰："臣年十三失明，父母哀其不及众技，教鼓琴，臣导引，**无所服饵。**"	唐	颜师古《汉书注》	《汉书·艺文志》，中华书局1962年版，第1712页。
5	余为典乐大夫，得乐家记，言文帝时，得魏文侯时乐人窦公，年百八十岁，两目皆盲。帝奇其："何服食至此？"对曰："臣年十三失明，父母教为乐鼓（皷）琴，不导引，**不知寿得若何？**"余以为窦公少盲，专一内视故。	宋	《太平御览》卷七百四十疾病部	宋李昉《太平御览》（据南宋庆元间蜀刻本影印），《日本宫内厅书陵部藏宋元汉籍选刊》第21册，第221—222页。
6	余前为王翁典乐大夫，见**乐家书**，记文帝时得魏文侯时乐人窦公，百八十岁，两目皆盲。文帝奇之，问："何能服食而至此耶？"对曰："年十三失明，父母哀之，教使鼓琴，**日讲习以为常事**，臣不能道引，**无所服饵。**"谭以为少盲，恒逸乐，所以益性命也。	宋	《太平御览》卷三百八十三人事部	宋李昉，《太平御览》（据南宋庆元间蜀刻本影印），《日本宫内厅书陵部藏宋元汉籍选刊》第12册，第226页。
7	文帝时得魏文侯时乐人窦公，百八十岁，两目皆肓（按：当作"盲"），文帝奇之，问："何能服食而至此耶？"对曰："年十三失明，父母哀之，教使鼓琴，日讲习以为常事，臣不能道□，无所服眪也。"谭以为少肓（按：当作"盲"），恒逸乐，所以益性命也。	明	陈耀文《天中记》	明陈耀文《天中记》卷三十九，明万历十七年（1589）刻本，页32a。

续表

序号	称引内容	朝代	称引者	文献出处
8	文帝得魏文侯时乐人窦公，百八十岁。文帝奇之，问："何服食而至此？"对曰："年十三失明，父母教鼓琴，日以为常，无所服饵。"**谭以为恒逸乐所以益性命也**。	明	董斯张《广博物志》	明董斯张《广博物志》卷三十四，页22a，岳麓书社，1991年，第733页。
9	汉文帝得魏文侯时乐人窦公，百八十岁。文帝奇之，问："何服食而至此？"对曰："年十三失明，父母教以鼓琴，日以为常，无所服饵。"	明	董说《七国考》	明董说著：《七国考》卷一《魏职官·乐人》，中华书局，1956年，第72页。

其中明代的三则材料（即第7、8、9三则）大同小异，从文意语脉看，均应摘录自《太平御览》卷三百八十三所引《新论》之言（即第6则）①。而《太平御览》中的两处称引，差异则十分明显：一是在开始处，卷七百四十疾病部（第5则）作"得乐家记"，而卷三百八十三人事部则作"见乐家书"；二是在结尾处，卷七百四十作"不知寿得若何"，而卷三百八十三作"无所服饵也"，并多了"日讲习以为常事"一语。以《太平御览》中此二则，对比曹植《辨道论》与《汉书》颜师古注所引文字（第1至4则），不难发现《太平御览》卷七百四十承曹植《辨道论》而来，而《御览》卷三百八十三则与《汉书》颜师古注有密切关联。指出这以上材料的承袭或不同，是想阐明与本文所引窦公事有关的关键两点。

其一，窦公目盲高寿，唯因鼓琴，与导引之事无涉，诸书均作"不能导引"，独《汉书》颜师古注引曰"臣导引"，误。而《汉书》颜注影响巨大，后世如宋朱长文《琴史》云："导引之余，无所服饵"②，明费宏云："废视心静，

---

① 具体的比较方法可参考姜书阁先生《从杨慎〈古今谚〉谈到桓谭〈新论〉的辑佚》一文，收入氏著《文史说林百一集正续编》（下册），浙江大学出版社2010年版，第114页。又，缪文远《七国考订补》亦云："董氏引文与三八三文为近。"（上海古籍出版社1987年版，第151页）除从文意语脉来推断之外，通过《新论》引文所载桓谭评语也可做出判断，如《御览》卷三百八十三这一则载桓谭评断为"恒逸乐，所以益性命也"，而列表中明代的两则材料（7、8），亦同时载录了与此相同的评断。故明代的这几则材料均当来自于《太平御览》卷三百八十三的内容。

② 朱长文：《琴史》卷三，页3a，载故宫博物院编：《故宫珍本丛刊》第465册，海南出版社2001年版，据清就闲堂刻本影印，第18页。

又能导引，宜其寿也"①，二者均因信从《汉书》颜师古注而误，不可不辨。

　　其二，《太平御览》作为宋初类书，其因袭南北朝及唐代类书之处甚多，这一点宋代的陈振孙与明代的胡应麟早已指出②。又因为它的类书性质，成于众手，辗转抄袭，所以编纂时难免有错乱与改窜③。故曹植《辨道论》之后，引文中的"《乐记》云"或作"乐家书"，或作"乐家记"，疑即类书编纂者增删文字所致。引文所记窦公目盲高寿之事虽不见于今本《礼记·乐记》，但应该是《乐记》中的文字。因为"刘向校书得《乐记》二十三篇"（《汉书·艺文志》），孔颖达《礼记正义》在《乐记》标题下疏注时云："刘向所校二十三篇，著于《别录》。今《乐记》所断取十一篇，余有十二篇，其名犹在。"随后引刘向《别录》述介"其十二篇之名"云："《奏乐》第十二、《乐器》第十三、《乐作》第十四……《窦公》第二十三是也。"④所以桓谭《新论》引《乐记》所载窦公事，极有可能出自《乐记》第二十三篇《窦公》。此篇内容应以窦公所献《大司乐》篇为主⑤，并附带介绍窦公其人（如目盲而高寿）、窦公献书经过⑥等。同时，《乐记》中有《周礼·大司乐》的内容，也符合《汉志》的记载："武帝时，河间献王好儒，与毛生等共采《周官》及诸子言乐事者，以作《乐记》。"⑦

---

　　①　费宏：《太保费文宪公摘稿》卷二十，页23b、24a，《续修四库全书》第1331册，上海古籍出版社1995年版，据南京图书馆藏嘉靖三十四年吴遵之刻本影印，第674—675页。

　　②　周生杰：《太平御览研究》，巴蜀书社2008年版，第385页。

　　③　顾力仁：《永乐大典及其辑佚书研究》，台北文史哲出版社1985年版，第257—260页。

　　④　郑玄注，孔颖达正义，吕友仁整理：《礼记正义》，上海古籍出版社2008年版，第1455页。

　　⑤　清人阎若璩曰："刘向校书得《乐记》二十三篇，末篇曰《窦公》，即载斯事，惜不传。"见阎若璩著，黄怀信等校点：《尚书古文疏证》卷五下，上海古籍出版社2010年版，第287页。清末马国翰在其所辑《玉函山房辑佚书》卷三十《乐记》中，辑抄了刘向《别录》所列《乐记》十二篇之名，并在第二十三篇《窦公》篇名下有按语"即《周礼·春官·大司乐》篇"。见马国翰辑：《玉函山房辑佚书》卷三十，光绪九年长沙嫏嬛馆重刊本，上海古籍出版社1990年影印，第1174页下。又，余嘉锡云："古书虽亡而篇目存，犹可以考其崖略。如《乐记》已亡之十二篇中，有《季札》第二十八（笔者按：当作'第十八'，原书有误）、《窦公》第二十三，则知《左传》季札观乐之事及《周礼》之《大司乐》章皆在《乐记》中矣。是此二篇虽亡，而其内容尚可知也。"参氏著：《目录学发微　古书通例》，中华书局2007年版，第38—39页。另，张清常先生在其《乐记之篇章问题及所用音乐术语》一文中说："《汉志》谓文帝时乐工窦公所献乐书，即《周礼·大司乐》一章，据此，二十三篇中《窦公》一篇或即此书。"（《中山文化季刊》1943年第3期，第400页）

　　⑥　余嘉锡先生在《目录学发微》一书中论及："唐释道宣《集古今佛道论衡》卷一曹子建《辨道论》引桓君山云：'余前为王莽典乐大夫，《乐记》言文帝得魏文侯乐人窦公'云云，与颜注所引《新论》只数字不同，知《乐记·窦公篇》乃记其献书之事也。"参氏著：《目录学发微　古书通例》，第39页。

　　⑦　《汉书·艺文志》，第1712页。

二、《风俗通》《文字志》《书断》引窦公献书之事考

除桓谭《新论》之外，尚有若干文献与窦公献《大司乐》有关，以其称引文献划分，大致可归为三类。

其一，宋代姓氏书转引《风俗通·姓氏篇》者，如：

> 窦公《风俗通》："魏文侯时，有乐人窦公氏，献古文乐书一篇。"（《姓解》卷一）①
>
> 窦公《风俗通》曰："魏文侯时，乐人窦公氏，献古文乐诗书一篇。"（《古今姓氏书辨证》卷三十四）②

二者文字几乎完全相同，唯《古今姓氏书辨证》引所献者作"古文乐诗书"，与《姓解》及下文之引文相校，知"诗"字为衍文，当删。

其二，唐宋韵书与明代姓氏书转引《文字志》者，如：

> 《文字志》云："魏文侯时，有古乐人窦公氏，献古文乐书一篇。"（法藏敦煌文献 P.2016 第二叶 孙愐《唐韵》残卷"东"韵"公"字注引）③
>
> 《文字志》云："魏文侯时，有古乐人窦公氏，献古文乐书一篇。"（《广韵》卷一"公"字注引）④
>
> 《文字志》云："魏文侯时，有乐人窦公氏，献古文乐书一篇。"（《姓

---

① 邵思撰：《姓解》卷一，穴三十八，日本国立国会图书馆藏北宋景祐年间刊本。

② 邓名世撰，王力平点校：《古今姓氏书辨证》，江西人民出版社 2006 年版，第 531 页。

③ 此残卷藏法国国家图书馆，编号为 Pelliot chinois 2016，乃第二叶，影印图像见《法国国家图书馆藏敦煌西域文献》第 1 册，上海古籍出版社 1995 年版，第 156 页。高清彩图见法国国家图书馆网站 http://gallica.bnf.fr/ark:/12148/btv1b8300637x/f2.item（2018.03.13 16:16 访问）。重要的考释文字见姜亮夫：《姜亮夫全集》十《瀛涯敦煌韵卷子考释》，云南人民出版社 2002 年版，第 455—458 页；及其《隋唐宋韵书体式变迁考》，收于《姜亮夫全集》十三《敦煌学论文集》（第 1 辑），云南人民出版社 2002 年版，第 403—425 页。笔者采用的是徐朝东在《敦煌韵书 P.2016 考释》中的说法，即 P.2016 第二叶是孙愐的开元本《唐韵》，见《敦煌学研究》2009 年第 2 期，第 64—72 页。收于氏著：《蒋藏本〈唐韵〉研究》第三章〈《唐韵》相关的敦煌韵书残卷考释〉，北京大学出版社 2012 年版，第 200—205 页。

④ 周祖谟：《广韵校本》（上），中华书局 2004 年版，第 31 页。余廼永校注：《新校互注宋本广韵定稿本》，上海人民出版社 2008 年版，第 29 页。

觿》卷八）①

　　《文字志》，三卷，刘宋王愔作，唐张彦远《法书要录》著录其上卷为古书体三十六种，中、下卷为秦、吴至魏、宋书法名家一百二十人，并注云"未见此书，唯见其目"②。据目录推测，并翻阅相关辑佚文献，该书确为"中国古代最早一部书法史及书法品藻著作"③，而《唐韵》《广韵》《姓觿》所引《文字志》者，事涉窦公与音乐，而与书法似无瓜葛，疑其中应有舛讹。有一种观点认为"文字志"当作"艺文志"，此句当本自《汉书·艺文志》。④而清人章学诚在看到《广韵》注引《文字志》的内容之后则认为"此文与《汉志》大异，当考"⑤。孰是孰非？查《汉书·艺文志》所载为："六国之君，魏文侯最为好古，孝文时得其乐人窦公，献其书，乃《周官·大宗伯》之《大司乐》章也。"两者相较，不同有三：1.《汉志》并未提及"古文乐书"这关键四字；2.《汉志》所载献书时间在汉孝文帝时，并非《文字志》误以为的魏文侯时；3.《汉志》提及窦公时并无"氏"字，《文字志》作"窦公氏"，以之为氏，误。⑥二者区别甚明，故不可认为《文字志》应作《艺文志》。

　　笔者以为，《文字志》应是《文字论》之讹，因书名前二字均为"文字"，

　　①　陈士元撰：《姓觿》卷八，二十六宥（复姓），《湖北丛书》本，页9b。
　　②　张彦远著，范祥雍校点：《法书要录》，人民美术出版社1984年版，第24页。
　　③　参见张天弓：《王愔〈文字志〉辑佚》，收于氏著：《张天弓先唐书学考辨文集》，荣宝斋出版社2009年版，第191页。另可参看龙璋辑：《文字志》，《小学蒐逸》（中册），国家图书馆出版社2013年版，第76页；以及张荣庆：《王愔〈文字志〉考略》，《书法研究》1995年第6期，第22—42页；又收于氏著：《退楼丛稿》，河北教育出版社2008年版，第23—39页；王学雷：《刘宋王愔〈文字志〉研究》，《第五届中国书法史论国际研讨会论文集》，文物出版社2002年版，第455—468页。
　　④　易本烺云："《文字志》当作汉《艺文志》，《志》只云'窦公'无氏字，以窦公为复姓恐误。"参见易本烺撰：《姓觿刊误 附札记》，《丛书集成初编》本，中华书局1985年版。又可参看尉迟治平：《〈广韵〉姓氏点校注例——〈广韵〉校勘拾零之三》，载龙庄伟等主编：《汉语的历史探讨——庆祝杨耐思先生八十寿诞学术论文集》，中华书局2011年版，第108页。
　　⑤　章学诚撰：《丙辰札记》，章学诚撰，冯惠民点校：《乙卯札记》（外二种），中华书局2006年版，第235页。
　　⑥　沈涛《铜熨斗斋随笔》卷四"窦公"条，在引用《汉志》之后，云："窦公乃魏文侯乐人，至汉犹存，献书乃孝文时事，姓窦，而失其名，故称曰'公'。《广韵》'一东'引《文字志》云：'魏文侯时，有古乐人窦公氏，献古文乐书一篇。'是以献书为魏文侯时事，且以窦公为复姓，误矣。"参见沈涛：《铜熨斗斋随笔》，清光绪会稽章氏刻本，页13a、13b，收于《清人考订笔记（七种）》，中华书局2004年版，第699页。

故出现记忆或书写的舛误。《文字论》是唐代张怀瓘有关文字、书法的论著，全文多次谈及下文将涉及的张氏《书断》一书，而《书断》中正载有与窦公献《大司乐》有关的内容（见下文），且《书断》的编纂体例等，受《文字志》影响极大，并且该书多次引用王愔《文字志》中的说法①。故笔者推测《唐韵》及《姓觿》的编者实际看到的是唐张怀瓘《书断》②，引用的时候，将此书与张氏的另一部著作《文字论》记混，同时又讹作与《书断》体例极其相似的《文字志》。

其三，唐张怀瓘《书断》载窦公献书事云：

> 汉文帝时，秦博士伏胜献《古文尚书》，时又有魏文侯乐人窦公，年二百八十岁，献古文乐书一篇，以今文考之，乃《周官》之《大司乐》章也。（《书断》卷上《古文》）③

将上述引文与《汉志》比较，明显《书断》所述为详，其价值在如下信息：1. 窦公献书时的年岁为"二百八十岁"，此为《汉志》所不载，且与桓谭《新论》所载"百八十岁"也大有不同；2. 窦公所献《大司乐》乃"古文乐书"，这是后来"以今文考之"得到的结论。

其一，关于窦公年岁问题，笔者另有专文探讨，此不赘述。清人孙志祖认为《新论》当作"年二百八十岁"，今转引《新论》诸本均作"年百八十"乃"脱去'二'字"的缘故，并且认为《书断》所述乃化用桓谭《新论》而来。④

---

① 张荣庆认为王愔《文字志》的编撰体例"也对后世如张怀瓘《书断》等影响甚大，具有开先河的意义"。参见张荣庆：《王愔〈文字志〉考略》，《书法研究》1995 年第 6 期，第 22 页；收于氏著：《退楼丛稿》，河北教育出版社 2008 年版，第 23 页。

② 据薛龙春《张怀瓘书学著作考论》，"《书断》创稿于开元甲子（724），成书于开元丁卯（727）"，"《文字论》写作时间应当在开元十四年冬（726）至十八年（730）间"。参见薛龙春：《张怀瓘书学著作考论》，天津人民美术出版社 2005 年版，第 28、30 页。而王国维先生推定孙愐《唐韵》开元本成于开元二十一年（733），参见王国维：《书吴县蒋氏藏唐写本唐韵后》，《观堂集林》第八卷，《王国维全集》第 8 册，浙江教育出版社 2009 年版，第 232—236 页。故《唐韵》参考《书断》或《文字论》是有可能的。

③ 张怀瓘：《书断》卷上《古文》，张彦远著，范祥雍点校：《法书要录》卷七，人民美术出版社 1984 年版，第 226—227 页。

④ 孙志祖此语乃清人梁玉绳《瞥记》转引，梁玉绳撰：《瞥记》卷三，见《清白士集》卷二十，收于《天津图书馆珍藏清人别集善本丛刊》第 12 册，天津古籍出版社 2009 年版，第 390 页。

笔者对此不敢苟同，因为桓谭《新论》所引"窦公"文，事涉窦公目盲高寿等事，并未提及献《大司乐》，比较《汉志》，显然《书断》与《汉志》间的相同点更多。

同是《汉志》的记载——《汉志》小学叙录："《史籀篇》者，周时史官教学童书也。与孔氏壁中古文异体。"①——《书断》引作《七略》②，故清人吴承志、今人张政烺均以此文本之刘歆③。由此可见唐张怀瓘在撰写《书断》时参考过其时尚未亡佚的刘歆《七略》，故《书断》中与《艺文志》相似之语，极有可能是重述刘歆《七略》原文而来。

其二，按照班固《汉志》，很容易被理解为：汉文帝得窦公所献书，在当时便知该书为《周官·大宗伯》之《大司乐》章。如清人俞正燮就在其《癸巳类稿》中先引用了《汉志》的记载，然后评论道："则《周官》孝文时已在秘府，以校窦公之书，安得如《经籍志》'河间王奏之'，贾《疏》言'孝武时始出'乎？河间王自藏其书，但与秘府所有者同，不得以河间王为周官传授之始也。"④而这样的理解是错误的，因为《周官》的发现确乎是在汉武帝时代，文帝时尚未发得此书，此于文献有征，不容置辩⑤。且窦公献书的时间与后来校核此书并认定此书为《周官·大司乐》章的时间并不相同，诚如孙诒让所云：

惟汉《礼乐志》（引者按：此为孙氏误记，当作《艺文志》）载孝文

---

① 《汉书·艺文志》，第1721页。

② 张怀瓘：《书断》卷上《古文》，张彦远著，范祥雍点校：《法书要录》卷七，第229页。

③ 见吴承志《横阳札记》卷九"臣复续扬雄作十三章"条，页22b，南林刘承幹刊《求恕斋丛书》本，文物出版社1984年木板刷印。及张政烺《〈说文〉燕召公〈史篇〉名醜解》，原载《六同别录》，《中央研究院历史语言研究所集刊外编》第三种，四川南溪李庄，1945年；后收入氏著：《文史丛考》，中华书局2012年版，第132页。

④ 俞正燮：《周官西汉无传授义》，《癸巳类稿》卷三，《俞正燮全集》第1册，黄山书社2005年版，第150—151页。

⑤ 唐贾公彦《序周礼废兴》云："《周官》，孝武之时始出，秘而不传。"又引马融《周官传》云："秦自孝公已下，用商君之法，其政酷烈，与《周官》相反。故始皇禁挟书，特疾恶，欲绝灭之，搜求焚烧之独悉，是以隐藏百年。孝武帝始除挟书之律（引者按：汉惠帝四年［前191］已除挟书令，此处谓孝武帝始除，误），开献书之路，既出于山岩屋壁，复入于秘府，五家之儒莫得见焉。"郑玄注，贾公彦疏，彭林整理：《周礼注疏》书前《序周礼废兴》，上海古籍出版社2010年版，第5页。《汉书·河间献王传》亦载"献王所得书皆古文先秦旧书"，《周官》居首。《汉书·景十三王传》，第2410页。可知《周官》一书出现时间的最早记录，必晚于汉文帝时期。

时，得魏文侯乐人窦公，献其书，乃《周官·大宗伯》之《大司乐》章。是时此经未出，而得以校窦公之书者，考汉《艺文志》，说河间献王与诸儒采《周官》、诸子作《乐记》，刘向《别录》亦载献王所修《乐记》，其第二十二（引者按：原文有误，当作二十三）篇曰《窦公》。是盖窦公献书虽当孝文，逮献王得经后，用相勘验，始知其原本。是则献之与校，本不同时，不得据此而疑孝文时已得《周官》也。（《周礼正义》卷一）[1]

然而，若以《书断》所述刘歆《七略》之文推断，则不容易有误解，易知窦公所献书为古文，后以今文考校[2]，才发现这篇古文图书，竟是《周官》中之《大司乐》章，顺此理路理解便合情合理。

小　结

本章通过辨析后世称引"大司乐"或"窦公"的文献，对如下几个方面做了推定和考辨：

其一，桓谭《新论》与"窦公"相关的几种文献中，明代的三种文献不足据，《太平御览》中的两则材料与《辨道论》和《汉志》关联密切，进而证明桓谭《新论》引《乐记》所载窦公事，或出自《乐记》第二十三篇《窦公》，此篇内容应以窦公所献《大司乐》篇为主，并附带介绍窦公其人（如目盲而高寿）、窦公献书经过等。

其二，唐宋韵书与明代姓氏书所转引的《文字志》中对窦公的记述，《文字志》应是《文字论》的误写。转引者看到的是唐张怀瓘所作之《书断》，但

---

① 孙诒让：《周礼正义》卷一，中华书局 1987 年版，第 6 页。
② 关于此处"古文"和"今文"的理解，可参考徐养原《周官故书考》之说："《周礼》有故书、今书之别，疏谓'刘向未校以前为古文，既校以后为今文'，非也。以郑注考之，凡杜子春、郑大夫、郑司农所据之本，并是故书。故书、今书，犹言旧本、新本耳。《周礼》乃古文之学，何今文之有？刘向校书未卒业，子歆续成之。《周礼》盖歆所校，杜子春、郑大夫亲从歆问，而并据故书作注，则故书乃校后之本也。……盖杜、郑之本故书也，贾、马之本今书也。故书周壁中书，今书为隶古定。"徐养原：《周官故书考·序》，《续修四库全书》第 81 册，上海古籍出版社 1996 年版，据复旦图书馆藏清光绪陆氏刻《湖州丛书》本影印，第 113 页。

在引用的时候，将此书与张氏的另一部著作《文字论》记混，同时又讹作与《书断》体例极其相似的《文字志》。

其三，唐张怀瓘《书断》所载窦公献《大司乐》事，或本自刘歆《七略》，故其文字与《汉志》有异，而较《汉志》为长。《书断》中的记载使人更容易理解汉代发现《大司乐》和《周官》全书的经过，也有助于明白今古文的考定。

综上可知，窦公献《大司乐》之事于《汉书》等多种文献有征，其来源信实，不容疑伪。窦公祖上乃战国时魏文侯乐人，窦氏世守其官近三百年，至汉文帝时，始将其所秘藏、世代相传之古文乐书献上。待汉代学者后又以今文籀读此书，方知此篇即《周礼·大司乐》章。由此，则《大司乐》篇至晚为战国时文献。若以窦公世守其官来看，则窦氏世代忠于典制，虽此篇文字自魏文至汉文帝间历二百八十余年，但其中内容必不致大幅变迁。若以此时间轴最早的魏文侯元年（前445）来算，则《周礼·大司乐》篇成书年代当更早于战国早期。

（作者单位：中国社会科学院文学研究所）

正史乐志书写方式对《礼记·乐记》的继承与发展

史　文

　　《礼记·乐记》是系统记录先秦音乐最重要的文献资料。《礼记·乐记》①之后，正史乐志可谓是记录音乐最主要的文本载体。《礼记·乐记》尽管不是对音乐历史的专门记录，但是其作为记录先秦音乐的重要文献，对后世的音乐记述产生了深刻影响。作为《礼记·乐记》之后系统记录一朝音乐的重要史料，正史乐志无论从观念上，还是对音乐的书写上，都不可避免地受到了《礼记·乐记》的深刻影响。《史记·乐书》②是正史乐志的滥觞之作；《汉书·礼乐志》礼乐合志，乐志部分对音乐的记录拓展了正史乐志书写领域；《后汉书》《三国志》无乐志；《宋书》在编撰时间上早于现存《晋书》。到《宋书·乐志》，正史乐志的书写模式已经确立下来了。自秦而至南朝刘宋时期，对音乐的记载主要集中于正史乐志中，关于记载音乐的其他文献资料所存有限，而且

---

　　① 《礼记·乐记》最终成书时间、作者争讼不已，未有定论。无论其成书于何时，《乐记》中的原始材料都源自先秦，它所体现的是先秦的音乐观念。

　　② 《史记·乐书》中除了"太史公曰"部分和"卫灵公濮上听乐"部分，其余几与《乐记》完全相同。杨合林《〈礼记·乐记〉与〈史记·乐书〉对读记》（《文学遗产》2011 年第 1 期）认为"《史记》版《乐记》比《礼记》版更接近原著的本来面目"；刘跃进、孙少华《汉初〈礼记·乐记〉的版本材料与成书问题》（《古籍整理研究学刊》2006 年第 4 期）认为《史记·乐书》中《乐记》部分的"材料来源，肯定比汉初其他各本要早，并且是先秦的原始材料"。这些都说明在《史记》的撰写之前《乐记》是已经存在的，它的撰写也必受到了《乐记》之影响。《史记·乐书》之存缺争讼已久，其中包括草创未就说、《乐记》全亡、《乐书》不亡、书亡序存四种主要观点。参见宋艳丽：《〈史记·乐书〉研究》，山东大学 2014 年硕士学位论文。在此文中，笔者所论之《史记·乐书》为篇首至"黮诽谤圣制，当族"，篇末"太史公曰"段。

仅限于某个音乐专门领域的记载，不能反映出某一时期的音乐整体风貌。

本文拟从《礼记·乐记》说起，对《史记·乐书》《汉书·礼乐志》《宋书·乐志》三者对《礼记·乐记》的继承和发展演变进行梳理，并尝试探讨音乐记录演变背后的礼乐观念的变化。

一、音乐书写传统的传承

（一）乐教之旨的传承

《礼记·乐记》记述乐之经义，先王制礼作乐，以乐为教，则天下治。音乐的社会功用，在《乐记》一直都是对音乐叙述的落脚点。《乐本章》，乐起于人心，故先王制礼乐节制人心，使王道备。《乐论章》，礼乐通于天地，王者明天地兴礼乐，礼行乐达则天下治。《乐施章》，礼乐备而施布天下，所赐诸侯皆为有德之人。《乐化章》更是以礼乐教民内外兼修，内和而外顺，则天下治，"合和父子君臣，附亲万民也，是先王立乐之方"①。在《礼记·乐记》中，以乐化民，而使天下从服，这是作乐之最终目的，也是礼乐之情，故先王举礼乐。而兴礼乐的前提是"治定功成"，这是社会基础，这种社会基础正体现了君王的德行。君王有了天下大治的德行，才可制礼作乐，所作之乐才能真正体现"乐德"。明王所制乐，上天才会以顺气应之；天地所和之乐，民众才受之教化；化民则移风易俗易，则天下为治。

《礼记·乐记》中对乐德和乐教的记述，表明"乐"实际上是社会秩序之中的"乐"，是符合社会规范之声音，它的社会功用远大于声音本身的美学意义；乐之情与乐之文、器是本末之别；甚而只有圣人才能识礼乐。《乐记》中对乐之功用的阐述，正乐化民的音乐观为后代正史乐志所奉行。

《史记·乐书》开篇太史公曰，以周成王作颂为引，释作乐之功用和目的。作乐，是为了助成政治教化，节制民间各种不同情习，使民众都统归于德化。这也是"治定功成"后，兴礼乐之目的。末篇"夫上古明王举乐者，非以

---

① 孙希旦撰，沈啸寰、王星贤点校：《礼记集解》，中华书局 1989 年版，第 1033 页。

娱心自乐，快意恣欲，将欲为治也。正教者皆始于音，音正而行正"①。以乐制行，举乐为治为结。记录音乐史实也体现出对雅颂正乐的推崇。《汉书·礼乐志》礼、乐合志，分而论之。《乐志》先述乐义，后述乐史。班固对乐义的探讨，遵循对乐义的传统叙述，与《礼记·乐记》中对音乐教化之义的阐述并无二致，并且很多都是直接化用《乐记》中的语句。这体现了他对礼乐之义的传承，对礼乐传统的遵循。但是，需要指出的是，班固对阐述乐义时并没有长篇大论，乐义在整个乐志的叙述结构中所承载的功能只能算是一个引子；但是在对乐史的记录中，乐义却被一再强调，充当了类似于叙事线索的功用。《宋书·乐志》开篇仅用《易》"先王作乐崇德，殷荐之上帝，以配祖考"一句，言作乐之用。乐教之用贯穿于雅乐之制、雅乐器等的历史记述中。

音乐在古时曾是教育的中心，在周代不仅是一套典礼制度，而且是社会中的生活规范和伦理价值。随着社会结构的变化，这种礼乐文明也随之沦丧。儒家对周代的礼乐文明的真心向往就体现在对音乐之用的不断阐述中。举乐为治，乐化民，以治天下，这种强调音乐的社会政治之用的音乐观从《乐记》中的系统论述开始，在对音乐历史的记述中，都一直作为主流的音乐观念而被继承发扬。

（二）"君王正乐"的记述主体

《礼记·乐记》中所说"乐"，已不是自然意义上的声音，而是被赋予了社会政治意义，只有符合社会规范的正乐。而这种乐，从某种层面来说，则可说是"君王之乐"。《乐本章》，乐是由人心感于外物而动，故"先王慎所以感之"②；民心随乐声而变，故先王制礼乐，"教民平好恶而反人道之正"③。民和君是相对而称。乐之发生由人心感于外物，故君王要慎于所感。乐取决于君之所感。制礼作乐之前提，为治定功成，这是王者之德。《乐施章》，"故天子之为乐也，以赏诸侯之有德者也"④，先王作乐，乐备则施布天下，赏赐有德之诸侯。

---

① 司马迁：《史记·乐书》，中华书局 1963 年版，第 1236 页。
② 孙希旦撰，沈啸寰、王星贤点校：《礼记集解》，第 977 页。
③ 孙希旦撰，沈啸寰、王星贤点校：《礼记集解》，第 983 页。
④ 孙希旦撰，沈啸寰、王星贤点校：《礼记集解》，第 995 页。

乐由上而下来进行传播，由君王来赐予，赐予的前提是有德，与王者治定功成而礼乐兴的本质是一致的，诸侯只有在德化的前提下，才有资格用乐。由此，乐也直接体现了诸侯德之优劣。而《乐记》中所强调的作乐之目的，是为了推行乐教，化民而天下治。明王正是看到乐之社会功用而兴礼乐。从乐之产生，到乐之施布，都是君王亲自为之，用乐之目的则是天下治。从《乐记》叙述之旨来看，所述之乐应是君王之乐。

《礼记·乐记》并不是专门记录音乐历史的文献，这是它与正史乐志文献性质上的不同。但其作为记述音乐的典范，它对音乐的记述方式对后世的音乐文献产生了极为深刻的影响。正史乐志开创了音乐文献的一种新的模式，其所记述的音乐历史是朝廷正乐的历史。作为正史乐志滥觞之作的《史记·乐书》对宫廷音乐的记载，从周成王作颂，秦二世以郑声为娱，汉高祖、汉武帝制乐事，都是对君王制乐、用乐的记录。《汉书·礼乐志》乐史部分，对汉前及有汉一代音乐史实的记录都未脱离雅乐之范畴。《宋书·乐志》则把汉魏以至刘宋的雅乐之制的建设叙述详瞻。正史乐志中对君王所为雅乐之事的详尽记录，不仅是由于其作为正史中书写历史的需要，还在音乐书写观念上受到了先秦音乐典籍《乐记》的影响。

（三）内容之继承

对音乐的记录，《乐记》最主要的内容即是论乐，从乐本、乐论、乐情、乐言、乐象、乐化等层次阐述乐之义；对音乐史实的记录可说是非常少。《乐施》章中对舜歌《南风》，夔作乐赏赐诸侯事的记述甚为简略。[①]而"《大章》，章之也；《咸池》，备也；《韶》，继也；《夏》，大也；殷周之乐尽也"[②]，对乐舞名之记述也仅见此一处。《魏文侯问》《宾牟贾问》《子贡问乐》，以议乐的形式来辨明古乐、今乐之别，述乐象成之义，释乐和人之德。

《乐记》作为先秦音乐文献的典范，对乐论的大幅阐述与时人对乐义的关注有直接关系。而其中所记音乐史实则是在对音乐观念的阐释中必不可少的部

---

① 孙希旦撰，沈啸寰、王星贤点校：《礼记集解》，第 995 页。
② 孙希旦撰，沈啸寰、王星贤点校：《礼记集解》，第 995 页。

分，由于《乐记》并不是专门记录音乐历史的文献，故而对音乐史实所涉极少。正史乐志作为《乐记》之后一个新的音乐文献形式，必然会对前代记录音乐的方式多所借鉴。阐述乐义的内容在正史乐志中被继承下来，《史记·乐书》《汉书·礼乐志》《宋书·乐志》对乐义都有不同程度的阐述。而对音乐史实的记录更是被承继发展下来，同时，这也是正史乐志对音乐文献的重要拓展领域。

由以上叙述可知，正史乐志对《礼记·乐记》的继承主要体现在对音乐观念的认知上。乐，是带有社会政治意义的乐，而乐教之社会功用必然在正史乐志中得到展现。对乐教功用的重视，就决定了对乐的书写范畴为正乐。接下来，重点探讨正史乐志作为一种新的音乐文献形式，其对音乐记录和书写的发展变化。

二、音乐书写方式的发展

《礼记·乐记》作为先秦文献的代表之作，对音乐的书写集中于对先秦音乐理念的阐述。《乐记》中所阐述的乐之价值观念、社会功用、古乐传统、举乐为治是后代社会对周代礼乐文明的深切向往。《乐记》为正乐的书写确立了一种价值规范。而这种具有社会政治意义的价值规范，自汉以后就成为国之音乐建设的终极目的。音乐制度作为整个国家制度的组成部分，自然会出现在国史的记载中。《史记·乐书》开创了正史乐志此种新的音乐文献形式。正史乐志是对音乐历史的记录，重在对国家礼乐制度建设层面的书写。

从对音乐的书写上来说，在《乐记》这类重在音乐理念的文献资料之外，正史乐志无疑为音乐的书写开拓了更为广阔的空间，使乐的记录更为全面。正史乐志这种文献形式的不断发展完善，也使得对音乐历史更为全面的记录成为可能。

（一）乐义书写方式的转变

乐义是《礼记·乐记》书写的核心内容，正史乐志保留了对乐义的阐释这一内容；同时举乐为治的音乐观念贯穿于正史乐志对音乐历史的记载之中，但是却采用了一个不同的书写方式。正史乐志对乐义的书写，经历了一个由详趋简的过程。《史记·乐书》中篇首和篇尾各一段，对乐义进行集中阐述。《汉书·礼乐志》采用先述乐义，后记乐史的方式。仅用两段的篇幅述乐之义，而且大量化用《礼记·乐记》中的语句。乐之义贯穿在对音乐史实的叙述之中，成为记乐之线索。《宋书·乐志》则更为简省，仅于开端引《易》中语句，言崇乐之德之义。对乐义的书写逐渐隐于对音乐历史的记述中。

（二）礼乐制度的系统书写

正史乐志作为新的音乐文献形式，其主要目的本就是记录音乐史实，这和先前音乐文献重视对音乐理念之记述不同。而正史乐志对音乐历史的书写之重点在国家之礼乐制度。从《史记·乐书》到《宋书·乐志》，宫廷雅乐建设，礼乐制度的发展沿革都是其主要的书写对象。而正史乐志作为一种文献形式，它本身的发展完善既有音乐观念变化的原因，也有音乐发展之社会背景的推动。

《史记·乐书》对正史乐志的书写有开创之功。这首先表现在它确立了正史乐志的编撰体例。《乐书》包含两方面的内容，即乐义和乐史。对乐义的书写是为了明先王作乐之作用与目的。乐史的主体是对当朝历史的记录，主要内容包括乐之典章制度、具体的乐舞制定等雅乐之事。《史记·乐书》按时间顺序记春秋至汉武乐事，略述郑音兴起、孔子正乐、秦时李斯谏乐事，对汉代以前音乐历史的追述围绕礼乐废而郑音兴择事而叙。汉之乐事，主要包括乐制建设和具体的乐舞制定两方面的历史，汉夜祠太一甘泉之制，高祖诗《三侯之章》、武帝作十九章、得神马作《太一之歌》等制乐事。《史记·乐书》对音乐历史的记录，体现了正统音乐观。

《汉书·礼乐志》沿袭《史记·乐书》之记述框架，先述乐之义，后按时间顺序记录音乐史实。对乐之义的把握，主要从乐之教化，即音乐的社会功能入手。由对乐义的探讨，引出对乐史的记录。而相较于《史记·乐书》，《汉书·礼乐志》对音乐史实的记录占了绝对的主导地位，并进一步拓展了音乐的书写领域。

首先，对音乐史实之撰写更为详赡，尤其是对西汉一朝的音乐历史。音乐制度方面，包括宗庙用乐仪式的制定、郊庙之礼至武帝而定、武帝立乐府和哀帝罢乐府事、兴雅乐事。乐舞方面，追述汉前自黄帝至周之乐舞之沿革，西汉一朝之庙乐乐舞的沿革也有详细记录。其次，开拓了音乐历史的书写领域，包括两个方面的内容。一是首次对乐舞系统的全面梳理；二是首次收录了乐章，把《安世房中歌》十七章和《郊祀歌》十九章的歌辞完整地收录于乐志中，作为音乐史的一部分，这是《汉书·礼乐志》开创性的一点。再次，对音乐历史的书写方法的发展。这主要体现在其采用了具体的音乐事件和整个社会的音乐环境相互观照的方法的记叙模式。既能从整体上对西汉一朝的音乐进行把握，又能对这种潮流下的音乐成就有具体真切的了解；同时，也使得整个记述结构浑然一体，条理分明，无凌乱之感。在对西汉音乐所取得的几个方面的具体成就进行了记录之后，接着对西汉的雅乐之用的现状进行记述，在复兴雅乐无果、郑声益盛的境况下，把哀帝罢乐府事巧妙置入，既不显突兀，又使得哀帝罢郑卫之乐的目的很明确地表现出来，整个叙述浑然一体，无凌乱之感。《汉书·礼乐志》可称之为正史乐志文本的奠基之作。

《宋书·乐志》是对正史乐志文本的再次发展，对音乐的书写上有了很大的改变，对音乐本身的历史的关注度增加。

这种改变和发展首先体现在乐志内容的极大丰富上。和前两部正史乐志不同，《宋书·乐志》由乐史和乐章两大部分构成，现分而述之。第一，乐史部分，主要体现在增加了新的乐类。郊庙乐之外，对杂伎乐、徒歌、舞（汉至刘宋郊庙之外诸乐舞）、八音众器、鼓吹等分类记述其历史沿革。第二，乐章部分，不仅体现在乐章所占篇幅的大幅增加，同时还有其他乐类的乐章歌辞的收录。整部乐志共四卷，而收录的乐章歌辞占了三卷，足见乐章在乐志中的重要地位。《汉书·礼乐志》收录汉世《安世房中歌》十七章和《郊祀歌》十九章，分属于宴飨乐章[①]和郊庙乐章。《宋书·乐志》所记录乐章不仅包括宴飨乐章和郊庙乐章，而且新增加了娱乐性质更强的相和歌辞、清商三调诗以及杂舞曲辞、短箫铙歌等不同乐类之歌辞。同时，收录乐章不局限于一代之歌辞，包括自汉至刘宋的乐章，赖此保存下了大量珍贵的乐章歌辞。记录乐章歌辞成为正

---

① 赵敏俐：《中国诗歌通史·汉代卷》，人民文学出版社 2012 年版，第 132—136 页。《安世房中歌》主要用于宫廷的礼仪宴飨。

史乐志的一大功能。

其次，乐志叙述结构的变化。第一，乐史部分，对音乐史实进行分类而述，几大乐类之间是平行结构。郊庙雅乐仍处于记乐之首，并占据乐史记录的大半篇幅。但各个乐类之间的记述格局，体现了对音乐认识的新变化。同时，这种分类对音乐资料进行记录，不仅使整个音乐叙述条理更加清晰，而且对每一乐类的历史沿革都能集中阐述，音乐发展的历史脉络更清晰。第二，乐章部分，乐章在对乐史的记录中单独列出，成为乐志书写的一大部类。《汉书·礼乐志》首次收录乐章，把乐章作为郊庙乐舞的一部分。而在《宋书·乐志》中，将乐章歌辞作为乐志书写的一大部类，成为音乐历史的一大内容。

对新的乐类的历史记录，以及乐章的大量收录，体现了乐志书写中音乐观的转变。对音乐的认识不再局限于具有社会政治功用之乐，大量的并不具备政治功用的音乐进入正史乐志的叙述范畴，这可看作是音乐观的一大发展。

由以上正史乐志对音乐书写的发展可知，正史乐志对音乐书写领域的拓展，囊括音乐的多个方面，使音乐历史的描述更加全面。而乐志书写方式的多样化，为后代乐志的书写提供了不同的范本，使对更多的音乐资料的吸纳融入成为可能。

三、结语

《礼记·乐记》在对音乐的记述上集中于音乐理念之阐释，是先秦系统记述音乐的典范之作。作为一部论乐文献，《乐记》对音乐史实关涉甚少，但是却确立了正乐叙述的价值规范。其对音乐的书写方式和书写逻辑，对后代的音乐文献的书写产生了深刻的影响。正史乐志对《乐记》的继承，不仅表现在秉承乐治天下的乐用观，而且体现在对音乐记载的正乐范畴的确立。正史乐志作为一种新的音乐文献资料形式，扩大了音乐的书写领域。而这种对音乐书写内容的不断拓展，体现了音乐观念的变化。

从《史记·乐书》至《宋书·乐志》，正史乐志所记录的音乐领域不断扩大，从个别的典型雅乐史实的记录，到详细记录一朝之礼乐制度建设，再到对不同乐类的历史沿革的记述。从对宫廷雅乐的记录到对娱乐性更强的音乐的记述，不仅能更为全面地反映一朝之音乐历史，而且体现了时人音乐观念的转变。在《史记》《汉书》中，雅乐是绝对的叙述主体，正统的礼乐观念是官方的主流音乐意识。《汉书·礼乐志》中我们可看到兴雅乐的强大阻力，但是乐的礼乐内涵是关注的重点，礼乐制度的建设完善是乐志叙述的主体。《宋书·乐志》相较之前两例，在记录内容上有了更多增益。在乐史上，对郊庙乐之外的伎乐、徒歌、杂舞（汉至刘宋郊庙之外诸乐舞）、八音众器、鼓吹等分类记述其历史沿革，并与郊庙雅乐并列而述；对乐章的记录更是占据了整部乐志的四分之三的篇幅。

　　在正史乐志记述音乐历史的演变过程中，不仅展现了音乐观念的逐渐变化，也反映了音乐的社会角色多样性和音乐本身的发展。音乐观念的变化表现在两个方面。第一，更多地关注音乐本身，对音乐社会政治功用的强调，显然在对不同乐类的记述中弱化了。第二，对歌辞乐章的重视，体现了对音乐作品本身的关注。音乐的社会角色的悄然变化，不仅有为君王所用，以达到社会政治目的之用的乐，也有供娱乐之用的乐。乐本身的礼乐内涵在多样的乐类表述中开始弱化。音乐从圣坛走下，而本是民间娱乐性质的音乐开始进入庙堂之上，甚或有些被作为祭祀雅乐。由自上行而下化的模式，逐渐变为自下而上的浸染。音乐本身的发展。随着时代的发展，以及战争等政治因素的影响，四夷之乐开始进入中原的音乐文化范畴内，这一点在《宋书·乐志》对西羌、胡等乐的记述中可看出，这种音乐融合的社会环境必然会反映在正史乐志的叙述中。

　　但无论正史乐志所收录的音乐内容如何丰赡，在对音乐的书写过程中，正先王之乐、明雅郑之别是其必然述及的内容，而这种编撰传统其实正是对《礼记·乐记》音乐价值观念的秉承。

（原载日本广岛大学《中国古典文学研究》第 13 号，2016 年 3 月）

（作者单位：首都师范大学中国诗歌研究中心）

出土文献研究

北大藏汉简本《老子》札记

黄灵庚　李凤立

北大藏汉简本《老子》，是新发现的一重要传抄本，整理者认为其抄写于武帝后期。本文据避讳字，判定其抄写年代当在汉初高祖之世。又对整理者的注释、考证，提出商榷意见，计二十七条，涉及内容或校正文字，或词义训释，或梳理版本，认为这个抄本不同于马王堆甲、乙二本，可能其祖本有别。

北大藏汉简本《老子》，是继郭店战国楚简《老子》、马王堆汉帛书《老子》之后又一重大发现。《北京大学藏西汉竹书（二）》的编撰者韩巍先生依据汉简文字的书体，与张家山汉简、马王堆帛书、银雀山汉简等比较之后，以为汉简本《老子》是"最接近成熟汉隶的书体"，因而"推测这批竹书的抄写年代应主要汉武帝后期，下限不晚于宣帝"。[①]韩先生的这个"推测"是否可靠，有待进一步论证。

避讳字是断定古书年代的可靠证据。汉简抄本《老子》不避惠帝、文帝、景帝的名讳。如：第四十八章"弗盈"，第五十二章"盈室"，郭简本、帛甲、乙二本同，传世本"盈"作"满"，是不避汉惠帝刘盈的名讳。第二十二章"恒无心"，第二十四章"牝恒以静胜牡"，第二十九章"恒智"，第三十八章"民恒"，第六十九章"恒德"，帛甲、乙二本同，传世本"恒"作"常"，是不避汉文帝刘恒的名讳。又，第十五章"启其脱"，郭简本、帛甲、乙二本同，

---

①　北京大学出土文献研究所编：《北京大学藏西汉竹书（二）》，上海古籍出版社 2012 年版，第 2 页；又见附录《西汉竹书〈老子〉文本特征和学术价值》，第 209 页。

传世本"启"作"开";第五十三章"天门启闭",帛乙本同,传世本"启"作"开",是不避汉景帝刘启的名讳。但是,汉简本避高祖刘邦的名讳。如:第十七章"修之国""以国观国",郭店本、帛甲本"国"作"邦",帛乙本亦作"国"。又,第二十三章"治大国",第二十四章"故大国以下小国,则取小国;小国以下大国,则取大国",帛甲本"国"作"邦",帛乙本、传世本亦作"国"。第六十章"国家昏乱",郭简本、帛甲本"国"作"家",帛乙本、传世本亦作"国"。据此,汉简《老子》抄写时间,与帛书乙本相同,大约抄于汉高祖刘邦之世,必定在汉惠帝之前。否则,上述因避讳而改字的问题,便无法说通。可见,仅依据书写文字的书体来断定其书写的年代,不甚靠谱。

韩氏对汉简本《老子》逐字逐句加以校释,参考了战国的郭店简本、西汉初期的帛书本、唐代的碑刻本、敦煌抄本及宋以后的刻本、注释本,多至近二十种,见其用力可谓勤矣,对汉简本《老子》研究做出了很大的贡献。然则笔者细读再三,时或发现误校、妄改及释义疏误之处,因不揣鄙陋,条陈如下,请教于韩先生及大方之家。

天毋已精（清）将恐死〈列〉（上经第二章）

韩注:"'死',应为'列'之误,帛乙作'莲',当如传世本读为'裂'。"[1] 按:死、列二字,音形皆殊,无由致讹。《说文·死部》:"死,澌也,人所离也。"是"死"亦有"分裂""分散"之意,义皆可通。简本《老子》与传世本比较,其异同之字,或为同义字互易。如,简本第一章"忠信之浅而乱之"之"浅",传世本作"薄"。又,简本"道之华而愚之首"之"首",传世本作"始"。简本第三十章"民弗重"之"重",传世本作"厚"。简本第三十七章"不争而善胜"之"争",传世本作"战"。简本第五十八章"玄达"之"达",传世本作"通",皆二字同义也。则不可据传世本以校改简本矣。类此异文,说明《老子》在汉初得到广泛流传,而这个抄本和马王堆的甲、乙二本,其祖本不相同。

---

[1]　北京大学出土文献研究所编:《北京大学藏西汉竹书（二）》,第 124 页。

大白如辱（黟）（上经第四章）　守其辱（黟）（下经第六十九章）

韩注："辱，郭简、帛乙及多数传世本同，当如傅本读为'黟'，《玉篇·黑部》：'黟，垢黑也。'"① 按：《说文·辰部》："辱，耻也。从寸在辰下。"辱，会意字。寸，法度。辰，甲骨文作"🐚"，金文作"🐚"，陆宗达先生说象蛤蜊之形，是"蜃"字的古文。蛤蜊的外壳是古代耕作的工具，即用作犁头翻土。晚商时期的"辰"字作"🐚"，完全是犁头的形状。② 其说至确。唇也象蛤蜊形，"唇"字从"辰"。女阴与唇形相似，又把女子依时来经血的事情称作"月辰"，而"辱"为垢污、耻辱义，得之于女子的月辰。表示法度的"寸"处在垢污的"辰"之下，其所会的意思即是耻辱、污垢之意。《仪礼·士昏礼》"今吾子辱"，郑注："以白造缁曰辱。"③ 是其例。则毋须改字作"黟"。何况这个"黟"字，不见《说文》及两汉以前古籍，是晚起的俗体字，怎么可以据此改动汉代的古书？

若存若亡（上经第四章）

韩注："'存'，帛乙及传世本同，郭简作'昏（闻）'。"④ 按：若存若亡，说中士闻道，似识似不识。存之训恤问、察省，毋需置疑。《墨子·亲士》"入国而不存其士"，孙诒让《间诂》引《说文》："存，恤问也。"⑤ 郭简作"闻"，也有识察之义。《广雅·释诂》"虞有也"条，清王念孙《疏证》："闻，犹恤问也。"⑥ 是"存""闻"二字同义。

夷道如类（纇）（上经第四章）

韩注："'类'，帛乙及多数传世本同。王本作'纇'，《说文·系部》：'纇，丝节也。'引申为'不平'之义。'类'应读为'纇'。郭简作'颣'，与

① 北京大学出土文献研究所编：《北京大学藏西汉竹书（二）》，第 158 页。
② 陆宗达、王宁：《训诂方法论》，中国社会科学出版社 1983 年版，第 41 页。
③ 郑玄注，贾公彦疏：《仪礼注疏》，《十三经注疏》，中华书局 1980 年版，第 973 页。
④ 北京大学出土文献研究所编：《北京大学藏西汉竹书（二）》，第 125 页。
⑤ 孙诒让：《墨子閒诂》，中华书局 2001 年版，第 1 页。
⑥ 王念孙：《广雅疏证》，上海古籍出版社 2016 年版，第 19 页。

'颣'音近可通。"① 按：缋音胡对反，类、颣同音卢对反。韵虽同而声不同，不能称"音近可通"。类，宜读作垒。声韵皆同，宜通用。垒，本是巨石，引申为重叠、累积，和"平夷"相对。《广雅·释诂》："垒，积也。"又："垒，重也。"②《文选·善哉行》"郁何垒垒"，李周翰注："垒垒，山重貌。"③ 郭店本作"缋"，通作"块"，古字作"凷"，指土块，有孤独不平之意。《文选·寡妇赋》"块独言而听响"，刘良注："块，孤貌。"④ 或作"垒"，或作"块"，是属传抄本同义字互相替代，而非同音通假。

大器勉（晚）成（上经第四章）

韩注："'勉'，郭简作'曼'，应读为'晚'或'慢'，帛乙作'免'，传世本作'晚'，'免''勉'皆应读为'晚'。"⑤ 按："勉成"与"无隅""希声""无名"相对成文，勉，通作免。《管子·立政》"劝勉百姓"，戴望校正："宋本'勉'作'免'，古字通。"《战国策·赵策》"冯亭垂涕而勉曰"，吴师道注："勉、免通。"⑥ 免，犹止也。《礼记·乐记》"人情之所不能免也"，郑注："免，犹自止也。"⑦ 大器免成，是说大器之不假他力，而脱然自成也。

中（沖）气以为和（上经第五章）

韩注："'中'，帛甲同，当如传世本读为'沖'。"⑧ 案：不必据传世本而改作"沖"字。中，犹中正之义。《易·系辞下》"则非其中爻不备"，清惠栋《述》："中，正也。"⑨ 中气，是正气。《淮南子·诠言训》"内便于性，外合于

---

① 北京大学出土文献研究所编：《北京大学藏西汉竹书（二）》，第 125 页。

② 王念孙：《广雅疏证》，第 680 页。

③ 李善等注：《奎章阁所藏六臣注本〈文选〉》，韩国多韵泉图书出版社 1996 年版，第 663 页。

④ 李善等注：《奎章阁所藏六臣注本〈文选〉》，第 390 页。

⑤ 北京大学出土文献研究所编：《北京大学藏西汉竹书（二）》，第 125 页。

⑥ 鲍彪注，吴师道补正：《战国策校注》，《丛书集成新编》第 110 册，台北新文丰出版公司 1991 年版，第 73 页。

⑦ 郑玄注，孔颖达疏：《礼记正义》，《十三经注疏》，中华书局 1980 年版，第 1544 页。

⑧ 北京大学出土文献研究所编：《北京大学藏西汉竹书（二）》，第 125 页。

⑨ 惠栋：《周易述》，天津古籍出版社 1989 年版，第 419 页。

义，循理而动，不系于物者，正气也。"① 正气，是道家中和合道之气，天得之以清，地得之以宁，人得之以延寿。故《楚辞·远游》"求正气之所由"，王逸注："栖神藏情，治心术也。"②

其用不敝（上经第八章）

韩注："'敝'，傅本同。郭简作'呇'，帛甲作'幣'，王本等作'弊'，皆应读为'敝'。"③ 按：敝、呇、幣、弊皆通用不别。然韩注未释"敝"之义。敝，非敝坏，犹终也。《楚辞·九章·惜诵》："又蔽而莫之白。"王逸注："言己怀忠贞之情，沉没胸臆，不得白达，左右壅蔽，无肯白达己心也。"④ 蔽，读如敝，终也。《易·归妹·象》"君子以永终知敝"⑤，知敝，说知终，《礼记·缁衣》"故言必虑其所终，而行必稽其所敝"⑥。终、敝皆对文，敝亦终也。《左传》襄公三十年："国之祸难，谁知所敝？"王引之《经义述闻》释"敝"为"终"，谓"不知祸难所终也"。⑦ 至确。又，《左传》昭公四年"君子作法于凉，其敝犹贪，作法于贪，敝将若之何"⑧。二"敝"字亦释终义。《墨子·所染篇》："此四王者所染当，故王天下，立为天子，功名蔽天地。"⑨《吕氏春秋·当染篇》"功名蔽天地"，高诱注："蔽，犹极也。"⑩ 极亦终也。《郭店楚墓竹简·六德篇》："参（三）者，君子所生与之立，死与之蔐（敝）也。"⑪ 言死与之终尽也。《上海博物馆藏战国楚竹书（一）》《缁衣》："古（故）言则虑其所冬（终），行则旨（稽）其所蔽。"⑫ 所冬（终）、所蔽，相对为文，蔽犹终也。《银雀山汉

① 何宁：《淮南子集释》，中华书局1998年版，第1014页。
② 洪兴祖：《楚辞补注》，上海古籍出版社2015年版，第257—258页。
③ 北京大学出土文献研究所编：《北京大学藏西汉竹书（二）》，第126页。
④ 洪兴祖：《楚辞补注》，第184页。
⑤ 王弼、韩康伯注，孔颖达疏：《周易正义》，《十三经注疏》，中华书局1980年版，第64页。
⑥ 郑玄注，孔颖达疏：《礼记正义》，《十三经注疏》，第1648页。
⑦ 王引之：《经义述闻》，江苏古籍出版社2000年版，第444页。
⑧ 杜预注，孔颖达疏：《春秋左传正义》，《十三经注疏》，中华书局1980年版，第2036页。
⑨ 孙诒让：《墨子闲诂》，第12页。
⑩ 许维遹：《吕氏春秋集释》，中华书局2009年版，第48页。
⑪ 荆门市博物馆：《郭店楚墓竹简》，文物出版社1998年版，第188页。
⑫ 马承源主编：《上海博物馆藏战国楚竹书（一）》，上海古籍出版社2001年版，第193页。

简·孙膑兵法·奇正篇》："形胜之变，与天地相敝而不穷。"① 言与天地相尽而不穷也。《楚辞·九章·涉江》"与天地兮同寿，与日月兮同光"，王逸注："言己年与天地相敝，名与日月同耀。"② 相敝，相终始也。此文"其用不敝"，说其功用不终，无穷无尽的意思。

咎莫瀶（惨）于欲得（上经第九章）

韩注："'瀶'，郭简作'瀶'，帛甲、傅本及《韩非子·喻老》引文作'憯'，其余传世本多作'大'，遂州本作'甚'。'瀶''瀶''憯'皆读作'惨'，《说文·心部》：'惨，毒也。'"③ 按：此句"咎莫瀶于欲得"，与上句"祸莫大于不知足"相对为文，瀶，犹大之意。瀶，盖"潜"字古文，音昨盐反。读如甚，音时枕反。古同浸部，从禅旁纽双声，例得通用。瀶，僉字古文，音七廉反，与"甚"也音近可通。甚亦大也，过也，形容词。

㝎（兕）无所椯（揣）其角（上经第十三章）

韩注："'椯'，帛甲同，读为'揣'，揣有'持'义，传世本作'投'。"④ 按：椯、揣皆从"耑"声，例得通用。然此句说兕兽持其角，于义未洽。传世本作"投"，犹入也，进也。椯，犹正也。正亦进也，入也。《楚辞·离骚》"不量凿以正枘"⑤，正枘，说枘入于凿孔。是其例。椯其角，入进其角。

长之逐（育）之（上经第十四章）

韩注："'逐'，帛甲本作'遂'，传世本作'育'。'逐'（定母觉部）、'育'（喻母觉部）音近可通，此处'逐'当读为'育'。'逐'、'遂'形近易混，帛甲'遂'字应为'逐'之误。"⑥ 按：帛甲作"遂"，是也。遂，犹长也，育也。《国语·齐语》"遂滋民"，韦昭注："遂，育也。"又，"牺牲不略则牛羊

① 银雀山汉墓竹简整理小组编：《银雀山汉墓竹简（二）》，文物出版社 2010 年版，第 154 页。
② 洪兴祖：《楚辞补注》，第 192、193 页。
③ 北京大学出土文献研究所编：《北京大学藏西汉竹书（二）》，第 127 页。
④ 北京大学出土文献研究所编：《北京大学藏西汉竹书（二）》，第 128、129 页。
⑤ 洪兴祖：《楚辞补注》，第 28 页。
⑥ 北京大学出土文献研究所编：《北京大学藏西汉竹书（二）》，第 129 页。

遂"，韦昭注："遂，长也。"①《逸周书·文传》"山林以遂其材"，朱右曾《集训》："遂，遂长。"②传世本作"育"，以同义互易之。此本作"逐"，乃"遂"字之误。

塞其脱（兑），闭其门，终身不僅（勤）（上经第十五章）

韩注："'僅'，帛书作'堇'，皆读为'勤'。郭简作'矛'，或读为'懋'，与'勤'同义。"③按：勤，非勤劳，犹忧愁也。《楚辞·远游》"哀人生之长勤"，王逸注："伤己命禄，多忧患也。"④按：王逸注以"长勤"为"多忧患"之义。勤，忧患也。《礼记·问丧》"服勤三年"，郑注："勤，谓忧劳。"⑤《吕氏春秋·慎大览·不广篇》"勤天子之难"，高诱注："勤，忧也。"⑥《穀梁传》僖公二年："不雨者，勤雨也。"⑦勤雨，说忧雨。《诗·鱼丽序》："始于忧勤，终于逸乐。"⑧忧勤，平列复语，勤亦忧也。郭简作'矛'，通作'懋'，亦是忧愁之义。《楚辞·九章·惜诵》"中闷瞀之忳忳"，王逸注："瞀，乱也。忳忳，忧貌也。"《楚辞·九辩》"中瞀乱兮迷惑"，五臣注："瞀，昏也。"⑨瞀之训烦乱，实亦忧愁之意。此谓塞兑、闭门，终身无忧也。

启其脱（兑），齐（济）其事，终身不来（勑）（上经第十五章）

韩注："'来'，郭简作'逨'，帛乙作'棘'，传世本作'救'。'逨''来'通用，'棘'为'来'之讹，隶书'来''求'形近易混，疑'来'先讹为'求'，再变为'救'。'逨''来'应读为'勑'，《说文·力部》：'勑，劳也。'"⑩按：来、逨、勑，实古今字，无须改字。来，读劳来之来。《玄应音义》

① 徐元诰：《国语集解》，中华书局 2002 年版，第 223、228 页。
② 黄怀信等撰：《逸周书汇校集注》，上海古籍出版社 1995 年版，第 256 页。
③ 北京大学出土文献研究所编：《北京大学藏西汉竹书（二）》，第 129 页。
④ 洪兴祖：《楚辞补注》，第 257、258 页。
⑤ 郑玄注，孔颖达疏：《礼记正义》，《十三经注疏》，第 1656 页。
⑥ 许维遹：《吕氏春秋集释》，第 385 页。
⑦ 范宁集解，杨士勋疏：《春秋穀梁传注疏》，《十三经注疏》，中华书局 1980 年版，第 2392 页。
⑧ 毛亨传，郑玄注，孔颖达疏：《毛诗正义》，《十三经注疏》，中华书局 1980 年版，第 417 页。
⑨ 洪兴祖：《楚辞补注》，第 184、296 页。
⑩ 北京大学出土文献研究所编：《北京大学藏西汉竹书（二）》，第 128、129 页。

卷二十二"劳来"条引《广雅》："来，懃也。"①《诗·女曰鸡鸣》"知子之来之"，王引之《经义述闻》："来，读为劳来之来。《尔雅》曰：'劳来，勤也。'言知子之恩勤之，我则杂佩以赠之也。"②来之训勤、训懃，亦忧也。帛乙作"棘"，非荆棘字，本作鞠，实勒字。《说文·革部》朱骏声《通训定声》曰："勒，字亦作鞠。"③勒音卢则反，与来音近，故与勑通用。传世本作"救"，信如其考，即"来"字之讹也。

使我介（挈）有智（知）（上经第十六章）

韩注："'介'，帛乙同，帛甲作'攃'。'介'应读为'挈'，'攃'亦'挈'之异体，《说文·手部》：'挈，县持也。'又云：'提，挈也。'传世本作'介然'，失其本义。"④按：介之为挈，训"县持"，则非其义。介，犹孤特不群之意。此谓使我孤特有知也。《左传》昭公十四年"收介特"，孔疏："介，亦特之义也。"⑤《文选·思玄赋》"子不群而介立"，刘良注："介，亦独也。"⑥传世本作"介然"，言孤特之貌，当是确诂。帛甲作"攃"，介字假借。

大道甚夷而民好街（径）（上经第十六章）

韩注："'街'，帛甲作'解'，帛乙作'懈'。传世本作'径'或'迳'。'街'、'解'（皆见母支部）与'径'（见母耕部）音近可通。'街'应读为'径'。《说文·彳部》：'径，步道也。'段玉裁注：'此云步道，谓人及牛马可步行而不容车也。'"⑦按：此句原意，谓大道甚平夷，而民行之易倾侧。街，非径路之义。帛甲作"解"，犹蹉跌、堕落也。《淮南子·时则训》"鹿角解，蝉始鸣"，高诱注："鹿角解堕也。"⑧《文选·吴都赋》"亦犹帝之悬解"，刘渊林

---

① 玄应：《一切经音义》，海山仙馆丛书本。
② 王引之：《经义述闻》，第132页。
③ 朱骏声：《说文通训定声》，中华书局1984年版，第225页。
④ 北京大学出土文献研究所编：《北京大学藏西汉竹书（二）》，第130页。
⑤ 杜预注，孔颖达疏：《春秋左传正义》，《十三经注疏》，第2076页。
⑥ 李善等注：《奎章阁所藏六臣注本〈文选〉》，第353页。
⑦ 北京大学出土文献研究所编：《北京大学藏西汉竹书（二）》，第130页。
⑧ 何宁：《淮南子集释》，第403页。

注引郭璞曰："悬绝曰解。"① 帛乙作"懈"，古今字。街，则通假字。传世本作"径"，非也。

子孙以其祭祀不绝（上经第十七章）

韩注："'绝'，帛书同，传世本作'辍'；郭简作'乇'，读为'辍'或'绝'均可。"② 按：绝、辍皆有止义。然绝音情雪反，从纽月部；辍音陟劣反，知纽月部；乇音陟格反，知纽铎部。乇与"绝""辍"不同音，不可通假。郭简作"乇"，读如"讬"。《文选·咏怀诗》"春秋非有讬"，李善注引郑玄《礼记注》："讬，止也。"③ 作"绝""辍"或"乇"，不涉文字通假，而皆以同义互易之也。

骨弱筋柔而抠（握）固（上经第十八章）

韩注："'抠'（溪母侯部），郭简作'捉'（庄母屋部），帛书及传世本作'握'（影母屋部），三字音近可通，'捉''握'皆有'手持'义，'抠'应读为'捉'或'握'。"④ 按：捉与抠、握虽同部而声不同，不可通假。通假条件，声韵皆备。郭简作"捉"，帛书及传世本作"握"，以同义互易之也。抠，握字通假。

同其畛（尘）（上经第十九章）

韩注："'畛'，郭简作'斳（慎）'，帛甲作'墼'，皆当如帛乙及传世本读为'尘'。"⑤ 按：墼，古畛字。慎，畛之通假。畛，古有污垢义。《淮南子·要略》"弃其畛挈"，高诱注："楚人谓泽浊为畛挈。"⑥ 是不必改读为"尘"也。

---

① 李善注：《文选》，上海古籍出版社 1986 年版，第 234 页。
② 北京大学出土文献研究所编：《北京大学藏西汉竹书（二）》，第 130、131 页。
③ 李善注：《文选》，第 1070 页。
④ 北京大学出土文献研究所编：《北京大学藏西汉竹书（二）》，第 131 页。
⑤ 北京大学出土文献研究所编：《北京大学藏西汉竹书（二）》，第 132 页。
⑥ 何宁：《淮南子集释》，第 1463 页。

以正之（治）国（上经第二十章）

韩注："'之'，郭简、帛书及遂州本同。传世本大多作'治'，读为'治'是。"① 按：之、治通用，亦见《庄子·胠箧》："擢乱六律，铄绝竽瑟，塞瞽旷之耳，而天下始人含其聪矣；灭文章，散五采，胶离朱之目，而天下始人含其明矣；毁绝钩绳而弃规矩，擺工倕之指，而天下始人有其巧矣。"② 此三"天下始人"之"始"皆当读如"之"。然传世文献，羌无实据，而出土简帛得以佐成之矣。

其正计计（察察）（上经第二十一章）

韩注："'计'，帛书及多数传世本作'察'，傅本作'督'，通'察'。'计'（见母质部）、'察'（初母月部）音义皆近可通用，'计'应读为'察'。《尔雅·释训》：'明明斤斤，察也。''察察'，王弼本二十章注曰：'分别别析也。'本章注：'立刑名，明赏罚，以检奸伪，故曰察察也。'亦由分别之义引申。"③ 按：计，见纽质部；察，初纽月部。声韵皆殊，不得相通用。读"计"为"察"，古书羌无证据，属滥用通假。计，读为絜。絜音古屑反，见纽质部，与"计"音同。《老子》"此三者不可致诘"，帛书本"诘"作"计"④。又，《诗·天保》"吉蠲为饎"，《大戴礼记·迁庙》卢辩注、《周礼·蜡氏》贾疏引"吉"作"絜"。⑤ 是计、絜亦例可通用。絜，有清明、清白之义。《史记·五帝本纪》"维静絜"，张守节《正义》："絜，明也。"⑥《大戴礼记·文王官人》"诚絜必有难污之色"，王聘珍《解诂》："絜，白也。"⑦ 絜絜，犹谓清明貌。

---

① 北京大学出土文献研究所编：《北京大学藏西汉竹书（二）》，第 132 页。

② 郭庆藩：《庄子集释》，中华书局 1961 年版，第 353 页。

③ 北京大学出土文献研究所编：《北京大学藏西汉竹书（二）》，第 133 页。

④ 高明：《帛书老子校注》，中华书局 1996 年版，第 283 页。

⑤ 郑玄注，孔颖达疏：《毛诗正义》，《十三经注疏》，第 412 页；孔广森：《大戴礼记补注》，中华书局 2013 年版，第 203 页；郑玄注，贾公彦疏：《周礼注疏》，《十三经注疏》，中华书局 1980 年版，第 885 页。

⑥ 司马迁：《史记》，中华书局 1959 年版，第 39、41 页。

⑦ 王聘珍：《大戴礼记解诂》，中华书局 1983 年版，第 192 页。

廉而不刿（刿）（上经第二十二章）

韩注："'刿'，帛乙作'剌'，王本等作'刿'，河上本作'害'。"① 按：韩校"刿"为"刿"，非是。廉，谓廉稜，有稜角也。《礼记·乐记》"曲直繁瘠廉肉节奏"，孔颖达疏："廉，谓廉稜。"② 刿，读如刓。刿，音鱼厥反，疑纽月部；刓，音五丸反，疑纽元部。元月平入对转，音近通用。《楚辞·九章·怀沙》"刓方以为圜兮"，洪兴祖《补注》："刓，圆削也。"③ 此文说廉稜而不削其角，与上句"方而不割"对文。

直而不肆（上经第二十二章）

韩注："'肆'，传世本同，帛乙作'绁'，'肆'（心母质部）、'绁'（心母月部）音近，'绁'应读为'肆'。"④ 按：肆，放纵，放肆。绁，本为系束，引申曲挛之义。《论语·公冶长》"虽在缧绁之中"，何晏《集解》引孔安国注："绁，挛也。"⑤ 此谓直而不挛曲，非放纵之意。肆，当读为帛乙本作"绁"是也。

道者万物之楺（奥）也（上经第二十五章）

韩注："'楺'，帛书作'注'，传世本作'奥'。'楺'（章母幽部）、'奥'（影母觉部）音近可通，'楺'应读为'奥'。'注'（章母侯部），整理组读为'主'，引《礼记·礼运》'故人以为奥也'，郑注：'奥，主也。'《说文·宀部》：'奥，宛也，室之西南隅。'段注：'宛者，委曲也。室之西南隅宛然深藏，室之尊处也。''奥'有'尊'义，故引申为'主'，又泛指幽深隐秘之处。"⑥ 按：楺，韩氏盖以为"帚"声，音之九反，故读章纽。然章、影不同纽，虽同部亦不能通假。谓"楺"读为"奥"，滥借也。楺，非"帚"声，实归字，楚简归字作"逪"，或作"遍"，皆"歸"省声。楺，谓归宿。《吕氏春秋·顺

① 北京大学出土文献研究所编：《北京大学藏西汉竹书（二）》，第 133 页。
② 郑玄注，孔颖达疏：《礼记正义》，《十三经注疏》，第 1544 页。
③ 洪兴祖：《楚辞补注》，第 217 页。
④ 北京大学出土文献研究所编：《北京大学藏西汉竹书（二）》，第 133 页。
⑤ 何晏注，皇侃疏：《论语集解义疏》，《丛书初编集成》第 481 册，商务印书馆 1936 年版，第 53 页。
⑥ 北京大学出土文献研究所编：《北京大学藏西汉竹书（二）》，第 134 页。

说》"以之所归"，高诱注："归，终也。"① 《易·说卦》"万物之所归也"，李鼎祚《集解》引虞翻曰："归，藏也。"② 是梱亦有"主"义。梱之为奥、为主，皆以同义互易之也。

其微易散也（上经第二十七章）

韩注："'微'，郭简作'几'。《说文·丝部》：'几，微也。'二字音义皆近可通用。"③ 按：微音无非反，明纽、微部；几音居依反，见纽、脂部。韵近而声不同，不可通。微、几二字皆有隐秘之义。《书·皋陶谟》"一日二日万几"，孔传："几，微也。"④ 《后汉书·邓禹传》"斯最作事谋始之几也"，李贤注："几者，事之微也。"⑤ 《国语·晋语》"微知可否"，韦注："微，密也。"⑥ 故二字互易，与其音声无涉。又，散字，韩注无说。散，谓明也。盖读如鲜。散音苏旰反，鲜音相然反。古同心纽、元部，例可通用。《易·说卦》"为蕃鲜"，孔疏："鲜，明也。"⑦ 此句是说隐密者易于明了。

是以天下乐推而弗厌也（上经第三十章）

韩注："'推'，传世本同，郭简作'进'，帛甲作'隼'，帛乙作'谁'，皆读为'推'。"⑧ 按：推、进，古皆有推举之义，故可以互用。然审此句原意，似以郭简作"进"为允。进，犹进取，谓自进之意。《大戴礼记·曾子立事》"进给而不让"，王聘珍《解诂》："进，谓进取。"⑨ 《史记·乐书》"礼谦而进，以进为文"，《集解》引郑玄："进者，谓自勉强也。"⑩ 此句是说天下之人乐于自进取而弗厌足。如果作"推"，则必借他力而进取，恐非其义。

① 许维遹：《吕氏春秋集释》，第 378 页。
② 李道平：《周易集解纂疏》，中华书局 1994 年版，第 697 页。
③ 北京大学出土文献研究所编：《北京大学藏西汉竹书（二）》，第 135 页。
④ 孔安国传，孔颖达疏：《尚书正义》，《十三经注疏》，中华书局 1980 年版，第 139 页。
⑤ 范晔：《后汉书》，中华书局 1965 年版，第 607 页。
⑥ 徐元诰：《国语集解》，第 294 页。
⑦ 王弼、韩康伯注，孔颖达疏：《周易正义》，《十三经注疏》，第 95 页。
⑧ 北京大学出土文献研究所编：《北京大学藏西汉竹书（二）》，第 137 页。
⑨ 王聘珍：《大戴礼记解诂》，第 74 页。
⑩ 司马迁：《史记》，第 1219 页。

高下之相顷（倾）（下经第四十六章）

韩注："'顷'，当如传世本读为'倾'，郭简作'涅（盈）'，帛书作'盈'，'倾'亦有'满盈'之义，故可通用。或认为传世本乃避汉惠帝讳改'盈'为'倾'，但汉简本'盈'字多见，不应此处独为避讳。"① 按：倾，古无盈满之义，韩注无征不信。倾，谓侧覆，陆德明《释文》："倾，高下不正貌。"② 当是确诂。郭简作"涅（盈）"、帛书作"盈"，也是覆盖的意思，盈满义的引申。又，此本作"盈"，明其抄于汉惠帝之前，后易作"倾"，确是避惠帝名讳。韩注对此本抄写时代的断定，纯从字体上揣摩，也是不可靠的。

万物作而弗辤（始）（下经第四十六章）

韩注："'弗辤'，郭简、帛乙作'弗始'，传世本多作'不辞'，傅本作'不为始'；'辤''辞'（邪母之部）一字异体，与'始'（书母之部）音近，故可假为'始'。"③ 按：辞、始音近通用，其说是也。但是，这里是用"始"还是用"辞"，韩注没有讲清楚。河上公注："不辞谢而逆止。"④ 是用辞让、辞谢之义。甚是。与下"为而弗持"相对，意思是说顺自然而动。可见"辞"是本字本义，"始"是借字借义。

天地相合，以俞（输）甘露（下经第七十三章）

韩注："'俞'，帛书同，郭简作'逾'，应读为'输'，传世本作'降'。"⑤ 按：非是。郭简作"逾"，犹降下之义。《新蔡葛陵楚墓》："赛祷於荆王以逾，训至文王以逾。"（甲三：5）⑥ 何琳仪《新蔡竹简选释》据《老子》三十二章"以降甘露"，郭简《老子》、帛书《老子》"降"皆作"逾"，谓"二字义近之证"。⑦ 其说是也。高亨谓"降""逾"通用。⑧ 是滥用通假。逾，

---

① 北京大学出土文献研究所编：《北京大学藏西汉竹书（二）》，第 144、145 页。
② 陆德明：《经典释文》，上海古籍出版社 2012 年版，第 537 页。
③ 北京大学出土文献研究所编：《北京大学藏西汉竹书（二）》，第 144、145 页。
④ 河上公注：《老子河上公章句》，四部丛刊景宋本。
⑤ 北京大学出土文献研究所编：《北京大学藏西汉竹书（二）》，第 160 页。
⑥ 河南省文物考古研究所编著：《新蔡葛陵楚墓》，大象出版社 2003 年版，第 189 页。
⑦ 黄德宽主编：《新出楚简文字考》，安徽大学出版社 2007 年版，第 216 页。
⑧ 高亨：《古字通假会典》，齐鲁书社 1989 年版，第 13 页。

训"降下"，未见汉、唐旧诂，然确乎存在于战国出土简牍文献。《新蔡葛陵楚墓》又有："罩（择）日於八月脮祭竞坪（平）王，目（以）逾至吝（文）君。占之：吉。既叙之。"（甲三：201）逾至文君，谓降至文君。又："□竞坪（平）王，目（以）逾至□。"（甲三：280）又："戠（荆）王、文王、目（以）逾至文君□□。"（零：301、150）① 以上"逾"字皆为"降下"之义。又，《上海博物馆藏战国楚竹书（五）》《季庚子问孔子》："君子强则遗，愧（威）则民不道（导），俞（逾）则失众，礧则亡（无）新（亲），好型（刑）则不羊（祥），好杀则作乱。"② 威、逾相反对，威，犹威严，逾，犹懦下。逾，亦降。《君子为礼》："渊起，逾筶（席）曰：'敢酳（问）可（何）胃（谓）也？'"③逾席，犹下席。《上海博物馆藏战国楚竹书（六）》《庄王既成》："王曰：'殹四舸目逾虏？'沈尹子桱（茎）曰：'四舸目逾。'"④ 说四舸以下降。《上海博物馆藏战国楚竹书（七）》《武王践阼》："武王祈三日，耑（端）备（服）冕，俞（逾）堂（楣），南面而立。"⑤ 俞（逾）堂，谓下堂。或作"葡"，汉帛书《战国纵横家书·苏秦谓燕王章》："晋将不葡（逾）泰（太）行。"⑥ 说晋师不下太行山。《楚辞·九歌·大司命》"踰空桑兮从女"⑦，是说从空桑下来而随从你。踰，也训降下。俞，当读如逾，而非输字。传世本改为"降"，以不明"逾"有降下义的缘故。

（原载《文献》2016 年第 4 期）

（作者单位：浙江师范大学江南文化研究中心）

---

① 河南省文物考古研究所编著：《新蔡葛陵楚墓》，第 194、197 页。

② 马承源主编：《上海博物馆藏战国楚竹书（五）》，上海古籍出版社 2005 年版，第 215、216 页。

③ 马承源主编：《上海博物馆藏战国楚竹书（五）》，第 256 页。

④ 马承源主编：《上海博物馆藏战国楚竹书（六）》，上海古籍出版社 2007 年版，第 245、246 页。

⑤ 马承源主编：《上海博物馆藏战国楚竹书（七）》，上海古籍出版社 2008 年版，第 152 页。

⑥ 马王堆汉墓帛书整理小组编：《马王堆汉墓帛书·战国纵横家书》，文物出版社 1976 年版，第 17 页。

⑦ 洪兴祖：《楚辞补注》，第 103 页。

论《品物流行》

朱晓海

前　言

　　上博楚简第七册公布了一批竹简，其中一篇的甲本共三十简。第三简的背面书有"品[①]物流行"四个字[②]，这应该是篇题。整理者认为"全篇有问无答"，"围绕'貌'这个中心议题展开讨论"。"体裁、性质与之最为相似，几乎可以称之为姊妹篇的，当属我国古代伟大诗人屈原的不朽之作——《楚辞·天问》"，是以将它"归入楚辞类作品"。[③]对于整理者这些论断，不仅笔者，其他学人也认为有待商兑。下面先依据复旦大学出土文献与古文字研究中心研究生读书会的重编释文[④]，并参考其他学人的意见，以宽式字，且尽量将假借字改

---

　　① 简文作"凡"下两个"口"。学人多释读作"凡"。按：凡、品均为上古侵部韵；上古无唇齿音，故二字的声母均为双唇音。古人论及宇宙生成，均习用"品物"。例如，孔颖达：《周易注疏》（台湾艺文印书馆 1977 年版），卷一《干·彖》，第 10 页："云行雨施，品物流行。"卷五《姤·彖》，第 104 页："天地相遇，品物咸章也。"孔颖达：《礼记注疏》（台湾艺文印书馆 1977 年版），卷五一《孔子闲居》，第 862 页："地载神气，神气风霆，风霆流形，庶物露生。"卢弼：《三国志集解》（台湾艺文印书馆 1972 年版），卷二九《方伎列传·管辂传》，第 701 页，裴《注》引《辂别传》："欬唾之间，品物流形。"吴士鉴、刘承干：《晋书斠注》（台湾艺文印书馆 1972 年版），卷九二《成公绥传·天地赋》，第 1550 页："覆载无方，流行品物。"杨伯峻：《列子集释》（中华书局 1996 年版），卷一《天瑞》"始者，刑之始也"，第 6 页，张《注》："阴阳既判，则品物流行也。"

　　② 马承源主编：《上海博物馆藏战国楚竹书（七）》，上海古籍出版社 2008 年版，第 229—230 页。

　　③ 曹锦炎：《说明》，《上海博物馆藏战国楚竹书（七）》，第 221—222 页。

　　④ 复旦大学出土文献与古文字研究中心研究生读书会：《〈上博七·凡物流形〉重编释文》，复旦网，2008-12-31，http://www.gwz.fudan.edu.cn/SrcShow.asp?Src_ID=581。

为目前通用字，将文本列于下，以便申述己见。

一

问之曰：

品物流形，奚得而成？（"形""成"耕部韵）

流形成体，奚得而不死？（"体""死"脂部韵）

既成既生，奚顾而鸣①？（"生""鸣"耕部韵）

既本既根，奚后之奚先？（"根""先"文部韵）

阴、阳之居②，奚得而固？（"居""固"鱼部韵）

水、火之和，奚得而不挫③？（"和""挫"歌部韵）

问之曰：

民人流形，奚得而生？（"形""生"耕部韵）

流形成体，奚失而死？（"体""死"脂部韵）

又得而成，未知左右之请④？（"成""请"耕部韵）

---

　　① 按："鸣"当改读为"名"。先秦有两种观念并存。一种认为实在先，名从实定；一种认为抽象的名在先，名中即蕴含了潜存的实，循名即应该、可以得到具体的实。此处及下一句的疑问乃根据第二种观念而发：名为"本"为"根"，既然已经"生""成"了"品物"的"体"，怎么又要反过来替众"品物"取个名称？因此才会追问：名与实竟"奚后""奚先"？

　　② 读书会释为"尻"，改读为"尻"。按，段玉裁：《说文解字注》（台湾黎明文化事业股份有限公司 1991 年版），十四篇上，第 722 页："尻，处也……《孝经》曰：'仲尼尻。'尻谓闲尻如此。"则此字今当作"居"。

　　③ "挫"，读书会疑作"危"。按，此处从李锐：《〈凡物流形〉释文新编（稿）》，清华简帛研究（孔子网 2000），2008-12-31，http://www.confucius2000.com/qhjb/fwlx1.htm。

　　④ 读书会怀疑当改读为"情"。按：读"请"或"情"，均无碍，都当改读为"诚"，三字相假例证详参《古字通假会典·青部第三·丁字声系》，第 58 页；《青字声系》，第 68 页。诚，实也。意思是指实际情况。"左右"乃西周已降的成词。孔颖达：《尚书注疏》（台湾艺文印书馆 1977 年版），卷五《益稷【皋陶谟】》，第 67 页，"予欲左右有民"；卷二十《文侯之命》，第 309 页，"亦惟先正克左右昭事厥辟"；孔颖达：《毛诗注疏》（台湾艺文印书馆 1977 年版），卷二十之四《商颂·长发》，第 803 页，"实维阿衡，实左右商王"；《礼记注疏》，卷四九《祭统·孔悝之鼎铭》，第 839 页，"乃祖庄叔左右成公"；均当改读为"佐佑"，辅助也。于此句意谓：谁知道既死者是受到什么样的力量帮忙，以致"又得而成"，这股力量的实际影响情况竟如何？

天、地立终立始，天降五宅，吾奚衡奚纵？五气并至，吾奚异奚同？（"纵""同"东部韵）

五言在人，孰为之功^①？九域^②出海^③，孰为之逢^④？吾既长而又老，孰为荐奉？（"功""逢""奉"东部韵）

鬼生于人，奚故神明？骨肉之既靡，其智弥彰，其慧奚啻^⑤？孰知其疆？（"明""彰""疆"阳部韵）

鬼生于人，吾奚故事之？骨肉之既靡，身体不见，吾奚自食之？其来无度，吾奚侍^⑥之？祭禩^⑦，奚登？（"事""食""时"之部韵，与"登"乃之、蒸通韵）

吾如之何使饱？顺天之道，吾奚以为首？（"饱""首"幽部韵）

吾欲得百姓之和，吾奚事之？敬天之明奚得？鬼之神奚食？先王之智奚备？（"事""得""食""备"之部韵）

---

① 读书会原释为"公"。按："公"当改读为"功"。两字相假例证详参《古字通假会典·东部第一·工字声系》，第1—2页。功，事也。

② 简文原作"囗"内一个"又"。读书会疑当读作"域"。按：是也。古书中，"又"习惯写作"有"；有、或、域相通，诸字相假例证详参《古字通假会典·之部第十一（上）·又字声系》，第360—370页。"有"当改读为"域"，《毛诗注疏》，卷二十二之三《商颂·玄鸟》："方命厥后，奄有九有。"《毛传》："九有，九州也。"王先谦：《荀子集解》（世界书局1981年版），卷十五《解蔽》，第260页，"此其所以代夏王而受九有"，"此其所以代殷王而受九牧"，杨《注》："九有、九牧皆九州也。"每州最高的行政长官因职司牧民，故九州又可曰九牧。

③ 此字从言从母，读书会释为从言从母的字，疑当改读为"谋"。按：当从李锐《〈凡物流形〉札记（三续）》，改读为"海"，清华简帛研究（孔子网2000），2009-1-8。"出"意谓大地自海中而显露，非谓九域的范围在四海之外。

④ "逢"当改读为"封"，划分疆界。二字相假例证详参《古字通假会典·东部第一·丰字声系》，第26—28页。

⑤ 此字从帝从止，读书会改读为"适"。按：此字当改读为"啻"，止也，意思是指其智慧的止境在何处。因此下文说"孰知其疆"，读书会将"疆"改读为"强"，非是。

⑥ 读书会释为"时"。按：学者大多改读为"待"。鬼神来临的时间不确定，所谓"无度"，祭祀或侍奉鬼神者唯有不断等待，何劳发问如何等待？文义之不通，犹或人告知当继续背诵，见告者反问如何继续背诵。可疑问之处乃：处于此种不确定状况下，我准备妥当，鬼神不来；鬼神突然降临，我一无准备，那么凡人或巫者将如何侍奉鬼神？

⑦ 段玉裁：《说文解字注》，一篇上，第3—4页："祀，祭无已也，从示巳声。禩，祀或从异。"

问 ① 之曰：

登高从卑；至远从迩；十围之木，基 ② 生如蘖 ③ （"迩""蘖"脂、祭通韵）；足至千里，必从寸始。（"里""始"之部韵）

日之有耳（珥），将何听？月之有军（晕），将何征？水之东流，将何盈？（"听""征""盈"耕部韵）

日始出，何故大而不炎？其入中，奚故小？暲□？

问【之曰】：

天孰高欤？地孰远欤？

孰为天？孰为地？孰为雷电？孰为帝 ④ ？（"地""帝"歌、佳通韵）

土奚得而平？水奚得而清？草木奚得而生？禽兽奚得而鸣？（"平""清""生""鸣"耕部韵）

夫雨之至，孰雩之？夫风之至，孰风＋皮飘而进之？（"雩""进"文部韵）

闻之曰：

执道，坐不下席，揣文而知名，无耳而闻声。草木得之以之生，禽兽得之以鸣。（"名""声""生""鸣"耕部韵）远之弋天，近之荐人。（"天""人"真部韵）是故执道，所以修身而治邦家。

闻之曰：

能执一，则百物不失；如不能执一，则百物具失。（"一""失"脂部韵）如欲执一，仰而视之，俯而察之，毋远求，度于身稽之。（"察""稽"祭、脂通韵）得一【而】图之，如并天下而担之（"担""图"鱼部韵）；得一而思

---

① 读书会补为"闻"，盖以下面四句均为肯定句。按：若顾及再下面的五个疑问句，窃以为仍当补作"问"。前四句乃作为日、月些微的变化都意味着某种事情征兆的前提。

② 读书会释为"亓"，改读为"始"。按：非是。当改读为"基"，"基"意为"始"，乃古书通训。

③ 读书会释为"孳"。按："孳"当改读为"蘖"。《说文解字注》，六篇上，第271页："櫱，伐木余也……或从木薛声。"指旁生的小枝芽。

④ 此字从帝从口，读书会改读为"霆"。按：当从陈伟《读〈凡物流形〉小札》，读为"帝"，武汉大学简帛研究中心（简帛网），2009-1-2，http://www.bsm.org.cn/show_article.php?id=572。

之,若并天下而治之("思""治"之部韵)。□一,以为天地稽^①("一""稽"脂部韵)。

【之曰】:

书不与事,之〈先〉知四海,至听千里,达见百里。("事""海""里""里"之部韵)是故圣人居^②于其所,邦家之危安存亡,贼盗之作,可之〈先〉知。("所""作"鱼、铎通韵)

闻之曰:

心不胜心,大乱乃作;心如能胜心,是谓小彻。奚谓小彻?人白为执。("彻""执"祭、缉通韵)奚以知其白?终身自若。("白""若"铎部韵)能寡言乎?能一乎^③?此之谓小成。

【闻之】曰:

百姓之所贵唯君,君之所贵唯心,心之所贵唯一。得而解之,上宾于天,下蟠于渊。("天""渊"真部韵)坐而思之,谋于千里;起而用之,陈于四海。("里""海"之部韵)

闻之曰:

至情而知,执知而神,执神而同,【执同】而险,执险而困,执困而复。是故陈为新,人死复为人,水复于天("新""人""天"真部韵),咸^④百物不死如月,出则又入("月""入"祭、缉通韵),终则又始,至则又返。执此

---

① 读书会释为"旨"。按:当从李锐《〈凡物流形〉释文新编(稿)》,改读为"稽",清华简帛研究(孔子网 2000),2008-12-31。下文"一言而为天地旨"之"旨"亦然。

② 读书会释为"屌",改读为"尻",认为即"处"。按:当作"居"。

③ 读书会将"言""一"下两个"吾"如字读,且连下文断句。按:非是。简本"吾"上半作"虍",下半作"壬","虍"乃声符。"虞"同样从虍得声。古书"呼"多写作"虖",故此字当从李锐:《〈凡物流形〉释读札记》,清华简帛研究(孔子网 2000),2008-12-31,改读为"乎",且连上文断句。吾之于虞、虖之于呼、乎相假例证见《古字通假会典·鱼部第十九(上)·吴字声系》,第 854 页;《乎部声系》,第 832—833 页。

④ 读书会将"咸"连上文读。按:非是。咸,皆也、徧也,犹言凡也。

言①，起于一端。（"返""端"元部韵）

闻之曰：

一生两，两生三，三生四②，四成结。（"四""结"脂部韵）是故有一，天下无不有；无一，天下亦无一有。（"有""有"之部韵）

是故一，咀之有味，臭【之有膻】③，鼓之有声，近之可见（"膻""见"元部韵），操之可操，□之则失，败之则槁，贼之则灭（"操""槁"宵部韵；"失""灭"质、祭通韵）。执此言，起于一端（"言""端"元部韵）。

闻之曰：

一言而终④不穷，一言而有众众（"穷""众"冬部韵），一言而万民之利，一言为天地稽（"利""稽"脂部韵）。握之不盈握，敷之无所容，大之以知天下；小之以治邦（"握""下"屋、鱼通韵；"容""邦"东、阳通韵）。

二

学人都同意：上述的文句应分为两部分，前面四节⑤采取的都是问句；后面的九节采取的都是陈述句。虽然后面这部分当中看似有四个问句："奚谓小彻？人白为执。奚以知其白？终身自若。能寡言乎？能一乎？此之谓小成"，

---

① 读书会将"言"连下文读；第十二段的最后一句亦然。按：非是。"此言"即末段的"一言"。此"一"可"操"；此"一言"可"握"，则自然可"执"。"执一言"即第六段的"执一"、第五段的"执道"。

② 读书会原作"女"。按：当从沈培《略说上博（七）新见的"一"字》、秦桦林《〈凡物流形〉第二十一简试释》水土（沈培）跟帖，释作"四"，分见复旦网，2008-12-31、2009-1-9。

③ 读书会原本补作"臭"，臭乃幽部字，与"见"无法押韵，故妄拟为"膻"。

④ 读书会释为"禾"，认为是"夂"的错字，即《说文解字注》，十三篇上，第654页，"终"的古文。苏建洲：《释〈凡物流形〉"一言而力不穷"》，释为"力"。复旦网，2009-1-20。按："万民之利"即"万民是利"，亦即"利是万民"；上、下两句"一言而"后均经径接动词"有"与"为"，则"□不穷"的"穷"既为动词，则□字当为副词，恐当仍以释为始终、一直意义的"终"为允。

⑤ 学人一般都认为只有三节，笔者臆度：第三节中"问天孰高欤"的"问"后有脱文，故分为四节。

但实际上，前四句乃自问自答的表述法；后三句乃为强调语气，而刻意采取的反诘句。如果改成一般的表述方式，即为"小彻者，人白为执，所以知其白，终身自若。如能寡言，能一，此之谓小成"。

学人的分歧点在：这两部分是各自独立的文件，还是通贯为一的整篇论述[①]？窃以为要解决这个问题，应当回到第一部分追问的是什么。第一部分使用的疑问词有两个，一个是"奚"；一个是"孰"。

"孰"共出现十次。包括"天孰高欤？地孰远欤"[②]两个"孰"在内，"孰"都当训解为"谁"或"哪一个"。

"奚"字的用法较多样。"奚衡奚纵""奚异奚同"的"奚"乃如何的意思。从"日始出，何故大而不炎""其入中，奚故小？暲□"相对的两句，可知这类的"奚"如同"何"，"奚故"即"何故"，"奚"乃"什么"的意思，"奚故"当训解为什么缘故，而"奚后之奚先"的"奚"与"孰"同义，乃"何者"的省略，当训解为谁。出现最多的"奚得"，以及与之相对、仅出现一次的"奚失"的"奚"当然也应训解为"何"，但"奚得"乃受词加动词的语法，所以这类句子中"奚得""奚失"的意思是得到什么、失去什么，以致形成某种现象呢？

综言之，以词性而言，第一部分提问关心的重点是个名词：谁、什么。

接着再看第二部分。几段都在强调"一"的重要性。"一"的重要性表现在它是万物的根源，或者说乃各种存在的本体。"有一，天下无不有；无一，天下亦无一有"，说得够清楚明确了。既是万有的本体，所以"一"可谓无方无体，"□之不盈□，敷之无所容"，说明的正是这种状况。申言之，如果用经验界的尺度来揣想"一"，那么，对"一"而言，再小的容器，仍嫌还有空间；再无垠的宇宙，也不足以容纳它，这种既至小，又至大的悖论正是说明：

---

① 〔日〕浅野裕一：《上博楚简〈凡物流形〉的全体构成》，大阪大学中国学会：《中国研究集刊》2009 年 48 号，第 45—61 页，认为前面的"问之曰"乃《问物》；后面的"闻之曰"乃《识一》。认为乃一篇者，如曹峰：《上博楚简〈凡物流形〉的文本结构与思想特征》，《清华大学学报》2010 年第 3 期，第 79 页。

② 对照楼宇烈：《王弼集校释·老子道德经注》（台湾华世书局有限公司 1992 年版），第四章，第 121 页："名与身孰亲？身与货孰多。"郭庆藩：《校正庄子集释》（台湾世界书局 1971 年版），卷六下《秋水》，第 584 页："万物一齐，孰短孰长。"洪兴祖：《楚辞补注》（台湾中华书局 1978 年版），卷六《卜居》，第 3a 页："宁与黄鹄比翼乎？将与鸡鹜争食乎？此孰吉孰凶。"可知此处的"孰"当训解为哪一个。

"一"非经验的存有。凡体必起用，用总是受时、空所限，只能将本体的富有大业表现于某一方面。从用观体，当然不免"仁者见之谓之仁；知者见之谓之知"①，但本体的诸般发用又的确可以作为启示众生向往、追求"一"的起始点，这也是为何会说："咀之有味，臭之有臭，鼓之有声，近之可见，操之可操"。这种描述丝毫不意味："一"是可以透过经验感官全面、精准掌握的，而是表示"道不远人"②，所以这篇文字会说："如欲执一"，"毋远求，度于身稽之"。"一"所以不远人，因为"一"是万有的本体，而人乃万有之一，甚至可以说：人是"一"最精致的缩小版，所谓"人者，其天地之德，阴阳之交，鬼神之会，五行之秀气也"③，是以不劳人于自身遥远之处寻求"一"，回到自身，以自身为尺度，详细考察即可得，否则，就形同骑驴觅驴。

诚如司马谈所言，战国诸子皆"务为治者也"④。尤其在当时的社会、文化背景中，"上有好者，下必有甚焉者矣"⑤，是以百家言几乎没有不希望转变为王官学，成为最高领袖立身施政的最高指南的。既然有此奢望，当然会论到他们核心主张的政治功效。以这篇作品而言，它一再强调：

> 是故执道，所以修身而治邦家。
>
> 得一【而】图之，如并天下而担之；得一而思之，如并天下而治之。
>
> 之《先》知四海，至听千里，远见百里。是故圣人处于其所，邦家之危安存亡，贼盗之作，可之《先》知。
>
> 一言而有众众，一言而万民之利……大之以知天下；小之以治邦。

将这些思想性的表述搁置一旁，回到文献学本身，会发现：第二部分开始的第五节说"执道"，第六节接着就说"能执一"与"不能执一"这两条路，而且申论"如欲执一"的方法，以及"得一"的果效，因此，可以非常有把握

① 孔颖达：《周易注疏》，卷七《系辞上》，第 148 页。
② 孔颖达：《礼记注疏》，卷五二《中庸》，第 883 页。
③ 孔颖达：《礼记注疏》，卷二二《礼运》，第 432 页。
④ 〔日〕泷川龟太郎：《史记会注考证》，卷一百三十《太史公自序》，台湾艺文印书馆 1972 年版，第 1333 页。
⑤ 孙奭：《孟子注疏》，卷五上《滕文公上》，台湾艺文印书馆 1977 年版，第 89 页。

地说:"道"就是作者所说的"一"。进而直接说"一"乃宇宙根源:

> 一生两,两生三,三生四,四成结。

最后为了指出自己的主张何等重要,因此改用"一言"来称呼。这是很精密的措辞。正如庄子所说:

> 既已为一矣,且得有言乎? 既已谓之一矣,且得无言乎? 一与言为二,二与一为三[1]。

因为描述"一"的"言"固然不等于"一",被描述的"一"也不是"一"本身,因为"可道"之"道""非常道"[2],所以作者宁可使用"一言"。不论"执道""执一""得一","一"都是作为受词用的名词。与第一部分所要追问的对象:"奚""孰"正相呼应。这个"一"不仅解释了第一部分"草木奚得而生? 禽兽奚得而鸣"的问题,所谓"草木得之以之生,禽兽得之以鸣",而且连带解决了"孰为天? 孰为地? 孰为雷电? 孰为帝"的问题。作者没有必要针对第一部分的每个问题一一提出答案,只需要告知:"有一,天下无不有;无一,天下亦无一有",就已经足够,下面是提问者自己当举一隅而以三隅反的事了。以上述"孰为天"云云这串问题而言,当然是一为天、一为地、一为雷电、一为帝。其实,作者还是挺体谅读者的水平的,因此对于"品物""流形成体,奚得而不死""民人""流形成体,奚失而死",何以"又得而成",他还是解释了一下:"至情而知,执知而神,执神而同,执同而险,执险而困,执困而复。是故陈为新,人死复为人,水复于天,咸百物不死如月,出则又入,终则又始,至则又返。"前面几句的语义不清楚,但从"执困而复",对照"物不可以终尽剥,穷上反下,故受之以《复》"[3],整小节的大意无疑是指出:由于"一"具有永恒循环的属性,所谓"出则又入,终则又始,至则又返",因此

---

[1] 郭庆藩:《校正庄子集释》,卷一下《齐物论》,第79页。
[2] 楼宇烈:《王弼集校释·老子道德经注》,第一章,第1页。
[3] 孔颖达:《周易注疏》,卷九《序卦》,第187页。

"人死复为人""百物不死如月"，盈而亏，亏而盈。那么，"水之东流"何以大海始终不"盈"也就算解答了，因为"水复于天"。同时，"天孰高欤？地孰远欤"，也借由"得而解之，上宾于天，下蟠于渊。坐而思之，谋于千里；起而用之，陈于四海"解答了。因为"得一"的人如果都具有"圣而不可知之之谓神"①的能耐，何况"一"本身呢？"一"乃非先验的存有本身，它与由它衍生的经验界众物，包括"天"与"地"根本不在同一层次。从形式逻辑而言，若一定要用经验界的比较观念与度量，"一"当然比"天""高"，比"地""远"。

至于第一部分最尖锐的问题："鬼生于人，奚故神明？骨肉之既靡，其智弥彰，其夬奚啻？孰知其疆？"导致人虽然身为鬼的先行者，反而要倒过来侍奉鬼，作者并没有详说。诚然，最简单的答复仍旧是回到"一"，即鬼、"神得一以灵"，所以"其智弥彰"，如同"天得一以清；地得一以宁"②的道理一样。然而问题是：为何人在世的时候，无法得一呢？从上下文来看，这个问题不存在，否则，作者就不会游说君主要"执一""得一"。是以仅能尝试为之词：一般人在世的时候，对于"一"的重要性，都懵然不解，以致不会追求"执一""得一"。当然这不算圆满的解释，因为或人大可追问：为何当人死了之后，就意识到"一"的重要性，以致"执一""得一"？再者，是否所有的鬼都"执一""得一"呢？对于那些没有"执一""得一"的鬼，人是否就无须"事之""食之""使饱"了呢？作者对这类问题似乎不感兴趣。

从以上的陈述来看，第一部分对世界各种现象与存在提出问题，问题的焦点在"奚"得、"孰"为；第二部分告知，所有的现象与存在都凭借"一"而有，"一"就是那些问题的终极答案，这两部分乃紧密相连，因此，当视为一份文献，并非两份原本不相干的篇章被误抄成一篇。

既然是一篇，第一部分前四节的文义得根据第二部分的内容来领会，那么这篇作品的性质也就朗然在目，《品物流行》乃是一篇道地表述思想的著作，与文学毫不相干。将它视为"楚辞类作品"，不仅是未通晓文义的误判，更显示全然不理解何谓《楚辞》。笔者早已指出：《楚辞》与屈原乃一体两面。前者

---

① 孙奭：《孟子注疏》，卷十四上《尽心下》，第 254 页。
② 楼宇烈：《王弼集校释·老子道德经注》，第三九章，第 106 页。

是后者的文字呈现；后者是前者的血肉化身。除非是屈原所作，或者站在屈原的立场，依据屈原的处境、观念、情感，代屈原表达屈原所欲言者，才能划归《楚辞》，否则，用再多的"兮""些""只"，或《楚辞》的句式①，陈述一些与屈原了不相干，纯属作者自己情况、感受之作，如刘邦的《大风歌》、刘彻的《李夫人赋》、息夫躬的《绝命辞》、班婕妤的《自悼赋》，都不能纳入《楚辞》。至于夹有批判屈原内容的作品，如贾谊《吊屈原文》、扬雄《反离骚》，就更不用提了②。否则，将无法解释：何以刘安、刘向、王逸先后三位编撰者都将它们割弃在外？岂是他们孤陋寡闻，不知道这些作品的存在？适相反，正因知道它们③，而它们违背了《楚辞》的基本门坎，所以断然舍弃！

纵使单就《品物流行》的第一部分而言，与《天问》相去也不可以道里计。如学者所言，《天问》是以作者当时既有的神话、历史、传说、奇闻为"何（呵）而问之"④的背景，可是《品物流行》的第一部分，看不到上述的任何背景。相反地，它乃是以当时普通士人间流行的宇宙生成论为背景，所以读者会看到"阴阳""五气"。从"流形成体""阴阳之处，奚得而固"，可以确定：阴、阳是二气。然而它既然说"五气"，根据《史记》卷一《五帝本纪》"轩辕……治五气"，《集解》引王肃曰"五行之气"，《论衡》卷三《物势》"天用五行之气生万物"，可见五气犹言五行。而从"五气"上下句中的"五宅""五言"，可以合理地推想：那应该是一种五行间架式的宇宙论。虽然它仅提到水、火，但作者只是选择百姓皆知、彼此属性最冲突的二者为例。假使不嫌附会的话，延续上文提到的阴、阳，阴气以北方、水鼎盛；阳气以南方、火最旺，则接着阴、阳下来，论两种相反者何以能不相克而并亡，却居然彼此调"和"⑤相成，乃再顺势不过的提问。《品物流行》的第一部分并没有线索透露：在阴、阳之先，是否还有太极或混沌这类更根本的存有。虽然从第二部分"一生两，

---

① 详参〔日〕铃木虎雄：《赋史大要》，第一篇，第一章，台湾正中书局1976年版，第6—10页。

② 详参拙作：《"灵均余影"复议》，《汉赋史略新证》，陕西人民出版社2004年版，第106—108页。

③ 刘安不及见到息夫躬、扬雄、班婕妤，但正文提到的其他作品，他应该还是知道的。

④ 《楚辞补注》，卷三《天问·叙论》，第1a页。

⑤ 韦昭解：《国语》（台湾艺文印书馆1974年版），卷十六《郑语·史伯为桓公论兴衰》，第371页："夫和实生物，同则不继。以他平他谓之和，故能丰长而物归之；若以同裨同，尽乃弃矣。"韦《解》："（和）谓阴、阳相生，异味相和"；"同者，谓若以水益水"。

两生三"，可以推论有，但在《天问》作者的眼中，这种宇宙生成论已经遭受难以辩驳的质疑：

> 曰遂古之初，谁传道之？上下未形，何由考之？冥昭瞢闇，谁能极之？冯翼惟象，何以识之？

以最简单的话来移译：在玄黄色杂，方圆未分的那阶段，人根本还不存在，那么所谓的太极生两仪、两仪生四象这类衍化是谁目睹、能挺身作证的？对于希伯来文明，这毫不会构成严重的问题，因为有关创世的种种，乃出自天启：造物者主动透过先知，告知人类。可是在天启观极薄弱，而以人主动寻求认知天为主流的传统中国，《天问》这番质问就等于从根本处，动摇了传统宇宙生成论的可信度。质言之，这种宇宙生成论不过是人的推想。推想虽然不必然不符合实际，但究竟也极可能乃是臆测。

《品物流行》第一部分当中曾提问："水之东流，将何盈。"参照上文："十围之木，其生如蘖；足至千里，必从寸始。日之有耳，将何听？月之有军，将何征？""水之东流"显然被视为预示的端倪，如同"蘖"之于"十围之木"，"寸"步之于"千里"之行，"将何盈"与"将何听""将何征"句法一致，则"将何盈"意思应该是指何处将被天下所有的水灌注，以致当地盈满了洪水。《天问》中，形式与此问较相近的一题是："东流不溢，孰知其故？"按照《品物流行》第二部分"水复于天"，可知《品物流行》的作者采取的解释是：虽然河川不断将水注入海里，海水却会蒸腾为气，上升为云，而后云降雨，雨成为河川的水源，因此，海没有满溢不能容纳的问题。《天问》作者如果接受的是这种说法，根本就无须质疑"其故"了。从上下文，可知：《天问》作者始终沉浸在神话、传说的脉络中，他仅仅是对既有的说词不满意，在神话、历史、传说、奇闻与既有理智所及的距离间，寻求弥缝而已。好比：才开始没多久，《天问》作者已经问了："八柱何当？东南何亏？"对照后文"康回冯怒，墬何故以东南倾"，可知他绝非只是因为观察到自然地理现象而感觉困惑，他充分知道有关共工怒触不周山，使天柱折，地维绝的传说，他只是不满意：如果按照传统这种说法，是否其他强横有力的神明也可以折断另一天柱、地维？

或者说：其他令人敬畏的神明在震怒时，为何没有也折天柱、断地维？因此，回到"东流不溢"这个令人困惑的问题，《天问》作者极可能早就知道尾闾这类的传说：

> 天下之水，莫大于海，万川归之，不知何时止而不盈；尾闾泄之，不知何时已而不虚①。
>
> 渤海之东不知几亿万里，有大壑焉，实惟无底之谷，其下无底，名曰归墟。八弦九野之水、天汉之流莫不注之，而无增无减焉②。

只是觉得难以接受大地存在着无底洞这种解释，假设知道另有沃焦这种传说：

> 在扶桑之东，有一石，方圆四万里，厚四万里，海水注者无不燋尽，故曰沃燋③。

或许就不会再问"安知其故"了。又好比紧接的下一个提问："东西、南北其修孰多？"从下文"南北顺橢，其衍几何"，可以清楚知道：作者早就知道根据传说：

> 四海之内，东西二万八千里；南北二万六千里④。

"东西"比"南北""修"得"多"。既然如此，"东西"比"南北"长出多少，作者也不可能没有接受过最基础的"书、数"⑤训练，而懵然于心，只是作者质疑：谁曾经"出自汤谷，次于蒙汜"，以致知道"所行几里"，并且还走至

---

① 郭庆藩：《校正庄子集释》，卷六下《秋水》，第 563 页。
② 杨伯峻：《列子集释》，卷五《汤问》，第 151 页。
③ 李善注：《文选》（台湾艺文印书馆 1998 年版），卷五三《论三》嵇康《养生论》，第 743 页，善《注》引司马彪曰。
④ 王利器：《吕氏春秋注疏》，卷十三《有始》，巴蜀书社 2002 年版，第 1264 页。
⑤ 贾公彦：《周礼注疏》，卷十《地官·大司徒》，台湾艺文印书馆 1977 年版，第 160 页。

北极，再抵达到南海尽头？如果确有其人旅行且丈量过，遇到山脉时，他是如何估算的？以当时的科技而言，有关这方面的任何数据，若非根据某种本身就经不起考验的前提（好比：天阳地阴、天奇地偶、天九地八等等）臆推，就只有采取某种神话、传说式的响应。综言之，《品物流行》与《天问》是在两种截然不同的脉络下提问，不能因为二者形式上都采取问句，而不辨其间差异。

《品物流行》第二部分还有个佐证。作者认为："百物不死如月，出则又入，终则又始。"这是因为万物均以"一"为本体，而"一"具有周而复始的属性，因此月亮会从既生魄而望，再由既望、既死魄而哉生魄。《天问》中，有一问："夜光何德，死则有育？厥利维何，而顾菟在腹"，虽然《天问》作者表示怀疑顾菟在"死而有育"的过程终究竟起了什么神秘作用，但顾菟显然是月亮不死的原因。这就如同《天问》作者接受上古以降的传说，日中有三足乌一样，三足乌是日精，乃太阳所以存在与光照万有的根据，所以他才会质疑："羿焉彃日？乌焉解羽？"这种神话式的问答，不是《品物流行》作者的思考模式。

结　语

出土佚文诚然可以增进、修正众人对先秦文学的认识。然而从上述的实例，也让大家警觉到出土佚篇简牍释文的关键性，因为这是进一步讨论方针是否恰当的先决基础。以两岸大学部、研究所课程的安排，古典文学专业，尤其是专攻先秦、两汉领域的，实在需要考虑：应否大幅度加强古文字学的训练。否则，只能俯仰由人。依仗的释文一旦错误，后续的推论就全属妄言。好比按照原整理者，将《桐赋》或者说《桐颂》①误署为《李颂》②，然后据此大加发挥"李"在楚人观念中的优越性或所反映的楚人草木意象，就愈发荒唐不可名了。

其次，既然关注的是出土佚文对先秦文学认识的影响，不论先秦有没有后

---

① 一篇作品题为赋，或题为颂，实无别。详参拙作：《〈两都〉〈二京〉义疏补》，《汉赋史略新证》，第294—297页。

② 曹锦炎：《说明》，马承源：《上海博物馆藏战国楚竹书（八）》，上海古籍出版社2011年版，第229—230页。

世，尤其是南朝，对"文学"的明确观念①，至少我等对于"文学"本身得有清晰的观念，不能托词：文学研究应回到当时的历史文化脉络中，跟着古人继续迷糊下去。而一旦谈到先秦文学，就难以摆脱《诗》三百与《楚辞》。《楚辞》的义界非常清楚。虽然刘勰认为"自风、雅寝声，莫或抽绪，奇文郁起，其《离骚》哉"，但从屈原名下作品水平之高，他绝不可能平地拔起，在屈原之前，以"楚人之多才"，楚地必定已经有相当的文学土壤，作为其"郁起"②的积淀，只是不能以具有特定指谓的《楚辞》称之。如果是韵文，不妨称之为楚赋、楚诗；如果是无韵文，可径称之为楚文。若严格检视《诗》三百，更得格外谨慎了，因为它们都是弦歌的歌辞③，如果歌辞未必都具有诗意，或以写诗的手法呈现，古辞并不就等同于古诗④，那么《诗》三百中有许多作品未必能合乎后世对诗的界定，而被称之为诗。例如：持清华简《耆夜》所载周公"作"的那首《蟋蟀》之"歌"⑤，与今本《毛诗》卷六之一《唐·蟋蟀》相较，不仅训诫惕厉意义浓厚，而且了无艺术手法，只能视为一篇训诲歌。否则，一般记述铸器原委，而其中往往述及受赏历程、铸器者功勋以及赏赐内容的铭文都将归为铭、碑，而被视为文学作品了⑥。甚至像西周晚期《散氏盘》铭文这种土地协

---

①　邢昺：《论语注疏》（台湾艺文印书馆 1977 年版），卷十一《先进》，第 96 页，"文学：子游、子夏"，《集解》完全没有批注，原因大概因为《集解》撰者认为"文学"也就是"文""文章"。卷一《学而》，第 7 页，"行有余力，则以学文"，《集解》引马融曰："文者，古之遗文。"卷八《泰伯》，第 72 页，"焕乎其有文章"，《集解》："其立文垂制又著明。"这才使得朱熹《四书集注·论语集注》（世界书局 1985 年版），不得不详说之，如批注"则以学文"的"文"为"《诗》《书》六艺之文"；卷二《八佾》，第 15 页，批注"文、献不足征也"的"文"为"典籍也"，"焕乎其有文章"的"文章"为"礼乐法度"；卷三《公冶长》，第 28 页，"夫子之文章可得而闻也"的"文章"为"德之见于外者，威仪、文辞皆是也"。

②　以上引文并见范文澜：《文心雕龙注》，卷一《辨骚》，台湾开明书店 1970 年版，第 28b 页。

③　孙诒让：《定本墨子閒诂》（台湾世界书局 1972 年版），卷十二《公孟》，第 275 页："弦《诗》三百，歌《诗》三百。"

④　详见拙作：《〈文选〉所收乐府辞外围尺度探微》，载程章灿、徐兴无编：《〈文选〉与中国文学传统》，中华书局 2014 年版。

⑤　清华大学出土文献研究与保护中心编：《清华大学藏战国竹简（一）·耆夜》，中西书局 2010 年版，第 150 页。

⑥　孔颖达：《礼记注疏》，卷四九《祭统》，第 839 页，记载"孔悝之鼎铭"；范文澜：《文心雕龙注》，卷三《铭箴》，第 1a 页，就将之视为"铭"这种文类。按照《诔碑》，第 14b 页，"碑实铭器，铭实碑文"，则也可归类为"碑"。此所以沈约：《宋书》（台湾艺文印书馆 1972 年版），卷六四《裴松之传·禁私立碑表》，第 824 页，又将"孔悝之铭"视为碑。

议①、包山二号楚墓中陪葬物的礼单② 也将堂而皇之地进入文学殿堂。至少按照刘勰的看法，就可将它们分别归诸券、疏③。

第三，必须通读全篇佚文，大致理解它的内容，以便掌握它的属性。如果某篇佚文根本不是文学作品，从事先秦文学研究者就根本无须掺和讨论中了。像天水放马滩一号秦墓所出的《丹》篇，学人曾经将之视为后世志怪小说的滥觞④。可是按照如今的研究，这应该是篇关于有死亡经历者告生者祭祀时的宜忌，与北大简中的《泰原有死者》同一性质，故每每以"毋……""必……"吩咐⑤。纵使宜忌的背景叙述确实诡异，按照古人的看法，志怪一类的文字也当归诸史部杂传类⑥。君不见干宝为自己作品"安敢谓无失实"而辩护时，表示：

> 卫朔失国，二传互其所闻；吕望事周，子长两存其说……夫书赴告之定辞，据国史之方策，犹尚若兹……将使事不二迹，言无异涂，然后为信者，固亦前史之所病。⑦

与之模拟的乃邸报、史传。是以《丹》篇等不仅非文学作品，更不容附会为近现代所认知的短篇玄幻小说。

地不爱宝，不少前所未见的篇章面世，固然值得高兴，也为以往对先秦文学的认知提供了一些参考数据，但在兴奋之余，冷静地笃学、审问、慎思、明辨可能仍是不可或缺的态度与训练。

（作者单位：台湾新竹清华大学中国文学系所）

---

① 张桂光编：《商周金文摹释总集》，第六册，6793B，中华书局 2009 年版，第 1564—1565 页。

② 湖北省荆沙铁路考古队：《包山楚简》，贰（三）遣策，文物出版社 1991 年版，第 37—39 页。

③ 范文澜：《文心雕龙注》，卷五《书记》，第 43a 页："券者，束也，明白约束，以备情伪……古有铁券，以坚信誓。""疏者，布也，布置物类，撮题进意，故小券短疏。"

④ 甘肃省考古研究所编：《天水放马滩秦简》三《释文（三）》，中华书局 2009 年版，第 107 页。

⑤ 黄杰：《放马滩秦简〈丹〉篇与北大秦简〈泰原有死者〉研究》，简帛网，2014-10-13，http://www.bsm.org.cn/show_article.php?id=2085。

⑥ 长孙无忌：《隋书》（台湾艺文印书馆 1972 年版），卷三三《经籍志二·史》，第 496 页，将《列异传》《异苑》《述异记》《搜神记》等与祖台之《志怪》二卷、孔氏《志怪》四卷、殖氏《志怪记》三卷并列。

⑦ 李剑国：《〈搜神记〉序》，《新辑搜神记　新辑搜神后记》，中华书局 2007 年版，第 19 页。

上博叙事简与先秦"说体"研究

廖 群

"说体"是笔者对源自讲说、具有情节和故事的叙事体文本的界定①，"说"字取自《说林》《储说》《说苑》《世说》等故事含义之"说"，孟子所说"于传有之"之"传"及《韩诗外传》之"传"、《国语》《琐语》之"语"等，也都归于此类。种种迹象表明，先秦存在大量被称为"说""传""语"及类似文体的"说体"文本，被同时代及之后的史传著作、诸子文章、辞赋创作等等所援用。遗憾的是，由于年代久远，大量原始说体文献已经亡佚，有幸被传世文献援用的只是其中的一部分，且因各类著作均非以讲故事为主旨，所用经过了各自的筛选和截取，也都不一定呈现为完整的原貌。集中从各类著作、文章、辞赋等等文献中检索、挖掘、整理出先秦说体故事，从而梳理叙事文学的源流和发展，即是先秦"说体"研究的主旨所在。在这一研究中，出土文献对于说体文本的发现、补遗、印证等等，无疑具有特殊意义。本文即拟以上博简中的叙事文为考察对象，揭示出土文献对于先秦说体研究的重要价值。

《上海博物馆藏战国楚竹书》为 1994 年先后两次从香港文物市场收购的出土简书（以下简称"上博简"），经整理鉴定为战国晚期墓随葬典籍，具体出土时间、地点已无从得知，自 2001 年至 2012 年已出版九册，共计八十余种，包含历史、政治、军事、哲学、宗教、文学等各种内容，可分为议论、记言、对话、叙事、辞赋、歌诗等各种文体。其中有些涉及历史人物、事件的叙事文，

---

① 参见拙作：《先秦说体文本研究》，中央编译出版社 2018 年版，第 1 页。

正可以作为研究先秦"说体"故事的第一手材料，用来解决和说明先秦说体的一些问题和情况。

一、《郑子家丧》《灵王遂申》与先秦"说体"续补

上博简中有两篇记述楚国历史故事的文本，即第七册[①]中的《郑子家丧》和第九册[②]中的《灵王遂申》，所涉事件皆见于援用先秦"说体"以叙事的《左传》中，但简文中的具体情节却未见载，简文的发现正可以作为先秦"说体"故事的接续和补充，从而将故事更加完整地予以呈现。

《郑子家丧》记述的是楚人在郑大夫子家去世之时，以其曾弑君为由，围郑并"大败晋师"。关于郑子家弑君的来龙去脉，《左传·宣公四年》有一段十分生动的记述，即"公子宋染指于鼎"，无疑采用了说体描述手段，近乎镜头跟踪：

> 楚人献鼋于郑灵公。公子宋与子家将见。子公（公子宋）之食指动，以示子家，曰："他日我如此，必尝异味。"及入，宰夫将解鼋，相视而笑。公问之，子家以告。及食大夫鼋，召子公而弗与也。子公怒，染指于鼎，尝之而出。公怒，欲杀子公。子公与子家谋先。子家曰："畜老，犹惮杀之，而况君乎？"反谮子家。子家惧而从之。夏，弑灵公。[③]

第一个镜头是郑公子宋（子公）和子家一起前往宫中去见郑灵公，公子宋的食指动了起来，他举起食指对子家说以前我这食指一动，就会尝到不同寻常的美味。第二个镜头是两人到了王宫，正看到厨师在剥解已煮好的楚人献给郑灵公的大鳖，两人不由相视而笑，郑灵公感到奇怪，子家便把公子宋刚才说的"必尝异味"的话告诉了他。第三个镜头是在以鼋招待众大夫的宴席上，郑

---

① 马承源主编：《上海博物馆藏战国楚竹书（七）》，上海古籍出版社 2008 年版。
② 马承源主编：《上海博物馆藏战国楚竹书（九）》，上海古籍出版社 2012 年版。
③ 《春秋左传正义》，《十三经注疏》，中华书局 1980 年版，第 1869 页。

灵公将公子宋召来，却故意不让他食用大鳖。公子宋一怒之下将手指伸进盛鼋的鼎中去蘸汤，尝完味便甩手离开了。这时"画外音"是"公怒，欲杀子公"。接着出现的第四个镜头是在公子宋家里，他将子家找来，要先行杀掉灵公。子家劝他不应该这样干。然后又是"画外音"："（子公）反谮子家。子家惧而从之。夏，弑灵公。"

此后《左传》仅于"弑灵公"三年后的《宣公七年》提及"郑及晋平，公子宋之谋也，故相郑伯以会（"黑壤之盟"）"①，可知弑君的公子宋并没有得到惩处；然后就是于"弑灵公"六年后的《宣公十年》记到一笔："郑子家卒。郑人讨幽公之乱，斫子家之棺，而逐其族。改葬幽公，谥之曰'灵'。"②于《宣公十一年》记载："十一年，春，楚子伐郑及栎。子良曰：'晋、楚不务德而兵争，与其来者可也。晋、楚无信，我焉得有信？'乃从楚。夏，楚盟于辰陵，陈、郑服也。"③

上博简《郑子家丧》描述的即是郑大夫子家去世后楚国方面的反应、围郑的缘由及其经过和结果：

> 郑子家丧，郠人来告。庄王就大夫而与之言，曰："郑子家杀其君，不穀日欲以告大夫，以邦之恓，以急于今，而后楚邦思为诸侯正。今郑子家杀其君，将保其懊悚，以及入地，如上帝鬼神以为怒，吾将何以答？虽邦之恓，将必为师。"乃起师围郑三月。郑人问其故，王命答之曰："郑子家颠覆天下之礼，弗畏鬼神之不祥，戕折其君，⺢将必思子家，毋以成名位于上，而眚鼎于下。"郑人命以子良为执命，思子家利木三眷，疏索以供，毋敢私门而出，陷之城基。王许之。师未还，晋人涉，将救郑，王将还。大夫皆进，曰："君王之起此师，以子家之故。今晋人将救子家，君王必进师以起之，王焉还军以起之？"与之战于两棠，大败晋师焉。④

---

① 《春秋左传正义》，《十三经注疏》，第 1873 页。
② 《春秋左传正义》，《十三经注疏》，第 1875 页。
③ 《春秋左传正义》，《十三经注疏》，第 1875 页。
④ 马承源主编：《上海博物馆藏战国楚竹书（七）》，第 173—178 页。

　　需要指出的是，关于此篇所涉事件的时间，简文整理者断定在子家弑君之后，称本篇"记载公元前 605 年郑国因灵公不予公子宋食鼋，又欲杀子公，子家因此与子公共杀灵公。这是造成'郑子家丧'的起因"。"'……夏，杀灵公'这一史实，本篇仅用'郑子家丧'四字来表述。为此，息国有人来报告楚庄王，……楚要围困郑国……"①，其说有误。据《左传》《史记》记载，子公（公子宋）、子家弑君后郑襄公继位，当时并未除掉子公、子家，这才有宣公七年（前 602）的公子宋"相郑伯以会"和宣公十年（前 599）的"郑子家丧"。子家之丧距弑君已有六年之久，当属自然死亡。简文中的"郑子家丧"就是指《左传》所记的子家去世（"郑子家卒"）。不过子家去世下葬成了楚人包围郑国的借口，因为子家有弑君之罪，已经拖了六年未受惩处，当下又让他安然入土，地下鬼神有知，迁怒地上那还了得？于是"楚邦思为诸侯正"，"围郑三月"，要"替天行道"。郑国只得由子良出面，保证薄葬子家（"利木三寸，疏索以供"），这才算是勉强交差。至此，《左传》所谓"斫子家之棺"似乎可以得到解答了。关于"斫棺"，杜预注称"斫薄其棺，不使从卿礼"②，杨伯峻本沈钦韩《补注》及刘文淇《旧注疏证》以驳之，称是"剖棺见尸"③，现在看来，杜注是对的。可正当楚师欲还未还之时，偏偏晋师来救，楚王欲还，大夫不可，于是"战于两棠，大败晋师焉"。这整个一段情节，《左传》仅记了"十一年春楚子伐郑及栎"一句，并未提及楚败晋师这个插曲，但《左传》记了子良关于附晋还是附楚的话语："晋楚不务德而兵争，与其来者可也。晋楚无信，我焉得有信？"如此看来，这话无疑是针对晋来救、楚晋交战而言。

　　可见简文《郑子家丧》一段叙事，对于郑大夫子家弑君故事既是很好的续文，又对《左传》的叙事，有补充和释疑的作用。

　　《灵王遂申》关涉的则是蔡灵侯被杀事件。对于这一事件，《左传·昭公十一年》记述："楚子在申，召蔡灵侯。灵侯将往，蔡大夫曰：'王贪而无信，唯蔡于感。今币重而言甘，诱我也，不如无往。'蔡侯不可。三月丙申，楚子

---

①　马承源主编：《上海博物馆藏战国楚竹书（七）》，第 171 页。
②　《春秋左传正义》，《十三经注疏》，第 1875 页。
③　杨伯峻：《春秋左传注》，中华书局 1981 年版，第 709 页。

伏甲而飨蔡侯于申，醉而执之。夏，四月丁巳，杀之。刑其士七十人。"①简书所述则是这一事件后发生在申地的一个有关"取蔡之器"的小故事。需要说明的是，对于简文释读，整理者意见多有不通之处，此用清华大学出土文献读书会（以下简称"读书会"）《上博九〈灵王遂申〉研读》②一文中的释文录出原文：

> 灵王既立，申、赛（息）不愁。王败蔡灵侯于吕，命申人室出，取蔡之器。执事人夹蔡人之军门，命人毋敢徒出。申成公涽（饰）其子虚（？）未畜（蓄）□（髪），命之□（逝）。虚（？）三徒出，执事人志之。虚乘一辈车驷，告执事人："小人幼，不能以它器，得此车，或（又）不能驭之以归。命以其策归。"执事人许之。虚（？）秉策以归，至敊滏，或（又）弃其策安（焉）。城（成）公惧其又（有）取安（焉），而迖（待）之亭。为（伪）之怒："举邦尽获，女蜀（独）亡（无）得。"虚（？）不答。或（又）为（伪）之怒，虚（？）答曰："君为王臣，王将述（坠）邦，弗能止，而或（又）欲得安（焉）。"成公与虚（？）归，为袼（落）。

首先，这里出现的是一件颇为奇怪的事，楚灵王杀蔡灵侯之后，让申地之人每家派人去"取蔡之器"。按，《左传》称"楚子在申，召蔡灵侯"，简文称"败蔡灵侯于吕"，古文多申吕并称，两地相连，此时当并为申地，吕在申中，故楚灵王"命申人室出"。楚灵王弑君攫取王位后，将申、息之国变为楚县，申人息人一直不怎么顺服，灵王在申地杀了蔡灵侯并"刑其士七十人"后，必是欲收买人心，也是想显摆威望，才想出让申人"分赃"这么一招，还在蔡灵侯随从驻扎地的军门外设了执事，监督着不能空手而出。

其次，简文重点记述的是一对不愿"取蔡之器"的申成公父子。此申成公于简文下文被儿子称为"王臣"，不会是申国国君，申此时只是楚的申地；若是县尹，也不会加谥号为"申成公"之称，读书会理解为"申地之成公"，"即

---

①　《春秋左传正义》，《十三经注疏》，第 2059—2060 页。

②　清华大学出土文献读书会：《上博九〈灵王遂申〉研读》，清华大学出土文献研究与保护中心"出土文献与中国古代文明研究"（网），2013 年 4 月 1 日。

成得臣（令尹子玉）→成大心以下的成氏"，并分析在此事件的次年，"楚杀其
大夫成熊"（《春秋》），"楚子谓成虎若敖之余也，遂杀之"（《左传》），或许正
与"不憖"、不从取器之命有关，推理有据，可从。

　　接下来要说的重点是父子俩不从取器之命的戏剧性情节。老爸故意让不蓄
发（或剪去蓄发）的"未成年"儿子去取蔡器，又担心儿子真的取回蔡器；儿
子三番徒手而出都被制止（按，"志"当通为"止"，读书会忘记标出），于是
弄辆大车子出来，说我年幼童稚，不可能真的驾车回家，就让我拿个马鞭子回
去吧。说的也是，执事于是放行。这儿子出不多远到个水边连马鞭子也扔掉
了。老爸见儿子徒手而归，心中暗喜，却故意发怒说全城人都满载而归，你却
两手空空。儿子也火了，"王将述（墜）邦"，你作为王臣却不去制止，还真的
想拿人家东西呀！关于"墜邦"之"邦"，是楚邦还是蔡邦尚有分说，都可通，
反正是说楚灵王在胡作非为；"为落"不好解，读书会释为"落祭"，又说可能
读为"隙"，即不满，暂时存疑。

　　简文《灵王遂申》的发现，为先秦关于楚灵王灭蔡的记述，增添了一段生
动的故事和情节。

二、《姑（苦）成家父》《邦人不称》与先秦说体"异说"

　　"说体"是据传说而记录成文的文本，属于相告、转述、追述，而非当时
记载，也就意味着会形成大同小异的多种文本。"大同"，是因为所述为同一件
事情，基本事实一般不会有太大出入；"小异"，是因为转述、追述中对于一些
具体情节、细节、过程，会因时间、地点、述说者的关注点等等因素的差异而
有不同的描述，《韩非子·说林》《储说》中所汇集的说体故事，常常在录出一
种文本后另外再录"一说，……"，即是如此。上博简中有些叙事与传世文本
的差异，也印证了说体异说现象的普遍存在。

　　上博简第五册①中的《姑（苦）成家父》与《国语》《左传》的相关记述

---

　　① 马承源主编：《上海博物馆藏战国楚竹书（五）》，上海古籍出版社 2005 年版。

即有同有异。“苦成”即《左传》《国语》所称的苦成叔郤犨，该篇讲述的即是晋国郤锜、郤犨、郤至被害的“三郤之难”。关于此，《国语》《左传》均有较为详尽的描述，综合起来，大致情节为：晋楚鄢陵之战，晋大夫栾书请待，郤至请攻，大胜楚师，栾书由此嫉恨郤至而欲除之，于是谮之于晋厉公，称郤至不待援师到来即主张发兵的动机，是希望晋师败退，借机扶孙周上位，不信可派他出使周，他必去见孙周。同时，又传话孙周必见郤至。厉公派人监视，果见郤至会见孙周，谋乱罪名因此成立。同时，“晋厉公侈，多外嬖。反自鄢陵，欲尽去群大夫，而立其左右。胥童以胥克之废也，怨郤氏，而嬖于厉公。郤锜夺夷阳五田，五亦嬖于厉公。郤犨与长鱼矫争田，执而梏之，与其父母妻子同一辕。既，矫亦嬖于厉公”（《左传·成公十七年》）[1]。种种因素促成，厉公遂生灭郤氏之心。关于发难的过程和结局，《国语》和《左传》的叙述就有不同。前者称“是故使胥之昧与夷羊午刺郤至、苦成叔及郤锜”，郤锜欲以族众抵抗，郤至不可，“是故皆自杀”（《晋语六》）[2]；后者称“郤氏闻之，郤锜欲攻公”，郤至不可，“壬午，胥童、夷羊五帅甲八百将攻郤氏，长鱼矫请无用众，公使清沸魋助之。抽戈结衽，而伪讼者。三郤将谋于榭，矫以戈杀驹伯、苦成叔于其位。温季曰：‘逃威也。’遂趋。矫及诸其车，以戈杀之。皆尸诸朝”（《成公十七年》）[3]。

简文《姑（苦）成家父》一文没有提及鄢陵之战栾书与郤至结怨及谮之欲扶孙周之事，亦未提及其他嬖人，而是集中围绕着《国语》《左传》都没有提及的百豫之战展开叙述。关于此文整理，研究者也多有疑义，今采用陈伟《〈苦成家父〉通释》的简序和释文：

> 苦成家父事厉公，为士。予行，尚迅强，以见恶于厉公。
>
> 厉公无道，虐于百豫，百豫反之。苦成家父以其族三郤征百豫，不思反躬。与士处馆，旦夕辞之，使有君臣之节。　三郤中立，以正上下之讹，强于公家。栾书欲作难，害三郤，谓苦成家父曰：“为此世也，从事

---

[1] 《春秋左传正义》，《十三经注疏》，第 1922 页。
[2] 《国语》，上海古籍出版社 1988 年版，第 424 页。
[3] 《春秋左传正义》，《十三经注疏》，第 1922 页。

何以如是？其疾与哉！于言有之：'顜颔以至于今哉！无道正也，伐是恬
适。'吾子图之。"苦成家父曰："吾敢欲顜颔以事世哉？吾特立径行，远
虑图后，虽不当世，苟我毋咎，立死何伤哉！"栾书乃退，言于厉公曰：
"三郤家□聚主君之众以不听命，将大害。"公惧，乃命长鱼矫……

郤奇闻之，告苦成家父曰："以吾族三郤与□□□□于君，幸则晋邦
之社稷可得而事也，不幸则取免而出，诸侯畜我，谁不以厚？"苦成家父
曰："不可。君贵我而授我众，以我为能治。今吾无能治也，而因以害君，
不义，刑莫大焉。虽得免而出，以不能事君，天下为君者，谁欲畜汝诸
哉？初，吾强立治众，欲以长建主君而御难。今主君不恬于吾，故而反恶
之。吾毋有它，正公事，虽死，焉逃之？吾闻为臣者必使君得志于己而有
后请。"苦成家父乃宁百豫，不思从己位于廷。

长鱼矫策自公所，敂人于百豫以入，囚之。苦成家父搏长鱼矫，楛诸
廷，与其妻，与其母。公忍，无告。告强门大夫，强门大夫曰："诺。出
内库之囚，回而除之兵。"强门大夫率，以释长鱼矫，贼三郤，郤奇、郤
至、苦成家父立死，不用其众。

三郤既亡，公家乃弱，栾书弑厉公。①

对照《国语》《左传》所述，《姑（苦）成家父》的重心内容是全新的，即
百豫因厉公为虐而反叛，三郤出征，致力于"不思（使）反躬"，迟迟没有发
兵攻打。栾书欲害三郤，因伪劝苦成叔干脆参与谋反，遭到苦成的拒绝，转而
构陷三郤，称他们"聚公君之众以不听命"，屯兵百豫却不动武，"将大害"。
从而导致晋厉公发难，三郤被灭。这个部分不属于叙事不同，因为《国语》
《左传》重点叙述了导致晋厉公诛灭三郤的原因，具体攻杀的地点、借口、直
接导火索等，语焉不详，或许简文所述正是对这个历史故事的情节补充。所述
不同者有三。其一，郤锜所劝干脆反叛的对象，《国语》《左传》所述均为郤
至，简文所述为苦成家父，即郤犨。其二，郤犨"执而楛"长鱼矫，"与其父
母妻子同一辕"，《左传》称是"郤犨与争田"，简文直称"长鱼矫策自公所，

---

①　陈伟：《〈苦成家父〉通释》，简帛网，2006 年 2 月 26 日。

敏人于百豫以入，囚之。苦成家父搏长鱼矫，梏诸廷，与其妻，与其母"。其三，关于三郤之死，《国语》称三人"是故皆自杀"，《左传》称为长鱼矫以戈斩杀，简文称"强门大夫率，以释长鱼矫，贼三郤，郤奇、郤至、苦成家父立死，不用其众"。

《姑（苦）成父》关于"三郤之难"的记述，与传世文本《国语》《左传》在具体情节、细节方面显然存在明显的异说。

上博简第九册中的《邦人不称》并非叙事文，而是举例论述"亡名焉，是故弗知也，类天之［道］焉"，亦即天道不言，有功不居，功成身退，但举例中有叙事成分，所叙即是在楚国昭王、惠王时期立有特殊功劳却"邦人不称"的叶公子高。称述的第一件功劳的确不见他书提及，这就是当伍子胥率吴师攻楚复仇、楚昭王失国出奔至隋后，叶公子高召集楚残部配合申包胥哭师请来的秦救兵一同作战，三战三捷；当楚昭王复国之时，又是叶公子高用冠遮挡着保护昭王返回郢都。称述的第二件功劳即是在著名的"白公胜之乱"时立下的救国救主之功。而其中有些描述是各书所不见载的，这就是当叶公进城救援、未寻到楚惠公时遇到了昭王夫人：

> 白公之祸，闻令尹、司马既死，将至郢。叶之诸老皆谏曰："不可，必以师。"叶公子高曰："不得王，将必死，可以师为。"乃乘势车五乘，遂至郢。至，未得王，昭夫人谓叶公子高："先君之子众（？）在外……君之言过，知周，乘（？）择而立之，邦既有王母焉观乎？"叶公子高曰："一人千君，幹何它果？"……之或（惑）也，而并是二者以邦君，君犹小之，抑惧君之不终。……①

关于叶公子高与昭王夫人的这段对话，整理者的意见是"国危之间，昭夫人为了预防不测，提出要'乘（？）择而立之，邦既有王母焉观乎'，认为国有王母应为国难决策。但遭到了叶公子高的反对，'一人千君，幹何它果'，'并是二者以邦君，君犹小之'，认为一国多主，虽是能人何以扞难避害？况国

---

① 马承源主编：《上海博物馆藏战国楚竹书（九）》，第 247—252 页。

设两君，是削弱了国君的绝对权力"①。

　　说起来，这段对话恰在残简，本有残缺，释文也或有不通。不过，本文这里特别举到该条简文别有重点，这就是传说的异说问题，因为正如整理者所言，这位昭王夫人在《列女传》中已经当昭王病重将终之时先行殉情自杀了，而此时却又出现在了"白公胜之难"的现场！

　　关于楚昭夫人之死，《列女传·楚昭越姬》有详尽记述，此摘其要：

　　　　楚昭越姬者，越王句践之女，楚昭王之姬也。昭王燕游，蔡姬在左，越姬参右。……王曰："吾愿与子生若此，死又若此。"蔡姬曰："……固愿生俱乐，死同时。"……越姬对曰："……妇人以死彰君之善，益君之宠，不闻其以苟从其闇死为荣，妾不敢闻命。"……居二十五年，王救陈，二姬从。王病在军中，有赤云夹日，如飞鸟。王问周史，史曰："是害王身，然可以移于将相。"……王曰："将相之于孤犹股肱也，今移祸焉，庸为去是身乎？"不听。越姬曰："大哉君王之德！以是，妾愿从王矣。……请愿先驱狐狸于地下。"……遂自杀。……王薨于军中，蔡姬竟不能死。王弟子闾与子西、子期谋曰："母信者，其子必仁。"乃伏师闭壁，迎越姬之子熊章，立是为惠王。……②

　　很明显，楚惠王是因母亲殉情而被找来立君，楚昭夫人之称惟惠王之母越姬足以当之，简文中的"王母"也只能是非越姬莫属。故《史记·伍子胥列传》记述白公胜作难时"石乞曰：'不杀王，不可。'乃劫王如高府。石乞从者屈固负楚惠王亡走昭夫人之宫"，《索隐》云："昭王夫人即惠王母，乃越女是也。"③

　　需要指出的是，《列女传》虽是汉代刘向所编，但已多有证明，其记述先秦人物的部分，多是采用先秦说体故事。那么，《列女传》与《邦人不称》，一个言殉情，一个述在世，哪个是史，哪个是编？不可能都是史，却可能都有编？这正是说体与文艺相通、渊源有自之所在。

---

① 马承源主编：《上海博物馆藏战国楚竹书（九）》，第 241 页。
② 张敬注译：《列女传今注今译》，台湾商务印书馆 1994 年版，第 175 页。
③ 司马迁：《史记》，中华书局 1959 年版，第 2182—2183 页。

三、《平王与王子木》与"说体"语料来源

上博简第六册《平王与王子木》^①一篇，记述楚平王命王子木（即太子建）至城父，过申时与成公相遇，话语间成公提到种麻之事，还提到先王庄王之事。据此，篇题定为"平王与王子木"实属不确；整理者的释文也颇不好解。徐少华《楚竹书〈申公臣灵王〉与〈平王与王子木〉两篇补论》^②一文认为《平》篇整理者编序有误，该文顺序当为原编号的 1、5、2、3、4，并援引《说苑·辨物》中的相关文字进行印证和说明，其说可从。而本文这里要强调的是，两篇对照，不仅可以帮助析字释文，还可知简文与《说苑·辨物》中的"王子建出守城父"一段，原本就属同一个故事而略有差异。

《说苑》卷十八《辨物》中的最后一则故事云：

> 王子建出守于城父，与成公乾遇于畴中，问曰："是何也？"成公乾曰："畴也。""畴也者，何也？"曰："所以为麻也。""麻也者，何也？"曰："所以为衣也。"成公乾曰："昔者庄王伐陈，舍于有萧氏，谓路室之人曰：巷其不善乎！何沟之不浚也？庄王犹知巷之不善，沟之不浚，今吾子不知畴之为麻，麻之为衣，吾子其不主社稷乎？"王子果不立。^③

该则故事讲的是楚平王六年太子建被派往城父守边途中发生的事情。太子途中与成公遇于麻地，却不知是麻地，更不知麻地是种麻之地，还不知种麻用来干嘛，成公一一告知。由此想到这太子如此无知，与颇知"巷之不善，沟之不浚"的楚庄王的确不在一个档次，难怪人家能够成就霸业，而这位恐怕主不了社稷。

徐文对照《说苑》的这一段，重新排序，可见《平王与王子木》的大半部分与之的确如出一辙，王子木无疑就是太子建：

① 马承源主编：《上海博物馆藏战国楚竹书（六）》，上海古籍出版社 2007 年版，第 267—272 页。
② 徐少华：《楚竹书〈申公臣灵王〉与〈平王与王子木〉两篇补论》，《江汉考古》2009 年第 4 期。
③ 刘向撰，向宗鲁校证：《说苑校证》，中华书局 1987 年版，第 475 页。

　　兢（竞）坪（平）王命王子木迮（至）城父，过緟（申），暑飤（食）
于貄（狘）褰，城公軌瓯聖（听）于鬵（畴）中。王子暜（问）城公："此
可（何）？"城公合昔酓（答）曰："鬵（畴）。"王子曰："鬵（畴）可
（何）以为？"曰："以穜（种）麻。"王子曰："可（何）以麻为？"酓
（答）曰："以为衣。"城公忌（起）曰："臣牗（将）又（有）告，吾先君
臧（庄）王迮（至）河灉（雍）之行，暑飤（食）于狘褰，醓（酪）盉不
爨，王曰：'醓（酢）不盂（盖）。'先君智（知）醓（酢）不盂（盖），醓
（酪）不爨，王子不智（知）麻，王子不得君楚，邦或（国）不得。"①

　　所问麻地、麻地所种、种麻何为与《说苑》一条不差，成公、城公完全可
通，用于对照的皆为楚庄公，最后预言"不主社稷"与"邦国不得"根本就是
一个意思，那么王子木肯定就是王子建，《山海经》中有"建木"，建为木之一
种，两者用来取为名、字完全顺理成章。唯一不同的是庄王所知，《说苑》提到
的是沟渠若不疏通则"巷为不善"，《平》篇提到的是醋拌菜肴不必炊爨、供奉
的祭品不必盖上，都属晓知民情。传说故事原本不必细节也一一若合符契的。

　　由此可证《说苑》材料其来有自。《说苑》是西汉刘向编纂的一部故事集
林，"说苑"即"说体故事的苑囿"。刘向校书、整理书、编书，完成《说苑》
后所上的《序奏》说："护左都水使者光禄大夫臣向言：所校中书《说苑》《杂
事》，及臣向书、民间书，诬（忧，兼）校雠，其事类众多，章句相溷，或上
下谬乱，难分别次序。除去与《新序》重复者，其余浅薄不中义理，别集为
《百家》，后令以类相从，一一条别篇目，更以造新事（书？）十万言以上凡
二十篇，七百八十四章，号曰《新苑》，皆可观。臣向昧死。"（《七略别录》）②
关于"更以造新事"，清人孙诒让曰"新事"当作"新书"，"凡向所奏书校定
可缮写者为新书，《荀子目录》载向奏题新书，是其证也"（《札迻》卷七《贾
子新书》下）③。这么说来，汉皇家中秘原有《说苑》《杂事》一类故事书，刘向
又用民间书及自己所藏来参照校正，于是从中选择材料先编成一部《新序》，

---

① 徐少华：《楚竹书〈申公臣灵王〉与〈平王与王子木〉两篇补论》，《江汉考古》2009 年第 4 期。
② 《说苑序奏》，见刘向撰，向宗鲁校证：《说苑校证》。
③ 《说苑序奏》，见刘向撰，向宗鲁校证：《说苑校证》。

又剔除一大批所谓"浅薄不中义理"者，集成一部《百家》（惜已亡佚，可想其中必有异闻怪说），然后将剩下的不与《新序》重复的材料，又编出一部新书，因称《新苑》，其实也就是今见的《说苑》（或原可称《新说苑》，简称《新苑》，后来称回《说苑》）。

这也就是说，今见《说苑》是从原《说苑》中选出来编纂的，原《说苑》很可能多为先秦说体故事的汇集，材料来自先秦的传说文本。《说苑·辨物》中的这条"王子建出守于城父"不见他书，如今却在战国文献中见到了踪影，这为《说苑》材料多有来自先秦文本者，做了一个很好的注脚。

举一反三，先秦、秦汉其他许多援用或纂辑先秦故事的著作、文章，诸如《韩非子》中的《说林》《储说》，还有《吕氏春秋》《韩诗外传》《新序》《列女传》等等，其语料亦应取自先秦各种说体文本，有些很可能是时人所共见，因为它们有的故事相同或相近，或许有着共同来源。

简帛出土文献对于先秦"说体"研究可资借助的方面还有很多，兹仅以上博叙事简为例举其二三以为说明，只此已足见其可贵，它们确是值得特别关注、探究和挖掘的。

（原载《中南民族大学学报》［人文社会科学版］2016 年第 1 期）

（作者单位：山东大学文学与新闻传播学院）

出土简帛与先秦神话研究初论 *

杨　栋　刘书惠

20 世纪 70 年代以来，大批战国秦汉简帛佚籍出土面世，其中包含的大量神话材料①，为中国古代神话研究带来了新的契机。但是目前从先秦文学特别是神话的角度对出土文献进行研究还稍显不足，以致现在看到的相关成果多为先秦史或古文字学的学者研究所得，因而，从神话学的角度对简帛神话进行整体性研究还有很大的空间。在此前提下，本文尝试将简帛中的主要神话材料做分类梳理，对其价值和意义略作论述，以期引起更多学人的关注和研究。

一、出土简帛神话研究现状

随着楚帛书、睡虎地秦简、王家台秦简、郭店简、上博简、清华简、北大汉简等诸多简帛的发现和出土，学界对中国古代神话有了新的理解和认识，无论是从文学角度还是从史学角度都有一些眼界宏大、考据扎实、分析透彻的优秀成果面世。

专著方面，刘信芳《出土简帛宗教神话文献研究》② 综合运用古文字学、考

---

* 本文为国家社科基金青年项目"简帛文献与战国秦汉神话史重构研究"（14CZW016）阶段性成果。

① 本文所说的"神话"侧重于广义的概念，古史传说、寓言故事、鬼神观念、神异、志怪、巫术等皆包含在内。

② 刘信芳：《出土简帛宗教神话文献研究》，安徽大学出版社 2014 年版。

古学、宗教学、文献学和神话学的方法，分类考察出土简帛宗教神话问题，研究内容包括《楚帛书》、简帛中的宇宙论、包山楚简神名与《九歌》诸神的对应关系、《日书》所反映的原始崇拜与民俗等。郭永秉《帝系新研——楚地出土战国文献中的传说时代古帝王系统研究》①利用战国楚简及其他古文字资料，结合传世文献记载，研究夏以前传说时代的古帝王系统，考察《帝系》各族同出一源的世系的构建过程。蔡先金《简帛文学研究》②中"简帛神话传说"一节综合诸家论说，述论了创世神话、大禹传说、嫦娥神话、牵牛织女神话等内容。王中江《简帛文明与古代思想世界》③第一编、第二编以及第五编从思想史角度分别讨论了古代的宇宙生成论，"三代宗教"与东周时代的信仰，以及《唐虞之道》和王权转移等问题。李零《楚帛书研究（十一种）》、孙飞燕《上博简〈容成氏〉文本整理及研究》、单育辰《新出楚简〈容成氏〉研究》等著作④则是针对某一篇简帛神话文献进行专题性的研究。此外，较为集中的讨论简帛中的神话、宗教和鬼神观念等问题的还有晏昌贵《巫鬼与淫祀——楚简所见方术宗教考》、吕亚虎《战国秦汉简帛文献所见巫术研究》、何飞燕《出土文字资料所见先秦秦汉祖先神崇拜的演变》、姜守诚《出土文献与早期道教》等著作。⑤

　　论文方面，相关研究成果大体可分为两类：

　　一是总论类，从宏观上对简帛神话传说资料进行分类研究和系统论析。如裘锡圭《新出土先秦文献与古史传说》⑥一文概述了 20 世纪 90 年代之后出土的四种记有古史传说的先秦文献的基本情况，综合分析其神话、历史和文化意义，反映了当时的研究热点。李零《考古发现与神话传说》⑦对出土文献中的禹

---

　　①　郭永秉：《帝系新研——楚地出土战国文献中的传说时代古帝王系统研究》，北京大学出版社 2008 年版。

　　②　蔡先金：《简帛文学研究》，学习出版社 2017 年版。

　　③　王中江：《简帛文明与古代思想世界》，北京大学出版社 2011 年版。

　　④　李零：《楚帛书研究（十一种）》，中西书局 2013 年版；孙飞燕：《上博简〈容成氏〉文本整理及研究》，中国社会科学出版社 2014 年版；单育辰：《新出楚简〈容成氏〉研究》，中华书局 2016 年版。

　　⑤　晏昌贵：《巫鬼与淫祀——楚简所见方术宗教考》，武汉大学出版社 2010 年版；吕亚虎：《战国秦汉简帛文献所见巫术研究》，科学出版社 2010 年版；何飞燕：《出土文字资料所见先秦秦汉祖先神崇拜的演变》，科学出版社 2013 年版；姜守诚：《出土文献与早期道教》，中国社会科学出版社 2016 年版。

　　⑥　裘锡圭：《新出土先秦文献与古史传说》，《中国出土古文献十讲》，复旦大学出版社 2004 年版。

　　⑦　李零：《考古发现与神话传说》，《李零自选集》，广西师范大学出版社 1998 年版。

迹、黄帝故事、羲和四子神话及祠禳体系等做分类研究，涉及神话资料更多、类型更为丰富。王晖、王建科《出土文字资料与古代神话原型新探》①将出土文献运用于古代神话原型研究，具体剖析了牛郎织女神话、涂山氏生启化石神话、黄帝四面神话及楚帛书创世神话等。此外，还有刘国胜《楚地出土数术文献与古宇宙结构理论》②、江林昌《考古所见中国古代宇宙生成论以及相关的哲学思想》③等论文。

二是个案研究类，从微观上讨论某一篇简帛文献中的神话内容或利用出土文献集中讨论某一神话问题。李学勤《论清华简〈楚居〉中的古史传说》侧重于史实考证，专门讨论了楚先王季连、鬻熊和熊绎的传说，提出鬻熊即穴熊，纠正了传世文献的误解，并考察了楚先人迁徙之地，论证细密。④丁四新《楚简〈容成氏〉"禅让"观念论析》对三代圣王的禅让思想进行要点分析，将尧舜禹所处的历史环境、个性特征、道德观念与禅让行为联系在一起，颇具新见。罗新慧《从上博简〈子羔〉和〈容成氏〉看古史传说中的后稷》，通过相关简文的分析认为春秋战国时期有关后稷的传说正处于由质朴到神化的转变阶段。⑤沈建华《由出土文献看祝融传说之起源》⑥，充分运用出土文献资料，考察祝融传说的起源和演变。陈斯鹏《楚帛书甲篇的神话构成、性质及其神话学意义》、董楚平《中国上古创世神话钩沉——楚帛书甲篇的神话构成、性质及其神话学意义》⑦则从神话学的角度对楚帛书进行详细解读。此外，还有陈伟《望山楚简所见的卜筮与祷祠——与包山楚简相对照》、彭邦本《楚简〈唐虞之道〉与古代禅让传说》、戴霖与蔡运章《秦简〈归妹〉卦辞与"嫦娥奔月"神话》、李立《云梦秦简"牛郎织女"简文辨证》、廖名春《上博简〈子羔〉篇感

---

① 王晖、王建科：《出土文字资料与古代神话原型新探》，《北京师范大学学报》（社会科学版）2005 年第 1 期。

② 刘国胜：《楚地出土数术文献与古宇宙结构理论》，载丁四新主编：《楚地简帛思想研究（二）》，湖北教育出版社 2005 年版。

③ 江林昌：《考古所见中国古代宇宙生成论以及相关的哲学思想》，《学术研究》2005 年第 10 期。

④ 李学勤：《论清华简〈楚居〉中的古史传说》，《中国史研究》2011 年第 1 期。

⑤ 罗新慧：《从上博简〈子羔〉和〈容成氏〉看古史传说中的后稷》，《史学月刊》2005 年第 2 期。

⑥ 沈建华：《由出土文献看祝融传说之起源》，《东南文化》1998 年第 2 期。

⑦ 陈斯鹏：《楚帛书甲篇的神话构成、性质及其神话学意义》，《文史哲》2006 年第 6 期；董楚平：《中国上古创世神话钩沉——楚帛书甲篇的神话构成、性质及其神话学意义》，《文史哲》2006 年第 6 期。

生神话试探》、刘书惠《从〈子羔〉篇看三代始祖感生神话》等。此类成果相对较多，考论细密、独有创见者不乏其人。

　　另外，港台地区及外国学者也有不少优秀的研究成果，《饶宗颐新出土文献论证》①中专门谈到了"从新出土楚简谈玄鸟传说与早期殷史""中国古代脇生传说"等问题，将出土文献材料与神话传说研究紧密联系在一起，论证扎实，结论可信。邹濬智《西汉以前家宅五祀及其相关信仰研究 —— 以楚地简帛文献资料为讨论焦点》②以战国楚地简帛文献为资料依据，从楚人宇宙观念、宗教观念、楚国崇巫尚祀的特殊环境几方面分析了西汉以前家宅五祀信仰的发展条件，并讨论了战国楚地中霤、灶、门、户、行道等家宅五祀的信仰状况，又扩及探讨了七祀（五祀加上司命及厉）诸神的信仰研究，并整理出比较完整的西汉以前楚人信仰谱系。饶宗颐、曾宪通《楚帛书》③、周凤五《子弹库帛书"热气仓气"说》④等则是从不同角度专门研究讨论楚帛书的论著。艾兰《世袭与禅让 —— 古代中国的王朝更替传说》（新译本）⑤集中收录了其利用郭店简《唐虞之道》研究禅让传说的文章。此外，日本学者也有一些相关的论著。关于简帛神话文献的详细研究情况，可参看刘信芳先生的《简帛宗教神话文献论著目》。⑥

　　上述这些成果为简帛文献神话传说研究打下了坚实基础，但也表明此方面研究仍存在一些亟待解决的问题：其一，从文学和神话学角度考察简帛文献资料的较少，多是从古文字、古史及哲学研究的立场出发，关注的是文字、史实和佚籍。其二，对简帛神话文献进行整体性研究的成果数量不多，相对宏观的考察也多限于几种出土文献，更多的成果则集中于个案研究。其三，还没有一项研究将简帛文献神话资料的整理研究与汉前神话史的重构联系在一起。因此，从宏观角度整体性考察简帛神话文献内容，并通过与传世文献的比照联系

---

　　①　沈建华编：《饶宗颐新出土文献论证》，上海古籍出版社 2005 年版。

　　②　邹濬智：《西汉以前家宅五祀及其相关信仰研究 —— 以楚地简帛文献资料为讨论焦点》，台湾花木兰文化出版社 2008 年版。

　　③　饶宗颐、曾宪通：《楚帛书》，中华书局香港分局 1985 年版。

　　④　周凤五：《子弹库帛书"热气仓气"说》，《中国文字》新第 23 期，台湾艺文印书馆 1997 年版。

　　⑤　〔美〕艾兰：《世袭与禅让 —— 古代中国的王朝更替传说》（新译本），商务印书馆 2015 年版。

　　⑥　刘信芳：《简帛宗教神话文献论著目》，《出土简帛宗教神话文献研究》，安徽大学出版社 2014 年版，第 195—288 页。

分析其神话价值并进一步推动神话史的重构，具有一定的意义。

二、简帛神话类述

中国的古代神话在早熟的史学和发达的经学的影响下，缺乏系统的记录难以完整地存留，所以即便在出土简帛中，神话资料也十分零散。我们尝试对出土简帛中的主要神话进行分类梳理，并简要论述其文本内容和文献价值，进而正确认识简帛神话的文化意蕴并为神话史的重构提供有效依据。

（一）战国竹书所见古帝王世系

《庄子·胠箧》《世本·帝系》《大戴礼记·帝系》《史记·五帝本纪》等传世文献曾记载过古帝王世系，但这些记录或前后承袭而又互相矛盾，或事迹湮没仅存名号，其谱系并不清晰。包山楚简、上博简、清华简等战国简册的发现，则为认识传说时代的帝王世系、楚国先祖传说以及秦之源起提供了新的材料。

上博简《容成氏》记叙了舜时政事、禹时政事及制作、禹让位于贤、攻益得帝位、汤攻桀以及武王伐纣等大量古史传说。该篇第一简已经脱佚，篇题"訟成氏"（容成氏）存于 53 简背，李零先生在整理此篇时指出篇题"容成氏"，"从文义推测，当是拈篇首帝王中的第一个名字而题之"。[①]随后开篇部分简文记载了众多古帝王名号："［尊］卢氏、赫胥氏、乔结氏、仓颉氏、轩辕氏、神农氏、樟乀氏、墉遟氏之有天下也，皆不授其子而授贤。"[②]《庄子·胠箧》叙上古帝王即以"容成氏"为首，《淮南子·本经》中有一大段文字叙述上古之事，亦云"昔容成氏之时……逮至尧之时……舜之时……晚世之时，帝有桀、纣……是以称汤武之贤"[③]，跟简文全篇结构甚为相近，而以"昔容成

---

① 李零：《〈容成氏〉释文考释·说明》，载马承源主编：《上海博物馆藏战国楚竹书（二）》，上海古籍出版社 2003 年版，第 249 页。

② 马承源主编：《上海博物馆藏战国楚竹书（二）》，第 250 页。

③ 张双棣：《淮南子校释》（增订本），北京大学出版社 2013 年版，第 842—852 页。

氏之时"开头，也是将容成氏置于上古帝王的首位。^①因此，在战国至汉初这段时间以容成氏为首的这种古帝王谱系应该是非常流行的。

清华简《良臣》，内容完整，依次记黄帝，尧、舜、禹，汤，武丁，文王，武王，成王，晋文公，楚成王，楚昭王，齐桓公，吴王光，越王勾践，秦穆公，宋（襄公），鲁哀公，郑桓公，郑定公，子产之师，子产之辅，楚共王等著名君主的良臣。黄帝至周成王以历史顺序排列，从晋文公至郑子产以国别编排，带有部分"世系"性质。与《墨子·尚贤》有相合之处，而《吕氏春秋·尊师》所记人物在"世系"上亦多与《良臣》相合，只是《尊师》所记贤臣相对较少，每位明君圣主之下多为一二名贤人，而《良臣》最多则达到九人。从世系的编排以及所记人物的多少上来看，《良臣》可能要早于《墨子·尚贤》，《尊师》则受到了《五帝德》的影响。^②

《包山楚简》卜筮祭祷简文中的祭祷对象分天神、地祇、人鬼（祖考）三类，其中天神有太（太一）、司过（祸）、司命；地祇有侯（后）土、社、地主、山陵之神、川泽之神、宫、行、门诸神；祖考中的"楚先"包括老童、祝融和鬻熊。^③清华简《楚居》叙述了自季连开始到楚悼王共二十三位楚公、楚王的居处和迁徙，体例近似《世本》的《居篇》。简文"季连初降于騩山"，与《国语·楚语上》"昔夏之兴也，融（祝融）降于崇山"句式相类似，季连的神性于此处彰显。简文还叙述了季连见盘庚之子，娶妣佳为妻，生䋣伯、远仲两个儿子的故事。另外，还有穴熊（即鬻熊）、熊绎的传说，多为传世文献所不载。^④以上资料为考证楚之先祖传说和世系传承提供了重要线索。

清华简《系年》文字、体例及若干内容与西晋汲冢出土《竹书纪年》相近，记事从武王伐纣开始，讲述了周王室的衰落和晋、郑、楚、秦、卫等诸侯国的代兴，又较为详细地叙述了春秋到战国前期史事。有些地方可以印证、补

---

① 陈剑：《上博楚简〈容成氏〉与古史传说》，《战国竹书论集》，上海古籍出版社 2013 年版，第 59 页。

② 杨栋、刘书惠：《由〈吕氏春秋·尊师〉论清华简〈良臣〉中的"世系"》，《四川文物》2015 年第 5 期。

③ 简文释文及相关研究可参考湖北省荆沙铁路考古队：《包山楚墓》，文物出版社 1991 年版；李零：《包山楚简研究（占卜类）》，《中国典籍与文化论丛》第一辑，中华书局 1993 年版；刘信芳：《包山楚简神名与〈九歌〉神祇》，《文学遗产》1993 年第 5 期。

④ 李学勤：《论清华简〈楚居〉中的古史传说》，《中国史研究》2011 年第 1 期。

充或者纠正传世古书，有助于探讨世系起源或族源问题。如《系年》第三章云："飞廉东逃于商盖氏。成王伐商盖，杀飞廉，西迁商盖之民于邾吾，以御奴虘之戎，是秦先人。"① 过去的主流意见是认为秦人出自西方，简文则明确记叙了秦国先人"商盖之民"在周成王时被迫西迁，依此可以解释与秦人始源相关的一系列问题。②

（二）战国竹书中的圣王传说

战国诸子善于托事往圣以立己说，以尧舜禹为代表的圣王传说因之不绝于典，出土简帛中亦不乏相关内容，有的虽有神异之处但更偏向于古史，有的则具有鲜明的神话色彩。

其一，圣王禅让。上博简《容成氏》开篇列举多位上古帝王名号，言"皆不授其子而授贤"，围绕着禅让与争位勾连尧舜禹汤文武等圣王传说，主要内容包括：尧以前古帝王政事；尧由贱而为天子；尧让舜；舜时政事；舜让禹；禹时政事及制作，禹让皋陶、益，启攻益得帝位传至桀；桀骄泰；汤攻桀，天下乱；伊尹为汤之佐，天下得治，汤终王天下；汤传至纣，纣德昏乱；九邦叛、文王佐纣之事；武王即位、伐纣。③ 该篇对禅让着墨甚多。关于启是如何得帝位的，《孟子》和《夏本纪》的记载是益启之间的和平传递，而《容成氏》则用了"攻"来描述他们之间的争夺，与《竹书纪年》的记载相同。郭店简《唐虞之道》以"唐虞之道，禅而不传"领起全文，通篇讲尧舜的禅让，论述舜知命修身，为人孝、悌、慈，为臣甚忠，因而尧禅天下而受之。盛赞尊贤禅让的"唐虞之道"，并进而提出了天子年老"致政"说。文中还讲到禹治水、益治火、后稷治土，皆是足民养生。

其二，圣王事迹。郭店简《穷达以时》为了论述士之穷达取决于天时这一命题，例举了舜耕历山遇尧而立为天子，傅说为胥靡遇武丁而佐天子，吕望七十屠牛遇文王而为天子师，管仲被囚禁遇齐桓公而为相等传说故事，以支持

---

① 李学勤主编：《清华大学藏战国竹简（贰）》，中西书局 2011 年版，第 141 页。

② 李学勤：《清华简关于秦人始源的重要发现》，《光明日报》2011 年 9 月 8 日；又载《初识清华简》，中西书局 2013 年版。

③ 陈剑：《上博简〈容成氏〉的竹简拼合与编连问题小议》，《战国竹书论集》，第 37 页。

其文"应时""顺时"的观点。类似的记载亦见于传世典籍《韩诗外传》卷七、《说苑·杂言》等。清华简《保训》记录了舜的传说，讲其如何求取"中"道："昔舜旧作小人，亲耕于历丘。恐求中，自稽厥志，不违于庶万姓之多欲。厥有施于上下远迩，乃易位迩稽，测阴阳之物，咸顺不扰。舜既得中，言不易实变名，身滋备惟允，翼翼不懈，用作三降之德。帝尧嘉之，用受厥绪。"① 这段文字可与传世文献的舜善于取"中"的记载相对照，如《论语·尧曰》首章："尧曰：咨尔舜，天之历数在尔躬，允执其中，四海困穷，天禄永终。"②《中庸》："子曰：舜其大知也与！舜好问而好察迩言，隐恶而扬善，执其两端，用其中于民，其斯以为舜乎！"③ 比照之下更见简文的详尽。值得注意的是，《保训》将舜描述为"小人""亲耕"的形象，与上博简《容成氏》《子羔》、郭店简《穷达以时》一样都强调舜出身低微，没有神异的事迹，历史的色彩更为鲜明。上博简《举治王天下》，包含了《古公见太公望》《文王访之于尚父举治》《尧王天下》《舜王天下》《禹王天下》五小篇。④ 这几篇记载了古公、文王与太公望有关举治的问答，及尧、舜、禹提出的有关治国、治民的论题，也有较强的古史特征。清华简还有几篇关于伊尹和商汤的故事。《赤鹄之集汤之屋》记载的伊尹传说则带有浓厚的神话色彩：汤的妻子和伊尹在吃掉鹄羹之后都拥有了神奇的特异功能 —— 双目昭然，四荒之外无不见也，四海之外无不见也；伊尹在逃亡过程中先是受到汤的巫术，不能动弹无法言语，后又得巫鸟相助，到了夏又帮助夏桀治好了病。⑤ 整个既充满巫术色彩又曲折离奇，里面包含有丰富的神话因素。《尹至》记述了伊尹自夏至商，向商汤报告了夏君虐政及民众疾苦，汤征伐不服，终于灭夏。⑥ 此篇"余及汝皆亡"的民怨之语、夏桀"宠二玉"（琬和琰）的情况以及整体的叙事，可与古本《竹书纪年》、上博简《容

---

① 释文参考李学勤：《清华简中的周文王遗言〈保训〉》，《三代文明研究》，商务印书馆 2011 年版，第 146 页。

② 《论语注疏》，阮元校刻：《十三经注疏》（清嘉庆刊本），中华书局 2009 年版，第 5508 页。

③ 朱熹：《四书章句集注》，中华书局 2012 年版，第 20 页。

④ 马承源主编：《上海博物馆藏战国楚竹书（九）》，上海古籍出版社 2012 年版，图版第 61—95 页，释文考释 191—235 页。

⑤ 李学勤主编：《清华大学藏战国竹简（叁）》，中西书局 2012 年版，第 167 页。

⑥ 李学勤主编：《清华大学藏战国竹简（壹）》，中西书局 2010 年版，第 127 页。

成氏》和《吕氏春秋·慎大》相印证。清华简《尹诰》的内容亦为伊尹与商汤之间的对话①，该篇的价值重在证明了传世的伪古文《尚书》中的《咸有一德》确系后人伪作。另外，清华简第五册《汤处于汤丘》通过汤与伊尹的对话展现了"敬天""尊君""利民"的思想，其内容对于考察汤的始居地与战国时期的政治风尚具有一定的帮助。②同册《汤在啻门》记汤问伊尹古先帝良言，小臣以"成人""成邦""成地""成天"之道回答，系统地阐述了当时的天人观。③

其三，圣王感生。始祖、圣贤、帝王的母亲有意无意地接触、目睹或是吞食某种外物，然后有感而孕的感生神话是神话中十分重要的一个类型。上博简《子羔》通过孔子与子羔的问答，叙述了尧见舜德贤而让位于舜，以及三代始祖禹、契、后稷的感生神话。《子羔》感生神话比较完整，感生主体、感生地、感生物与感生方式都有明确的描述，可补传世文献感生神话材料之阙。从中可以体会到较强的图腾崇拜意味，并认识其所反映的祭祀仪式。

另外，上博简《彭祖》是一篇道家佚书，记载了书于《列仙传》、《神仙传》中的被神仙家津津乐道的长寿彭祖与耇老的对话，楚竹书中关于彭祖的记载，说明在战国时代已经开始有彭祖其人的传说。而问答内容具有黄老倾向，也展现了儒道思想的融合。上博简《融师有成氏》叙述的是上古传说人物祝融师有成氏、蚩尤及伊尹的传说故事，并涉及夏商历史。文章用较多的文字描述有成氏的怪异之状，如"有耳不闻，有口不鸣，有目不见，有步不趋""勿饮勿食""类兽非鼠"等。由于是残篇，蚩尤和伊尹的故事都不全。④

（三）战国简帛中的创世神话

先秦时期有无完整的创世神话是学术界长期争论的问题，传世典籍此方面资料相对贫乏。随着子弹库楚帛书、郭店简和上博简的相继问世，我们终于在盘古开天地以外看到了更原始的中国创世神话和原初的宇宙论。这些资料反映

---

① 李学勤主编：《清华大学藏战国竹简（壹）》，第 132 页。
② 李学勤主编：《清华大学藏战国竹简（伍）》，中西书局 2015 年版，第 134 页。
③ 李学勤主编：《清华大学藏战国竹简（伍）》，第 141 页。
④ 曹锦炎：《〈融师有成氏〉释文·说明》，载马承源主编：《上海博物馆藏战国楚竹书（五）》，上海古籍出版社 2005 年版，第 308—309 页。

了战国时期多样化的宇宙创生论，是原始神话思维的演化和遗存。

楚帛书（也称楚缯书、楚绢书）1942 年 9 月被盗掘出土于湖南长沙东郊子弹库，后流入美国，现在藏于华盛顿的赛克勒艺术馆。这幅帛书略近长方形（48×38.7 厘米），全文凡三篇：四匝之篇共分为十二小段，分别记录每个月的名称与禁忌，并环绕绘有春、夏、秋、冬四季十二月的彩色神像；在四边所画神像的中心，写有两篇配合的文章，一篇十三行，另一篇八行，行款的排列相互颠倒。学术界因对帛书结构理解的不同而对各篇有过不同的称法。如饶宗颐将八行文本置于甲篇，将十三行本称为乙篇。人们又据此将边文称为丙篇。又十三行一篇与古代天文学有关，又称"天象篇"，八行一篇叙述宇宙的起源与形成，提到了大量的神话人物，是研究上古神话的重要资料，称为"神话篇"，四匝十二小段被称为"月忌篇"。[①]其中八行篇在一定程度上填补了我国神话史上在创世神话方面的一段空白，意义重大，自发现以来就是学人重点关注的对象。该篇较为完整地叙述了宇宙的创生过程：一片混沌之中伏羲女娲婚配生育四神，开辟天地，制历法、通山川、定四时、生日月，其后秩序大坏、天倾地陷，于是又重整天地，恢复和细化秩序。最后，宇宙的秩序最终确定。其中表述的伏羲与女娲的关系、共工的身份、创世秩序等问题都是神话研究的重要资料。

比较抽象的宇宙生成论方面，在传世文献中我们所能看到的较早的论述，是《老子》中的"道生一、一生二、二生三、三生万物"这样简单的宇宙创生模式。郭店楚简《太一生水》、上博简《恒先》则为我们提供了传世文献所不见而又别具特色的宇宙生成论。《太一生水》云："太一生水，水反辅太一，是以成天。天反辅太一，是以成地。天地［复相辅］也，是以成神明。神明复相辅也，是以成阴阳。阴阳复相辅也，是以成四时。四时复相辅也，是以成冷热。冷热复相辅也，是以成湿燥。湿燥复相辅也，成岁而止。"[②]这段简文详细地论述了由"太一"到"岁"这一宇宙生成过程。"太一"是宇宙创生的起点和根源，水反辅太一创生了天。"反辅"这一概念不见先秦其他典籍，所以庞

① 李零：《楚帛书研究（十一种）》，第 1—31 页。
② 荆门市博物馆编：《郭店楚墓竹简》，文物出版社 1998 年版；刘钊：《郭店楚简校释》，福建人民出版社 2005 年版，第 42 页。

朴先生说："反辅之说，是这个宇宙论的最大特色。"① 上博简《恒先》简文起首云："恒先无有。质、静、虚。质，大质；静，大静；虚，大虚。自厌不自忍，或作。有或焉有气，有气焉有有，有有焉有始，有始焉有往者。"② "恒先"的意义"当指时间上的宇宙起点，而此宇宙起点具有的'无有'的性质"。③《恒先》的宇宙生成模式是从"无"到"有"的过程。《恒先》还描述了"气是自生"理论，这种气论也不见于传世文献。另外，上博简《凡物流形》、马王堆帛书《道原》也有关于宇宙生成的论述。简帛文献中的宇宙生成论，都有其独特的一面，而又可以和传世文献《老子》《庄子》《鹖冠子》《淮南子》《文子》等相互比照。

（四）秦简中的神话传说

最早记载嫦娥神话的文献过去多认为是《淮南子·览冥篇》，王家台秦简中有两枚《归藏·归妹》卦辞残简，记载的正是恒我窃不死之药奔月的神话，恒我即后来古书中的嫦娥。《归藏》一书《汉书·艺文志》没有著录，宋代以后全部亡佚，前人多以为晋代以来古书引用的《归藏》为汉以后人所伪作，王家台秦简《归藏》内容与古书所引佚文基本相合，可见传本《归藏》确是从先秦传下来的。整理者认为《归藏》"文字形体最古，接近楚简文字，应为战国末年的抄本"④。由此可知，嫦娥神话的产生比《淮南子》要早得多，至少应为战国中期之前。

睡虎地秦简《日书》甲种有两条关于牵牛与织女神话的简文："戊申、己酉，牵牛以取（娶）织女，不果，三弃（一五五正）。""戊申、己酉，牵牛以取（娶）织女而不果，不出三岁，弃若亡（三背壹）。"⑤ 上述将"牛郎"与"织女"的婚姻关系说了出来；同时，简文又说"不果，三弃""不出三岁，弃若

---

① 庞朴：《一种有机的宇宙生成图式》，载陈鼓应主编：《道家文化研究》第十七辑"'郭店楚简'专号"，生活·读书·新知三联书店1999年版，第303页。

② 马承源主编：《上海博物馆藏战国楚竹书（三）》，上海古籍出版社2003年版，第288页。

③ 曹峰：《〈恒先〉研读》，《国学学刊》2014年第2期，第108页。

④ 王明钦：《王家台秦墓竹简概述》，载〔美〕艾兰、邢文编：《新出简帛研究》，文物出版社2004年版，第28页。

⑤ 吴小强：《秦简日书集释》，岳麓书社2000年版，第108、113页。

亡"，又将二者婚姻关系的分分合合的过程和悲剧的结局说了出来，传说的主要要素及情节发展已比较完整，可补传世文献材料所载之不足。这两条材料是迄今为止文献中所见最早的关于该神话的叙事文本，同时也帮助我们确定牵牛织女神话形成的时间下限当是在战国晚期。[①] 另外，简文的记载对于理解牛郎织女传说的原初面貌提供了新的思路和依据。睡虎地秦简《日书》还有几则关于禹娶涂山传说的简文："此所谓艮山，禹之离日也。……离日不可以家（嫁）女、取（娶）妇及入人民畜生，唯利以分异。""癸丑、戊午、己未，禹以取（娶）梌山之女日也，不弃，必以子死。"[②] 这类记载也有助于理解禹娶涂山传说在民俗文化中的意涵。

天水放马滩秦简中有一篇《志怪故事》[③]，简文所述丹死而复活的故事，具有志怪的性质，与《搜神记》中的故事颇为相似。文中还出现了主寿的"司命"神。该篇与北大秦牍《泰原有死者》相同之处颇多，二者都是通过死而复生者之口述说死人好恶及祭祀禁忌。[④]

（五）汉代简帛中的神话传说[⑤]

马王堆帛书《老子》乙本卷前有四篇古佚书，有学者称为《黄帝四经》，是战国时期黄老学的经典著作。《十大经》以黄帝君臣问答的形式写成，可以发现黄帝故事的一些新元素：如《立命》讲"黄帝四面"，可与《尸子》相印证；《五政》《政乱》讲黄帝杀蚩尤，不少细节是传世文献所没有的，如黄帝把蚩尤的皮剥下作箭靶，剪掉蚩尤的头发作旌旗，把蚩尤的胃作蹴鞠，把他的骨肉作肉酱。《立命》说："昔者黄帝……践位履参，是以能为天下宗。吾受命

---

① 蔡先金、李佩瑶：《睡虎地秦简〈日书〉与牵牛织女神话》，《东岳论丛》2011 年第 12 期，第 50—55 页。

② 吴小强：《秦简日书集释》，第 53、113 页。

③ 甘肃省考古文物研究所：《天水放马滩秦简》，中华书局 2009 年版。原简无篇题，整理者何双全先生最初认为篇中"丹"即墓主，故定名为《墓主记》。后李学勤先生《放马滩简中的志怪故事》一文指出篇中所述故事有志怪的性质，与后世志怪小说相似。《天水放马滩秦简》一书遂据此拟题为《志怪故事》。

④ 孙占宇：《放马滩秦简〈丹〉篇校注》，武汉大学"简帛网"，2012-07-31，http://www.bsm.org.cn/show_article.php?id=1725。

⑤ 本部分所举的几种汉代简帛，其抄写年代为汉代前期，其成书年代大多在战国晚期。

于天，定位于地，成名于人，唯余一人，□乃配天，乃立王、三公；立国，置君、三卿。"①此段文字与《史记·五帝本纪》讲诸侯尊黄帝为天子，黄帝设官"皆以云命，为云师。置左右大监，监于万国"等有关记载相吻合。由于战国秦汉时期黄老思想盛行，所以，黄帝故事流传非常广泛。

马王堆帛书《老子》甲本卷后古佚书《九主》，载"汤用伊尹，既放夏桀以君天，伊尹为三公，天下太平。汤乃自吾，吾致伊尹"②，然后记叙了伊尹论述九主（法君、专授之君、劳君、半君、寄主、破邦之主二、灭社之主二）的言论，最后伊尹还作了"九主图"③。伊尹的故事可以和《史记·殷本纪》相参证④，而"九主"的内容又可以和《集解》引刘向《别录》相比对⑤。

银雀山汉墓竹简《君臣问答》，按照整理者意见，共收十一小篇⑥，其中《尧与善卷、许由》《舜与牟成牧》《禹》《汤与务光、伊尹》《文王与太公》《成王与周公旦》属于尧舜与三代传说人物，《齐桓公与管子》以下四篇属于春秋战国历史人物。可惜这部分简残缺厉害，如《禹》篇只有一支残简，如果保存完整的话，对于我们研究禹的传说将会很有价值。《尧与善卷、许由》记载的是尧与善卷、许由的问答之辞，由于残损严重，我们仅能知道尧向善卷、许由请教的是关于"国之大失""国有难易之时"等问题。《舜与牟成牧》讲的是舜与牟成牧的对话，"牟成牧"即古籍中的"务成昭"，《荀子·大略》有"舜学于务成昭"，《汉书·艺文志》小说家著录有《务成子》十一篇，务成子即务成昭。《汤与务光、伊尹》记载的是汤与务光、伊尹的问答之语，其中汤向务光请教的也是"愿闻有国之大失"。汤问伊尹的多是治国之道。文王与太公讨论

①　国家文物局古文献研究室编：《马王堆汉墓帛书〔壹〕》，文物出版社1980年版，第61页。

②　国家文物局古文献研究室编：《马王堆汉墓帛书〔壹〕》，第29页。《九主》原无篇题，"九主"是整理者根据该篇内容所定，李学勤认为可能是《汉志》所著录《伊尹》中的一篇，可题为《伊尹·九主》，见氏著：《试论马王堆汉墓帛书〈伊尹·九主〉》，《文物》1974年第11期。

③　帛书云"九主之图，所谓……"，正与《别录》"凡九品，图画其形"相合。帛书有"九主图"残片，参见陈松长：《帛书"九主图残片"略考》，《文物》2007年第4期。

④　《史记·殷本纪》："或曰：伊尹处士，汤使人聘迎之，五反而后肯往从汤，言素王及九主之事，汤举任以国政。"

⑤　《史记集解》引刘向《别录》云："九主者，有法君、专君、授君、劳君、等君、寄君、破君、国君、三岁社君、凡九品，图画其形。"据帛书可以校勘这段话。另，帛书"九主成图"，正与《别录》"凡九品，图画其形"相合。

⑥　银雀山汉墓竹简整理小组编：《银雀山汉墓竹简（二）》，文物出版社2010年版，第169—180页。

的是"起道与止道"。

余　论

简帛文献为神话研究提供了丰富且更为原始的材料，这一点已经无须多言。面对"简帛神话"这一研究对象时，我们需要注意以下两个问题：

其一，简帛神话的载体是简帛，我们要充分注意到简帛的形制、书写习惯、文字特征等，特别是简帛文字的释读，我们要吸收和借鉴古文字专业学者的研究成果。如果古文字学界已经对某个字有了更准确的释读，进行神话解读时却没有关注到，那么相关的研究工作很有可能就是徒劳的，得出的结论也是错误的。

其二，处理好出土简帛与传世文献的关系问题。传世文献中的汉前神话资料虽不成体系，完整生动者亦数量不多，但因其经过了千百年的时间洗礼仍旧闪耀着光芒，其神话价值、历史价值和文化价值都无可替代，吉光片羽更是弥足珍贵。因此不能因为出土简帛的发现就"推翻"原有传世文献的记载，草立新说。出土简帛绝不能成为评判传世文献价值、时代与真伪的唯一标本，认为凡与出土文献不一致的传世文本就是经过更多演化的或者是错误的，这种观念完全要不得。另一方面，出土文献因长期掩埋于地下，未经扰动和流传，保持了文献书写时的原貌，这种特性使我们更容易考察简帛所载神话原初面貌和演变轨迹，因而也绝不能忽略简帛神话的文献价值，而要拓宽眼界，在传世文献之外去了解新的资料。值得注意的是，我们要重视神话文本的互文性问题①，即同一神话存在多个不同版本，文本的生成地域、文本生成时间以及文本流传过程中产生的变异等都会使神话产生文本的互文性问题。这个问题的存在提醒我们，在进行传世文献与出土简帛的比照研究时，不要先去判定谁对谁错，而是

---

① "文本互文性"这一概念是由普林斯顿大学的柯马丁（Martin Kern）先生提出的，柯马丁先生一直关注和研究中国早期文献的文本问题，已经在中国学术界产生了一定的反响。参见〔美〕柯马丁：《我怎样研习先秦文本》，《中国古典文献的阅读与理解 —— 中美学者对话国际学术讨论会论文集》，北京大学 2015 年 9 月，第 72—73 页。

要寻根溯源、考察流变，分析差异产生的时代与原因，这样才能充分地运用两类神话资料相互印证、表里互补，进而使我们对古代神话研究中的一些问题做出一个较为明晰的判断和比较全面的把握。

简帛神话研究的空间还很大，其大致的研究思路可以归纳如下：全面搜集简帛文献中的神话资料，对其内容、年代、价值作概要介绍，并将释文综合整理，构成"简帛神话文献"一大文献类型，为以后深入研究打下坚实的文献基础。将简帛神话资料与传世典籍中的神话内容进行联系比照，探究神话原型、考察神话发展演变轨迹、针对具体神话类型和内容作深入研究。结合新出土的资料，重新梳理中国神话，在继承和积累的同时有所创新，重写中国上古神话史。

（作者单位：黑龙江大学文学院；黑龙江科技大学人文社科学院）

后 记

先秦文学与文献学术研讨会会议综述

　　2015 年 10 月 23、24 日，首都师范大学中国诗歌研究中心主办的"先秦文学与文献学术研讨会"在北京香山饭店召开，来自美国、中国台湾和大陆各大学的 40 多位从事先秦文学与文献研究的学者参加了此次大会。23 日上午，会议开幕式由中国诗歌研究中心主任赵敏俐教授主持，首都师范大学副校长邱运华教授、美国威斯康辛大学东亚文学语言系倪豪士教授、浙江师范大学文学院黄灵庚教授分别致辞，傅道彬、柯马丁、过常宝、李炳海四位教授分别做了大会发言。23 日下午—24 日下午，会议分两个讨论小组进行深入研讨。24 日下午，会议闭幕式由傅道彬教授主持，赵敏俐、姚小鸥教授做了大会报告，随后朱晓海、赵敏俐教授分别代表两个分会场对两天来的研讨情况做了总结。

　　本次会议共收到了 42 篇质量较高的论文，涉及《诗经》《楚辞》、诸子、出土文献等多个研究领域，既有对诸类文献的考据、疏证和注释，也有对文献的生成方式、写定年代、文体特征、思想文化内涵的分析考察，还就先秦文学与文献的研究思维与方法做了宏观的论述，在一些研究热点、难点和理论方法上也提出了不少新的观点和思考。本次会议所涉议题十分广泛，综合反映了当今先秦文学与文献研究的现状，创获丰厚。

　　第一，先秦文献的写定年代和成书方式研究。先秦文献的断代问题是学界研究的难点和热点，本次会议，李山教授以确定为穆王时期的《吕刑》为标杆，结合金文材料，从语言、礼制、思想等角度证明《尧典》《皋陶谟》《禹贡》写定于西周中期；江林昌教授结合考古出土文献考证《商颂》作于商代，并认为《夏颂》《虞颂》存于《天问》，说明颂诗结合宗庙壁画歌唱的特征。先秦文学深受口头文学的影响，柯马丁教授认为《诗经》颂、雅、风具有合成性、模块化和历时层积的特征，《诗经》不能视为一个统一的文本。赵敏俐教授认为，以甲骨卜辞、铜器铭文、《尚书·盘庚》《商颂》等为代表的殷商文学，是中国历史上第一批由文字记载下来的文学作品，标志着中国文学从此由远古的口传时代走向了文字书写的新时代，因此对殷商文学史的重要意义需要充分认识并单独书写。此外，许志刚教授、史文博士也对《礼记》成书、《礼记·乐记》对正史乐志书写的影响，做了深入的考辨。

第二，《诗经》文本特征、意旨与乐用形态研究。本次会议提交了多篇《诗经》论文，既有关于诗篇意旨的解释，如美国威斯康辛东亚系教授倪豪士、亓晴、秦帮兴、孙海龙关于《北风》《时迈》《行露》《卷耳》诗旨的考察；也有关于《诗经》文体结构的论述，如姚苏杰结合数据分析，从宏观、微观两个层面对《诗经》的重章结构做出分析、归类，得出一定的时空分布规律，借此窥探当时的社会、文化状况；也有对《诗经》乐用形态的考察，如李辉结合西周末期政治、礼制的变迁，考察了周宣王时期"公卿赞歌"的特殊性质、功能；姜晓东以《卷耳》为例，论述了歌诗的审美特征、文本生成及同章内抒情口吻分化等问题；曹建国教授就"赋诗断章"是否用乐、"断章"的取义原则、"断章"与先秦诗学的关系等问题做了系统论述。这些研究聚焦在《诗经》研究的一些热点难点问题上，充分关注《诗经》文本的丰富文化讯息，利用新视角、新理论、新材料，考证与论析并重，提出了不少新的观点。

第三，《楚辞》地理、思想文化价值的认识。刘刚教授通过田野调查、文献研究、考古发现等多种渠道考察宋玉赋"章华台"的所在，其研究方法具有示范意义；李炳海教授考察了《楚辞》各篇的"帝"字，认为"帝"字的意义一以贯之，专指天帝、上帝，不包括人间首领、君主；王德华教授讨论了《楚辞·远游》篇的作者之争与数术方技文化的认知，并指出这一问题的研究，"揭示了当今包括《楚辞》在内的人文学科领域，迫切需要文献、文化与文本这三者之间的融通"。这一认识在方法论和学术理念上具有意义。

　　第四，出土文献与传世文献的互证研究。近年来出土大量青铜器与简帛文献，结合出土文献与传世文献的互证研究，已成为文史哲领域研究的普遍趋势。本次会议，徐正英教授利用甲骨、上博简、清华简的相关证据，讨论了七言诗的起源、"郑声淫""孔子删诗""诗言志"等传统争讼问题，提出了自己的见解；姚小鸥教授、高中华博士对《芮良夫毖》文本结构、小序与《诗经》相关问题做了互证研究；张树国教授结合楚金文、竹书与传世经传相印证，考证了楚君名谥与相关史事问题，并讨论了"语类"文本与《左传》《国语》的关系；廖群教授、杨栋教授分别利用出土简帛以研究先秦的"说体"、神话；黄灵庚教授对北大藏汉简《老子》的抄写年代、校释提出商榷，认为简本大约抄于汉高祖刘邦之世，对整理本释文中存在的"误校、妄改及释义疏误之处"一一做了指正；同样，朱晓海教授也对上博简的《品物流行》的体裁、性质、释文做了商兑，并认为出土文献不可一概与"文学"相攀附。

　　第五，关于先秦文学研究的总体思考。赵敏俐教授对先秦文学研究的性质、范畴、思维与方法、对待传世文献与出土文献的立场、态度等做了高度总结，并反思了当下先秦文学研究存在的一些问题，具有重要的指导意义。汤漳平教授也分析了先秦文学研究的现状，对今后学科的发展提出了自己的展望。赵辉教授认为文学研究应该摆脱近代西方的文学观念，回到中国"文"学本位，从"文"学观念与文体生成方式、"文"学创作限定时空、主体创作身份及其构成等几个历史维度去直面中国"文"学。

　　此外，本次论文还有关于先秦诸子文学与思想的，如方铭教授《孔子德治与先周文明的联系》、陈桐生教授《战国诸子对保存先秦文献的贡献》等等，涉及诸子文献考辨、历史梳理、义理论析，体现出深广的研究视角和剖析能力。

　　综上，本次"先秦文学与文献学术研讨会"所涉论题十分广泛，与会学者畅所欲言，进行了深入的交流，针对一些研究方法、学术观点，还出现了激烈的论辩，比如，关于早期文献的性质、成书与传播、出土文献与传世文献互证研究的方法、假借在文献训释中的运用等等；当然，本次会议也取得了广泛的共识，如充分重视出土文献的学术价值、关注《诗经》的乐歌属性、注重揭示先秦文献丰富的思想文化价值等。诚如赵敏俐教授在会议闭幕总结上所言，本次会议有三个亮点：一是参会学者有着严谨、务实的学术精神，提交的论文十分注重文本的细致阐释，重视传世文献与出土文献的互证研究；二是新的研究方法、学术视野的运用与交流；三是一些青年学者提交了优秀的论文，展现出可观的研究潜质。

（首都师范大学中国诗歌研究中心　李辉）